위대한 집

GREAT HOUSE
by Nicole Krauss

Copyright ⓒ Nicole Krauss, 2010
Korean Translation Copyright ⓒ MUNHAKDONGNE Publishing Corp., 2020

This Korean edition is published by arrangement with Melanie Jackson Agency, LLC
through Milkwood Agency.
All rights reserved.

이 책의 한국어판 저작권은 밀크우드 에이전시를 통해
Melanie Jackson Agency, LLC와 독점 계약한 (주)문학동네에 있습니다.
저작권법에 의해 한국 내에서 보호를 받는 저작물이므로
무단 전재 및 무단 복제를 금합니다.

이 도서의 국립중앙도서관 출판예정도서목록(CIP)은
서지정보유통지원시스템 홈페이지(http://seoji.nl.go.kr)와
국가자료종합목록 구축시스템(http://kolis-net.nl.go.kr)에서 이용하실 수 있습니다.
(CIP제어번호: CIP2020019071)

위대한 집

니콜 크라우스 장편소설 | 김현우 옮김

Great House

Nicole Krauss

문학동네

일러두기

1. 주석은 모두 옮긴이주다.
2. 본문 중 고딕체는 원서에서 이탤릭체나 대문자로 강조한 부분이다.

사샤와 사이를 위하여

차례

I

전원 기립

이야기를 해주세요.

판사님, 1972년 겨울에 R와 저는 헤어졌어요. 아님 그가 저와 헤어졌다고 해야 할지도 모르겠네요. 그가 말한 이유들은 모호했지만, 핵심은 내가 모르는 그의 비밀이 있다는 것, 비겁하고 역겨워서 나에게 절대 보여줄 수 없는 모습이 있어서, 스스로 그걸 개선하고 다른 사람과 어울려도 되겠다는 판단이 설 때까지 병든 짐승처럼 물러날 필요가 있다는 것이었죠. 저는 그와 싸웠지만—거의 이 년 동안 그의 여자친구였기 때문에, 그의 비밀은 저의 비밀이고, 그에게 잔인하고 비겁한 어떤 모습이 숨어 있다면 그 누구보다 제가 먼저 알았을 거라고 이야기했죠—소용없었네요. 그가 떠나고 삼 주 후에 엽서가 한 장 왔는데(발신인 주소는 없었어요), 엽서에서 그는 우리의 결정이—그렇게 적혀 있었어요—비록 어려운 결정이었지만 옳았던 것 같다고, 우리의 관계가 영원히 끝났다는 걸 저도 인정해야 한다고 했어요.

나중에야 상황이 좋아졌지만 처음 얼마간은 점점 나빠졌어요. 자세히 말씀드릴 순 없고, 그냥 제가 외출을 하지 않았다는 것, 할머니를 찾아가는 것도 그만두고, 아무도 저를 찾아오지 못하게 했다는 것만 말씀드릴게요. 유일한 위안은, 이상하게 들리겠지만, 비바람이 불며 날씨가 좋지 않았다는 사실이었죠. 덕분에 오래된 창문틀의 나사를 조이기 위해 특별히 제작된 황동 스패너를 들고 아파트 안을 이리저리 돌아다녀야 했어요—나사가 느슨해지면 비바람에 창문이 덜컹거렸거든요. 창문은 여섯 개였는데, 하나를 조이고 나면 다른 창문이 소리를 내기 시작했고, 그러면 스패너를 들고 그리로 뛰어갔죠. 그러고 나면 집안에 유일하게 남은 가구였던 의자에 앉아 삼십 분 정도 침묵 속에서 가만히 있었어요. 잠시 동안, 적어도 잠시 동안은, 온 세상에 존재하는 것이라곤 장대비와 조여야 할 나사들뿐인 것 같았네요. 드디어 날씨가 갰을 땐 밖으로 나가 산책을 했어요. 어디를 보든 물이 흘러넘쳤고, 그렇게 만물을 비추는 고인 물은 차분했어요. 오랫동안 걸었죠, 적어도 예닐곱 시간을, 전에는 한 번도 가본 적 없고, 그후에도 다시 찾아가지 않은 동네를 걸었어요. 집에 돌아왔을 땐 지쳤지만, 뭔가로 나를 깨끗이 씻어낸 것 같은 느낌이 들었죠.

간호사가 제 손에 묻은 피를 닦아주고 새 티셔츠를 줬어요. 본인의 셔츠인 것 같은데. 아마 그녀는 제가 당신의 여자친구, 혹은 아내라고 생각하는 것 같아요. 아직 아무도 찾아온 사람은 없어요. 당신 옆을 지켜줄게요. 이야기를 해주세요.

얼마 후 R의 그랜드피아노를, 안에 들일 때와 마찬가지로 거실의 커다란 창문을 통해 내렸죠. 그의 물건들 중 마지막으로 내보내는 것이었어요. 피아노가 있는 한 그가 정말 떠났다는 실감이 나지 않았을 거예요. 사람들이 그 물건을 가지러 오기 전 제가 피아노와 홀로 지내던 몇 주 동안, 저는 피아노 옆을 지날 때마다 R를 만지는 것처럼 그 피아노를 만지곤 했죠.

다시 며칠 후 오래된 친구 폴 앨퍼스가 전화를 해서 자기가 꿨다는 꿈 이야기를 했어요. 꿈속에서 제 친구는 위대한 시인 세사르 바예호와, 시인의 어린 시절부터 가족이 가지고 있던 시골 저택에 함께 있었대요. 집은 비어 있었고, 벽은 모두 파란빛이 도는 흰색으로 칠해져 있었어요. 아주 평화로운 분위기였다고, 폴은 말했어요. 꿈속에서 친구는, 그런 곳에서 글을 쓸 수 있는 바예호는 아주 운이 좋은 사람이라고 생각했대요. 여기는 사후세계로 가기 전에 머무르는 곳 같네요, 폴이 시인에게 말했어요. 바예호가 듣지 못해서 두 번 더 말했고, 그제야 시인은, 실제 삶에서는 마흔여섯의 나이에 자신의 예언대로 폭풍우가 몰아치는 날 무일푼으로 죽었던 시인은, 친구의 말을 이해하고 고개를 끄덕였죠. 집안으로 들어가기 전에 바예호는 자신의 삼촌이 손가락으로 진흙을 찍어 이마에 성호를 그리곤 했다는 이야기를 했어요―아마 사순절과 관련이 있는 행동이었겠죠. 그런 다음, 바예호는 (폴이 전한 바에 따르면) 그 삼촌이 자신은 절대 이해하지 못한 행동도 했다고 덧붙였어요. 직접 보여주려는 듯 시인은 두 손가락으로 진흙을 찍어 폴의 입술 위에 수염을 그렸죠. 두 사람은 웃음을 터뜨렸어요. 그 꿈에서 가장 놀라웠던 건 두 사람 사이의 친밀감이었다고 폴은 말했어요. 마치 아주 오랫동안 서로 알고 지내온 사이 같았다고.

꿈에서 깬 폴은 자연스럽게 저를 떠올렸어요. 우리는 대학교 2학년 때 아방가르드 시인들에 대한 토론 수업에서 처음 만났거든요. 수업시간에 우리 둘은 항상 생각이 같았기 때문에 친구가 되었죠. 학기가 진행될수록 우리 둘에 대한 다른 학생들의 공격은 더욱더 거칠어졌고요. 시간이 지났지만—벌써 오 년이나 흐른 후였죠—폴과 저 사이의 동지애는 기회만 되면 금방 다시 피어나곤 했거든요. 폴은 제가 남자친구와 헤어졌다는 이야기를 들었는지, 어떻게 지내느냐고 물었어요. 저는 머리가 자꾸 빠지는 것만 빼면 괜찮다고 했죠. 그리고 피아노는 물론이고, 소파, 의자, 침대, 심지어 식기까지 R와 함께 없어져버렸다고 했어요. R를 처음 만났을 때 저는 여행가방 하나만 달랑 지닌 상태였고, 그는 어머니에게서 물려받은 가구들 사이에 부처처럼 떡하니 자리를 잡고 살고 있었거든요. 폴은 자신이 아는 사람 중에 친구의 친구인 시인이 한 명 있는데, 칠레로 돌아가게 되어 가구를 맡아줄 사람을 찾고 있다고 했어요. 폴이 확인차 전화를 했더니, 정말로 그 시인, 그러니까 다니엘 바르스키는 가구 몇 점을 처분하지 못해 어쩔 줄 몰라하고 있었죠. 마음이 바뀌어 뉴욕으로 돌아올지도 모르기 때문에 팔 수는 없었나봐요. 폴은 다니엘의 전화번호를 알려주며 그가 제 연락을 기다리고 있을 거라고 했어요. 저는 며칠 동안 전화를 미뤘네요. 아무리 이야기가 다 돼 있는 상황이라고 해도 낯선 사람에게 쓰던 가구를 달라고 하는 건 좀 어색하기도 했고, 또한 R와 그의 물건들이 사라지고 한 달쯤 지나고 보니 저는 아무것도 없는 상황에 익숙해져 있었거든요. 유일한 문제는 누군가가 찾아왔을 때였는데, 손님들의 표정에서, 그들이 보기엔 상황이, 그러니까 제 상황이요, 판사님, 안쓰럽게 보인다는 걸 알 수 있었어요.

결국 다니엘 바르스키에게 전화했을 때 그는 신호가 울리자마자 받았어요. 처음 인사를 나눌 때, 상대가 누구인지 알기 전까지 그의 목소리에서 느껴지던 조심스러움. 나중엔 다니엘 바르스키를 떠올릴 때마다 그것부터 생각이 났고, 비록 많이 만나보지는 못했지만 칠레 사람들 일반의 특징이라고까지 생각하게 되었죠. 그가 저를 알아차리기까지 일 분 정도 걸렸어요. 제가 미친 여자가 아니라 친구의 친구라는 것을 알아차리기까지의 일 분—가구 때문에 전화했다고? 이 여자는 내가 가구를 처분하려 한다고 들었을까? 아니면 그냥 잠시 빌려주는 거라고?—제 쪽에선, 사과를 해야 할지, 전화를 끊어야 할지, 그때까지처럼 매트리스와 플라스틱 용품과 의자 하나만 놓고 지내야 하는 건지를 생각했던 일 분. 일단 그 시간이 지나자 (아! 물론이죠! 죄송합니다! 와서 가지고 가시기만 하면 됩니다) 그의 목소리는 부드러워지면서 동시에 조금 커졌어요. 더 개방적으로 변했다고 할까. 아무튼 그것도 나중에 다니엘 바르스키를 생각하면 떠오르는 특징이 되었고, 그러한 인상은 헨리 키신저*가 남극의 심장을 겨누고 있는 단검이라고 표현한 그 나라에서 온 다른 이들에게까지 퍼졌죠.

그는 업타운 쪽, 101번가와 센트럴파크웨스트가 만나는 모퉁이에 살았어요. 가는 길에 웨스트엔드 애비뉴의 요양원에 계신 할머니도 찾아뵈었네요. 할머니는 더이상 저를 알아보지 못했지만, 일단 그 사실을 받아들이고 나니 그런 할머니와 함께 시간을 보내는 것도 즐기게 되었죠. 보통은 그냥 앉아서 날씨에 대해 여덟 번 혹은 아홉 번 다른 식으로 이야기하고, 할아버지 이야기로 넘어갔어요. 할아버지는 십 년 전에 돌아가셨지만 할머니에겐 여전히 매혹적인 이야깃거리였는데, 마치 할아버지가 안 계신 시간이 한 해씩 늘어나면서 그분의 삶이, 혹은 두 분이 함께 지냈던 삶이 할머니에겐 수수께끼가 되어가고 있는 것 같았어요. 할머니는 소파에 앉아 요양원 현관을 놀란 눈으로 바라보는 걸 좋아하셨어요—이게 전부 제 건가요? 하고 현관을 주욱 훑으며 물으셨어요—그럴 땐 갖고 있는 장신구를 모두 차고 계셨죠. 저는 들를 때마다 제이바스 슈퍼마켓에서 초콜릿 밥카**를 사갔는데, 할머니는 예의상 조금만 입에 댔어요. 케이크 부스러기가 무릎에 떨어지고 입가에 묻었죠. 제가 떠나고 나면 간호사들에게 나누어주셨고요.

101번가에 도착해 다니엘 바르스키의 집 초인종을 눌렀어요. 그가 문을 열어주었고, 어둑한 로비에서 엘리베이터를 기다리는 동안 가구가 마음에 들지 않으면 어쩌나 하는 생각이 들었어요. 색이 너무 짙거나 모양이 위압적이어도 이제 정중하게 거절하기엔 너무 늦었다는 생각. 하지만 반대로, 그가 문을 열어주었을 때 제가

* 독일 출신의 유대계 미국 정치가로 닉슨 행정부에서 대통령보좌관과 국무장관을 지냈다.
** 유대인들이 즐겨 먹는 케이크.

받은 첫인상은 밝다는 것이었어요. 너무 밝아서 눈이 부셨고, 잠시 동안은 그의 모습이 형체밖에 보이지 않아 얼굴을 알아볼 수도 없었죠. 뭔가 요리를 하는 것 같은 냄새도 났는데, 나중에 보니 그가 이스라엘에서 배웠다는 가지 요리였어요. 일단 밝은 방에 적응하고 나서 보니 놀랍게도 다니엘 바르스키는 젊은이였어요. 폴이 시인이라고 소개했기 때문에 조금 더 나이가 있는 사람일 거라고 짐작했거든요. 폴이나 저도 시를 썼고, 적어도 써보려고 애를 쓰고 있었지만 서로를 시인이라고 부르지는 않았죠. 그런 호칭은 작품을 인정받고 출판까지 한 사람들, 그냥 정체도 알 수 없는 잡지 한두 권이 아니라, 정말 서점에서 구입할 수 있는 책을 내본 사람들을 위한 거라고 생각했어요. 지금 생각해보면 그런 생각이야말로 부끄러울 정도로 관습적인 해석이죠. 폴과 저와 우리가 알던 사람들은 스스로의 문학적 감수성에 대해 자랑스러워하고 있었지만, 그 당시에 우리는 각자의 야망을 곱게 간직하고 있었고, 어떻게 보면 그 야망 때문에 보지 못하는 것들도 있었네요.

다니엘은 스물세 살, 저보다 한 살 어렸어요. 아직 시집을 내지는 않았지만 그동안의 시간을 저보다 잘 써온 것 같았죠. 뭐랄까, 창의적이었다고 할까, 여러 곳을 돌아다니고, 사람들을 만나고, 많은 경험을 해보려는 압박을 느꼈던 것 같다고 할 수 있겠네요. 그런 경험을 한 사람들을 만날 때마다 저는 늘 질투를 느꼈어요. 그때까지 사 년 동안 여행을 다녔다고 했어요. 여러 도시에서 지내면서, 오가며 만난 사람들의 집 마루에서 지내고, 어머니, 혹은 가끔씩 할머니가 돈을 부쳐주면 직접 집을 구해서 살기도 했지만, 이제 고향으로 돌아가 어린 시절을 함께 보낸 친구들, 칠레의 해방과 혁

명, 적어도 사회주의를 위해 싸우고 있는 그 친구들과 함께 일할 계획이라고 했죠.

가지 요리가 다 되자 다니엘은 자신이 식탁을 차리는 동안 가구를 한번 둘러보라고 했어요. 작은 아파트였지만 커다란 창이 남쪽으로 나 있어 거기서 빛이 들어오고 있었죠. 가장 놀라웠던 건 집 안이 엉망으로 어질러져 있다는 점이었어요—바닥에 종이가 잔뜩 흩어져 있고, 커피 자국이 남은 스티로폼 컵, 노트, 비닐봉지, 싸구려 운동화, 따로 놀고 있는 음반과 커버 들이 멋대로 널브러져 있었죠. 다른 사람 같으면, 집안이 엉망이라서 죄송하다고 말하거나, 방금 짐승들이 한 무리 지나간 거라고 농담을 했겠지만, 다니엘은 아무 말도 없었어요. 집안에 빈 곳이라고는 벽뿐이었는데, 그가 살았던 도시들—예루살렘, 베를린, 런던, 바르셀로나—의 지도 몇 장을 압정으로 고정해놓은 것을 제외하면 아무것도 없었어요. 지도 위의 몇몇 거리, 골목, 광장에 메모들이 적혀 있었죠. 스페인어로 적혀 있어서 얼른 알아볼 순 없었지만, 집주인이자 가구를 그냥 내어주기로 한 사람이 식탁을 차리는 동안 얼굴을 들이밀고 그 메모를 살피는 건 예의가 아닌 것 같았어요. 그래서 가구만, 그렇게 정신이 없는 상황에서 눈에 띄는 가구만 살펴봤어요—소파, 크고 작은 서랍이 잔뜩 달린 나무 책상, 스페인어와 프랑스어, 영어로 된 책이 가지런히 꽂힌 책장 두 개가 있었고, 제일 멋진 건 철제 받침이 달린 궤짝 혹은 상자였죠. 마치 가라앉은 배에서 건져내 커피 테이블로 사용하고 있는 것 같았거든요. 다니엘은 모든 가구를 중고로 구입했던 모양이에요. 새것처럼 보이는 건 하나도 없었지만, 물건들이 모두 따뜻한 마음을 불러일으켰어요. 책이랑 종이들로 숨막힐 듯 어지러운 그 공간에 놓여 있다는 사실 덕분에 오히려 매력적으로 보였죠. 갑자기 물건들의 주인에 대한 고마운 마음이 물밀듯이 밀려왔어요. 그가 제게 주는 게 그저 나무 덩어리와 덮개가 아니라 새로운 삶을 살 기회라도 되는 것 같았어요. 그럼 제가 처한 상황에 맞서는 건 저의 몫이 되겠죠. 말하기 부끄럽지만, 정말로 눈에 눈물이 가득 고였어요, 판사님. 자주 있는 일이긴 했지만, 그 눈물은 그동안 생각하지 않고 지내려 했던 더 오래된, 이젠 흐릿해져버린 후회들에서 비롯된 것이었어요. 그 선물이, 낯선 이가 빌려준 가구가 그런 오래된 후회들을 흔들어놓은 거죠.

다니엘과 저는 적어도 일고여덟 시간은 이야기를 나누었어요. 어쩌면 그 이상이었을지도 모르겠네요. 알고 보니 우리 둘 다 릴케를 좋아했어요. 제가 조금 더 좋아하긴 했지만 둘 다 오든도 좋아했고요. 둘 다 예이츠는 별로라고 생각하면서도, 거기에 대해 남몰래 죄의식을 느끼고 있었어요. 예이츠가 별로라고 생각한다는 건, 시가 참된 삶을 얻고 중요해지는 어떤 경지를 이해하지 못했다는 실패를 암시할지도 모른다는 생각 때문이었죠. 단 한 번 의견이 부딪친 건 제가 네루다 이야기를 꺼냈을 때였어요. 제가 아는 유일한 칠레 시인이었는데, 다니엘은 벌컥 화를 내더군요. 도대체 왜, 그가 물었어요, 칠레 사람들은 외국에 나가면 네루다와 그가 수집한 빌어먹을 조개껍데기* 이야기만 들어야 하는 겁니까? 그는 내 눈을 똑바로 바라보며 반격을 기다렸는데, 그때 저는 그의 고향에선 그런 식의 대화가 일상적인가보다, 시를 이야기할 때도 그렇게 폭

---

* 네루다는 열광적인 조개껍데기 수집가이기도 했다.

력적으로 싸울 듯이 이야기하는 게 자연스러운 건가보다 하는 느낌을 받았어요. 순간 외로움으로 얼굴이 달아올랐지만 그건 순간뿐이었고, 저는 얼른 사과를 한 다음 그가 종이봉투 뒷면에 적어준 위대한 칠레 시인들의 작품(맨 위에, 니카노르 파라의 이름이 대문자로, 다른 이름들을 굽어보듯 적혀 있었어요)을 읽어보겠다고, 그리고 앞으로는, 그가 있든 없든 상관없이 어디에서도, 네루다의 이름을 꺼내지 않겠다고 약속했죠.

우린 계속해서 폴란드 시와 러시아 시, 터키와 그리스, 아르헨티나 시에 대해 이야기하고, 사포와 파스테르나크의 잃어버린 노트, 웅가레티의 죽음과 웰던 키스의 자살에 대해 이야기했어요. 아르튀르 크라방의 실종에 대해 이야기할 때 다니엘은 사실 그 시인은 멕시코시티에서 창녀들의 보살핌을 받으며 살아 있다고 하더군요. 가끔씩, 길게 이어진 문장과 문장 사이의 빈 시간에 짙은 그늘이 그의 얼굴에 스치기도 했어요. 그늘은 그 자리에 머물듯이 잠시 머뭇거리다. 이내 얼굴에서 벗어나 아파트의 구석으로 물러나곤 했죠. 그런 순간이면 저는 시선을 돌려야 할 것만 같은 기분이 들었어요. 우린 시에 대해서는 그렇게나 많이 이야기했지만, 서로에 대해선 말을 많이 하지 않았거든요.

이야기를 하다 어느 순간에 다니엘은 책상으로 달려가 서랍들을 뒤졌어요. 서랍을 여닫으며, 자신이 쓴 연작시를 찾아왔어요. '내가 한 말은 다 잊어버려요'인가, 뭐 그런 제목이었는데, 직접 번역까지 해놓았더라고요. 그가 목을 가다듬은 후 큰 소리로 그 작품을 낭송했어요. 다른 사람이 그런 목소리로 낭송했다면 떨림 장치를 거친 목소리처럼 과장된 느낌, 심지어 웃긴 느낌까지 들었을 텐데, 다니엘에겐 무척 자연스러웠죠. 그는 겸연쩍어하거나 종이로 얼굴을 가리지도 않았어요. 그 반대였죠. 기둥처럼 꼿꼿하게, 마치 시에서 힘을 빌려오는 것처럼 그렇게 서서, 자주 앞을 바라보며 낭송했어요. 시선을 너무 자주 들어서 그가 이미 자신이 쓴 것을 다 외운 게 아닐까 하는 생각이 들 정도였죠. 그사이, 순간순간 어떤 단어에서 우리의 눈이 마주쳤을 때, 그가 사실은 꽤 잘생겼다는 걸 깨달았어요. 코가 컸죠, 칠레 유대인의 커다란 코. 커다란 손에 손가락은 가늘었고, 발도 컸지만, 그에겐 섬세한 면모도 있었는데, 이를테면 긴 속눈썹과 전체적인 골격이 그랬어요. 작품은 좋았어요. 훌륭하지는 않았지만 아주 좋았죠. 어쩌면 아주 좋은 것보다 조금 더 뛰어날 수도 있었겠지만, 제가 직접 읽어보기 전에는 말하기 어려웠어요. 자신의 마음을 아프게 한 소녀에 관한 시 같았는데, 어쩌면 그냥 강아지에 관한 것이었을 수도 있고요. 저는 중간쯤에 흐름을 놓쳐버리고 R 생각을 했어요. R는 항상 침대에 올라오기 전에 자신의 길쭉한 발을 씻곤 했죠. 우리 아파트의 바닥이 지저분했거든요. 나에게도 씻으라고 하지는 않았지만 암묵적으로 부담이 되었어요. 나도 씻지 않으면 시트가 더러워질 테고, 그럼 그가 발을 씻은 게 아무 소용이 없게 되니까. 욕조 모퉁이에 앉거나 한쪽 무릎을 귀까지 올린 채 세면대 앞에 서서 검은 먼지가 하얀 욕조나 세면대에 떨어지는 걸 지켜보는 게 싫었지만, 그건 살면서 다툼을 피하기 위해 할 수밖에 없는 수없이 많은 일들 중 하나였죠. 그런 생각을 하니 웃음이 나오려고 했어요. 혹은 숨이 막히려고 했던 건지도 몰라요.

그때쯤 다니엘 바르스키의 아파트엔 벌써 어둑하고 푸르스름한 기운이 돌고 있었어요. 해는 건물들 너머로 사라지고, 모든 것들 뒤에 숨어 있던 그늘이 흘러나오기 시작했죠. 그의 책장에 굉장히 커다란 책들이 있었던 게 기억나요. 천으로 표지를 씌운 멋진 책들이었는데, 제목은 하나도 기억이 안 나네요. 아마 전체가 한 시리즈였던 것 같은데, 이유는 알 수 없지만 왠지 그 책들이 서서히 내려앉는 어둠과 공모하고 있다는 느낌이 들었어요. 그의 아파트 벽에 갑자기 천이 덧대져서 극장처럼 소리가 밖으로 새어나가지 못하게, 혹은 바깥의 소리가 안으로 들어올 수 없게 되어버린 것 같았죠. 그렇게 밀폐된 공간 안에서요, 판사님, 아직 남아 있는 빛 속에서 우리 둘은 관객이면서 동시에 영화였어요. 혹은, 우리 둘만 섬에서 떨어져나와 지도에 없는 바다 위를, 깊이를 가늠할 수 없을 정도로 짙은 물위를 떠다니는 것 같았죠. 당시 저는 매력 있는 여자였고, 몇몇 사람은 아름답다고까지 했어요. 피부가 좋았던 적은 한 번도 없었죠. 그래서 거울을 볼 때면 늘 거슬렸고, 약간 불안해 보이는 표정도 마음에 안 들었어요. 저는 저도 모르는 사이에 이마를 찌푸린 채 지내고 있었답니다. 하지만 R를 만나기 전에, 심지어 그와 함께 지내는 동안에도, 저와 함께 집으로 가서 하룻밤이든 더 길게든, 함께하고 싶어하는 남자들이 있었던 건 분명해요. 다니엘과 함께 거실로 자리를 옮기며, 그는 나를 어떻게 생각할지 궁금했네요.

　다니엘이 그 책상은 잠깐이지만 로르카가 사용했던 것이라고 말했어요. 농담이었는지 아니었는지 확실치 않았죠. 나보다도 어린 그 칠레 출신 떠돌이가 그렇게 귀한 물건을 가지고 있다는 건 있을 법하지 않은 이야기였지만, 나를 친절하게 대해준 사람을 의심하는 건 옳지 않은 듯해서 정말일 거라고 믿었어요. 그런 책상을 어떻게 구했느냐고 묻자, 그는 어깨를 으쓱하며 돈 주고 샀다고 대답할 뿐 더이상의 이야기는 해주지 않았어요. 자, 이제 당신께 드릴게요, 라는 말을 할 줄 알았는데, 다니엘은 그런 말은 하지 않고 대신 책상 다리를 가볍게 툭 차고는 그대로 걸음을 옮겼어요. 세게 찼다기보다는 아주 부드럽게 툭 건드린 정도, 존경을 담은 몸짓이었죠.

그때, 아니면 조금 후에 우리는 키스를 했어요.

간호사가 당신에게 모르핀을 조금 더 넣어주고, 가슴 위의 느슨해진 전극 패치를 바로잡아주었어요. 창밖으로, 예루살렘에 새벽이 오고 있었죠. 잠시, 간호사는 저와 함께 심전도기의 초록색 선이 오르내리는 걸 지켜보다가, 우리 둘만 남겨놓은 채 커튼을 치고 물러갔어요.

극적인 키스는 아니었어요. 그렇다고 나빴다는 뜻은 아니고, 그냥 길었던 우리 대화의 마침표 같은 키스일 뿐이었죠. 함께 느꼈던 어떤 깊은 감정, 성적인 욕망이나 사랑보다도 훨씬 드물게 찾아오는 서로에 대한 동지애를 확인하고 괄호로 묶어두는 행동이었다고 할까요. 다니엘의 입술은 짐작했던 것보다 컸어요. 얼굴에 비해 크다는 게 아니라, 눈을 감은 상태에서 제 입술에 와닿는 느낌이 그랬다는 뜻이에요. 아주 짧은 순간, 그 입술이 내 입술을 덮어버릴 것 같은 기분이 들었죠. 분명 제가 R의 입술에, 날씨가 추워지면 파랗게 변하곤 하던, 비유대인의 그 얇은 입술에 익숙해져 있었기 때문일 거예요. 다니엘 바르스키는 한 손으로 제 허벅지를 쥐었고, 저는 그의 머리칼을 어루만졌어요. 머리칼에서 더러운 강냄새가 났죠. 그때쯤 우리는 지저분한 정치 이야기를 하고 있었던 것 같아요. 다니엘은 처음엔 분노를 참지 못하다가 나중엔 거의 눈물을 비치며 닉슨과 키신저를 맹렬히 비난했죠. 그들이 내린 금수조치와 무자비한 공작이, 다니엘의 말에 따르면, 칠레의 새롭고 젊고 아름다운 것들을, 아옌데 박사를 대통령궁으로 보낸 희망까지, 모두 질식시키고 있다고 했어요. 노동자들의 임금이 50퍼센트나 올랐는데도, 그 돼지 같은 인간들은 구리와 다국적기업에만 관심을 둘 뿐이라고 했죠. 민주적으로 선출된 마르크스주의자 대통령이 있다는 것만으로도 그들은 똥줄이 타는 거라고. 왜 칠레 국민이 그냥 자기들 방식대로 살아가게 내버려두지 않느냐고, 그는 따졌어요. 그리고 순간, 그가 거의 간청, 아니 애원하는 표정을 지었죠. 마치 내가 자신의 나라에 들어간 미국 배의 키를 잡고 있는 사람들을 좌지우지할 수 있는 인물이라도 되는 것처럼 말이에요. 다니엘은 울대뼈Adam's apple가 유난히 튀어나왔는데, 침을 삼킬 때마다 목안에서 꿈틀거리는 게 보였죠. 흥분을 하니 마치 바다 위에 던져진 사과apple처럼 끊임없이 출렁거렸어요. 칠레에서 무슨 일이 벌어지고 있었는지 저는 잘 몰랐어요. 적어도 그때는 그랬어요. 그로부터 일 년 반쯤 후 다니엘 바르스키가 한밤중에 마누엘 콘트레라스가 이끄는 비밀경찰에게 끌려갔다는 소식을 폴 앨퍼스에게 들었을 때는 대충 알고 있었어요. 하지만 1972년 겨울, 101번가에 있는 그의 아파트에서 마지막 남은 저녁 빛을 받으며 앉아 있던 그때, 아우구스토 피노체트 우가르테 장군이 아직 동료의 아이들에게 자신을 '타타'*라 부르라고 하는 얌전하고 비굴한 육군참모총장이던 그때는, 아는 게 거의 없었죠.

이상한 건 그날 밤(이미 시간은 그 유명한 뉴욕의 밤이 되어 있었어요)이 어떻게 끝났는지 기억나지 않는다는 거예요. 분명 작별 인사를 하고 그의 아파트를 나왔겠죠. 아니면 그도 함께 나와서 지하철역이나 택시를 잡는 곳까지 저를 바래다줬을지도 모르겠네요. 당시 그 동네는, 아니 뉴욕 전체는 그리 안전하다고 할 수 없었으니까. 전혀 기억이 없어요. 몇 주 후에 트럭 한 대가 제 아파트에 왔고, 일꾼들이 가구를 옮겨줬어요. 다니엘 바르스키는 이미 칠레로 돌아간 후였죠.

이 년이 흘렀어요. 처음엔 그가 엽서를 보내주었죠. 따뜻하고 심지어 유쾌한 내용이었어요. 잘 지내고 있습니다. 칠레 동굴학회에 가입할까 생각중이에요. 걱정은 마세요. 시 쓰는 일이 방해받진 않을 테니까. 오히려 두 활동이 서로를 보완해줄 거예요. 운이 좋다면 니카노르 파라의 수학 강의를 들을 수도 있을 것 같아요. 정치 상황은 최악으로 흘러가고 있습니다. 동굴학회에 가입하지 않으면 혁명적좌파모임MIR에 들어갈 것 같아요. 로르카의 책상 잘 지키고 계세요, 언젠가 찾으러 갈 거니까. 키스를 보냅니다, D.V. 쿠데타 후에 엽서는 내용이 좀더 무거워지다가, 암호처럼 되었고, 그의 실종 소식을 듣기 육 개월쯤 전에 완전히 끊어졌어요. 저는 그 엽서

* '아빠'라는 뜻의 칠레 스페인어.

들을 모두 그가 물려준 책상 서랍에 보관하고 있었죠. 발신 주소가 없었기 때문에 답장을 보내지는 못했어요. 당시 저는 여전히 시를 쓰고 있었는데, 다니엘 바르스키를 생각하며, 혹은 그에게 보내는 마음으로 쓴 작품이 몇 편 있었네요. 할머니는 돌아가셔서 아무도 찾지 않는 아주 먼 교외에 묻히셨어요. 저는 몇몇 남자와 데이트를 하고, 이사를 두 번 하고, 다니엘 바르스키의 책상에 앉아 저의 첫 번째 소설을 썼어요. 가끔 몇 달씩 그의 생각을 하지 않고 지낼 때도 있었죠. 그때 제가 비야 그리말디*에 대해 알고 있었는지는 모르겠어요. 하지만 카예 론드레스 38번지나 콰트로 알라모스, 혹은 고문자들이 시끄러운 음악을 틀어놓고 성고문을 했다는, 벤다 섹시라고도 불리는 디스코테카 같은 곳에 대해서는 전혀 모르고 있었어요.** 사정이 어쨌든, 가끔 다니엘이 물려준 소파에서 잠이 들 때면 사람들이 그에게 한 짓에 대한 악몽을 꿀 정도로는 상황을 알고 있었죠. 가끔씩 그의 가구들, 소파, 책상, 커피 테이블, 책장, 의자를 둘러보며 압도적인 절망을 느낄 때도 있었어요. 가끔은 정체를 알 수 없는 슬픔이 몰려오기도 했고, 또 가끔은 그런 가구들이 모두 하나의 수수께끼라는, 그가 내게 남겨준, 그래서 내가 풀어야 할 수수께끼라는 확신이 들기도 했어요.

종종, 다니엘 바르스키를 알고 있거나 그의 소식을 들었다는 사람들을 만날 때도 있었죠. 대부분은 칠레인이었어요. 죽음 직후에 잠시 그가 유명해졌고, 그렇게 피노체트가 입을 다물게 한 순교자

---

* 칠레 군사정부의 비밀 감옥.
** 모두 칠레 군부의 고문이 이루어졌던 장소.

26

시인으로 남았으니까요. 물론 다니엘을 고문하고 죽인 사람들은 그의 시를 한 편도 읽지 않았겠죠. 어쩌면 그 사람들은 다니엘이 시인이라는 것 자체를 몰랐을 가능성도 있어요. 그가 실종되고 몇 년 후, 폴 앨퍼스의 도움을 받아 다니엘의 친구들에게 편지를 써서 혹시 그가 쓴 시를 가지고 있으면 좀 보내달라고 부탁한 적이 있었죠. 그를 기념하는 의미에서 그 시들을 출판할 수도 있을 거란 생각이었어요. 하지만 답장은 한 통뿐이었네요. 다니엘의 학창 시절 친구가 보낸, 본인은 작품을 하나도 가지고 있지 않다는 짧은 편지였죠. 편지를 보낼 때 저는 책상 이야기를 쓰지 않을 수 없었어요, 그러지 않았다면 그들이 보기에 너무 이상한 편지가 되었을 테니까. 그 친구는, 그나저나 그 책상이 정말 로르카가 쓰던 것인지 의심스럽다고 적었어요. 그게 전부였죠. 그 답장을 다니엘의 엽서가 든 서랍에 함께 넣어두었어요. 얼마 동안은 그의 어머니에게 편지를 써볼까 생각하기도 했지만, 결국 그건 행동으로 옮기지 못했죠.

그로부터 오랜 시간이 지났네요. 저는 잠시 결혼도 했지만, 지금은 다시 혼자 살고 있어요. 불행하다고 할 정도는 아니고요. 가끔 그런 순간들이 있잖아요. 갑자기 모든 게 분명해지고 생활을, 특히 다른 사람과 함께 지내는 생활을 유지하는 데 필요한 다양한 환상을 지키기 위해 잊어버리거나 일부러 무시하기로 했던 어떤 다른 차원이, 그 차원을 가리고 있던 벽 너머가 보이는 그런 순간이요. 제게 그런 순간이 찾아왔던 거예요. 판사님. 이제 말씀드리려는 그 사건이 없었더라면, 저는 다니엘 바르스키 생각을 하지 않거나, 아주 가끔씩만 하며 지냈겠죠. 비록 그의 책장과 책상, 그리고 스페인 범선 혹은 바다 한복판에 가라앉은 배에서 꺼내와 커피 테이블로 쓰고 있던 궤짝이 여전히 제게 있었지만 말이에요. 소파는 썩기 시작해서, 정확히 언제인지 기억이 나지는 않는데, 내다버렸어요. 나머지 가구들도 버려야 하는 것 아닌가 하는 생각이 들 때도 있었죠. 그것들을 보고 있으면, 그런 기분이 들 때가 있었어요, 잊어버리는 게 나을 것 같은 일들이 떠올랐거든요. 예를 들어 가끔 기자들이 제게 왜 더이상 시를 쓰지 않느냐고 물어볼 때가 있었어요. 저는 제가 쓴 시들이 좋지 않았다고, 어쩌면 끔찍했을지도 모른다고 대답하거나, 시란 완벽함에 대한 가능성을 담고 있어야 하는데, 그 가능성이 결국 저를 입다물게 했다고 대답했죠. 그것도 아니면, 제가 쓰고자 하는 시 작품들 속에 갇힌 기분이었다고, 사람들이 우주에 갇히거나 인간의 유한성 안에 갇힌 기분이 들 때처럼 꼼짝할 수 없게 되었다고도 대답했어요. 하지만, 제가 더이상 시를 쓰지 않은 진짜 이유는 그런 게 아니었네요. 비슷하지도 않았죠. 진짜 대답은, 왜 제가 시 쓰기를 그만두었는지 설명하려면 시를 다시 쓸 수밖에 없다는 거였어요. 제 말은, 다니엘 바르스키의 책상, 이제 이십오 년 이상 제가 써온 그 책상을 생각하면 늘 떠오르는 것들이 있다는 거예요. 저는 늘 저 자신은 그 책상을 임시로 맡고 있을 뿐이라고, 언젠가 그날이 올 것이고, 그다음엔, 비록 마음이 복잡하겠지만, 제 친구, 죽어버린 시인 다니엘 바르스키의 가구들을 바라보고 지키며 살아야 하는 책임에서 벗어날 수 있을 거라고 생각했어요. 그때부터는 제 마음대로 여기저기 옮겨다닐 수 있고, 다른 나라로 가버릴 수도 있겠죠. 그 가구들 때문에 뉴욕에 묶여 있었던 거라고 딱 꼬집어 말할 순 없지만, 누군가가 추궁한다면, 저로서는 그 도시에 저를 위한 게 아무것도 남지 않았음이 분명해진 후에도 그렇게 오랫동안 머물렀던 이유는 그것이었다고밖에 할 수 없겠네요. 하지만 정작 그날이 닥쳤을 때, 그와 함께 제 삶도 날아가버렸어요, 그렇게 외롭고, 고요하고, 비틀거리던 삶이.

1999년이었어요, 3월 말이었죠. 책상에 앉아 일을 하고 있는데 전화벨이 울렸어요. 나를 찾는 건너편 목소리는 모르는 목소리였죠. 저는 차분하게, 누구시냐고 물었어요. 몇 년 사이에 사생활을 지키는 방법을 알게 되었거든요. 제 사생활을 궁금해하는 사람이 많았단 뜻은 아니고(전혀 없지는 않았지만), 글을 쓰다보면 방어적이 되고, 불필요한 상황에 쓸데없는 말을 늘어놓는 것을 조심해야 할 필요가 있기 때문이었죠. 건너편의 젊은 여자는 우리가 만난 적이 없다고 했어요. 용건이 뭐냐고 묻자, 그녀는 제가 자기 아버지를 아는 것 같다고 했어요. 아버지 이름이 다니엘 바르스키라고.

그 이름을 들었을 때 차가운 기운이 온몸을 관통하는 것 같았어요. 단지 다니엘 바르스키에게 딸이 있었다는 사실을 알게 되어서라거나, 오랫동안 한쪽 구석으로 치워두었던 비극이 갑자기 펴져나오는 것 같은 느낌이 들어서, 혹은 마침내 그의 가구들을 지키는 역할에도 끝이 왔음을 알게 되어서가 아니라, 저의 일부는 그 전화를 수년 동안 기다려왔기 때문이었죠. 그제야, 비록 늦기는 했지만, 그 연락이 온 거예요.

어떻게 제 연락처를 알아냈느냐고 물었어요. 찾아보기로 마음먹었으니까요, 그녀가 대답했죠. 어떻게 저를 찾아야 한다는 걸 알았죠? 저는 당신 아버지를 단 한 번 만났을 뿐이고, 그것도 아주 오래전 일인데. 저희 엄마가 얘기해줬어요, 그녀가 말했죠. 처음엔 엄마가 누굴 말하는 건지 몰랐어요. 아버지가 실종된 후에 선생님이 엄마한테 편지를 쓰셨다고 하더군요. 혹시 엄마가 아버지의 작품을 가지고 있지 않느냐고 묻는 편지. 아무튼, 이야기하자면 길어요, 직접 만나뵙고 말씀드릴게요. (물론 우리는 만날 예정이었어요. 그녀는 제가 그녀의 요구를 절대 거절할 수 없으리라는 것을 잘 알고 있었죠. 하지만 한편으론 그 확신이 저를 어리둥절하게 하기도 했네요.) 편지에서 아버지 책상을 가지고 있다고 적으셨던데, 그녀가 말했어요. 지금도 갖고 계신가요?

저는 방 건너편의 나무 책상을 바라보았어요. 그 책상에서 일곱 편의 소설을 썼고, 당시엔 여덟번째 소설이 될 원고와 메모 뭉치가 동그랗게 떨어지는 전등빛 아래 잔뜩 쌓여 있었죠. 서랍 하나가 살짝 열려 있었어요. 열아홉 개의 서랍 중 하나. 작은 것도 있고 큰 것도 있었는데, 이제 곧 내 곁을 떠날 거라고 생각하니, 짝이 맞지 않는 그 서랍의 숫자와 낯선 배열이, 말로 설명할 순 없지만, 제 삶을 이끌어준 어떤 질서를 상징하고 있다는 걸 깨달았어요. 일이 잘 풀릴 땐 그 질서에 거의 신비한 힘이 있는 것만 같았죠. 서로 다른 크기의 서랍 열아홉 개, 어떤 것은 책상 아래에 있고, 또 어떤 것은 책상 위에 있었는데, 평범한 그 내용물(스탬프나 클립 뭉치가 흩어져 있었죠) 너머에 훨씬 복잡한 어떤 구상, 그 앞에 앉아서 했을 수천 일 동안의 생각이 만들어낸 정신의 청사진이 숨어 있었어요. 풀리지 않는 문장에 대한 해답이나 최고의 표현들, 제가 써냈던 모든 것과는 완전히 다른 무언가를 담고 있는 것 같았죠. 그런 글들이 한 권의 책으로 이어지기는 했지만, 그건 제가 늘 쓰고 싶었던 그런 책은 아니었으니까요. 그 서랍들은 깊이 각인된 어떤 논리, 정확히 그 숫자와 그런 배열이 아니고서는 표현할 길이 없는 어떤 의식의 유형을 보여주는 것 같았어요. 제가 너무 과대평가를 했던 걸까요?

책상에서 살짝 뒤로 빠진 의자가 제가 다시 앉아 자리를 잡아주기를 기다리고 있었어요. 그런 저녁이면 저는 절반 정도 밤을 새우며 일을 했거든요. 기력이 있고 맑은 정신을 유지할 수 있는 한은 어두운 허드슨강을 내려다보며 글을 썼죠. 그만 침대로 들어오라고 하는 사람도 없고, 함께 삶의 리듬을 맞춰야 할 사람도, 내 뜻을 굽히고 따라야 할 사람도 없었어요. 다른 사람에게서 온 전화였다면, 전화를 끊은 다음 바로 책상으로 돌아갔겠죠. 이십 년 하고도 오 년 동안 제 몸이 익숙해져 있었던 책상으로. 그 앞에 웅크리고 앉아 자세를 잡는 동안 어느새 제 몸도 거기에 맞춰져 있었던 거예요.

잠깐 동안, 이미 다른 사람에게 책상을 줬다거나 버렸다고 말할까 생각했어요. 아니면 그냥 전화를 잘못 거신 것 같다고 말할 수도 있었겠죠. 한순간도 그녀의 아버지 책상을 가지고 있었던 적이 없었다고. 그녀의 희망엔 확신이 없었어요. 그녀가 빠져나갈 구멍을 줬어요—지금도 갖고 계신가요? 제가 없다고 대답하면 그녀는 실망하겠지만, 그렇다고 제가 그녀에게서 뭘 빼앗는 건 아니었을 거예요. 적어도 그녀가 가지고 있던 무언가는 아니었죠. 그렇게 대답하고 나면, 저는 또다른 이십오 년 혹은 삼십 년 동안, 아니면 제 정신이 멀쩡하고 절박함이 사라지지 않는다면 언제까지나, 그 책상에서 계속 글을 쓸 수 있었겠죠.

하지만 저는 결과를 생각할 겨를도 없이 그녀에게 대답했죠, 네, 갖고 있어요. 고개를 돌려 책상을 바라보며 왜 제가 그렇게 금방 그 말을 하고 말았는지 생각했어요. 제 인생을 완전히 궤도에서 벗어나게 만들어버린 그 대답을. 그렇게 하는 것이 친절하고 도덕적이기 때문이었다고 해야겠지만요. 판사님, 그때 이미 저는 그런 이유로 그렇게 대답한 게 아님을 알고 있었어요. 작품을 빙자해 제가 사랑하는 사람들에게 훨씬 큰 잘못을 저지른 적도 많았는데, 따지고 보면 그녀는 완전히 낯선 사람이었으니까요. 제가 그렇게 대답한 건, 글을 쓰는 것과 똑같은 이유에서였어요. 네, 라고 말해야만 했기 때문이었죠.

돌려주셨으면 합니다. 그녀가 말했어요. 물론이죠. 저는 그렇게 대답하고, 생각을 바꿀 겨를도 없이 바로, 언제 가지러 오겠느냐고 물었어요. 뉴욕엔 일주일만 있을 예정이에요, 그녀가 말했죠. 토요일 어떠세요? 그렇다면 제가 책상과 함께 지낼 수 있는 날이 닷새 더 남은 셈이었어요. 좋아요, 저는 대답했죠. 평소의 차분한 목소리와는 한참 다른, 당혹감이 묻어나는 목소리였어요. 책상 말고, 아버지의 다른 가구들도 가지고 있어요. 다 가져가셔도 돼요.

전화를 끊기 전에 제가 이름을 물었어요. 레아예요, 그녀가 대답했죠. 레아 바르스키? 아뇨, 바이스요. 그렇게 대답하고 나서 그녀는 자신의 어머니가 이스라엘 사람이고, 70년대 초반에 산티아고에서 잠시 지낸 적이 있다고 덧붙였어요. 군사 쿠데타가 일어날 무렵 어머니는 다니엘과 잠시 연애를 했고, 쿠데타 후에 바로 칠레를 떠났다고 했죠. 임신했다는 걸 알게 된 그녀의 어머니가 다니엘에게 편지를 썼지만, 다시는 그의 소식을 듣지 못했어요. 이미 그가 체포된 후였으니까.

이어진 침묵 속에서, 감당할 수 있는 소소한 대홧거리가 바닥나고 그런 전화 통화로 하기에는 어색한 이야기만 남았다는 게 분명해졌을 때, 제가 말했어요. 아주 오랫동안, 네, 그 책상을 꼭 지키고 있었다고. 언젠가 누군가는 가지러 올 거라고 생각하고 있었다고 그녀에게 말했어요. 물론, 그런 사람이 나타나면 곧장 돌려줄 생각이었다고요.

전화를 끊고 나서 주방으로 가 물을 한 잔 마셨어요. 거실로—거실을 서재처럼 쓰고 있었어요, 따로 거실이 필요하지 않았거든요—돌아와 잠시 서성이다 아무 일도 없었던 것처럼 책상 앞에 앉았어요. 하지만 무슨 일이 있었고, 전화벨이 울리기 직전에 쓰고 있던 문장이 그대로 떠 있는 컴퓨터 화면을 들여다보면서, 그날 밤은 더이상 일을 할 수 없다는 걸 알았죠.

자리에서 일어나 독서용 의자로 갔어요. 테이블에 놓인 책을 집어들었지만, 정신이, 뭐라 꼭 집어 말할 순 없었지만, 산만했어요. 건너편의 책상을 쳐다봤죠. 막다른 곳에 다다랐지만 거기에 굴복할 준비가 되어 있지 않았던 수많은 밤들에 바라보던 것처럼요. 아뇨, 제가 글쓰기를 무슨 신비한 활동으로 여기는 건 아니에요, 판사님. 다른 작업과 마찬가지로, 일일 뿐이겠죠. 문학의 힘이란, 저는 늘 이렇게 생각했어요. 그걸 만들어내려는 의지가 얼마나 강한가에 달려 있다고요. 그랬기 때문에, 작가가 글을 쓰기 위해서 특별한 의식儀式이 필요하다는 생각은 한 번도 해본 적 없었거든요. 히피의 집에서든 복잡한 카페에서든, 필요하다면 거의 모든 곳에서, 저는 가리지 않고 글을 쓸 수 있었어요. 누군가 제게 글을 펜으로 쓰는지 컴퓨터로 쓰는지, 아침에 쓰는지 밤에 쓰는지, 혼자 쓰는지 사람들 틈에서 쓰는지, 괴테처럼 안장에 앉아서 쓰는지 아니면 헤밍웨이처럼 선 채로 쓰거나 트웨인처럼 누워서 쓰는지, 그런 질문을 하면 늘 그렇게 대답했죠. 마치 우리 안에 잠자고 있는, 출판되기만 기다리는 소설이 감춰진 금고의 열쇠를 끄르는 비밀이라도 있는 것처럼 가정하고 물어보는 질문들. 아뇨, 제가 잃어버려서 당황했던 건 익숙한 작업환경이었어요. 감정만 잡히면 다른 건 전혀 중요하지 않았죠.

장애물이었어요. 뭔가 우울한 기운이 모든 것에 스며들었죠, 다니엘 바르스키 이야기에서 시작해 이제는 제 것이 되어버린 우울함. 해결책이 없다고 할 순 없었어요. 다음날 아침에 새 책상을 사야겠다고 마음먹었죠.

자정이 넘어서 잠이 들었는데, 해결하기 어려운 문제를 안은 채 잠자리에 들 때면 늘 그렇듯, 잠을 설치며 생생한 꿈을 꿨어요. 하지만 아침엔 뭔가 거대한 이야기를 힘들게 따라간 것 같은 기분만 남아 있고, 기억나는 건 꿈의 조각들뿐이었죠—제 아파트 건물 앞에 한 남자가 서 있었어요. 남자는 캐나다 북극권에서 시작돼 허드슨강을 타고 내려온 차가운 빙하풍에 거의 얼어죽기 직전이었죠. 제가 지나칠 때 남자는 자신의 입 밖으로 비어져나온 빨간 실을 좀 당겨달라고 부탁했어요. 측은한 마음을 이기지 못하고 남자의 부탁을 들어주는데, 실이 끊임없이 이어지며 제 발 앞에 차곡차곡 쌓이는 거예요. 팔이 아파왔지만, 남자는 계속 당기라고 소리쳤죠. 시간이 한참, 꿈에서 그렇듯이 압축되어서 지나고, 남자와 저는 그 실 끝에 뭔가 대단히 중요한 것이 있다는 확신을 가졌어요. 아니 어쩌면, 그렇게 믿고 안 믿고를 선택할 수 있는 사치는 저만의 것이었는지도 모르겠네요. 남자에겐 생사가 걸린 일이었겠지만.

다음날, 저는 새 책상을 보러 가지 않았어요. 그다음날도요. 글을 쓰려고 앉았을 땐, 집중을 할 수 없었을 뿐 아니라, 이미 써놓은 문장들도 모두 생기와 진정성이 없이 피상적으로만 보였어요. 써야만 했던 절박한 이유가 없는 문장들이었죠. 제가 바란 건 최고의 소설에서 보이는 정교한 구성물이었는데, 그때 제가 본 건 그저 흔히 볼 수 있는 것, 모든 사물의 표면을 뒤흔들 만큼의 깊이를 드러내기보다는, 결국 얄아빠진 것에 불과한 무엇으로부터 관심을 돌리게 하는 잔재주였죠. 제가 생각한 건 더 단순하고 순수한 산문, 혼란스러울 뿐인 장식들을 모두 걷어낼 수 있는 방법의 모색이었지만, 실제로 나온 건 무디고 쓸데없는 혼란뿐이었어요. 긴장도 활력도 없는, 아무것에도 맞서지 않고, 아무것도 넘어뜨리지 못하고, 아무것도 소리쳐 외치지 않는 글. 가끔씩 이야기를 꾸려나가는 데 고생을 한 적도 있고, 조각들을 어떻게 맞춰나가야 할지 몰라 힘든 적도 있었지만, 그럴 때도 무언가가 존재한다는 믿음은 있었거든요. 내가 정교하게 발라내고 다른 것과 분리해낼 수만 있다면, 하나의 소설을 시작하게 했던 어떤 생각을, 단 한 가지 방법으로만 쓰일 수 있는 그 섬세하고 환원할 수 없는 생각을 표현할 수 있는 구상이 있다고요. 하지만 제가 잘못 생각했던 거예요.

아파트를 나와 리버사이드공원을 가로지르고 브로드웨이까지 오래 걸으며 기분을 정리하려 했어요. 제이바스 슈퍼마켓에 들러 저녁거리도 샀죠. 할머니에게 문안 가던 시절부터 있던 치즈 코너의 남자 직원에게 인사하고, 수레에 피클병을 담은 채 돌아다니고 있는, 화장을 짙게 하고 등이 굽은 할머니들 사이를 지나, 기계처럼 네, 네, 네, 네, 라고 대답하는 어떤 여성 뒤에 줄을 섰어요. 과거에 그녀가 소녀였을 때나 어울렸을 법한, 열의에 넘치는 네, 라는 대답. 그 시절에 그녀는 아니요, 아니요, 이제 그만, 이라고 말하고 싶을 때도 네, 라고 대답했겠죠.

하지만 집에 돌아와보니 모든 것이 그대로였어요. 다음날은 더 나빴죠. 지난 일 년 남짓 동안 제가 써온 것들이 모두 실패였다는 생각이 아플 만큼 확고해졌어요. 그후 며칠 동안, 제가 책상에 앉아 한 일이라곤 원고와 노트를 정리하고 서랍을 비우는 일뿐이었네요. 오래된 편지와 이젠 알아볼 수도 없는 뭔가를 적어놓은 종이들이 아무렇게나 흩어져 있었고, 오래전에 버린 물건의 부품들, 분해된 변압기, 전남편 S와 함께 살았던 집 주소가 인쇄된 편지지까지―그건 가장 쓸모없는 물건들의 집합이라 할 만했어요. 그리고 오래된 노트 아래, 다니엘의 엽서도 있었죠. 어떤 서랍의 구석에선 오래전 다니엘이 깜빡하고 챙기지 못한 누렇게 변색된 책 한 권이 나왔어요. 로테 버그라는 작가가 쓴 단편집이었는데, 1970년에 저자가 직접 서명을 해서 다니엘에게 준 책이었죠. 커다란 쓰레기봉투에 버릴 물건들을 담았어요. 다니엘의 엽서와 그 책만 빼고 모두 담았죠. 엽서와 책은, 읽어보지도 않고 노란색 봉투에 따로 챙겨두었어요. 작은 서랍이든 보통 크기의 서랍이든 모두 비웠어요. 작은 황동 자물쇠가 달린 서랍 하나만 예외였죠. 자물쇠는 책상 앞에 앉으면 정확히 오른쪽 무릎 위에 닿았어요. 제가 처음 볼 때부터 잠겨 있던 서랍인데, 열쇠를 찾으려고 여러 번 시도해봤지만 매번 실패했죠. 한번은 궁금함, 혹은 지루함을 견디다못해, 드라이버로 자물쇠를 따보려다가 손마디만 까지고 만 적도 있었네요. 가끔은 차라리 다른 서랍이 잠겨 있었더라면 하고 바라기도 했어요. 오른쪽 맨 위 서랍은 제일 많이 쓰는 서랍이니까. 그 많은 서랍들 틈에서 뭔가 찾으려 할 때면 저도 모르게 그 서랍에 맨 먼저 손이 갈 때가 있었거든요. 그럴 때면 잠시 불행한 느낌이, 버려진 느낌이 들었어요. 그 서랍이랑은 아무 관련 없다는 건 저도 알지만, 어쩌다 거기에 깃들게 된 그 감정을 느낄 수 있었어요. 어떤 이유에선지 저는 늘 그 서랍엔, 언젠가 다니엘 바르스키가 제게 읽어준 시에 등장한 여인이 그에게 보낸 편지가 있을 거라고 생각했어요. 정확히 그녀는 아니더라도 왠지 그녀와 비슷한 어떤 여인이요.

돌아오는 토요일 정오에 레아 바이스가 찾아왔죠. 문을 열고 거기 서 있는 그녀를 보는 순간 숨이 멎는 것만 같았어요. 다니엘 바르스키가, 이십칠 년이라는 시간이 흘렀음에도, 내가 기억하고 있는 그 모습, 그의 집을 찾아간 나를 맞아주던 그 겨울날 오후의 모습 그대로 서 있었거든요. 다만 모든 것이 거울에 비친 것처럼 뒤집혔거나, 시간이 잠시 멈췄다 거꾸로 흐르며 자신이 한 짓을 모두 되돌려놓은 것 같았어요. 마른 몸이나 코의 생김새, 그런 외모 밑에 숨어 있던 어울리지 않는 섬세함까지 모두 그대로였죠. 다니엘 바르스키의 흔적은 그녀의 손까지 퍼져 있었어요. 바깥 날씨는 따뜻했지만 악수를 하며 쥔 그녀의 손은 차가웠죠. 그녀는 파란색 벨 벳 상의의 소매를 팔꿈치까지 걷어올리고 빨간색 면 스카프를 두른 차림이었어요. 마치 키르케고르나 사르트르를 처음 만난다는 부담감을 잔뜩 안고 바람을 맞으며 교정의 안뜰을 가로지르는 대학생처럼, 그녀의 스카프는 제멋대로 헝클어진 채 어깨 위에 늘어져 있었죠. 그 정도로 그녀는 젊어 보였어요. 열여덟 혹은 열아홉? 하지만 찬찬히 계산을 해보니 적어도 스물넷이나 스물다섯, 그러니까 다니엘과 제가 만났을 당시 우리 나이쯤은 되었으리라는 걸 깨달았어요. 그리고 학생처럼 풋풋한 얼굴과 달리, 흘러내린 앞머리와 눈은 앞으로 벌어질 어떤 일을 암시하고 있는 것 같았어요. 짙은, 거의 검은색에 가까웠던 그 눈.

집안에 들어온 다음에야, 저는 그녀는 그녀의 아버지가 아니라는 걸 알았어요. 무엇보다도 몸집이 작았는데, 더 아담한, 거의 요정 같은 몸이었다고 할까요. 머리는 다니엘의 검은 머리와 달리 적갈색이었어요. 현관 조명 아래에서 보니 다니엘의 흔적은 적잖이 사라져, 거리에서 레아를 마주친다고 해도 익숙한 어떤 면모는 느낄 수 없을 것 같았죠.

레아는 책상을 발견하고 곧장 그 앞으로 갔어요. 커다란 덩치의 그 물건이 아마도 아버지보단 훨씬 더 실감이 났을 거라고, 저는 생각했죠. 그녀가 손으로 이마를 짚으며 의자에 앉았어요. 순간, 울음을 터뜨릴 줄 알았지만, 대신 그녀는 책상 위를 앞뒤로 한번 쓰다듬고는 서랍을 열어보았어요. 그 침범에 저는 불쾌함을 숨겨야 했죠. 그녀가 서랍 하나를 들여다보는 데 만족하지 못하고, 서너 개나 열어보며 모두 비어 있다는 것을 확인할 때까지요. 순간, 하마터면 제가 울음을 터뜨릴 뻔했네요.

예의상, 혹은 레아가 책상을 더 꼼꼼히 살피는 것을 막기 위해 차를 마시자고 했어요. 의자에서 일어난 그녀는 실내를 둘러보았죠. 혼자 사세요? 그녀가 물었어요. 그 어조와, 얼룩이 묻은 안락의자 옆에 비스듬히 쌓여 있는 책이나 창문 선반에 놓인 지저분한 머그컵들을 바라보는 그녀의 시선에서, 그녀의 아버지를 만나기 전, R의 물건이 사라져버린 빈 아파트에서 혼자 지내던 저를 찾아온 친구들의 동정어린 시선이 떠올랐어요. 네, 제가 대답했어요. 차는 어떻게 드세요? 결혼 안 하셨어요? 그녀가 물었어요. 너무 솔직한 질문에 놀란 저는, 생각할 겨를도 없이 대답했죠. 안 했어요. 저도 생각 없어요, 그녀가 말했죠. 그래요? 제가 물었어요. 왜요? 선생님을 보세요, 그녀가 말했어요. 어디든 원하는 곳에 갈 수 있고하고 싶은 대로 하고 사시잖아요. 그녀는 귀 뒤로 머리를 쓸어넘긴다음, 다시 한번 실내를 훑듯이 살폈어요. 마치 그냥 책상 하나가아니라 아파트 전체를, 혹은 삶 자체를 넘겨받으려는 사람처럼 보였죠.

다니엘이 체포될 때 상황이 어땠는지, 어디에 감금되었는지, 어디서 어떻게 죽었는지에 대한 단서는 있는지, 그런 것들을 물어보는 건, 적어도 그 순간에는 불가능했어요. 대신 다음 삼십 분 동안, 저는 레아가 뉴욕에 이 년 동안 산 적이 있다는 이야기를 들었어요. 줄리아드에서 피아노를 공부하다가 어느 날, 다섯 살 때부터매달려온 그 큰 악기를 더이상 연주하지 않기로 결심하고, 몇 주후에 곧장 예루살렘으로 돌아갔다고 했어요. 작년 한 해 동안 쭉거기서 지내며 이젠 뭘 하면 좋을지 알아보았다고 했죠. 친구들에게 맡겨두었던 물건을 찾아가기 위해 뉴욕에 돌아왔는데, 제 책상과 함께 그 짐들도 예루살렘으로 부칠 예정이었어요.

제가 놓친 이야기들도 있었을 거예요. 왜냐하면 그녀가 이야기하는 동안 저는 작가로서 저의 인생에서 의미가 있다고 할 수 있는유일한 물건을 넘겨줘야만 한다는 사실을 받아들이느라 힘들었거든요. 아무런 존재감도 없고 잡을 수도 없는 무언가를 외롭게 대변해주던 그 물건이, 그녀에겐 그저 가끔씩만 앉아보는 아버지의 유품에 불과할 거라는 생각에 힘들었어요. 하지만 판사님, 제가 뭘 할 수 있었겠어요? 다음날 그녀가 트럭과 함께 다시 와서 책상을 싣고 곧장 뉴어크에 있는 컨테이너로 옮기기로 했어요. 책상이 집에서 나가는 광경을 볼 자신이 없었기 때문에, 저는 그 시간에 나가 있겠다고 했죠. 대신 루마니아 출신의 퉁명스러운 경비원 블라드에게 그녀를 들여보내주라는 이야기를 확실히 해두겠다고.

다음날 이른아침 저는 다니엘의 엽서가 든 노란색 봉투를 빈 책상에 남겨둔 채, S와 함께 지낼 때 아홉 번 혹은 열 번의 여름을 보낸 코네티컷 노픽의 별장으로 차를 몰았어요. 이혼한 후엔 한 번도 가지 않았죠. 도서관 옆에 주차를 하고 차에서 내려 녹색의 마을을 바라보며 다리를 푸는 동안, 저는 그곳을 찾은 이유가 뭐였든 거기에 너무 빠지면 안 된다는 것을 깨달았어요. 뿐만 아니라 아는 사람을 만나지 않기를 간절히 바랐어요. 차로 돌아와 너덧 시간 동안 아무 목적 없이 시골길을 달렸어요. 뉴말버러를 지나 그레이트배링턴까지, 레녹스 너머까지, 옛날에 우리의 결혼이 굶어죽기 직전임을 알아차리기 전까지 S와 제가 수도 없이 지났던 길을 달렸죠.

운전을 하면서, S와 결혼하고 사 년인가 오 년이 지났을 때 둘이서 함께 독일인 무용수의 뉴욕 집에 저녁 초대를 받았던 일을 생각했어요. 당시 S는 지금은 문을 닫은 극장에서 일했는데, 그 무용수의 솔로 작품이 그곳에서 공연중이었죠. 작은 아파트에 무용수가 그동안 모아온 진기한 물건들이 가득했어요. 길에서 주운 물건, 쉴새없이 다닌 여행에서 발견한 물건, 다른 사람에게 받은 물건 들이 무대 위의 그를 멋지게 만들어주던 공간감이나 비례, 시간 감각, 그리고 우아함까지 갖춘 채 정리돼 있었죠. 사실 그 무용수가 평상복을 입고 갈색 슬리퍼를 신은 채 아파트 안을 오가며 집안일을 척

척 해내는 모습을 보는 건 낯설고, 심지어 안타깝기까지 했어요. 그의 안에 잠자고 있는 신체적 재능은 조금도 드러나지 않는 그 움직임을 보며, 저는 그가 그런 생활의 동작들을 멈추고 점프나 턴을 한번 보여주기를, 그의 진정한 에너지를 폭발시켜주기를 애타게 원했죠. 그럼에도 일단 거기에 익숙해지고 그의 수집품들을 구경하는 데 몰두하게 되니, 타인의 삶의 영역에 들어갈 때 종종 느끼곤 하는, 다른 세계에 온 것 같은 어떤 뿌듯한 느낌이 들었어요. 그럴 때면 잠시 저의 진부한 습관들을 바꾸고, 그렇게 사는 것도 전적으로 가능할 것 같은 기분이 들었지만, 다음날 아침 잠에서 깨어 조금도 달라진 것 없는 제 삶을 마주하면 그런 기분도 스르르 사라져버리곤 했죠. 식사중에 화장실을 가기 위해 거실을 지나다 무용수의 침실 문이 열려 있는 걸 발견했어요. 침대 하나와 나무 의자, 그리고 모퉁이에 양초가 놓인 작은 제단이 있는 간소한 침실이었죠. 남쪽으로 난 침실의 커다란 창문 너머로 로어맨해튼의 야경이 어둠 속에 걸려 있었고, 반대편 벽엔 핀으로 붙여놓은 그림 한 장 외엔 아무것도 없었어요. 밝고 경쾌한 붓질 사이로 여기저기 얼굴들이 보이는 활기찬 그림이었는데, 진창에서 내민 듯한 그 얼굴들 중엔 간혹 모자를 쓰고 있는 얼굴도 보였죠. 절반으로 나눠서 위쪽에 있는 얼굴들은 뒤집혀 있었어요. 마치 화가가 중간에 캔버스를 돌렸거나, 그림을 바닥에 놓은 다음 좀더 쉽게 손을 뻗기 위해 자리를 옮겨가며 그린 것 같았죠. 무용수가 가지고 있던 다른 작품들과는 다른, 낯설었던 그 작품을 잠시 쳐다보다 저는 그대로 화장실로 향했어요.

거실에 피워둔 벽난로의 불이 잦아들고, 밤이 깊어갔어요. 식사를 마치고 코트를 걸치면서, 저 자신도 예상치 못했던 일인데, 무용수에게 그 그림은 누가 그린 거냐고 물었죠. 무용수는 가장 친한 친구가 아홉 살 때 그린 그림이라고 했어요. 그 친구와 누나가 함께 그린 거죠. 대부분은 누나가 그렸을 것 같지만. 그가 말했어요. 나중에 저한테 췄습니다. 무용수는 제가 코트 입는 것을 도와주었어요. 그러니까, 슬픈 사연이 있는 그림입니다. 그가 잠시 후 덧붙였죠. 그제야 생각이 났다는 듯이 말이에요.

어느 날 오후, 어머니가 아이들이 마실 차에 수면제를 탔습니다. 남자아이는 아홉 살, 누나는 열한 살이었죠. 어머니는 잠든 아이들을 차에 태워 숲속으로 갔어요. 아직 어두워지기 전이었는데, 거기서 어머니는 차에 기름을 붓고 불을 질렀습니다. 셋 다 타 죽었죠. 이상한 건, 무용수가 말했어요, 저는 항상 그 친구네 집안 분위기를 부러워했다는 겁니다. 그해에도 크리스마스트리를 4월까지 치우지 않고 있었죠. 나무가 갈색으로 변하고 잎들이 떨어졌지만, 저는 엄마에게 왜 우리집은 요른의 집처럼 크리스마스트리를 오래 두지 않느냐고 칭얼거렸거든요.

너무나 직설적으로 이야기를 마친 후, 침묵 속에서 무용수는 미소를 지어 보였어요. 제가 코트를 입어서 그랬는지, 아니면 아파트 안이 따뜻해서였는지 모르겠지만, 갑자기 뭔가 뜨거운 기운이 느껴지며 현기증이 날 것 같았죠. 이야기 속의 아이들에 대해, 그 무용수와 그들의 우정에 대해 더 물어보고 싶은 것이 많았지만, 그대로 기절을 해버릴 것 같아 두려웠어요. 다른 손님이 그런 음울한 이야기로 모임을 마치게 된 것에 대해 농담을 던졌고, 우리는 저녁 잘 먹었다고 인사를 한 다음 나왔어요. 엘리베이터를 타고 내려오는 동안 쓰러지지 않으려고 정신을 바짝 차렸는데, 조용히 콧노래를 부르는 S는 아무것도 눈치채지 못한 것 같았죠.

당시 S와 저는 아이를 가질까 생각하고 있었어요. 결혼 초기부터 생각은 있었어요. 하지만 항상, 함께든 각자든, 먼저 해결해야 할 생활의 문제가 있었고, 아무런 해결책도 내놓지 못한 채 시간은 그냥 지나갔어요. 그 정도로 사는 것만 해도 충분히 힘들었는데, 그보다 더 나은 삶을 살려면 어떻게 해야 하는지 도무지 알 수가 없더라고요. 좀더 젊은 시절엔 당연히 아이를 가지고 싶다고 믿었지만, 서른다섯 혹은 마흔이 되고 나서도 제게 아이가 없다는 사실이 놀랍지는 않았어요. 어쩌면 양면적인 감정처럼 보이겠죠, 판사님. 어느 정도는 사실이에요. 하지만 그게 다는 아니거든요. 항상 어떤 느낌이었냐면요, 반대되는 증거들이 점점 쌓여갔지만 저에게 아직 시간이—언제까지나—있는 것 같았어요. 세월이 흐르고, 거울 속 제 얼굴이 변하고, 몸도 이전의 몸이 아니었지만, 제가 아이를 가질 가능성이 제 동의도 없이 사라져버릴 수도 있다는 건 믿기 어려웠네요.

그날 밤 집으로 돌아오는 택시 안에서 내내 그 어머니와 아이들을 생각했어요. 뾰족한 소나무 잎이 쌓인 숲길 위를 부드럽게 굴러가는 타이어, 공터에서 멈춘 엔진, 뒷좌석에 조용히 잠든 어린 화가들의 창백한 얼굴, 그 아이들의 손톱 밑에 낀 때까지요. 그 어머니는 어떻게 그런 짓을 할 수 있었을까? 소리 내어 S에게 물었어요. 제가 묻고 싶었던 게 딱 그 질문은 아니었지만, 그 상황에선 그나마 가장 가까운 질문이었어요. 제정신이 아니었겠지, S는 간단히 대답했죠, 그걸로 대화도 끝이라는 듯이.

머지않아 저는, 독일의 어느 숲에서 어머니와 함께 차 안에서 타 죽은 무용수의 어린 시절 친구 이야기를 작품으로 썼어요. 세부 사항을 많이 바꾸지 않았고, 상상으로 살을 덧붙였죠. 그 아이들이 살던 집, 어느 봄날 저녁에 창문 밖으로 새어나오던 따뜻한 냄새, 가족이 직접 심은 마당의 나무들이 그대로 제 앞에 그려지는 것 같았어요. 엄마가 가르쳐준 노래를 함께 부르는 남매의 모습, 아이들에게 성경을 읽어주는 엄마, 창문턱에 가지런히 놓인 여러 종류의 새알들, 그리고 폭풍우가 치는 밤이면 누나의 침대로 슬그머니 올라가던 남동생까지. 작품은 유명한 잡지에 실리게 되었어요. 잡지가 나올 때까지 무용수에게 알리지 않았고, 심지어 나왔을 때 한 부 보내주지도 않았어요. 그에겐 이미 지난 일이었고, 저는 그걸 이용해서 제 생각에 적당하다고 여겨지는 만큼 다듬었던 거예요. 어떻게 보면 제가 하는 일이 원래 그런 종류의 일이라고 할 수도 있겠죠, 판사님. 잡지가 나왔을 땐 무용수가 봤을지, 봤다면 어떤 기분이 들었을지 궁금하기도 했지만 그런 생각이 오래가진 않았어요. 그보다는 제 작품이 유명한 잡지의 멋진 글자체로 인쇄되었다는 뿌듯함을 만끽했죠. 그날의 저녁식사 이후엔 그를 만날 일이 없었고, 그와 마주쳤을 때 뭐라고 이야기하면 좋을지도 생각해보지 않았어요. 뿐만 아니라 잡지가 나온 다음엔 차 안에서 타 죽은 그 어머니와 아이들에 대한 생각도 더이상 하지 않았어요, 마치 그렇게 글로 써버림으로써 그들이 사라져버리기라도 한 것처럼.

저는 계속 글을 썼어요. 다니엘 바르스키의 책상에 앉아 다른 소설을 썼죠. 다음 작품은 한 해 전에 돌아가신 제 아버지에 관한 글이었어요. 아버지가 살아 계실 땐 쓸 수 없는 소설이었죠. 만약 아버지가 그 글을 읽었다면, 분명 배신감을 느꼈을 거예요. 말년에 아버지는 당신의 몸을 통제하지 못하고, 품위를 지킬 수 없는 상황이었어요. 돌아가시는 그날까지 그 사실을 고통스럽게 절감하셨죠. 저는 소설의 곳곳에 그 굴욕들을 아주 자세하게 적었어요. 심지어 본인도 모르게 바지에 배변을 해버려서 제가 씻겨드린 일까지 썼죠. 아버지는 너무 창피해하시며 그후로 얼마 동안 저와 눈도 맞추지 못하실 정도였어요. 말할 것도 없이, 아버지는 당신 본인이 말을 할 수 있었다면 다른 사람에게 그 일을 이야기하지 말아달라고 제게 간청하셨겠죠. 하지만 저는 그 고통스럽고 내밀한 장면을 묘사하는 것에서 멈추지 않았어요. 사실 그런 사건은 아버지가 창피한 마음을 조금만 누를 수 있다면, 본인에게만 일어나는 게 아니라 나이가 들고 죽음에 가까워지면 누구나 겪는 것임을 아셨겠죠. 저는 거기서 멈추지 않고 대신 아버지의 병과 고통, 그리고 마침내 죽음까지도 그분의 삶에 대한 글을 쓸 수 있는 기회로 받아들였어요. 작가답게 날카로운 세부 묘사를 섞어가며, 그분의 몰락을, 한 인간으로서의 몰락과 아버지로서의 몰락을, 아버지를 아는 사람이 보면 분명히 알아볼 수 있는 세부 묘사를 잔뜩 담아서 써내려갔어요. 아버지의 결점과 저의 불안들, 어린 시절 아버지와 함께 지내며 겪은 일들을 아무런 가장 없이(대부분 과장해서) 적었죠. 제가 목격한 아버지의 잘못을 가차없이 묘사한 다음, 용서도 했어요. 결국 책의 결말에 가서는 깊은 동정심으로, 그런 아버지에 대한 사랑과 그분이 돌아가신 데서 오는 슬픔으로 마무리했지만, 책의 출판을 앞두고는 저 자신에 대한 역겨운 감정 때문에 앞이 아득해지며 더이상 나아가지 못하는 순간들이 종종 있었어요. 출판 기념 인터

뷰에서는 그 작품이 허구임을 강조하고, 작품을 작가의 자서전처럼 받아들이는 기자나 독자들에 대한 불만도 표했어요. 작가의 상상력이라는 걸 전혀 인정하지 않는 사람들, 작가가 하는 일이란 맹렬한 창조가 아니라 그저 있었던 일을 성실히 기록으로 남기는 것뿐이라고 생각하는 사람들에 대해서요. 작가의 자유—상상력을 마음껏 발휘하고, 있었던 일을 조금 바꾸거나 다듬고, 지우거나 키우고, 의미를 부여하고, 구상하고, 실행하고, 꾸미는 일. 삶을 선택하고, 실험하는 그런 자유—를 칭송하며, 헨리 제임스가 말한 자유의 '무한한 증대'라는 표현도 인용했어요. 진지한 예술적 시도를 해본 사람이라면 의식하지 않을 수 없는 '계시'라고까지 그는 말했죠. 네, 아버지의 삶을 바탕으로 한 소설이 전국의 서점에서, 불티나게까지는 아니더라도, 심심찮게 팔리는 동안 저는 그 어디에도 비할 수 없는 작가의 자유를, 자신의 본능과 비전을 제외하고는 그 어느 것이나 그 누구에 대해서도 책임지지 않는 자유를 축복했어요. 아마 저는, 직접 그렇게 말하지는 않았지만, 작가는 좀더 고차원적인 소명에 답하는 거라는 암시를 흘리고 다녔던 것 같아요. 예술과 종교에서 말하는 그 소명을 따르다보면 작품에 끌어다 쓴 사람들의 감정 따위는 걱정하지 않아도 된다고 생각했죠.

네, 저는 작가란 자신의 작품이 가지고 올 결과를 두려워하면 안된다고 믿었어요—어쩌면 지금도 그렇게 믿고 있는지 모르죠. 세속적인 정확성이나 현실감 따위에 대해서는 아무런 책임이 없다고, 작가는 회계사가 아니라고요. 뿐만 아니라 도덕적 잣대 같은 우스꽝스럽고 잘못된 기준을 따를 필요도 없다고 생각했어요. 작품 속에서 작가는 그 어떤 법칙의 제약도 받지 않는다고 믿었죠. 하지만 삶에서는요, 판사님, 작가라고 그렇게 자유롭지는 못했어요.

　아버지에 대한 소설이 출간되고 몇 달 후, 워싱턴스퀘어공원 근처의 서점을 지날 때였어요. 습관처럼, 제 책이 진열창에 전시되어 있는지 살피고 있는데, 서점 안 계산대 앞에 그 무용수가 서 있는 게 보였어요. 그도 나를 발견했고, 그렇게 우리 둘은 얼어붙은 듯이 서로를 쳐다봤죠. 잠시, 저를 불편하게 만든 어떤 기억을 떠올리지 않은 채 그대로 가던 길을 갈까 하는 생각도 들었어요. 하지만 그런 일은 불가능했어요. 무용수가 손을 들어 알은척을 했고, 저는 그가 잔돈을 받아들고 인사를 나누러 나올 때까지 기다릴 수밖에 없었어요.
　무용수는 아름다운 모직 코트에 실크 목도리를 두른 차림이었어요. 햇빛 아래에서 본 그는 조금 나이가 들어 보였죠. 그렇게 많이는 아니지만, 더이상 젊다고는 할 수 없을 것 같았어요. 어떻게 지냈는지 제가 묻자, 그는 에이즈로 죽은 친구 이야기를 했어요. 당시엔 사람들이 에이즈로 많이 죽었죠. 오랫동안 사귄 남자친구와 최근에 헤어졌다고 했는데, 제가 마지막으로 그를 봤을 때는 아직 만나지도 않았던 친구였어요. 또 자신이 안무를 맡은 작품이 곧 공연될 거라고도 했어요. 오륙 년이 지났지만, S와 저는 여전히 결혼한 상태로, 웨스트사이드에 있는 아파트에서 함께 살고 있었죠. 겉으로만 보면 바뀐 건 거의 없었고, 그래서 제 소식을 이야기할 때 저는 다 괜찮다고, 여전히 글을 쓰고 있다고 대답했어요. 무용수가 고개를 끄덕였고, 아마 진심어린 미소까지 지어 보였던 것 같아요.

누군가의 그런 미소를 마주하면 저는 항상, 그 빌어먹을 자의식이 발동해서, 불안하고 어색해졌죠. 저는 절대 그렇게 느긋하고 솔직하고 능란할 수 없음을 알고 있었으니까요. 알아요, 그가 말했어요. 선생님 작품은 다 읽어봤어요. 그래요? 제가 물었죠. 한편으로는 놀라면서, 갑자기 초조했지만, 그가 다시 미소를 짓는 것을 보고는 안심했네요. 아마 그 소설 이야기는 나오지 않겠다고 생각했죠.

유니언광장까지, 서로의 길이 갈라지기 전까지 몇 블록을 함께 걸었어요. 작별인사를 할 때, 무용수가 몸을 숙여 제 옷깃에 인 보풀을 뜯어주었죠. 그 순간은 부드럽고 친밀하다고까지 할 수 있을 것 같았어요. 저기, 벽에서 내렸어요. 그가 작게 말했어요. 뭘요? 제가 물었죠. 선생님 소설을 읽고 나서요, 벽에서 그림을 내렸어요, 더이상 바라볼 수가 없어서. 그랬어요? 제가 말했어요. 무방비 상태였죠. 왜요? 처음엔 저도 이유를 몰랐어요, 그가 대답했죠. 이사를 다닐 때마다, 도시를 옮겨다니면서도 가지고 다닌 그림이었거든요, 거의 이십 년 동안. 하지만 얼마 후엔, 선생님의 소설을 읽고 나서 비로소 무언가 분명해졌다는 걸 이해했습니다. 그게 뭐였을까요? 저는 궁금했지만 차마 묻지 못했네요. 무용수는, 비록 나이가 들었지만 여전히 느긋하고 우아한 동작으로 팔을 뻗어, 두 손가락으로 제 뺨을 한 번 쓰다듬어준 다음 돌아서서 사라졌어요.

집으로 돌아오는 길에, 처음에는 그의 동작이 혼란스럽다가 나중에는 불쾌했어요. 겉으로만 보면 다정한 행동으로 오해할 수도 있지만, 생각을 하면 할수록 그 행동에 어떤 업신여김이, 심지어 모욕적인 무언가가 담겨 있었던 것만 같았죠. 무용수의 미소가 점점 더 가식적으로 느껴졌고, 그가 수년간 그 동작을 준비해온 것만 같은 생각이 들었어요. 머릿속으로 계산을 하며, 나와 우연히 마주칠 때를 기다려온 거라고. 그럴 가치가 있었을까요? 그는 가벼운 마음으로 그 이야기를 했던 게 아닐까요? 저한테만 한 것도 아니고, 그날 밤 그 자리에 있었던 모든 사람들 앞에서 한 건데? 제가 좀더 은밀한 방법으로—이를테면 그의 일기나 편지를 몰래 읽고—그 이야기를 알게 된 거라면, 아마 그런 일은 그를 잘 모르는 저로서는 불가능했겠지만, 달랐겠죠. 혹은 그가 여전히 고통스러운 감정에서 벗어나지 못한 채 저에게만 그 이야기를 했다면 달랐을 거예요. 하지만 그는 그러지 않았거든요. 저녁식사 후에 그라파*를 한 잔씩 나눠줄 때와 다름없이 미소를 띤 채 활기차게 이야기했는데 말이에요.

걷다가 우연히 놀이터를 지났어요. 이미 늦은 오후였지만 울타리로 둘러싸인 작은 놀이터엔 소리를 지르며 뛰노는 아이들이 가득했죠. 지난 몇 년간 여러 아파트를 옮겨다녔는데, 그중 하나가 도로를 사이에 두고 놀이터 건너편에 있었어요. 그때, 해가 지기 직전 삼십 분 동안 아이들은 점점 더 소란스러워진다는 걸 알았죠. 밤이 가까워지면서 도시 자체가 더 조용해져서 그런 건지, 아니면 놀 수 있는 시간이 끝나간다는 걸 알아차린 아이들이 아쉬움에 더 소리를 높여서 그런 건지는 알 수 없었어요. 아이들 사이에서 웃음소리가 터져나오고 점점 더 높아지면, 저는 책상에서 일어나 아래편의 아이들을 물끄러미 바라보곤 했어요. 하지만 그날은 그럴 여유가 없었네요. 무용수와 마주친 일에 정신이 팔린 채 걷고

---

* 이탈리아의 식후주.

있는데, 갑자기 비명소리가 들렸어요. 고통과 두려움이 묻어 있는 비명, 괴로워하는 아이의 비명이. 마치 오직 저만을 향한 절규라도 되는 것처럼 저를 파고들었죠. 걸음을 멈추고 주변을 둘러보았어요. 높은 건물에서 떨어져 짓이겨진 아이의 시체가 있을 것만 같았어요. 하지만 아무것도 없었죠. 동그랗게 모여 서서 즐겁게 뛰노는 아이들뿐, 그 비명이 어디서 왔는지 알 수 있을 만한 단서는 하나도 없었어요. 맥박이 빨라지고, 몸속에 아드레날린이 퍼지며, 저는 그런 끔찍한 비명을 터뜨린 아이를 구하려고 온몸으로 준비하고 있었는데, 아이들은 놀란 기색도 없이 그저 계속 노느라 바빴어요. 어쩌면 주변 건물에서 난 소리일지도 모른다는 생각에 고개를 들어 창문들을 살펴봤죠. 하지만 이미 11월이어서 난방을 위해 창문은 모두 닫혀 있었어요. 그대로 놀이터 울타리를 짚은 채 한참을 서 있었네요.

집에 돌아왔을 때, S는 아직 돌아오지 않은 상태였어요. 베토벤 현악4중주 가단조를 틀었어요. 대학 시절 남자친구의 기숙사 방에서 처음 들어본 후로, 제가 늘 좋아하던 곡이었죠. 그 친구가 허리를 숙이고 LP판을 얹은 다음 턴테이블의 바늘을 천천히 내리는 동안 등뒤로 툭툭 솟아 있던 뼈마디가 지금도 생생히 기억나요. 특히 3악장은 지금까지 작곡된 어떤 악절보다 감동적인데, 그 부분을 들을 때마다 저는 새까맣게 타버린 인간의 감정이라는 풍경을 성큼성큼 돌아다니는 거인의 어깨 위에 홀로 앉아 있는 것 같은 기분이 들었어요. 저를 깊이 움직인 음악들을 들을 때 늘 그렇듯이, 그 곡도 다른 사람과 있을 땐 듣지 않았어요. 제가 특히 아끼는 책은 빌려주지 않는 것과 같은 이유죠. 이렇게 고백하려니 부끄럽네요.

어떤 본질적인 결핍이나 제 본성 속에 숨은 이기심을 드러내는 행동이라는 것도 알고 있고, 대부분의 사람들이 가진 본능과는 반대된다는 것도 알고 있어요. 무언가를 열렬히 좋아하게 되면, 그 열정을 나누고 싶어하고, 다른 사람 속에 같은 열정을 불러일으키고 싶어하는 그런 본능 말이에요. 타인의 그런 열성이 없었다면 저 역시 제가 아끼는 책이나 음악들을 모르고 지냈을 거라는 사실도 알아요. 1967년 어느 봄날 저녁에 저를 들뜨게 한 작품번호 132번의 3악장은 말할 것도 없겠죠. 하지만 저는 다른 사람이 끼어들 때마다 즐거움이 커지는 게 아니라 줄어드는 기분이 들었고, 저와 작품 사이의 친밀함에 금이 가고, 사생활이 침범당하는 것 같았어요. 최악의 경우는, 제가 이제 막 떨리는 심정으로 읽기를 마친 어떤 책을 다른 사람이 아무렇게나 휙휙 넘겨보는 경우였죠. 그저 다른 사람들이 있는 곳에서 책을 읽는다는 것 자체가 제겐 어색했는데, 심지어 결혼을 하고 난 후에도 그건 바뀌지 않았어요. 하지만 그때쯤엔 S가 링컨센터의 예약 담당자로 자리를 옮기면서 회사에서 보내는 시간이 많아졌고, 가끔은 베를린이나 런던, 도쿄로 며칠씩 출장을 가는 경우도 있었어요. 혼자서, 저는 일종의 고요함 속으로, 무용수의 어린 친구들이 그린 늪 같은 곳, 얼굴들이 하나씩 떠오르고 모든 것이 고요한, 어떤 아이디어가 떠오르기 직전의 순간으로 미끄러지듯 들어갔죠. 그런 적막과 평화로움은 혼자 있을 때만 느낄 수 있었네요. 마침내, 귀국한 S가 문을 열고 들어오면 그건 언제나 어떤 삐걱거림으로 다가왔어요. 시간이 지나면서 그도 그 점을 이해하고는, 돌아오자마자 제가 있는 방에 들어오는 건 피했어요. 제가 거실에 있을 땐 주방에, 침실에 있을 땐 거실에 우선 들어가, 몇 분 동안 주머니를 비우고, 외국 동전을 검은색 필름통에 담은 다음, 천천히 제가 있는 방으로 건너왔죠. 그 작은 배려는 언제나 저의 원망을 고마움으로 바꾸어주었어요.

3악장이 끝나고 저는 나머지 부분을 듣지 않은 채 오디오를 끄고, 주방으로 가 수프를 만들었어요. 야채를 썰다가 칼이 미끄러지면서 엄지손가락을 깊이 베였는데, 짧은 비명을 지를 때 또하나의 비명이 들렸어요. 어린아이의 비명이, 벽 건너편, 옆집에서 들리는 것 같았죠. 후회가 밀려왔고, 정말 몸이 아픈 것처럼 뱃속이 뒤틀리며 그대로 주저앉았어요. 네, 울기도 했죠. 손가락에서 흘러내린 피가 셔츠에 떨어질 때까지 울었네요. 저 자신을 좀 추스른 다음 상처를 휴지로 감싸고, 옆집을 찾아갔어요. 나이가 많은 베커 부인이 혼자 살고 있는 집이었죠. 느릿느릿한 발소리가 현관문을 향해 가까워지는 게 들렸고, 잠시 후 저를 소개하자, 이번엔 여러 개의 자물쇠를 차례대로 끄르는 소리가 났죠. 부인은 거대한 검은색 테 안경 너머로 저를 올려다봤어요. 안경이 어찌나 큰지 그걸 쓴 사람이 더 왜소하고 작아 보일 정도였죠. 네, 어서 와요. 이렇게 만나서 반갑네요. 오래된 음식냄새가 진동을 했어요. 수년 동안 요리를 해온 냄새가 카펫과 가구 덮개, 그리고 그녀가 간신히 그 사이로 지나다니는 수천 개의 수프 그릇들에 스며든 거죠. 좀전에 비명소리가 들린 것 같아서요. 비명이라고요? 베커 부인이 물었어요. 어린아이 소리 같았어요, 라고 말하며 저는 어두운 실내를 슬쩍 훑어봤어요. 다리 장식이 요란한 가구들, 그녀가 죽고 나면 힘들게 들어내야 할 가구들이 여기저기 보였죠. 가끔 텔레비전을 보기는 하지만, 아니, 지금은 켜두지 않았어요. 그냥 앉아서 책을 읽고 있었는데. 그럼 아래층에서 난 소리였나보네요. 저는 괜찮아요, 걱정해줘서 고마워요.

제가 들었던 소리에 대해 아무에게도, 심지어 수년 동안 제 상담의였던 릭트먼 박사에게도 이야기하지 않았어요. 그후로 얼마 동안은 아이 소리가 들리지 않기도 했고요. 하지만 그 비명소리는 제게 남았어요. 가끔 글을 쓰다보면 제 안에서 갑자기 그 소리가 들려서, 생각의 흐름을 놓쳐버리고 멍해질 때가 있었죠. 그 비명소리에 조롱 비슷한 것이 숨어 있음을 인식하기 시작했어요. 처음엔 듣지 못한 어떤 배경음 같은 것. 혹은 아침에 일어날 때, 잠에서 빠져나와 깨어 있는 세계로 넘어오는 바로 그 순간에 그 소리가 들릴 때도 있었어요. 그런 아침이면 뭔가 목을 휘감고 있는 것 같은 기분으로 잠을 깼죠. 뭔가 보이지 않는 무게가 집안의 물건들에, 찻잔, 문손잡이, 컵에 붙어 있는 것 같았어요. 처음엔 알아차리기 힘들지만, 어떤 동작을 하든 아주 조금씩 더 힘이 들고, 그런 동작들을 마친 다음 책상에 가서 앉을 때쯤엔, 이미 제 안에 남아 있던 힘이 모두 슬그머니 빠져나가버린 상태였죠. 한 단어를 쓰고 다음 단어를 쓰기까지의 쉬는 시간이 길어지고, 힘들게 떠올린 생각을 글로 옮기려는 그 결정적 순간이 흔들리며, 무관심이라는 어두운 공간이 열리는 거예요. 아마 그게 제가 작가로 살면서 가장 자주 싸워야 했던 상황 같네요. 일종의 부질없는 관심, 혹은 무기력한 의지라고 할까요. 사실 그런 상태가 너무 꾸준했기 때문에 그다지 신경쓰이지도 않았어요—침묵에 굴복하라고 나를 부추기는 힘 같은 것 말이에요. 그런데 이제, 그런 순간에 발목이 잡힐 때가 종종 생긴 거예요. 그런 순간이 점점 길어지고 폭도 넓어지면서, 그 너머를 보는 것이 아예 불가능해져버릴 때가 있었어요. 그래서 마침내 그 너머에 이르렀을 때, 구명보트처럼 어떤 단어가 찾아오고, 그렇게 하나씩 하나씩 차례로 이어져도, 약간의 의심을 품은 채 그 단어들을 바라보기 시작한 거죠. 그런 불신은 제 작품에만 한정된 건 아니었어요. 스스로에 대한 깊은 불신을 인식하지 못한 채 작품만 의심하는 일은 불가능하니까요.

그 무렵, 저는 몇 년째 식물을 하나 기르고 있었어요. 그런데 햇볕이 가장 잘 드는 아파트 한쪽에서 행복하게 자라던 무화과나무가 갑자기 병이 들었는지 잎을 떨어뜨리기 시작한 거예요. 떨어진 잎을 봉지에 담아 화원에 가지고 가서 어떻게 하면 좋을지 물어보기도 했지만, 왜 그런지 이유는 아무도 알 수 없었죠. 저는 그 나무를 살리는 일에 집착했고, 나무를 살리기 위해 했던 처방들을 S에게 수도 없이 설명했어요. 하지만 아무것도 먹히지 않았고 결국 무화과나무는 죽었죠. 어쩔 수 없이 나무를 버렸고, 청소차가 와서 치워가기 전까지 하루 동안 창밖으로 그 나무가, 헐벗고 피폐한 모습의 그 나무가 보였어요. 청소차가 다녀간 후에도 저는 식물 기르는 법에 관한 책을 뒤지며, 벚나무깍지벌레나 가지마름병, 자벌레의 사진을 살폈는데, 그러던 어느 날 밤 S가 저의 등뒤로 다가와 책을 덮고는 두 손으로 제 어깨를 힘껏 쥐었어요. 제 발에 풀을 발라 바닥에 붙여놓고 완전히 고정되기를 기다리는 사람처럼 어깨를 누르며, 제 눈을 똑바로 바라보았죠.

그걸로 무화과나무는 끝이었지만, 저의 불안은 끝나지 않았어요. 아니요, 그건 차라리 시작이었다고 해야 할 것 같네요. 어느 날 오후, 저는 집에, S는 직장에 각각 있었어요. 저는 R. B. 키타이의 전시회에 다녀온 참이었죠. 직접 점심을 해서 먹을 생각이었는데, 식사를 하려고 앉았을 때 찢어질 듯한 고음의 어린아이 웃음소리가 들렸어요. 그 소리 때문에, 아주 가까이에서 들렸다는 것 말고도 갑작스러운 그 고음 뒤에 도사리고 있는 뭔가 묵직하고 불길한 느낌 때문에, 저는 들고 있던 샌드위치를 내려놓고 그대로 자리에서 일어났어요. 의자가 뒤로 넘어졌죠. 황급히 거실로, 그리고 침실로 갔어요. 뭘 기대했는지는 저도 모르겠지만, 두 곳 다 비어 있었죠. 하지만 침대 옆의 창문이 열려 있었고, 고개를 내밀고 봤을 때, 예닐곱 살쯤 되어 보이는 남자아이가 녹색 장난감 차를 끌며 홀로 보도 저쪽으로 멀어져가는 게 보였어요.

생각해보니 그해 봄부터 다니엘 바르스키의 소파가 썩기 시작했네요. 어느 날 오후에 창문 닫는 것을 깜빡하고 외출한 적이 있는데, 비바람이 들이쳐서 소파를 적신 거예요. 며칠 후 심한 악취가 나기 시작했죠. 곰팡이 냄새와 뭔가 다른 냄새, 마치 빗물이 소파 깊숙이 숨어 있던 사악한 무언가를 되살려놓은 것처럼, 시큼한 부패의 냄새도 났어요. 경비원이 악취에 인상을 찌푸리며 그걸 치웠어요. 오래전 다니엘 바르스키와 제가 그 위에서 단 한 번 키스했던 그 소파를. 그리고 그것 역시 청소차가 올 때까지 도로 한편에 비스듬히 놓여 있었어요.

며칠 후 밤에, 낡은 연회장이 나오는 공허한 꿈을 꾸다 갑자기 깼어요. 잠시 제가 어디 있는지 몰랐는데, 몸을 돌려보니 S가 옆에서 자고 있었죠. 그렇게 잠깐 안심을 했는데, 가까이서 보니 S의 몸을 감싸고 있는 건 사람의 피부가 아니라 코뿔소 가죽처럼 거친 회색 껍질이었어요. 아주 가까이서 봤기 때문에 지금도 쩍쩍 갈라진 그 회색 가죽이 생생하게 기억날 정도예요. 완전히 깬 것도 아니고 잠든 것도 아닌 그런 상태에서, 저는 겁이 났어요. 제가 본 것을 확인하기 위해 그를 건드려보고 싶었지만, 제 옆에 잠들어 있는 야수를 깨울까봐 두려웠어요. 그냥 눈을 감고 천천히 다시 잠이 들었는데, 무서운 S의 피부 때문이었는지, 꿈에서 죽은 고래처럼 해변으로 떠밀려온 아버지의 시체를 봤어요. 고래가 아니라 부패하기 시작한 코뿔소 시체라는 것만 달랐죠. 그걸 치우려면 창을 몸속에 깊이 찔러넣은 다음, 끌고 가는 수밖에 없었어요. 하지만 코뿔소 옆구리를 아무리 힘껏 찔러도 창은 깊이 들어가지 않았죠. 결국엔, 부패하기 시작한 그 시체도 죽은 무화과나무와 썩은 소파가 버려졌던 아파트 앞 보도에 자리를 잡았어요. 그런 다음엔 다시 변신을 해서, 5층의 우리 아파트 창문에서 내려다보니, 코뿔소인 줄 알았던 그 시체는 실종된 시인 다니엘 바르스키의 부패하기 시작한 시체로 바뀌어 있었죠. 다음날, 현관을 지날 때 경비원이 저에게 이렇게 말하는 걸 들은 것 같았어요. 죽음을 참 잘 이용하시는군요. 저는 걸음을 멈추고 돌아봤어요. 뭐라고 하셨죠? 제가 물었어요. 경비원은 아무 말 없이 저를 쳐다보았는데, 그의 입가에서 옅은 비웃음을 본 것만 같았어요. 10층에서 지붕 수리를 한다고 하더군요, 소음이 심할 겁니다. 그가 엘리베이터를 닫으며 말했어요.

 작업은 계속 엉망이었어요. 이전보다 훨씬 느려진 것은 물론, 이미 써놓은 것들에 대한 생각을 멈출 수가 없었고, 과거에 쓴 것들이 모두 잘못되었고 방향이 틀렸다는, 그 모두가 거대한 실수였다는 느낌에서 벗어날 수 없었죠. 그동안은 나의 작업이 사물들의 숨은 깊이를 드러내는 것이라고 생각했는데, 오히려 그 반대가 사실이 아닐까 하는 의심이 든 거예요. 제가 제 글의 소재가 된 사물들 뒤로 숨었던 거라고, 그것들을 이용해 평생 동안 다른 사람에게 저의 은밀한 결점이나 결핍을 숨겨왔고, 글을 씀으로써, 심지어 저 자신에게도 숨겨왔던 거라고요. 시간이 지나면서 결핍은 더 커졌고, 더이상 숨길 수 없을 지경까지 와버렸기 때문에, 그래서 작업이 점점 더 어려워지는 게 아닐까 하는 의심이 들었어요. 어떤 결핍이냐고요? 글쎄, 영혼의 결핍이라고 부를 수 있을 것 같아요. 힘과 활력의 결핍, 연민의 결핍이요. 그리고 그런 결핍에서 이어진, 결과로서의 결핍. 글을 쓰는 한, 그런 환상들이 떠나지 않았어요. 직접 결과를 목격하지 못했다고 해서 그것이 존재하지 않는다고 할 수는 없겠죠. 저는 기자들에게 자주 받았던 질문, 책이 사람들의 삶을 바꿀 수 있다고 생각하십니까, 라는 질문(질문의 진짜 뜻은, 정말로 당신이 쓰는 무언가가 다른 사람에게도 의미를 가질 수 있다고 생각하십니까?겠죠)에 이렇게 답하곤 했어요. 반격의 여지가 없는 질문을 기자에게 되던졌죠. 무슨 일이 생겨서 지금까지 읽은 모든 문학작품이 머릿속에서 지워진다면, 머리와 영혼에서 지워진다면, 본인이 어떤 사람이 될지 한번 생각해보라고요. 기자가 그런 황량한 상태를 그려보는 동안 저는 만족스러운 미소를 머금은 채 등을 기대고 앉아 있었어요, 그렇게 또다시 진실을 마주하는 것을 피한 채.

네, 결과로서의 결핍, 영혼의 결핍에서 생겨난 그것. 그게 가장 적절한 표현인 것 같네요, 판사님. 비록 오랫동안 숨겨올 수 있었지만, 작품의 좀더 심오한 존재론적 결핍을 내세워 다른 결핍, 표면적으로 보이는 외적인 결핍에 맞서보려 했지만, 갑자기 더이상은 그럴 수 없다는 걸 알게 된 거예요.

S와 그런 이야기를 하지는 않았어요. 사실, 결혼생활을 유지하는 동안 정기적으로 상담을 받은 릭트먼 박사에게도 그 이야기는 꺼내지 않았죠. 해보겠다고 마음을 먹기는 했지만, 매번 그녀의 상담실에만 들어서면 침묵이 엄습했고, 그런 식으로 수십만 개의 단어와 수백만 개의 작은 몸짓 뒤에 숨은 결핍은 일주일 더 유지되었어요. 그 문제를 인정하면, 그걸 입 밖으로 소리 내 말하면, 다른 모든 것을 단단히 받쳐주던 반석이 흔들리고 비상사태가 발생할 것 같았거든요. 그러고 나면 릭트먼 박사가 '우리의 작업'이라고 부르는 과정이 몇 달, 아니 몇 년 동안 지루하게 반복되었겠죠. 그래 봤자 사실은 예리하지 못한 도구로 저의 숨은 모습을 파보겠다는 고통스러운 과정일 뿐이지만요. 그 과정에서 릭트먼 박사는 낡은 가죽 의자에 앉아 받침대에 발을 올린 채, 얼굴은 시커메지고 손에는 상처가 난 제가 자기 인식의 작은 조각을 꼭 쥐고 구멍 밖으로 모습을 드러내는 순간, 무릎에 놓인 메모지에 뭔가를 끼적였겠죠.

그래서 저는 늘 하던 대로 했어요. 사실 하던 대로는 아니었던 게, 이제 제가 저 자신에 대해 수치심과 역겨움을 느끼고 있었거든요. 다른 사람과─특히 S, 저와 가장 가까웠던 그 사람과─함께 있을 때면 그 느낌이 더 강해졌죠. 혼자 있을 때면 잠시 잊어버리거나, 적어도 무시할 수 있었지만요. 밤이면 침대 가장자리에서 잔뜩 웅크린 채 잤고, 거실에서 S와 스쳐지날 때도 눈을 맞출 수가 없었어요. 다른 방에 있던 S가 저를 불러서 대답이라도 하려면, 엄청난 압박을 느끼며, 있는 힘을 다 짜내야 했어요. S가 왜 그러느냐고 물어보면 어깨를 으쓱하며 일 때문이라고 대답했고, 그가 더이상 물어보지 않으면요, 제가 그렇게 만든 거지만 아무튼, 그가 항상 하던 대로 손을 떼버리고 제게 더 많은 여지를 만들어주면, 저는 속으로 화가 났어요. 상황이 얼마나 심각한지, 제 기분이 얼마나 엉망인지를 눈치채지 못하는 그에게 실망했고, 그런 그에게 화가 났고, 심지어 역겨웠죠. 네, 역겨웠어요, 판사님. 저만 문제가 있는 건 아니라고 생각했어요. 이중적인 삶을 살아온 사람과 그렇게 오래 함께 지내고도 그 사실을 눈치채지 못한 그를 원망했죠. 그와 관련된 모든 일에 짜증이 나기 시작했어요. 샤워를 하며 휘파람을 부는 것도, 소리 내지 않고 입술로만 따라 읽으며 신문을 보는 것도, 멋진 일들이 있을 때 그걸 꼭 집어 말해버림으로써 분위기를 망치는 것도 모두 마음에 안 들었죠. 그이에게 짜증이 나지 않을 때는 저 자신에게 화가 났어요. 그렇게 쉽게 행복해질 수 있는, 적어도 기쁨을 느낄 수 있는 사람에게 큰 슬픔을 느끼게 한 것에 대해 화가 나고, 죄의식이 들었죠. S는 낯선 사람을 편안하게 해줄 줄 알고, 그들을 자기편으로 만들어 알아서 자신을 도와주게 만들 줄 아는 남자였지만, 판단력이 없다는 게 약점이었어요. 스스로 자신을 저에게 옭아맸다는 게 그 증거겠죠. 늘 스스로를 곤경에 빠뜨리는 저 같은 사람에게요. 다른 사람들한테 원하지 않는 영향을 미치고, 그들이 마치 정강이라도 차인 것처럼 날을 세우게 만드는 저 같은 사람에게.

그러던 어느 날, S가 밤늦게 집에 돌아왔어요. 밖에 비가 왔는지 온몸이 흠뻑 젖고 머리까지 엉망이더라고요. 물이 뚝뚝 떨어지는 코트와 공원의 흙이 잔뜩 묻은 구두를 벗지도 않고 그냥 주방으로 들어왔죠. 그러고는 평소 저녁때와 다름없이 신문을 읽고 있던 제 앞에 와서 섰어요. 젖은 코트에서 떨어진 물이 신문을 적셨죠. 표정이 너무 안 좋아서, 처음엔 퇴근길에 뭔가 끔찍한 일을 겪었나 싶었어요. 죽을 고비를 넘겼다든가. 지하철 선로에 뛰어들어 자살한 사람이라도 봤나 했죠. 그가 말했어요. 그 나무 기억나? 그가 무슨 말을 하려는 건지 짐작할 수 없었어요. 그렇게 흠뻑 젖은 채, 그렇게 눈을 반짝이며 말이에요. 무화과나무? 제가 말했죠. 응, 무화과나무. 그가 말했어요. 지난 몇 년 동안 당신은 나보다 그 나무가 괜찮은지에 더 관심을 보였잖아. 한 방 맞은 것 같았죠. 그가 코를 훌쩍이고는 손으로 얼굴을 닦은 후 계속 말했어요. 당신이 마지막으로 내 기분을 물어본 게 언제인지 기억이 안 나. 중요할 수도 있는 일에 대해서 말이야. 본능적으로 그를 향해 손을 뻗었지만 그는 뒤로 물러났어요. 당신은 당신만의 세계에 빠져 있어, 나디아. 거기서 일어나는 일에 정신이 팔려서, 밖으로 이어진 문을 모두 잠가버렸잖아. 가끔 당신이 잠든 모습을 지켜볼 때가 있어. 잠이 깨서 당신의 잠든 모습을 보면, 당신이 깨어 있을 때보다 당신에게 좀더 가까이 다가간 것 같은 기분이 들더라고. 경계를 푼 모습이랄까. 하지만 깨어 있을 때 당신은 눈을 감고 당신 눈꺼풀 안쪽에 비친 영화만 보는 사람 같아. 더이상 당신에게 다가갈 수 없어. 옛날엔 갈 수 있었는데, 지금은 안 돼, 아주 오랫동안 그랬어. 게다가 당신은 아예 나에게 다가오려고도 하지 않잖아. 다른 누구랑 있을 때보다 당신이랑 있을 때가 더 외로워. 심지어 그냥 혼자 거리를 걸을 때보다 더 외롭다고. 그게 어떤 기분인지 짐작이나 돼?

그가 계속 말하고 저는 가만히 앉아 듣기만 했어요. 그가 옳다는 걸 알았으니까요. 우린 밤늦도록 이야기를 했어요. 서로를, 비록 불완전하게나마, 사랑했던 두 사람으로서, 비록 불완전하게나마, 함께 삶을 일구려고 노력했던 두 사람, 나란히 서로의 곁을 지키며 서로의 눈가에 주름이 생기는 것을 지켜보고, 물병에서 한 방울씩 떨어지는 것 같은 기미가 서로의 피부에 내려앉아 서서히 퍼지는 것도 지켜보고, 서로의 기침과 재채기 소리, 자기도 모르게 뭔가 중얼거리는 소리를 들었던 두 사람, 하나의 생각을 함께 품었지만 그것이 천천히 두 개의 다른 생각, 덜 희망적이고, 덜 야심찬 생각으로 나뉘게 내버려두었던 두 사람으로서, 우린 밤이 늦도록 이야기했고, 다음날 낮에도 밤에도 이야기했어요. 사십 일 동안 밤낮으로 이야기를 했다고 말하고 싶지만, 사실은 사흘밖에 안 갔죠. 우리 둘 중 어느 한쪽이 상대를 더 완벽하게 사랑했고, 상대를 더 가까이서 지켜보았던 거예요. 둘 중 어느 한쪽은 귀기울여 들었지만 다른 한쪽은 그러지 않았고, 어느 한쪽이 함께 품었던 하나의 생각에 대한 욕심을 사람들의 기대보다 훨씬 오래 지켰던 반면, 다른 쪽은 어느 날 밤 쓰레기통 옆을 지나면서 아무렇지도 않게 버렸던 거예요.

이야기를 나누는 동안 저의 모습이 서서히 떠오르고, 점점 더 또렷해졌어요. 열에 반응하는 폴라로이드 사진처럼 S의 상처에 반응하며, 지난 몇 달간 벽에 걸려 있던 저의 모습과는 또다른 저의 모습이 나타났죠—전의 모습은 자신의 목적을 위해 타인의 고통을 이용하는 사람, 다른 사람이 아파하고, 굶주리고, 고통받는 동안 자신은 안전한 곳에 숨어서 사물들 사이의 숨은 관계를 볼 줄 아는 특별한 감각과 감수성을 자랑스러워하며 지낸 사람의 모습이었죠.

더 큰 선의에 봉사한다는, 자기에게만 중요한 계획에 다른 사람의 도움은 필요 없다고 확신하던 사람이요. 하지만 사실은, 완전히 빗나가 있었던 거죠. 아무 상관도 없을뿐더러, 더 나쁜 건, 산더미 같은 말 속에 영혼의 가난함을 숨겨온 사기꾼이었어요. 네, 이제 그 예쁜 사진 옆에 다른 사진 하나가 더 걸렸죠. 지극히 이기적이고 자기밖에 몰라서 남편의 기분이 어떤지에 대해서는 조금도 관심을 두지 않았던 여자. 자신이 종이 위에 써내려간 인물들의 기분이 어떨지 상상하고, 그들에게 내적인 삶을 부여하고, 그들을 사람들에게 알리고, 그들의 눈 위로 흘러내린 머리칼을 빗어 넘겨주려고 힘들게 노력했지만, 그 관심의 아주 작은 일부도 남편에겐 보이지 않던 여자의 모습이었어요. 그런 일에 바빴던 저는 방해를 받고 싶지 않았고, 잠시 멈춰서 S의 기분이 어떨지 상상해볼 생각을 못했던 거예요. 예를 들어, 출장에서 돌아왔는데 아내가 아무 말 없이, 남편은 돌아보지도 않은 채 자신만의 왕국을 지키려는 듯 잔뜩 어깨를 웅크리고 앉아 있는 걸 봐야만 했던 그의 기분이요. 신발을 벗고, 우편물을 확인하고, 외국 동전을 필름통에 넣고, 마침내 아슬아슬한 다리를 건너 저에게 다가오면서 제 기분이 얼마나 가라앉아 있을지 짐작해야 했던 그의 기분. 저는 잠시도 그런 그의 기분에 대해 생각해보지 않았던 거예요.

사흘 동안, 몇 년 만에 처음으로 이야기를 나눈 후에, 우리는 피할 수 없는 결론에 도달했죠. 천천히 잔디밭 위로 내려앉는, 뜨거운 공기가 가득한 커다란 풍선처럼, 십 년의 결혼생활이 기한이 다했다고. 하지만 갈라서는 데도 시간이 필요했죠. 아파트를 팔아야 했고 책들도 나눠야 했지만, 사실은요, 판사님, 그런 이야기를 일

일이 할 필요는 없을 거예요. 말하자면 너무 길어질 텐데, 판사님과 함께할 시간도 얼마 남지 않은 것 같으니까요. 서로의 삶을 조금씩 조금씩 떼어내야 했던 두 사람의 고통, 너무 갑작스럽게 드러난 인간의 허약함, 자신에 대한 서글픔, 후회, 화, 죄의식, 그리고 역겨움, 두려움과 숨막힐 듯한 외로움, 하지만 그와 동시에 느꼈던 어디에도 비할 수 없었던 안도감에 대해서는 자세히 말하지 않을게요. 다만, 그 모든 일이 정리되었을 때 저는 다시 제 물건과 다니엘 바르스키의 가구에 둘러싸인 채 새로운 아파트에서 지내게 되었다는 말씀만 드릴게요. 그 가구들은 옴이 오른 한 무리의 늙은 개들처럼 저를 따라다녔네요.

나머지 이야기는 짐작하실 수 있겠죠, 판사님. 법조계에서 일하셨으니 늘 봐오셨을 테죠. 똑같은 이야기를 하고 또 하는 사람들, 늘 마지막엔 이전에 했던 실수를 되풀이하는 사람들이요. 저 같은 사람이라면, 그러니까 타인의 행동을 작고 섬세한 요소로 분석하고 그 의미를 밝히는 심리학적인 통찰력을 지니고 있을 거라고 여겨지는 작가라면, 자기반성을 통해 얻은 고통스러운 교훈에서 뭔가를 배우고, 조금씩 수정하며 자신의 꼬리를 스스로 갉아먹는 악순환에서 벗어날 수도 있을 거라고 생각하실지 모르겠지만요, 그렇지 않거든요, 판사님. S와 헤어진 후 몇 달이 지나자, 저는 벽에 걸려 있던 두 장의 사진을 뒤집어버리고는, 다시 다른 책을 쓰는 일에 빠져들었답니다.

노픽에서 돌아올 무렵엔 이미 날이 어두웠어요. 차를 세워두고 브로드웨이를 거닐었죠. 그렇게 이런저런 일거리를 꾸며대면서 책상이 사라진 아파트로 돌아가는 걸 자꾸만 미뤘어요. 마침내 돌아와보니, 거실 테이블에 메모가 남겨져 있더군요. 고맙습니다. 놀랄 만큼 작은 손글씨였어요. 언젠가 다시 만날 수 있으면 좋겠어요. 그리고 서명 아래에 레아는 예루살렘 하오렌가街에 있는 자신의 집 주소까지 적어두었더군요.

　십오 분 혹은 이십 분 정도 지났을까요, 책상이 있던 자리가 휑하게 빈 것을 지켜보다가, 샌드위치를 만들어 먹고, 단단히 마음을 다잡은 후, 작업중이던 책의 초벌 원고가 담긴 상자를 가지러 가다가, 처음 발작이 왔어요. 정말 갑자기, 아무런 경고도 없이 찾아왔어요. 숨을 쉬기가 어려웠죠. 사방이 갑자기 닫히는 것 같은 느낌, 제가 땅속 구멍으로 떨어지는 것 같은 느낌이었어요. 심장박동이 지나치게 빨라져서 그대로 심장마비에 걸리는 게 아닌가 걱정이 되었어요. 불안감이 엄습했죠—살아오면서 알고 지낸 모든 사람과 모든 것들이 환히 빛나는 커다란 배를 탄 채 떠나버리고 저 혼자 어두운 해변에 남은 느낌이었어요. 가슴을 부여잡고 큰 소리로 스스로를 진정시키며, 이전의 거실이자 이전의 서재이기도 했던 방으로 나갔어요. 텔레비전을 켜고 뉴스 앵커의 얼굴을 본 다음에야 비로소 마음이 조금 가라앉았지만, 손은 그후에도 십 분이나 계속 떨렸어요.

　다음주에는 거의 매일 비슷한 발작이 찾아왔고, 두 번씩 겪는 날도 있었어요. 최초의 증상에 끔찍한 복통과 극심한 현기증이 더해졌고, 전에는 생각지도 못한 아주 작은 일에 대해서도 이런저런 두려운 생각이 들었죠. 맨 처음 발작은 제 작품을 보고 그걸 떠올리면서 시작되었지만, 빠른 속도로 사방으로 퍼져나갔고, 이젠 제 주변의 거의 모든 것을 감염시킬 태세였어요. 문제없이 지낼 때는 아무렇지도 않던 작고 사소한 일들을 하려고 아파트를 나서야 할 때마다, 그 생각만으로도 두려움에 빠졌죠. 문 앞에 서서 바들바들 떨면서 밖으로 나가기 위한 마음의 준비를 해보지만, 이십 분 후에도 여전히 같은 자리에 서 있기 일쑤였어요. 땀을 비 오듯 흘리면서 말이에요.

말이 안 되는 상황이었죠. 인생의 절반을, 사 년에 한 권 정도의 속도로 책을 쓰며 지내온 저였는데. 작가라는 직업에 따라오는 감정적인 어려움은 셀 수 없이 많았고, 저는 끊임없이 걸려 넘어지고 쓰러졌죠. 무용수나 어린아이 울음소리에서 시작된 위기는 최악의 경우였고, 그전에 다른 위기들도 많았어요. 가끔, 글을 쓰는 동안 작품의 목적이 개인적인 확신과 어긋나면서 우울증에 빠질 때도 있었고, 그건 고스란히 무기력으로 이어졌죠. 두 작품 사이에, 이미 쓴 작품에 비친 제 모습을 되돌아보며, 또다시 흐릿하게 아무것도 보이지 않는 상황을 마주해야 할 때 종종 그랬어요. 하지만 상황이 아무리 안 좋더라도, 글을 쓰는 능력은, 더디고 빈약할지언정, 절대 사라지지 않았거든요. 항상 제 안에서 어떤 싸움이 일어나는 걸 느꼈고, 그러면 저는 그 갈등을 키우고, 아무것도 아닌 것들을 모아 밀고, 밀고, 또 밀면서 마침내 어떤 벽을 뚫고 나아갔던 거예요, 여전히 움직이면서요. 하지만 이번 상황은, 이번 상황은 완전히 달랐어요. 이번 위기는 저의 방어벽을 가뿐히 넘어서고, 모든 상황에 면역력이 생긴 슈퍼바이러스처럼 슬그머니 이성적인 생각 사이에 스며들었어요. 그렇게 일단 제 안의 모든 부분에 뿌리를 내린 다음, 그 끔찍한 고개를 들어올린 거예요.

발작이 시작되고 닷새 후 릭트먼 박사에게 전화를 걸었어요. 결혼생활이 끝나면서 상담도 그만둔 상태였죠. 저 자신을 사회생활에 좀더 적합하게 만들어보겠다는 생각, 저의 근본을 완전히 뒤엎겠다는 생각을 서서히 포기했다고나 할까요. 저의 타고난 성향에 따른 결과를 받아들이고, 제 습관도 아무런 제약을 받지 않던 원래 상태로 되돌아가도록 내버려두기로 했어요. 마음이 편해지지 않았다고는 할 수 없겠네요. 그리고 나서는 릭트먼 박사를 가끔씩만, 어떤 기분에서 빠져나올 탈출구를 오랫동안 찾을 수 없을 때만 찾아갔어요. 그런 상담보다는, 근처에 살던 그녀와 길을 가다 마주칠 때가 더 많았죠. 그럴 때면 우리는, 이전엔 친했지만 더이상 가깝지 않은 친구처럼, 손을 흔들어 인사한 다음, 잠시 멈출 듯이 머뭇거리다 그냥 서로 가던 길을 계속 갔어요.

아파트에서 나와 아홉 블록 떨어진 그녀의 진료실까지 가기 위해 어마어마한 노력을 기울여야 했어요. 일정한 간격으로 걸음을 멈추고, 마치 단단한 확신이라도 빌리려는 듯 기둥이나 난간을 짚고 서 있었죠. 환자들에게 영감을 불러일으키려는 진부한 책들이 가득한 릭트먼 박사의 대기실에 도착했을 땐, 셔츠 겨드랑이 부분이 땀에 흠뻑 젖어 있었어요. 문이 열리고 그녀가 나타났어요. 그녀의 고운 금발이 환하게 빛났어요. 그녀는 이십 년 동안 똑같은 모양으로 머리를 부풀렸는데, 다른 사람이 그런 머리 모양을 한 건 한 번도 못 봤어요. 마치 황급히 무언가를 숨겨야 할 때를 대비해 그런 주머니 같은 머리 모양을 유지하고 있는 것만 같았죠. 하마터면 그녀에게 달려들어 와락 안길 뻔했네요. 익숙한 회색 소파에 앉아, 너무 자주 봐서 이젠 저의 정신 상태를 나타내는 표지처럼 되어버린 물건들을 바라보며, 지난 이 주 동안 있었던 일을 이야기했어요. 한 시간 반이 넘도록(릭트먼 박사가 다른 환자들과의 약속을 취소해주었어요) 이야기를 하는 동안, 며칠 만에 처음으로 차분한 감정이 서서히, 툭툭 끊어지긴 했지만, 찾아왔어요. 공황상태에 빠져 아무것도 할 수 없었다고, 어디에서 왔는지도 모르는 괴물에게 사로잡혀 나 자신이 낯설어지는 경험을 했다고 이야기하면서도, 정신의 한편에선 릭트먼 박사가 주의깊게 듣고 있는 그 이야기에 대한 생각에서 벗어나, 완전히 터무니없는 생각을 하기 시작했어요, 판사님. 그리고 그 생각 끝에 하나의 탈출구를 찾을 수 있을 것 같았죠. 제가 선택한 삶, 타인의 자리가 거의 없는 삶이요. 사람들 대부분이 서로를 엮고 지내는 관계라는 것이 전혀 없는 삶은, 그런 고립된 삶을 살면서까지 쓰고 싶었던 바로 그 글을 실제로 쓸 수 있을 때에만 납득이 되겠죠. 그런 삶의 조건이 고난이었다고 말하는 건 잘못된 표현일 거예요. 제 속의 무언가가 자연스럽게 저를 그런 부대낌에서 비켜나게 했고, 우연적이고 설명할 수 없는 현실보다는 의도적으로 만들어낸, 의미가 충만한 허구를 선호하고, 다른 사람의 논리와 흐름에 제 생각을 맞춰야만 하는 고된 소통보다는 형체 없는 자유를 선호하게 했죠. 소통을 어떻게든 유지해보려고 했던 시도는, 우선은 사람들과의 관계에서, 그리고 S와의 결혼에서 모두 실패했어요. 돌이켜보면, R와 지낼 때 잠시나마 행복했던 유일한 이유는, 그도 저만큼이나 혹은 저보다 훨씬 더 비어 있는 사람이었기 때문일 거예요. 우린 서로의 반중력反重力이 만들어낸 파장 안에서 거리를 유지한 채, 그의 어머니가 물려준 가구 주위를 맴도는 두 사람이었죠. 그러다 R는 우리 아파트에 있던 어떤 구멍으로 빠져나가 더이상 닿을 수 없는 우주로 흘러가버린 거예요. 그다음엔 결말이 예정된 관계들의 연속이었고, 결혼도 있었죠. S와 갈라선 다음에 저는, 그런 노력도 이젠 끝이라고 다짐했어요. 이후로 오륙 년 동안은 짧은 연애만 했고, 상대 남자들이 뭔가 더 원해도 제가 거절했어요. 그럼 얼마 후 그 관계도 끝이 났고, 저는 다시 홀로 제 삶으로 돌아왔죠.

무슨 삶이었냐고요, 판사님? 제 삶의 어떤 부분을 위해 그렇게 했느냐고요? 뭐, 희생을 해야만 한다고 생각했어요. 저는 아무런 계획도 없는 긴 오후의 자유를 택한 거죠. 아무 일도 일어나지 않고 가끔, 기억할 만한 기분 변화만 있는 그런 오후요. 네, 제게 일이란 그런 것이었어요. 순수한 자유 속에서 즐기는, 아무런 책임이 없는 활동이요. 제가 나머지 부분을 개의치 않거나 무시했다면, 그건 그것들이 그 자유를 갉아먹는다고 생각했기 때문이에요. 자유를 간섭하고, 타협하게 만든다고요. 아침에 눈을 떠서 맨 처음 S에게 말을 거는 순간부터 이미 압박이 시작되었어요. 거짓 예의바름이었죠. 그렇게 습관이 만들어지는 거예요. 우선 친절함에서 시작해, 상대에게 맞춰주기 시작하다가, 인내심을 갖고 관심을 보여주죠. 또한 상대를 즐겁고 기쁘게 해주기 위해 노력해야 할 때도 있어요. 피곤한 일이죠. 한꺼번에 서너 개의 거짓말을 동시에 하려면 피곤한 것과 마찬가지로요. 그런 일을 다음날도, 그다음날도 해야 하는 거예요. 어떤 소리를 들어도 그 진실은 이내 무덤 속으로 자취를 감춰버리고, 상상력은 서서히, 질식하듯, 죽어가요. 벽을 세우고, 제 작업만을 위한 작은 계획을 지켜보려고 노력도 해봐요,

다른 분위기와 다른 규칙을 적용해보겠다고요. 하지만 습관은 오염된 지하수처럼 스멀스멀 스며들어, 제가 애써 세워보려 했던 것들을 갉아먹고 허물어버리죠. 제가 하려는 말은 그러니까, 둘 다 가질 수는 없다는 거예요. 그래서 희생하기로 했죠, 보내버리기로요.

릭트먼 박사와 면담을 하다 떠오른 생각이 머릿속에서 떠나질 않았어요. 그렇게 열흘 남짓한 기간 동안 거의 매일 그녀와 상담하고, 자낙스*도 복용하면서 공황상태는 악몽에서 무서운 위협 정도로 완화되었죠. 그런 상태에서 저는 일주일 뒤 여행을 가겠다고 선언했어요. 릭트먼 박사는 놀라며, 어디로 갈 거냐고 물었죠. 몇 가지 대답이 떠올랐어요. 지난 몇 년간 초청을 받았던 지역이 몇 곳 있었는데, 잘하면 그때라도 갈 수 있을 것 같았죠. 로마, 베를린, 이스탄불. 하지만 결국 제가 늘 생각하고 있던 그 대답을 했어요. 예루살렘. 그녀는 눈을 크게 뜨고 저를 바라보았죠. 책상 돌려받으려고 가는 건 아니에요, 혹시 그렇게 생각하실까봐 드리는 말씀입니다, 제가 말했어요. 그럼 왜 거기죠? 그녀가 물었어요. 상담실 창으로 들어온 햇빛이 그녀의 머리 위로 비치며, 높이 부풀려올린 머리칼이 거의 투명하게 보였어요―희미하지만, 완전히 빛 속에 묻혀버리지는 않은 그 머리칼에는 여전히 어떤 행복의 비밀이, 그럴 리가 없었겠지만, 숨어 있는 것 같았죠. 그때 제 상담시간이 끝났고, 저는 대답을 하지 않아도 될 구실을 얻었어요. 문 앞에서 릭트먼 박사와 악수를 했어요. 저로서는 늘 낯설고 뭔가 어긋난 것 같은 기분이 드는 행동이었죠. 마치 장기들을 모두 꺼내 가지런히 테

---

* 신경안정제.

이블 위에 늘어놓았다가, 수술 시간이 다 돼버려서 비닐 랩으로 하나씩 곱게 싼 다음 다시 몸속에 넣고, 황급히 꿰매야 하는 상황이랑 비슷했어요. 아무튼 그다음 금요일에 저는, 제가 없는 동안 아파트를 잘 봐달라고 블라드에게 부탁한 다음, 보안검색대를 통과할 때를 대비해 자낙스까지 챙겨 먹고 황급히 공항으로 달려가, 벤구리온공항행 야간 비행기에 올랐어요.

진정한 친절

그 생각엔 반대다, 내가 말했지. 왜요? 너는 화난 눈을 하고 물었다. 무슨 이야기를 쓸 건데? 내가 물었지. 너는, 넷, 여섯, 혹은 여덟 명의 인물이 뒤얽힌 이야기라고 했다. 인물들이 있는 방은 모두 전극과 전선을 통해 커다란 백상어 한 마리와 연결되어 있다고. 매일 밤 조명이 환한 물탱크에 갇힌 상어가 그 사람들의 꿈을 대신 꾼다는 이야기. 아니, 그냥 꿈이 아니라 악몽이었지, 견디기가 너무 어려운 일들. 그래서 인물들이 잠이 들면 그 끔찍한 일들은 전선을 타고 빠져나와 무시무시한 물고기에게 흘러들어가는 거라고, 흉터투성이 상어는 그 비극들을 모두 견딜 수 있을 테니까. 네가 이야기를 마친 후 나는 한참 침묵이 흐르게 내버려둔 다음 물었다, 그 사람들은 누구냐고. 그냥 사람들이요, 너는 대답했다. 나는 땅콩을 한줌 먹으며 네 얼굴을 쳐다봤지. 그 이야기에 대한 문제를 어디서부터 해결해야 할지 모르겠구나, 내가 말했다. 문제라고요?

네가 물었지. 목소리가 높아지면서 갈라지기까지 하더구나. 네 눈속에는 폭군 아래에서 자란 아이의 고통이 보인다고 네 엄마는 이야기했지만, 네가 작가가 되지 못했다는 사실은 결국 나와는 상관없는 일이었다.

그래서 하고 싶은 이야기가 뭐냐고? 어디서부터 시작할까? 그 모든 일들, 수백만 마디의 말과, 끝이 나지 않던 대화, 지칠 줄 모르고 하던 의논, 전화 통화, 설명, 괴롭힘, 강조, 난처함, 확인들, 그리고 이어진 오랜 시간의 침묵이 있었는데, 어디서부터 시작할까?

거의 새벽이 되었구나. 내가 앉은 주방의 식탁에서 현관문이 보이는데, 잠시 후면 네가 밤 산책을 마치고 돌아오겠지. 옛날에 쓰던 옷장에서 꺼낸 낡은 파란색 점퍼를 입은 너는 허리를 숙인 채 녹슨 빗장을 열고 들어오겠구나. 문을 열고 젖은 운동화를, 가장자리에는 진흙이 묻고 밑창에는 풀잎이 붙은 운동화를 벗은 다음, 주방으로 들어와 너를 기다리는 나를 발견하겠지.

너와 네 형 유리가 아주 어릴 때 네 엄마는 자신이 죽어버려서 너희만 남게 되는 상황을 두려워했단다. 나랑만 남는 거겠지, 라고 내가 고쳐주었지. 네 엄마는 길을 건너기 전에 세 번 네 번씩 주변을 살피곤 했다. 매일 안전하게 집으로 돌아올 때마다 죽음을 상대로 작은 승리를 거둔 셈이지. 돌아오면 너와 네 형을 함께 품안에 안았지만, 엄마에게 오래 붙어 있는 쪽은 항상 너였지. 엄마가 겪은 위험이 뭐였는지 안다는 듯이 콧물이 흐르는 작은 코를 네 엄마의 목에 깊이 박고선 말이다. 언젠가 네 엄마가 한밤중에 나를 깨운 적이 있었지. 수에즈전쟁이 끝난 직후였는데, 나도 48년 전쟁 때와 마찬가지로 나가서 싸웠단다. 총을 쥘 수 있고 수류탄을 던질 수 있는 국민이면 누구나 나갔으니까. 떠났으면 좋겠어, 네 엄마가 말하더구나. 무슨 소리야? 내가 물었다. 우리 아이들은 전쟁에 내보내고 싶지 않아, 네 엄마가 말했지. 이브, 내가 말했지, 시간이 늦었어. 안 돼, 네 엄마는 일어나 앉으며 계속 말하더구나, 그런 일은 절대 일어나게 할 수 없어. 무슨 걱정이야, 아직 애들인데, 내가 말했지. 애들이 자랐을 땐 전쟁 같은 거 없을 거야. 그러니까 어서 자. 그로부터 삼 주 전, 우리 대대의 사병 하나가 막사 밖을 거닐다가 폭탄을 정통으로 맞아 즉사하는 사고가 있었단다. 완전히 산산조각이 났지. 다음날 막사에서 남은 음식 따위를 주며 키우던 개 한 마리가 그 사병의 손을 물어와서는 한낮의 햇빛 아래 열심히 뜯고 있는 걸 봤다. 배고픈 짐승에게서 동료의 잘린 손을 뺏어오는 임무가 나에게 떨어졌지. 유해를 사병의 가족에게 돌려줄 사람이 나타날 때까지 헝겊에 싼 그 손을 베개 밑에 놓고 지냈단다. 나중에 들었지만, 그렇게 작은 부분은 돌려보내지 않는다고 하더구나. 그러면 어떻게 처리하는지는 물어보지 않았다. 일단 손을 넘겨받은 다음 적당하다고 생각되는 곳에 처분했겠지. 그런 일을 겪고 나서 악몽을 꾸었느냐고? 한밤중에 비명을 지르며 깨지는 않았느냐고? 그 이야긴 넘어가자. 그런 이야기가 무슨 소용이 있겠니? 지금은 생각하지 말자고, 나는 네 엄마에게 그렇게 말하고 다시 자려고 돌아누웠지. 이미 생각해봤어, 네 엄마가 말했다. 런던으로 이사가. 거기서 뭐 해먹고 살게? 내가, 다시 돌아누워 네 엄마의 손목을 쥐며 물었지. 네 엄마는 잠시 말이 없다가, 숨을 고른 다음 조용히 말하더구나. 당신이 방법을 찾아봐.

하지만 우린 이사하지 않았지, 방법을 찾을 수가 없더구나. 내 나이 다섯 살에 이스라엘로 건너와서, 인생의 거의 모든 일을 이곳에서 겪었는데. 떠날 수가 없었단다. 내 아이들도 이스라엘의 햇볕을 받고 자라야 한다고 생각했지. 이스라엘에서 난 과일을 먹고, 이스라엘의 나무 그늘에서 뛰놀고, 조상들의 피와 뼈가 섞인 흙을 손톱 밑에 묻힌 채, 필요하다면 싸워가면서 말이다. 네 엄마도 처음부터 그 모든 걸 알고 있었을 거야. 낮이면 나의 완고한 고집을 확인한 네 엄마는 머리에 스카프를 두른 채, 죽음과 맞서 싸우기 위해 나갔고, 작은 승리감과 함께 돌아왔지.

네 엄마가 죽었을 때 네 형에게 먼저 전화했다. 마음대로 받아들이렴. 지난 몇 년 동안 차고 문이 잠겼을 때 와준 건 네 형이었으니까. 멍청한 DVD 플레이어가 고장났을 때 와서 고쳐준 것도 네 형이었고, 이 우표만한 나라에선 쓸모도 없는 GPS 내비게이션이 자꾸만 같은 소리로 짖어댈 때 와준 것도 네 형이었다. 다음 네거리에서 좌회전하십시오, 좌회전! 좌회전! 좌회전! 닥쳐, 이년아, 오른쪽으로 갈 거야. 그래, 네 형 유리가 와서 버튼을 누르자 그 소리가 멈췄고, 덕분에 나는 다시 평화롭게 운전할 수 있었지. 네 엄마가 병이 났을 때 일주일에 두 번씩 화학치료를 받을 수 있게 차로 데려다준 것도 네 형이었다. 그런데 너는, 아들? 그 모든 일이 벌어지는 동안 어디에 있었니? 말해보렴, 왜 내가 너한테 먼저 전화를 했어야 했지?

집에 들러서 엄마 옷 중에 빨간 정장 좀 챙겨와라, 네 형에게 말했다. 아버지, 네 형이 대답하더구나. 지붕에서 떨어지는 리본처럼 흐트러진 목소리였지. 빨간 정장이다, 유리, 검은색 단추가 달린 거야, 흰색 단추가 아니라. 그게 중요해. 꼭 검은색 단추다. 왜 꼭 검은색 단추죠? 왜냐하면 사람들을 편안하게 해주는 건 그런 세세한 면이니까. 잠시 침묵이 흐른 후 네 형이 말했지. 하지만 아버지, 어머니가 옷을 입은 채 묻히는 게 아니잖아요. 네 형과 나는 엄마 시신 옆에서 밤을 새웠지. 네가 히스로공항에서 비행기를 기다리는 동안 우린 너를 낳아준 여인의 시신 옆을 지켰던 거야. 너희 둘을 나에게만 맡긴 채 죽을까봐 두려워했던 그 여인 말이다.

다시 한번 설명해줄래, 내가 물었지. 나도 이해를 하고 싶어서 그런다. 글을 썼다가 지우는 일. 그것도 직업이라는 거냐? 그러자 너는, 그 무한한 지혜를 발휘해 대답했지. 아니, 삶입니다. 나는 네 면전에 대고 웃었다. 네 면전에 대고 말이야, 아들아! 이런, 삶이라니! 순간 웃음이 뚝 멈췄지. 너는 네가 누구라고 생각하는 거냐? 내가 물었다. 너 자신만의 영웅? 너는 너 자신 속으로 숨어버렸지, 작은 거북이처럼 목을 잔뜩 움츠린 채. 말해봐라, 내가 계속 물었지, 정말 궁금해서 그런다. 너처럼 지내는 기분은 어떠냐?

네 엄마가 죽기 이틀 전 나는 편지를 썼다. 편지 쓰기를 그렇게 싫어하던 내가, 할말이 있으면 차라리 전화기를 들고 말로 해버리는 내가 네 엄마에게 편지를 썼어. 길게 쓸 수가 없었다, 나 같은 사람은 제대로 뜻을 전하려면 말을 많이 해야 하는데 말이야. 하지만 별수가 없었지, 네 엄마가 있는 데까지 전화선이 연결돼 있지 않으니까. 어쩌면 선은 연결돼 있는데 네 엄마가 있는 쪽에 수화기가 없는 걸 수도 있겠구나. 아님, 계속 벨만 울리고 아무도 받지 않는 상황이라고 할까, 젠장, 아들아, 빌어먹을 비유 따윈 그만두자. 어쨌든 그래서 병원 식당에 앉아 네 엄마에게 편지를 쓴 거야, 아직 네 엄마에게 하고 싶은 말이 남아 있었거든. 나는 죽고 나서도 영혼은 계속 남느니 어쩌니 하는 낭만적인 생각을 믿는 사람은 아니다. 몸이 쓰러지면 그걸로 끝이야, 다 끝이지, 커튼이 내려오고, 볼장 다 본 거란 말이다. 하지만 나는 편지를 써서 엄마와 함께 묻어주기로 마음먹었다. 뚱뚱한 간호사에게 펜을 빌려서 마추픽추며 만리장성, 에페수스 유적지의 사진이 실린 포스터 아래 앉아 편지를 썼지. 네 엄마를 이 세상에 없는 곳이 아니라, 그저 멀리 떨어진 그런 곳으로 떠나보내는 것처럼 말이야. 환자 수송용 침대가 하나 지나가더구나. 거의 죽은 거나 다름없는, 머리도 다 빠지고 홀쭉해져서 그냥 뼈만 담아놓은 자루 같은 노인이, 모든 감각이 모인 것 같은 눈을 뜨고는 나를 쳐다봤지. 나는 다시 고개를 돌리고 앞에 놓인 종이를 내려다봤다. 사랑하는 이브, 그 말만 써놓고 아무것도 없었다. 갑자기, 다른 말은 한마디도 못 쓰겠더구나. 뭐가 더 안 좋은 건지 모르겠더라. 그 불쌍하고 작은 노인이 눈으로 보내온 간청과, 텅 빈 편지지에서 느껴진 나를 향한 비난 중에 말이다. 한때 말들로 가득찬 삶을 꿈꾸었던 네가 생각났지! 내가 거기서 너를 구해낼 수 있게 해준 하느님이 얼마나 고맙던지. 지금은 네가 대단한 사람이 되었지만, 정작 네가 고마워해야 할 사람은 나다.

　사랑하는 이브, 그리고 백지. 말들이 낙엽처럼 바짝 말라서 그대로 날아가버린 것 같았지. 의식을 잃고 누워 있는 네 엄마 옆에서 자리를 지킬 때는, 아직 하지 못한 말들이 머릿속에 가득했는데 말이다. 머릿속으로 쉬지 않고 장황하게 말을 했었는데, 편지를 쓰려고 할 때는 온통 건조하고 잘못된 말들만 생각이 났던 거야. 포기하고 편지지를 구기려는 순간, 언젠가 세갈이 해줬던 말이 떠올랐지. 애브너 세갈 기억나니? 아버지 옛친구 말이다. 그의 책이 여러 나라 말로 번역됐지만, 하필이면 영어로는 번역되지 않아 평생 가난하게 살았던 그 친구. 몇 해 전 레하비아에서 점심을 같이 먹었거든. 몇 년 사이에 친구가 너무 늙어버려서 놀랐던 기억이 나는구나. 당연히 그 친구도 나를 보고 그런 생각을 했겠지. 어릴 때 우리는 양계장에서 함께 일했다. 공동체의식으로 똘똘 뭉쳐 있었지. 키부츠* 선배들이 우리의 젊은 혈기를 제대로 활용하는 일 중에 닭 예방접종만한 것이 없다고 생각했거든. 물론 접종을 마친 다음엔 건초 더미에 쌓인 닭똥도 치워야 했고 말이다. 그랬던 우리가, 은퇴한 검사와 나이 먹어가는 작가가, 귀 밖으로 털이 삐죽이 삐져나온 몰골로 나란히 앉아 있었던 거야. 허리까지 꾸부정해진 세갈은 최근작으로 무슨 상을 받기는 했지만(나는 들어본 적 없는 상이었다), 정작 본인은 굉장히 힘든 시간을 보내고 있다고 하더구나. 어떤 문장을 써도 마음에 안 들어서 결국엔 욕을 하며 버린다고. 그래서 어떻게 해결하는데? 내가 물었다. 알고 싶어? 그가 물었지.

---

*농업에 기반을 둔 이스라엘의 생활공동체.

내가 지금 묻고 있잖아, 내가 다그쳤다. 좋아, 그가 말했어, 자네니까 내 말해주지. 그가 테이블 위로 몸을 숙이더니 딱 두 단어를 속삭이듯 말하더구나. 클레인도프 선생님. 뭐? 내가 말했지. 방금 말한 그대로야, 클레인도프 선생님. 무슨 말인지 모르겠어, 내가 말했지. 클레인도프 선생님에게 편지를 쓴다고 생각하는 거야, 그가 말했어. 7학년 때 담임선생님이거든. 다른 사람은 아무도 못 보고 선생님만 읽을 수 있는 거라고 속으로 생각하는 거지. 이미 이십오 년 전에 돌아가신 분이지만 상관없어. 선생님의 다정한 눈을 떠올리고, 내 숙제를 검사할 때마다 약간 상기되며 작게 미소 짓던 선생님의 얼굴을 떠올리면, 긴장이 풀리거든. 그러고 나면, 그가 말했지, 조금 쓸 수 있더라고.

앞에 놓인 종이를 다시 마주했다. 친애하는, 까지 썼다가 다시 멈출 수밖에 없었지. 7학년 때 담임선생님 이름이 생각나지 않더구나. 6학년, 5학년, 4학년 때 담임선생님도 마찬가지였지. 바닥 광택제와 씻지 않은 아이들의 몸냄새가 뒤섞여 있던 교실 안의 냄새가 기억나고, 공기 중에 떠다니던 분필가루의 텁텁한 느낌도 기억나고, 아교와 오줌 냄새까지 기억이 났지만, 선생님들의 이름은 까맣게 지워져버린 거야.

친애하는 클레인도프 선생님, 나는 적었다. 제 아내가 위층 병실에서 죽어가고 있습니다. 오십일 년 동안 한 침대에서 잤는데, 지금 아내는 한 달째 병원 침대에 누워 있고 매일 밤 저는 집에 돌아가 우리 침대에서 혼자 잠이 들죠. 아내가 입원한 후로 시트를 빨지 않았어요. 세탁을 하고 나면 다시 잠들 수 없을 것 같아 두렵습니다. 며칠 전에 욕실에 들어가니 가정부가 아내의 빗에 묻은 머리카락을 떼어내고 있더군요. 뭐하는 겁니까? 제가 물었죠. 빗을 청소하고 있는데요, 가정부가 대답했습니다. 다시는 그 빗 건드리지 마세요, 제가 말했습니다. 제가 무슨 말을 하려는지 아시겠어요, 클레인도프 선생님? 이왕 말이 나온 김에 하나만 여쭤볼게요. 7학년 수업에 역사나 수학, 과학, 그리고 도대체 왜 배우는지 모르겠는, 결국엔 모두 까먹어버릴 내용을 가르치는 이상한 과목들은 다 있는데, 왜 죽음에 관한 과목은 없는 걸까요? 정말 중요한 단 한 과목, 그 과목에 대해선 왜 연습도 숙제도, 기말시험도 없는 걸까요?

　마음에 드니, 아들? 아마 그럴 것 같구나. 고통, 너한테 잘 맞는 일일 것 같은데.

　어쨌든, 더이상은 쓸 수 없더구나. 다 쓰지 못한 편지를 주머니에 넣고, 네 엄마가 전선과 튜브와 기계음과 링거 사이에 누워 있는 병실로 돌아왔지. 벽에는 풍경을 그린 수채화가 걸려 있었다. 목가풍의 계곡과 저멀리로 봉우리도 몇 개 보이는 그런 그림. 그 그림은 구석구석까지 외울 정도였지. 평범하고 솜씨도 보잘것없는 그림이었다, 사실 형편없었지. 숫자에 따라 색칠만 하면 되는 상품이랄까, 관광지의 기념품가게에서 깡통에 담아 파는 그런 그림들 같더구나. 하지만 바로 그 순간, 나는 마지막으로 그 병실을 떠날 때는 그 그림도 떼서 가지고 가겠다고 마음먹었지, 싸구려 액자까지 통째로 말이다. 너무 오래 들여다봐서 이젠 그 형편없는 그림이, 뭐라 설명할 순 없지만, 무언가를 상징하는 물건이 되어버린 거야. 그 그림을 보며 간청하고, 설득하고, 싸우기도 하고, 저주도 퍼부었지. 그 속으로 들어가 어설픈 계곡 사이를 헤매는 동안 그 그림이 내게 어떤 의미를 가지게 됐더구나. 그래서 나는 네 엄마가 아직 남아 있는 비인간적인 삶의 끄트러기를 붙잡고 매달려 있는 동안 결심한 거야. 모든 게 끝나면 그 그림을 벽에서 떼어낸 다음 재킷 밑에 숨겨서 가지고 나가겠다고. 눈을 감고 깜빡 졸았던 모양이다. 잠에서 깼을 땐, 간호사들이 침대 주위에 모여 있었지. 상황이 급박하게 돌아가나 싶더니, 간호사들은 흩어지고 네 엄마는 꼼짝도 하지 않더구나. 이 세상에서 떠난 거라고, 사람들은 말하지, 도발레, 마치 여기 말고 다른 세상이 있다는 듯이 말이야. 그 그림은 그대로 벽에 걸려 있었지. 그런 게 삶이다, 아들. 그래도 어떤 일에서는 너만의 독창적인 뭔가가 있다고 생각한다면, 다시 생각해보렴.

네 엄마의 시신과 함께 차를 타고 장례식장으로 갔다. 네 엄마를 마지막으로 본 사람이 나였지. 얼굴을 천으로 덮어준 것도 나였고. 어떻게 이런 일이 가능하냐고, 계속 생각했다. 어떻게 내가 이런 짓을 할 수 있지? 내 손을 한번 봐, 이렇게 뻗어서, 천을 쥐고 있잖아, 어떻게? 평생 동안 들여다보며 읽어보려 했던 얼굴을 마지막으로 보는 거였지. 그 이야기도 그만하자. 주머니를 뒤져 휴지를 찾았는데, 대신 애브너 세갈의 7학년 때 담임선생님께 쓴, 구겨진 편지가 나오더구나. 생각할 겨를도 없이 편지를 다시 편 다음 곱게 접어서 네 엄마의 몸에 끼워주었다. 팔꿈치 옆에. 네 엄마도 이해해줄 거라고 믿었어. 하관을 할 때, 무릎에서 무언가가 빠져나가는 것만 같았지. 묘혈은 누가 판 걸까? 갑자기 그게 궁금해졌단다.

아마 밤새도록 땅을 파야 했을 것 같은데. 아득하게 깊은 그 구덩이에 다가갈 때 이런 뜬금없는 생각이 들었단다. 그 사람을 찾아서 꼭 수고비를 줘야 할 것 같다는 생각이.

그 와중에 네가 도착했다. 정확히 언제였는지는 모르겠구나. 어느 순간엔가 돌아보니 짙은 색 레인코트 차림의 네가 서 있었지. 나이가 들었더구나. 하지만 여전히 날씬했지, 아마 네 엄마를 닮아서 그런 거겠지만. 그렇게 너는 묘지에서, 네 엄마의 유전자를 물려받은 유일한 사람으로 서 있었지. 말할 필요도 없겠지만, 네 형 유리는 어느 모로 보나 나를 닮았으니까 말이다. 거기 네가 서 있었다, 런던에서 온 거물 판사. 너는 네 차례가 돌아오면 흙을 한 삽 뜨려고 기다리다 손을 앞으로 내밀었지. 그때 내가 뭘 하고 싶었는지 아니, 아들? 너를 한 대 갈겨주고 싶었단다. 바로 그때 그 자리에서, 네 얼굴을 한 대 갈긴 다음, 네가 쓸 삽은 직접 갖고 오라고 소리치고 싶었다. 하지만 소동을 싫어하던 네 엄마를 생각해, 그냥 내가 들고 있던 삽을 건네주었지. 마음을 진정시키기가 너무 힘들었지만 너에게 삽을 건네고는, 네가 몸을 숙여 흙을 한 더미 떠서 손을 가볍게 떨며 묘혈로 다가가는 모습을 지켜봤구나.

장례식을 마치고 모두 네 형의 집에 모였지. 내가 견딜 수 있는 건 거기까지였다. 우리집이 아니고, 일주일 동안 함께 지내야 하는 것도 아니었지만, 그것만으로도 내겐 너무 힘들더구나. 아이들은 서재에 따로 모여 텔레비전을 보고 있고, 나는 주변에 모인 사람들을 둘러보고 있었는데, 갑자기, 이런 자리에는 단 한순간도 더 머물 수 없겠다는 생각이 들었지. 형식적인 애도든 진심어린 애도든 견딜 수가 없었다—그 사람들이 내가 정말 잃어버린 것에 대해 뭘 알겠니? 그들의 위로에 담긴 도덕심도 견딜 수 없고, 독실한 신자들의 입에 발린 위로도 견딜 수 없고, 네 엄마의 친구들이나 그 딸들이 보여주는 동정심도 견딜 수가 없었지. 내 어깨에 부드럽게 얹은 손, 아이들을 키워 군대에 보내고 중년이라는 어둠 속으로 들어가는 남편을 지켜보는 사이에 자연스럽게 얻게 된 뾰로통한 입술과 이마의 주름. 나는 건드리지도 않은 음식이 담긴 접시를 아무 말 없이 내려놓았다. 누가 건네준 건지 모르겠지만, 접시엔 더 담을 수 없을 정도로 음식이 수북이 쌓여 있었고, 슬픔에 어울리지 않는 그 가벼움이 역겹더구나. 그대로 화장실로 가 문을 잠그고 변기 위에 앉았지.

잠시 후 사람들이 나를 찾는 소리가 들리더구나. 다들 나를 찾고 있었어. 네가 마당으로 나와 나를 부르며 잔디밭을 오가는 모습이 유리창을 통해 보였지. 네가! 나를 찾다니! 하마터면 웃을 뻔했구나. 순간, 네가 열 살 때 라몬 분화구 근처 산길에서 숨을 헐떡이며 달리던 모습이 떠올랐단다. 너는 미친듯이, 그 작은 입을 벌린 채 얼굴에 땀을 비 오듯 흘리며 달렸고, 우스꽝스러운 밀짚모자는 벗겨져 마치 꺾여버린 꽃처럼 목뒤에서 대롱대롱 흔들리고 있었지. 길을 잃었다고 생각한 너는 나를 부르고 또 부르더구나. 생각해보렴, 아들. 나는 내내 그 자리에 있었단다! 몇 미터 위에 있던 바위 뒤에 몸을 숨긴 채 말이야. 그래, 맞다. 네가 나를 찾는 동안, 사막에 버려진 거라고 생각하며 나를 미친듯이 부르는 동안, 나는 바위 뒤에서 끈기 있게 지켜보았던 거야. 마치 이삭을 구해준 숫양 같았지. 나는 아브라함이자 양이었단다. 얼마나 오래 지켜보고 있었던 건지 모르겠구나. 바지에 똥을 싸고, 작고 무기력한 자신을 마주하

며, 완전한 고독의 악몽에 시달리는 열 살짜리 소년인 너를 내버려
둔 채 얼마나 시간이 지났는지, 나는 모르겠다. 그만하면 교훈을
얻었을 거라고, 내가 너에게 얼마나 필요한 존재인지 깨달았을 거
라고 판단이 섰을 때, 그제야 나는 바위 뒤에서 나와 너를 향해 성
큼성큼 달려갔지. 괜찮아, 내가 말했다, 왜 그렇게 소리를 지르니?
아버지는 그냥 소변보고 있었던 것뿐인데.

그래, 그로부터 삼십칠 년 후, 화장실 창문 너머로 너를 지켜보
면서 그날이 떠올랐단다. 젊었을 때 느끼는 강렬한 감정은 시간이
흐르면 약해진다는 건 잘못된 말이다. 사실이 아니지. 나이가 들
면서 조절하고 억누르는 방법을 배우는 것일 뿐, 약해지지는 않아.
그런 감정들은 스스로를 숨기고, 어디 좀더 신중한 곳에 차곡차곡
쌓이는 거란다. 어쩌다 우연히 그런 심연에 발을 헛디디기라도 하
면, 그 고통이 굉장하지. 그런데 지금 내 주변엔 온통 그런 심연투
성이구나.

너는 이십 분 동안 계속 나를 찾았다. 아이들도 합류했지. 텔레
비전보다 훨씬 재미있는 실제 상황이, 어쩌면 응급 상황으로 이
어질 수도 있는 상황이 벌어진 셈이니까. 가장 어린 꼬마 녀석 하
나가 내 스웨터를 잔디 위로 끌고 가는 모습이 보이더구나. 개들
이 그 냄새를 맡고 나를 찾을 수 있게 하려는 거겠지. 종손자든 종
손녀든 가리지 않고 모두 그런 교육을 받는 모양인데, 아마 자기
들끼리만 남아도 그런 지식들을 모아 작지만 무서운 나라 하나쯤
은 꾸려나갈 수 있을 것 같더구나. 아이들은 자신감이 넘치고, 비
밀의 열쇠를 쥐고 있는 것 같았다. 내가 그 아이들이 찾아야 할 아
피코멘*이 된 셈이었지. 몇 분 후, 아이들이 화장실 문을 긁는 소리

가 들렸다. 그 안에 계신 거 알아요, 아이들이 말하더구나. 문 여세요. 한 아이가 쉰 목소리로 말하자, 다들 따라서 소리쳤지. 그 작은 주먹들로 문을 마구 두드리면서 말이야. 나는 무릎만 만지작거리며 앉아 있는데 거기 나도 모르는 멍이 시퍼렇게 들어 있더라. 이제 밖에서 어디에 부딪혀서가 아니라, 몸안에 이상이 생겨서 멍이 드는 나이가 된 거야. 네 형이 와서 아이들을 몰아냈다. 아버지? 문틈으로 네 형이 부르더구나. 그 안에서 뭐하세요? 괜찮으세요? 여러 가지 대답이 떠올랐지만 만족스러운 건 하나도 없었다. 화장지가 떨어진 거 아닐까요? 아이들 중 한 명이 끼어들었지. 잠시 후, 발걸음이 멀어졌다가 다시 돌아오는 소리가 들렸다. 그리고 누군가가 손잡이를 잡고 씨름하는 소리가 들렸고, 내가 미처 준비도 하기 전에 문이 열렸지. 모여든 사람들이 나를 쳐다봤다. 킥킥거리며 박수를 치는 아이들 틈에서 가장 작은 아이, 코델리아가 다가와 멍든 무릎을 만져주더구나. 다른 아이들은 물러갔고, 네 형의 얼굴엔 이전에는 본 적 없는 두려움이 서려 있었지. 괜찮아, 아들. 그냥 소변보고 있었을 뿐이야.

아니, 나는 영혼은 계속 남느니 어쩌느니 하는 낭만적인 생각을 품고 있는 사람은 아니다. 자식들에게도 그렇게 가르친 것 같구나. 할 수 있을 때 몸과 관련된 일들을 마음껏 즐기라고, 그것이야말로 아무도 부정할 수 없는 삶의 의미니까 말이다. 맛보고, 만지고, 숨

---

* 유대교 축제일에 미리 숨겨두었다가 축제가 끝난 후 찾아 먹는 디저트.

쉬고, 잘 먹고 배를 든든히 채우는 것. 나머지 것들, 마음이나 머리에서 일어나는 일들은 모두 불확실하다고 가르치려 했지. 하지만 그런 가르침이 너에겐 잘 먹히지 않았고, 결국 너는 끝까지 받아들이지 않았지. 너는 네 발에 총을 쏜 다음, 그 고통을 설명하느라 몇 년을 허비했잖아. 신체가 중요하다는 나의 가르침을 받아들인 건 네 형 유리였구나. 낮이든 밤이든 유리의 방을 찾을 때면, 그 아이는 항상 무언가를 먹고 있었지.

그날 밤 손님들이 떠나고, 딱딱하게 굳은 후무스와 달걀 샐러드, 냄새나는 생선 요리, 눈앞에서 상해가는 피타빵만 남았다. 너와 네 형이 주방에서 꼭 붙어 서 있는 모습을 지켜봤지. 너는 늙어가는 부모를 돌보는 일을 형에게만 떠넘겼다—차로 여기저기 데리고 다니고, 대기실에서 함께 기다려주고, 집에 들러서 이런 문제 저런 불평을 듣고 또 들어주고, 아무도 찾지 못하던 안경을 찾아주고, 생명보험과 관련한 잡다한 문제를 해결하고, 수리공을 불러 물이 새는 지붕을 고쳐주는 그런 일. 내가 더이상 계단을 오르지 못해서 한 달째 아래층 소파에서 잔다는 걸 알고는 의자를 실을 수 있는 리프트를 아무 말 없이 설치해준 것도 네 형이었지. 생각해보렴, 도빅, 리프트라니, 덕분에 나는 원할 때마다, 스키장의 리프트를 탄 것처럼 계단을 오르내릴 수 있었단다. 그것도 부족해서 네 형은 매일 아침 전화를 해 전날 밤에 아무 일이 없었느냐고 물어보고, 밤에 또 전화해서 낮 동안 아무 일이 없었느냐고 물어봤지. 그 모든 일을 불평이나 짜증 없이 했다. 형으로서 너한테 화가 나는 게 당연했을 텐데 말이야. 주방에서 너희 둘이 머리를 맞대고 있는 모습을 지켜봤지. 다 자란 남자 둘이서 마치 어릴 때처럼 속삭이고 있더구나. 어릴 때 둘이서 열정적으로 서로의 관심사, 아마 여자 이야기였을 거다. 여자들의 빛나는 머릿결과 엉덩이와 가슴에 대한 이야기를 나누던 그 모습이 떠올랐단다. 하지만 그때 주방에선 나에 관한 이야기를 했겠지. 나를 어떻게 하면 좋을지, 너희 둘의 나이든 아버지를 어찌하면 좋을지 몰랐겠지. 처음으로 여자 젖꼭지를 마주했을 때 어쩔 줄 몰라했던 것처럼 말이다. 대책을 세우는 게 네 형이라면 나는 아무 문제 없을 것 같았다. 네 형은 이미 내 품위를 해치지 않고 일을 처리하는 법을 알고 있었으니까. 내가 기운이 없어져 오줌을 누는 동안 자지를 쥐고 있지 못할 지경이 되어도, 네 형은 내가 창피함을 느끼지 않게 해줄 수 있을 거야. 이를테면, 적절한 농담이나 전날 슈퍼마켓에서 겪은 웃긴 일을 이야기하면서 말이다. 그게 네 형이거든. 하지만 갑자기 네가 끼어들었다는 사실, 네 엄마와 내가 함께 늙어가던 그 긴 시간 동안 먼 나라에서 침묵만 지키던 네가 이제야 불쑥 나타나 한몫하려 한다는 사실, 근심이 가득한 척 인상을 써 보이며 너도 이 일의 한 부분인 양 행세하고 있다는 사실―그 사실이 나는 그 무엇보다 견딜 수 없었다. 도대체 무슨 이야기들을 하는 거냐? 내가 말했지. 네가 돌아봤을 때 그 눈 속에서, 얼핏 한없이 너그러워 보이는 그 눈빛 너머에서, 오래된 불꽃 같은 분노가 보이는 것 같았구나. 네가 계속 지니고 있던 분노, 열일곱, 열아홉, 스무 살 때, 그때마다 나에게 보여주었던 그 분노 말이다. 나는 기분이 좋았다, 아들아. 그 불꽃을 다시 보니, 마치 오랫동안 보지 못한 친척을 만난 것처럼 기분이 좋더구나.

아무것도 아니에요, 네가 말했지. 너는 항상 거짓말에 서툴렀다. 이 많은 음식을 어떻게 처리하면 좋을지 이야기하고 있었어요. 나는 네 말은 그냥 무시하고 네 형에게 말했지. 집에 갈 준비됐다, 유리. 아버지, 네 형이 말했지, 정말 여기서 안 주무실래요? 집사람이 잠자리도 다 마련해놨거든요. 매트리스가 새거라서 아주 편해요. 저도 방에서 쫓겨났을 때 거기서 몇 번 자봐서 알거든요. 네 형은 그렇게 말하고 슬쩍 미소를 지어 보였지. 그렇게 자신을 깎아내리며 농담을 던질 줄 아는 사람이었다. 그런다고 손해를 보는 것도 아니야. 오히려 그 반대지. 스스로에 대해 그렇게 농담을 할수록, 다른 사람들도 더 많이 웃게 만들고, 그렇게 본인도 더 행복해지는 거란다. 혼란스럽니, 도브? 타인의 비웃음을 견디고, 심지어 그걸 유도하는 사람이 있다는 게? 너는 항상 사람들의 비웃음을 두려워했다. 누가 너를 비웃기라도 하면, 너는 기분이 상해서 아무도 모르게 너만의 작은 기록장에 그걸 기록해두었지. 그게 너였다. 지금 너는 어떠냐? 순회판사. 언젠가, 일이 순조롭게 풀린다면, 잉글랜드 대법원에 자리를 얻을 수도 있겠구나. 중범죄를 재판하는 자리, 정말 무거운 범죄를 재판하는 자리겠지만, 너는 이미 오래전부터 훈련을 해왔잖아? 다른 사람들 위에 앉아서, 그들을 판단하고 비난하는 일—너에겐 너무 자연스러운 일이었으니까.

마음은 고맙다, 내가 말했지, 그래도 집에 가고 싶구나. 네 형은 어깨를 으쓱해 보이고는 아내에게 음식을 좀 싸달라고 한 다음 자동차 열쇠를 찾으러 갔다. 길라드가, 몇 년 만에 처음으로 헤드폰을 쓰지 않은 모습으로 들어와서는, 뭔가 단단히 결심한 듯한 표정으로 곧장 나를 향해 다가오더구나. 내 뒤에 뭐가 있는 건가 싶어서 뒤를 돌아보고는 다시 몸을 돌리다가 하마터면 녀석이랑 부딪칠 뻔했다. 그 꼬마 녀석이, 아니 이젠 꼬마가 아니지, 열다섯 살먹은 어른-아이가 내게 뭔 짓을 하려고 하는 게 아니겠냐. 몸을 들이대고는 밀어붙이는데, 알고 보니 그게 포옹이었구나. 껴안기 말이다, 도빅, 내 손자가, 지난 몇 년간 뭘 물어봐도 시큰둥하게 아주 짧은 대답만 하던 그 녀석이 나한테 매달린 거야. 눈을 질끈 감고 이도 꽉 깨문 채 말이다. 눈물을 참고 있는 게 분명했어. 녀석의 등을 쓰다듬어주었다. 그만, 그만. 내가 말했지. 할머니도 너를 아주 사랑하셨단다. 그 말에 녀석은 그만 더이상 참지 못하고 내게 침까지 튀기며 통곡을 하더구나. 아무도 녀석에게 어떤 것도 가르쳐주지 않았던 거야, 늘 죽음이 삶에 드리워 있는 이 나라에서도 말이다. 그랬던 녀석이 그때 처음으로 죽음의 맛을 본 거야. 녀석은 네 엄마를 위해, 자기 할머니를 위해 우는 게 아니었다. 자기 자신을 위해 우는 거였어. 자기도 언젠가는 죽게 된다는 사실 때문에. 그전에 친구들이 죽고, 친구의 친구들이 죽고, 또 시간이 지나면 친구의 자식들이 죽고, 정말 비참한 운명이라면 자기 자식이 죽는 걸 지켜봐야 한다는 사실에 눈물이 났던 거지. 아무 말 없이 녀석을 위로해주는 동안(그렇게 약해지고 격양된 상황에서도 이 어른-아이는 커다랗고 두툼한 헤드폰을 통해 나오는 말 외에는 아무것도 귀담아듣지 않으리라는 걸 알았다) 네 형이 자동차 열쇠를 손에 들고 다시 나타났지. 그 순간, 모두의 예상을 깨고 네가 형을 막아서더구나. 네가, 적어도 내가 알기론 아무것도 모르던 네가 말이다. 내가 맡을게. 네가 말했지. 맡을게? 하마터면 소리를 지를 뻔

했다. 맡을게? 마치 내가 무용학원에 가야 하는 어린아이라도 되는
것처럼? 네 형이 이쪽을 보며 내 눈치를 살피더구나. 네 형은 운전
석 선바이저에 우리집과 자기 집 차고 리모컨을 나란히 끼워놓고
다니는 사람이었다. 우리집에 들를 일이 그렇게 잦았던 거지. 하지
만 내가 무슨 말을 할 수 있었겠니? 길라드가 나한테 매달려 있는
틈을 타, 네가 나를 아주 곤경에 빠뜨린 거야. 그렇게 다 자란 놈이
나한테 매달려서 모든 것이, 우리 가족은 물론이고 자신이 알고 있
던 모든 것이 결국은 덧없는 것임을 알게 된 충격에서 벗어나지 못
한 채 위안과 도움을 청하고 있는데, 그런 상황에서 너의 제안에
대한 나의 진심을 어떻게 말할 수 있었겠니?

　그래서 오 분 후에, 나의 바람과 달리 나는 너의 렌터카에 함께
올랐다. 네 형수가 싸준 음식 꾸러미를 무릎 위에 가지런히 놓은
채 말이다. 차 안은 검은색 가죽으로 꾸며놨더구나. 이건 무슨 차
냐? 내가 물었지. BMW입니다, 네가 대답했다. 독일 차라고? 내
가 말했지. 지금 독일 차를 타고 나를 데려다준단 말이냐? 왜, 네가
너무 거물이라 남들 다 타는 현대 차는 못 타겠던? 너한테는 성에
안 차더냐? 돈을 더 내가면서까지 나치의 자식들, 아니면 강제수용
소 간수의 자식들이 만든 차를 탄다고? 검은색 가죽이 지겹지도 않
냐? 나는 그만 내려야겠다. 차라리 걸어갈 거야. 아버지, 네가 간청
하는 목소리로 말했지. 그 목소리에서 의미를 알 수 없는 어떤 기
운을 느꼈단다. 거기, 너의 높은 목소리 어딘가에 그런 기운이 숨
어 있었던 거야. 제발요, 네가 말했다. 더이상 힘들게 하지 마세요.
힘든 하루였잖아요. 틀린 말은 아니었지. 그래서 나는 너를 외면한
채 창밖만 바라보며 앉아 있었다.

네가 어릴 때, 금요일 아침이면 종종 너를 데리고 시장에 가곤 했지. 기억나니, 도발레? 나는 모든 상인들과 알고 지내는 사이였고, 갈 때마다 사람들은 뭘 좀 먹어보라고 건네주었지. 대추야자 좀 담아라, 나는 과일상 제구리 씨와 정치에 관해 논쟁을 벌이면서 네게 말했지. 오 분쯤 지나서 보니 너는 손가락으로 대추야자를 하나씩 하나씩, 곰곰이 살피면서 담고 있더구나. 그러다 굶어죽겠다, 나는 그 작고 안쓰러운 열매들이 든 가방을 확 낚아채면서 말하고는 내 손으로 직접 두세 번 푹푹 퍼서 담았다. 네가 대추야자를 먹는 모습은 한 번도 본 적이 없는 것 같구나. 바퀴벌레처럼 생겨서 싫다고 했지. 시장엔 검은 종이를 오려 사람들의 초상화를 만들어주는 아랍인도 있었다. 앞에 놓인 나무상자에 손님이 앉으면 아랍인은 그를 쳐다보며 쓱싹쓱싹 종이를 오렸지. 너는 구경을 하면서 그가 혹시 손가락을 베일까봐 순간순간 인상을 찌푸렸지만, 아랍인은 절대 손가락을 베는 일이 없었구나. 미친듯이 가위질을 하다 보면 어느새 손님 얼굴의 핵심을 잡아낸 종이 초상화가 완성되곤 했지. 네 눈엔 그 아랍인이 피카소에 버금가는 천재로 보였던 것 같더구나. 그 사람만 보면 말을 잊었지. 손님이 없을 때면 그 아랍인은 숫돌에 가위를 갈며, 길고 복잡한 콧노래를 부르곤 했다. 언젠가 네 형과 너를 다 데리고 시장에 갔을 때, 나는 그 아랍인을 발견하고는 선심을 쓰는 척하며, 자, 초상화 그리고 싶은 사람? 하고 물었지. 네 형이 얼른 나무상자 위로 올라가서는, 온갖 진지한 척은 다 하며 자세를 잡더구나. 아랍인은 눈을 가늘게 뜨고 네 형을 바라보다가 가위질을 시작했고, 잠시 후 자랑스러운 네 형의 초상화가 완성되었지. 독수리처럼 매서운 콧날이 영광으로 가득한 앞날을 말해주는 것 같았다. 상자에서 내려온 네 형은 좋아서 어쩔줄 몰라하며 그림을 받았지. 그때 네 형이 실망이나 죽음에 대해 뭘 알았겠니? 아무것도 몰랐을 테고, 그건 아랍인의 초상화에서도 분명히 보였단다. 다음으로, 네가 안절부절못하며 상자 위로 올라가 자리를 잡았지. 수많은 사람들의 면모가 과장되어 훌륭한 예술가가 만들어낸 하나의 선으로 변해갔던 그 자리. 아랍인이 가위질을 시작하고 너는 꼼짝도 않고 앉아 있었지. 잠시 후 네 눈이 당황한 듯 떨리더니 이내 바닥에 쌓여 있던 찌꺼기들, 그러니까 조각난 검은 종이들을 바라봤고, 너는 고개를 들어 아랍인을 다시 한번 쳐다보고는, 비명을 지르기 시작하더구나. 숨이 넘어갈 것처럼 비명을 질렀고, 아무리 달래려고 해봐도 멈추지 않았지. 네 어깨를 쥐고 흔들며 정신 차리라고 소리쳐도 너는 멈추지 않았다. 돌아오는 길에서도, 나와 네 형보다 세 걸음 정도 뒤에서 따라오며 내내 훌쩍거렸지. 자기 초상화를 꼭 쥔 네 형은 걱정스러운 눈빛으로 가끔 뒤돌아보더구나. 나중에 네 엄마가 그 초상화를 액자에 넣어주었는데, 네 초상화는 어떻게 되었는지 모르겠다. 그 아랍인이 그냥 버렸을지도 모르지. 아니면 내가 다시 가서 달라고 할 때를 대비해 가지고 있었을 수도 있겠구나. 돈은 이미 다 지불했으니까. 하지만 나는 찾으러 가지 않았지. 그 일이 있은 후로, 너는 시장에 따라가지 않으려 했다. 알겠니, 아들? 내가 그때 어떤 문제에 봉착했는지를?

네가 차로 나를 우리집에 데려다주었다. 네 엄마와 나의 집. 이젠 더이상 네 엄마의 집이라고 할 수는 없겠지만 아무튼. 네 엄마는 땅속에서의 첫날밤을 보내고 있었겠지. 지금도 그 생각을 하면 견딜 수가 없구나. 클레인도프 선생님, 생명이 빠져나가버린 제 아내의 몸뚱이가 땅속 2미터 깊이에 놓여 있다는 걸 생각하면 숨이 막힐 것만 같답니다. 하지만 저는 그런 현실을 피할 생각은 없어요. 제 아내가 주변 공기 속에서 반짝이고 있다고, 혹은 아내가 죽은 바로 다음날 저희 집 마당에 나타나 기이하게도 계속 거기 머문 짝 없는 까마귀 한 마리가 아내의 환생이라고 상상하며 스스로를 위로할 생각은 없습니다. 그런 작은 조작으로 아내의 죽음을 싸구려로 만들 순 없죠. 너의 독일 차가 자갈이 깔린 진입로에 접어들자, 너는 서서히 속도를 줄이고 시동을 껐다. 언덕 위로 짙은 남색 하늘이 마지막 빛을 내고 있었지만, 집은 이미 어둠에 잠겨 있었지. 침묵 속에 엔진이 서서히 잦아드는 소리를 들으며, 나는 갑자기 베이트하카렘에서 이 집으로 이사오던 날이 생각났구나. 기억나니? 오전 내내 너는 네 방에서 어항에 있는 물고기를 일일이 물이 담긴 비닐봉지에 옮겨 담았잖아―물고기들이 걱정돼 자꾸만 주머니를 열었다 닫았다 하면서 말이다. 다른 식구들이 서둘러 상자에 테이프를 감고 가구들을 옮기는 동안, 너는 그렇게 네 물고기와 거북이를 이사시킬 준비에만 빠져 있었지. 그 거북이는 정말 끔찍이도 생각하더구나! 하루에 한 번씩은 꼭 햇볕을 쬐며 운동할 수 있게 마당에 데리고 나갔지. 너는 거북이 영혼의 비밀이라도 보려는 듯 그 구슬 같은 눈을 가만히 들여다보곤 했다. 네 엄마가 거북이 먹이로 엉뚱한 양배추를 사왔을 때는 화를 내며 울기도 했지―거북이에게 관심이 없어서 녹색이 아니라 빨간색 양배추를 사온 거라고 소리를 지르며 울더구나. 그 모습을 본 나는 버릇 없는 녀석이라고 또 소리를 질렀고, 너무 화가 나서 네 친구 거북이를 집어들고는 믹서에 넣어 갈아버리겠다고 했지. 녀석은 어떻게든 안전한 등껍질 안으로 다리를 넣어보려고 필사적으로 발버둥쳤지만, 나는 손가락 사이에 그 다리를 꼭 잡은 채 믹서를 작동시켰다. 너는 죽을 듯이 비명을 질렀지. 그 비명소리란! 마치 내가 갈아버리려는 게 너 자신이라도 되는 것 같았다. 그때 묘한 쾌감이 들었다. 잠시 후, 네가 그 불쌍한 거북이를 가슴에 품고 방으로 들어가버린 후에, 네 엄마가 돌처럼 굳은 표정으로 나를 쳐다보더구나. 그날 네 엄마랑 싸웠다. 네 문제에 관해서라면 우리는 늘 싸웠지. 내가 정말 그런 짓을 할 거라고 생각한 거냐고 따지자 네 엄마가, 네가 아장아장 걸을 때부터 유아심리와 관련된 책은 모두 섭렵하고 이론이란 이론은 모조리 공부한 네 엄마가, 너에겐 그 거북이가 자기 자신이나 다름없는 거라고 가르치려 들더구나. 그래서 우리가 그 거북이를 함부로 대하면 아이는 부모가 자기에게 관심이 없는 걸로 생각한다고 말이다. 너를 상징하는 동물이라고? 이런 세상에! 바보 같은 책에 나온 설명을 새기며 네 엄마는 너의 그 작은 머릿속을 이해해보려고 애썼고, 덕분에 너의 기분을 이해하고 너와 공감할 수 있다고 생각한 거야. 그래서 아이스버그가 아니라 로메인을 사온 게 감정적으로 상처를 줄 수 있다고 믿게 된 거지. 나는 네 엄마의 말을 가만히 듣고만 있었다. 네 엄마가 이런저런 이론들을 들먹이다 지칠 때까지 기다렸다가, 당신도 제정신이 아니라고 한마디했지. 네가 스스로를 냄새나고 역겹고 멍청한 파충류라고 생각한다면 거기에 걸맞은 대접을 해줘야 한다고. 네 엄마는 황급히 밖으로 나갔다가, 삼십 분쯤 후에 작고 초라한 양배추를 한 포기 사들고 돌아오더구나. 그러곤 네 방으로 가서 문틈으로, 제발 좀 들어가게 해달라고 간청했지. 그리고 몇 달 후 우리는 베이트자이트에 있는 다른 집으로 이사하기로 했고, 너는 어떻게 하면 거북이를 잘 옮길 수 있을지를 밤새 고민했던 거야. 오전 내내 물고기를 비닐봉지에 담고 거북이와 심리상담을 하던 너는, 결국 거북이 어항을 직접 무릎 위에 안은 채 이삿짐 차에 올랐지. 모퉁이를 돌 때마다 거북이가 미끄러져 어항 구석에 부딪혔고, 너는 곧 울음을 터뜨릴 것만 같았다. 내가 일부러 그렇게 잔인한 짓을 했다고 생각했겠지만, 그건 네가 나를 너무 과대평가한 거야. 아무리 나라고 해도 그렇게 의도적으로 고문을 할 능력은 없었으니까. 어찌됐든, 네가 그렇게 아끼던 애완동물이 비극적인 최후를 맞은 건 나와는 아무 상관 없는 일 때문이었다. 언젠가 햇볕을 쬐라고 마당에 풀어주었다가 잠시 후 돌아와 보니 녀석이 배를 드러낸 채 죽어 있었잖아. 등껍질이 쪼개져 있는 게, 아마 야생동물의 공격을 받은 것 같았지.

  이사를 하고 얼마 지나지 않아 너는 혼자서 밤에 돌아다니기 시작했다. 아무도 모른다고 생각했겠지만, 나는 알고 있었지. 너는 나를 조금도 신뢰하지 않았지만, 나는 너의 그 작은 비밀을 지켜주었단다. 그 시절에 나는 자다가 배가 고파서 깨는 일이 종종 있었는데, 그럴 때면 아래층 주방으로 내려가 냉장고 문을 열고 서서 먹다 남은 닭구이를 뜯곤 했지. 너무 배가 고파서 접시를 꺼내 식탁에 앉아서 먹는 것은 고사하고, 주방에 불도 켜지 않을 때가 많았다. 어느 날 밤, 그렇게 어둠 속에 서서 음식을 먹고 있는데 창밖으로 뭔가가 마당을 가로지르는 게 보였지. 막대기처럼 생긴 물체가 다른 무언가의 힘을 빌려 잔디 위를 움직이는 것 같았다. 관심을 끄는 것을 발견한 것처럼 잠시 멈춰 서기도 했지. 그날은 달빛도 거의 없었기 때문에 내가 선 자리에선 그 물체가 남자로도 여자로도, 그렇다고 어린아이로도 보이지 않았다. 아마 동물일 거라고, 늑대나 들개일 거라고 생각했던 것 같구나. 그 물체가 모퉁이를 돌고, 잠시 후 현관문 열리는 소리가 들리고, 자신이 있는 자리를 정확히 파악하고 신속하게 움직이는 것을 보고서야 그게 너라는 걸 알았지.

네가 위층에 있는 네 방으로 들어가는 것을 확인할 때까지 나는 가만히 서 있었다. 문이 닫히는 소리를 듣고 나서야 현관으로 가 네가 아무렇게나 벗어놓은 흙 묻은 운동화를 살폈지. 그 운동화를 보며 네가 밤중에 몰래 나간 이유를 알아보려 했단다. 네가 어떤 문제에 휘말린 건지, 또 누구와 함께 휘말린 건지 말이다― 뭐, 누군가 그 일에 연관이 되었다면 그건 틀림없이 슐로모였겠지만. 근데 걔는 어떻게 됐니, 슐로모 말이다. 마치 삼쌍둥이처럼 둘이 꼭 붙어다녔잖아. 작은 찡그림이나 눈동자의 움직임, 경련처럼 둘만 아는 신호를 너와 은밀하게 주고받던 슐로모. 그래, 나는 네가 한밤중에 그렇게 돌아다니는 건 너희 둘이서 수업시간에 말없이 주고받은 표정으로 세운 설익은 계획의 일부일 거라고 거의 확신했다. 그러다 언짢은 표정으로 지난 이천 년 동안의 역사, 언제나 변함없는 그 이천 년의 역사를 주입시키고 있던 클레인도프 선생님 같은 선생님에게 들켜서 교실 반대편 자리로 쫓겨났겠지. 다음날 아침 너를 만나면 무슨 일이었는지 물어보려고 했는데, 아침 식사 자리에 나타난 너는 지난밤의 모험은 까맣게 잊어버린 것 같더구나. 그걸 보고 혹시 네가 몽유병은 아닐까 의심했단다. 그리고 사 일인가 오 일 후 밤에, 새벽 두시쯤 커틀릿을 미친듯이 먹고 있을 때, 네가 다시 마당에 나타난 걸 본 거야. 그날은 달빛이 환해서, 네 얼굴의 표정을 똑바로 볼 수 있었단다. 너무나 평화로워 보이던 그 표정을.

이제 너는 그때 그 마당을 나와 함께 걸어와, 열쇠 꾸러미를 꺼내 허둥지둥하는 나를 기다리고 있었지. 불을 켜두고 나오는 걸 깜박했던 게 이번엔 오히려 다행이라고 생각했다. 내 손이 떨리는 걸 네가 볼 수 없으니 말이다. 마침내 자물쇠를 찾아 문을 열고 불을 켠 다음 내가 말했지. 나는 됐다, 그만 가봐라. 그제야 나는 네가 작은 여행가방을 들고 있는 걸 봤구나. 가방을 한 번 보고는 고개를 들고 다시 너를 봤지. 네 얼굴, 아주 오랫동안 보지 않았던, 그러니까 제대로는 들여다본 적이 없었던 네 얼굴을 봤어. 나이가 들었더구나. 그건 그렇다 쳐도, 그 얼굴엔 뭔가 다른 것도 있었지. 너의 눈이나 살짝 기울어진 입꼬리에 무언가가, 고통, 아니 그저 고통이라고만은 할 수 없는, 그 이상의 무언가가 있었어. 마치 네가 세상에게 두들겨맞은 흔적, 결국엔 세상에 패하고 말았다는 흔적이라고 할까. 순간 내 안에서 어떤 일이 일어났다. 뭔가 빼앗겨버린 느낌이 들었어. 네 엄마가 저세상으로 가버린 지금, 이제 네 고통을 들어줄 사람, 그 고통을 달래주고, 마치 본인의 고통인 것처럼 아파해줄 사람이 없어져버렸으니까, 그 일이 고스란히 내 몫이 된 것처럼 말이다. 한번 생각해보렴. 평생 동안 너의 고통은 나를 화나게 했다. 너의 고집, 단호함, 그리고 내성적인 성격, 그 모든 것에 화가 났지만, 무엇보다도 너의 고통이 가장 나를 화나게 했지. 그럴 때마다 네 엄마가 달려와서 널 구해줬거든. 그런데 그때, 현관 앞에 함께 선 너의 눈에서 무언가를 보았다. 네 엄마는 가버렸지, 결국 우리를 버리고, 우리 둘만 그렇게 남겨놓고 가버렸는데, 네 눈에서 뭔가를 본 나는 두려웠다.

네 여행가방을 보고, 네 얼굴을 보고, 다시 가방을 보며 나는 네가 설명해주기를 기다렸다.

네가 아직 어릴 때 네 엄마는 너를 구하기 위해서라면 사람도 죽일 수 있다고 했다. 자식을 구하기 위해 다른 사람을 죽일 수 있다고? 내가 되물었지. 응, 네 엄마가 대답했다. 그럼 애를 살리기 위해서라면 다섯 명도 죽일 수 있어? 내가 물었지. 응, 네 엄마가 대답했다. 백 명은? 내가 묻자 네 엄마는 대답은 하지 않고 매섭게 나를 노려봤지. 천 명은? 네 엄마가 그대로 방을 나가버리더구나.

아니, 네가 되고 싶어하던 작가가 되지 못한 건 내 탓이 아니다. 너는 인간 감정의 공격을 받는 상어에 대한 이야기를 쓰고 싶어했지. 괴로움, 내가 말했다. 네? 네가 말했지, 입술이 가늘게 떨리더구나. 잘 들어라, 도브, 괴로움, 그걸 잘 다스려야 하는 거야. 괴로움의 뿔을 꽉 쥐고 쓰러뜨려야 한단 말이다. 괴로움을 질식시키지 않으면 그게 너를 질식시킬 거야. 너는 마치 인생에서 아무것도 이해하지 못한 사람을 쳐다보듯 나를 쳐다봤지. 하지만 이해를 못한 쪽은 너였다. 너는 군복 차림으로, 개인장비 가방을 어깨에 걸친 채 서 있었지. 보통 남자는 군복을 입으면 평소와는 다른 사람이 되거든. 머리가 보이지 않는 거대한 짐승의 날개 밑에 숨어 자신을 잃어버리는 거지. 하지만 너는 그렇지 않았다, 아들. 평상복 차림의 너는 늘 괴로워했는데, 군복을 입어도 달라진 건 없더구나. 석 달 만에 처음 휴가를 받아 집으로 왔지. 기억나니? 너는 여전히 다프나와 사랑에 빠져 있었다. 집에 온 것도 그애를 만나기 위해서였지. 어쩌면 처음에 그애는 괴로워하는 너의 모습에 끌렸을 테지만, 그때쯤엔 내가 보기에도 지겨워지기 시작한 것 같더구나. 그애가 우리집에 왔고, 너희 둘은 네 방에 처박혀 있었지만, 그건 예전에, 무슨 서사시라도 쓸 것처럼 바깥세상과 단절한 채 둘만 함께 있던 것과는 달랐다. 다프나는 한 시간 만에, 너의 군복 티셔츠를 입고 나와서는 냉장고를 뒤지거나 라디오를 켰지. 편안하게 있으렴, 치킨 샐러드나 차가운 파스타를 꺼내는 그애에게 내가 말했다. 마주 앉아서 그애가 음식을 먹는 모습을 지켜봤지. 그렇게 작은 애가 그렇게 많이 먹는다는 게 신기하더구나. 자기가 예쁘다는 걸 분명히 알고 있는 아이였지. 아주 작은 동작 하나에도 그 자신감이 묻어났으니까. 아무 생각 없이 팔다리를 움직였지만, 언제나 마무리는 아주 우아하더구나. 그 아이를 관통하는 어떤 법칙이 있는 것 같았지. 물어볼 게 하나 있는데, 내가 말했다. 다프나는 여전히 음식을 먹으며 나를 쳐다보더구나. 온몸에 향수 냄새가 진동을 했지. 네? 그애가 대답했다. 나는 그냥 앉아 있었다. 이미 귀에서 털이 삐져나오기 시작한 나이였구나. 아니다, 나는 그렇게 말하고 커다란 상어가 내 속에서 빠져나가게 내버려두었지. 다프나는 말없이 음식을 다 먹고 일어나 설거지를 하러 가다가, 문 앞에서 돌아보며 말하더구나. 아저씨 질문에 대한 답은 아니요, 예요. 무슨 질문 말이냐? 내가 말했다. 궁금하지만 묻지 않으신 질문 말이에요, 그애가 말했지. 그래? 그게 뭔데? 도브 이야기요, 라고 그애가 말했지. 계속 이야기해주길 기다렸지만 아무 말도 없었다. 그 순간에는 이해하지 못한 게 너무 많았는데, 그 아이는 그대로 문을 닫고 나가버리더구나.

군대에 있는 동안, 그 사건이 생기기 전까지는, 너는 늘 받는 사람에 네 이름을 써서 집으로 소포를 보냈지. 네 엄마는 소포를 절대 열어보지 말고 그대로 자기 책상 서랍에 보관해달라는 네 부탁을 따랐다. 너는 누가 소포에 손을 대면 알아볼 수 있게 테이프를 끝도 없이 감아서 보냈지. 글쎄, 건드렸다면 누구였을까? 내가 건드렸다. 소포를 뜯어 안에 담긴 글을 읽어본 다음, 정확히 네가 썼던 그대로, 테이프를 더 많이 붙여서 넣어두었다. 혹시 소포를 열어봤느냐고 네가 물으면, 군대에서 검열 때문에 열어본 것 아니겠냐고 둘러댈 생각이었다. 하지만 너는 한 번도 물어보지 않았지. 내가 기억하는 한, 너는 네가 쓴 글들을 다시 읽어보지 않았다. 가끔은 내가 소포를 열어 네 글을 읽는다는 걸 네가 알고 있다는 확신이 들 때도 있었다. 너도 내가 그 글들을 읽어보기를 바랐다고 말이야. 그래서 나는 시간이 나고, 마침 네 엄마도 집을 비울 때면, 표시가 나지 않게 봉투를 열고 상어 이야기를, 상어에게 연결된 여러 사람들의 악몽에 관한 이야기를 읽었다. 매일 밤 상어가 든 물탱크를 청소하는 청소부가 있었지. 물탱크의 유리를 닦고 물을 갈아줄 때 쓰는 호스와 펌프를 점검하는 청소부—일하는 중간중간 열에 시달리며 침대에서 몸을 떨고 있는 사람들을 살피곤 하던 그 사람. 그는 자루걸레에 몸을 기댄 채 고통받는 백상어의 눈을 가만히 들여다보았지. 전선에 연결된 전극을 온몸에 꽂은 채 수많은 사람의 고통을 전해 받으며 하루하루 쇠약해지던 그 짐승을.

당연하게도 그 여자아이, 다프나 너를 떠났다. 금방은 아니었지만, 결국 떠났지. 너는 그 아이가 다른 남자와 함께 어울리는 걸 알게 되었지. 그 아이를 욕할 수 있을까? 아마 다른 남자는 그 아이를 댄스파티에 데리고 갔겠지. 얼굴을 맞대고 허벅지도 맞댄 채 원시적인 드럼소리가 진동하는 시끄러운 디스코텍에서, 그 아이는 가까이 있는 남자의 몸에 취했겠지. 그 남자의 몸은 스스로에게도 낯선 그런 것이 아니었을 테니까. 낯설고, 때로는 적대적이기도 한 몸이 아니었겠지. 그래, 쉽게 그려볼 수 있는 상황이었다. 이미 열두 살, 열세 살 무렵부터 너는 안으로만 자라기 시작했지. 가슴이 빈약하고, 어깨는 동그랗고, 팔다리도 몸통과 따로 노는 듯 어색하게 자리를 잡은 아이. 가끔 몇 시간씩 화장실에서 나오지 않을 때도 있었다. 그 안에서 네가 뭘 했는지는 하느님만 아시겠지만, 아마 뭔가를 납득하려고 애를 썼겠지. 네 형은 화장실을 쓸 때 물이 다 내려가기도 전에 시뻘건 얼굴로 노래까지 부르며 튀어나오곤 했다. 네 형은 심지어 사람들이 보는 데서도 똥을 눌 수 있는 아이였어. 하지만 너는 그렇게 오랫동안 화장실에 있다가 나올 때면, 창백한 얼굴에 땀을 뻘뻘 흘리고 어쩔 줄 몰라했지. 그렇게 오랫동안 그 안에서 뭘 했던 거니, 아들? 냄새가 빠지기를 기다렸던 거야?

다프나가 떠나고, 너는 자살해버릴 거라고 했다. 휴가 때 집에 와서는 어깨에 모포를 두른 채 식물처럼 마당에 앉아 있었지. 아무도 너를 만나러 오지 않았다. 심지어 슐로모도 오지 않더구나. 몇 달 전, 그 아이가 도대체 어떤 용서할 수 없는 짓을 했는지는 모르겠지만, 네가 절교를 선언했지. 십 년 동안 가장 친하게 지내던 친구, 너 자신의 팔다리보다 너에게 더 가깝던 그 친구에게 말이다. 그렇게, 내가 한번 따져 물었던 기억이 나는구나, 그렇게 아무도 따라올 수 없는 자신만의 원칙을 정해놓고 사는 건 어떤 기분이냐고. 너는 대답은 않고 내게 등을 돌렸지. 자신들의 결점 때문에 너를 배신하고 만 모든 이에게 그랬듯이 말이다. 너는 그렇게, 노인처럼 마당에 웅크리고 앉아, 다시 한번 너를 실망시킨 세상 앞에서 굶어죽을 작정이었다. 내가 다가가려 하면 너는 긴장을 하고 아무 말도 하지 않았지. 어쩌면 너도 나의 역겨움을 감지했겠구나. 네 문제는 네 엄마에게 맡기기로 했다. 두 사람은 무언가 속삭이다가도, 내가 들어서면 입을 다물었지.

다른 여자애도 있었지. 나샬초파에서 복무할 때 군대에서 만난 여자애 말이다. 그때 너는 주말이 되어도 집에 오지 않았지. 그애 곁에 있고 싶었던 거야. 그 친구가 나중에 북부로 배치된 걸로 아는데, 그렇지? 그래도 너는 어떻게든 그애를 만났지. 복무를 마친 그애는 히브리대학에 진학했고, 네 엄마 말에 따르면 너도 그렇게 하기로 했다고 했지. 군에서는 네가 직업군인이 되어 장교로 복무

하길 원했지만 너는 거절했다. 너에겐 더 마음에 드는 일이 있었던 거야, 철학을 공부할 계획이었지. 어디에 써먹게? 내가 물었다. 너는 어두운 표정으로 나를 바라보았지. 나도 바보는 아니다. 인간에 대한 이해를 넓히는 일도 가치가 있다는 건 알아. 하지만 너는 말이다. 내 자식은 좀더 실제적인 일을 했으면 했다. 반대 방향으로, 자꾸 추상적인 쪽으로만 가는 건 너한테 큰 재앙이 될 것 같았거든. 그런 공부에 필요한 자질을 가진 사람들도 물론 있겠지만, 너는 아니었어. 어릴 때부터 너는 지칠 줄 모르고 괴로움을 찾았고, 그것들을 차곡차곡 쌓아갔다. 물론 그렇게 간단한 이야기는 아니겠지. 사람이란 외적인 삶과 내적인 삶 중에 하나만 골라서 사는 건 아니니까 말이다. 둘은, 어떻게든, 같이 가는 거야. 문제는, 어느 쪽에 강조점을 두는가 하는 것 아니겠니? 그때 그 마당에서 나는, 어설프게나마, 너를 바른길로 안내하려 했다. 모포를 두른 채 마당에 앉아, 세상에 나가 입어온 상처에서 회복하면서, 너는 현대인의 소외를 다룬 책을 읽었지. 현대인이 유대인에게 해준 게 뭐 있다고 그러냐? 호스를 들고 지나가며 내가 따져 물었다. 유대인은 수천 년 동안 소외된 채 살아왔는데, 현대인에겐 소외가 취미에 불과하잖아. 이미 태어나기 전부터 알고 있는 내용인데 그런 책은 뭐하러 보냐? 그러고는 나무에 물을 주는 척하면서 일부러 물줄기를 네 쪽으로 돌려 책을 적셨지. 하지만 네 앞길을 막은 건 내가 아니야. 그렇게 하고 싶었다 해도 할 수가 없었다.

　너와 함께, 한때 우리 모두의 집이었던 집 현관에 서 있었지. 삶이 충만하던 집, 방마다 웃음소리가 들리고, 다투는 소리가 들리고, 눈물, 먼지, 음식냄새, 고통, 욕망, 화가 넘쳐나던 집. 그리고 침묵, 가족이라는 이름 아래 서로 부대끼던 사람들 사이의 팽팽히 긴장된 침묵이 흐르던 집. 그러다 네 형이 입대하고, 삼 년 후 너도 입대하고, 그리고 그 일이 있고 나서 네가 이스라엘을 떠나고, 그때부턴 네 엄마와 나만의 집이었지. 우리는 방을 하나, 기껏해야 한 번에 두 개만 썼고 나머지는 빈방으로 남겨두었는데, 이젠 나혼자구나. 너는 거기, 어색한 방문객처럼, 지친 손님처럼 여행가방을 꼭 쥔 채 서 있었고, 나는 그 가방과 너를 번갈아 보았다. 네가 가방을 다른 손에 바꿔 쥐었지. 제 생각엔…… 네가 말을 하려다가 멈췄다. 보이지 않는 뭔가를 살피듯 방안을 둘러보았지. 나는 기다렸다.

제 생각엔, 네가 다시 입을 열었지, 아버지만 괜찮으시면 이 집에서 좀 지냈으면 합니다.

내가 놀란 표정을 지어 보였나보지? 너는 숨을 들이켜며 고개를 돌렸다. 그랬다, 도브. 나는 놀랐어. 대답해주고 싶었다. 그래. 물론 괜찮고말고. 여기서 나랑 함께 지내자. 옛날에 쓰던 침대도 다시 정리해줄게. 하지만 나는 그렇게 말하지 않았지. 내가 한 말은 이랬다, 너 좋자고, 아니면 나 좋으라고? 희미하지만 틀림없는 찡그린 표정이 네 얼굴에 스쳤다가, 다시 무표정하고 생기 없는 얼굴로 돌아갔지. 순간 나는 너를 잃어버리는 줄 알았구나. 네가 다시 내게 등을 돌릴 거라고, 늘 그랬듯이 돌아서서 가버릴 거라고 생각했어. 하지만 너는 그러지 않았다. 계속 거기에 서서, 내 뒤의 거실만 쳐다봤지. 마치 거기 뭐라도 있는 것처럼 말이다. 기억이었겠지, 아마 어린 시절 너 자신의 환영.

저 좋으라고요. 너는 그렇게만 말했지.

나는 네 얼굴을 살피며 이해해보려고 했다.

일은 어쩌고? 안 돌아가봐도 괜찮겠냐? 내가 물었지. 그동안 집에 거의 들르지 않았던 핑계가 그거였으니까. 일을 두고 갈 수 없다고, 그 일이 늘 그렇게 너를 먼 곳에 머무르게 한 거라고 했으니까.

너는 인상을 찌푸렸다. 두 눈 사이의 주름이 깊어졌고, 넌 한 손을 들어 관자놀이 부근을 짚었지. 어릴 때 화가 나면 늘 붉거져서 꿈틀거리던 파란 핏줄 바로 위를.

일 그만뒀어요. 네가 말했다.

내가 잘못 들은 줄 알았다. 일밖에 모르던 네가. 그래서 다시 물었지. 정말 안 돌아와도 된다고 하던? 하지만 너는 이미 나와 함께 있는 게 아니더구나. 거기 현관 앞에 서서 너는 내 뒤쪽에, 거실에서 네가 보고 있던 기억과 함께 있었던 거야.

특별한 아이였지, 처음부터 안으로만 자라던 아이. 너에게 뭘 물어보기라도 하면 대답을 들을 때까지 반나절을 기다려야 할 때도 있었다. 생각 없이 대답한다고, 진실이라는 확신 없이 대답한다고 벌을 받는 것도 아니었는데 말이야. 네가 대답을 할 때쯤이면, 다들 네가 무슨 소리를 하는 건지 의아해했다. 네 살 때, 처음 발작이 찾아왔지. 바닥에 몸을 던지고 주먹질을 하고 이마를 찧으며 주변의 물건을 손에 잡히는 대로 집어던지더구나. 하고 싶은 일이 뜻대로 되지 않아서 그럴 때도 있었지만, 예상치도 못한 사소한 일 때문에 폭발할 때도 있었지. 매직펜의 뚜껑을 찾을 수 없다든가, 샌드위치를 대각선으로 자르지 않고 평행으로 잘랐다든가 하는 일 말이야. 유치원 선생님이 걱정을 표하더구나. 네가 학급활동에 참여하지 않으려 한다고. 교실에서 너는 옆으로 앉아, 다른 사람들이 나병 환자라도 되는 것처럼 거리를 둔 채, 친구들이 말을 걸어도 전혀 못 알아들은 척했다. 전혀 웃지 않는다고, 선생님이 말하더구나. 반면 네가 울음을 터뜨리면, 그건 다른 아이들의 울음 같은 짧은 비명이나 칭얼거림과는 차원이 다르다고 했지. 그런 아이들은 울지 말라고 타이르거나 달래볼 수 있지만, 너는 달랠 수가 없었다. 너의 울음은, 뭔가 존재론적인 거라고, 선생님이 그렇게 표현하더구나. 네 엄마가 유치원에 가서 조퇴를 시켜야 했다, 가서 너를 구해 집으로 데리고 왔지. 그런 일이 잦아지자, 내가 화를 낼까봐 그 사실을 숨겨가면서 말이야. 학교의 심리상담 선생님과 이야기를 한 적도 있지. 선생님이 직접 우리집으로 왔잖아. 대머리에 약간 안짱다리인 그 선생님은 비 오듯 흐르는 땀을 손수건으로 닦으며 이야기하더구나. 나는 사무실에서 일찍 나오려고 약속을 조정해야만 했다. 네 엄마는 커피와 쿠키를 내왔고, 너에겐 우유를 한 잔 주었지. 그런 다음 너와 선생님만 거실에 남겨둔 채 네 엄마와 나는 밖으로 나왔다. 한 시간 동안, 그 정신분석가 샤츠너 씨는 가방에서 물건들을 꺼내고는, 네게 장난감과 인형으로 이야기를 한번 만들어보라고 했지. 엄마와 나는 뒤꿈치를 든 채 프랑스식 문 너머로 너를 지켜봤고, 잠시 후 상담을 마친 네가 마당에 나가 노는 동안 '가정생활'에 대해 이런저런 질문을 받았단다. 떠나기 전에 샤츠너 씨는 집안을 둘러봤지. 햇볕이 잘 들고 따뜻해서 놀란 것 같더구나, 식물도 많고, 나무 장난감도 많고, 벽에 네가 크레용으로 그린 그림이 여러 장 붙어 있어서 말이다. 겉으로 보이는 것에 속아서는 안 된다. 그 선생님은 그렇게 생각하는 것 같았지. 그런 따뜻한 표면을 한 꺼풀 벗겨내고 그 아래 숨은 무관심과 잔인함을 찾아내려는 것 같았어. 샤츠너 씨의 시선이 네 침대 위의 양모 담요에서 멈췄다. 네 엄마는 근심스러운 표정으로, 입술을 깨물며 자신을 책망하더구나. 뭐지? 이불이 충분히 부드럽지 않은 걸까? 옆집 요니가 쓰는 것처럼 자동차와 트럭이 그려진 이불을 사줘야 했던 걸까? 나는 당장 샤츠너 씨의 귀를 잡고 밖으로 내동댕이치고 싶은 걸 애써 참았다. 너는 밖에서 놀고 있었지. 빨간 셔츠가 모과나무 너머로 보이더구나, 네가 이틀 전 개미집을 발견한 자리였지. 하나 여쭤봐도 될까요? 샤츠너 씨가 말했지, 혹시 가정에 제가 알아야 할 어떤 문제가 있을까요? 두 분 결혼생활이나 그런 거 말입니다. 내 인내는 거기까지였다. 나는 선반에서 떨어진 피노키오 인형을 집어들고 소리쳐 너를 불렀지. 네가 들어왔다. 무릎에 흙을 잔뜩 묻힌 채 계단을 올라와, 내가 피노키오 인형이 춤추고, 노래하다, 갑자기 발을 헛디뎌 넘어지게 하는 광경을 지켜봤지. 피노키오 인형을 넘어뜨릴 때마다 너는 웃음을 터뜨렸다. 그만해요, 네 엄마가 내 팔을 쥐며 말하더구나. 샤츠너 씨도 우리 도비가 늘 심각한 건 아니라는 사실을 아셨을 거예요. 하지만 나는 멈추지 않았다. 네가 웃다가 바지에 오줌을 쌀 때까지 멈추지 않았지. 그런 다음 대머리 정신분석가의 손을 힘껏 쥐고는, 얼마든지 집을 둘러봐도 좋지만, 나는 중요한 일이 있어서 그만 가봐야겠다고 말했다. 그리고 집을 나왔지. 문을 세게 닫았다.

네 엄마는 그 문제를 쉽게 떨치지 못했어. 자신이 엄마로서 뭔가 잘못했음을 암시하는 말을 들으면, 아무리 가벼운 것이라도 그것에 대해 자책했다. 자신을 닦달하며 어디서 잘못된 건지 알아내려 하더구나. 그 정신분석가의 지도를 받았는데, 일주일에 한 번씩 만날 때마다 그 박사는 학교에서 너와 상담을 계속하며 알게 된 것을 설명하고, 너의 '어려움'을 덜어줄 방법을 알려주었지. 박사는 나름의 계획을 짜고, 네 엄마와 내가 너를 대할 때 꼭 지켜야 할 규칙을 적어주더구나. 심지어 자기 집 전화번호까지 알려줘서, 네 엄마는 실제로 규칙을 어떻게 적용하면 좋을지 모를 때나, 네 발작에 어떤 반응이 적절할지 모를 때면 전화를 걸곤 했다. 새벽이든 밤이든 가리지 않고 전화해서는 낮고 진지한 목소리로 이런저런 문제들을 주욱 이야기한 다음, 아무 말 없이, 가끔 무겁게 고개를 끄덕이며 그의 말을 들었지. 샤츠너 씨가 이러면 안 된다고 했어, 네가 방을 나가자마자 네 엄마는 그렇게 말하곤 했다. 샤츠너 씨가 그냥하게 내버려둬야 한다고 했어, 샤츠너 씨가 우리가 흥분하면 안 된다고, 꾹 참아야 한다고 했어. 그렇게 돌고 돌았지, 샤츠너 씨, 샤츠너 씨, 샤츠너 씨. 결국 화가 폭발한 내가 다시는 집안에서 그 사람 이름 들먹이지 말라고 소리쳤다. 내 자식 키우는 법은 내가 안다고, 도대체 그 인간은 아이 키우는 게 모노폴리나 스크래블 게임이라도 되는 줄 아느냐고, 규칙 같은 건 없다고 했지. 그 난쟁이 같은 정신병자가 한 일이라곤 당신이 신경쇠약에 걸리게 한 것밖에 없다는 걸 모르겠느냐고, 왜 처음부터 자연스럽게 하던 행동을 의심하는 거냐고 따졌다. 바보가 와서 봐도 당신이 훌륭한 엄마라는 걸, 사랑과 인내심이 넘치는 엄마라는 걸 알 거라고 했지. 이제 겨우 다섯 살이잖아, 젠장. 내가 소리쳤다. 특별한 아이처럼 대하면 정말 특별해지는 거야. 그 광대 같은 놈이랑 연락하면서 달라진 게 뭐 있어? 없잖아. 어디서 갑자기 나타나서 인간 행동에 대한 지혜를 모두 알고 있는 것처럼 행세하느냔 말이야? 그놈이 우리보다 더 잘 알 것 같아, 당신이나 나보다? 침묵이 흘렀다. 하지만 이 아이는 특별해, 네 엄마가 조용히 말하더구나. 항상 특별했다고.

결국 네 엄마가 손을 들었지. 상담은 중단되었고, 너는 샤츠너 박사의 감시에서 벗어나, 곧장 덤불 아래 은신처로 숨어드는 동물처럼 풀려났다. 하지만 그 경험이 어떤 흔적을 남긴 것 같더구나. 네 엄마는 계속 안정을 못하고 불안해했지. 네게서 아주 작은 감정 변화가 보이거나, 이런저런 사건이 생기거나, 네가 짜증을 내면, 혹시 상처를 받은 건 아닌지, 우리가 뭘 잘못한 건 아닌지 분석해보려 했다. 네 엄마의 그런 자학적인 태도가, 울음을 그치지 않는 너만큼이나, 나를 화나게 해서 미칠 것 같았지. 어느 날 밤, 네가 욕조의 물이 딱 원하는 높이가 아니라고 울음을 터뜨렸을 때, 나는 네 양쪽 겨드랑이를 잡고 그대로 들어올렸다. 발가벗은 네 몸에서 물이 뚝뚝 떨어졌지. 내가 네 나이 땐 말이다, 내가 소리쳤다. 너를 너무 세게 흔들어서, 네 목이 부러진 인형 목처럼 대롱대롱 흔들렸지. 먹을 게 하나도 없었다. 장난감 살 돈도 없었고, 집안은 항상 추웠지. 그래도 우리는 밖에 나가 놀았다. 아무것도 없었지만 어떻게든 놀이를 만들어서 놀고, 그렇게 살았어. 왜냐하면, 살아 있었으니까. 다른 사람들이 대학살로 죽어가는 동안 우리는 밖에 나가 햇볕을 받으며 공을 찰 수 있었으니까! 그런데 너는 뭐냐? 온 세상을 다 가졌는데도, 하는 일이라곤 머리가 터져라 비명을 지르며 다른 사람들을 비참하게 하는 것밖에 없잖아! 그만해! 내 말 알겠냐? 나도 더는 못 참아! 너는 눈을 휘둥그레 뜬 채 나를 쳐다봤지. 너의 동공에, 그 작고 먼 원 안에, 내 모습이 비치더구나.

칠십 년 전엔 나 역시 어린아이였지. 칠십 년? 칠십 년이라고? 어떻게 그런 일이? 그 이야긴 넘어가자.

그때 너는 여행가방을 들고 서 있었지. 할말은 없었다. 내 도움이 필요해 보이지는 않더구나. 한때 필요했을 때도 있었겠지만, 더이상은 아니었지. 머리가 너무 아파요, 마침내 네가 입을 열었다. 조명 때문에 눈도 아프고, 괜찮으시면 저는 가서 좀 누울게요. 이야기는 나중에 하시죠.

그 말만 던지고는, 너는 오래전에 떠났던 그 집으로 들어갔지. 천천히 계단을 올라가는 네 발소리가 들리더구나.

걔들이 나병 환자였니, 도브? 다른 아이들이? 그래서 스스로 외톨이가 됐던 거냐? 아니면 네가 환자였을까? 그리고 우리 둘, 이 집에 둘만 남게 된 우리가 받은 게 구원일까, 저주일까?

옛날 네가 쓰던 방의 문지방 앞에, 너는 한참을 조용히 서 있는 것 같더구나. 잠시 후 마룻바닥이 삐걱거리더니 이십오 년 만에 다시 네 방문이 닫히는 소리가 들렸지.

수영 구멍

그날 밤도 우리는 언제나처럼 함께 책을 읽고 있었다. 오후 세시면 해가 지고 아홉시면 자정 같은 기분이 드는, 그래서 자신이 얼마나 북쪽에 살고 있는지 실감나게 하는 전형적인 영국의 밤이었다. 초인종이 울렸다. 우리는 서로를 바라보았다. 예정에 없던 손님이 찾아오는 일은 거의 없었다. 아내는 책을 무릎에 내려놓았고, 내가 문을 열어주러 나갔다. 젊은 남자가 서류가방을 들고 서 있었다. 문을 열어주기 직전에 담배를 껐는지, 아직 남자의 입가에 연기가 희미하게 남아 있는 것 같았다. 다시 생각해보면, 그냥 추위 때문에 입김이 나왔던 건지도 모르겠다. 처음 잠깐은, 내가 가르치는 학생인 줄 알았다―학생들은 모두 이름 없는 어떤 나라에서 밀수를 하는 사람처럼 약삭빠른 표정을 지니고 있었다. 남자 뒤로 보도 옆에 차가 한 대 서 있었다. 아직 시동을 끄지 않은 그 차를 남자는 뒤돌아봤다. 운전석에, 남자인지 여자인지 알 수 없는 어떤 이가 웅크리고 앉아 있었다.

로테 버그 선생님 댁에 계십니까? 남자가 물었다. 외국인 억양이 강했는데, 정확히 어디인지는 알 수 없었다. 실례지만 누구시죠? 남자는 잠시 생각을 하는 것 같았다. 정말 잠시였지만, 짧은 순간에 그의 입가가 움찔하는 것은 볼 수 있었다. 저는 다니엘이라고 합니다. 그가 대답했다. 아내의 독자인 모양이라고 짐작했다. 아내는 많이 알려진 작가는 아니었다. 사실 당시라면 전혀 알려지지 않았다고 하는 게 맞을 것 같다. 물론 아내는 자신의 작품을 좋아한다는 독자의 편지를 받으면 기뻐했지만, 그런 시간에 낯선 이의 방문을 받는 것은 편지와는 다른 문제였다. 좀 늦은 시간인데, 전화나 편지를 먼저 주셨으면 좋았을 것 같습니다, 내가 말했다. 그리고 즉시, 다니엘이 불친절하다고 느꼈을 것 같아 후회했다. 그는 입안에 든 뭔가를 한쪽 볼에서 다른 쪽 볼로 옮긴 다음 그대로 삼켰다. 울대뼈가 유난히 큰 남자였다. 순간 이 남자는 아내의 독자가 아니구나 하는 생각이 머리를 스쳤다. 남자의 엉덩이 근처, 가죽 재킷 끝부분의 어둠을 가만히 쳐다봤다. 거기 뭘 숨기고 있다고 생각했는지는 모르겠다. 물론 숨긴 것 따위는 없었다. 남자는 내 말을 못 들었다는 듯이 그 자리에 그대로 서 있었다. 시간이 늦었습니다, 버그 여사는—내가 왜 그런 호칭을 썼는지 모르겠다. 마치 내가 집사라도 되는 것처럼 어처구니없는 호칭이었지만, 그때 내 입에서 나온 말은 그랬다—버그 여사는 아무도 만나고 싶어하지 않습니다. 그제야 남자의 얼굴이 잠시 일그러졌지만, 얼른 원래의 표정으로 돌아왔다. 너무 잠시라서 다른 사람이라면 그 변화를 알아차리지 못했겠지만, 나는 볼 수 있었다. 남자의 표정이 일그러질 때 나는 거기에 숨은 다른 얼굴, 사람이 혼자 있을 때 혹은 혼자 있지 않을 때라도 잠들었거나, 혼수상태에 빠져 들것에 실려나갈 때 짓는 표정을 놓치지 않았고, 거기서 무언가를 알아보았다. 바보 같은 소리로 들리겠지만, 아내와 함께 살고 있는 내가 알기로, 그는 아내를 단 한 번도 만난 적이 없음에도, 바로 그 순간, 그와 내가 어떤 식으로든 같은 편에 서 있다는, 아내를 대하는 자세에 있어 같은 편에 서 있고, 다른 것은 정도의 차이일 뿐이라는 느낌이 들었다. 물론 말도 안 되는 이야기였다. 어쨌든, 그가 원하는 게 무엇이든 그를 아내에게서 떼놓고 있는 사람이 바로 나였으니까. 나는 다만 서류가방을 든 채 우리집 현관의 수국 앞에 서 있는 젊은 남자에게 나 자신의 모습을 투사하고 있었을 뿐이다. 하지만 그것 말고 우리가 타인을 판단할 다른 방법이 있을까? 게다가 밖은 너무 추웠다.

남자를 안으로 들였다. 그는 부츠 차림으로 현관의 밀짚모자 장식 아래 섰고, 그러자 어둠이 사라지고 비로소 그를 제대로 살펴볼 수 있었다. 여보? 거실에 있던 아내가 불렀다. 다니엘과 나의 눈이 마주쳤다. 내 눈이 질문하고 그의 눈이 대답했다. 아무 말도 없었지만, 그 순간 우리는 무언가에 대해 합의를 했다. 무슨 일이 생기든 그가 우리를 방해하는 일은 없을 거라고, 우리가 그렇게 힘들게 이루어놓은 무언가를 위협하거나 허물어뜨리는 일은 생기지 않을 거라고. 응, 여보. 내가 대답했다. 누구예요? 아내가 물었다. 나는 다니엘의 얼굴을 보며 다시 한번, 아주 작은 이의라도 있는지 살폈다. 전혀 없었다. 오직 진지함만이, 또는 우리 사이의 합의가 얼마나 무거운 것인지 이해한다는 기운이 느껴졌고, 뭔가 다른 것도 전해졌는데, 나는 그 점이 고마웠다. 그때 뒤에서 아내의 발소리가 들렸다. 당신 손님이네, 내가 말했다.

우리의 생활은 시계 같았다. 매일 아침 히스*까지 걸었다. 늘 같은 길로 가고 같은 길로 왔다. 나는 수영 구멍―우리는 그렇게 불렀다―이 있는 곳까지 아내와 함께 갔다. 아내는 하루도 거르지 않았다. 연못은 모두 세 개였다. 남자용, 여자용, 공용. 그중 세번째, 공용 연못에서 아내가 수영을 하는 동안 나는 근처 벤치에 앉아 기다렸다. 겨울이면, 사람들이 와서 얼음을 깨고 구멍을 만들었다. 아마 밤에 일을 하는지, 아침에 가보면 언제나 얼음은 깨져 있었다. 아내는 옷을 하나씩 벗었다. 먼저 코트와 상의를 벗고, 부츠와 바지, 그녀가 특히 좋아하는 두툼한 모직 바지까지 벗고 나면, 마침내 아내의 몸이 드러났다. 창백하고, 여기저기 파란 혈관이 툭툭 튀어나온 몸. 아내의 몸을 구석구석까지 아는 나였지만, 그런 아침에 축축하고 어두운 나무를 배경으로 그 모습을 볼 때면 거의 언제나 발기가 되었다. 아내는 물가로 내려가 잠시 꼼짝도 않고 서 있었다. 무슨 생각을 하는지는 아무도 몰랐다. 마지막 순간까지 아내는 내게 수수께끼 같은 존재였다. 가끔 눈이 내릴 때도 있었다. 눈이 내리거나 나뭇잎이 날릴 때도 있었지만, 대부분은 비가 내렸다. 가끔 내가 소리를 지르고 싶을 때도, 그래서 그녀만의 것으로 보이는 그 정적을 방해하고 싶을 때도 있었다. 그러다 순식간에 아내는 암흑 속으로 사라졌다. 작게 물이 튀고, 아니면 물이 튀는 소리가 들리고, 침묵이 이어졌다. 그 시간은 너무나 끔찍했고, 영원

---

* 런던 시내에 있는 햄프스테드히스공원.

히 지속될 것만 같았다! 마치 아내가 다시는 나오지 않을 것처럼. 물이 얼마나 깊은 거야? 한번 물어보았지만, 아내는 자기도 모른다고 했다. 몇 번이나, 벤치에서 일어나 아내를 따라 뛰어들 뻔도 했다, 물을 무서워하는 내가. 하지만 그때마다 아내는 물개나 수달처럼 미끈하게 머리를 물 밖으로 내밀었고, 수건을 들고 기다리는 나를 향해 사다리 쪽으로 헤엄쳐 왔다.

나는 매주 화요일 아침 여덟시 반 기차를 타고 옥스퍼드로 가서 목요일 밤 아홉시에 런던으로 돌아왔다. 내 동료들과 함께 있는 자리에서, 아내는 자신이 왜 옥스퍼드에 살 수 없는지 여러 번 이야기했다. 쉬지 않고 들리는 종소리가 자신의 일을 방해했다고, 그녀는 말했다. 뿐만 아니라 보도 위를 황급히 달리는 학생들이나 딴생각을 하며 자전거를 타는 학생들에게 걸려 넘어지고, 떼밀리고, 부딪쳤다. 동료들과 저녁을 먹을 때마다 아내는 세인트자일스성당 앞에서 목격한 어떤 여자의 교통사고 이야기를 적어도 한 번 이상 했다. 처음 봤을 때 멀쩡하게 길을 건너고 있던 여자가요, 아내의 목소리가 높아졌다. 잠깐 사이에 버스 바퀴 옆에 쓰러져 있는 거예요. 이건 범죄예요, 그녀는 쉬지 않고 말을 이었다. 왜 학교에서는 플라톤이나 비트겐슈타인에 대한 이야기만 잔뜩 주입하고, 일상생활에서 겪는 위험에 주의해야 한다는 건 알려주지 않는 거죠? 낮시간에 서재에 처박혀서 이야기를 구상하고, 그 이야기를 그럴듯하게 만드는 일만 하는 사람이 하기에는 적당하지 않은 주장이었다. 하지만 동료들은 예의가 바른 사람들이었고, 그 점을 지적하는 이는 아무도 없었다.

물론, 실제론 조금 복잡한 사정이 있었다. 아내는 런던에서의 생활을 좋아했다―코번트가든이나 킹스크로스 지하철역만 나서면 얻을 수 있는 익명성, 옥스퍼드에서라면 얻는 것이 불가능했을 그 익명성을 좋아했다. 아내는 수영 구멍과 하이게이트의 우리집을 좋아했다. 그리고 내 생각엔, 내가 윈체스터 칼리지나 번들번들한 이튼스쿨 출신의 장발족 학생들을 가르치러 간 동안, 자기 혼자 지내는 걸 좋아했던 것 같다. 목요일 밤이면 아내는 패딩턴역 앞에 차를 세우고 나를 기다렸다. 창엔 잔뜩 김이 서리고 시동은 켜둔 상태였다. 어두운 도로를 따라 집으로 돌아오는 처음 몇 분 동안, 그녀 자신에게만 속한 무언가가 아직 완전히 모습을 감추지 않은 그 시간 동안, 나는 아내에게서 새로 단장한 어떤 견딤의 면모를 종종 보곤 했다―나와 함께 지내는 생활에 대한 견딤, 혹은 다른 무언가에 대한 견딤.

그래, 아내는 내게 수수께끼였다. 하지만 나는 그녀 안에서 찾은 그 작은 섬에서 편안함을 느꼈다. 상황이 아무리 좋지 않아도 항상 그 섬을 찾을 수 있었고, 거기서 방향을 잡을 수 있었다. 아내의 중심에는 깊이를 알 수 없는 상실이 있었다. 아내는 열일곱 살에 뉘른베르크에 있던 집을 떠나야 했다. 일 년 동안 부모와 함께 폴란드 즈봉신에 있는 임시 수용소에서 지냈다고 하는데, 나로서는 지독하게 열악한 상황이었을 거라고 짐작할 뿐이다. 그 시기에 대해서 아내는 한 번도 이야기한 적이 없었고, 어린 시절이나 부모님에 대해서도 거의 이야기하지 않았다. 1939년 여름, 역시 수용소에 있던 젊은 유대인 의사 덕분에, 아내는 영국으로 입양될 아이들 여든여섯 명의 인솔자 자격으로 비자를 얻을 수 있었다. 그 여든여섯이라는 구체적인 숫자는 항상 나를 놀라게 했다. 아내가 그렇게 구체적인 세부 사항을 이야기하는 경우는 아주 드물었기 때문이기도 했고, 숫자 자체가 너무 많아 보여서이기도 했다. 아내는 어떻게 그렇게 많은 아이들을 돌볼 수 있었을까? 자신이 알던 모든 것, 그 아이들이 알던 모든 것이 영원히 사라졌음을 아는 상태에서 어떻게? 배는 발트해의 그디니아에서 출발했다. 사흘 예정이던 항해는 닷새로 늘어났다. 항해 도중에 스탈린이 히틀러와 협정을 맺어서, 함부르크를 피해 돌아가야 했기 때문이었다. 그들은 전쟁이 발발하기 사흘 전에 하리치에 도착했다. 아이들은 영국 전역의 가정으로 입양되어 흩어졌다. 아내는 마지막 아이가 기차에 오를 때까지 기다렸다. 아이들이 모두 떠나고, 그녀에게서 멀어졌을 때, 아내도 자신의 삶 속으로 사라졌다.

아니, 나는 아내가 자신의 깊은 속에 무엇을 지니고 있는지 알 수 없었다. 하지만 서서히 몇몇 발판들을 발견했다. 자다가 소리를 지르면, 그건 거의 언제나 아버지에 관한 꿈을 꾸었기 때문이었다. 나의 말이나 행동에 상처를 받았을 때, 좀더 자주는 내가 말이나 행동으로 표현하지 못한 무엇에 상처를 받았을 때면 아내는 갑자기 친절해졌다. 하지만 그건 뭔가를 감추기 위한 친절, 버스 여행에서 우연히 옆자리에 앉게 된 두 사람이, 아주 긴 여행인데 둘 중 한 명만 음식을 싸온 상황에서 보이는 친절과 비슷했다. 그러다 며칠 후 작은 일이 생기고―내가 차통을 선반에 돌려놓는 걸 깜빡했다거나 거실 바닥에 양말을 벗어놓았다거나―아내는 폭발했다. 어찌나 무섭게 화를 내는지, 내가 보일 수 있는 반응이라곤 죽은듯이 가만히 지내며, 화가 지나가고 그녀가 다시 자신 안으로 물러날 때까지 기다리는 것뿐이었다. 어떤 단절, 혹은 개시를 알리는 순간이 있었다. 그런 순간 전에 아내를 진정시키거나 뭔가 위안을 주려고 하면 오히려 그녀의 분노만 더 키울 뿐이었다. 잠시 후면 이미 그녀는 자기 속으로 기어들어가 문을 닫아버린 상태였다. 그렇게 보이지 않는 자기 안의 방에 자리를 잡으면 아내는 며칠 혹은 몇 주 동안이나 아무 말 없이 지내곤 했다. 내가 그런 변화의 순간을 알아차리기까지, 그 순간이 다가오는 것을 알아보고, 또 막상 닥쳤을 때 그 순간을 포착하기까지, 그리하여 우리 두 사람 모두 고통스러운 침묵에서 벗어나는 법을 익히기까지 몇 년이 걸렸다.

아내는 자신의 슬픔 때문에 괴로워했지만 그걸 숨기려고, 점점 더 작게 쪼개서 아무도 찾을 수 없을 것 같은 곳에 흩어놓으려고 애썼다. 하지만 나는 종종 그것들을 찾아내—시간이 지나면서 어디를 뒤지면 되는지 알게 되었기 때문에—맞춰보려 애썼다. 아내가 그 슬픔을 안은 모습으로 나를 마주할 수는 없다고 생각하는 게 나는 아팠지만, 보여주고 싶지 않은 그런 모습을 내가 밝혀냈다는 걸 알게 되었을 때 아내의 고통이 더 클 것임을 알고 있었다. 어떤 면에서, 아내는 타인에게 알려지는 것을 근본적으로 싫어했다. 혹은 그걸 원하면서도 견디지 못했다. 타인에게 알려지는 것은 자신의 자유를 해치는 것이었다. 하지만 사랑하는 사람을 아무 말 없이 그저 바라보는 것만으로, 혼란 속에서 지켜보는 것만으로 만족하는 일은 불가능했다. 연인에 대한 존경심에서 행복을 느끼는 사람이라면 몰라도, 나는 그런 사람이 아니었다. 어떤 학자든, 그 학자의 작업에는 패턴을 찾으려는 열망이 있다. 아내에 대해 학자적인 태도를 보이는 건 너무 냉정한 것 아니냐고 따지는 사람도 있겠지만, 그런 사람은 진정한 학자를 움직이는 게 무엇인지 모르는 것이다. 삶에 대해 알게 될수록, 나 자신의 채워지지 않은 열망과 무지가 아프게 다가오고, 동시에 그런 열망과 무지가 끝날 날도 멀지 않음을 느낀다. 종종, 내가 가장자리를 붙들고 매달려 있는 이유가—바보처럼 들리겠지만 달리 표현할 수가 없다— 곧 미끄러져 더 깊은 수렁 속으로 떨어지기 위해서가 아닌가 하는 느낌이 들 때도 있다. 그리고 거기, 어둠 속에서, 나는 나의 확신을 끊임없이 깨뜨려온 것들을 찬양하는 어떤 형식들을 발견하곤 했다.

당신 손님이네, 그렇게 말하면서도 나는 아내 쪽을 돌아보지 않았다. 시선을 다니엘에게 고정시키고 있었기 때문에, 그를 처음 봤을 때 아내의 얼굴에 떠오른 표정을 놓쳤다. 나중에야 그 표정에서 무언가가 드러났던 건 아닌지 궁금해졌다. 다니엘이 아내 쪽으로 다가갔다. 잠시 그가 할말을 찾지 못하는 것 같았다. 그의 얼굴에 그전까지는 볼 수 없던 표정이 떠올랐다. 그는 자신을 아내의 책을 읽은 독자라고 소개했다. 예상대로였다. 아내는 그에게 안으로, 혹은 더 안쪽으로 들어오라고 했다. 그는 나에게 재킷을 맡겼지만, 서류가방은 꼭 안고 있었다—아마 아내에게 보여줄 원고가 들어 있을 거라고 짐작했다. 재킷에서는 머리가 아플 정도로 향수 냄새가 났지만, 재킷을 벗은 다니엘 본인에게서는, 적어도 내가 있는 자리에서는, 아무 냄새도 맡을 수 없었다. 아내는 그를 주방으로 안내했고, 걸어가는 동안 그는 주변의 모든 것을 유심히 살폈다. 벽에 걸린 그림, 책상 위에 쌓인 보내야 할 편지들. 거울을 지나칠 때는 거기 비친 자신의 모습을 보며 살짝 미소를 지었던 것 같기도 하다. 아내가 식탁을 가리키며 앉으라는 손짓을 했고, 남자는 자리에 앉으며 들고 있던 서류가방을, 마치 그 안에 작은 동물이라도 들어 있는 것처럼, 조심스럽게 두 발 사이에 내려놓았다. 낡은 주전자에 물을 받아 스토브 위에 올리는 아내의 모습을 바라보는 그의 시선에서, 나는 그가 그 정도의 대접은 예상하지 못했음을 알아챌 수 있었다. 기껏해야 책에 저자 사인을 받는 정도만 기대했는데, 지금 위대한 작가의 집안에 들어와 있는 것이다! 잠시 후면 그녀가 쓰던 컵으로 차를 마실 수도 있다! 지금 떠올려보면, 당시 나는 아내도 그런 식으로 자신의 작업에 대한 격려가 필요할 거라고 생각했던 것 같다. 작품이 잘 써지지 않아 고통을 겪고 있을 때도 별말을 하지 않는 아내였지만, 나는 그녀의 기분만으로도 진행 상황이 어떤지 알 수 있었는데, 당시에는 몇 주 동안 무기력하고 우울하게 지내던 참이었다. 나는 두 사람에게 점잖게 양해를 구하고, 할일이 있으니 위층에 올라가 있겠다고 했다. 계단을 올라가며 돌아보다가, 우리 사이에 아이가 없다는 사실이 새삼 후회가 되었다. 있었더라면 다니엘 나이 정도 되었을 아이, 그가 왔던 것처럼, 추운 날씨를 뚫고 집으로 돌아와 우리에게 이런저런 이야기를 늘어놓았을 그런 아이가 없다는 사실이.

　이제야 생각난 건데, 1970년 겨울, 다니엘이 우리집 초인종을 눌렀을 때가 11월 말이었고, 그로부터 이십칠 년 후 그 무렵에 아내가 죽었다. 무슨 이야기를 해야 할지 모르겠다. 아무런 의미도 없어 보이는 일들에 의미를 더해주는 그런 우연의 일치를 발견하고 안심했다는 것 말고는. 이젠 아내가 마지막으로 의식을 잃은 저녁이 그녀를 처음 만난 1949년 6월의 어느 오후보다 더 멀게 느껴진다. 학창 시절 친한 친구였던 막스 클라인의 약혼을 축하하는 가든파티에서였다. 펀치를 담은 크리스털 그릇과 방금 꺾어 꽃병에 꽂아놓은 붓꽃이 세상 무엇보다 사랑스럽고 우아해 보였다. 하지만 집안에 들어서자마자 뭔가 낯선 기운, 그것만 없었다면 하나같이 밝았을 분위기를 방해하는 무언가를 감지했다. 어디서 오는 기운인지 쉽게 알 수 있었다. 참새처럼 작고 아담한 여자, 짧게 자른 검은 머리를 얼굴에 그대로 늘어뜨린 여자가 정원으로 이어지는 문 옆에 서 있었다. 그녀는 주변의 모든 것과 어울리지 않았다. 우선, 여름이었음에도 여자는 임신복 같은 보라색 벨벳 드레스를 입고 있었다. 머리 모양도 거기에 있는 다른 여자들과 완전히 달랐는데, 멋을 내기보다는 편하자고 그렇게 자른 것 같긴 했지만, 꼭 물고기의 넓적한 지느러미처럼 보였다. 끼고 있는 커다란 은반지도 뼈가 앙상한 손가락엔 무거워 보였다(한참 후에, 그녀가 그 반지를 벗어서 내 침대 옆 테이블에 내려놓을 때, 나는 반지 때문에 그녀의 손가락에 녹색 물이 들어 있는 것을 보았다). 하지만 가장 놀라웠던 건 그녀의 얼굴 혹은 그 얼굴에 떠오른 표정이었다. 「프루프록의 연가」가 생각났던 건—언젠가 그런 때가 올 것이다/ 네가 마주하고 있는 그 표정을 맞이할 너의 표정을 준비해야 할 때가*—그 집안에서 오직 그녀만이 그런 표정을 준비할 시간을 가지지 못했던 것처럼, 혹은 준비할 생각 자체를 하지 않았던 것처럼 보였기 때문이었다. 그녀의 표정이 무언가를 말하고 있었다는 뜻이 아니다. 그건

---

*T. S. 엘리엇의 시 「프루프록의 연가 *The Love Song of J. Alfred Prufrock*」의 일부.

휴식을 취하고 있는 표정, 아무런 자의식 없이 눈으로 주변을 있는 그대로 받아들이고 있는 표정이었다. 처음에는 불편해하는 눈빛이라고 생각했지만 사실은, 거리를 두고 거실 건너편에서 바라보니, 정반대였다. 그건 그녀와 마주한 사람들의 불편함이 그대로 비친 것이었다. 막스에게 누구냐고 물었더니, 자세한 관계는 모르지만 약혼녀의 먼 친척뻘 되는 사람이라고 했다. 그녀는 파티 내내, 빈 잔을 든 채 같은 자리를 지켰다. 중간에 내가 다가가서 잔을 다시 채워주겠다며 말을 걸었다.

　당시 아내는 러셀광장에서 멀지 않은 곳에 방을 빌려 지냈다. 길 건너편은 폭격을 맞은 자리였는데 그녀의 방 창문에서도 아이들이 건물 잔해 더미에서 성안의 왕* 놀이를 하는 모습을 볼 수 있었고 (아이들은 해가 진 다음에도 늦게까지 놀았다), 깨진 창문 사이로 텅 빈 하늘이 보이는 빈집들도 몇 채 있었다. 폐허 위에 장식 난간이 있는 계단만 삐죽이 솟아 있는 집도 있었고, 꽃무늬 벽지가 햇빛과 비에 서서히 변색되어가는 집도 있었다. 우울한 풍경이었지만, 그렇게 밖으로 드러나버린 내부를 보는 게 묘하게 기분을 돋우기도 했다. 아내가 굴뚝만 외롭게 남은 그 폐허를 멍하니 바라보는 모습을 자주 볼 수 있었다. 처음 그녀의 집에 갔을 때는 방이 너무 작아서 놀랐다. 그때쯤이면 영국에 온 지 거의 십 년은 되었는데, 그럼에도 책상을 제외하고는 꼭 필요한 가구들 몇 점밖에 없었다. 나는 한참 후에야 그 방의 벽이나 천장도 어떤 면에서는 아내에게 길 건너편의 폐허가 된 집들만큼이나 존재감이 없었다는 사실을

_____

* 높은 곳에 선 아이가 그곳을 사수하기 위해 다른 아이들을 미는 놀이.

이해하게 되었다.

그 책상은, 하지만 완전히 다른 물건이었다. 그렇게 단출하고 작은 방에서 그 책상만이 무슨 엽기적이고 위협적인 괴물처럼 다른 모든 것을 압도하고 있었다. 거의 한쪽 벽 전체를 차지한 그 물건은, 마치 사악한 자기장 안에 갇힌 듯 불쌍한 모습으로 한데 꼭 붙어 있는 반대편의 다른 가구들을 겁주는 것만 같았다. 짙은 색 나무로 된 책상에는 상판 위로 서랍들이 벽처럼 붙어 있었는데, 중세 마법사의 책상처럼 하나같이 실용적이지 못한 크기의 서랍들이었다. 다만 서랍은 모두 비어 있었는데, 나는 어느 날 저녁 아래층 화장실에 간 아내를 기다리는 동안 그 사실을 알게 되었다. 그러고 나니 정말 그 책상이, 그 유령 같은 책상이, 책상이 아니라 한 척의 배처럼 보였다. 어디에서도 육지를 만날 수 없다는 절망 속에서, 달빛도 없는 어두운 밤에 더 어두운 암흑의 바다를 항해하는 배. 그런 생각 때문에 그 책상이 더욱 신경쓰였다. 그건, 항상 그렇게 생각했는데, 대단히 남성적인 책상이었다. 가끔 아내를 데리러 갈 때면, 열린 문 뒤로 마치 아내를 삼켜버릴 듯한 태세로 버티고 서 있는 어마어마한 크기의 그 물건을 보면서, 설명할 수 없는 낯선 질투심을 느끼기도 했다.

언젠가 용기를 내서, 어디서 난 책상인지 물어보았다. 당시 아내는 찢어지게 가난했다. 그런 책상을 살 수 있을 만큼 돈을 모으는 건 불가능했을 것이다. 하지만 그녀의 대답은 나의 두려움을 잠재워주기는커녕, 나를 더 깊은 절망 속으로 빠뜨렸다. 선물로 받은 거야, 아내는 말했다. 누구한테 받은 거냐고 물을 때는 아무렇지도 않은 척 행동하려 했지만, 감정을 통제하지 못할 때면 언제나 그랬듯 이미 내 입술은 떨리고 있었다. 누구한테 받은 거냐고 묻자, 아내는 나를 쳐다봤다. 절대 잊지 못할 시선, 그건 아내와 함께 지내는 내내 우리의 삶을 지배한 복잡한 규칙과의 첫 만남이었다. 그 규칙을 이해하는 데만 몇 년이 걸렸는데, 내가 제대로 이해한 게 맞다면, 그건 담을 쌓아올리는 것과 같은 시선이었다. 말할 것도 없이, 책상의 원래 주인에 대한 이야기는 다시 나오지 않았다.

낮 동안 아내는 영국도서관 지하에서 책을 정리하는 일을 했고, 밤에는 글을 썼다. 종종 자신이 쓴 낯설고 혼란스러운 이야기들을 그대로 책상 위에 두고 나간 적도 있는데, 아마 나보고 읽어보라는 뜻일 거라고 짐작했다. 신발이 탐이 난다고 친구를 죽여버리는 두 아이 이야기가 있었다. 친구를 죽이고 나서야 신발이 자기들 발에는 맞지 않는다는 걸 알게 된 두 아이는, 발이 맞는 다른 친구에게 그 신발을 돈을 받고 넘기고, 그 친구는 좋아라 하며 신고 다닌다. 식구 중 한 명을 잃은 어떤 가족이 전쟁중인 이름 모를 나라로 차를 몰고 떠난다. 우연히 전선을 넘어 적진까지 들어간 가족은 빈집을 한 채 발견하고 그곳에 정착한다. 그 집의 전 주인이 저지른 끔찍한 범죄에 대해서는 까맣게 모른 채.

물론 아내는 영어로 글을 썼다. 그렇게 오랫동안 함께 살았지만 그녀가 독일어로 말하는 걸 들어본 적은 손가락으로 꼽을 정도였다. 심지어 알츠하이머병이 진행되어 언어기능이 완전히 풀려버렸을 때도 아내는, 다른 환자들과 달리, 어린 시절의 언어로 돌아가지 않았다. 가끔 우리에게 아이가 있었다면 그녀에게도 모국어를 쓸 기회가 생기지 않았을까 하는 생각이 들었지만, 우리는 아이를 가지지 않았다. 처음부터 아내는 그건 절대로 안 된다고 못을 박았다. 나는 나에게도 언젠가는 자식들이 생길 거라고 생각했다. 그게 자연스러운 것처럼 보였으니까. 하지만 아버지가 된 모습을 제대로 그려본 적은 없었다. 몇 번인가 그 이야기를 꺼내보려고 할 때마다 아내는 즉시 우리 사이에 벽을 쌓아올렸고, 그러면 내가 그 벽을 허무는 데 또 며칠이 걸렸다. 그녀는 자신의 생각을 설명하거나 방어할 필요가 없었다. 내가 이해를 해야만 하는 거였다. (아내 쪽에서 내가 이해해주기를 기대했다는 뜻은 아니다. 내가 아는 그 누구보다, 아내는 오해 속에 사는 것에 대해 조금도 불만이 없는 사람이었다. 곰곰이 생각해보면, 그런 자질은 우리보다 훨씬 진보한 종족이나 가지고 있을 법한, 정말 희귀한 특징이었다.) 시간이 지나면서 나는 아이가 없는 삶을 받아들였고, 그러고 나자 마음 한구석에 안도감이 들지 않았던 것은 아니다. 하지만 나중에, 특별히 언급할 만한 일 없이 시간이 지나고, 우리의 삶에서 자라거나 변하는 것이 거의 없는 상태가 되자, 아내에게 좀더 강하게 주장하지 못했던 게 후회되기도 했다―계단에 찍힌 발자국, 예측할 수 없는 일들, 둘 사이를 이어줄 연결고리 같은 것들.

하지만, 아니. 아내와 나의 생활은 일상을 지키는 것을 중심으로 돌아갔다. 아이가 생겼다면 모든 것이 흐트러졌을 것이다. 아내는 습관이 방해를 받으면 불편해했다. 나는 예측하지 못한 일이 아내에게 생기지 않도록 주의했다. 계획에 조금만 차질이 생겨도 아내는 완전히 흐트러져버렸고, 다시 평화를 찾으려면 하루를 꼬박 허비해야 했다. 일 년 이상 설득한 끝에, 결국 아내는 주변에 폐허뿐인 작은 방을 떠나 옥스퍼드에서 나와 함께 지내기로 했다. 물론 나는 청혼했고, 학교 소유의 더 큰 집으로 이사도 했다. 벽난로가 놓인 거실과 침실, 마당으로 난 커다란 창문까지 있는 안락한 집이었다. 이사를 하기로 한 날, 아내를 데리러 그녀의 집으로 갔다. 책상과 빈약한 가구 몇 점을 제외하면, 짐은 현관 옆에 나란히 세워둔 망가진 여행가방 두 개가 전부였다. 함께 지내는 것에 대한 기대, 사악한 책상을 더이상 보지 않아도 된다는 기대에 들뜬 나는 아내의 얼굴에 입을 맞췄다. 보고 있으면 너무 즐겁던 그 얼굴. 아내가 미소를 지으며 말했다. 책상을 옥스퍼드까지 옮겨줄 트럭을 불러놨어.

그 책상이 우리집에 들어온 건 기적이었다. 관점에 따라서는 기적이 아니라 악몽일 수도 있겠지만, 어쨌든. 짐꾼들은 좁은 복도와 계단을 지나며 투덜대고 대놓고 욕을 했다. 열어놓은 창문으로 불어오는 메마른 가을바람에 그 소리도 실려왔고, 나는 두려움을 참고 기다렸다. 마침내 짐꾼들이 문을 두드리는 소리가 들렸다. 그 물건이 거기 있었다. 계단 위에, 어두운, 거의 검은색에 가까운 그 나무 덩어리가, 복수심으로 빛을 내며 버티고 있었다.

아내가 옥스퍼드로 오자마자 나는 그 이사가 실수였음을 깨달았다. 첫날부터 아내는 모자를 꼭 쥔 채 서서 어쩔 줄 몰라하는 것 같았다. 돌로 된 벽난로와 지나치게 푹신한 의자가 그녀에게 무슨 소용이 있단 말인가? 한밤중에 잠이 깨보면 침대 옆자리가 비어 있을 때가 있었다. 아내는 코트를 든 채 거실에 서 있었다. 어디 가는 거냐고 물어보면, 아내는 놀라서 코트를 쳐다보다 잠시 후 내게 옷을 건넸다. 아내를 다시 침대로 데리고 와 잠이 들 때까지 머리를 쓰다듬어주었다(사십 년 후 아내가 모든 것을 잊어버렸을 때도 그랬다). 잠이 깨버린 나는 베개를 베고 누운 채, 트로이의 목마처럼 버티고 선 책상의 그림자만 쳐다봤다.

 이사를 하고 오래 지나지 않은 어느 토요일, 아내와 나는 런던
으로 나와 이모님과 점심을 먹고, 식사 후에 히스까지 산책을 했
다. 맑은 가을날, 빛은 모든 곳에 넘칠 듯 묻어 있었다. 걸으면서,
나는 콜리지*에 관한 책을 쓸 생각이라고 말했다. 히스를 가로질러
켄우드하우스에서 차를 마셨고, 아내에게 렘브란트의 후기 자화상
을 보여주었다. 어린 시절에 처음 보고 '폐허가 된 남자'라는 표현
을 떠올렸던 그림, 그 표현은 어린 내 마음을 떠나지 않았고, 그렇
게 나만의 영광스러운 영감이 되었다. 우리는 히스에서 나와 첫번
째 모퉁이를 돌았고, 그 길이 피츠로이파크였다. 하이게이트를 향
해 가는 길에, 팔려고 내놓은 집을 한 채 발견했다. 상태가 좋지 않
은 집이었다. 오랫동안 돌보지 않은 티가 났고, 건물 외벽은 온통
가시나무가 둘러싸고 있었다. 현관문 위의 삐죽한 지붕에, 괴물 조
각상이 무시무시한 미소를 띤 채 웅크리고 있었다. 아내는 가만히
서서 그 조각상을 올려다보며 손바닥을 주물렀다. 생각에 빠져 있
을 때 종종 보이는, 마치 생각을 손바닥 위에 올려놓고 쓰다듬는
것 같은 동작이었다. 나는 집을 살피는 아내의 모습을 지켜봤다.
아마 어딘가 다른 장소, 어쩌면 뉘른베르크에 있던 고향집이 떠오
른 모양이라고 생각했지만, 그녀를 조금 더 알고 나서는 그랬을 리
가 없다는 것을 알게 되었다―아내는 고향을 떠올리는 것은 무엇

---

* 영국 시인이자 평론가.

이든 피했다. 아니, 뭔가 다른 것이 있었다. 어쩌면 그녀는 그저 집의 외양 자체에 끌렸던 것일 수도 있다. 그게 뭐였든, 아내가 그 집을 보자마자 완전히 반했다는 것을 알 수 있었다. 우리는 길게 자란 풀들 사이로 진입로를 따라 들어갔다. 심각한 표정의 여인이 잠시 망설이다 우리를 집안으로 들였다―알고 보니 여인은 집주인의 딸이었는데, 도자기를 만들던 어머니가 그 집에서 몇 년째 살았지만 지금은 기력이 없어 혼자 지내지 못하신다고 했다. 통풍이 잘되지 않는 실내에는 약냄새가 가득했고, 물이 새는 천장은 누가 일부러 그 위로 강줄기를 돌려놓은 것처럼 엉망이었다. 거실 끝에 있는 방에, 백발의 여인이 휠체어에 앉아 있는 모습이 살짝 보였다.

그때 내겐 어머니에게 물려받은 유산이 딱 그 집을 살 수 있을 만큼 있었다. 집을 사고 맨 먼저, 아내의 서재가 될 다락방부터 새로 칠했다. 그 방을 고른 건 아내였지만, 나 역시 책상이 집안의 나머지 공간에서 멀리 떨어진 그 다락방에 들어간다는 게 마음이 놓였다. 아내는 벽이나 바닥 모두 비둘기 같은 회색으로 칠해달라고 했고, 칠을 마친 그날부터 아내가 병이 들어 혼자서 가파른 계단을 내려올 수 없게 될 때까지, 나는 그 방에 들어가지 않았다. 물론 책상 때문이 아니라, 아내의 일과 그녀만의 비밀, 그것 없이는 살 수 없었던 그 비밀을 지켜주고 싶었기 때문이었다. 아내에겐 도피할 공간이, 심지어 나로부터도 도피할 공간이 필요했다. 볼일이 있을 때면 계단 밑에서 그녀를 불렀고, 차를 끓여서 갖다줄 때도 그냥 계단 밑에 놓고 왔다.

이사를 하고 일 년쯤 지나서 아내가 첫번째 소설집을 출간했다. 제목은 '깨진 창', 실험적인 작품(아내는 이 표현을 마음에 들어하지 않았지만, 책을 내주겠다는 제안을 거부할 만큼은 아니었다)을 전문으로 출판하는 맨체스터의 작은 출판사에서였다. 책 전체를 통틀어 독일에 대한 언급은 단 한 군데도 없었다. 그녀가 허락한 건 맨 마지막 장, 작가 소개 부분에 들어간 출생지와 출생 연도가 전부였다―뉘른베르크, 1921년. 하지만 소설집 끝부분에, 두려움이 묻어난 단편이 있었다. 이름 없는 나라의 공공건축가에 관한 이야기였다. 자신의 재능에 도취된 에고이스트인 건축가는 도시 중심에 자신이 설계한 공원을 짓고 싶은 욕심에 억압적인 체제의 관료들과 함께 일하기로 한다. 파시스트 정권에 어울리게 관료들의 흉상을 청동으로 제작해 희귀한 열대식물들 사이사이에 배치하고, 독재자의 이름을 딴 야자수 산책로도 만든다. 비밀경찰이 처형당한 어린이들의 시체를 밤에 몰래 공사 현장에 묻어도 그는 모른 척한다. 어마어마한 정원을 구경하기 위해 온 나라에서 사람들이 몰려오고, 다들 그 아름다움에 감탄한다. 단편의 제목은 '아이들은 정원의 적이다'였다―공원을 건설하기 몇 해 전, 건축가를 흠모하는 것이 분명한 젊은 여자 기자에게 그가 한 말이었다. 그 단편을 읽고 오랫동안 나는 종종 두려운 시선으로 아내를 지켜보곤 했다.

다니엘이 처음 나타난 날 밤, 자정이 한참 지나서야 현관문이 다시 열렸다 닫히는 소리가 들렸다. 십오 분쯤 더 지난 후 아내가 올라왔다. 이미 침대에 든 나는 어둠 속에서 옷을 벗는 아내를 지켜봤다. 하루에 두 번씩 아내의 알몸이 드러나는 광경을 지켜보는 것이 내 인생 최고의 즐거움이었다. 아내가 침대로 들어오고 나는 그녀의 허벅지로 손을 뻗었다. 뭔가 말을 해주기를 기다렸지만, 아내는 아무 말이 없었다. 대신 그녀는 미끄러지듯 내 위로 올라갔다. 모든 과정은 말없이 진행되었지만, 고개를 숙이고 나를 만지는 그녀의 몸짓은 유난히 부드러웠다. 얼마 후 우리는 잠이 들었다. 다음날 아침, 주방에 담배 냄새가 남아 있는 것만 제외하면 평소와 다른 점은 없었다. 나는 옥스퍼드로 출발했고, 다니엘에 대한 이야기는 더이상 나오지 않았다.

하지만 목요일 밤 집에 돌아와 옷걸이에 코트를 걸 때, 강렬한 향수 냄새가 코를 찔렀다. 그 냄새에서 다니엘의 재킷을 떠올리기까지 잠시 시간이 걸렸다. 혹시 다니엘이 깜빡 잊고 두고 간 재킷이 거기 걸려 있는 게 아닌가 싶었지만, 다니엘의 재킷은 없었다. 그대로 잊고 있다가, 저녁식사 후에 책을 읽으려고 소파에 앉았을 때, 쿠션 옆에 놓인 금속제 라이터를 보고 다시 그를 떠올렸다. 라이터를 만지작거리며, 아내에게 뭐라고 물어보면 좋을지 생각했다. 하지만 정확히 뭘 물어본단 말인가? 그 남자가 다시 당신을 만나러 왔느냐고? 왔으면 또 어떻다고? 아내도 보고 싶은 사람을 마음대로 만날 수 있는 것 아닌가? 처음 연애를 시작할 때부터 아내는 자신의 자유에 대해 이런저런 요구를 하지 말 것을 분명히 했고, 내 쪽에서도 그럴 생각은 없었다. 아내가 내게 말하지 않은 것들이 많았지만, 나는 물어보지 않았다. 한번은 돌아가신 어머니 문제로 여동생과 심하게 다투다가, 동생이 자신이 보기엔 내가 수수께끼에 끌리기 때문에 아내 같은 여자와 결혼한 것 같다고 했다. 동생이 틀렸지만—동생은 아내를 조금도 이해하지 못했다—그렇다고 완전히 틀렸다고 할 수도 없었다. 가끔, 아내가 버뮤다 삼각지대 주변에 있는 건 아닌가 하는 생각이 들 때도 있었다. 이런 젠장! 뭔가 신호를 보내도 거기선 아무것도 돌아오지 않는다. 하지만 나는 알고 싶었다―그 남자가 다시 왔을까? 그의 어떤 면모 때문에 아내는 그렇게 쉽게 그를 받아들인 걸까? 아내는 아무리 좋게 말하려고 해도 사교성이 없는 사람이었는데, 그날 주방에선 남자가 자신을 소개하자마자 차를 준비했다.

사람들은 관계에서 어떤 패턴을 찾아보려 하지만, 언제나 그 패턴이 깨진 자리만 발견할 뿐이다. 그리고 거기, 그 갈라진 틈에 자리를 펴고 앉아 기다린다.

아내는 건너편 의자에 앉아 책을 보고 있었다. 정말 궁금해서, 나는 물었다. 다니엘은 어디 출신이래? 아내가 책에서 고개를 들었다. 독서를 방해받을 때면 항상 지어 보이는 흐트러진 표정이었다. 누구? 다니엘 말이야, 며칠 전 밤에 찾아왔던 젊은 친구. 분명 외국인 말투였는데, 정확히 어딘지는 모르겠더라고. 아내는 잠시 쉬었다가 말했다, 다니엘. 마치 자신의 작품에 그 이름을 써도 좋을지 생각해보는 투였다. 응, 어디 출신이래? 내가 다시 물었다. 칠레, 아내가 대답했다. 칠레에서 여기까지 오다니! 나는 감탄했다. 정말 멋진 일이잖아! 당신 책이 그 먼 곳에서도 읽힌다는 거 말이야. 내 생각엔 포일스*에서 산 것 같던데, 아내가 말했다. 어디서 샀는지는 이야기 안 했어. 책을 많이 읽는 친구인데, 함께 책 이야기를 할 사람이 필요했나봐, 그게 다야. 당신 겸손한 척하는 거지, 분명해, 내가 말했다. 그 친구는 당신을 직접 만나서 놀란 것 같던데.

---

* 영국의 대형 서점.

당신 작품을 줄줄 외웠던 것 아냐? 아내는 순간적으로 인상을 찌푸렸지만, 아무 말도 없었다. 런던에 혼자 있나봐, 그게 다야, 아내가 말했다.

다음날, 커피 테이블 위에 놓아두었던 라이터가 보이지 않았다. 하지만 다음 몇 주 동안, 휴지통의 담배꽁초나 하얀 장식 덮개에 떨어진 길고 새카만 머리카락 같은, 그 젊은이의 흔적을 발견할 수 있었다. 그리고 한두 번인가, 옥스퍼드에서 아내에게 전화를 걸었을 때, 아내 목소리에서 누군가와 함께 있음을 직감한 적도 있었다. 그러던 어느 목요일 밤, 책상 위를 정리하다가 가죽 표지의 노트를 발견했다. 그 작은 검은색 노트는 뒤틀리고 심하게 해진 상태였고, 안에는 날짜와 요일이 프린트되어 있었다. 월, 화, 수요일은 왼쪽 페이지에, 목, 금, 토/일요일은 오른쪽 페이지에 적혀 있고, 네모 칸마다 작은 글씨가 선을 넘을 정도로 빽빽했다.

다니엘의 글씨를 보는 순간 질투심이 미친듯이 끓어올랐다. 아내를 따라 주방으로 향하던 그의 모습이 기억났고, 거울 속 자신을 보며 살짝 지어 보이던 미소와, 약간 거들먹거리던 태도까지 기억나는 것 같았다. 여기서 단둘이! 나는 생각했다. 가죽 재킷과 은색 라이터, 스스로에게 축하를 보내는 듯한 미소, 꽉 끼는 청바지 안에서 뭔가 뻐근한 느낌. 지금 그런 생각을 하니 부끄럽지만, 그때 나의 기분은 그랬다. 그는 아내보다 거의 서른 살이나 어린 남자였다. 아내가 그와 잠자리를 가졌을 거라고 의심한 것은 아니었다―그런 생각만으로도 우리 둘만의 작은 우주를 지배하던 규칙에서 너무 멀리 나가는 것이었다. 그래도, 아내가 그의 접근을 환영했다고는 할 수 없지만, 그렇다고 그를 물리친 것도 아니었다―아내는 그의 접근을, 혹은 그라는 사람 자체를 즐겼고, 어느 정도의 친밀함을 허락했다. 그리고 나는 가죽 재킷을 입은 그 젊은이가 내 책상에 앉아 보란듯이 나를 바보로 만드는 광경을 보았다, 본 것만 같았다.

당시 나는, 내가 무슨 말을 하든 아내는 화를 내리란 걸 알고 있었다─내가 그런 의심을 품고 자신을 감시하고 있다는 것만으로도 아내는 참을 수 없는 반칙으로 받아들였을 것이다. 나는 아무 권리도 없었고, 아시다시피, 손발이 묶여 있었다. 하지만 무언가 내가 모르는 일이, 비록 행동으로 이어지진 않았을지라도, 진행중이라는 확신이 있었다.

나는 계획을 세웠다. 직관에 반하는 것처럼 보이는 계획이었지만, 당시에는 완벽하게 그럴듯했다. 나흘 동안 집을 비우고, 두 사람만 지낼 수 있게 할 작정이었다. 나 자신을, 거추장스러운 장애물일 뿐인 나 자신을 치우고, 아내가 가죽 재킷과 꽉 끼는 청바지를 입고 거들먹거리는 젊은 남자와 함께 나를 배신할 수 있는 기회를 주기로 했다. 아내의 얼굴에 자신의 얼굴을 바짝 들이댄 채 네루다의 시를 읊었을 젊은 남자와 말이다. 세월이 흘러 이 글을 쓰고 있는 지금, 그 젊은이에게 드리운 비극적 운명의 그림자를 생각하면 어리석은 소리처럼 들리지만, 당시에는 그런 느낌이 너무나 생생했다. 절망 속에서, 상처받은 자존심 때문에, 나는 그녀가 원할 거라고 내가 짐작한 그 일을 억지로라도 할 수 있게 해주고 싶었거나, 해주고 싶은 거라고 생각했다. 자신의 욕망을 비밀로 간직하지 말고 실천에 옮기라고, 그런 다음 자연스럽게 이어질 우리의 끔찍한 결말을 그대로 맞이하자고. 하지만 내가 진심으로 원했던 건 그녀가 오직 나만을 원한다는 것을 보여줄 증거였다. 어느 쪽이든, 도대체 어떤 증거를 보고 싶었던 거냐고는 묻지 마시기를. 자리를 비웠다 돌아오면 모든 것이 분명해질 거라고 나는 스스로에게 말했다.

프랑크푸르트에서 열리는 학회에 참석할 예정이라고 아내에게 말했다. 그냥 고개만 끄덕이는 그녀의 표정에서 아무것도 읽을 수 없었지만, 나중에, 아무 일도 없이 호텔방에 누워, 일이 점점 나빠지고 있던 상황에서는, 그 말을 들을 때 그녀의 눈이 반짝였던 것만 같았다. 일 년에 한두 번씩 나는 유럽 이곳저곳에서 열리는 영국 낭만주의 학회에 참석하곤 했다. 참석자들 사이에 이스라엘의 공항에 내린 유대인들이 느낄 법한 감정과 크게 다를 것 없는 감정이 드는 짧은 모임이었다. 마침내 자신과 같은 종류의 인간들만 있는 곳에 도착했을 때의 안도감, 혹은 두려움이 있었다. 작업의 흐름이 끊어지는 것을 싫어한 아내가 그런 여행에 함께하는 경우는 거의 없었다. 그래서 나는 학회가 다른 대륙에서 열릴 때는 참석할 수 없었다. 시드니나 도쿄, 요하네스버그에 있는 워즈워스나 콜리지 전문가들은 어떻게든 친구나 동료 연구자들을 불러오고 싶어했지만, 어쩔 수 없었다. 그런 학회에 참가하려면 아내와 너무 오래 떨어져 지내야 했기 때문에, 나는 거절했다.

왜 프랑크푸르트라고 했는지는 기억나지 않는다. 아마 최근에 거기서 학회가 열렸거나 조만간 열릴 예정이었기 때문에, 그래서 만약 아내가 내 동료들과 마주쳤을 때 프랑크푸르트 학회 이야기가 나와도 아무도 의심하지 않을 것 같아서였을 것이다. 아니면 거짓말에 서툰 내게 그 이름이 무게감 있게 느껴졌기 때문에, 게다가 의심을 불러일으킬지도 모르는―물론 어떤 경우든, 아내가 의심을 한다는 것 자체가 말도 안 되는 상상이었지만―파리나 밀라노와 달리 프랑크푸르트는 충분히 심심한 도시였기 때문에 그랬을지도 모른다. 어쩌면 내가 그 도시를 고른 건, 아내가 어떤 경우에도 독일에는 절대로 돌아가지 않을 것임을 알고 있고, 그래서 함께 가지 않을 것이 분명했기 때문이었을 것이다.

출발하는 날은 아침 일찍 일어나 아내가 아직 자고 있는 동안, 비행기를 탈 때 늘 입는 양복을 꺼내 입고 커피를 한 잔 마셨다. 그리고 마치 마지막이라도 되는 것처럼 우리집을 한번 둘러보았다. 오랜 시간 동안 닳아서 반들반들해진 거실 마루, 왼쪽 팔걸이에 차 얼룩이 있는 아내의 연노란색 독서용 의자, 끝없이 이어진 책들의 무게 때문에 신음하는 듯한 책장, 마당으로 이어지는 프랑스식 문, 서리를 맞아 유난히 앙상해 보이는 나무들. 그 모든 것이 화살처럼 내게, 가슴이 아니라 배에 꽂혔다. 현관문을 닫고 집 앞에 대기하고 있던 택시에 올랐다.

프랑크푸르트에 도착하자마자 나의 선택을 후회했다. 불안정한 기류 때문에 비행 내내 힘들었고, 폭풍우 사이로 급강하하며 착륙할 때는 코트를 입고 몸을 웅크린 몇 안 되는 승객들 사이에 불길한 침묵이 엄습했다. 아니면 그저 보라색 사리를 입은 인도 여인이 겁에 질린 아기를 꼭 안은 채 내던 비명소리 때문에 불길하게 느껴진 것인지도 몰랐다. 수하물 찾는 곳 밖으로 보이는 하늘은 어둡고 고요했다. 시내 중심가에 있는 역까지 기차를 타고 가서, 예약을 해놓은 호텔까지는 걸었다. 테아테르광장 근처의 작은 길은 우중충하고 아무 특징도 없었다. 활력을 더해보려는 노력이라고 봐줄

만한 건 건물 입구나 식당 위에 드리운 빨간 줄무늬 차양밖에 없었지만, 그나마도 오래전 그 차양을 만들 때의 활기찬 마음은 모두 사라진 듯, 낡고 여기저기 새똥까지 묻어 있었다. 여드름이 난 얼굴에 무료한 표정을 짓고 있던 벨보이가 나를 방까지 안내해주고 열쇠를 건넸다. 열쇠에 달린 손잡이가 너무 커서 들고 다니기가 불편했기 때문에, 그 끔찍한 숙소의 투숙객은 외출이라도 하려면 프런트에 열쇠를 맡길 수밖에 없었다. 난방 스위치를 켜고 커튼을 여니 건너편의 콘크리트 건물이 눈에 들어왔다. 돌아가지 않고 서성거리던 벨보이는 한술 더 떠 미니바를 열어 보이며 작은 술병과 음료수 캔이 준비되어 있다고 했다. 결국 내가 팁을 줘야 한다는 사실을 깨닫고 건네자, 그는 좋은 하루 보내라는 인사를 남기고 사라졌다.

문이 닫히자마자 외로움이 엄습했다. 오랫동안, 아마도 학창 시절 이후로 느껴보지 못한 맹렬한 외로움이었다. 마음을 진정시키려고 가방을 열어 짐을 몇 개 꺼냈다. 다니엘의 검은 노트는 맨 밑에 깔려 있었다. 그걸 집어들고 침대에 걸터앉았다. 그때까지는 그저 훑어보기만 하고 그 작은 글씨의 스페인어 문장을 꼼꼼히 읽어볼 생각은 못했는데, 달리 할일이 없어지자 무슨 뜻인지 알아보고 싶은 생각이 들었다. 내가 이해한 바로는, 지루한 일상을 기록한 것처럼 보였다. 뭘 먹었는지, 무슨 책을 읽었고, 누구를 만났는지 등을 아무런 감상 없이 그저 죽 적어놓기만 한 노트. 그저 잊지 않기 위해 기록해놓은 일상들, 그래 봤자 망각 앞에서 무력하기는 다른 이들과 마찬가지였겠지만. 물론 나는 아내의 이름을 찾고 있었다. 모두 여섯 번 등장했다. 처음 우리집을 찾은 날, 그리고 나머지 다섯 번은 모두 내가 옥스퍼드에 가고 없을 때였다. 땀이 났다. 식은땀이었다. 난방은 아직 제대로 들어오지 않았고, 나는 조니워 커를 한 병 마셨다. 텔레비전을 켰지만 이내 잠이 들었다. 엎드린 아내를 칠레 남자가 뒤에서 덮치는 꿈을 꾸었다. 삼십 분 만에 잠에서 깼지만 체감하기로는 그보다 훨씬 더 지난 것 같았다. 세수를 하고 방을 나왔다. 프런트에서 독일 지폐를 세느라 정신없는 직원에게 열쇠를 맡기고, 막 비가 내리기 시작한 회색빛 거리로 나왔다. 호텔에서 몇 블록 떨어진 곳에서 베이지색 아파트 건물의 초인종 앞에 기대 울고 있는 여인을 보았다. 잠깐 멈춰서 왜 그러느냐고 물어볼까 하는 마음이, 심지어 데리고 가서 술이라도 한 잔 사주고 싶은 마음이 들었다. 걸음을 늦추며 그녀에게 다가갔다. 스타킹의 찢어진 자리까지 보일 정도로 가까이 다가갔지만, 마지막 순간에, 그런 행동은 평생 살아온 나의 모습—그 모습이 마음에 들든 안 들든—에서 너무 벗어나는 거란 생각이 들어서, 그냥 지나치고 말았다.

프랑크푸르트에서의 시간은 고통스러울 정도로 천천히 흘렀다. 생명 없는 무엇이 깊이를 알 수 없는 바닷속으로, 점점 더 어두워지고, 점점 더 추워지고, 점점 더 절망적인 바닥으로 가라앉는 것 같았다. 나는 마인강의 선창을 거닐며 시간을 보냈다. 내가 아는 한 그 도시는 암울하고, 추하고, 비참한 사람들로 가득차 있었다. 게르만족이 투창을 들고 맨 처음 발을 디뎠다는 강둑 너머로는 나갈 일도 없었을뿐더러, 도시 전체에서 그나마 마음을 진정시켜주는 건 강변을 따라 심어놓은 커다랗고 아름다운 나무들밖에 없었다. 강변을 벗어나면 최악의 상상만 떠올랐다. 호텔방에 누워 있으면 불안해서 책도 눈에 들어오지 않았다. 커다란 손잡이가 달린 열쇠는 그대로 문에 꽂혀 있었고, 상의를 벗은 바르스키가 주방을 오가고, 내 옷장을 뒤져 깨끗한 셔츠를 한 벌 꺼내고 마음에 들지 않는 다른 옷들은 바닥에 아무렇게나 던지고, 벌거벗은 아내가 누워 있는 침대로, 우리가 이십 년 동안 함께 써온 침대로 미끄러져들어가는 모습이 떠올랐다. 더이상 견딜 수 없는 상태가 되면 나는 다시 우중충하고 활기 없는 거리로 나왔다.

사흘째 되는 날, 억수같이 내리는 비를 피해 어느 식당에 들어갔다. 간이식당이라고 해야 할 것 같은 그곳엔 좀비들만―적어도 희미한 조명 아래에선 그렇게 보였다―가득했다. 그곳에서 먹고 싶은 생각이 전혀 들지 않는 기름투성이 파스타를 앞에 놓고 나 자신을 불쌍하게 여기며 앉아 있을 때, 갑자기 어떤 깨달음이 찾아왔다. 처음으로, 내가 아내를 오해한 것일지도 모른다는 생각이 든 것이다. 완전히, 그것도 아주 크게 말이다. 그렇게 오래 함께 살면서 나는 아내가 규칙적인 것을 필요로 한다고, 반복적인 일상과, 일상적이지 않은 것에 방해받지 않는 삶을 필요로 한다고 생각해왔는데, 사실은 그 반대일지도 몰랐다. 어쩌면 아내는 무언가가 찾아와 조심스럽게 지키고 있던 생활의 질서를 산산이 박살내주기를 늘 갈망하고 있었던 것인지도 모른다. 열차가 침실 벽을 뚫고 지나간다든지, 하늘에서 커다란 피아노가 떨어지는 그런 일. 내가 예상치 못한 일로부터 그녀를 보호하려고 노력하면 할수록, 아내는 더욱더 숨이 막히고, 갈망도 더 커졌을 테고, 결국은 더이상 견딜 수 없는 지경에 이르렀을 것이다.

가능한 이야기였다. 적어도, 그 연옥 같은 간이식당에서는, 내

가 항상 믿고 지내온 이야기, 그러니까 자랑스러울 정도로 아내를
잘 이해하고 있었다는 이야기와 그리 다르지 않은, 불가능하지 않
은 이야기였다. 갑자기 울고 싶어졌다. 한 여인, 내가 사랑하는 여
인의 가장 핵심적인 부분, 늘 옮겨다니는 그 중심에 가까이 다가가
는 일에 대한 좌절감과 피곤함, 그리고 절망이 몰려왔다. 기름진
음식을 바라보며 그 자리에 앉아 눈물이 흐르기만 기다렸다. 눈물
이 좀 났으면 좋겠다고, 그래서 알 수 없는 이 짐을 내려놓을 수 있
으면 좋겠다고 생각했다. 그대로는 너무 피곤하고, 지고 있는 짐이
무거워서 꼼짝도 할 수 없을 것 같았다. 하지만 눈물은 흐르지 않
았고, 나는 몇 시간이고 그 자리에 앉아 지칠 줄 모르고 유리창을
때리는 빗물을 바라보며, 우리가, 아내와 내가 함께 지낸 날들을
생각했다. 그런 날들엔 모든 것이 영원할 것만 같았다. 자기 전 벽
에 붙여 세워둔 의자는 다음날 아침에도 그대로 그 자리에 있었고,
전날 이야기했던 작은 습관들은 다음날에도 그대로 예상할 수 있
었는데, 그 모든 것이 사실은 환상일 뿐이었다. 단단한 물질이라는
것이 환상이고, 우리의 몸이라는 것이 환상인 것과 마찬가지였다.
한덩어리인 것처럼 보이지만 사실 그건 수백억 개의 원자들이 오
가는 과정, 어떤 것은 새로 도착하고 어떤 것은 영원히 떠나가버리
는 과정이었다. 마치 우리 각자가 커다란 기차역에 불과한 것만 같
았다. 아니, 기차역에선 수많은 사람들이 부산스럽게 오가는 와중
에 적어도 선로와 그 아래의 자갈, 유리 천장은 그대로 자리를 지
킨다. 인간은 그보다도 못한 무엇, 매일 서커스 공연장이 세워졌다
다시 허물어지는 공터와 비슷했다. 꼭대기에서 바닥까지 모든 것
이 바뀌고, 똑같은 공연은 한 번도 없는 그런 곳. 상황이 그 지경인

데, 다른 사람은 고사하고 자기 자신의 모습이라도 제대로 이해해보겠다는 희망을 가져도 되는 걸까?

결국 여자 종업원이 다가왔다. 나는 식당이 텅 비었다는 것도 모르고 있었고, 테이블이 다 치워지고 저녁 손님을 맞이하기 위해 깨끗한 테이블보를 새로 깐 덕에 식당 전체가 전혀 다른 분위기로 바뀌었다는 것도 모르고 있었다. 점심시간은 네시까지입니다. 여섯시까지는 문을 닫습니다. 종업원이 말했다. 그녀는 이제 검은색과 흰색의 근무복을 벗고 파란색 미니스커트와 노란색 스웨터의 일상복 차림을 하고 있었다. 나는 사과하고, 음식값에 팁까지 두둑이 얹어준 다음 자리에서 일어났다. 이제 갓 스무 살이나 됐을까 싶은 종업원이 찡그린 내 표정, 엄청나게 무거운 무언가를 들어야 하는 사람의 찡그린 표정을 보았는지 이렇게 물었다. 멀리까지 가세요? 아닙니다. 내가 대답했다. 사실 내가 정확히 어디에 있는지도 몰랐다. 테아테르광장까지 갑니다. 종업원은 자기도 그쪽으로 간다고 하며, 놀랍게도, 가방을 챙겨올 테니 잠깐만 기다려달라고 했다. 제가 우산이 없거든요. 그녀는 내 우산을 가리키며 덧붙였다. 그녀를 기다리는 동안 식당이 새롭게 눈에 들어왔다. 이제 테이블에는 종업원들이 일일이 갖다놓은 촛대가 놓여 있었고, 미소를 띠며 돌아온 그녀를 보고 다시 확인한 바이지만, 종업원들도 모두 예쁘고 친절했다.

종업원과 나는 우산을 함께 쓰고 폭풍우 속으로 길을 나섰다. 그녀와 가까이 있으니 금방 기분이 좀 풀렸다. 십 분밖에 안 걸리는 짧은 거리였고, 우리는 미술학교에 다니는 그녀의 수업 이야기와 낭종 때문에 병원에 입원했다는 어머니 이야기를 했다. 지나는 사람들 눈엔 우리가 부녀지간으로 보였을 것이다. 테아테르광장에 도착해서 나는 우산을 그냥 가지라고 했다. 그녀는 거절했지만 내가 괜찮다고 했다. 개인적인 거 여쭤봐도 돼요? 헤어지기 직전에 그녀가 물었다. 물어보시게, 내가 말했다. 식당에서 그렇게 오랫동안 도대체 무슨 생각을 하신 거예요? 세상에서 가장 비참한 표정이셨어요. 저것보다 더 비참한 표정은 없겠다 싶었는데, 바로 그 순간 더 비참해졌거든요. 기차역 생각을 했지, 내가 말했다. 기차역과 서커스 생각. 나는 그녀의 볼을 가볍게, 아주 부드럽게 한 번 쓰다듬어주었다. 그녀의 아버지, 세상이 공정하다면 그녀에게도 분명 있을 그 아버지가 해주었을 것처럼 볼을 한 번 쓰다듬어준 다음, 호텔로 돌아와 짐을 싸고, 체크아웃을 하고, 런던으로 가는 가장 빠른 비행기에 올랐다.

하이게이트의 우리집 앞에서 택시를 내릴 때는 이미 늦은 시간이었지만, 집 앞에서 마주한 풍경에 즐거운 마음이 들었다―하늘을 배경으로 보이는 건물의 익숙한 윤곽과, 가로수 사이로 비치는 가로등, 창으로 비치는 노란 조명. 밖에서 볼 때만 바로 그 노란색으로 보이는 창은 마그리트의 그림에 등장하는 창처럼 노랬다. 그때 바로 거기에서, 아내가 무슨 짓을 했든 용서해주기로 마음먹었다. 삶이 지금까지처럼만 계속된다면, 자기 전 벽에 붙여 세워둔 의자가 다음날 아침에도 그대로 그 자리에 있기만 하다면, 우리가 나란히 누워 자는 동안 의자에 무슨 일이 생겨도 괜찮다고, 그 의자가 같은 의자든 아니면 천 개의 다른 의자든 상관없고, 긴 밤 사이에 아예 사라져버린다 해도 상관없었다―다음날 아침 내가 거기에 앉아 매일 아침 하듯이 신발을 신는 동안, 나의 몸을 받쳐주기만 하면 된다고 생각했다. 내가 모든 것을 다 알아야 할 필요는 없었다. 나는 그저 우리가 함께하는 삶이 언제나처럼 계속될 거라는 사실만 알면 되었다. 떨리는 손으로 택시 요금을 내고 열쇠를 찾아 주머니를 뒤졌다.

아내를 불렀다. 잠시 침묵이 흐르고, 계단을 내려오는 그녀의 발소리가 들렸다. 아내는 혼자였다. 아내의 얼굴을 보자마자 그 젊은 이가 영원히 떠났다는 것을 알 수 있었다. 어떻게 알 수 있었는지 모르겠지만, 어쨌든 그랬다. 우리 둘 사이에 말없이 무언가가 오가고, 우리는 포옹했다. 학회는 어땠는지, 왜 예정보다 하루 일찍 돌아왔는지 아내가 물었고, 나는 학회는 괜찮았고, 특별한 일은 없었다고, 그리고 보고 싶었다고 대답했다. 늦은 저녁을 함께 먹는 동안, 나는 아내의 표정과 목소리에서 바르스키가 떠난 이유를 찾아보려 했다. 하지만 그런 길은 막혀 있었다. 그후로 다시 가라앉은 아내는 생각에 빠진 채 지냈고, 나는 그냥 내버려두었다. 언제나 그랬던 것처럼.

몇 달이 지나고 나서야 나는 아내가 책상을 그에게 줘버렸다는 사실을 알게 되었다. 창고에 넣어둔 테이블이 없어진 것을 보고 테이블을 봤느냐고 아내에게 물었더니, 자기가 책상으로 쓰고 있다고 했다. 책상 있잖아, 나는 바보처럼 말했다. 줘버렸어, 아내가 말했다. 줘버렸다고? 믿을 수 없다는 투로 내가 물었다. 다니엘한테 줬어, 아내가 말했다. 너무 좋아하더라고, 그래서 줘버렸어.

그래, 아내는 내게 수수께끼였다. 하지만 그 수수께끼를 통해 나는 어찌어찌 나의 길을 찾을 수 있었다. 1938년 10월의 어느 날 밤 SS 친위대가 아내의 집 초인종을 누르고, 다른 폴란드계 유대인들과 함께 아내와 부모님을 데려갔을 때, 부모님과 함께 지내던 자식은 그녀밖에 없었다. 오빠와 언니들은 모두 나이가 많았다—언니 중 한 명은 바르샤바에서 법학을 공부하고 있었고, 오빠 한 명은 파리에서 발간되는 공산당 잡지의 편집자였으며, 다른 오빠는 민스크의 음악 선생님이었다. 일 년 동안, 눈 깜짝할 사이에 진행된 악몽 속에서 아내와 나이든 부모님은 좁은 수용소의 방에서 서로를 의지하며 지냈다. 인솔자 비자가 나왔을 때는 기적처럼 느껴졌을 것이다. 물론 그런 기회를 놓친다는 건 상상할 수 없는 일이었다. 하지만 부모님을 떠난다는 것도 마찬가지로 상상할 수 없었다. 아내는 아마 그 일에 대해 평생 스스로를 용서하지 않았을 것이다. 그것이 아내의 인생에서 단 하나의 진짜 후회일 거라고 나는 믿었다. 하지만 그렇게 감당이 안 될 정도의 후회는 정면으로 마주할 수 없다. 그런 후회는 엉뚱한 곳에서 슬그머니 고개를 든다. 예를 들어, 아내가 세인트자일스성당 앞에서 교통사고를 당한 여인에 대해 이야기하며 힘들어했던 진짜 이유는, 그 상황에서 자신이 보인 반응 때문이었다. 아내는 그 사고를 목격했다—여인이 도로에 내려서고, 급히 브레이크를 밟는 소리가 들리고, 끔찍하고 둔탁한 쿵 소리가 나고 여인은 움직이지 않았다. 쓰러진 여인 주위로 사람들이 몰려들었지만, 아내는 돌아서서 가던 길을 갔다. 그날 밤, 함께 책을 읽는 시간이 돼서야 아내는 사고 이야기를 했다. 물론 나는 여인이 괜찮았냐고 물어봤다. 누구든 그 질문을 했을 것이다. 아내의 얼굴에 어떤 표정이 스쳤다, 이전에도 자주 본 적 있는 표정, 어떤 고요함이라고밖에 표현할 수 없는, 평상시에 얼굴 표면 근처에 있던 모든 기운이 깊은 곳으로 물러나버린 듯한 표정. 짧은 순간, 나는 사람들이 가끔 친밀한 누군가에게서 느끼는 기분, 마치 중국 종이인형처럼 곱게 접혀 있던 둘 사이의 거리가 갑자기 넓게 펼쳐진 것 같은 기분이 들었다. 그때 아내가 어깨를 으쓱하며 마법을 깼고, 어떻게 됐는지 자신은 모른다고 했다. 그리고 다른 말은 없었지만, 다음날 신문을 훑던 아내는 그 사고와 관련된 기사를 찾고 있었던 게 분명했다. 그녀는 그냥 물러났던 것이다. 아내는 결과를 알 수 있을 때까지 기다리지 않고 그냥 물러났다.

나는 아내의 부모님이 평생 동안 그녀를 따라다녔다고 생각했다. 아내가 버스에 대한 이야기를 해도 그건 부모님 이야기였고, 울면서 잠에서 깬 것도 부모님 때문이었다. 나에게 화를 내고 며칠 동안 차갑게 대할 때도, 그건 어떤 식으로든 부모님 때문일 거라고 나는 믿었다. 그 상실이 너무 커서 더이상은 알아볼 필요도 없어 보였다. 그러니 그런 그녀의 소용돌이 같은 마음속에 어린아이도 하나 있었다는 건 짐작도 못했다.

아내의 말년에 그 이상한 사건이 생기지 않았더라면 평생 모를 뻔했다. 이미 알츠하이머병이 꽤 진행된 상태였다. 처음에 그녀는 병을 숨기려고 했다. 나는 우리가 함께했던 일들을 종종 이야기하곤 했다—몇 해 전 본머스 해변의 식당에서 함께한 식사, 혹은 코르시카섬에서 보트를 타다가 날아간 그녀의 모자가 밀물을 타고 아프리카 해안까지 떠내려간 일, 혹은 그날 늦게 햇볕을 잔뜩 받고 알몸으로 행복하게 침대에 누워 모자가 아프리카까지 떠내려 갔을 거라고 상상했던 일. 그런 일들이 모두 기억나느냐고 내가 물으면 아내는 물론, 물론이지, 라고 대답했지만, 그녀의 눈을 보면 대답뿐이라는 것을 알 수 있었다. 그런 대답 아래는, 아내가 날씨에 상관없이 매일 들어갔던 검은 물의 연못 바닥 같은 심연뿐이었다. 그런 다음엔 아내가 겁을 먹은 시기가 있었다. 하루가 지날 때마다, 심지어 매시간 얼마나 많은 것을 잊어버리고 있는지를 알았기 때문에, 아주 천천히 피를 흘리며 죽어가는 사람처럼, 망각을 향해 가는 출혈이 두려웠던 것이다. 함께 산책을 할 때면 아내는 내 팔을 꼭 쥐고 걸었다. 순식간에 길이 사라지고, 나무와 집들이 사라지고, 영국이라는 섬이 통째로 사라져, 우리가 넘어지고, 구르고, 다시 넘어지며 절대 다시 일어나지 못하는 사태가 벌어질까 두려워하는 것 같았다. 얼마 후 그 시기도 지나고, 아내에겐 잃어버릴까 두려워할 기억마저 남지 않았다. 내가 보기엔, 눈앞의 현재와 다른 어떤 시기가 있었다는 것 자체를 모르는 것 같았고, 그때부터는 혼자만의 세계에서, 철저히 홀로, 어린 시절이라는 해안으로 여행을 떠났다. 아내와의 대화는, 그걸 대화라고 할 수 있다면, 점점 무너져내렸고, 한때 아름다운 무언가를 이루었던 잔해만이 남았다.

그 무렵부터 아내의 배회가 시작되었다. 내가 장을 보고 돌아오면 현관문이 열려 있고 집은 텅 비어 있었다. 처음 그런 일이 생겼을 때는 차를 타고 주변을 십오 분 정도 뒤졌는데, 마음이 점점 심란해지던 중에 집에서 반 마일쯤 떨어진 곳에서 아내를 찾았다. 아내는 햄프스테드 레인의 버스정류소에, 한겨울이었는데도 코트도 입지 않고 앉아 있었고, 나를 발견하고도 자리에서 일어나지 않았다. 여보, 내가 가까이 다가가며 불렀다, 어쩌면 자기야, 라고 불렀는지도 모르겠다. 어디 가는 거야? 친구 만나러, 아내가 다리를 꼬았다 풀며 대답했다. 친구 누구? 내가 물었다.

아내를 혼자 남겨두는 일이 불가능해졌다. 항상 배회한 건 아니었지만, 두려웠던 나는 일주일에 세 번, 오후에 내가 밖에서 일을 보는 동안만 아내를 봐줄 간호사를 고용했다. 맨 처음 온 간호사는 악몽이었다. 처음엔 무슨 참고서적까지 들먹여가며 전문가인 척했지만, 알고 보니 부주의하고 책임감도 없는, 돈만 보고 일하는 사람이었다. 어느 날 오후 집에 돌아와보니 간호사가 현관문 옆에 서서 안절부절못하고 있었다. 아내는요? 내가 물었다. 간호사는 초조해하며 양손을 쥐어짰다. 무슨 일입니까? 그렇게 말하며 간호사를 제치고 집안 복도로 들어갔다. 아주 오래전, 아직 휠체어를 탄 도자기공 소유의 집이었을 때, 아내와 함께 맨 처음 들어섰던 현관의 복도, 방향을 틀어버린 강이 천장을 엉망으로 만들어놓았던 그 복도. 그래, 강, 솔직히 말하면, 종종 깊은 밤에 잠이 깰 때면 아직도 벽 속을 흐르고 있는 그 강의 물소리가 들리는 것 같을 때가 있었다. 복도는 비어 있었고, 거실과 주방도 마찬가지였다. 아내 어디 있습니까? 내가 말했다. 어쩌면 소리를 질렀는지도 모른다, 거의 소리를 지르지 않는 내가. 걱정 마세요, 간호사가, 이름이 알렉산드라였는지 알렉사였는지 기억나지 않는 그 간호사가 나를 안심시키려 했다. 점잖은 여성분이 전화하셨어요, 제가 잘못 들은 게 아니라면 판사님이라고 했어요. 지금 사모님을 모시고 이리 오고 계시대요. 무슨 소립니까? 내가 소리쳤다, 그때쯤엔 완전히 이성을 잃고 소리를 질렀던 게 분명하다. 당신이 옆에 있는데 어떻게 아내가 걸어나갈 수 있었단 말입니까? 사실, 간호사가 말했다, 옆에 있지는 않았어요. 사모님이 텔레비전을 보고 계셨는데, 저는 별 관심 없는 프로그램이었거든요, 그래서 다 보실 때까지 저는 다른 방에서 기다리면 되겠구나 했어요. 그런데 그 프로그램이 끝난 다음에 비슷한 다른 프로그램을 또 보시는 거예요. 그래서 이번엔 제가 친구에게 전화를 해서 수다를 좀 떨었는데, 그사이에 사모님이 또다른 프로그램을 보시더라고요. 정말 끔찍한 프로그램이었어요. 뱀이 힘없는 작은 짐승을 집어삼키는 그런 프로그램이요. 뱀이랑 악어가요. 마지막엔 피라냐였던 것 같기는 하지만, 아무튼 프로그램이 끝나고 뭐 필요하신 거 없냐고 여쭤보려고 가봤더니, 안 계신 거예요. 다행히 얼마 후에 법원에서 전화가 와서 버그 부인이라는 분을 모시고 있다고, 아무 일 없으니 걱정 말라고 했어요.

　이야기를 다 들었을 때쯤엔 화가 치밀어 말도 안 나올 정도였다. 법원? 내가 소리쳤다. 법원이라고? 그때 마침 자동차 한 대가 우리 집 앞에 멈춰 서지 않았더라면 간호사에게 달려들 뻔했다. 운전석에서 오십대 후반으로 보이는 여인이 내리더니, 차를 빙 돌아 아내가 내릴 수 있게 반대편 문을 열어주었다. 여인은 아내를 부축하며 천천히 진입로를 걸어왔다. 이전에 있던 들장미는 모두 뽑아버리고 진입로 양쪽에 보라색 붓꽃과 히아신스를 심어두었다. 보라색은 아내가 가장 좋아하는 색이었다. 다 왔어요, 버그 부인, 이제 집에 왔네요. 그 여성이 아내가 친어머니라도 되는 것처럼 아내의 팔꿈치를 잡고 안내하며 말했다. 집에 왔어, 아내가 활짝 웃으며 따라 했다. 안녕, 여보? 아내는 그렇게 말하고는 바지의 주름을 펴고 나를 지나쳐 집안으로 들어갔다.

　잠시 후 그 여성이, 알고 보니 정말 판사였는데, 다음과 같은 이야기를 해줬다. 세시쯤에 복도에서 동료를 만나고 돌아오니 자신의 방에 아내가 앉아 있었다고 했다. 무릎 위에 핸드백을 조심스럽게 놓은 채, 어딘지 알 수 없는 곳을 달리는 차 안에 있는 것처럼 정면을 똑바로 보고 있는 모습이, 실제로는 가만히 있지만 차를 타고 달리는 연기를 하는 배우 같았던 모양이다. 어떻게 오셨죠? 판사가 물었다. 보통은 손님이 올 때 비서가 미리 알려주는데, 본인이 알기로는 그 시간에 약속도 없었다. 아내가 건물의 경비와 비서를 어떻게 통과할 수 있었는지는 아무도 몰랐다. 아내가 천천히 고개를 돌려 판사를 쳐다보며 말했다. 신고할 게 있어서 왔는데요. 네, 그러시군요. 판사는 아내의 맞은편 자기 자리에 앉으며 말했다. 그런 대답 말고는 나가라는 말을 하는 수밖에 없었는데, 차마 그럴 용기는 없었다고 했다. 무슨 신고를 하시게요? 판사가 물었다. 제가 자식을 버렸습니다. 아내가 결심한 듯 말했다. 아이를요? 그렇게 되물으며, 판사는 당시 일흔다섯 살이던 아내가 정신이 흐릿하거나, 적어도 온전하지는 않다는 걸 알아차렸다고 했다. 1948년 7월 20일에, 태어난 지 오 주 만에요, 아내가 말했다. 아이를 누구한테 주셨어요? 판사가 물었다. 리버풀에 사는 젊은 부부한테 입양됐어요, 아내가 말했다. 그랬다면 죄를 지은 사람은 아무도 없습니다, 부인, 판사가 말했다.

순간, 아내는 입을 다물었다고 했다. 처음엔 말이 없다가 잠시 후 혼란스러워했고, 나중엔 두려워했다고 했다. 갑자기 의자에서 일어나 집에 데려다달라고 했다. 아내는 일어났지만 어디로 가야 할지를 몰랐다. 문이 어디 있었는지 잊어버렸거나, 출구 자체가 영영 사라져버렸다고 생각하는 것 같았다. 판사가 주소를 묻자, 독일의 어떤 거리 이름을 댔다. 복도 저편에서 의사봉을 두드리는 소리가 들리자 아내는 깜짝 놀랐다. 결국 아내는 판사가 핸드백을 뒤져 주소와 전화번호를 찾아보게 했다. 판사가 집으로 전화를 걸어 간호사와 통화했고, 비서에게 금방 돌아오겠다고 한 후 아내와 함께 우리집으로 온 것이었다. 함께 법원 건물을 나설 때, 아내는 마치 처음 보는 사람을 마주하는 것처럼 판사를 쳐다봤다고 했다.

머릿속에 서늘한 기운이 스미는 것 같았다. 방금 들은 소식의 충격으로 뇌가 터져버리는 것을 막기 위해 얼음이 등골을 타고 올라와 머릿속으로 쏟아지는 것처럼 멍했다. 정신이 없는 와중에 간신히 판사에게 고맙다는 인사를 하고, 판사가 떠나자마자 간호사를 해고했다. 간호사는 투덜거리며 집을 나갔고, 아내는 주방에서 비스킷을 먹고 있었다.

처음엔 아무것도 할 수 없었다. 천천히, 머릿속이 풀리는 것 같았다. 아내가 집안을 오가는 소리가 들렸다. 숨소리, 뼈마디 소리, 음식을 삼키고 입술을 적시는 소리와 입으로 새어나오는 작은 트림소리까지. 목욕 전에 아내가 옷 벗는 걸 도와줄 때―이젠 그렇게 도와주어야만 했다―구석구석까지 알고 있다고 생각했던 그 몸을 보며, 어떻게 그 몸이 아기를 가진 적 있다는 걸 모를 수 있었을까 궁금했다. 그녀의 몸냄새, 익숙한 냄새와 나이가 들면서 새로 생긴 냄새를 함께 맡으며, 우리집은 서로 다른 두 종種이 함께 살고 있는 집인 모양이라고, 혼자 생각했다. 이 집에 서로 다른 두 종이 살고 있다고. 육상동물과 수중동물, 표면에만 달라붙어 지내는 종과 깊이 숨어 지내는 종. 하지만 매일 밤, 자연의 알 수 없는 허점 덕분에, 그 둘은 같은 침대에서 잔다. 거울 앞에서 하얗게 센 머리를 빗는 아내를 보면서, 그날부터 헤어질 때까지 우리는 매일매일 조금씩 더 서로에게 낯선 사람이 되어갈 것임을 알았다.

아이의 아버지는 누구였을까? 그리고 아이는 누구에게 준 걸까? 아이를 다시 만난 적이 있을까? 최근까지 연락을 하며 지낸 건 아닐까? 지금 그 아이는 어디에 있을까? 그런 질문들이 머릿속에서 떠나지 않았다. 지금도 그런 걸 궁금해해야 했던 상황 자체가 믿기지 않는다. 마치 왜 하늘이 녹색이고, 왜 강이 우리집 벽을 타고 흐르는지를 궁금해하는 것 같았다. 아내와 나는 각자의 이전 애인에 대해서 한 번도 이야기한 적이 없었다. 나로서는 아내를 존중해주고 싶었고, 아내는 과거라는 것 자체를 그런 식으로, 완전히 입을 다물어버리는 식으로 대했다. 물론 아내에게 애인이 있었다는 건 알고 있었다. 예를 들면, 책상도 그런 애인들 중 한 명에게서 받은 선물일 것이다. 어쩌면 그 책상 주인 한 명뿐이었을지도 모르지만, 그건 아닐 것 같았다. 내가 처음 만났을 때 그녀는 벌써 스물여덟이었으니까. 그 책상 주인이 아이의 아버지일 것 같다는 생각도 들었다. 그렇지 않고서야 그 책상에 대한 아내의 비정상적인 집착을 어떻게 설명할 수 있단 말인가. 그 괴물 같은 물건과 함께 살기로 한 그녀의 결정, 단순히 그냥 사는 게 아니라 그 괴물의 무릎 위에 앉아 밤낮없이 일을 한 건, 분명 죄의식 혹은 후회가 아니면 설명되지 않았다. 그러자 자연스럽게, 다니엘 바르스키의 망령이 내 마음에 떠올랐다. 아내가 판사에게 한 말이 사실이라면, 그는 아내가 버린 아이와 거의 같은 나이였다. 그가 진짜로 그녀의 아들일 거라는 생각은 한 번도 해본 적 없다―그건 불가능한 일이었다. 다 자란 진짜 아들이 현관문을 열고 들어올 때 그녀가 어떤 반응을 보일지는 알 수 없지만, 다니엘 바르스키를 처음 봤을 때 보인 그런 반응은 아닐 것이 확실했다. 그렇다 해도 순간, 아내가 그 친구에게 끌렸던 이유를 이해할 수 있었고, 그러자 갑자기, 더 알 수 없는 것과 더 많은 질문이 뒤따르긴 했지만 적어도 그 순간에는, 모든 것이, 적어도 모든 것의 일부가 분명해졌다.

다니엘 바르스키가 우리집을 처음 찾아오고 사 년이 지났을 때였다. 아내가 패딩턴역으로 나를 마중나왔다. 1974년의 어느 겨울밤, 차에 오르자마자 아내가 울고 있었다는 걸 알 수 있었다. 놀란 내가 무슨 일이냐고 물었지만 아내는 한동안 말이 없었다. 둘 다 아무 말 없이 웨스트웨이로 차를 몰아 세인트존스우드를 지나고, 어두워진 리전트공원의 담을 따라 달렸다. 이따금 공원을 따라 조깅을 하는 사람들이 헤드라이트에 비쳐 유령처럼 보였다. 몇 년 전에 집으로 찾아왔던 칠레 청년 기억나? 다니엘 바르스키? 내가 물었다. 응. 아내가 무슨 말을 하려는 건지 감도 잡을 수 없었다. 몇 가지 생각이 머릿속에 스쳤지만, 정작 아내가 했던 이야기와는 모두 거리가 멀었다. 다섯 달 전에 피노체트의 비밀경찰에 체포됐대. 가족들도 아무 소식을 듣지 못하고 있나봐, 정황을 볼 때 죽었다고 믿고 있겠지. 고문부터 받고, 처형당했을 거야, 아내가 말했다. 악몽 같은 마지막 말을 할 때 미끄러지는 듯한 그녀의 목소리는, 목이 잠기거나 울음을 참을 때와는 달랐다. 그건 차라리, 어둠 속에서 커지는 동공처럼, 점점 확대되며 수많은 악몽을 모두 담게 된 목소리처럼 들렸다.

어떻게 알았느냐고 물었더니, 아내는 그동안 다니엘과 종종 연락을 주고받았다고 했다. 그러다가 어느 날 갑자기 소식이 끊어진 것이었다. 처음에는, 늘 다니엘의 친구를 통해 전해지던 편지가 이번에는 도착하기까지 좀더 오래 걸리나보다 생각하며, 크게 걱정하지 않았다고 했다. 다니엘은 주거를 자주 옮겨다녔기 때문에 산티아고에 있는 친구가 연락책이 되어주었던 모양이다. 아내는 다시 편지를 썼지만 여전히 답장은 없었다. 그제야 아내는 칠레의 상황이 심각하다는 걸 알고 걱정을 하기 시작했다. 그래서 이번에는 친구에게 직접 편지를 써서 다니엘이 괜찮은지 물어보았다고 했다. 그리고 한 달쯤 후에 마침내, 다니엘이 실종되었다는 친구의 편지가 온 것이었다.

그날 밤 나는 아내를 위로해주려고 애썼다. 하지만 노력은 하면서도, 어떻게 위로를 하면 되는지는 알 수 없었다. 나로서는 그 청년이 아내에게 어떤 의미인지 알 수도 없고, 이해할 수도 없었기 때문에, 아내와 내가 한 건 그냥 일종의 공허한 팬터마임에 불과하다는 것을 알고 있었다. 내가 알면 안 되는 일이었지만, 어쨌든 아내는 나의 위로를 원했고, 심지어 필요로 하고 있었다. 더 훌륭한 남자라면 다른 감정이 들 수도 있었겠지만, 나는 약간 화가 나는 것을 어쩔 수 없었다. 한 방울의 분노, 그 이상은 아니었지만, 집 앞에 차를 세우고 아내를 안고 있는 동안 그런 감정이 들었다. 어찌됐든 자신이 먼저 담을 쌓아놓고 그 담 뒤에서 일어난 일에 대해 나에게 위로를 해달라고 하는 건 공정하지 못한 것 아닌가? 공정하지 못하고 이기적이기까지 한 것 아닌가? 물론 나는 아무 말도 하지 않았다. 무슨 말을 할 수 있었겠는가? 이미 과거에 나는 아내에 관해서라면 모든 걸 용서하겠다고 약속했다. 다니엘 바르스키의 끔찍한 비극이 우리 위의 어둠을 맴돌고 있었다. 나는 아내를 안고 위로해주었다.

판사가 아내를 데려다주고 일주일인가 열흘쯤 지났을 때, 아내가 소파에서 졸고 있는 동안 그녀의 서재로 올라갔다. 아내는 일년 반 동안 그 방에 들어가지 않았고, 책상 위에는 그녀가 흐릿해지는 정신에 맞서 싸우다 결국은 완전히 놓아버린 마지막날 정리해둔 종이들이 그대로 놓여 있었다. 바짝 말라서 비틀어진 종이에 적힌 아내의 글씨를 보니 마음이 너무 아팠다. 아내의 책상, 이십오 년 전 이전에 쓰던 책상을 다니엘 바르스키에게 줘버린 후로 줄곧 써온 단순한 나무 테이블 앞에 앉아, 손을 상판에 내려놓았다. 첫 장에 적힌 문장은 대부분 가로줄로 지워져 있고, 여기저기 간단한 문장이나 문구만 남아 있었다. 알아볼 수 있는 부분은 대부분 무슨 뜻인지 알 수 없었지만, 그렇게 미친듯이 줄을 그으며 지운 문장들, 그 흔들리는 글씨에는 아내의 좌절이, 희미하게 멀어지는 메아리를 기록으로 남겨두려는 사람의 좌절이 또렷하게 드러나 있었다. 아래쪽에 있는 문장 하나가 눈에 들어왔다. 천장 아래 **놀란** 남자 한 명이 서 있는 것이 보였다. 누구일까? 도대체 누구란 말인가? 예고도 없이, 거친 파도처럼 흐느낌이 몰려왔다. 고요하고 평온한 대양을, 오직 내 머리를 으깨버리겠다는 확실한 목적 하나만 가지고 지나온 파도 같았다. 그 파도가 나를 자꾸만 아래로 잡아당겼다.

　자리에서 일어나 아내가 원고나 파일을 넣어두는 캐비닛으로 갔다. 내가 무얼 찾고 있는지도 몰랐지만, 그게 뭐든 금방 찾을 수 있을 것 같은 기분이었다. 편집자에게서 온 오래된 편지, 내가 보낸 생일 카드, 출판하지 않은 초고들, 내가 아는 사람이 보낸 엽서와 모르는 사람이 보낸 엽서. 한 시간 동안 뒤졌지만, 아이와 관련된 건 아무것도 나오지 않았다. 다니엘 바르스키의 편지도 없었다. 다시 아래층으로 내려갔고, 마침 그때 아내도 잠이 깼다. 아내와 함께 산책을 나갔다. 내가 은퇴한 후로 매일 오후에 하는 산책이었다. 팔러먼트 힐까지 걸어가, 바람에 흔들리는 연을 구경하다가 집으로 돌아와 저녁을 먹었다.

그날 밤, 아내가 잠든 후 침대에서 나와 캐모마일차를 한 잔 마시며 신문을 건성으로 뒤적이다, 마치 막 생각이 떠올랐다는 듯이 다시 다락방으로 올라갔다. 낮에 뒤져보지 않은 서랍과 문서들을 살펴봤다. 이미 살펴봤다고 생각한 곳에서 더 많은 서랍과 문서들이 튀어나왔는데, 표시를 해둔 것도 있고 표시가 없는 것도 있었다. 잘 정돈된 순서에서 벗어나 제멋대로 바닥에 흩어진 종이들이, 마치 심심했던 아이가 아무렇게나 뿌려놓은 낙엽 같았다. 그 작은 캐비닛 안에 아내가 넣어둔 종이는 끝이 없을 것 같았고, 내가 찾는 것을 찾을 수 없을 것 같다는 생각이 들었다. 그러는 내내, 편지와 메모와 원고를 읽는 동안, 내가 아내를 배신하고 있다는 죄책감을 피할 수가 없었다. 아내가 알면 절대 용서하지 않을 배신이었다.

새벽 세시가 넘은 시간에, 마침내 두 장의 종이가 든 비닐 폴더를 찾았다. 한 장은 1948년 6월 15일 이스트엔드 산부인과에서 발급한 누렇게 변색된 서류였다. 환자 이름을 쓰는 칸에, 누군가가, 아마 간호사나 병원의 행정 담당 직원이 타자기로 친 로테 버그라는 글씨가 보였다. 주소는 러셀광장 근처가 아니라 내가 모르는 곳이었는데, 나중에 확인해보니 병원에서 멀지 않은 스테프니였다. 그 아래, 아내가 6월 12일 오전 열시 이십오분에 남자아이를 낳았다고 적혀 있었다. 몸무게는 3.2킬로그램. 두번째 것은 밀봉된 봉투였다. 오래전에 붙인 풀이 말라서, 손가락으로 뜯는 게 어렵지 않았다. 안에 든 건 서류가 아니라 가늘고 짙은 머리카락 한 다발이었다. 그 다발을 조심스럽게 손바닥 위에 올려놓았다. 설명할 수 없지만, 어린 시절 숲속을 걷다 본, 낮은 나뭇가지에 걸려 있던 짐승의 털뭉치가 떠올랐다. 어떤 동물의 털인지는 몰랐고, 머릿속엔 무스만큼 덩치가 크지만 아주 온순한 동물이 조용히 숲을 가로지르는 광경이 떠올랐다. 인간에게는 절대 모습을 드러내지 않고, 오직 나만이 찾을 수 있는 흔적을 남긴 마법의 동물. 육십 년도 넘게 생각하지 않던 그 짐승의 기억은 떨쳐버리고, 내 손바닥에 놓인 것이 아내의 자식의 머리카락이라는 사실에만 집중하려고 애썼다. 하지만 아무리 노력해도, 머리에 떠오르는 건 발소리를 내지 않고 숲을 거닐던 그 아름다운 짐승에 대한 기억이었다. 말은 없지만 모든 것을 알고 있는, 커다란 슬픔과 고통을 담은 시선으로 인간사의 황폐함을 하나하나 면밀히 비교해가며 지켜보았던 짐승. 어느 순간 피곤해서 그런 환영을 떠올린 건가 하는 생각도 들었지만, 잠시 후 스스로에게 말했다. 아니, 이건 나이가 들면 생기는 일이라고. 시간이 나를 저버리고 모든 기억들이 나의 의지와 상관없이 떠오르는 거라고.

봉투 안에 다른 것은 없었다. 잠시 후 머리카락 다발을 다시 담고, 테이프로 봉투를 붙인 다음, 비닐 폴더에 넣어 원래 있던 서랍 바닥에 내려놓았다. 바닥에 흩어진 종이들을 정리하고, 할 수 있는 데까지 순서를 맞춰 제자리에 돌려놓고, 서랍을 닫은 다음, 방의 불을 껐다. 거의 동이 터오고 있었다. 조심스럽게 계단을 내려와 주방으로 가 물을 끓였다. 창백한 아침 빛 속에서, 마당으로 이어지는 문가에 핀 진달래 아래로 뭔가가 움직이는 게 보였다. 고슴도

치일 거라고 생각하니, 그렇게 믿을 이유는 없었지만, 기분이 좋아졌다. 영국의 고슴도치들은 모두 어떻게 된 걸까? 어릴 때는 어디를 가도 그 친근한 동물을 쉽게 볼 수 있었다. 비록 그때도 종종 길가에 죽어 있는 고슴도치를 발견하긴 했지만. 그 많은 고슴도치를 모두 죽여버린 건 뭐였을까? 김이 나는 물에 잠긴 티백을 바라보며 생각했다, 그리고 머릿속으로 메모를 했다. 나중에 기억이 나지 않을 수도 있지만, 어쨌든 아내에게 이야기해줘야겠다고. 옛날에는 이 나라 어디에서든 녀석들을, 커다란 눈에 어울리지 않게 시력은 형편없는 그 사랑스러운 야행성 동물들을 볼 수 있었다는 것을. 여우는 많은 것을 알고 있지만, 고슴도치는 큰 것 한 가지만 알고 있다고 아르킬로코스*는 말했다. 그런데 그게 뭐였을까? 시간이 지나고 침실에서 아내가 부르는 소리가 들렸다. 응, 여보, 여전히 마당을 바라보며 대답했다. 지금 갈게.

---

* 기원전 7세기경의 그리스 전사이자 시인.

아이들의 거짓말

내가 요아브 바이스를 만나 사랑에 빠진 건 1998년 가을이었다. 애빙던 로드, 한 번도 가본 적 없는 거리 안쪽의 어느 집에서 열린 파티에서였다. 사랑에 빠진다는 건, 당시의 나에겐 아직 새로운 어떤 일이었다. 십 년이 지났지만, 그 시기는 내 인생의 다른 시기들과 달리 유난히 기억에 남는다. 요아브는 나와 마찬가지로 옥스퍼드에서 학교를 다녔지만, 집은 런던에 있었다. 벨사이즈파크의 집에서 여동생 레아와 함께 지냈다. 레아는 왕립음악학교에서 피아노를 공부하고 있었는데, 그 집에 있다보면 종종 벽 너머로 그녀의 연주 소리가 들렸다. 때로는 연주가 갑자기 멈추고 오랜 침묵이 이어지며 피아노 의자 끌리는 소리나 발소리만 들리기도 했다. 그럴 때면 나와서 인사를 하려나보다 생각했지만, 잠시 후 다시 피아노 소리가 나기 시작했다. 그 집에 세번쨴가 네번째 갔을 때에야 처음으로 레아를 만났다. 놀랄 만큼 오빠와 닮았는데, 좀더 요정 같은 느낌이랄까, 잠깐 한눈을 팔다 돌아보면 사라지고 없을 것만 같은 느낌의 여자였다.

크고 낡은 빅토리아풍 벽돌집은 남매 둘이서 살기에는 지나치게 컸고, 집안에는 유명한 골동품상인 그들의 아버지가 갖다놓은 음울하면서도 아름다운 가구들이 가득했다. 바이스 씨는 몇 달에 한 번씩 런던에 들러서, 흠잡을 데 없는 취향에 따라 마술처럼 가구들을 다시 배치하곤 했다. 테이블, 의자, 램프, 장의자들이 짐차에 실려나가고, 다른 것들이 들어와 빈자리를 채웠다. 그런 식으로 방들은 계속 바뀌었고, 집안에는 신비로우면서도 어딘가 어긋나 있는 듯한 분위기가 맴돌았다. 주인이 죽었거나 파산을 해서, 아니면 수년 동안 함께했던 가구를 처분하기로 마음먹어서, 남은 일이라곤 조지 바이스가 와서 물건들을 정리해주는 것밖에 없었던 집이나 아파트들의 분위기를 그대로 옮겨놓은 것 같았다. 가끔씩 골동품을 사려는 사람이 직접 찾아와 물건을 보는 경우도 있었는데, 그럴 때면 요아브와 레아는 지저분한 양말이나 펼쳐놓은 책, 얼룩이 묻은 잡지, 가정부가 다녀간 후 쌓여 있는 유리잔 등을 깔끔히 치워야 했다. 하지만 바이스 씨의 고객들은 대부분 자신이 사려는 물건을 직접 볼 필요가 없었다. 바이스 씨가 워낙 유명한 골동품상이어서 그랬을 수도 있고, 사려는 사람들이 워낙 돈이 많은 사람들이어서 그랬을 수도 있고, 아니면 그들이 사려는 물건이 외양에 상관없이 감정적인 가치를 가진 물건이어서 그랬을 수도 있다. 남매의 아버지는 파리나 빈, 베를린, 혹은 뉴욕으로 출장을 갈 때가 아니면 예루살렘 에인케렘의 하오렌가에서 지냈다. 꽃핀 덩굴이 돌담을 뒤덮고 있는 그 집에서 요아브와 레아도 어린 시절을 보냈는데,

따가운 햇볕을 막기 위해 집안의 모든 덧창은 항상 닫혀 있었다.

1998년 11월부터 1999년 5월까지 내가 그들과 함께 지냈던 집에서 십이 분을 걸어가면 있는 메어스필드 가든스 20번지는, 게슈타포를 피해 떠나온 지크문트 프로이트가 1938년 9월부터 자신의 요청에 따라 처방된 3회분의 모르핀을 맞고 사망한 1939년 9월까지 살던 곳이다. 나는 가끔 산책을 하다 그곳에 들르곤 했다. 프로이트는 빈을 떠나면서 집안의 모든 물건도 배에 실어 런던의 새집으로 보냈고, 아내와 딸은 베르크가세가街 19번지에 버리고 온 서재와 똑같이 보이도록 아주 작은 부분까지 신경을 써가며 새 서재를 꾸며주었다. 당시 나는 예루살렘에 있는 바이스 씨의 서재를 본 적이 없었기 때문에, 요아브의 집이 프로이트 생가와 그렇게 가깝다는 사실에서 어떤 시적인 연관성도 찾아낼 수 없었다. 어쩌면 망명자들은 모두 낯선 곳에서 죽을지도 모른다는 두려움 때문에 그렇게 익숙한 환경을 다시 갖추려고 애쓰는 것인지도 모른다. 하지만 1999년 겨울, 프로이트가 쓰던 서재의 낡은 동양산産 카펫 위에 서서, 그가 수집한 인형과 조각상을 바라보며 안락한 분위기에 빠져 있는 동안, 나는 무거운 기억의 짐에 대해 그렇게 많은 것을 밝혀낸 프로이트 본인도, 나머지 사람들과 똑같이 그 기억의 주문 같은 힘에는 맞설 수 없었음을 생각하고 놀랐다. 프로이트가 죽은 후 그의 딸 아나는 아버지가 쓰던 당시의 모습 그대로 방을 보존했고, 프로이트가 마지막으로 안경을 벗어 책상에 내려둔 자리까지 그대로 지켜주었다. 수요일에서 일요일까지, 정오부터 오후 다섯시 사이에 그곳에 가면, 인간이란 무엇인가, 라는 질문에 가장 설득력 있는 설명을 해주었던 한 남자의 마지막 순간을 정지 영상처럼 그대로 보존하고 있는 방을 볼 수 있다. 입구 옆 의자에 앉아 있는 안내인이 나눠주는 소개글에서는, 관람객들이 실제 집을 구경하는 것에 그치지 말고, 그 안에 있는 전시품이나 수집품을 보며 상징적인 집, 즉 인간의 정신까지도 둘러볼 것을 권하고 있었다.

우리집이라고 하지 않고 내가 그들과 함께 지냈던 집이라고 하는 건, 비록 그 집에서 일곱 달을 살았지만 그 집은 어떤 식으로든 내게 속하지 않았고, 나 역시 특권을 받은 손님 이상으로는 여겨지지 않았기 때문이다. 나 말고 그 집을 정기적으로 찾는 사람은 루마니아 출신 가정부 보그나뿐이었다. 그녀는 지평선에 몰려오는 돌풍처럼 끊임없이 남매를 위협하는 대혼란에 맞서 싸웠다. 보그나는 무슨 일인가 생겨서 그만뒀는데, 아마 더이상 어지러운 집안을 감당할 수 없었거나, 아무도 봉급을 주지 않았던 모양이다. 아니면 상황이 나쁜 방향으로 진행된다는 걸 감지하고 빠질 수 있을 때 빠져나가고 싶었던 것인지도 모른다. 보그나는 무릎에 물이 차서 다리를 조금 절었다. 자루걸레와 먼지떨이를 들고 성큼성큼 집안을 돌아다니다 마치 실망스러운 일이 새삼 떠오른 것처럼 한숨을 쉬는 그녀를 보며, 나는 그녀의 무릎에 다뉴브강의 강물 한 컵이 철썩거리는 건 아닐까, 하고 혼자 생각했다. 보그나는 일할 때 입는 치마 속으로 무릎에 항상 두껍게 붕대를 감고 있었고, 집에서 위험한 화학약품으로 만든 염색약을 사용해 염색을 했다. 가까이 다가가면 양파와 암모니아, 그리고 건초 냄새가 났다. 부지런한 사람이었지만, 가끔은 일을 하다 잠깐 쉬며 내게 콘스탄차에 있는 딸 이야기를 했다. 딸은 원예 전문가였는데 나라에서 주는 봉급이 너무 적고, 남편은 바람이 나서 떠나버린 모양이었다. 어머니 이야기도 했다. 땅을 조금 가지고 있는데 절대 팔지 않겠다고 하는 그 어머니는 류머티즘을 앓고 있다고 했다. 보그나는 매달 돈과 옥스팸*에서 산 옷가지를 보내며 두 사람을 부양하고 있었다. 보그나의 남편은 십오 년 전 희귀한 혈액병으로 죽었는데, 지금은 치료제가 개발되었다고 했다. 그녀는 나를 이저벨라라고 불렀다. 진짜 이름인 이저벨, 혹은 친구들처럼 그냥 이지라고 부르지 않았지만 굳이 고쳐줄 생각은 없었다. 왜 보그나가 나에게 말을 걸었는지는 알 수 없다. 아마 나에게서 동지애 같은 것을 느꼈던 것인지도 모르겠다, 적어도 같은 외부인이라는 사실, 바이스 가족의 일원이 아니라는 사실 때문에. 나는 스스로를 그렇게 생각하지 않았지만, 지금 되돌아보니 그때 이미 보그나는 나보다 더 많은 것을 알고 있었다.

보그나가 떠나자 집은 점점 초라해져갔다. 집은 마치 자신을 유일하게 아껴주던 사람에게 버림받은 것에 항의하듯 생기를 잃고 침잠했다. 방마다 지저분한 접시가 쌓였고, 바닥에 흘린 음식은 그 자리에 그대로 눌어붙거나 부스러져 흩어졌고, 쌓인 먼지가 회색 털뭉치처럼 한데 모여 가구 밑에 굴러다녔다. 냉장고에 검은 곰팡이가 피고, 비가 와도 창문을 그대로 열어두어 커튼에서 시큼한 냄새가 나고 창문턱은 칠이 벗어지며 썩기 시작했다. 참새 한 마리가 열린 창으로 들어와 천장에 부딪히며 날개를 푸덕이는 것을 보고 내가 보그나의 먼지떨이 유령이 온 것 같다고 농담을 했다. 요아브와 레아는 뚱한 표정을 지을 뿐 아무 말도 없었다. 나는 지난 삼 년 동안 그들 둘을 보살펴준 보그나 이야기는 다시 하면 안 되겠다고

---

* 영국의 자선단체로 중고 물품을 판매하는 매장을 운영한다.

깨달았다. 레아가 뉴욕에 다녀온 후, 남매와 아버지는 무서울 정도로 아무 말도 하지 않은 채 지냈고, 그때부터 그들은 아예 집밖으로 나가지 않았다. 나는 필요한 물건을 갖다주기 위해서라도 그들에게 꼭 있어야 하는 사람이 되었다. 아침을 준비하기 위해 프라이팬에 눌어붙은 달걀노른자를 긁어내며 보그나를 떠올렸고, 그녀가 언젠가 은퇴 후에 자신의 소망대로 흑해 근처의 오두막에서 지낼 수 있으면 좋겠다고 생각했다. 두 달 후, 5월 말에 내 어머니가 몸이 안 좋아져서 한 달 동안 뉴욕에 있는 집에 다녀왔다. 이삼일에 한 번씩 요아브와 전화 통화를 했는데, 갑자기 남매가 전화를 받지 않기 시작했다. 배가 뒤틀리는 듯한 아픔을 느끼며 신호음이 서른 번이나 마흔 번 울릴 때까지 기다리던 밤도 있었다. 7월 초 런던에 돌아왔을 때, 집은 어둠에 묻혀 있었고 자물쇠도 바뀌어 있었다. 처음엔 요아브와 레아가 장난을 치는 거라고 생각했다. 하지만 며칠이 지나도 남매로부터 아무 소식이 없었고, 결국 나는 이미 옥스퍼드의 학교에서는 퇴학을 당한 상태였기 때문에, 뉴욕의 집으로 돌아올 수밖에 없었다. 상처받고 화도 났지만, 그들을 찾아보려고 백방으로 노력했다. 아무것도 알 수 없었다. 반년 후 뉴욕의 내 부모님 아파트로 내 물건들이 담긴 상자가 발신인 주소 없이 도착했을 때에야 그들이 어딘가에 살아 있다는 걸 알았다.

시간이 지나면서 그 남매가 그렇게 떠나야 했던 낯선 이유를, 그들과 짧은 시간이나마 함께 지내며 내가 알게 된 그 이유를 받아들이게 되었다. 두 사람은 아버지가 만든 감옥에 갇힌, 가족이라는 벽에 둘러싸여 지내는 죄수였고, 그런 까닭에 다른 누군가에게 속한다는 건 불가능한 사람들이었다. 그들과 헤어진 후엔 그들에게서 무슨 소식이 올 거라는 기대도 사라졌고, 다시 만날 거라는 생각도 전혀 하지 않았다―두 사람은 두 번 생각하지 않고 행동하는 사람들이었고, 우리 나머지 사람들처럼 우유부단함이나 흔들림, 후회 때문에 일을 복잡하게 만드는 일도 없었다. 하지만 그렇게 살아가고, 한두 번 다른 사랑에 빠지기도 했지만, 요아브에 대한 생각이 끊어진 적은 없었다. 어디에 사는지, 어떻게 변했는지 궁금했다.

그러다 2005년 늦여름의 어느 날, 그들이 떠나고 육 년 만에 레아에게서 편지 한 통이 왔다. 편지에서 레아는, 1999년 6월, 자신의 아버지가 일흔번째 생일을 맞고 일주일 후에 하오렌가의 집에서 자살했다고 했다. 다음날 가정부가 서재에서 시체를 발견했는데, 테이블 위에는 자식들에게 남긴 유서가 담긴 봉투가 놓여 있었고, 그 옆에 빈 수면제 병과 스카치위스키 병이 있었다. 레아는 아버지가 생전에 위스키를 마시는 것을 한 번도 본 적이 없다고 했다. 헴록 소사이어티*에서 나온 소책자도 있었다. 사고라고 생각할 만한 여지는 어디에도 없었다. 방 건너편의 다른 테이블에는 바이스 씨의 아버지가 수집한 손목시계들이 놓여 있었다. 1944년 바이스 씨의 아버지가 부다페스트에서 체포된 후 단 한 번도 태엽을 돌리는 걸 잊지 않은 시계들이었다. 바이스 씨는 어디를 가든 그 시계들을 가지고 다니며 때가 되면 태엽을 돌려놓았다. 가정부가 도착했을 때, 레아는 이렇게 적었다. 시계들이 모두 멈춰 있었다고 하더군요.

작고 단정한 글씨와 어울리지 않게 편지의 내용은 느슨하고 산만했다. 육 년이 아니라 몇 달 만에 다시 연락을 한 사람처럼, 안부

---

* 미국의 자살옹호단체.

를 묻는 말 따위는 거의 없었다. 바이스 씨의 자살 소식을 전한 다음엔 그의 서재, 그가 스스로 목숨을 끊은 그 방의 벽에 걸려 있던 그림에 대해 길게 이야기했다. 레아가 기억하는 한 그 그림은 항상 그 자리에 있었지만, 자신이 알기로 그렇지 않았던 때도 있었다고 했다. 그 방에 있던 다른 가구들과 마찬가지로 바이스 씨가 그 그림을 찾으러 돌아다니던 시절이 있었다. 바이스 씨는 1944년의 그날 밤 게슈타포가 부모님을 체포해갈 당시 부다페스트의 아버지 서재에 있던 물건들을 되찾으려 애썼고, 서재에 있는 가구나 물건들은 모두 그렇게 되찾아온 것들이었다. 보통 사람이라면 영영 사라져버렸을 거라 여기고 포기했겠지만, 바로 그 점이 자신의 아버지가 다른 사람들과 다른 점이라고 레아는 말했다. 바로 그 이유 때문에 그는 골동품상이 되었고, 업계 내의 다른 누구보다 두각을 나타냈다. 물건들은 사람과 달라서 이유 없이 사라지지 않아, 그는 종종 말했다. 게슈타포는 집안에 있던 값나가는 물건을 모두 압수해갔다. 바이스 씨의 외가 쪽이 부자였기 때문에 값나가는 물건이 많았는데, 소련군이 헝가리로 진군할 때 그 물건들도 독일군 특수부대가 유대인에게서 압수한 물건들—산처럼 쌓인 보석과 다이아몬드, 현금, 시계, 그림, 양탄자, 식기, 도자기, 가구, 옷가지, 자기, 심지어 사진기와 우표수집책도 함께—을 옮기기 위해 준비한 마흔두 량짜리 '황금 열차'에 실렸다. 남은 물건은 이웃 사람들이 약탈해갔다. 전쟁이 끝나고 부다페스트에 돌아온 바이스 씨는 가장 먼저 그런 이웃들부터 찾아갔다. 사색이 된 집주인들이 멍하니 서 있는 동안 바이스 씨가 데리고 간 인부들이 집안으로 들어가 가구들을 찾아서 등에 지고 나왔다. 어떤 집에서는 딸이 어른이 되어 이사를 가면서 어머니가 쓰던 화장대를 들고 가버렸는데, 바이스 씨는 그 딸이 살고 있는 교외의 집을 알아내 한밤중에 찾아갔다고 한다. 곧장 집으로 들어간 그는 와인을 한 잔 마시고, 더러워진 잔을 테이블에 내려놓은 다음 화장대를 직접 들고나왔는데, 그러는 동안 그 딸은 옆방에서 곤히 자고 있었다. 나중에 본격적인 사업이 시작되면서 물건을 찾아오는 일은 다른 사람을 시켰지만, 가족 소유였던 가구는 항상 직접 챙겨 왔다. 황금 열차는 1945년 5월, 베르펜 근처에서 연합군에게 발각되었다. 실려 있던 짐은 대부분 잘츠부르크의 군수품 창고로 보내졌고, 나중에 군대 내의 물물교환소나 뉴욕의 경매시장에서 팔려나갔다. 그런 물건들은 찾는 데 더 오랜 시간이 걸렸고, 몇 년 심지어 몇십 년이 걸리기도 했다. 바이스 씨는 물건들을 처분하는 데 관여한 미군 고위 장교들은 물론, 창고에서 그것들을 나른 인부들까지 일일이 접촉했다. 자신이 원하는 정보를 얻기 위해 그런 사람들에게 뭘 줬는지는 아무도 몰랐다.

그는 19세기와 20세기 가구를 전문으로 취급하는 유럽의 이름 있는 가구상들을 하나씩 알아갔다. 경매가 열릴 때마다 상품 목록을 꼼꼼하게 살폈고, 가구 수선공들과 친하게 지내며 런던이나 파리, 암스테르담에 어떤 가구들이 들어오는지 확인했다. 그의 아버지가 쓰던 호프만 책장이 1975년 가을 빈의 헤렝가세에 있는 가구점에 들어왔다. 그는 이스라엘에서 곧장 날아가 책장의 오른쪽 면에 길게 긁힌 자국이 있는 것을 보고 이 책장이 맞는다고 확인했다. (그동안 봤던 다른 책장들은 오른쪽에 그가 찾는 그 자국이 없었다.) 사전 받침대는 안트베르펜의 은행가 집안에서 쓰다가 파리 자코브가에 있는 상점으로 넘어가, 커다란 흰색 샴고양이와 함께 얼마간 진열창을 지켰다. 그렇게 오랫동안 다른 곳에 있던 물건들이 하오렌가의 집으로 되돌아오던 날의 풍경을 레아는 기억하고 있었다. 너무나 긴장되고 엄숙한 일이었던 나머지, 아직 어린아이였던 그녀는 겁을 먹고 주방으로 숨어들곤 했다. 나무상자가 열리면 죽은 조부모의 시커먼 얼굴이 튀어나올 것만 같았다.

서재의 그 그림에 대해 레아는 다음과 같이 적었다. 그 그림은 너무 어두워서 특정한 각도에서 봐야 그림 속 형상이 말 탄 사람이라는 걸 알아볼 수 있었죠. 오랫동안 그림 속의 그 인물이 알렉산드르 자이트* 일 거라고 짐작하며 지냈어요. 아버지는 그 그림을 좋아하지 않으셨죠. 가끔은 만약 당신이 원하는 대로 살 수 있었다면 아버지는 침대와 의자만 있고 나머지는 텅 빈 그런 방에서 지내시지 않았을까 하는 생각이 들기도 했어요. 다른 사람이었다면 사라져버린 다른 물건과 함께 그 그림도 찾지 않았겠지만, 아버지는 아니었어요. 아버지는 어떤 짐을 지고 있었는데, 평생 그걸 지고 다니셨고, 나중엔 우리에게까지 물려주셨죠. 몇 년 동안 그 그림을 추적해서 꽤 많은 돈을 주고 새 주인을 설득해 되사왔어요. 유서에서 아버지는, 그 그림이 할아버지의 서재에 걸려 있던 거라고 하셨죠. 숨이 막혔어요, 아니면 어이가 없어 소리를 지를 뻔했죠. 어쩌면 큰 소리로 웃었던 것 같기도 하네요. 예루살렘의 아버지 서재가 부다페스트에 있던 할아버지의 서재와 아주 작은 부분까지, 1밀리미터도 차이가 나지 않게 똑같다는 사실을 모르고 있던 사람처럼 말이에요! 벨벳으로 된 무거운 커튼, 상아로 만든 필기구 받침에 놓인 연필들까지 똑같았죠! 사십 년 동안 아버지는 그 잃어버린 방을, 1944년의 그 운명

* 20세기 초반 중동 지역에서 최초의 유대인 자치대를 조직한 인물.

적인 날의 모습 그대로 다시 재현하려고 노력했어요. 마치 그렇게 소품들을 모두 찾아서 갖다놓으면 시간을 되돌리고 후회도 지울 수 있다고 믿는 것 같았죠. 할아버지의 물건들 중 하오렌가의 서재에 빠져 있던 건 책상뿐이었어요―그 책상이 있던 자리만 휑하니 비어 있었죠. 책상이 없으면 서재도 미완성이었고, 허술한 복제품일 뿐이었죠. 그 물건이 어디 있는지 아는 건 나밖에 없었어요. 이지 당신과 함께 지낼 때, 그러니까 아버지가 자살을 하기 몇 달 전, 우리 가족이 그렇게 사이가 안 좋았던 건 내가 그걸 아버지에게 알려드리지 않았기 때문이에요. 물론 아버지는 인정할 수 없으셨겠죠! 나는 아버지가 나 때문에 자살한 거라고 생각했는데, 사실은 그 반대였어요. 유서를 읽고 나서야, 레아는 그렇게 썼다, 결국은 아버지가 이긴 거라는 사실을 이해했어요. 마침내 아버지는 우리를 당신에게서 영원히 벗어날 수 없게 할 방법을 찾은 거죠. 아버지가 돌아가신 후, 오빠와 나는 예루살렘의 집으로 돌아왔어요. 그리고 삶을 멈추었죠. 어쩌면 고독한 고립의 삶을, 단둘이서만 지내는 삶을 시작했다고 말할 수도 있겠네요.

집안의 다른 방들에 대한 이야기가 길게 이어졌다. 고장나는 게 있으면 그냥 안 쓰고 말아요. 장 봐줄 아주머니를 고용해서, 필요한 물품은 그분이 사다주죠. 그분은 돈이 필요한데다가, 평생 동안 이런저런 일을 하도 많이 겪어봤기 때문에 우리를 보고 이상하게 생각하지도 않아요. 처음엔 가끔 외출도 했는데, 지금은 거의 안 하고 있어요. 일종의 무력감이 내려앉았죠. 마당이 있어서 오빠는 종종 나가기도 하지만, 몇 달째 외출은 전혀 하지 않았어요.

그제야 편지를 쓴 진짜 목적이 이어졌다. 이런 식으로 지내다간 정말로 죽어버릴 거예요. 우리 둘 중 누군가가 끔찍한 일을 저질러버릴 것만 같거든요. 아버지가 매일 조금씩 당신이 있는 곳으로 오라고 유혹하는 것 같아요. 더이상 버티기가 힘드네요. 나는 오래전부터 차곡차곡 용기를 키우며 이곳을 떠날 생각을 해왔어요. 하지만 일단 떠나고 나면 다시 돌아올 수 없고, 오빠에게 내가 있는 곳을 알릴 수도 없어요. 내가 있는 곳을 알리면 결국 다시 합칠 테고, 그러면 나는 다시는 떠날 수 없을 테니까. 그래서 오빠는 아무것도 모르고 있어요. 이미 눈치챘겠지만, 이지, 당신에게 이리로 와달라는 부탁을 하려고 이 편지를 쓰는 거예요. 오빠에게요. 지금 당신이 어떻게 지내고 있는지는 전혀 모르지만, 당신이 오빠를 얼마나 사랑했는지는 알아요. 당신들 두 사람이 서로에게 어떤 의미였는지. 당신은 여전히 오빠 안에 살아 있고, 사실 그것 말고 오빠에게 남은 건 많지 않아요. 나는 항상 당신과 함께 있는 오빠를 보며 질투를 느꼈죠. 나는 한 번도 느낄 수 없었던 어떤 감정을 느낄 수 있게 해주는 사람을 오빠가 만났다는 것에 대해.

편지 끝에, 레아는 내가 가겠다는 확답을 해주지 않으면 자신은 떠날 수 없다고 했다. 혼자 남은 오빠에게 무슨 일이 일어날지 상상도 하기 싫다고. 자신이 어디로 갈 계획인지는 말하지 않았다. 그저 이 주 후에 전화를 걸 테니 그때 답을 달라는 말뿐이었다.

그녀의 편지로 인해 감정이 파도처럼 일어났다—슬픔, 아픔, 기쁨, 그리고 그렇게 시간이 흐른 뒤에도 내가 요아브를 위해 모든 것을 버릴 수 있을 거라고 레아가 생각했다는 것에 대해, 그런 상황으로 나를 몰아넣은 것에 대해 화가 났다. 두렵기도 했다. 요아브를 찾아가 다시 그를 느끼는 일은, 그의 변한 모습 때문에, 그리고 그가 내 안에 불러일으킬 불꽃 때문에, 끔찍하게 고통스러울 것임을 알았다. 그가 불러일으킬 활력이 마치 횃불처럼 내 안의 공허를 비추며 나를 괴롭히고, 나 자신에 대해 숨기고 싶었던 진실을 드러낼 것이었다. 그동안 내가 일부분만 살아 있었다는, 충분하지 않은 삶을 너무 쉽게 받아들이고 있었다는 진실을. 나는, 비록 마음에 들지는 않았지만, 직업도 가졌고 심지어 남자친구도 있었다. 다정하고 친절한, 나를 사랑하고 내 안에 어떤 부드러운 망설임을 불러일으키는 사람이었다. 하지만 레아의 편지를 다 읽은 바로 그 순간, 내가 요아브에게 갈 것임을 알았다. 그와 함께 있으면 모든 것이—짙은 그림자나 지저분한 접시, 창밖으로 보이는 얼룩덜룩한 지붕들마저—다른 빛을 띠었고, 밀려드는 감정 때문에 좀더 예민하게 다가왔다. 그는 내 안에 있는 허기를 깨웠다—그에 대한 허기뿐 아니라, 풍성한 삶에 대한 허기, 주어진 감정이 무엇이든 그것을 극단까지 밀고 가게 하는 허기였다. 허기와 용기. 시간이 지나고, 내가 하나의 삶의 문을 닫고 다른 삶으로 그렇게 쉽게 넘어갔다는 걸 생각하니, 어쩌면 나는 레아의 그 편지가 오기만을 기다리고 있었던 것 같기도 하다. 그사이에 내가 세운 것들은 모두 종이로 만든 것처럼 허술해서, 마침내 그 편지가 도착하자 그대로 접어서 버릴 수 있을 것 같았다.

레아의 전화를 기다리는 동안 다른 생각은 할 수가 없었다. 밤에는 잠도 거의 못 자고, 일에 집중할 수도 없었다. 하기로 한 일을 잊어버리고, 서류를 깜빡하고, 내 다리나 가슴을 쳐다보지 않을 때면 어떤 핑계로든 나에게 화를 내는 상사와 싸웠다. 마침내 레아가 전화를 하기로 한 날이 되었을 때, 나는 병가를 내고 회사를 쉬었다. 전화를 놓칠까봐 샤워도 하지 않았다. 아침이 오후가 되고, 다시 저녁이 되고, 밤이 되었지만 전화벨은 울리지 않았다. 레아가 생각을 바꿔 다시 잠적해버린 줄 알았다. 아니면 전화번호부만 뒤지면 나올 내 연락처를 못 찾은 것인지도 몰랐다. 그런 생각을 하던 참에, 여덟시 사십오분쯤(예루살렘 시간으로는 아주 이른 아침이었다) 전화가 왔다. 이지? 그녀가 물었다. 목소리는 예전과 마찬가지로, 목소리에 대해 그렇게 말할 수 있는지 모르겠지만, 창백했고, 숨을 죽이고 있었는지 가볍게 떨리기도 했다. 응, 나예요, 내가 말했다. 오빠는 위층에서 아직 자고 있어요, 레아가 말했다. 새벽 두세시가 돼서야 잠이 들거든요. 잠들 때까지 기다리느라 늦었어요. 그러곤 우리 둘 다 말이 없었다. 그사이, 아무 말도 하지 않았지만, 그녀가 내게 건너와 나의 대답을 확인했다. 마침내 레아가 길게 숨을 내쉬었다. 예루살렘에 도착하면, 초인종은 누르지 마세요. 오빠는 대답 안 할 거니까. 내가 대문 초인종 뒤에 열쇠를 붙여놓을게요. 나는 고개를 끄덕였다. 너무 숨이 막혀 말을 할 수가 없었다. 이지, 미안해요, 이렇게, 오빠가 저렇게까지…… 그녀는 잠시 말을 잇지 못했다. 너무 끔찍해요. 커다란 죄의식 때문이에요. 지난 몇 년간 우리는 스스로를 벌준 거예요. 당신을 포기한 건 오빠가 스스로에게 내린 벌이었죠. 레아…… 내가 말했다. 이만 끊어야겠어요, 레아가 속삭였다. 오빠 잘 부탁해요.

두 사람은 세계 각지를 돌아다니며 살았다. 요아브가 여덟 살, 레아가 일곱 살일 때 어머니가 돌아가셨고, 그후 그들의 아버지는 자신을 잡아줄 아내가 없는 상황에서 슬픔에 빠진 채, 남매를 데리고 이 도시 저 도시를 떠돌아다녔다. 몇 달만 머무를 때도 있었고,

몇 년씩 살 때도 있었다. 어디에서 지내든 아버지는 일을 했다. 요아브의 말에 따르면, 그 시기 동안 바이스 씨는 골동품 업계에서 전설적인 인물이 되었다고 했다. 따로 상점을 둘 필요는 없었다. 고객들은 언제나 어떻게든 그와 연락할 수 있었다. 그들이 그렇게 탐내던 가구들, 너무나 가지고 싶어하던 책상이나 사무용 가구, 의자, 아주 오래전에 가지고 있었지만 다시는 그 앞에 앉아볼 수 없을 거라 생각한 그런 물건들, 그들이 잃어버린 삶 혹은 꿈꿔오던 삶을 되찾아줄 그런 가구들을 조지 바이스는 찾아주었다. 그가 어디서 어떤 경로를 통해 그것들을 찾아오는지는 그만의 영업 비밀이었다. 요아브는 열두 살 때 자신이 아버지, 여동생과 함께 바닷가의 숲에 살고 있는 꿈을 여러 번 꾸었다고 했다. 매일 밤 파도가 가구들을 싣고 왔다. 아침이면 해초가 잔뜩 얽힌 침대와 소파들이 모래사장에 박혀 있었다. 요아브와 레아는 가구들을 나무 아래로 끌고 와 아버지가 발가락으로 바닥에 그려놓은 선에 맞춰 배치했다. 지붕도 벽도 없는 방들이 차곡차곡 숲속에 자리를 잡았다. 슬프면서도 불쾌한 꿈이었다. 한번은 꿈에서 레아가 전구가 그대로 들어 있는 등을 발견했다. 달려가 아버지에게 보여주었더니 그는 마호가니 테이블에 등을 올려놓고 요아브의 입에 플러그를 꽂았다. 집게처럼 플러그를 물고 땅에 엎드린 채, 요아브는 나뭇잎들이 드리운 하늘이 빛으로 반짝이는 광경을 보았다. 나무둥치에 잔물결 같은 그림자가 떨어졌다. 몇 년 후, 노르웨이로 배낭여행을 갔을 때, 요아브는 우연히 꿈에서 본 그 해변을 직접 보았다. 그는 사진을 찍어두었다가 오슬로에서 현상을 해서 아무 설명도 없이 동생에게 보내주었다고 했다. 둘 사이엔 아무 설명도 필요 없었던 것이다.

바이스 씨는 자식들을 데리고 파리, 취리히, 빈, 마드리드, 뮌헨, 런던, 뉴욕, 암스테르담을 돌아다녔다. 새로운 곳에 도착해보면 아파트에는 언제나 가구들이 가득했다. 그 가구들은 하나씩 하나씩 팔려나갔고, 집안이 텅 빌 때쯤엔 새로운 도시로 이사를 갔다. 반대 경우도 있었다. 처음 도착했을 땐 텅 빈 아파트에 새로 칠한 페인트 냄새만 났지만, 몇 달이 지나면서 천천히 접뚜껑 달린 책상이나 테이블, 소파 겸용 침대가 하나씩 하나씩 들어왔다. 창문으로 들여올 때도 있었고, 콧김을 팍팍 내뿜는 인부의 등에 얹혀 문으로 들어올 때도 있었지만, 개중에는 저절로 나타난 것 같은 가구들도 있었다. 요아브와 레아가 학교에 가 있거나 공원에서 놀고 있는 동안, 눈여겨보지 않았던 집안의 한쪽 구석에, 마치 처음부터 계속 거기에 있던 물건처럼 떡하니 자리를 잡아버린 가구들이 있었다. 언젠가 요아브는 그렇게 여기저기 옮겨다니던 어린 시절의 기억 중에, 초인종이 울려서 나가보니 현관 앞 계단참에 루이 16세의 의자가 놓여 있던 일이 있었다고 했다. 푸른색 다마스크 천은 터져 있고, 말털로 채운 속이 제멋대로 삐져나와 있었다. 아파트가 비좁아지거나, 바이스 씨가 아내에 대한 기억에 사로잡힐 때면, 혹은 요아브나 레아가 이해는 하지만 설명할 수는 없었던 이유가 생길 때면, 가족은 다른 도시로 이사했다. 새로운 집에서, 아직 이전 도시의 옛날 집 구조에 익숙해져 있던 요아브와 레아가 한밤중에 일어나 화장실을 찾으려다 벽에 부딪히는 일도 있었다. 벨사이즈파크의 그 집 3층에 있던 의약품 찬장 안쪽에, 둘 중 한 명이 혹은 둘이서 함께 적어놓은, 그동안 살았던 집 주소 목록이 있었다. 하오렌가 19번지, 암스테르담 신헐 104번지, 취리히 플로라스트라세 43번지, 뉴욕 웨스트 83번가 163번지, 파리 생미셸대로 66번지…… 모두 열네 곳이었는데, 언젠가 집에 혼자 있던 오후에 나는 그 주소들을 노트에 옮겨 적었다.

  자식들에게 무슨 일이 생길까 불안했던 바이스 씨는 아이들의 활동이나 외출, 사교생활을 엄격히 제한했다. 하나같이 무뚝뚝했던 보모들이 어디를 가든 늘 붙어다니며 감시했는데, 그건 요아브와 레아가 혼자 다녀도 될 만큼 자란 후에도 마찬가지였다. 테니스나 피아노, 클라리넷, 발레, 혹은 가라테 학원을 마치면 두꺼운 스타킹에 나막신을 신은 보모들과 함께 곧장 집으로 돌아와야 했다. 정해진 일과에서 조금이라도 벗어나는 일이 있으면 먼저 아버지에게 알려야 했다. 언젠가 요아브가 다른 아이들은 그렇게 엄격하게 시간표에 맞춰 지내지 않는다고 조심스럽게 말한 적이 있었는데, 바이스 씨는 그런 아이들은 요아브나 레아만큼 사랑받지 못하는 거라고 간단하게 받아쳤다. 아버지가 정한 엄격한 규칙에 따라 지내는 생활에 불만이 있을 때마다 그걸 드러내는 건, 비록 말로 표현하지 않더라도 늘 요아브였고, 바이스 씨는 그러한 저항을 압도적인 권위로 뭉개버렸다. 마치 아들이 자신에게 맞설 수 있을 만큼 자라는 일은 있을 수 없다는 걸 확인이라도 하듯, 바이스 씨는 끊임없이 아들의 기를 죽였다. 레아의 경우에는 늘 아버지가 시키는 대로만 행동했다. 아버지가 더 좋아하는 자식이 자기라는 사실을 알고 특별한 부담감을 느끼고 있었기 때문에 그런 아버지에게 맞서는 것, 감히 아버지의 뜻을 따르지 않는 것은 가장 치명적인 배신, 거의 신체적인 폭력에 버금가는 것이었다.

요아브와 레아가 각각 열여섯, 열다섯 살이 되었을 때 바이스 씨는 두 자식을 제네바의 국제학교에 보내기로 마음먹었다. 그때쯤엔 보모도 운전기사로 바뀌어 있었다. 어디를 가든 그림자처럼 따라다니는 건 보모와 똑같았지만, 기사는 메르세데스 벤츠의 가죽 시트에 앉아 기다린다는 점이 달랐다. 바이스 씨도 자식들이 점점 더 내성적으로 변해가는 것을 무시할 수는 없었다. 남매는 히브리어와 불어, 영어가 조금씩 뒤섞인 자신들만의 언어로 대화했고, 전 세계를 돌아다니며 자랐음에도 또래 아이들과 어울리는 걸 잘 못하고 오히려 피하는 것 같았다. 바이스 씨는 더이상 자식들을 그렇게 속박할 수는 없다는 것을 알아차렸다. 어쩌면 그가, 맹목적이고 길을 잘못 접어든 부모들이 종종 그렇듯, 자신의 양육방식이 의도와 달리 결국 자식들에게 상처를 주고 그들을 불구로 만든 것은 아닌지 의심했을 가능성도 없지는 않다.

바이스 씨는 국제학교의 불리에 교장에게 전화를 걸어, 그 학교가 어떤 학교인지, 아이들은 어떻게 생활하고 뭘 배우게 되는지에 대해 길게 상담했다. 그의 경험에 따르면 사람들은, 그게 악수든 친밀한 대화든, 어떤 식으로든 자신과 얽혀 있다고 생각하는 사람을 더 잘 대해주기 마련이었다. 이쪽에서 상대에게 보답으로 뭔가를 해줄 수 있다면 금상첨화였다. 그래서 바이스 씨는 전화를 끊기 전에 불리에 교장이 가지고 있는 명나라 도자기에 어울릴 만한 짝을 찾아보겠다고 말했다. 원래 있던 물건은 몇 해 전 교장의 아내가 연 저녁만찬 자리에서 바닥에 떨어져 산산조각이 나버린 모양이었다. 바이스 씨는 그게 만찬 도중에 깨진 게 아닐 거라고 짐작했지만, 어떤 상황에서 깨졌든 불리에 씨가 그 일 때문에 불편해한다는 사실을 안 것만으로 충분했다. 깨진 도자기를 완벽하게 대체할 물건이 나타나야 비로소 그 불편한 기억도 사라질 것이었다.

바이스 씨 본인은 운전을 하지 않았지만—가능하면 걸었고, 여의치 않을 때는 다른 사람들처럼 지하철을 이용했다—요아브와 레아가 파리에서 제네바로 갈 때, 기사가 모는 차를 함께 타고 가겠다고 했다. 그들은 디종에서 점심을 먹었다. 17세기 신학자의 이름을 딴 중세풍의 좁은 골목에 있는 어두운 식당에서 식사를 한 후, 바이스 씨는 일 때문에 만나야 할 사람이 있으니, 요아브와 레아에게 기사와 함께 서점에서 기다리라고 했다. 바이스 씨에겐 어디를 가든 해야 할 일이 있었고, 일이 없는 곳에선 일부러 만들기도 했다. 그에겐 자신만의 독특한 동작도 있었다. 마치 눈에서 뭔가를 닦아내려는 듯 손가락으로 눈꺼풀을 문지르는 동작. 그 동작이 너무 독특해서 요아브는 아버지를 생각할 때마다 그 동작을 가장 먼저 떠올리곤 했다. 요아브가 어렸을 때, 그는 아버지가 그런 동작을 할 때마다 마치 개처럼, 사람이 들을 수 없는 영역의 어떤 소리를 듣고 있는 거라고 생각했다.

제네바에 도착한 바이스 씨는 남매를 곧장 불리에 교장의 집으로 데리고 갔다. 바이스 씨가 서재에서 교장과 단둘이 이야기를 나누는 동안 남매는 거실에서 버터쿠키를 먹으며 불리에 부인과 그녀의 천식 걸린 프렌치불도그와 함께 기다렸다. 마침내 두 남자가 서재 문을 열고 나왔고, 불리에 교장은 요아브가 지내게 될 남학생 기숙사까지 따라와 직접 커튼을 젖혀 보이며 숲이 울창한 공원이 내려다보이는 전망 좋은 방이라고 설명해주었다. 아들을 한 번 안 아준 후, 바이스 씨는 레아와 함께 도시 건너편에 있는 은퇴한 영어 교사의 집으로 향했다. 레아는 거기서 상급생 두 명과 함께 생활할 예정이었다. 한 명은 미국인 사업가와 태국인 부인의 딸이었고, 다른 한 명은 한때 이란 왕실의 공식 기술고문이었던 사람의 딸이었다. 레아가 첫 생리를 했을 때 작은 다이아몬드 장식 한 쌍을 선물로 준 것도 그 이란 소녀였다. 레아는 세계 각지에서 모은 다른 기념품이 담긴 상자에 그 다이아몬드 장식을 넣고, 상자는 창문턱에 올려놓았다. 요아브와 레아가 헤어져서 지낸 건, 적어도 내가 그들을 만났을 때까지는, 그해가 처음이자 마지막이었다.

아이들과 따로 지내게 된 바이스 씨는 더욱더 지칠 줄 모르고 일했다. 부에노스아이레스나 상트페테르부르크, 크라쿠프 같은 도시에서 엽서들이 날아왔고, 그런 엽서 뒷면에는 바이스 씨 세대와 함께 사라질 글씨체(흔들리고, 어쩔 수 없이 여러 나라의 말을 써야 했던 과거를 보여주듯 뒤죽박죽이고, 알아볼 수 없어서 오히려 멋있어 보이는 그런 글씨체)로 편지가 적혀 있었다. 엽서의 맨 마지막은 늘 같은 말이었다. 서로 잘 챙겨줘야 한다, 사랑하는 아버지가. 방학 때 혹은 가끔씩은 주말에도, 요아브와 레아는 기차를 타고 파리나 샤모니, 바젤, 밀라노 같은 곳으로 가서 아파트나 호텔에서 아버지를 만났다. 그렇게 여행을 다니다보면 둘은 종종 쌍둥이로 오해받기도 했다. 남매는 기차의 흡연 칸을 이용했는데, 레아는 창에 머리를 기댄 채, 요아브는 손으로 턱을 받친 채 창밖으로 스치는 알프스의 어두운 봉우리를 지켜봤다. 암흑에 가까운 어둠 속에서, 가늘고 긴 두 사람의 손가락 끝에 걸린 담뱃불이 가끔씩 깜빡였다.

남매가 제네바의 학교에 입학한 지 이 년 만에, 그리고 집을 떠나온 지는 구 년 만에, 바이스 씨는 갑자기 하오렌가에 있는 집으로 돌아가기로 결정했다. 남매에겐 아무런 설명도 없었다. 그 집안엔 그렇게 말없이 그냥 지나가는 일들이 많았다. 그들 사이에서 침묵은 회피의 표현이라기보다는, 각자 혼자인 사람들이 가족을 이루어 함께 지내는 방식이었다. 바이스 씨는 여전히 출장을 다녔지만, 출장이 끝나면 언제나 작은 여행가방을 든 채, 한때 아내가 너무나 사랑했던 그 집의 잡초가 무성한 진입로를 걸어올라갔다.

요아브와 레아에 대해 말하자면, 두 사람은 학교에서 얻은 새로운 자유를 즐겼지만, 어떤 면에서는 바뀐 것이 거의 없었다. 의무적으로 학교생활에 스며들고 또래 아이들과 가까이 지내는 생활은 오히려 남매의 남다름을 도드라져 보이게 하는 배경이 되었고, 결국 두 사람을 더욱더 깊은 고립으로 몰아넣었다. 요아브와 레아는 단둘이서만 점심을 먹었고, 쉬는 시간에도 둘이서만 붙어다녔다. 도심을 거닐고 호수에서 보트를 타는 동안 둘은 시간을 까맣게 잊을 수 있었다. 종종 호숫가의 카페에서 아이스크림 하나를 나누어 먹으면서, 서로 반대편을 바라본 채 각자만의 생각에 빠지기도 했다. 둘 다 친구를 많이 사귀지 않았다. 학교생활이 이 년째 접어들던 해에, 요아브와 함께 기숙사에 살던 모로코 출신의 거만한 남학생이 레아에게 데이트를 신청하며 귀찮게 하는 일이 있었다. 깔끔하게 거절을 당한 그 학생은 바이스 남매가 근친상간을 하고 있다는 소문을 퍼뜨리고 다녔는데, 남매는 상대 무릎을 베고 누워 서로의 머리를 쓰다듬는 것 같은, 소문을 더욱 키우는 그런 일을 일부러 해 보이곤 했다. 학생들 사이에 둘의 근친상간은 기정사실이 되었고, 심지어 교사들도 매혹과 두려움, 그리고 부러움이 뒤섞인 시선으로 쳐다보기 시작했다. 사태가 더이상 감당할 수 없는 지경에 이르렀다고 생각한 불리에 교장은 둘의 관계를 아버지에게 알리지 않을 수 없었다. 바이스 씨에게 메시지를 남기자 곧장 뉴욕에서 전화가 왔다. 불리에 교장은 헛기침을 하고, 이렇게 이야기를 했다가, 다시 물리고, 저렇게 이야기를 꺼내보려다가, 한바탕 기침이 터져나와, 결국 바이스 씨에게 잠시만 실례하겠다고 했다. 서둘러 물을 한 잔 갖다준 그의 아내가 단호한 표정을 지어 보였다. 그 표정을 본 불리에 교장은 어떻게든 이야기를 해야 한다고 마음을 다져 먹고, 다시 전화기를 들어 요아브와 레아의 관계를 학교의 모든 사람들이 알고 있다고 했다. 이야기를 다 들은 바이스 씨는 아무 말이 없었다. 불리에 교장은 의아해하며 불안한 시선으로 아내를 쳐다보았다. 제가 지금 무슨 생각을 하고 있는지 아십니까? 마침내 바이스 씨가 입을 열었다. 짐작은 갑니다만, 불리에 교장이 말했다. 제가 사람을 잘못 보는 경우가 거의 없다는 생각을 하고 있습니다, 불리에 씨. 제가 하는 일에선 사람의 성격을 파악하는 게 꼭 필요한데, 그런 판단에서는 꽤 정확하다고 자부합니다. 그런데 선생님은 잘못 본 것 같군요. 지적인 분이라고 생각한 적은 한 번도 없지만, 그래도 바보는 아닌 줄 알았거든요. 교장은 다시 한번 기침을 하고, 땀도 흘렸다. 괜찮으시다면, 손님이 기다리고 있어서 이만 실례해야겠습니다, 바이스 씨가 말했다. 안녕히 계십시오.

이런 이야기를 해준 것은 대부분 요아브였다. 종종 둘이서 침대에 발가벗고 누워, 어둠 속에서 담배를 피우며 이야기했다. 그의 성기가 내 허벅지에 걸쳐 있고, 나는 손으로 그의 튀어나온 쇄골을 쓰다듬고, 그의 손은 내 무릎 뒤쪽에 있었다. 그의 어깨에 머리를 묻고, 그렇게 깨지기 쉬운 친밀함에 또 한번 몸을 맡긴 채, 머리털이 쭈뼛해질 정도의 특별한 짜릿함에 빠져 있던 중이었다. 나중에 레아를 알고 나서는, 그녀에게서도 종종 어린 시절 이야기를 들었다. 하지만 그들의 이야기에는 항상 빈자리가, 설명되지 않고 흐릿한 어떤 부분이 있었다. 두 사람의 아버지는 늘 부분적으로만 묘사되었는데, 마치 그를 온전히 묘사하면 이야기의 나머지 부분이, 요아브나 레아 본인들까지 모두 지워지기라도 하는 것 같았다.

   엄밀히 말하면 파티에서 요아브를 만났다는 건 사실이 아니다. 적어도 처음 만난 곳은 거기가 아니었다. 옥스퍼드에 도착하고 삼 주 후, 뉴욕에 있을 때 내 지도 교수였던 분의 제자 중 그곳에 특별 연구원으로 와 있던 젊은 선생님 집에서 처음 만났다. 그날 밤에는 몇 마디 나누지 않았다. 다시 만났을 때 요아브는 그 선생님 집에서 내게 깊은 인상을 받았다고, 그래서 어떻게 하면 다시 만날 수 있을지 생각했다고 나를 설득하려 애썼다. 하지만 내가 기억하기로 그는 식사 내내 지루해하거나 딴생각에 빠져 있는 것처럼 보였다. 마치 그의 반쪽이 보르도 와인을 마시고 음식을 먹기 좋은 크기로 자르는 동안, 다른 반쪽은 바싹 마른 벌판 위로 양떼를 몰고 있는 것 같았다. 그는 말이 많지 않았고, 내가 그에 대해 알고 있던 거라곤 영문학과 학부 3학년이라는 것뿐이었다. 디저트까지 먹고 난 후, 요아브는 런던으로 돌아가는 버스를 타야 한다며 가장 먼저 자리에서 일어났다. 집주인과 아내에게 작별인사를 할 때, 그가 자신이 원할 때면 언제든 매력적인 모습을 보여줄 수 있는 사람임을 알 수 있었다.

박사과정은 삼 년 예정이었고, 필수사항은 거의 없었다. 육 주에 한 번씩 지도 교수를 만나는 일만 제외하면, 나머지는 모두 나의 재량에 따라 조정할 수 있었다. 도착하자마자 문제가 생겼다. 내가 쓰기로 한 논문 주제─새로운 매체로서 라디오가 근대문학에 미친 영향─가 막다른 벽에 부딪힌 것이다. 뉴욕에서 쓴 학부 졸업 논문 주제이기도 했는데, 담당 교수들이 칭찬을 해주었고 졸업식에서 워트하이머상까지 받았다. 은퇴한 교수의 이름을 딴 상이었는데, 웨스트체스터의 목가적인 묘지 근처에 살고 있던 교수 본인도 휠체어를 타고 졸업식에 나타났다. 그런데 옥스퍼드에서 내 논문을 심사하기로 한 지도 교수, 크라이스트처치 칼리지의 근대영문학 담당인 대머리 A. L. 플러머 교수는 내 초고가 이론적인 충실도가 떨어진다며 다른 주제를 찾아보라고 했다. 나는 그의 연구실에 탑처럼 쌓인 책더미 사이의 삐걱거리는 의자에 앉아 기운 없는 목소리로 나의 논문이 가치가 있다고 항변했지만, 사실은 나 자신도 이미 그 주제에 대한 관심을 잃어버린 상태였고, 어떤 논문이 나오든 그건 백 쪽 남짓한 학부 논문에서 이미 했던 말들의 반복이 될 게 뻔했다. 높이 뚫린 작은 창(그렇게 작은 창으로는 난쟁이나 어린아이만 빠져나갈 수 있을 것 같았다)으로 내리쬐는 햇빛 사이로 먼지가 떠다니다 A. L. 플러머 교수의 머리 위로, 아마 내 머리 위로도, 가볍게 내려앉았다. 결국 보들리언도서관의 어마어마한 장서들 사이를 이리저리 오가며 새로운 주제를 찾아보는 수밖에 없었다.

다음 몇 주는 래드클리프 카메라*에서 보냈다. 수많은 사람들의 땀이 배어 있을, 편안한 천을 덧대놓은 도서관 의자는 세계 거의 모든 도서관에서 볼 수 있는 그런 의자였다. 내가 좋아하는 자리는 올소울스 칼리지가 내다보이는 창가에 있는 자리였다. 바깥엔 마치 과학 실험이라도 하는 것처럼 습기가 공기 중에 그대로 매달려 있었다―몇천 년째 계속 진행되며 영국의 기후를 결정해버린 그런 실험. 가끔씩 검은색 옷을 입은 사람들이 혼자, 혹은 짝을 이루어 올소울스 칼리지의 교정을 지나는 모습을 볼 때면, '입장'과 '퇴장'만 남고 나머지 대사와 지문은 모두 지워져버린 연극 공연의 리허설을 보는 것 같았다. 그렇게 공허한 오고감 탓에 막연하고 불확실한 느낌만 커졌다. 도서관의 많은 책 중에 폴 비릴리오의 에세이를 읽었는데―그는 기차를 발명한 탓에 탈선 사고도 생겨났다는 식의 문장을 좋아했다―도저히 완독은 할 수 없었다. 시계를 차고 다니지 않았던 나는 그렇게 처박혀 있는 게 지루해지면 아무때나 도서관을 나왔다. 네댓 번인가, 도서관 문을 나서다 어떤 남학생을 보았다. 돌길 위로 커다란 베이스 케이스를, 마치 다 자란 어린아이를 데리고 가듯 끌며 지나가던 그 학생. 어떨 때는 그가 내 앞을 막 지나친 참이었고, 어떨 때는 이제 곧 지나치려 할 참이었다. 한번은 정면으로 마주치기도 했는데, 우리는 낯선 사람들이 종종 주고받는 눈빛, 현실에는 바닥을 가늠해볼 시도조차 할 수 없는 어떤 심연이 있음을 이해한 사람들끼리 말없이 주고받는 시선으로 서로

---

* 옥스퍼드대학교 보들리언도서관의 부속 건물.

를 쳐다보았다.

도서관에 있을 때가 아니면 대부분 당시 살고 있던 리틀클래런던 스트리트의 방에서 시간을 보냈다. 늘 그랬지만, 그 당시의 나는 특히 수줍음을 많이 타고 자의식이 강한 사람이었다. 친구도 친한 친구 한두 명하고만 어울리며 지냈고, 그게 남자친구일 때도 있었다. 시간이 지나면 옥스퍼드에서도 그런 친구를 만나게 될 거라고 생각했지만, 그때까지는 방에만 처박혀 있었다.

밴버리 로드의 북쪽 끝에서 구입해 버스를 타고 힘겹게 끌고 온 커다란 카펫 조각과 전기주전자, 벼룩시장에서 산 빅토리아풍 컵과 컵받침 세트를 빼면 방엔 살림이 거의 없었다. 나는 항상 세간을 줄이는 걸, 원할 때면 언제든 쉽게 떠날 수 있다고 생각하며 지내는 걸 좋아했다. 마치 꽁꽁 언 호수 위에 살고 있는 것처럼, 그래서 살림살이—식기, 의자, 전등 등—가 늘어나면 얼음이 깨지고 물에 빠지기라도 하는 것처럼, 주변에 물건이 많아지면 불안했다. 책만은 예외여서 마음껏 구입했는데, 왠지 책은 내게 속한 물건이 아닌 것 같은 느낌이 들어서였다. 그런 이유로, 좋아하지 않는 책도 끝까지 읽어야 한다는 부담은 물론, 심지어 그 책을 좋아해야 한다는 강박도 없었다. 하지만 그런 책임감이 없었기 때문에 가끔은 마음껏 빠져들기도 했고, 마침내 제대로 잘 맞는 책을 만나면 그 감정은 격렬했다. 그럴 때면 내 안에 커다란 구멍이 뚫리는 것 같았고, 그리로 들어온 무언가를 나는 통제할 수 없었기 때문에, 삶은 더 위험해질 것 같았다.

영문학을 전공한 것은 나중에 뭐가 되겠다는 생각이 있어서가 아니라 그저 책 읽는 게 좋았기 때문이었다. 하지만 그해 가을 옥스퍼드에 있는 동안 책에 대한 생각이 바뀌기 시작했다. 천천히, 나 자신도 알아차리지 못한 사이에 벌어진 변화. 몇 주가 지나고, 삼 년이라는 시간 동안 무슨 주제로 논문을 쓰며 지내야 할지는 점점 더 모르겠고, 논문을 쓴다는 것 자체가 어마어마한 부담으로 다가왔다. 불안. 모호하고 보이지 않는 곳에 숨은 듯한 불안이 도서관에 갈 때마다 슬그머니 찾아왔다. 처음엔 그게 뭔지 알지 못했고, 그저 아랫배가 뭐에 찔린 것처럼 따끔하고 불편하다는 느낌밖에 없었다. 하지만 하루하루 시간이 지나면서 그런 감정은 더 커졌고, 생활의 무목적성과 공허함도 함께, 점점 더 목을 죄어왔다. 책을 봐도 단어의 의미가 머릿속에 들어오지 않았다. 앞 페이지로 넘어가 마지막으로 읽은 기억이 나는 문장에서 다시 시작해보기도 했지만, 이내 문장이 흐트러졌고, 나는 고인 물 표면을 이리저리 옮겨다니는 벌레처럼 다시 텅 빈 페이지들을 멍하니 훑고 있었다. 점점 더 불안함이 커지고, 도서관에 가는 것 자체가 두려웠다. 불안함이 찾아올까봐 불안했다. 도서관에 들어서면 공황에 빠졌다. 책을 읽기만 하면―적어도 내가 기억하는 한 언제나 내 인생의 중심에 있었던 일, 그리고 과거엔 절망에 맞서는 보루가 되어주었던 일―공황에 빠진다는 사실이 상황을 더욱 힘들게 했다. 전에도 슬픔을 느낀 적은 자주 있었지만, 그때처럼 내 안에서 커다란 슬픔이 일어난 적은, 마치 나의 존재 자체가 스스로에게 알레르기를 일으키는 것 같은 기분이 든 적은 없었다. 밤이면 잠들지 못한 채 그렇게 가만히 누워 있으면서도, 어딘가 다른 차원에서는 내가 점점 더 먼 곳으로 떠내려가고 있는 것 같은 느낌이 들었다.

연구를 할 수 없었기 때문에 옥스퍼드의 거리를 돌아다니며 시간을 보냈다. 피닉스극장에서 영화를 보고, 하이스트리트의 고서점을 뒤지고, 피트리버스박물관에서 사라진 고대인들의 뼈와, 도구, 깨진 그릇을 구경했지만, 앞에 놓인 것들은 거의 눈에 들어오지도 않았다. 정신이 죽어가고 존재 자체가 정지해버린 느낌이 드는 것이, 마치 어디선가 신호탑이 멈춰버린 것만 같았다. 그렇게 몇 주가 지나고, 나는 거의 모든 감각을 잃어버렸다. 밤새 누군가가 내 껍질 안의 내용물을 모두 빼내가버렸는데, 나는 그것도 모른 채 아무 일도 없었다는 듯 돌아다니는 것 같았다. 하지만 텅 비었다고 해서 감정마저 없어진 것은 아니었다. 불안, 외로움, 그리고 절망이 거리 구석구석에 숨어 있다가 나의 길을 막아섰다. 아무런 목적의식도 없이 그런 장애물들을 통과해 나아가면서 내가 바랐던 건 어린 시절의 내 침대로 돌아가는 것뿐이었다. 익숙한 세제 냄새가 나는 이불 속에 쏙 들어가서, 아래층에서 들려오는 부모님의 희미한 말소리를 듣고 싶었다. 어느 날 저녁, 그렇게 의미 없이 헤매다 집으로 돌아오던 길에 세인트자일스에 있는 식료품점 앞에 멈춰 섰다. 마멀레이드와 파테, 처트니, 갓 구운 빵을 들고 가게에서 나오는 사람들을 바라보며, 뉴욕 집 주방에 계실 부모님을 생각했다. 슬리퍼를 신고 등을 굽힌 채 웅크리고 식사를 하시는 모습, 주방 구석에 있는 작은 텔레비전에서 저녁 뉴스가 흘러나오는 것까지 떠올리다, 갑자기 울음을 터뜨렸다.

부모님이 실망하실 것에 대한 두려움만 없었다면 짐을 싸서 옥스퍼드를 떠났을 것이다. 부모님은 절대 이해 못하셨을 거다. 옥스퍼드에 지원해보라고 한 건 아버지였다. 저녁식사 자리에서 내가 받게 될 학위가 열어젖힐 문들에 대해 열변을 토하셨다. (부모님이 쓰시는 욕실 문에는 거울이 붙어 있었는데, 두 분의 옷장 문까지 열어서 그렇게 세 개의 거울이 만들어낸 삼각형의 중심에 서 있으면, 온 방향에서 끝없이 비치는 문과 나 자신의 이미지가 어지러울 지경이었다. 아버지가 문 비유를 들 때마다 나는 그 이미지를 떠올렸다.) 아버지는 내가 무슨 공부를 해서 학위를 받을지에 대해서는 관심이 없었다. 아마 그렇게 영예로운 학위를 받아오기만 하면 골드만삭스나 매켄지 같은 투자은행에서 높은 연봉을 받으며 일할 수 있을 거라고만 생각했을 것이다. 그런데 내가 장학금을 받고 옥스퍼드에 오기로 정해졌을 때, 그때까지 별말씀이 없었던 엄마가 내 방으로 와 눈물을 글썽이며 얼마나 기쁜지 모른다고 말씀하셨다. 그렇게 공부를 하는 것이 내 나이 때 당신의 꿈이었다는 말씀은 없었다. 아마 그런 꿈 자체가 터무니없었을 것이다. 뼈빠지게 일해야 겨우 입에 풀칠이나 할 수 있는 이민자였던 외할아버지와 외할머니가 공부에 대한 엄마의 꿈을 이해해줄 거라는 기대 같은 건 없었을 테고, 아버지와 결혼함으로써 단번에, 마치 원하지 않는 고양이 새끼를 죽이듯이 그 꿈을 덮어버리려 한 것이라고 나는 생각한다. 자신에게 다른 가능성은 없다고 여겼던 엄마를 생각하면 가슴이 아팠다—외할아버지와 외할머니는 종교가 있었고 아버지는 없었는데도 엄마보다 열두 살이 많은 아버지와 결혼한 걸 보면, 그 정도로 부모님에게서 벗어나고 싶었던 것 같다. 하지만 1967년 결혼할 당시 엄마는 열아홉 살이었고, 몇 년만 더 기다렸다면 주변 상황도 바뀌고 조금 더 용기를 내볼 수 있었을지도 모른다. 물론 그랬다면 나는 태어나지도 않았겠지만.

자신의 마음을 부수어야만 했을 엄마의 속을 내가 안다고는 할 수 없다. 시간이 지나면서 엄마는 피곤함을 숨기지 못했지만, 자신의 마음이 어떤지, 어디로 향하고 있는지는 거의 드러내지 않으셨다. 내가 아는 거라곤, 부서지기를 거부했던 엄마의 호기심이나 허기가 한때 엄마가 바랐던 것과 달리 절대 가라앉지 않았다는 사실이었다. 엄마의 침대 옆 테이블엔 항상 책 몇 권이 놓여 있었고, 엄마는 다른 식구들이 잠든 후에 그것들을 읽곤 했다. 오랫동안 나의 책 사랑이 엄마를 닮은 거란 생각을 못했던 건, 집에는 늘 책이 있었지만 엄마가 나이가 들어 시간이 생기기 전에는 그 책들을 읽는 모습을 거의 보지 못했기 때문이었다. 신문만은 예외였는데, 엄마는 마치 오래전에 당신이 잊어버린 누군가를 찾는 것처럼 1면부터 마지막 면까지 꼼꼼하게 읽었다. 대학에 다닐 때, 엄마가 우리 학교의 수강 안내 책자를 식탁 위에 놓고 입술로 따라 읽고 있는 걸 몇 번 본 적이 있다. 엄마는 내가 무슨 과목을 들을 계획인지 물어본 적도 없었고, 어떤 식으로든 나의 결정에 간섭하는 경우도 없었다. 내가 주방에 들어서면, 엄마는 안내 책자를 덮고 하던 일을 계속했다. 그러다 내가 영국으로 떠나기 전날, 엄마가 화려하게 빛나는 녹색 펠리컨 만년필을 건넸다. 당신이 어렸을 때 글짓기 대회에서 상을 받은 기념으로 솔 삼촌이 주신 거라고 했다. 부끄럽지만 나는 그 만년필로 단 한 글자도 쓴 적이 없다. 심지어 엄마에게 편지를 보낼 때도 사용하지 않았고, 지금은 어디 있는지도 모른다.

일요일 오후에 부모님에게서 전화가 오면 나는 멋진 시간을 보내고 있다고 꾸며댔다. 아버지를 위해서는 옥스퍼드 유니언*에서

---

* 옥스퍼드에 있는 토론 모임.

열린 토론대회 이야기와, 같이 장학금을 받은 다른 학생들과 있었던 이야기를 지어냈다―그런 학생들 중엔 미래의 정치가도 있고, 자기 이익 앞에서 공격적으로 변하는 법학도나 부트로스 부트로스 갈리의 연설 보좌관이었던 사람도 있었다. 엄마에겐 보들리언도서관에 있는 듀크 험프리 장서실에서 T. S. 엘리엇이나 예이츠의 자필 원고를 본 이야기, A. L. 플러머 교수의 초대로(물론 그가 나의 초고를 탈락시키기 전이었다) 참석한 크라이스트처치에서의 만찬 이야기를 했다. 하지만 상황은 갈수록 나빠졌다. 당시 나의 상태로는 외출을 해서 누군가를 만난다는 게 불가능했다. 식당에서 샌드위치를 주문할 때조차 입을 떼기가 어려워서, 죽을힘을 다해 겨우 몇 마디 하곤 했다. 방에 혼자 있을 땐, 담요를 둘둘 만 채 혼자 훌쩍이거나 큰 소리로 혼잣말을 했다. 좀더 어렸을 때 자타가 공인했던 나의 모습, 똑똑하고 재능 있는 아이였던 그 모습을 떠올렸다. 이젠 모두 지나가버린 것 같았다. 내가 정신분열증을 앓고 있는 건 아닌지 궁금하기도 했다. 평범한 삶을 살고 있는 사람을 숨어서 기다리다, 어느 순간부터 고통과 괴로움이 가득한 삶을 살게 만드는 그런 병에 걸린 건 아닌지.

11월 첫째 주에 피닉스극장에서 타르콥스키 감독의 〈거울〉을 봤다. 내가 아주 좋아하는 영화 중 하나였다. 극장 안에 불이 들어온 다음에도 자리를 뜨지 않고, 눈물을 흘리며 혹은 막 눈물을 흘리기 직전의 상태로 앉아 있었다. 겨우 물건들을 챙기고 자리에서 일어나 밖으로 나오다, 극장 로비에서 나와 같은 장학금을 받고 있는 정치학 전공의 패트릭 클리프턴과 마주쳤다. 밝고, 요란하고, 게이인 패트릭이 뾰족한 이를 드러내 보이며 그날 밤에 있을 파티에 오라고 했다. 왜 그러겠다고 대답했는지는 나도 모르겠다. 그런 곳에 갈 수 있는 상태가 아니었는데. 아마 절박해서였을 테고, 나를 지키고 싶은 본능도 있었을 것이다. 하지만 파티에 도착하자마자 후회했다. 파티가 열린 사우스옥스퍼드의 집은 2층짜리 건물에, 방마다 조명이 달랐다. 어떤 방은 보라색, 어떤 방은 녹색이어서 전체적으로 침울한 분위기였고, 그런 느낌은 신석기시대의 장례식을 생각나게 하는 음악 때문에 더욱 심해졌다. 맛이 간 사람들이 계단에 늘어져 있었고, 음악소리가 가장 큰 방에서는 도무지 주변에 신경을 쓰지 않는 사람들이 모여 가지각색으로 몸을 흔들고 있었다. 거실 뒤쪽의 기다란 주방엔 지저분한 타일이 깨져 있었고, 얼음 양동이에 담아놓은 맥주도 보였다. 도착한 지 이십 분 만에 패트릭을 놓치고, 뭘 해야 할지도 몰라 그냥 화장실을 찾았다. 2층에 있는 화장실을 다른 사람이 쓰고 있어서, 벽에 기댄 채 기다렸다. 안에서 웃음소리가 들렸는데, 두 명 어쩌면 세 명이 함께 있는 것 같았다. 금방 나오지는 않을 것 같았지만, 나는 계속 그 앞에 서서 기다렸다. 십 분 후 요아브 바이스가 파란 조명이 있는 거실에 모습을 드러냈다. 그 누구와도 닮지 않은 사람이었기 때문에 금방 알아보았다. 적갈색 머리칼이 두상에 어울리지 않게 불쑥 솟았다가 이마 위로 흘러내렸다. 얼굴은 전체적으로 좁고 길쭉했으며, 미간이 넓은 눈은 새까맸다. 우뚝 솟은 코는 끝이 조금 휘었고, 두툼한 입술은 양쪽이 자연스럽게 살짝 처진 얼굴이었다. 어떤 순간엔 축복이 가득해 보이지만, 순식간에 악마처럼 바뀔 수 있는 얼굴. 르네상스, 아니 어쩌면 중세에서부터 아무런 변화 없이 곧장 이어진 얼굴 같았다. 안녕하세요, 그가 한쪽으로 기울어진 미소를 지으며 말했다.

화장실 문이 열리고 한 쌍의 커플이 튀어나왔다. 동시에 나는 역겨움을 느끼며 곧 토할 것만 같았다. 화장실로 뛰어들어가 변기 뚜껑을 열고 무릎을 꿇었다. 일을 다 보고 고개를 들어보니, 놀랍게도 요아브가 서서 나를 내려다보고 있었다. 그가 탁한 수돗물이 담긴 컵을 건넸다. 내가 물을 마시는 동안 그는 걱정스럽다는 듯이, 부드럽다고 할 수도 있을 눈길로 나를 지켜봤다. 나는 파티에 오기 전에 길에서 사먹은 케밥이 어쩌고저쩌고하는 이야기를 했다. 그리고 우리는 아무 말 없이, 마치 이제 우리가 화장실을 차지했으니 이전 커플만큼 오랫동안 이곳을 지키고 있어야만 하는 것처럼 가만히 앉아 있었다. 거울에 비친 내 모습을 흘긋 쳐다봤다. 어둡고 거울 때문에 흐릿했다. 몰골이 얼마나 엉망인지 좀더 가까이서 보고 싶었지만 요아브 앞이라 쑥스러웠다. 제가 그렇게 무서우세요? 마침내 그가 입을 열었다. 네? 내가 말했다. 살짝 웃음이 터졌는데, 아마 비웃음처럼 보였을 것이다. 여기 무서운 사람이 있다면 그건…… 내가 말하려 할 때 그가 가로막았다. 아니요, 그는 내 눈앞에 흘러내린 머리칼을 넘겨주며 말을 이었다. 당신은 아름답습니다. 그는 그런 식으로 말했다, 숨이 멎을 만큼 직접적으로. 쑥스럽네요, 라고 대답했지만, 쑥스럽지 않았다.

그가 주머니에서 스위스아미 나이프를 꺼내서 칼날을 펼쳤다. 잠시, 그가 폭력적인 행동을 할 거라고 생각했다. 내가 아니라 자신에게. 하지만 그는 세면대 위에 놓인 비누, 화장실에 드나든 수많은 사람들의 손때가 묻은 지저분한 비누를 집어들고 조금씩 깎아내기 시작했다. 너무 어이없는 행동이라서 웃음이 났다. 잠시 후 그가 비누를 건넸다. 이게 뭐예요? 내가 물었다. 모르시겠어요? 나는 고개를 가로저었다. 뱁니다, 그가 말했다. 배처럼 보이진 않았지만 그런 건 상관없었다. 누군가가 나를 위해 무언가를 해준 건 정말 오랜만이었다.

그때 그의 낯선 얼굴을 보며, 내 앞에 문 하나가 열렸다는 걸 알았다. 아버지가 상상했던 그런 문은 아니었다. 이것은 내가 걸어 지나갈 수 있는 문이었고, 나는 즉시 내가 그렇게 하리라는 것을 분명히 알았다. 또다른 어지러움이 몰려왔다. 그것이 행복과 안도감이 섞인 어지러움이었던 건, 내 인생의 한 장이 끝나고 다른 장이 막 시작하려 한다는 것을 감지했기 때문이었다.

물론 어색한 순간이나 의아한 생각이 드는 순간들도 있었다. 우리가 처음 잠자리를 가질 때 이상한 일이 벌어졌다. 우리는 벨사이즈파크의 집 3층에 있는 요아브의 침실 카펫 위에 누워 있었다. 창문이 열려 있었고, 하늘은 폭풍우라도 몰려올 것처럼 어두웠고, 사방이 소름 끼칠 정도로 조용했다. 그는 내 셔츠를 벗기고 가슴을 만졌다. 대단히 부드럽고 호기심 많은 손이었다. 그런 다음 바지도 벗겼는데, 신발을 먼저 벗기지 않은 게 실수였다. 팬티를 내려 바지와 겹치게 한 다음 한꺼번에 발목까지 내렸지만, 거기서 당연히 신발에 걸렸다. 러시아소설에 흔히 나오는 상황처럼 분투가 이어졌지만 다행히도 짧게 끝났다. 신발이 벗겨지고 바지가 완전히 떨어져나갔다. 그런 다음 그가 자신의 옷을 벗었고, 그렇게 마침내 둘 다 발가벗었다. 하지만 요아브는 우리가 하려던 일을 계속하는 대신, 그 자리에서 구르기 시작했다. 나를 껴안은 채 말 그대로 공중제비를 했다. 한 바퀴 돈 다음, 다시 돌았다. 섹스를 하면서 별 이상하고 변태적인 일들을 다 겪어봤지만, 그 행동이 가장 이상

했다. 그건 섹시한 것과 아무런 관계도 없는 행동이었다. 내 입장에서 그랬고, 내가 보기엔 그에게도 마찬가지인 것 같았다. 우리는 서커스를 준비하는 커플 같았다. 목 아파, 내가 속삭였다. 그 말 한마디로 충분했다. 요아브는 나를 놓아주었다. 나는 다시 카펫 위로 올라가 잠시 가만히 누워 숨을 고르며 좀전에 멈췄던 곳에서 다시 시작해야 할지, 아니면 옷을 챙겨 입고 나가야 할지 고민했다.

아직 마음을 정하지 못하고 있을 때 숨죽여 흐느끼는 소리가 들렸다. 나는 일어나 앉았다. 왜 그래? 내가 물었다. 아무것도 아니야, 그가 말했다. 울고 있잖아. 그냥 생각이 하나 떠올라서, 그가 말했다. 무슨 생각? 내가 물었다. 다음에 이야기해줄게. 지금 해줘. 그에게 다가가며 입을 열었지만 하려던 말을 다 마칠 수 없었다. 갑자기 그의 입술이 내 입술을 덮쳤고, 나는 부드럽고 깊은 키스 속으로 빠져들어갔다. 마치 그가 다가와 가장 능숙하고 섬세한 손길로 단숨에 응급수술을 해버린 것처럼, 내 안에서 무언가가 파도처럼 일어나 되살아나는 것 같았고, 그동안 사라졌던 활기가 넘칠 듯 솟아났다. 그날 밤 우리는 섹스를 세 번인가 네 번 했고, 그날 이후론 좀처럼 떨어지지 않았다.

요아브와 함께 있으면, 그동안 내 안에 앉아 있던 것들이 모두 자리에서 일어나는 것 같았다. 조금도 부끄러워하지 않고 나를 똑바로 바라보는 그만의 시선은 나를 떨리게 했다. 누군가가 처음으로 나를, 자신이 바라는 모습이나 나 스스로가 바라는 모습이 아니라, 있는 그대로 봐주고 있다는 느낌이 정말 황홀했다. 전에도 남자친구는 있었고, 서로를 조금씩 알아가는 연애의 단계에도 익숙했다. 어린 시절 이야기(여름캠프, 고등학교, 크게 창피했던 일들,

어린 시절에 했던 사랑스러운 말들, 다사다난한 가족사 같은 것)를 하고, 그러면서 자신을 조금 더 밝게, 실제보다 더 깊은 모습으로 드러내기 마련이었다. 그동안 연애는 서너 번밖에 하지 않았지만 나는 이미 타인에게 자신에 대한 이야기를 할 때의 그 짜릿함이 횟수를 거듭할수록 줄어들고, 매번 자신을 조금 덜 넣게 되고, 늘 끝에 가서는 진정한 이해로 이어지지 못하는 그 친밀함에 대해서도 점점 더 불신하게 되리라는 것을 알고 있었다.

하지만 요아브와는 달랐다. 내가 이야기를 하면 그는 팔에 턱을 괸 채 나를 똑바로 쳐다보았고, 다리나 팔을 쓰다듬으며 중간중간 질문을 했다—그 여자는 누구지? 처음 들어보는 이름인데, 알았어, 계속 이야기해줘, 그래서 어떻게 됐는데? 그는 모든 이야기를, 아주 작은 세부까지 기억했고 내가 그냥 핵심만이 아니라 모든 것을, 하나도 빠뜨리지 않고 전부 들려주기를 원했다. 잔인했던 일이나 누군가의 배신을 이야기할 때면 그는 혀를 차며 화난 표정을 지었고, 내가 잘했던 일을 이야기하면 자랑스럽다는 듯이 미소를 지었다. 가끔은 내 이야기를 듣고 그가 말없이, 거의 부드럽다고 할 만한 웃음을 터뜨릴 때도 있었다. 그와 있으면 내 삶에 있었던 모든 일이 단지 그에게 들려주기 위해 일어났던 것 같은 느낌이 들었다. 그는 내 몸을 만질 때도 똑같은 집중력을 가지고, 놀랍다는 듯이 다루었다. 손길이나 키스가 너무 진지해서—늘 내 얼굴을 찬찬히 보며 나의 반응을 살폈다—웃음이 났다. 한번은 장난으로, 그가 수첩을 꺼내 애무를 하나 할 때마다 수첩에 메모를 하며 그 내용을 소리 내 읽은 적도 있었다. 귀를 빤다…… 귓불…… 그녀의…… 호흡이 가빠진다. 그러고는 그는 키스를 하고 다시 나를 애무하고, 또 기록했다. 오른쪽…… 젖꼭지를 빨며…… 손으로는…… 옷을 내리고…… 그녀 위로…… 아름다운…… 엉덩이…… 무성한 털…… 그리고…… 먼 곳으로…… 그녀 얼굴에…… 웃음이…… 피어나고…… 다시 잠깐 쉬었다가, 계속된다. 그녀의 발가락을…… 입에…… 세미콜론…… 그녀의 팔에 난…… 솜털들이…… 일어나고…… 환상적인 허벅지를…… 비비고…… 더해지고…… 그리고…… 두번째…… 그녀가…… 흐느끼고…… 비명을 지른다. 장난은 거기서 그치지 않았다. 한번은 도서관에서 내 책들 사이에 그 수첩이 끼워져 있는 걸 발견했는데, 페이지마다 요아브의 작은 글씨가 빽빽했다.

요아브의 관심 덕분에 나 자신이 아주 분명해지고, 아주 밝고 정확해지고, 감동을 받았기 때문에, 적어도 처음엔, 나만 숨김없이 모든 걸 이야기하고 그는 자신의 가족에 대해 이야기하지 않는 상황을 그냥 받아들였다. 그 문제에 관해서라면 그는 절대 직접적으로 이야기하지 않았고, 어떻게든 대답을 피할 방법을 찾았다.

나는 그를 알려고 노력했다. 몸에 있는 예쁜이 점을 가만히 들여다보고, 왼쪽 젖꼭지 위에 기차선로처럼 난 반짝이는 흉터와 보기 흉한 오른손 엄지손톱, 등 위쪽 척추가 끝나는 지점에 모여 있는 황금빛 털도 들여다보았다. 놀랄 만큼 가는 손목과, 그의 목에서 나던 냄새. 어금니의 은빛 충전재, 귀 위쪽의 작은 모세혈관까지. 이야기를 할 때 입을 한쪽만 움직이며, 마치 다른 한쪽은 그 말에 동의할 수 없다는 듯이 고정되어 있는 모습이 사랑스러웠고, 신문을 보며 시리얼을 먹을 때 숟가락을 쥐고 있는 모습을 보면서 다른 동작은 그렇게 세련되게 할 줄 아는 그가 그럴 때만 보이는 엉성한 동작에 작은 사랑을 느꼈다. 그는 책을 읽을 때 손가락에 머리칼을 감고 있었다. 그리고 음식을 자주 먹었다. 두통을 피하기 위해 그렇게 해야 한다고 했다. 그 때문에―그리고 어머니가 돌아가신 후 가정부가 해준 음식이 입에 맞지 않았기 때문에―어린 나이에 직접 요리를 익혔다.

그는 잘 때 열이 많이 났는데, 처음엔 놀랐지만 나중엔 익숙해졌고 그 따뜻함에 끌렸다. 언젠가 엄마가 죽은 후 난방기 근처에 몰려드는 아이들에 대한 이야기를 읽은 적이 있는데, 한번은 꿈에서 그 아이들이 요아브 주위로 몰려드는 광경을 보았다. 나 자신이 그런 아이가 되는 꿈도 꾸었을지 모른다. 하지만 어머니를 잃은 건 내가 아니라 요아브였다. 깨어 있을 때면 그는 쉬지 않고 발을 움직였고, 가만히 서 있을 때도 제자리걸음을 했다. 몸에서 나오는 에너지를 쉬지 않고 분출해야 했지만, 그 에너지는 다 썼다 싶으면 더 많이 쏟아져나왔기 때문에, 그런 분주한 몸짓도 부질없었다. 그와 함께 있을 때면 주변의 모든 것이 쉬지 않고 움직이는 것 같은 느낌, 어딘가를 향해 다가가는 듯한 느낌이 들었고, 그를 만나기 전 몇 달간 숨이 막힐 것 같았던 나로서는, 그건 신경을 흥분시키면서 동시에 차분하게 만들어주는 감정이었다. 그의 슬픔을 감지한 적도 있었지만, 그게 어디에서 오는 건지, 얼마나 깊은 곳에서 나오는 건지는 알 수 없었다. 그렇게 보지 마, 그가 종종 말했다. 어떻게? 내가 물었다. 불치병 환자 보듯 하잖아. 나 되게 좋은 간호사야. 그걸 어떻게 알아? 그가 물었다. 이러면 알지, 내가 말했다. 우린 말이 없었다. 멈추지 마, 그가 신음하듯 말했다, 살 수 있는 날이 하루밖에 안 남았어. 그건 어제 했던 말이잖아. 설마 내가 기억상실증에까지 걸렸다는 말은 아니겠지?

얼마 후 나는 리틀클래런던 스트리트에 있는 내 방을 버리고 거의 모든 시간을 런던에서 보냈다. 그리로 피신했다고, 요아브와 그의 세계의 중심이던 벨사이즈파크의 그 집으로 피신했다고 말하는 게 맞을 것이다. 처음부터 요아브는 나의 절박함을, 그의 강렬함에 기꺼이 나를 맞추려는 마음을 알아차렸을 것이다. 모든 것을 내려놓고 그가 유지할 수 있는 유일한 인간관계에 나를 던져넣으려는 마음, 다른 누구도, 그가 자신의 일부로 여기는 동생을 제외하면 아무도 끼어들 수 없는 그런 비밀결사에 들어가려고 한 나의 마음을 알고 있었을 것이다.

즉시, 나의 정신 상태는 좋아졌다. 좋아졌지만 완전히 이전의 상태로 돌아간 것은 아니었다. 두려움의 찌꺼기가, 무엇보다 나 자신에 대한 두려움이 그 시간 동안에도 내가 모르는 곳에 숨어 있었다. 그동안 나를 괴롭히던 것에서 치유된 게 아니라, 그냥 마취에 빠진 상태와 비슷했다. 세상은 이전의 모습이 아니었고, 이제 벨뷰 공공병원에서 모든 게 끝나버릴 것 같은 걱정도 없었다. 최악의 상황에서 했던 한심한 짓들을 생각하면 부끄러움이 밀려왔고, 내 안의 무언가가 영원히 바뀌고 시들해진 듯한, 심지어 손상돼버린 듯한 느낌이 들었다. 나를 지배하던 어떤 힘이 사라진 것 같았다. 혹은 어떤 확고한 자아라는 생각, 내게는 처음부터 확고했던 적이 없는 그 생각이 싸구려 장난감처럼 완전히 박살나버렸다고 말하는 게 더 정확할 것 같다. 어쩌면 그랬기 때문에 내가—즉시는 아니지만 시간이 흐르면서—거의 그들의 일부라고 생각하기가 쉬웠던 건지도 모른다.

처음부터 그렇지는 않았다. 벨사이즈파크의 생활은 모든 것이 낯설고 손에 잡히지 않았다. 심지어 아주 진부한 것들—절대 입지 않는 비싼 옷들이 걸려 있는 레아의 옷장, 일주일에 두 번씩 찾아와 청소를 해주던, 다리가 불편한 보그나, 현관을 들어선 후 코트와 가방을 바닥에 내려놓는 요아브와 레아의 습관 같은 것들—마저 내겐 이국적이고 매력적으로 보였다. 나는 그런 모습들을 유심히 살피며 일이 어떻게 돌아가는지 파악해보려고 노력했다. 두 사람의 생활을 지배하는 사적인 규칙이나 공식이 있다는 건 알아차렸지만 그게 뭔지 콕 집어 말할 수는 없었다. 물어보면 안 된다는 것쯤은 알 수 있었다. 나는 예의바르고 공손한 손님에 불과했다. 엄마가 내게 주입해준 예절들이 있었는데, 핵심은, 어디든 더 권위 있는 사람이 있는 곳에서는 자기가 아는 것을 무시하라는 것이었다.

선장의 자식들이 본능적으로 바다를 이해하듯, 요아브와 레아는 가구에 대한 감각을 타고나서, 어디서 온 건지, 어느 시대 것이고 얼마나 가치 있는 것인지, 그 물건만의 아름다움은 무엇인지 알아볼 수 있었다. 하지만 그런 재능을 활용하는 일은 흔치 않았고, 그 가구들을 조심해서 다루어야 한다고 생각하지도 않았다. 두 사람은 그냥 좋은 경치를 볼 때처럼 가구들을 알아보았지만, 이내 하던 일을 계속했다. 나는 아무렇지도 않게 내뱉는 그들의 말에서 배우려 했다. 그들을 닮고 싶어서, 집에 드나드는 많은 가구들에 대해 요아브에게 물어보기도 했다. 그는 하던 일에서 고개를 들지도 않고 관심 없다는 듯 툭툭 대답했다. 한번은 그 물건을 쓰던 사람들이 모두 흩어지거나 사라져버린 후에도, 기억을 지킬 능력이 없는 가구들은 그대로 그 자리에서 먼지를 덮어쓰며 서 있는 걸 생각하면 슬프지 않으냐고 물어보았다. 그는 어깨를 으쓱해 보일 뿐 대답하지 않았다. 골동품에 대해 더 알게 된다 해도, 나는 요아브와 레아가 그것들 앞에서 보여준 우아함과 편안함은 절대 가질 수 없었을 것이다. 예민함과 무심함이 묘하게 뒤섞인 두 사람의 태도도 마찬가지였다.

뉴욕에서 자란 나는 한 번도 궁핍하게 지내본 적이 없지만, 그렇다고 우리 가족이 부자였던 것도 아니다. 어릴 때는 우리가 가진 것에 대한 확신이 없었고, 마치 기후에 맞지 않는 거처에 있는 것처럼, 언제든 바닥이 꺼지고 무너질 것만 같은 느낌에 시달렸다. 거실에 걸려 있던 모지스 소이어*의 작품 두 점을 팔아야 할지 말지를 상의하는 부모님의 말소리를 엿들은 적도 있다. 우울하고 불길한 기분이 드는 그림이라 어둠 속에서 보면 무섭기까지 했지만, 그래도 부모님이 돈 때문에 그 그림을 팔아야만 하는 상황은 걱정이 되었다. 조지 바이스 같은 사람들이 있다는 걸 그때도 알았다면, 집안에 있는 가구가 하나씩 하나씩 수레에 실려나가는 장면과 더불어 그런 골동품상이 나오는 악몽을 꾸었을 것이다. 하지만 현실은, 우리 가족은 할아버지가 돈을 보태줘서 산 요크 애비뉴의 하얀 벽돌 아파트에 살았다. 옷은 늘 할인점에서 샀고, 나는 불을 끄지 않고 나가 전기세가 많이 나왔다고 야단을 맞은 적도 종종 있었다. 화장실에서 물을 한 번 내릴 때마다 하수도로 일 달러가 흘러

---

* 미국의 사회주의 리얼리즘 화가.

가는 거라고 아버지가 엄마에게 소리지르는 것을 들은 다음부터
는, 내용물이 위험할 정도로 찰 때까지 물을 내리지 않는 습관이
생겼다. 엄마가 야단을 치며 그만두라고 한 다음엔, 가능한 한 오
랫동안 참는 연습을 했다. 만약 참다가 실수라도 했을 때는 내가
부모님을 위해 아낀 돈을 생각하며 수치심과 엄마의 화를 견뎠다.
그런 와중에도, 창밖으로 보이는 넓고 탁한 이스트강은 저렇게 끝
없이 흘러가는데, 변기 안의 물은 그렇게 비싸다는 게 도저히 이해
가 되지 않았다.

　우리집에 있던 가구는 대부분 고급이었는데, 그중에는 할아버지
가 물려주신 골동품도 몇 점 있었다. 골동품의 상판에는 유리를 덮
고 모퉁이마다 깨끗하고 동그란 고무로 움직이지 않게 고정해놓았
다. 그렇게까지 해놓았지만 부모님은 그 위에 안경을 올려놓거나,
너무 가까이에서 장난을 치지 못하게 했다. 그런 소중한 물건들을
보고 있으면 우리가 참 보잘것없다는 느낌이 들었다. 우리가 아무
리 성공해봤자 그런 멋진 무언가는 절대 될 수 없음을, 우리집에
있던 몇몇 값비싼 골동품들은 어쩌다 더 높은 곳에서 내려와 못 이
기는 척 우리와 함께 지내주는 것임을 알고 있었다. 우리는 늘 그
물건들을 다치게 할까봐 두려웠고, 가구 주변에선 조심스럽게 움
직여야 한다고 들으며 자랐다. 그건 가구와 함께 사는 게 아니라
가구 주변에서, 지켜야 할 거리를 지키며 사는 거였다. 처음 벨사
이즈파크에서 지내면서 얼마 동안은 요아브와 레아가 집안에 있는
가구들을, 아버지의 생계가, 따라서 본인들의 생계가 달려 있는 그
가구들을 너무 함부로 대하는 걸 보고 불안했다. 두 사람은 비더마
이어양식*의 커피 테이블에 아무렇게나 맨발을 걸치고 와인잔을

내려놓았다. 진열용 케이스에 지문을 남겼고, 장의자에서 낮잠을 잤고, 아르데코양식의 서랍장 위에 음식을 놓고 먹었고, 가끔씩 가구들이 가득한 방에서 공간이 별로 없을 때는 아예 기다란 만찬용 식탁 위를 걸어다니기도 했다. 맨 처음 요아브가 나를 벗기고 위로 올라왔을 때 내 몸이 어색하게 굳었던 건 자세 때문이 아니라―자세는 아주 마음에 들었다―등뒤에 자개로 장식된 책상이 있었기 때문이었다. 하지만 그렇게 함부로 가구를 대하면서도 표시나 흔적을 남기는 일은 없었다. 처음엔 어릴 때부터 그런 가구들 사이에서 살아왔기 때문에 자연스럽게 생긴 우아함이라고 생각했는데, 요아브와 레아를 조금 더 잘 알고 나서는, 그건 그들의 재능임을, 이렇게 말할 수 있다면, 마치 유령에게서 빌려온 것 같은 재능임을 알 수 있었다.

그 집의 비밀은 생각보다 쉽게 밝혀졌고, 나도 잘 알게 되었다. 건물은 모두 4층이었다. 레아가 맨 위층에 살았는데, 뒤쪽 방의 캐노피가 달린 침대에서 잠을 자며, 스테인드글라스 빛이 비치는 거실에서 스타인웨이 업라이트피아노를 쳤다. 피아노의 상아색 건반이 온갖 빛으로 반짝이는 오후들도 있었다. 레아를 만나기 전에는, 요아브의 삶에서 그녀가 차지하고 있는 자리 때문에 좀 겁이 났다. 요아브는 이야기를 하다 종종 그녀를 언급했는데, 어떨 때는 '여동생'으로, 어떨 때는 그냥 '개'라고 불렀고, 더 잦게는 그

---

* 19세기 중엽의 간소하고 실용적인 가구 양식.

냥 자신과 함께 '우리'라고 했다. 레아의 연주가 멈추면 나는 그녀가 집안 어딘가에서 나와 요아브를 지켜보고 있을 거라고 확신했고, 그런 생각이 들 때면 팔에 솜털이 일어서곤 했다. 하지만 마침내 레아가 처음 모습을 드러냈을 때, 마치 모든 존재가 내면의 삶을 위해 숨겨져 있는 것 같은 가늘고 다소곳한 몸가짐을 보고 놀랐다. 몸 전체가 내부에서 당기는 거대한 힘에 의해 하나로 지탱되는 것 같았다. 1층 서재에 그녀의 두번째 피아노, 작은 그랜드피아노가 있었다. 어디에나 악보가 쌓여 있었다. 마치 악보가 온 집안을 돌아다니는 것처럼, 주방이나 욕실에서도 나왔다. 그녀는 일이 주 만에 한 곡을 암기했다. 곡을 잘게 쪼개고 쪼갠 다음 무표정한 얼굴로 기계처럼 연습했다. 연습을 하는 동안은 면으로 된 낡은 기모노를 입었고, 옷을 차려입는 일은 거의 없었다. 그럴 땐 어떤 단정치 못한 분위기가 그녀를 감싸고 있었는데, 피아노 건반에 얼룩이 묻는 것은 물론 가끔은 손톱 밑에도 때가 끼어 있었다. 그러다 곡 전체를 접수하는 날이 오면, 곡을 완전히 소화해 자신의 것으로 만들고 나면, 이제 모든 것을 깔끔히 정리하고, 머리를 감고, 자리에 앉아 기억만으로 곡을 연주했다. 그녀는 같은 곡을 백 가지쯤 다른 방식으로 연주하곤 했다. 아주 빠르게, 혹은 아주 느리게, 한 음 한 음이 확신할 수 없는 어떤 투명함에 다가가는 걸음이라도 되는 것처럼 조심스럽게 연주했다. 그녀와 관련된 것은 모두 섬세하고 아담하며 우아함이 가득했지만, 건반에 손을 얹기만 하면 엄청난 무언가가 그녀 안에서 끓어올랐다. 몇 년 후 레아의 편지를 받고 하오렌가에 있는 요아브를 찾아갔을 때, 규모가 어마어마한 거실의 둥근 천장, 샹들리에가 걸려 있어야 할 자리에 그랜드피아노가 밧줄과 도르래로 묶여 있는 것을 보았다. 그건 끔찍한 폭력이었다. 찌는 듯 더운 날에 바람 한 점 없었지만, 피아노는 미세하게 흔들리는 것 같았다. 그걸 연주하려면 레아는 사다리가 필요했을 것이다. 그녀가 어떻게 그렇게 높은 곳에 피아노를 달아놓을 수 있었는지는 수수께끼였다. 나중에, 요아브가 자신은 전혀 도와주지 않았다고 했다. 어느 날 밖에서 돌아와보니 그렇게 되어 있었다고. 레아가 왜 그런 짓을 했느냐고 물어보자, 그는 아무런 장애물이 없는 허공에서 울리는 음의 순수함에 대해 애매하게 이야기했다. 하지만 내가 아는 한, 레아는 그들의 아버지가 자살한 후 연주를 아예 그만두었다. 건너편 방에 있을 때도 나는 거기 괴기스럽게 매달려 있는 피아노의 존재를 의식했다. 때론 쓸쓸하고 때론 위협적으로 보이는 그 물건이 결국 떨어지는 날엔—밧줄이 끊어지는 건 시간문제였다—그 집 전체가 함께 무너져내릴 것만 같은 기분이 들었다.

벨사이즈파크에 있던 요아브의 침실은 레아의 침실 바로 아래였다. 두 사람의 방에 있는 얼마 되지 않는 가구는 보통 바뀌지 않았다. 가구들을 계속 넣고 빼는 게 쉽지 않은 일이기도 했겠지만, 더 큰 이유는 그런 식으로—적어도 그 한 가지 면에서는—아버지의 영향이 미치지 않는 곳에서 지낸다는 생각에 남매가 안도감을 느꼈기 때문일 것이다. 요아브의 방에는 커다란 매트리스와 한쪽 벽에 쌓인 책을 제외하면 다른 물건이 거의 없었다.

계단을 내려가면 1층에 주방이 있었다. 거기서 뒷마당이 보였고, 짧은 복도 끝에 있는 문을 통해 밖으로 나갈 수 있었다. 문을 열려면 구석에 있는 거미줄을 망가뜨려야 했는데, 문을 닫으면 거미줄은 금세 다시 생겼다. 정교회 신자였던 보그나는 생명의 신성함을 소중히 생각했기 때문에 문을 열 때마다 지극히 조심했다. 마당엔 제멋대로 자란 풀이 무성했고 가시나무가 가득했다. 내가 그 마당을 처음 본 건 11월이어서, 풀들이 모두 죽어가고 있었다. 한때 정원에 여러 꽃을 심고 잘 가꾸던 시절도 있었을 테지만, 손보지 않고 그대로 내버려두면서, 통제를 벗어난 식물들의 끈기와 완고함 덕분에, 오직 거친 녀석들만 살아남아 더 굵어지고 자기들끼리 뒤엉킨 상태였다. 사람이 다니는 길도 지워져버렸고, 크고 어두운 벽을 따라 자란 진달래와 월계수가 햇빛을 고스란히 받고 있었다. 마당의 잔디밭엔 카드 테이블도 있었는데, 녹아내린 촛농이 상판 여기저기에 묻어 있고, 로마 엑셀시어호텔에서 가지고 온 재떨이엔 지저분한 물이 가득 고여 있었다. 나중에, 날씨가 따뜻해진 후에 우리는 그 테이블에 앉아 와인을 마시곤 했다. 마당의 그런 상태는 요아브와 레아에게 잘 맞았다. 둘은 뭐든 있는 그대로 내버려두는 걸 좋아했고, 그걸 또 나름대로 존중해주었다. 그것들을 그냥 거리를 두고 지켜볼 뿐이었다. 집안 여기저기에 버려진 물건들이 굴러다녔고, 마지막으로 떨어진 자리에 그대로 있었다. 보그나가 몇 주씩 그렇게 방치돼 있던 물건들을 보다못해 정리했는데, 제자리가 있는 물건은 그 자리에 돌려놓았고, 없는 물건들은 그대로 쓰레기통에 던져넣었다. 비록 자신과는 맞지 않았지만 보그나는 요아브와 레아의 취향을 잘 이해하고 있는 것 같았다. 화를 내는 척하고 무거운 한숨을 쉬며 안 그래도 좋지 않은 무릎에 더 무리를 주기도 했지만, 그녀는 남매를 안쓰럽게 여기고 있었던 게 분명했다. 어찌됐든 보그나는 자기 일을 해야 했다. 그녀에게 월급을

주는 사람은 바이스 씨였고, 그가 집에 들렀을 때 깔끔하게 정리가
되어 있지 않으면 해명을 해야 하는 건 그녀였다.

　　바이스 씨가 올 때면 나는 항상 그전에 옥스퍼드로 돌아가는 버
스를 타야 했다. 골동품 매매는 일의 특성상 인간적인 매력이나 사
교성이 필요했지만, 그는 조금 폐쇄적이고 은밀한 성격의, 해자에
둘러싸인 성 같은 인물이었다. 상대의 이야기를 끌어내며 친밀함
에 대한 환상을 만들어내는 사람, 상대방에 대해 물어보고, 아이가
있다면 그 아이의 이름을 기억하고, 상대방이 좋아하는 음료를 기
억하지만, 시간이 지나고 생각해보면, 자신에 대해서는 별로 이야
기를 하지 않았음을 알게 되는―그걸 깨닫는 사람들에게만 해당
하는 이야기겠지만―그런 사람이었다. 가족과 관련된 일에는 다
른 사람이 끼는 것을 좋아하지 않았다. 누가 나한테 딱히 설명해
준 기억은 없지만―그런 일은 절대 드러내놓고 이야기하지 않았
다―바이스 씨가 있을 때는 내가 그 집에 있으면 안 된다는 것을
알 수 있었다. 아버지가 다녀간 다음엔, 요아브가 종종 멀게 느껴
지고 불안해할 때가 있었다. 레아는 마치 벌을 받는 아이처럼 몇
시간이고 피아노 연습만 했다. 시간이 지나고 요아브와의 관계가
진지해지면서, 벨사이즈파크에서의 생활이 자리를 잡은 다음엔,
바이스 씨가 올 때마다 마치 나 자신이 어울리지 않거나 꼴불견인
손님이 된 것처럼 자리를 비워야 한다는 것에 상처를 받았고 화가
났다. 요아브가 이유를 설명해주지 않는다는 사실, 그런 이야기 자
체를 하지 않으려 한다는 사실 때문에 더 기분이 나빴다. 그는 그

저 거스를 수 없는 규칙 혹은 기대가 있는 거라고 암시할 뿐이었다. 분명한 것은 그의 아버지가 있을 때 내가 함께 있으면 안 된다는 사실뿐이었다. 그럴 때마다 우리의 관계 아래 숨어 있던 나의 불안이 더욱 심해졌다. 요아브에게 큰 부분을 차지하는 어떤 것이 나에게는 영원히 허락되지 않겠구나 하는 불안, 그가 살아온 삶의 어떤 부분이 그의 옆에서 함께 살고 있는 나의 것은 절대로 될 수 없겠구나 하는 불안이.

1월이 되었을 때, 나는 거의 매일 영국도서관에서 시간을 보냈다. 해가 뜨기 전에 하버스톡 힐을 걸어 지하철을 타러 갔고, 저녁이 된 다음에야 도서관에서 나와 유스턴 로드를 걸었다. 아직 새로운 논문 주제는 찾지 못한 상태였다. 아무 목적 없이 책을 뒤적이며 낮시간을 보냈는데, 그리 많은 것을 이해하지는 못했고 가끔씩 다시 공황이 찾아올까 두려웠다. 점점 더 신경쓰지 않게 된 A. L. 플러머 교수에게 전화를 걸어 논문의 방향에 대해 보고했다. 계속 조사해보게, 그는 대답했다. 책더미 사이에 파묻힌 그의 모습이, 잠든 독수리처럼 대머리만 툭 튀어나온 모습이 그려졌다. 가끔은 도서관에 가려고 집을 나섰지만 지하철역에 도착해서는, 출근길 러시아워의 다른 승객들과 함께 엘리베이터를 타고 동굴 같은 노던라인의 승강장으로 내려갈 마음이 생기지 않을 때가 있었다. 그런 날은 계속 걸어서, 하이스트리트에 있는 작은 상점에서 아침거리를 사고, 워터스톤스서점이나 플라스크 워크에 있는 헌책방의 좁은 복도에서 책을 뒤지며 시간을 보내다가, 열한시 십오분이 되면 피츠존스 애비뉴로 향했다. 프로이트박물관은 열두시에 열었다. 종종 관람객이 나밖에 없을 때가 있었는데, 안내인이나 기념품 가게의 여자 주인은 항상 나를 반겨주었고, 내가 어느 방에 들어가든 혼자 조용히 감상할 수 있게 자리를 비켜주었다.

오후에 집에 있을 때면 요아브와 나는, 가끔은 레아도 함께, 영화를 보러 갔다. 두 편을 이어서 볼 때도 있었고, 같은 자리에서 한 영화를 두 번 볼 때도 있었다. 히스로 산책을 가기도 하고, 가끔은 더 멀리 내셔널갤러리나 리치먼드공원까지 원정을 가거나, 알메이다극장에서 연극을 보기도 했다. 하지만 대부분의 시간은 집안에서 보냈다. 그 집은 어떤 힘으로, 그곳이 우리의 세상이었다는 말로밖에 설명할 수 없는 어떤 힘으로 우리를 다시 불러들였고, 우리는 그 안에서 행복했다. 밤에는 빌려온 영화를 보거나, 레아가 피아노 연습을 하는 동안 책을 읽었다. 종종 아주 늦은 밤에, 와인을 따고 요아브가 비알릭이나 아미차이, 카니우크, 알터만의 글을 큰 소리로 읽어줄 때도 있었다.* 나는 그가 히브리어로 책 읽는 소리를 듣는 것을, 자신의 모국어로 그렇게 생생하게 존재하고 있는 소리를 듣는 것을 좋아했다. 어쩌면 그런 순간들 덕분에, 그를 이해해보려는 힘든 노력을 조금은 내려놓을 수 있었을지도 모른다.

나는, 적어도, 그 집에서 행복했다. 어느 날인가 어둠 속에서 옷을 챙겨 입는데, 요아브가 이불 속에서 손을 뻗어 나를 당겼다. 자기, 그가 말했다. 나는 그의 옆에 누워 얼굴을 쓰다듬어주었다. 우리 도망가자, 그가 말했다. 어디로? 내가 물었다. 몰라, 이스탄불?

---

* 모두 이스라엘 시인.

카라카스? 가서 뭐할 건데? 요아브는 눈을 감고 생각에 빠졌다. 주스 가판대를 하는 거야. 뭐? 주스, 그가 말했다. 과일주스를 파는 거지. 사람들이 원하는 건 뭐든 파는 거야. 파파야, 망고, 코코넛 주스. 농담인 걸 알고 있었지만, 그의 눈엔 애절함이 묻어 있었다. 이스탄불에도 코코넛이 있을까? 내가 물었다. 수입하면 되지, 그가 말했다. 엄청나게 팔릴 거야. 사람들이 줄을 서겠지. 온 도시 사람들이 우리 코코넛주스에 환장할 거야, 내가 말했다. 그럼, 오후엔, 주스를 팔고 싶은 만큼 팔고 나면, 집으로 돌아오는 거야. 몸이 끈적이지만 행복할 거야, 그리고 몇 시간 동안 사랑을 나누고, 다시 옷을 챙겨 입는 거지. 자기는 흰색 드레스를 입고 나는 흰색 양복을 입고 외출하는 거야. 온통 들떠서, 우리는 바닥이 유리로 된 배를 타고 밤새도록 보스포루스해협을 따라 오르내리는 거지. 보스포루스해협 바닥에 뭐가 있는데? 내가 물었다. 자살한 사람들, 시인들, 홍수에 떠내려간 집들이 있지, 그가 말했다. 자살한 사람들은 보고 싶지 않아, 내가 말했다. 좋아, 그럼 나랑 브뤼셀에 가자. 브뤼셀엔 왜? 상부의 명령이야, 그가 말했다. 뭐? 내가 물었다. 엘 헤페,* 그가 말했다. 자기 아버지? 바로 그분이지. 진심이야? 내가 물었다. 내가 진심이지 않았던 적 있어? 그가 내 속옷을 벗기고 이불 속으로 들어가며 말했다.

가끔씩 바이스 씨가 요아브와 레아에게 사업과 관련된 작은 심부름을 시킬 때가 있었다—고객에게 가구를 보여준다거나, 어딘가로 가서 자신이 주문해놓은 물건을 찾아오는 일, 혹은 자신을 대

---

* '대장'이라는 뜻의 스페인어.

신해 경매에 참가하는 일 따위였다. 요아브가 내게 함께 가자고 한 건 처음이었고, 나는 그걸 우리의 관계가 중요한 전환점을 지났다는 신호로 받아들였다. 처음으로 내가 그의 집안일이라는 개인적 영역에 발을 들여도 될 정도로 신뢰를 얻은 것이다. 우리는 차를 한 대 빌렸다. 1974년식 검은색 시트로앵 DS. 시동을 켜고 나면, 수압 펌프가 작동하며 차체가 들어올려질 때까지 잠시 기다려야 했다. 앞좌석은 기다란 벤치 같았다. 나는 요아브가 운전을 하는 동안 그의 옆에 딱 붙어 앉았다. 차가 고속도로를 미끄러지듯 달리는 동안, 우리는 서로 가보고 싶은 곳을 이야기했다(나는 일본이었고, 그는 오로라가 보고 싶다고 했다). 헝가리어와 핀란드어에 대해 이야기하고, 한밤에 떠오르는 영감, 실패의 안도감, 조지프 브로드스키, 묘지(나는 산미켈레 묘지를, 그는 바이센제 묘지를 제일 좋아한다고 했다), 예민모셰에 있는 예후다 아미차이의 집에 대해 이야기했다. 요아브는 어렸을 때 어머니가 버스 안에서, 혹은 시장에서 음식이 가득 든 봉투를 들고 가는 아미차이를 가리킨 적이 있다고 했다. 저 사람 좀 봐, 그의 어머니는 말씀하셨다. 저런 사람도 다른 사람이랑 똑같이, 음식이 든 봉투를 들고 집으로 돌아가지. 하지만 그의 영혼 안에선 길에서 스쳐지나는 사람들의 꿈, 슬픔과 기쁨, 사랑과 후회, 그리고 가슴 아픈 상실들이 그의 글 속에 자리를 잡으려 싸우고 있단다. 그때 우리는 거기, 함께, 그가 어린 시절을 보낸 예루살렘에 있었다. 그는 하오렌가의 집에 대해 이야기했다. 곰팡이가 핀 벽지와 축축한 물탱크, 그리고 양념냄새가 나는 집안. 에인케렘을 방문한 그의 어머니는 한눈에 그 집에 반했다고 했다. 그의 아버지는 사업으로 돈을 좀 벌기 시작하자 제일 먼저 그 집을 찾아가 주인에게 가격을 물었다. 어느 날 그의 아버지는 아내에게 산책이나 가자고 했고, 천천히, 빙빙 돌다가, 우연히 마주친 것처럼 하오렌가의 그 집 앞에 멈췄다. 바이스 씨는 주머니에서 열쇠를 꺼내 현관문을 열었고, 요아브의 어머니는 깜짝 놀라서 뒤로 물러섰다. 꿈이 갑자기 현실이 되어버린 상황 앞에선 누구나 물러나듯이, 약간의 두려움까지 느끼며 그렇게.

돌아보면, 영국에서 보낸 그 어떤 시간들보다, 운전을 하는 요아브에게 딱 달라붙어 그가 하는 이야기를 듣던 그 시간이 가장 행복했다. 비록 금방 포크스턴에 도착해, 기차에 차를 싣고 영국을 떠나야 했지만 말이다. 터널 안에선 라디오가 잡히지 않았고, 차에는 CD플레이어나 테이프 데크도 없었지만, 우리는 터널 안의 침묵 속에서, 칼레에 도착한 기차가 다시 땅 위로 나올 때까지 키스를 했다. 이프르와 파스샹달 전적지를 알리는 표지판을 지나, 겐트를 향해 동쪽으로 차를 몰았다. 브뤼셀 외곽엔 안개가 끼어 있었고, 운하를 따라 속도를 낼 때는 까마귀떼가 흩어지는가 싶다가, 흐릿한 도시의 풍경이 눈에 들어올 때쯤엔 감쪽같이 사라졌다. 복잡한 일방통행 도로와 우회로, 표지판 없는 대로와 애매한 표지판 때문에 길을 잃은 우리는, 흑인 택시기사에게 길을 물어야만 했다. 우리가 다시 출발할 때 그 기사는, 우리가 가는 곳에 대해 우리는 모르는 뭔가를 알고 있다는 듯이 웃었다. 남쪽으로 차를 몰아 고급 상점들이 있는 위클의 거리들을 지나자, 다시 가로수가 늘어선 교외의 길이 나왔다. 유럽처럼 미에 대해 신경질적으로 까다로운 지역의 군주들만이 만들 수 있는 너무나 멋진 가로숫길이었다. 운전을 하며 우리는, 정말 드문 일이었는데, 미래에 대해 이야기했다. 물론 직접적으로 이야기하지는 않았다. 요아브는 간접적으로는 가장 생생하고 친밀한 이야기들을, 가장 위험하고, 가장 아프고, 위로받을 수 없을 정도로 슬프지만 또한 가장 희망적이기도 한 이야기들을 했지만, 그에게 우리의 관계에 대해 직접적으로 이야기하는 것은 불가능했다. 미래에 대해 정확히 어떤 이야기를 했느냐고 누가 묻는다면, 내가 할 수 있는 대답은, 우리가 했던 대화처럼 간접적으로 말하자면, 우리 사이에 감정이, 감정의 변화가 오갔다는 것, 며칠 동안, 아니 몇 달 동안 푹푹 꺼지는 스펀지 위를 걷다가 비로소 단단한 땅에 발을 내디딘 것 같은 느낌이 들었다는 것이다. 나로서는, 그때나 지금이나 마찬가지지만, 특히 지금, 그 시간들이 흐른 후에, 이렇게 말로 옮기고만 싶은 변화.

녹슨 연철 대문 앞에 도착했을 때는 이미 늦은 오후였다. 요아브가 창을 내리고 초인종을 눌렀다. 일 분 정도 지나도록 아무 대답이 없어서 다시 한번 누르려고 할 때 철문이 움직이며 천천히 열렸다. 진입로를 따라 차를 모는 동안, 시트로앵의 바퀴에 자갈이 부딪히는 소리가 들렸다. 이 집에 누가 사는 거야? 커다란 떡갈나무 뒤로 탑이 보이는 돌로 된 성의 모습에 감명받지 않은 척 애쓰며 내가 물었다. 요아브가 나를 데리고 온 것을 후회하게 만들고 싶지는 않았다. 르클레어 씨, 하지만 그의 대답은 어색한 상황을 더욱 어색하게 만들 뿐이었다. 르클레어라는 이름은 한 번도 들어본 적이 없었고, 누군지 짐작도 되지 않았다.

그런 집에 살 정도로 돈이 많은 사람이라면, 이십사 시간 내내 집사와 하녀의 시중을 받고, 제복을 입은 사람들에게 둘러싸여 아무리 작은 일이라도 직접 몸을 움직이는 경우는 없이 지낼 것 같았다. 하지만 우리가 초인종을 누르고 놋쇠가 박힌 육중한 문이 열리자, 그 뒤에 서 있는 사람은 르클레어 씨 본인이었다. 체크무늬 셔츠와 조끼 차림의 그는 뒤로 보이는 대리석 계단 때문에 난쟁이처럼 보였다. 놋쇠로 된 줄에 매달린 커다란 크리스털 조명이 그의 머리 위에서 바람에 따라 가볍게 흔들렸고, 그것만 제외하면 실내는 어둡고 차분했다. 르클레어 씨는 우리 둘 모두에게 악수를 청했는데, 순간, 일 초 혹은 일 초도 되지 않는 짧은 순간 동안 나는 얼어붙은 것처럼 아무런 반응도 보일 수 없었다. 분명 그 집주인을 보고 누군가가 떠올랐는데, 그게 누구인지 정확히 생각나지 않았던 것이다. 그가 내 손을 힘껏 쥐고, 등에서 감전된 것 같은 찌릿함이 흐를 때에야 비로소 하인리히 힘러*의 이름이 생각났다. 물론 훨씬 더 늙은 얼굴이었지만, 좁고 뾰족한 턱이나 얇은 입술, 동그란 금속 테 안경과, 그 안경의 바로 위에서 시작되는 넓은 이마, 비례에 맞지 않게 느껴질 정도로 넓은 평원 같은 이마와 조금 우습게 느껴질 정도로 숱이 적은 머리칼까지, 그 모든 것을 볼 때 틀림없었다. 그가 빈혈에 걸린 사람처럼 우리를 보며 웃어 보일 때, 작고 노란 이도 보였다.

요아브의 반응을 살피려고 돌아보았지만 그는 집주인이 누구를 닮았는지 따위는 전혀 눈치채지 못하고, 태평하게 르클레어 씨를 따라 집안으로 들어갔다. 르클레어 씨는 광이 나는 기다란 복도로 우리를 안내했다. 갈라지고 부은, 게다가 핏줄까지 툭툭 튀어나온 그의 발이 빨간 벨벳 슬리퍼 밖으로 보였다. 금박으로 된 액자에

---

* 독일 경찰청장과 내무부장관을 역임한 나치의 고위 간부.

조각 유리들을 붙여 만든 어마어마한 크기의 거울을 지날 때는 우리의 모습이 거의 두 배 정도로 확대되어 보이면서, 집안의 침묵도 더욱 음산하게 느껴졌다. 르클레어 씨도 그렇게 느꼈는지 요아브를 돌아보며 프랑스어로 뭐라고 했는데, 내가 알아들은 걸로 짐작하자면, 거기까지 오는 여정에 관한 이야기였고, 저택 앞뜰에 있는 떡갈나무가 프랑스혁명 전에 심은 거라는 이야기도 했다. 힘러가 뤼네부르크에서 자살했다는 것이 조작극이라고 하더라도, 바닥에 늘어져 있는 그의 시신을 찍은 그 유명한 사진까지 속임수에 불과했다고 하더라도, 살아 있다면 당시에 이미 아흔여덟이었을 텐데, 앞장서 걸으며 활기찬 모습으로 우리를 안내하는 집주인은 많아야 일흔 정도로 보였다. 하지만 친척일지도 모르는 일이었다. 롱아일랜드 교외 지역에서 잘살고 있는 히틀러의 후손들처럼, 그 집주인도 유대인 수용소에서, 아인자츠그루펜*이 수백만 명의 유대인을 학살하는 광경을 지켜본 힘러의 조카 혹은 사촌일 수도 있었다. 그가 어떤 방 앞에서 걸음을 멈추고 주머니에서 무거워 보이는 열쇠꾸러미를 꺼냈다. 맞는 열쇠를 찾아서 문을 열자 사방으로 펼쳐진 정원이 내다보이는, 벽에 나무를 덧댄 커다란 거실이 나타났다. 바깥 구경을 하고 다시 고개를 돌렸을 때, 르클레어 씨가 재미있다는 듯이 나를 쳐다보고 있었다. 아마도 간만에 찾아온 손님에 대한 반가움이었겠지만, 그 시선이 불편하게 느껴졌다. 우리에게 앉으라는 몸짓을 해 보인 다음, 르클레어 씨는 차를 준비하러 나갔다. 그

---

* 2차대전 당시 동유럽, 러시아 등지에서 후방지역의 유대인 및 민간인의 학살을 전담한 부대.

커다란 저택에 그는 혼자 살고 있는 것 같았다.

집주인이 힘러와 똑같이 생기지 않았느냐고 하자 요아브는 처음에는 웃었지만, 내가 진지하다는 것을 눈치채고는 자기는 잘 모르겠다고 했다. 내가 계속 그렇다고 하자, 그는 마지못해 그렇다고, 특정한 각도에서 보면 살짝, 아주 살짝 닮은 것 같기도 하다고 했다. 하지만 르클레어 씨는, 요아브의 말에 따르면, 벨기에의 아주 유명하고 오래된 귀족 가문 출신이고, 조상을 따라가보면 샤를마뉴대제까지 이어진다고 했다. 외할아버지가 자작이었고, 잠시이긴 하지만 레오폴트 2세 치하에서 콩고에 있는 고무공장의 감독관을 지내기도 했다. 전쟁을 겪으며 집안 재산을 거의 잃어버렸는데, 그나마 남은 것들도 재산세 때문에 거의 다 팔아야 했고, 가족들이 지냈던 클라우덴베르그의 집만 남겨두었다고 했다. 르클레어 씨는 가문에서 유일하게 남은 후손이었고, 적어도 요아브가 알기로는, 결혼한 적이 없었다.

그럴듯한 이야기라고 말을 하려던 참에, 거실에서 뭔가가 떨어지는 소리가 요란하게 들리더니, 주전자 혹은 찻잔이 구르는 소리가 이어졌다. 복도를 따라 소리가 난 곳으로 달려가보니 식당 뒤쪽의 커다란 주방에서 르클레어 씨가 바닥에 떨어진 다양한 크기의 철제 그릇들 사이에 무릎을 꿇고 엎드린 채 손으로 무언가를 찾고 있었다. 처음엔 그가 울고 있는 거라고 생각했는데, 다시 보니 안경을 잃어버려 앞이 잘 보이지 않았던 것이었다. 우리도 엎드려서 함께 안경을 찾았고, 그렇게 셋이서 기어다니며 바닥을 살폈다. 결국 내가 의자 밑에서 안경을 찾았는데, 한쪽 알에 금이 간 상태였다. 안경다리의 모양을 바로잡으려고 애쓰는 르클레어 씨의 모습이 안쓰럽게 보였다. 조리대 위의 쟁반에는 바닐라 웨이퍼 상자가 놓여 있었다. 금이 간 안경을 다시 쓴 르클레어 씨의 모습을 봤을 때는, 조금 전까지 그렇게 뚜렷하던 힘러와의 닮은 점이 어느새 희미하게 옅어져버렸다고 인정할 수밖에 없었다. 아마 내가 바이스 씨의 사업에 대해 아는 게 별로 없었기 때문에 그런 생각을 했던 게 아닐까 싶었다.

어쩌면 이제 르클레어 씨에게 세상이 달리 보였기 때문일 수도 있지만, 안경이 깨진 다음부터 그에게서 어떤 슬픔이 새어나오는 것 같았다. 기다란 복도를 지나 밖으로 나가, 구불구불한 정원의 산책로와 전지한 관목 덤불을 지나고, 회양목 미로를 통과해 돌로 된 거대한 성의 계단들을 오르내리는 동안(대부분은 올라가야 했다), 르클레어 씨 뒤로 슬픔이 흘러내려, 물속에서 작살을 맞은 바다표범 주위로 피가 번지듯 서서히 대기 속으로 스며들었다. 그는 우리가 온 이유도 잊어버린 것 같았다―테이블 이야기는 나오지도 않았다. 어쩌면 우리가 짧은 여행을 떠난 이유가 된 물건은 서랍장이나 벽시계, 의자였을 수도 있지만, 요아브도 예의를 갖추느라 먼저 이야기를 꺼내지 않았다. 대신 르클레어 씨는 마치 넋이 나간 사람처럼 길고 좁은 길을 걷는 동안, 어조를 바꾸고 뒤틀고 되돌려가며 클라우덴베르그의 긴 역사를 풀어놓았다. 오래전 12세기에 처음 지어진 성인데, 최초에 세워진 성은 화재로 사라졌다고 했다. 주방에서 시작된 불이 커다란 연회장을 지나며 걷잡을 수 없이 위층까지 번졌고, 수많은 태피스트리와 회화작품, 사냥대회의 트로피가 불타버리고, 3층에 유모와 함께 갇혀 있던 성주의 막내 아들도 죽어버렸다. 남은 것은 원래 자리에서 조금 떨어진 언덕 위에 지은 고딕양식의 예배당뿐이었다. 가끔씩 르클레어 씨의 목소리는 거의 속삭임으로 바뀌었고, 그럴 때면 그의 말을 거의 알아들을 수 없었다. 요아브와 내가 몰래 사라져, 왔던 길을 되돌아가 시트로엥을 타고 가버린다고 해도 르클레어 씨는 알아차리지 못할 것 같다는 생각이 들었다. 그 정도로 그는 클라우덴베르그의 복잡하게 뒤얽힌 역사, 그 비밀과 영광스러웠던 순간들과 좌절에 빠져 있었고, 그 순간 그는, 내 눈에는, 한 명의 수녀처럼 보였다. 엉망으로 금이 간 안경을 쓰고, 마르고 부은 발에, 불안정해 보일 정도로 넓은 이마를 지닌 수녀. 르클레어 씨는, 그런 일이 가능하다면, 정신적으로나 육체적으로, 신이 아니라 클라우덴베르그의 엄숙한 돌덩이들과 결혼한 수녀 같았다.

투어(그렇게 불러도 된다면)가 끝나자 어느새 밤이었다. 우리 세 사람은 한때 자작이 주최한 성대한 연회를 위해 요리사가 쇠고기 어깻살과 허릿살을 썰었을 주방에 있는 흉터 많은 식탁에 둘러앉았다. 르클레어 씨는 창백하고 지치다못해, 거의 텅 빈 것처럼 보였다. 마치 르클레어 씨 안의 또다른 르클레어 씨가 몸밖으로 나가 12세기, 13세기, 14세기의 불타는 석양 사이를 헤매고 있는 것 같았다. 용서하십시오, 지금쯤 배가 고프시겠군요, 그는 그렇게 말하고는 자리에서 일어나, 유서 깊은 건물에 어울리지 않아 보이는 냉장고를 살폈다. 그제야 그가 다리를 약간 저는 것이 보였다. 그때 다리를 절기 시작한 건지, 아니면 처음부터 그랬는데 내가 알아차리지 못한 건지는 알 수 없었다. 원래 그런 것이었다면 오후 내내 그를 따라다니면서 못 봤을 리가 없을 텐데, 어쩌면 날씨나 몸 상태에 따라 더 심해지는 건지도 몰랐다. 제가 도와드릴게요, 내가 말하자 그는 고맙다는 표정을 지어 보였다. 이저벨은 정말 훌륭한 요리사거든요, 요아브가 말했다. 재료가 하나도 없어도 연회를 열 수 있을 거예요.

르클레어 씨는 잠시 나갔다가 와인을 한 병 들고 돌아왔다. 나는 준비한 키시*가 오븐에서 익을 동안 식탁을 차렸는데, 나중에 보니 포크와 나이프의 위치를 반대로 놓았던 모양이다. 마침내 식사를 시작할 시간이 되었을 때 르클레어 씨는 풀릴 가망이 보이지 않는 수수께끼를 마주한 것처럼 잠시 얼어붙었지만, 이내 귀족 특유의 우아한 동작으로, 접시 위로 손목을 교차시켜 포크와 나이프를 바꿔 쥐었다. 첫술을 뜬 후 그의 입에서 작은 탄식이 나왔다. 불안한 기운이 흘렀지만, 그것도 잠시, 음식과 와인을 조금씩 먹으면서 그는 차츰 제 모습을 되찾는 것 같았다.

저녁식사 후, 르클레어 씨가 우리가 묵을 방을 보여주었다. 우리가 자고 갈 거라는 이야기가 오갔는지는 모르겠지만, 어쨌든 나는 그런 이야기를 들은 기억이 없었다. 하지만 식사를 마쳤을 때는 이미 열시가 넘었고, 방문의 목적인 가구―그게 뭐든―이야기는 그때까지도 나오지 않았다. 돌아오는 길에 작은 여관에서 묵을 계획이었기 때문에 잠자리 준비를 해오기는 했다. 요아브가 가방을 가지러 차에 간 동안, 나와 단둘이 남은 르클레어 씨는 하필이면 그날 가정부가 휴가를 썼다고 투덜대며 시트를 정리했다.

요아브와 나는 그 방에 딸린 어마어마한 크기의 욕실에 나란히 서서 양치질을 했는데, 욕조가 말 한 마리가 들어가도 될 정도로

---

* 파이의 일종.

컸다. 침대에 들어온 우리는 키스를 시작했다. 이즈, 자기를 어떻게 하면 좋을까? 그가 내 머리에 얼굴을 묻은 채 속삭였다. 나는 그에게 몸을 꼭 붙였다. 하지만 그는 거의 매일 밤 하던 것처럼 사랑을 나누는 대신, 계속 속삭이듯 이야기를 했다. 그의 얼굴이 내 귀에 바짝 붙어 있었다. 예루살렘에서 보낸 어린 시절에 대해 더 이야기했고, 마치 벨사이즈파크의 집에서 벗어났기 때문에 더 자유롭게 이야기할 수 있다는 듯이, 전에는 한 번도 한 적이 없는 이야기도 했다. 어머니 이야기를 했다. 자신을 가지기 전까지는 배우로 활동했던 어머니. 요아브가 태어난 후에는 다시 일을 하지 않았지만, 당시에 찍은 사진들을 보면 어머니가 차마 입 밖에 내지 않았던 속마음이 보인다고 했다. 그의 말에 따르면, 어머니는 돌아가시기 전까지 아버지와 두 자식 사이의 완충 역할을 해주었다. 어머니를 거쳐서 전해지면 아버지의 명령도 부드러워졌고, 아버지가 자식들에게 원하는 것도 어머니는 훨씬 쉽게 이끌어낼 수 있었다.

몇 시간 후 나는 땀에 흠뻑 젖어서 잠에서 깼다. 세면대에서 물을 좀 마시려다가, 완전히 잠이 깨버렸다는 걸 알았다. 밤에 잠에서 깰 때 종종 그랬던 것처럼, 그날도 다시 잠들 수 없을 것 같았다. 책을 읽기 위해 불을 켜면 요아브를 깨울 것 같아서 가지고 온 책—토마스 베른하르트의 책이었는데, 제목은 기억나지 않는다—을 꺼내들고 방밖으로 나왔다. 벽에 걸린 예닐곱 개의 박제된 사슴 머리가 흐릿한 눈으로 지켜보는 가운데 복도를 지나 거실로 나왔다. 계단 끝 층계참에 르클레어 씨가 오후에 말해준 브뤼헐*의 그림이 걸

---

* 네덜란드 화가.

려 있었다. 회색 얼음과 흰 눈, 검은 나무를 배경으로 인간 삶의 온
갖 모습이 펼쳐지는 브뤼헐 특유의 겨울 풍경이었다. 사람들은 아
주 작았지만, 단 한 명도 그냥 지나칠 수 없게, 아주 섬세하게 신경
써서 그린 모습이었다. 밝은 모습이든 절망적인 모습이든, 그 정
도 거리를 두고 망원경 같은 거장의 눈으로 보면 모두 불길하면서
도 동시에 희극적인 상황 같았다. 조금 더 가까이 다가가 살펴보았
다. 한쪽 구석에서 남자가 어떤 집 벽에 소변을 보고 있고, 그 위에
는 거칠고 펑퍼짐한 얼굴의 여인이 창문으로 남자의 머리 위에 물
을 끼얹으려는 참이었다. 조금 떨어진 곳에서는 모자를 쓴 남자가
깨진 얼음 사이에 빠졌는데, 주변 사람들은 아무것도 모른 채 계속
스케이트만 타고, 유일하게 사고를 목격한 한 소년이 들고 있던 막
대기를 남자를 향해 내밀고 있었다. 바로 그 순간 장면이 얼어붙은
것이다. 소년이 몸을 숙이고, 내민 막대기는 아직 남자에게 닿지
못하고, 순간 모든 광경이 기울어지며 그 어두운 구멍 속으로 빨려
들어간 것만 같았다.

주방에 들어간 나는 더듬거리며 등을 찾았다. 하지만 마침내 불
을 켰을 때 하마터면 심장이 멎을 뻔했다. 식칼에 팬 커다란 자국
이 여기저기 난 나무 식탁 의자에, 머리가 하얀 남자아이가 무릎을
꿇고 앉아 닭다리를 뜯고 있었던 것이다. 누구니? 내가 물었다. 어
쩌면 소리를 쳤는지도 모른다. 하지만 그건 그냥 나온 말일 뿐이었
다. 그렇게 놀란 그 순간, 나는 소년이 방금 본 브뤼헐의 그림 속에
있던 착한 아이라고, 그 아이가 저녁을 먹으러 나온 거라고 확신했
다. 기껏해야 여덟 살 혹은 아홉 살 정도 돼 보이는 아이는 아무렇
지도 않다는 듯 기름 범벅이 된 얼굴을 손등으로 문질렀다. 스파이

더맨 복장을 흉내낸 잠옷 차림에 발에는 낡은 슬리퍼를 신고 있었다. 기기, 아이가 대답했다. 남자 이름으로 흔한 이름은 아닌 것 같았다. 아이는 다른 설명 없이 의자에서 폴짝 뛰어내려와 뼈를 휴지통에 버린 다음 식료품 창고로 사라졌다. 잠시 후 다시 나왔을 때는 쿠키 상자를 한아름 안고 있었다. 아이가 쿠키를 꺼내 내게 건넸다. 내가 고개를 가로젓자, 기기는 어깨를 한번 으쓱해 보인 다음 한입 베어물고는 맛을 음미하듯 천천히 씹었다. 몇 주 동안 아무도 머리를 빗겨주지 않았는지 아이의 뒷머리가 제멋대로 뭉쳐 있었다. 튀 아 수아프?* 아이가 물었다. 뭐라고? 내가 되물었다. 아이는 컵을 들고 물을 들이켜는 시늉을 했다. 어, 아니, 괜찮아, 나는 그렇게 대답하고 바보처럼 또 물었다. 르클레어 씨는 네가 여기 있는 거 아시니? 아이는 인상을 찌푸렸다. 에? 르클레어 씨 말이야, 네가 여기 있는 거 아시냐고? 통통 클로드?** 나는 아이의 말을 이해해보려고 애썼다. 몽 옹클?*** 아이가 말했다. 그분이 네 삼촌이라고? 불가능한 이야기 같았다. 기기는 쿠키를 한입 더 베어물고는 늘어진 앞머리를 넘겼다.

기기는 쿠키를 먹으며 계단을 올라갔다. 그렇게 몸이 가볍고 재빠를 수가 없었는데, 어쩌면 어둡고 무거운 클라우덴베르그의 실내 분위기 때문에 더 그렇게 보였던 건지도 모른다. 층계참에 이르렀을 때 나는 브뤼헐 그림 속의 소년이나 물에 빠진 남자가 여전히 그 자리에 있는지 확인해보고 싶었지만, 내가 선 자리에서 확인

---

* '목 말라요?'라는 뜻의 프랑스어.
** '클로드 아저씨요?'라는 뜻.
*** '우리 삼촌이요?'라는 뜻.

하기엔 그림 속 인물들이 너무 작았고, 기기는 이미 모퉁이를 돌아 앞서가고 있었다. 쿠키를 다 먹은 아이는 손에 묻은 부스러기를 구겨진 파자마 바지에 닦고, 주머니에서 성냥갑만한 미니카를 꺼내 벽에 대고 밀어보다가 이내 다시 집어넣은 다음, 내 손을 잡았다. 우리는 기다란 복도를 몇 개나 지나고, 문을 열고 들어가고, 계단을 올랐다. 그렇게 걷는 동안 기기는 폴짝폴짝 뛰거나, 느릿느릿 처지기도 했고, 앞으로 쭉 달려갔다가 다시 돌아와 내 손을 잡기도 했다. 나는 나를 지탱해주던 무언가를 잃어버리는 기분이었지만, 전혀 불쾌하지 않았다. 점점 더 주변의 장식이 줄어들었고, 마침내 더 높은 곳으로 올라가는 좁은 나무 계단에 이르렀다. 그제야 나는 우리가 성의 탑 안에 와 있다는 걸 깨달았다. 꼭대기에 작은 방이 있고 거기에 네 개의 작은 창이 사면에 하나씩 나 있었다. 그중 하나의 유리가 깨져서 그리로 바람이 들어왔다. 기기가 전등갓에 동물과 무지개 스티커가 붙어 있는 등을 켰다. 누군가가 지루함을 견디다못해 그 스티커를 떼어내보려고 한 흔적도 보였다. 바닥엔 담요가 깔려 있고, 색 바랜 꽃무늬 베갯잇을 씌운 베개와 동물 모양의 낡은 봉제인형이 함께 있는 모습이 마치 헤집어놓은 둥지 같았다. 상해버린 빵 반 덩어리와 뚜껑 열린 잼병도 보였다. 아이들의 그림책에 종종 등장하는, 편안해 보이는 가구와 인간의 생활에 필요한 세간을 그대로 축소해 갖다놓은 동물들의 피신처에 온 것 같은 느낌이 들었다. 땅속으로 내려가는 대신 위로 올라왔다는 것만 달랐다. 그리고 그 아이의 은신처에선 따뜻함과 안락함 대신 고독과 외로움이 묻어났다. 기기가 창으로 다가가 밖을 내다보며 몸을 가볍게 떨었다. 아이가 그러고 있는 동안, 나는 그때 밖에서 본 탑은 어떤 모습일까 상상했다. 인간 삶의 두 가지 실험체를 싣고 어두운 바다 위를 떠다니는, 반짝이는 유리 선실. 창문턱 위에 칠이 벗어진 철제 장난감 병정 서너 개가 얼어붙은 듯 놓여 있었다. 나는 아이를 꼭 껴안고, 모든 것이 결국엔 괜찮아질 거라고 말해주고 싶었다. 완벽하진 않고, 아마 행복하지도 않겠지만, 그래도 괜찮다고 말해주고 싶었다. 하지만 아이의 몸에 손을 대고 달래주려 해도 움직일 수가 없었고, 아이를 놀라게 할까봐 말을 걸 수도 없었다. 게다가 제대로 된 프랑스어도 생각나지 않았다. 한쪽 벽에 머리를 풀어헤치고 목에 스카프를 두른 여인의 사진이 붙어 있었다. 고개를 돌린 기기가 그 사진을 보고 있는 나를 발견했다. 아이가 다가와 사진을 떼어내서 베개 밑에 넣고는, 담요 안으로 들어가 몸을 공처럼 동그랗게 말고 잠이 들었다.

나도 잠이 들었다. 길었던 그 밤에 두번째로 잠에서 깨보니, 기기는 어느새 고양이처럼 내 품으로 파고들어와 있었고, 하늘은 창백했다. 아이를 혼자 내버려두기 싫어 조심스럽게 들어서 안았다. 형제가 없는 나로서는 그렇게 아이를 품안에 안고 옮겨본 것이, 내가 기억하는 한, 그때가 처음이었다. 아이가 너무 가벼워서 놀랐다. 나중에 내 친아들, 요아브와 나 사이에서 태어난 아이를 안을 때도, 종종 기기가 생각났다. 잠을 방해받은 기기는 뭔가 알아들을 수 없는 말을 중얼거리고 한숨을 한 번 쉰 다음, 내 어깨에 기댄 채 다시 잠이 들었다. 그렇게 아이의 기운 빠진 다리가 흔들리는 것을 느끼며 함께 계단을 내려와, 지나온 문들을 다시 지나고, 복도를 지나고, 영리한 계산이었는지 그냥 실수였는지는 알 수 없지만 지름길 비슷한 것을 통과해 마침내 짧은 복도로 이어지는 낮은 문을 찾았다. 짧은 복도는 다시 다른 복도로 이어졌고, 그 끝에서 마침내 르클레어 씨가 처음 우리를 맞아주었던 커다란 현관에 이르렀다. 커다란 크리스털 조명이 그의 머리 위에서 다모클레스의 검*처럼 조금씩 흔들리던 그 현관. 어쩌면 한밤의 성안에서 느꼈던 불안함 때문에 그런 생각이 들었는지도 모른다. 기기가 내 귀에 대고 내쉬는 따뜻하고 부드러운 숨결이 없었더라면 그렇게 길을 찾아 성안을 돌아다닐 용기도 생기지 않았을 것이다. 요아브, 르클레어 씨와 함께 전날 낮에 지났던 경로를 그대로 따라 걸었다. 커다란 거울 앞을 지날 때는 기기의 모습이 유령처럼 거울에 비치지 않을 줄 알았는데 아니었다―거기, 희미한 어둠 속에서도 우리 두 사람의 몸을 분명하게 알아볼 수 있었다. 르클레어 씨가 정원의 전경을 보여주었던 방이라고 짐작되는 문 앞에 이르렀을 때, 기기를 한 손으로 받쳐들고는 조심스럽게 손잡이를 돌려보았다. 문은 쉽게 열렸다. 우리가 나온 다음 르클레어 씨가 문을 잠그는 걸 깜빡한 모양이라고 생각하며 안으로 들어갔다. 잠시나마 내가 사랑하는 새벽의 회색빛, 모든 사물들을 있는 그대로의 연약한 모습으로 비추는 그 빛을 받은 정원을 한 번 보고 싶었다. 하지만 내가 그때 들어선 방은 깜깜했고 전망이라고 할 만한 건 하나도 없었다. 있었을지도 모르지만 어쨌든 그때는 두꺼운 커튼이 쳐진 상태였다. 르클레어 씨가 자기 전에 다시 이 방에 와서 커튼을 쳤을 수도 있지만, 그랬을 것 같지는 않았다. 시간이 지나면서, 나는 그 방이 전날 구경

* 다모클레스는 기원전 4세기 시칠리아 시라쿠사의 참주 디오니시우스 1세의 신하로, 참주가 말총 한 올에 매달린 검 아래에 그를 앉혀 권력의 위태로움을 알려주었다고 한다.

했던 방보다 훨씬 크다는 것을 알아차렸다. 방이라기보다는 연회실 같은 그곳에서, 어두운 그림자들의 어떤 말없는 존재감이 전해졌다. 그림자들은 곧 희미하게나마 알아볼 수 있었는데, 다양한 크기의 형체들이 기다랗게 줄을 서서 한데 모여 있는 광경이었다. 많은 사람들이 사방으로 뻗어나갔다가 지붕이 높은 그 방의 한쪽 모퉁이로 멀리 사라지는 우울한 광경. 눈에 보이는 것은 거의 없었지만, 그 광경이 어떤 장면인지 알 수 있을 것 같았다. 몇 년 전 학부 역사 수업에서 에마누엘 린겔블룸*에 대한 자료를 수집하다 발견한 한 장의 사진. 바르샤바 게토 주변의 움슐라크광장에 모인 유대인들의 모습을 찍은 사진이었다. 사람들은 모두 모양을 알아볼 수 없는 가방을 깔고, 혹은 그냥 맨땅에 앉거나 웅크린 자세로 트레블린카로 이송되기를 기다리고 있었다. 그 사진을 처음 봤을 때는 충격적이었다. 사진 속 인물들이 모두 카메라를 정면으로 보고 있는 것에서 알 수 있듯이, 사진가의 주문이 모두에게 들릴 정도로 상황이 가라앉아 있어서만은 아니었다. 그것보다는 사진가가 공들여 만들어낸 사진의 구성, 그들을 가두고 있는 담장의 한없이 이어지는 벽돌의 명암과 어두운색의 모자를 쓰거나 스카프를 두른 창백한 얼굴들 사이의 대비가 충격적이었다. 담장 너머로 보이는 직사각형 건물에는 정사각형 창이 가지런히 늘어서 있었다. 작품 전체가 기하학적 질서를 너무나 강하게 드러내고 있어, 각각의 재료들—유대인, 벽돌, 창문—의 자리가 영원히 바뀔 수 없을 것 같은 생각이 들 수밖에 없었다. 이름을 붙일 수 없는 낯선 느낌을 벗어

---

* 폴란드 출신의 유대인 역사학자.

나 어두운 실내에 적응하고 나니, 그 안에 놓인 테이블이나 의자, 장롱, 여행가방, 등, 책상 들도 모두 호출을 기다리는 자세로 정렬하고 있는 것 같은 알 수 없는 느낌이 들었다. 그때 왜 바로 그 순간에 움슐라크광장에 모인 유대인들 사진이 떠올랐는지 생각났다. 그러니까, 린겔블룸에 대한 자료를 조사하던 바로 그 시기에, 게슈타포가 추방 혹은 처형을 당한 유대인의 집에서 약탈해온 가구나 가재도구를 보관하는 창고 역할을 한 유대인 사원이나 공장 사진들도 함께 보았기 때문이었다. 밤이 되어 문을 닫은 식당에서처럼 뒤집어놓은 의자들, 산처럼 쌓인 옷감, 차곡차곡 분류해놓은 숟가락과 나이프, 포크 더미의 사진들이었다.

거기, 제자리를 찾지 못한 가구들이 늘어선 벌판 같은 연회실의 가장자리에 얼마나 오래 서 있었는지 모르겠다. 안고 있던 기기가 점점 무겁게 느껴져서, 방을 나온 후 문을 닫고 우리 방으로 돌아왔다. 요아브는 여전히 자고 있었다. 기기를 요아브 옆에 누이고 둘을 가만히 지켜봤다. 엄마 잃은 두 소년이 나란히 잠든 모습. 아랫배 깊숙한 곳에서 뭔가가 삐걱거리면서 팽팽한 기운이 느껴졌다. 그들을 그렇게 바라보며 지켜주는 것이 나의 일이었고, 하늘이 천천히 밝아오는 동안, 그렇게 했다. 지금 떠올려보면, 요아브와 내가 나중에 가지게 될 아이, 데이비드의 영혼이 그 순간 소리 없이, 눈에 띄지도 않게 그 방을 스쳐간 것 같은 느낌을 지울 수가 없다. 눈꺼풀이 무거워지더니, 결국 나도 잠이 들었다. 다시 깼을 때 침대는 비어 있었고, 욕실에서는 샤워하는 소리가 들렸다. 희뿌연 김과 함께 요아브가 깔끔하게 면도를 마친 모습으로 나왔다. 기기의 흔적은 없었고, 요아브가 아이에 대해 아무 말이 없었기 때문에 나도 가만히 있었다.

두 개의 식당 중 작은 식당에서 아침을 먹었는데, 그래도 식탁은 열여섯 명 내지 스무 명은 앉을 수 있을 정도로 컸다. 밤사이에 혹은 이른아침에 카텔린이란 가정부가 휴가에서 돌아온 모양이었다. 르클레어 씨는 식탁 상석에 앉았다. 조끼는 전날 입었던 것과 같았지만 그 위에 회색 스포츠 재킷을 입은 차림이었다. 그의 얼굴에서 잔인함의 증거를 찾아보려 했으나 보이는 건 초라한 노인의 얼굴뿐이었다. 밝은 곳에서 다시 보니 가구들이 있는 연회장에 대한 나의 상상도 터무니없는 것이었다. 르클레어 가문이 파산해 처분할 수밖에 없었던 저택들에서 가져온 것들이거나, 더이상 사용하지 않는 성안의 다른 공간에서 가져온 것들이 분명했다.

기기의 흔적은 없었다. 식사 도중에 가정부가 여러 번 드나들었지만, 그때마다 재빨리 주방으로 사라졌다. 나를 좀 불쾌한 시선으로 바라보는 것 같기도 했는데, 확신할 순 없었다. 식사가 끝날 무렵 집주인이 나를 보며 말했다. 아마 제 조카손자를 만나셨던 모양입니다. 요아브의 얼굴에 무슨 소린지 알 수 없다는 표정이 떠올랐고, 르클레어 씨는 말을 이었다. 두 분을 방해하지나 않았는지 모르겠네요. 녀석이 가끔씩 밤에 배가 고파질 때가 있는데, 평소에는 카텔린이 침대 옆에 과자를 챙겨두지만, 어제는 제가 그만 깜박해서요. 무슨 말씀이신지? 요아브가 르클레어 씨와 나를 번갈아 보며 물었다. 제 조카딸의 아들입니다. 르클레어 씨가 토스트에 버터를 바르며 말했다. 놀러온 건가요? 요아브가 물었다. 아니, 우리랑 함께 살고 있습니다. 작년부터요. 제가 녀석을 무척 좋아합니다. 집안에 아이들이 뛰어다니면 분위기가 확 달라지거든요. 아이 어머니는 어떻게 되셨죠? 내가 끼어들었다. 잠시 불편한 침묵이 흘렀다. 경직된 얼굴의 르클레어 씨가 작은 은스푼으로 커피를 저으며 대답했다. 우리에겐 없는 사람입니다.

그 이야기는 계속하면 안 된다는 게 분명해졌다. 잠시 어색한 침묵이 흐른 후 르클레어 씨가 시내에 나가 안경을 고쳐야 한다며 서둘러 자리에서 일어났다. 그러고는 우리가 거기까지 찾아가게 만든 그 물건에 대해 이야기를 하자며 요아브를 데리고 나갔다. 나는 혼자 남았다. 자리에서 일어나, 혹시 기기를 볼 수 있을까 하는 마음에 주방을 살짝 엿봤다. 그 아이를 다시 볼 수 없다는 생각에 슬퍼졌다. 아이용 컵과 그릇이 놓인 쟁반이 있었지만 사람은 아무도 없었다.

우리는 시트로엥의 트렁크에 다시 짐을 실었다. 커다란 판지 상자는 뒷좌석에 놓았다. 르클레어 씨가 우리를 배웅하러 나왔다. 구름 한 점 없는 겨울 하늘 아래, 모든 것이 밝고 날카롭게 반짝였다. 나는 탑을 올려다보며, 혹시 그 안에 뭔가 움직이는 게 없는지, 아이의 얼굴이 보이지는 않는지 살폈지만, 하얗게 햇빛을 반사하는 창 때문에 아무것도 볼 수 없었다. 또 들르십시오, 물론 그럴 일은 없겠지만 르클레어 씨는 그렇게 인사했다. 그가 나를 위해 조수석 문을 열어주었는데, 닫을 때 어찌나 세게 닫던지 낡은 차창 유리가 흔들릴 정도였다. 차가 출발하고 나는 집주인에게 인사를 하기 위해 뒤를 돌아보았다. 금이 간 안경을 쓴 르클레어 씨는 어딘지 허전하고 슬픈 모습으로 꼼짝도 않고 서 있었고, 그 뒤로 클라우덴베르그 성이 우뚝 서 있었다. 착시효과 때문인지 집에서 멀어질수록 성은, 마치 가라앉았던 배가 다시 수면 위로 떠오르는 것처럼 더 높아졌고, 마침내 진입로 모퉁이를 돌아설 때 르클레어 씨의 모습도 나무 사이로 사라졌다.

돌아오는 길에 요아브와 나는 아무런 말도 없이 각자의 생각에 빠져 있었다. 브뤼셀의 우울한 교외를 벗어나 탁 트인 고속도로에 들어선 다음에야, 나는 아버지가 찾아오라고 한 물건이 무엇이었는지 그에게 물어보았다. 그는 백미러를 보며 자동차 한 대가 우리를 앞지르도록 비켜준 다음 대답했다. 체스판. 그리고 우리는 다른 이야기를 했는데, 어떤 이야기였는지는 기억나지 않는다.

이후 몇 달 동안 요아브와 레아, 나, 심지어 아직 떠나지 않았던 보그나까지 모두 익숙한 일상에 정착해갔다. 레아는 퍼셀룸에서 열릴 자신의 첫 연주회에서 연주할 볼컴과 드뷔시의 곡 연습에 몰두했고, 나는 도서관에서 시간을 보냈다. 요아브는 본격적으로 시험 준비에 들어갔고, 보그나는 정기적으로 오가며 모든 것을 제자리로 돌려놓았다. 주말에는 영화를 한아름 빌려봤다. 배가 고프면 먹고, 잠이 오면 잤다. 나는 그곳에서 행복했다. 가끔씩 다른 사람들보다 먼저 잠이 깨 이불을 둘둘 만 채 방들을 돌아다니거나 빈 주방에서 차를 마실 때면, 끊임없이 뒤집히고 도무지 이해할 수 없던 세상에도 사실은 질서가 있는 것 같은, 잘 보이진 않지만 그 안에 내 자리도 있는 것 같은 드문 느낌이 들기도 했다.

그러던 3월 초 어느 비 오는 저녁 전화벨이 울렸다. 종종 요아브와 레아는 수화기를 들기 전부터 아버지의 전화를 알아차리는 것처럼 보일 때가 있었다. 두 사람이 눈빛을 짧고 능숙하게 교환했다. 파리의 기차역에서 전화를 한 바이스 씨는 그날 밤 집에 도착할 예정이라고 했다. 순식간에 긴장감이 집안을 휩쓸었고, 요아브와 레아는 불안으로 안절부절못하며, 이 방 저 방 돌아다니거나 계단을 오르내렸다. 지금 마블아치로 출발하면 아홉시 반 조금 지나서 옥스퍼드에 도착할 수 있을 거야, 요아브가 말했다. 나는 화가 났고 우리는 싸웠다. 왜 나를 창피해하고 아버지로부터 숨기려 하느냐고 따졌다. 내 머릿속에서 나는 다시, 손님이 올 때만 고급 소파의 비닐 덮개를 벗기는 부모님의 딸이 되었다. 자기 가족은 절대 고귀한 삶을 살 수 없다고 믿으면서도 그런 삶을 꿈꾸는 부모님, 자신보다 위에 있는 모든 거대한 생각들, 물질적으로만이 아니라 정신적으로도 닿을 수 없는 곳에 있는, 행복은 아니더라도 만족감으로 이어지는 그런 생각들 앞에 고개를 숙이는 부모님, 하지만 현실에선 끊임없이 실망감만 느끼는 부모님의 딸. 그런 나의 모습이 떠오르기 시작하면, 요아브도 실제와는 다른 누군가가 되었다. 처음부터 높은 곳에서 태어난 사람, 나를 사랑하면 할수록 나를 손님으로 대하는 사람이 되었다. 지금 회상해보면 내가 얼마나 오해했는지가 보이고, 요아브의 고통을 보지 못했다는 사실을 생각하면 고통스럽다.

우리는 싸웠지만, 정확히 어떤 말이 오갔는지는 지금 말할 수 없다. 직접적인 표현을 주고받으며 시작을 해도, 그 말들이 요아브에 의해 뒤틀리면서 나중엔 간접적인 표현이 되었기 때문이다. 나는 나중에야 그걸 깨달았다. 그는 그게 정확히 무엇인지 밝히지 않고도 무언가에 대해 이야기하고, 무언가에 대해 나를 설득하고, 무언가에 맞서 자신을 방어했다. 하지만 그날은 나도 물러서지 않고

226

계속 맞섰다. 마침내 요아브가 지쳤는지, 아니면 달리 어떻게 해볼 방법이 없었는지, 내 손목을 잡고 소파에 앉힌 다음 키스를 퍼부었다. 너무 거칠어서 아무 말도 할 수 없는 키스. 시간이 지나 현관문이 열리는 소리가 들리고 레아가 계단을 내려왔다. 나는 청바지를 올리고 셔츠의 단추를 채웠다. 요아브는 아무 말이 없었지만, 그 순간에도 나는 고통스러워하는 그의 표정을 보며 미안함을 느꼈다.

광이 나는 구두를 신고 은제 손잡이가 달린 지팡이를 쥔 바이스 씨가 타일을 깐 현관 앞에 서 있었다. 비를 맞은 모직 코트의 어깨 부분이 반짝였다. 몸집은 작았다. 내가 상상했던 것보다 더 작고, 더 늙은 사람이었다. 마치 자신의 몸이 공간을 차지한다는 사실을 받아들이기는 하겠지만 그걸 감싸안을 수는 없다고 타협한 것처럼, 안으로만 향해 있는 사람 같았다. 이 남자가 요아브와 레아에게 그런 절대적인 권위를 행사하는 사람이라는 사실을 믿을 수가 없었다. 하지만 그가 고개를 돌려 나를 쳐다봤을 때, 그 차갑고, 대상을 꿰뚫어버릴 것 같은 눈빛은 살아 있었다. 바이스 씨는 아들의 이름을 부르면서도 시선은 내게서 떼지 않았다. 요아브가 나보다 앞서, 마치 아버지의 섣부른 판단을 막아보려는 듯, 혹은 짧게나마 둘만의 대화를 나누며 충돌을 피해보려는 듯, 서둘러 계단을 내려갔다. 바이스 씨는 아들의 얼굴을 양손으로 쥐고 볼에 입을 맞췄다. 감정이 넘치는 입맞춤이어서 놀랐다. 우리 아버지가 남자에게 그런 식으로 입을 맞추는 건 한 번도, 심지어 삼촌들과 인사할 때도 보지 못했다. 바이스 씨는 히브리어로 요아브에게 나지막이 무언가를 말했다. 등을 돌려 내 쪽을 보며 말을 한 건, 본인이 방해가 된 건지 확인한 거라고 나는 짐작했다. 요아브는 아니라는 듯이 서

둘러 고개를 가로저었다. 무거운 오해를 조금이라도 누그러뜨려보려는 듯, 그는 아버지의 코트를 받은 다음 다정하게 팔을 잡고 거실로 모셨다. 그러는 내내 레아는 마치 그 운 없는 사고가, 셔츠를 바지 밖으로 꺼내 입은 채 운동화 차림으로 어색하게 계단에 서 있는 여자가 자신과는 아무런 상관이 없다는 것을 분명히 하려는 듯, 거실 한쪽에 멀찍이 서 있었다.

여기는 이저벨이에요, 옥스퍼드에서 온 친구입니다. 계단 앞에 이른 요아브가 나를 아버지에게 소개했다. 순간, 두 사람이 나를 지나쳐 거실 안으로 들어갈 것 같은 생각이, 거실엔 소개해야 할 친구들이 가득 있고, 어쩌다보니 내가 첫번째가 된 것 같은 생각이 들었다. 하지만 바이스 씨는 요아브의 팔을 놓더니 내 앞에서 걸음을 멈췄다. 달리 어떻게 해야 할지 몰랐던 나는, 사교계에 처음 발을 내딛는 신참처럼 바보같이 계단을 내려갔다.

이렇게 뵙게 돼서 반갑습니다. 내가 말했다. 요아브에게 말씀 많이 들었어요. 바이스 씨는 주춤하며 눈으로 나를 훑었다. 아랫배가 말없이 당겼다. 하지만 나한테는 자네 이야기가 전혀 없었는걸, 바이스 씨는 그렇게 말하며 미소를 지었다. 아니, 그건 친절함으로도 어색함으로도 읽힐 수 있는, 양쪽 입꼬리를 아주 살짝 올리는 것에 불과했을지도 모른다. 애들이 친구들 이야기는 거의 안 해서 말이에요, 바이스 씨가 말했다. 요아브를 쳐다봤지만, 몇 분 전까지만 해도 나와 그렇게 거칠게 섹스를 하던 남자는 어느새 유순하고 잠잠한 누군가로, 거의 어린아이처럼 바뀌어 있었다. 요아브는 어깨를 축 늘어뜨린 채 아버지의 코트 단추만 쳐다보았다.

막 옥스퍼드행 버스를 타러 나가려던 참이었어요, 내가 말했다.

이 시간에? 바이스 씨가 눈을 크게 뜨며 물었다. 밖에 비도 오는데, 우리 아들이 잠자리를 봐줄 거예요, 그렇지, 요아브? 그는 시선을 내게서 떼지 않은 채 말했다. 감사합니다, 하지만 정말 가봐야 해요, 내가 말했다. 그때쯤엔 이미 더 지켜보고 싶은 호기심이 완전히 사라진 상태였다. 사실, 나는 바이스 씨를 지나 그대로 문을 열고 밖으로 나가 가로등과 자동차가 있는 세상으로, 런던의 비 내리는 횡단보도로 돌아가고 싶은 마음을 애써 억누르고 있었다. 내일 아침에 약속이 있어서요, 거짓말을 했다. 아침 일찍 버스를 타면 되겠네, 바이스 씨가 말했다. 요아브를 돌아보며 도움을, 최소한 바이스 씨의 기분을 상하게 하지 않으면서 그 상황에서 벗어날 수 있는 방법에 대한 안내라도 해주기를 기대했지만, 요아브는 내 눈을 피했다. 레아도 자기 소매만 뚫어질 듯 쳐다보고 있었다. 밤에 가도 정말 아무 문제 없어요, 나는 그렇게 말했지만 목소리는 약했다. 아마도, 계속 거절하는 건 무례한 행동이 아닐까 걱정이 되기도 했고, 그때쯤엔 나도 요아브와 레아의 아버지를 거스르는 게 얼마나 어려운 일인지 감지했기 때문이었을 것이다.

우리는 거실에 함께 앉았다―요아브와 나는 등받이가 높은 의자에, 바이스 씨는 빛바랜 실크 소파에 자리를 잡았다. 뿔이 멋진 양 머리 모양의 은제 손잡이가 달린 지팡이는 소파 옆의 쿠션에 내려놓았다. 요아브는 아버지가 있는 자리에서는 그에게만 주의를 집중해야 한다는 듯, 내내 그쪽만 쳐다봤다. 바이스 씨가 리본이 달린 상자를 레아에게 건넸다. 상자를 열자 은빛 드레스가 나왔다. 한번 입어봐라, 바이스 씨가 말했다. 레아는 드레스를 팔뚝에 걸친 채 잠시 사라졌다가, 은은한 빛을 내는 나긋나긋한 여인으로 변신해 다시 나왔다. 손에는 바이스 씨가 먹을 수프와 오렌지주스가 담긴 쟁반을 들고 있었다. 마음에 드니? 바이스 씨는 그렇게 물으며 요아브에게도, 요아브, 동생 정말 아름답지 않니?라고 물었다. 레아는 희미하게 웃으며 아버지의 볼에 입을 맞췄지만, 나는 그녀가 그 옷을 절대 입지 않으리라는 걸 알 수 있었다. 그 드레스도 바이스 씨가 사다준 다른 옷들과 함께 옷장 깊숙한 곳에 처박히고 말 것이었다. 딸의 삶에 대해 거의 모든 것을 꿰고 있는 바이스 씨가, 자신이 사다주는 그런 화려한 옷에는 딸이 관심 없다는 사실은 모르고 있는 것 같아 놀라웠다. 그건, 그녀가 살고 있지 않은 삶에나 어울리는 옷이었다.

식사를 하면서 바이스 씨는 자식들에게 이것저것 물어보았고, 요아브와 레아는 성실하게 대답했다. 그는 다가올 레아의 연주회에 대해서도 알고 있었다. 당시 리스트가 편곡한 바흐의 칸타타를 연습중이라는 것은 물론, 예브게니 키신을 가르쳤던 러시아 출신의 개인지도 선생이 휴가를 떠나서 다른 선생이 대신 왔다는 것까지 알고 있었다. 그는 새로운 선생에 대해 물었다. 어디 출신인지, 실력은 있는지, 그 선생이 마음에 드는지 물어보았는데, 레아의 대답을 듣는 그의 자세가 너무 진지해서 놀랐다―그건 뭐랄까, 자신의 딸이 완전히 만족하지 못한다는 낌새가 조금이라도 보이면 관련된 사람들 모두에게 책임을 지우겠다는 듯한 태도, 전화 한 통, 한마디 위협으로 불쌍한 새 선생을 돌려보내고, 신경쇠약 증세로 남프랑스에서 요양중인 이전의 러시아인 선생을 강제로 불러올 수 있을 듯한 태도였다. 레아는 새로 온 선생님 칭찬을 장황하게 늘어놓으며 바이스 씨를 설득했다. 아버지가 주말에 계획이 있느냐고 묻자 레아는 아말리아라는 친구의 생일파티에 갈 예정이라고 대답했다. 하지만 나는 아말리아라는 친구에 대해 한 번도 들어본 적이 없었고, 그 집에서 지내는 동안 레아가 파티에 가는 것도 본 적이 없었다.

길쭉하고 축 늘어진 그의 생김새는 자식들과 닮은 데가 거의 없었다. 어쩌면 한때는 닮은 점이 있었지만, 삶에서 겪어야 했던 그 모든 일 때문에 뒤틀려 이젠 알아볼 수 없게 되어버린 것인지도 몰랐다. 입술이 얇고, 물기 어린 눈에 눈꺼풀은 처지고, 관자놀이에 파란 핏줄이 툭 튀어나온 얼굴. 코만 자식들과 똑같았는데, 길고, 높고 굽은 콧날에 콧구멍은 완전히 벌어져 있었다. 요아브와 레아의 적갈색 머리칼이 아버지에게서 물려받은 것인지는 확인할 수 없었다. 바이스 씨는 얼마 남지 않은데다 그나마 가늘고 하얗게 세어버린 머리를 높은 이마 뒤로 곱게 빗어넘기고 있었다. 아니, 아버지의 무거운 유산은 자식들의 얼굴에서는 쉽게 찾아볼 수 없었다.

레아의 대답에 만족한 바이스 씨는 이제 요아브를 돌아보며 시험 준비는 어떻게 되어가는지 물었다. 요아브는 면접을 치르기 위해 미리 준비해둔 말을 풀어놓듯 유창하고 세련되게 대답했다. 레아와 마찬가지로, 요아브도 모든 일이 문제없이 진행중이라고, 놀라거나 걱정할 건 하나도 없다고 아버지를 확신시키기 위해 애썼다. 그가 대답하는 걸 보며 나는 놀랐다. 나는 요아브가 자신의 지도 교수를 오만한 사기꾼으로 생각한다는 것을 잘 알고 있었고, 지도 교수는 지도 교수대로 요아브에게 지금 공부를 하고 있다는 증거를 내놓지 않으면 낙제를 시키겠다고 위협하고 있다는 것도 알고 있었다. 요아브는 일말의 죄의식도 없이 유창하게 거짓말을 했고, 나는 필요하다면 그가 나에게도 그렇게 거짓말을 할 수 있을지 궁금했다. 하지만 그보다 더 나빴던 건, 길고 구부러진 손가락으로 스푼을 쥔 채 수프를 떠먹는 바이스 씨를 보면서, 내가 우리 부모님에게 했던 거짓말들이 떠올라 죄의식이 밀려왔다는 것이었다. 옥스퍼드에서 멋진 일들을 하고 있다는 것도 모두 거짓말이었고, 심지어 나는 옥스퍼드에 있지도 않았다. 돈을 아끼는 일이라면 무턱대고 받아들이는 아버지의 타고난 성격을 악용해, 특별한 전화카드를 쓰면 국제전화를 싸게 이용할 수 있다고 꾸며댔고, 덕분에 일요일마다 부모님이 전화를 하는 대신 내 쪽에서 전화를 걸었다. 우리 부모님은 매우 규칙적인 사람들이라, 사고가 생기지 않는 한 일상적인 틀을 깨지 않으리라는 걸 알고 있었다. 좀더 확실히 하기 위해 나는 리틀클래런던에 있는 자동응답기를 매일 확인하기까지 했다. 바이스 씨 앞에 앉아 부모님을 생각하며, 일요일 아침마다 엄마는 주방에서 그리고 아버지는 침실에서 애타게 나의 전화를 기다리는 모습을 떠올리니, 후회와 슬픔이 아프게 밀려왔다.

마침내 바이스 씨는 입을 닦으며 내 쪽을 돌아봤다. 가슴골 사이로 땀이 한줄기 흘러내렸다. 자네는, 이저벨? 뭘 전공하시나? 문학입니다, 내가 말했다. 그의 핏기 없는 입술에 어색한 미소가 퍼졌다. 문학이라, 바이스 씨는 그렇게 중얼거리며, 마치 오래전에 알던 친구의 이름을 떠올리려 애쓰는 듯한 표정을 지어 보였다.

이어진 십오 분 동안 바이스 씨는 내가 하고 있는 공부에 대해, 어디서 왔고, 부모님은 어디 출신이고 지금은 뭘 하고 계신지, 영국엔 어떻게 오게 되었는지 조목조목 물었다. 적어도 하는 말만 들어서는 그런 질문들이었지만, 사실(나는 그렇게 믿었다) 바이스 씨의 입에서 나온 말들은 그가 알아내려는 다른 무언가를 나타내는 암호에 불과했다. 나는 합격 기준도 모른 채 시험을 통과하려고 애쓰는 것 같은 기분을 느끼며, 제대로 된 대답을 해보려 노력했고, 그렇게 상상을 해서 대답을 꾸며댈수록 점점 부모님의 사랑과 헌신을 짓밟는 느낌이 들었다. 그때까지 부모님에게 거짓말을 했다면 이제는 그분들에 대해 거짓말을 했다. 바이스 씨가, 마치 스스로는 변호할 능력이 없는 가난하고 핍박받는 이들을 위한 국선변호사인 양, 우리 부모님의 대리인이 된 것 같았다. 이야기를 나누는 동안 집안에 있던 슬프고 고귀한 가구들이 모두 사라져버린 것만 같았다. 바이에른산 커다란 괘종시계와 대리석 테이블은 물론, 심지어 요아브와 레아도 사라져버리고, 그 차가운 동굴 같은 거실에 남은 건 바이스 씨와 나, 그리고 어딘가에, 높은 곳 어딘가에 오해와 상처를 받은 모습으로 유령처럼 떠도는 우리 부모님뿐인 것 같았다. 아버지가 신발을 만드신다고? 바이스 씨가 물었다. 어떤 신발이지? 그때 내가 한 설명을 듣고 마놀로 블라닉이 우리 아버지를 찾아와 무릎을 꿇고 제발 엄청나게 섬세한 디자인을 좀 내어달라고 사정하는 장면을 떠올렸다 해도 무리는 아니었을 것이다. 하지만 사실 우리 아버지는 할렘 지역의 수녀님이나 가톨릭계 여학교 학생들이 교복에 신는 구두를 제작할 뿐이다. 아버지의 사업을 과장하고, 무슨 대단한 일이라도 되는 것처럼 멋진 표현들로 꾸미다 보니, 어린 시절 할아버지의 오래된 공장에서 보낸 어느 오후가 떠올랐다. 아버지는 그 공장을 물려받아 운영하다가 결국 망하는 것까지 지켜봐야 했고, 나중엔 중국에 있는 공장과 할렘 지역을 연결하는 중간상인이 되는 수밖에 없었다. 어린 시절 나는 공장에 있는 아버지의 어마어마하게 큰 허먼밀러 책상에 앉아, 아버지의 지시에 따라 시끄럽게 돌아가는 반대편 벽의 기계들을 쳐다보곤 했다.

그날 밤엔 레아의 침실 앞 복도 끝에 있는 작은 방에서 간이침대를 펴고 잤다. 잠이 오지 않았고, 그렇게 혼자 남고 나니 처음엔 모욕감이, 나중엔 분노가 치밀었다. 도대체 바이스 씨가 뭐라고 나를 취조하고 내가 가치 있는 사람임을 증명해 보이게 한단 말인가? 우리 가족이 어떻고 우리 아버지가 뭘 해서 먹고사는지가 그와 무슨 상관인가? 자식들을 그렇게 불쌍한 처지에 몰아넣은 것, 자신들의 삶을 소신껏 살 수 없게 만든 것만으로도 그는 이미 나쁜 사람이었다. 자신의 계획이라는 틀에 자식들을 억지로 끼워맞춘 것, 아버지의 뜻을 거스르는 건 상상도 할 수 없기 때문에 자식들로서는 아무런 저항도 할 수 없는 그런 조건을 만들었다는 것 자체가 이미 나빴다. 그는 매를 들거나 불같이 화를 내며 자식들을 지배하는 게 아니라, 조금이라도 어긋났을 때 생기게 될 결과에 대해 드러내지 않고 협박함으로써 그렇게 했고, 그 방식이 더 무시무시했다. 이젠 내가 바이스 씨의 그 질서에 도전장을 내고, 바이스 가족이라는 삼각형의 예민한 균형을 흐트러뜨린 셈이었다. 바이스 씨는 조금도 지체 없이, 요아브나 레아가 자신 모르게 혹은 자신의 동의 없이 나와의 관계를 계속 유지할 수는 없음을 보여주었다. 무슨 권리로? 나는 좁은 침대에서 몸을 뒤척이며 화가 나서 생각했다. 바이스 씨가 자기 자식들은 통제할 수 있을지 모르지만, 나까지 괴롭히게 내버려둘 순 없었다. 한번 해보라지, 나는 그렇게 쉽게 겁먹지 않을 작정이었다.

그때, 마치 신호라도 받은 것처럼 갑자기 문이 열리고 요아브가 들어와, 늑대떼처럼 사방에서 나를 향해 달려들었다. 서로 상대의 몸에 있는 구멍들을 다 핥은 후, 그가 나를 뒤집고 거칠게 내 안으로 들어왔다. 그런 자세는 처음이었다. 처음 그가 들어올 때는 비명을 지르지 않기 위해 베개를 물어야 했다. 일이 끝나고, 뜨거운 그의 몸에 그대로 등을 대고 누워 잠이 들었고, 깊은 잠을 잔 후 일어나보니 혼자였다. 꿈의 내용도 희미하게 멀어지고, 기억나는 거라곤 식기실 천장에 박쥐처럼 매달려 있던 바이스 씨의 얼굴뿐이었다.

　시간은 거의 일곱시였다. 옷을 챙겨 입고, 레아의 욕실에 있는 꽃 장식이 달린 빅토리아풍의 어린이용 세면대에서 세수를 했다. 뒤꿈치를 들고 복도를 걸어가, 레아의 방 앞에서 잠깐 걸음을 멈췄다. 문이 살짝 열려 있고, 그 틈으로 캐노피가 달린, 어마어마한 크기의 순백색 침대가 보였다. 한 척의 배처럼 크고 웅장한 그 침대를 보며, 나는 레아가 그 위에 앉아 물위를 떠다니는 상상을 했다. 거기 그렇게 서서 순간, 그 침대도 아버지가 준 선물임을, 그녀가 살기를 바라는 어떤 삶의 모습에 대한 미묘한 암시가 담긴 선물임이 틀림없음을 알 수 있었다. 레아는 학교에 친구들이 몇 명 있었지만 절대 집에 데려오지는 않았고, 옛날이든 지금이든 그녀가 남자친구 이야기를 하는 걸 들어본 적도 없다. 아버지와 오빠가 그녀에게 기대하는 충실함과 사랑 때문에, 가정을 벗어나 다른 남자와 관계를 맺는 것은 거의 불가능했을 것이다. 전날 밤 레아가 친구의 생일파티를 꾸며낸 것이 생각났다. 그런 터무니없는 거짓말을 왜 할까 의아했는데, 그 정도까지가 그녀가 아버지에게 할 수 있는 유일한 저항이지 않았을까 하는 생각이 들었다.

요아브는 한 층 아래 자신의 침실에서 자고 있었다. 전날 밤의 분노는 가라앉았고, 그와 함께 나의 확신도 희미해졌다. 다시 한 번, 우리의 관계가 얼마나 지속될 수 있을지 궁금했다. 바이스 씨가 이기는 건 시간문제일 것이다. 나는 요아브에게 처음으로 아버지에게 맞서 싸우라고 밀어붙였지만, 그는 싸움이 시작되자마자 완전히 기선을 제압당해 어린아이처럼 유순해졌다가, 나중엔 어둠을 틈타 이와 발톱을 잔뜩 세운 채 나를 향해 달려들었다. 천장에 매달린 바이스 씨의 이미지가 다시 떠올랐다. 그런 아버지에게서 단 한 번이라도 자유로워지는 게 가능할까?

요아브에게 쪽지를 써서 책상 위에 놓았다. 바이스 씨와 마주치기 전에 그 집에서 나오고 싶었다. 밖엔 아직 비가 가늘게 내리고 무거운 안개가 낮게 깔려 있어, 지하철역에 도착할 때쯤엔 엄마가 사준 코트도 이미 눅눅해져 있었다. 마블아치까지 지하철을 타고 가서, 옥스퍼드로 가는 버스로 갈아탔다. 내 방문을 열자마자 잔뜩 눌려 있던 슬픔이 엄습했다. 요아브와 떨어지고 보니, 벨사이즈파크에서의 내 생활도, 금방 해체할 수 있는 무대에 금방 해산할 단원들이 올린 연극처럼, 어두운 극장에 평상복 차림의 여주인공만 남은 연극처럼 불안정해 보였다. 이불 속으로 들어가 몇 시간 동안 잠만 잤다. 요아브는 그날도, 그다음날도 전화하지 않았다. 무슨 일을 해야 할지 몰랐던 나는 피닉스극장에 가서 〈베를린 천사의 시〉를 두 번 봤다. 월턴 스트리트를 따라 혼자서 집으로 돌아올 땐 이미 밤이었다. 나는 전화를 기다리다 잠이 들었다. 하루종일 아무것도 먹지 않았더니, 새벽 세시에 배가 찢어질 듯 아파서 잠이 깼다. 먹을 거라곤 초콜릿 한 덩어리밖에 없었는데, 먹고 나니 배만 더 고플 뿐이었다.

사흘 동안 전화벨은 울리지 않았다. 나는 자거나, 방에서 꼼짝도 않고 앉아 있거나, 피닉스극장에 가 깜빡이는 스크린 앞에 몇 시간이고 앉아 있었다. 생각을 하지 않으려 애썼고, 호기심 없는 펑크 무정부주의자가 운영하는 극장 매점에서 산 팝콘과 사탕만 먹으며 지냈다. 그가 혼자 극장에서 빈둥거리며 시간을 보내는 사람에 대해 보여준 이해심이 고마웠다. 가끔씩 그는 사탕을 그냥 주거나, 콜라 작은 컵을 시켰는데도 큰 컵을 주었다. 내가 요아브와 나의 관계가 정말로 끝났다고 생각했다면 아마 상황은 훨씬 더 나빴을 것이다. 아니었다, 내가 느낀 건 기다림의 고통이었다. 한 문장이 끝나고 다음 문장이 시작되기까지 그 사이에 긴 상태. 그다음 문장은 사나운 폭풍이나 비행기 사고, 시적 정의, 혹은 기적적인 반전을 가져올 수도 있고, 그렇지 않을 수도 있었다.

어느 순간, 마침내 전화벨이 울렸다. 한 문장이 끝나면 언제나 다음 문장이 시작된다. 하지만 항상 앞 문장이 끝난 곳에서 시작하는 것은 아니고, 항상 이전의 조건들을 이어받는 것도 아니다. 돌아와, 요아브가 거의 속삭임에 가까운 목소리로 말했다. 제발 돌아와줘. 벨사이즈파크의 집 현관문을 열고 들어섰을 때 실내는 어두웠다. 텔레비전 화면의 파란 빛을 받은 그의 옆모습이 보였다. 그는 우리가 스무 번도 넘게 본 키에슬로프스키의 영화를 보는 중이었다. 이렌 자코브가 자신의 자동차에 치인 개를 들고 장루이 트랭티냥의 집을 처음으로 찾아갔다가, 그가 이웃집 전화를 도청하는 것을 목격하는 장면이었다. 뭐하시던 분이세요? 그녀가 역겨움을 느끼며 묻는다. 경찰이셨나요? 더 나쁜 겁니다, 남자가 대답한다. 판사였죠. 나는 요아브 옆자리로 미끄러지듯 들어갔고, 그는 아무 말 없이 나를 끌어당겼다. 집에는 요아브밖에 없었다. 나중에 알고 보니 바이스 씨가 레아를 뉴욕에 보내 사십 년 동안 찾아다니다 드디어 발견한 책상을 가지고 오라고 시킨 모양이었다. 레아가 없는 일주일 동안 요아브와 나는 집안 곳곳에서, 온갖 가구 위에서 섹스를 했다. 아버지에 대한 이야기는 더 없었지만, 나를 갈구하는 그의 태도에는 폭력이 스며 있었고, 나는 두 사람 사이에 뭔가 아픈 일이 있었음을 알 수 있었다. 그러던 어느 날 밤, 늘 깊이 잠들지 못하는 나는, 우리 위로 뭔가 그림자 같은 것이 말없이 스치는 느낌이 들어 잠에서 깼다. 계단을 내려와 거실에 불을 켜니 레아가 낯선 표정을 한 채 서 있었다. 전에는 한 번도 본 적이 없는, 마치 우리를 묶어두고 있던 해진 줄을 마침내 끊어버린 것 같은 표정이었다. 우리 모두 그녀를 과소평가하고 있었고, 누구보다도 그녀의 아버지가 가장 심했다.

진정한 친절

어디 있는 거냐, 도브? 벌써 날이 샜는데. 거기 바깥의 풀밭에서 도대체 뭘 하고 있는 거니? 금방이라도 네가 온몸에 풀을 잔뜩 묻힌 채 대문 사이로 모습을 드러낼 것만 같구나. 지난 이십오 년 동안 떨어져 지내다가 열흘 동안 한 지붕 밑에서 함께 지냈지만, 너는 거의 말이 없었지. 아니, 그건 사실이 아니구나. 길 아래 공사 현장이 있다고 혼자서 길게 중얼거린 적이 있었지, 배수관이 어쩌고 물웅덩이가 어쩌고 하는 이야기. 나는 그게 네가 나에게 정말 말하고 싶은 뭔가를 암시하는 암호가 아닐까 의심하기 시작했다. 어쩌면 네 건강에 대한 이야기일 수도 있겠지. 아니면 우리 두 사람의 건강? 아버지와 아들의? 네 이야기를 따라가보려 했지만 놓치고 말았다. 나는 말에서 떨어진 거야, 아들. 시궁창에 처박혔지. 너한테 너무 많은 이야기를 한 게 실수였나보다. 너는 고통스러운 표정을 지어 보이곤 다시 침묵 속에 빠져들었지. 나중에는, 혹시 네가 나를 한번 시험해본 게 아닐까 하는 의심도 들더구나. 내가 실패할 수밖에 없는 시험을 낸 다음, 너는 그렇게 실패한 나를 비난하고 경멸하며 달팽이처럼 다시 너 자신 속으로 들어갈 수 있었을 테니 말이다.

이 집에서 열흘을 함께 지냈지만, 우리가 한 일이라곤 각자의 경계를 정하고 나름의 규칙을 만들어낸 것밖에 없구나. 거점을 마련한 거지. 비상 상황에 불이 들어오는 비행기 복도의 형광색 줄처럼 각자에게 방향을 지시해주는 그런 지침들. 밤이면 내가 먼저 잠자리에 들었고, 아침엔 내가 아무리 일찍 일어나도 너는 항상 나보다 먼저 깨 있더구나. 웅크린 채 신문을 읽고 있는 너의 기다란 회색 몸이 보이면, 나는 너를 놀라게 하지 않으려고 기침을 한 번 한 다음 주방에 들어가지. 너는 물을 끓이며 잔을 두 개 준비하고, 그렇게 우리는 헛기침과 트림을 하며 신문을 읽는구나. 토스트 먹겠느냐고 내가 물어보면, 너는 괜찮다고 대답하지. 너는 이제 음식도 초월한 것 같더구나. 아니면 가장자리가 까맣게 탄 토스트가 마음에 안 들었던 거니? 토스트 굽는 건 늘 네 엄마의 일이었지. 나는 토스트를 먹으며 뉴스를 이야기하고, 너는 말없이, 흩어진 토스트 부스러기를 치우며 계속 신문을 읽고. 내 말이 네게는 기껏해야 배경음 정도밖에 안 되는 것 같더구나. 새들이 지저귀는 소리나 오래된 나무가 갈라지는 소리처럼 희미한 소리. 내가 아는 한, 그런 소리로는 너의 반응을 불러일으킬 수 없는 것 같더라. 아침을 먹고 나면 너는 네 방에 들어가 잠을 자지, 밤새 돌아다니느라 피곤했을 테니까. 그러다 정오가 가까워지면 책을 한 권 들고 마당으로 나와 유일하게 부서지지 않고 남아 있는 의자에 앉는다. 텔레비전 앞

242

에 놓인 안락의자는 내 차지가 되는 거고. 어제는 스파트에서 사망한 뚱뚱한 여자에 관한 뉴스를 봤구나. 그 여자는 십 년 가까이 소파에서 꼼짝도 안 했다는데, 죽고 나서 보니 피부가 소파에 붙어버렸다고 했지. 어떻게 그런 일이 가능한지는 이야기해주지 않더구나. 뉴스에서는 그 여자를 강제로 소파에서 뜯어내야 했다는 이야기, 그리고 크레인을 이용해 창밖으로 꺼냈다는 이야기밖에 없었다. 어마어마한 크기의 검은색 자루에 든 여자의 시신이 천천히 내려오는 화면을 배경으로 기자의 설명이 이어졌는데, 망자에 대한 마지막 모욕이었는지 모르지만, 그녀의 시신을 담을 만큼 큰 시체 자루가 이스라엘엔 없다고 하더구나. 두시 정각이 되면 너는 다시 집안으로 들어가, 바나나 하나와 요구르트 한 컵, 시든 샐러드만으로 고독한 수도사에게나 어울릴 식사를 하지. 내일쯤 정말로 수도사 옷을 입고 나타나는 건 아닌지 모르겠구나. 나는 두시 십오분쯤 의자에서 잠이 들었다가, 네시쯤 네가 수선을 떠는 소리를 듣고 깨지. 너는 하숙비를 일로 대신 갚으려는 사람처럼 차고를 정리하거나, 마당에서 갈퀴질을 하거나, 지붕의 배수관을 손보며 그날그날의 잡일을 해치우더구나. 그게 공평하다는, 그런 식으로 나에게 빚을 지기 싫다는 뜻이겠지. 다섯시가 되면 차를 마시며 내가 오후에 나온 뉴스를 이야기하지. 나는 어떤 틈이 생기기를, 너의 침묵을 싸고 있는 유리에 작은 금이 가기를 기다리고, 너는 내가 이야기를 마치기를 기다렸다가 설거지를 하고, 컵을 말려서 다시 찬장에 넣고 말이다. 행주를 접어서 정리하는 너를 보면 뒷걸음치며 자신의 발자국을 지우려는 사람이 떠오른단다. 그런 다음 너는 네 방으로 올라가 문을 닫지. 어제는 그 문 앞에 서서 가만히 귀를 기울여보았다. 나는 어떤 소리를 기대했던 걸까? 종이 위에 펜이 스치는 소리? 하지만 아무 소리도 들리지 않더구나. 일곱시에 네가 내려와서 뉴스를 보고, 여덟시에 내가 저녁을 먹고, 아홉시 반에 내가 잠자리에 들지. 한참 후에, 아마 새벽 두시나 세시쯤이 되면 너는 집을 나가 산책을 하더구나. 어둠 속에서, 언덕 위로, 숲속으로. 이젠 나도 한밤중에 허기 때문에 잠이 깨서 냉장고를 뒤지거나 하지는 않아. 뱃속에 있을 때부터 타고난 것 같다고 네 엄마가 놀리던 그 식탐도 이미 오래전에 사라져버렸지. 이젠 다른 이유로 잠이 깨곤 한단다. 방광이 약해진 거야. 설명하기 힘든 통증이 있는데, 심장마비의 전조, 응혈 때문이지. 그렇게 잠이 깨보면 언제나 네 침대는 비어 있고, 깨끗하게 정리까지 되어 있지. 다시 내 침대로 돌아와 잠이 들고, 아침에 일어나면, 아무리 일찍 일어나도, 네 신발이 현관 앞에 가지런히 놓여 있고 너는 기다란 몸을 테이블 위로 숙이고 있지. 내가 헛기침을 하면 이 모든 게 다시 한번 반복되는 거야.

잘 들으렴, 도브. 딱 한 번만 말할 테니까 잘 들어야 해. 시간이 얼마 남지 않았다, 너와 나에게 말이야. 네 삶이 얼마나 비참한지는 모르겠지만, 그래도 네겐 아직 시간이 남아 있잖아. 원하는 대로 쓸 수 있겠지. 숲을 배회하거나, 굴속으로 들어가버린 짐승의 똥을 따라다니며 허비할 수도 있을 거야. 하지만 나는 아니란다. 나는 끝을 향해 빠른 속도로 다가가고 있어. 날아다니는 철새나 꽃가루가 되어, 아니면 내가 저지른 죄에 어울리는 저급한 생물이 되어 세상으로 돌아오는 일도 없을 거야. 나의 모든 것, 나였던 모든 것이 고대의 암석처럼 단단하게 굳어버리겠지. 너에겐 그것밖에 남지 않는 거야. 나였던 것, 우리였던 것, 그리고 더이상 치유되지 않을 것 같은 너의 그 고통만 남는 거란 말이다. 그러니 잘 생각해보렴. 오랫동안 제대로 한번 생각을 해봐. 네가 늘 생각하던 나의 모습을 확인하기 위해 이 집으로 돌아온 거라면, 너는 성공할 수밖에 없겠지. 나도 도와주마, 아들. 네가 생각하는 그런 괴물이 되어줄게. 사실 그편이 나한테도 더 쉽다. 어쩌면 그게 너의 후회를 덜어줄지 누가 알겠니? 하지만 실수하지 않길 바란다. 내가 아무런 감정도 없는 구덩이에 묻히고 나면, 너만 고통스러운 여생을 살아야 하는 거야.

하지만 너도 다 알고 있잖아, 그렇지 않니? 네가 돌아온 이유도 그것 때문이겠지. 내가 죽기 전에 해주고 싶은 말이 있는 거야. 말하렴, 뜸들이지 말고. 뭐 때문에 망설이는 거냐? 동정심? 네 눈에서 그걸 읽을 수 있더구나. 내가 전동 의자에 앉아 위층으로 올라갈 때 너는 그런 나의 몰락을 보며 충격을 받은 표정을 지었지. 어린 시절 너의 괴물이었던 사람이 계단처럼 평범한 무언가에 지고만 거야. 그래도 아직은, 말 한마디로 너의 그런 동정심 따위는 쏙 들어가게 해줄 수 있다. 적절한 말을 잘 고르기만 하면, 비록 지금 꼴은 이 모양이지만, 여전히 예전의 그 사납고 고집 센 개새끼로 되돌아갈 수 있으니까.

잘 들으렴. 내가 제안을 하나 하마. 끝까지 들어보고 받아들이든 말든 그건 네가 알아서 해라. 잠시만 휴전을 하면 어떻겠냐? 너는 네가 할 말을 하고, 나도 내가 할 말을 할 동안만 말이다. 지금까지 한 번도 그래본 적 없지만 우리가 서로의 말에 귀기울이고, 자신을 방어하거나 따지려 들지 말고 상대의 말을 끝까지 들어보도록, 신랄함이나 분노는 잠깐 내려놓으면 어떻겠냐? 각자 상대 입장이 되면 어떤 일이 벌어질지 한번 보는 거지. 어쩌면 너는 너무 늦었다고 말할지도 모르겠구나. 화해의 계기는 이미 오래전에 지나갔다고. 네 말이 옳을지도 모르지, 하지만 이젠 더 잃을 것도 없지 않냐? 죽음이 바로 저 앞에서 나를 기다리고 있잖아. 지금 이대로 끝나버리면 그 대가를 치를 사람은 내가 아니란다. 나는 무無로 돌아갈 거야. 아무것도 듣거나 보지 못하고 생각이나 감정도 없는 그런 상태 말이다. 너는 내가 너무나 자명한 것을 애써 어렵게 설명하려 한다고 생각할지도 모르지. 하지만 나는, 사후의 세계는 네가 오랫동안 생각해온 그런 상태가 아닐 거라는 쪽에 걸고 싶구나. 한때는 너도 그렇게 생각했을지 모르지만, 그건 오래전 일이고, 인간의 정신이 견딜 수 없는 일이 한 가지 있다면, 그건 자신이 아무것도 아닌 상태가 되는 것이겠지. 불교도나 힌두교도라면 견딜 수 있을지도 모르겠다만, 유대인은 아니야. 유대인은 삶에 너무나 많은 의미를 부여하기 때문에, 죽음의 의미를 알 수가 없어. 가톨릭교도에게 죽은 다음에 어떤 일이 벌어지는지 물어보렴. 그러면 그는 지옥, 연옥, 지옥과 천국 사이의 림보, 그리고 천상의 문의 순환을 이야기할 거다. 가톨릭교도들은 살아 있는 동안 죽음을 충분히 다스릴 수 있기 때문에 삶의 막바지에 이르러서도 정신을 무장할 필요가 없지. 하지만 유대인에게 사후의 세계에 대해 물어보면, 홀로 남아 여전히 무언가를 움켜쥐고 싸우려 하는 사람의 끔찍한 모습을 보게 될 거야. 길을 잃고 혼란스러워하는, 눈이 먼 채 헤매는 모습이지. 유대인이 모든 것에 대해 이야기하고, 연구하고, 주장하고, 자신의 의견을 밝히고, 논쟁하고, 귀가 먹먹할 정도로 길게 이야기하고, 궁금한 점이 있으면 뼈에 붙은 마지막 살점을 뜯어먹을 때처럼 철저하게 파고든다고 하더라도, 사후의 세계에 대해서는 입을 다물 수밖에 없는 거란다. 그냥, 그 문제는 이야기하지 않기로 해버린 거야. 다른 분야에서는 조금의 의심도 남겨두지 않으려 하는 민족이 가장 중요한 문제는 그렇게 암흑 속에 묻어둔 거란 말이다. 그 모순을 이해하겠냐? 그 부조리를? 사후세계를 이야기하지 않겠다고 외면해버리는 종교가 무슨 의미가 있을까? 그렇게 대답을 거부해버림으로써—그 대답을 거부하고, 또한 그와 동시에 수천 년 동안 다른 민족의 살기어린 증오를 받아야만 했기 때문에—유대인은 결국 매일매일 죽음과 함께 사는 수밖에 없었단다. 죽음과 함께 살고, 죽음의 그림자 아래 자신의 집을 짓고 살면서도, 그 문제는 단 한 번도 꺼내지 않은 거지.

어디까지 이야기했더라? 내가 흥분해서 그만 맥을 놓쳤구나. 너도 내가 한번 거품을 물면 어떤지 봤지? 잠깐만, 그래. 제안. 네 생각은 어떠냐, 도브? 차라리 아무 말도 하지 마라. 말이 없으면 동의한 걸로 생각할게.

자, 다시 이야기하마. 너도 봤잖아, 아들. 나는 매일매일 조금씩 나의 죽음에 대해 생각하고 있단다. 연구하는 거지. 말하자면 발가락을 담가보는 거라고나 할까. 죽음을 연습해본다기보다는, 아직 질문하고 망각의 깊이를 재볼 힘이 남아 있는 동안 죽음의 조건을 알아보는 거라고 하는 편이 맞겠다. 그렇게 알 수 없는 것들 사이를 헤매는 사이에, 그동안 잊어버리고 있던 너에 관한 일화 하나가 떠올랐단다. 세 살이 될 때까지 너는 죽음에 대해 아무것도 몰랐지. 아마 삶이란 끝없이 계속되는 거라고 생각했을 거다. 네가 유아용 침대를 버리고 정식 침대에서 잠을 자기로 한 첫날이었지. 내가 잘 자라는 인사를 하러 갔을 때 네가 물었다. 앞으로는 영원히 어른 침대에서 자는 기예요? 그래, 나는 그렇게 대답하고 네 옆에 나란히 앉았단다. 나는 담요를 꼭 쥔 채 영원의 방들을 떠다니는 네 모습을 상상했고, 너는 영원이라는 개념을 이해해보려고 애쓸 때 아이들이 할 법한 상상을 했겠지. 며칠 후 네가 식탁에 앉아 먹기 싫은 음식을 가지고 장난을 쳤다. 먹기 싫으면 먹지 마, 내가 말했지. 하지만 다 먹기 전에는 일어날 생각 하지 마. 그렇게 간단한 거였다. 네 입술이 파르르 떨렸지. 거기 앉아서 자든 말든 마음대로 해, 내가 말했지. 엄마는 이렇게 하지 않아요, 네가 볼멘소리를 했다. 엄마가 어떻게 하든 상관없어, 내가 소리쳤지, 이게 내 방식이야. 다 먹기 전엔 꼼짝도 못한다! 너는 울음을 터뜨렸고, 계속 항의했지. 나는 너를 무시했다. 잠시 침묵이 흐르고, 가끔씩 네가 훌쩍이는 소리만 들리더구나. 그러다 갑자기 네가 선언하듯 말했다. 요엘라가 죽으면 다음엔 개를 사요. 나는 놀랐다. 아무렇지도 않게 툭 내뱉는 말투 때문에 놀라기도 했지만, 네가 죽음에 대해 알고 있을 거라고는 상상도 못했거든. 요엘라가 죽으면 슬프지 않겠니? 내가 물었지, 잠시 밥 이야기는 잊은 채 말이다. 너는 아주 현실적으로 대답하더구나. 네, 슬플 거예요. 토닥거려줄 고양이가 없어지는 거니까. 잠시 기다렸다가, 네가 다시 물었다. 사람이 죽으면 어떻게 보여요? 잠든 거랑 비슷한데, 대신 숨을 쉬지 않는단다. 너는 잠시 생각해보더니 또 물었지, 아이들도 죽어요? 내 가슴에서 고통이 하나 열리는 것 같았다. 가끔씩, 내가 대답했지. 어쩌면 다른 대답을 해야 했던 건지도 모르겠구나. 절대 아니야, 라든가, 그냥 아니, 같은 대답을. 하지만 네게 거짓말을 하지는 않았다. 적어도 그

것 하나는 믿어도 좋아. 너는 그 작은 얼굴로 나를 쳐다보며, 눈도 깜짝하지 않고 물었지, 저도 죽어요? 네가 그 말을 할 때 한 번도 느껴본 적 없는 두려움이 엄습했고, 눈물이 차오르더구나. 하지만 나는 해야 했던 말, 아니, 한참 동안, 아주 한참 동안은 안 죽을 거야, 혹은 아니다, 내 자식은 안 죽어, 너만은 영원히 살 거야, 라는 말을 못 하고, 그래, 라고만 대답했지. 그리고 네가 아무리 아팠다고 해도, 마음속 깊은 곳에서는 너 역시 살기를 바라는 한 마리 동물이었기 때문에, 햇빛을 받으며 자유롭고 싶은 동물이었기 때문에, 너는 이렇게 말하더구나. 하지만 저는 죽고 싶지 않아요. 무시무시한 부당함이 너를 채웠고, 너는 그게 내 책임이라는 듯 나를 쳐다봤지.

내가 죽음의 계곡을 헤매는 동안 어린 시절의 너를 얼마나 자주 만나는지 알면 아마 놀랄 거다. 처음엔 나도 놀랐지만, 금세 그 마주침을 기다리게 되었지. 너랑은 아무 상관도 없는 생각을 하는데 왜 네 모습이 떠오르는지 그 이유를 생각해보았다. 결국, 네가 어린아이였던 그 시절에 내가 처음 느꼈던 감정들과 관련이 있음을 깨달았구나. 왜 네 형 유리를 키울 때는 그런 감정이 안 들었던 건지 모르겠다. 아마 걔가 아기일 때는 내가 다른 일에 매여 있었거나, 아니면 나 역시 아직 너무 젊었기 때문이겠지. 너와 형은 세 살 터울밖에 안 나지만 그사이에 내가 자랐나보다. 나의 청춘이 공식적으로 끝을 맞이하고 아버지이자 한 남자로 삶의 새로운 단계에 접어들었다고나 할까. 네가 태어날 때쯤 나는, 어쩐 일인지 네 형 유리 때와는 달리, 아이가 태어난다는 게 어떤 의미인지 이해할 수 있겠더구나. 한 아이가 자라고, 순수함이 서서히 망가지고, 최초의 수치심을 느낀 후 외모가 돌이킬 수 없게 바뀌고, 실망의 의미를,

역겨움의 의미를 알아가는 그 과정 말이다. 아이의 안에 온 세상이 담기면서 내 안에 있던 세상은 사라지는 거겠지. 그런 사실들 앞에서 나는 무력감을 느꼈단다. 물론 네가 네 형과는 다른 아이이기도 했지. 처음부터 너는 사정을 다 알고 나에게 맞서는 것 같았다. 마치 한 아이를 기르는 건 어쩔 수 없이 그 아이에게 폭력을 행사하는 것임을 처음부터 알고 있는 것 같았지. 유아용 침대에 누운 네가 슬픔으로 흐느낄 때—그렇게 표현할 수밖에 없겠구나. 너처럼 우는 아이는 한 번도 본 적이 없었으니까—너의 작은 얼굴을 내려다보며 나는 뭘 시작도 해보기 전에 죄책감부터 느껴야 했다. 이런 말이 어떻게 들릴지도 안다. 따지고 보면 너는 갓난아기에 불과했으니까. 하지만 너와 관련된 무언가가 나의 가장 취약한 부분을 공격했고, 나는 뒷걸음질쳤던 거야.

그래, 그때 너의 모습, 밝은 머리칼이 아직 거칠어지지도 짙어지지도 않은 네 모습. 자식이 태어날 때 자신의 유한성을 처음으로 맛봤다는 사람들이 있었지. 하지만 내 경우는 그런 것과는 좀 달랐다. 내 죽음의 여울에 네가 숨어 있다는 걸 알게 된 게 그런 이유 때문은 아니야. 나는 나 자신에게, 나의 전쟁 같던 삶에 너무 매여 있었기 때문에, 날개 달린 작은 전령이 내 손에 있던 횃불을 네 형과 네게로 옮기는 걸 눈치채지도 못했다. 그때 그걸 알아차렸더라면 나 자신이 더이상 내 삶의 중심이 아니었겠지. 삶이 계속 유지되기 위해 가장 환하게 타오르는 십자가 같은 거. 이미 내 안의 불은 식어가기 시작했는데, 나는 그걸 알아차리지 못한 거야. 나는 여전히 삶이 나를 필요로 하고 있다고, 그 반대가 아니라고 믿으며 살았구나.

그런 나에게 네가 죽음에 대해 가르쳐준 거야. 나도 모르는 사이에, 네가 어떤 깨달음을 내게 밀어넣은 거지. 너도 죽는 건지 물은 그 일이 있고 얼마 후에 다른 방에서 네가 큰 소리로 말하는 걸 들은 적이 있다. 죽은 다음엔 배가 고플 거야, 너는 말했지. 그렇게 간단하게 말하고 나서 너는 아무 일도 없었다는 듯이 노래를 부르며 장난감 자동차를 가지고 놀더구나. 하지만 그 말이 내게 와서 박혔어. 죽음을 그렇게 간단히 요약하는 사람은 본 적이 없었다. 아무것도 받을 수 없음을 알면서도 끊임없이 무언가를 갈망하는 상태라니. 그렇게 한없이 깊은 대상을 있는 그대로 마주하는 너의 침착함에 겁이 날 정도였지. 그런 대상을 똑바로 응시하고, 네 머릿속에서 할 수 있는 데까지 곰곰이 생각해본 다음, 너 스스로 받아들일 수 있을 만한 분명한 표현을 찾아내는 그 능력. 어쩌면 내가 세 살짜리 아이가 한 말에 너무 많은 의미를 부여하고 있는 건지도 모르겠구나. 하지만 우연히 나온 말이라 하더라도, 그 안엔 아름다움이 있었지. 살아 있을 땐 식탁에 앉아서 싫은 음식을 안 먹을 수도 있지만, 죽고 나면 영원한 허기뿐이라는 사실.

그걸 어떻게 설명할 수 있을까? 네가 나를 조금은 두렵게 했다는 사실을 말이다. 너는 어떻게 나머지 사람들보다 아주 조금 더 가까이 대상의 본질에 다가갈 수 있었던 걸까? 네 방에 들어서면 네가 구석에서 무언가를 가만히 들여다보고 있을 때가 있었지. 뭐가 그렇게 재미있니? 나는 물어보고 싶었다. 하지만 그러면 너의 집중력이 흐트러지고, 너는 방해를 받을 때면 늘 그랬듯 미간에 살짝 주름을 지은 표정으로 나를 바라봤겠지. 네가 방을 나간 후 나는 직접 가서 살펴보곤 했단다. 거미줄이었나? 아니면 개미? 요엘라가 토해놓은 보기 흉한 털뭉치? 하지만 거기엔 늘 아무것도 없었다. 애는 어디가 잘못된 건가? 네 엄마에게 내가 묻곤 했다. 친구도 없대? 그때쯤 네 형 유리는 동네 아이들 모두와 친구였단다. 네 형을 만나기 위해 아이들이 쉴새없이 우리집을 드나들었지. 네 형이 방구석에 있었던 건 제 팔로 옆구리를 휘감은 채 꿈틀거리며 프렌치키스를 하는 시늉을 할 때뿐이었다. 등을 쓰다듬으며, 엉덩이를 씰룩씰룩 흔들고, 고개를 뒤틀며 이상한 신음소리를 내면 앉아서 구경하던 친구들이 모두 뒤집어지곤 했지. 하지만 그렇게 웃는 아이들 틈에 너는 보이지 않았다. 나중에 언젠가, 토마토 가지치기를 하다가 네가 알 수 없는 형태로 줄을 맞춰 작은 흙더미들을 만들어놓은 걸 본 적이 있지. 그 사이사이에는 막대기로 그려놓은 동그라미와 사각형들도 보이더구나. 이게 도대체 뭐야? 내가 네 엄마에게 물었다. 고개를 기울이며 유심히 들여다보던 네 엄마가 대답하더구나. 도시네. 네 엄마 목소리엔 일말의 의심도 없었다. 여기가 입구고, 요새, 그리고 여기가 저수지잖아. 네 엄마는 그렇게 말하곤 좌절감에 빠진 나를 내버려둔 채 일어서서 가버렸다. 내게는 변변찮은 흙더미로밖에 보이지 않는 곳에서 네 엄마는 하나의 도시를 본 거야. 처음부터 너는 네게로 들어갈 수 있는 열쇠를 네 엄마에게만 주었지. 나는 아니었다, 절대 내겐 주지 않았어, 아들. 네가 호스 근처에 웅크리고 앉아 있는 게 보이더구나. 이리 와, 내가 소리쳤지. 너는 그 짧은 다리로 나를 향해 터벅터벅 다가왔다. 아이스캔디 자국으로 얼굴이 엉망이었지. 이게 도대체 뭐냐? 내가 전지가위로 흙더미를 가리키며 따지듯이 물었다. 너는 코를 훌쩍이며 고개를 숙여 흙더미를 바라보더니, 쪼그리고 앉아 몇 군데를 빠르게 손보더구나―급하게 손을 움직이며 흙더미를 다듬어 새로 모양을 잡았지. 그런 다음 다시 일어나, 네 엄마와 똑같이 고개를 기울이며 전체를 다시 한번 내려다볼 때, 나는 그게 비밀인 모양이라고 생각했다. 그 흙더미를 알아보려면 고개를 특정한 각도로 기울여야 했던 거야! 내가 그걸 알아차리자마자 너는 발을 들어 몇 번 쿵쿵거리며 흙더미를 뭉개버리고는 집안으로 들어가버렸지.

누가 먼저였을까? 내가 먼저 물러난 걸까, 아니면 너였을까? 내가 싫어하는 어떤 비밀을 지닌 특별한 아이, 자라서는 나에게 금지된 자신만의 세상을 가진 젊은이가 된 그 아이. 사실대로 말하자면, 도브, 네가 내게 다가와 책을 쓸 계획이라고 말했을 때 나는 깜짝 놀랐단다. 왜 많은 사람들 중에 하필 나에게 그 이야기를 하기로 한 건지 이해할 수 없었으니까―좀처럼 네 속내를 보여주려 하지 않았던 사람, 네가 꼭 필요한 일이 있을 때에만, 그것도 다른 방법이 없을 때에만 와서 말을 걸었던 나에게 말이다. 마음은 얼른 대답하고 싶었지만 그러기엔 내가 너무 둔했나보다. 내가 그렇게 빨리 바뀔 순 없었겠지. 나는 이전과 똑같이 반응했구나. 네 속을 알 수 없을 때면 나를 지키기 위해 취하곤 했던 목소리로 똑같이 무뚝뚝하게 대했지. 네가 나를 거절하기 전에 내가 먼저 거절한 거야. 나중에야 그 일을 후회했다. 네가 방을 나가자마자 내가 기회를 놓쳐버렸음을 깨달았지. 네가 나에게 집행유예를 제시했는데, 내가 그걸 놓쳐버렸다는 걸 알았다. 그런 기회가 다시 오지 않을 거란 사실도.

인간의 슬픔을 저장하는 상어. 꿈꾸는 사람들이 차마 자기 안에 두지 못하는 것들을 받아서, 그렇게 축적되는 감정의 폭력을 견디는 상어. 그 짐승을 생각하며 내가 놓쳐버린 기회를 떠올릴 때가 찾았단다. 가끔은 그 커다란 물고기가 상징하는 걸 모두 이해할 수 있을 것만 같은 순간들도 있었지. 언젠가 네가 빌려간 드라이버를 찾으러 네 방에 들어갔다가 책상에 펼쳐진 노트를 봤을 때, 제일 먼저 든 감정은, 내 말을 듣고 네가 뜻을 접은 게 아니구나, 하는 안도감이었다. 집엔 아무도 없었지만 나는 문을 닫고 의자에 앉아, 어두운 방에서 유일하게 조명이 들어온 물탱크에 이빨을 드러낸 채 갇혀 있는 그 끔찍한 짐승 이야기를 읽었다. 녹색으로 빛나는 상어의 몸엔 전극과 전선이 잔뜩 꽂혀 있고, 기계에선 밤낮으로 낮은 전자음이 흘러나왔지. 상어를 깨어 있게 하는 펌프 소리가 어디선가 끊임없이 들렸다. 펌프 속도가 올라가면 그 짐승은 몸을 부르르 떨며 뒤틀었고, 그럴 때면 어떤 표정이―상어에게도 표정이라는 게 있는 걸까? 하고 나는 잠시 궁금해했구나―짧게 스치기도 했지. 그러는 동안 창문이 없는 작은 방에선 환자들이 계속 잠을 자며 꿈을 꾸는 거야.

내가 책을 많이 읽지 않는 사람이라는 건 굳이 말할 필요도 없겠지. 책을 좋아한 건 네 엄마였다. 나는 상어 이야기를 아주 천천히 읽어나갔고, 다 읽는 데 꽤 오래 걸렸단다. 가끔씩 단어의 의미가 헷갈려서 두 번 세 번 다시 읽어본 후에야 겨우 알아먹을 수 있는 부분도 있었지. 로스쿨에 다닐 때도 나는 책을 보고 이해하는 데 다른 학생들보다 훨씬 오래 걸렸다. 생각도 날카롭고 말은 더 날카로워서 토론이라면 누구보다 자신 있었지만, 글을 읽는 건 늘 힘들더라. 그래서 네가 그렇게 쉽게, 그것도 거의 혼자 힘으로 읽기를 익혔을 때는 놀랐다. 나한테서 너 같은 자식이 나왔다는 게 믿어지지 않았지. 그것 역시 너와 네 엄마가, 나에게는 허락되지 않는 세상에서, 너무나 쉽게 공유하는 특징이더구나. 하지만 나는 너 모르게, 너의 동의 없이 네가 쓴 글을 읽었다. 그전은 물론이고, 그 이후에도 그렇게 열심히 무언가를 읽은 적은 없었지. 처음으로, 네 안으로 들어가볼 수 있는 길이 생긴 거야. 그때 나는 두려웠다, 도빅. 네 글에서 본 것에 두려움을 느끼고 거기에 압도당했지. 네가 영장을 받아들고 기초군사교육을 받으러 갔을 때, 나는 나만의 비밀 독서도 끝이 날 거라는 생각에, 너의 세계로 이어지는 문이 또다시 닫혀버릴 거라는 생각에 심란했다. 그런데, 이게 무슨 일이냐, 너는 이 주에 한 번씩 소포를 보내기 시작하더구나. 갈색 테이프로 칭칭 감은 소포엔 개인 물품!!! 손대지 마시오!라고 적혀 있었지. 너는 네 엄마에게 뜯지 말고 그냥 네 책상 서랍에 보관해달라고 부탁했다. 나는 행복했단다. 너도 알고 있었던 거라고, 그동안 쭉 알고 있었고, 그렇게 요란하게 '개인 물품'이라고 강조를 한 건 내가—우리 둘 다—쑥스러울까봐 그런 거라고 확신했구나.

처음엔 네 방에서 그걸 읽었다. 네 엄마가 장을 보러 가거나, 위조*에 자원봉사를 나가거나, 이리트 이모를 만나기 위해 집을 비울 때만 읽었는데, 시간이 지나면서 점점 대담해져서, 주방에서 혹은 마당의 아카시아나무 아래 접의자에 편하게 앉아서 읽기도 했지. 한번은 네 엄마가 예정보다 일찍 돌아오는 바람에 들킨 적도 있었다. 의심을 피하기 위해 그냥 내가 맡은 사건에 관련된 서류인 척

---

*WIZO(Women's International Zionist Organization). 국제시오니즘여성기구, 이스라엘의 페미니즘 단체.

하며 계속 읽었단다. 집주인이 세입자를 쫓아내려고 하네, 안경 위로 네 엄마를 쳐다보며 말했지. 네 엄마는 그냥 고개를 끄덕이더니 다른 생각에 잠겼을 때면 보이는 그 희미한 미소를 지어 보이더구나―그때는 아마 이리트 이모 생각에 빠져 있었을 거야. 몸이 아픈 이모에겐 도움이 필요했고, 요란한 응급 상황이 벌어질 때마다 네 엄마는 구급차처럼 달려가곤 했으니까. 간단하잖아, 라는 생각이 들었지만 운을 또 한번 시험해보고 싶은 생각은 없었기 때문에 네 방에 몰래 들어가 원고를 제자리에 돌려놓았지.

네가 쓴 걸 항상 이해한 건 아니다. 처음엔 네가 글을 쉽게 쓰지 않아서 짜증이 나더구나. 그 짐승, 상어는 뭘 먹고 지내지? 그렇게 커다란 물탱크가 있는, 뭐, 적당한 말이 생각나지 않지만, 연구소라고 해야 할까, 병원이라고 해야 할까, 아무튼 거기는 도대체 어디지? 왜 이 사람들은 잠만 자는 걸까? 이 사람들도 아무것도 안 먹나? 이 글에 나오는 등장인물은 모두 아무것도 안 먹는 걸까? 나는 여백에 그런 메모를 남기고 싶은 충동을 억누르려고 애썼다. 몇 번이나 너는 나를 혼란에 빠뜨렸지. 청소부 베린저의 방, 작은 창문이 높이 나 있고(왜 항상 밖에는 비가 내렸던 걸까?) 침대 밑에는 그의 신발이 마치 군화처럼 가지런히 놓인 그 공간을 느끼고, 혼자 잠든 그의 몸에서 나는 체취를 느낄 만하다 싶으면, 너는 갑자기 한나가 어린 시절 사람들을 피해 숨어들던 숲으로 나를 끌고 가곤 했다. 하지만 그런 불만쯤은 억누르려고 노력했지. 편집자 관점에서 할 수 있는 질문들은 모두 한쪽으로 밀어두기로 했다. 나는 네 손에 나를 맡긴 거야. 그리고 이야기를 읽으면 읽을수록 불만이 줄어들기도 했고. 네 이야기를 그대로 따라가보기로 마음을 먹으니, 그 이야기가 나를 데리고 안내를 하더구나. 불쌍한 베린저가 물탱크에 난 균열을 손가락으로 막는 동안, 물탱크가 있는 큰 방과 전선으로 이어져 있는 작은 방들에선 사람들이 여전히 꿈을 꾸는 거야. 남자아이 베니와, 아버지의 꿈을 꾸는 레베카였지(말해보렴, 도빅, 레베카의 아버지는 나를 모델로 한 거냐? 정말 나를 그런 사람으로 본 거니? 그렇게 무심하고, 오만하고, 잔인한 사람으로? 아니면 네 글 속에 등장하는 사람이 나라고 생각할 만큼 내가 자기중심적인 거냐?). 열이 펄펄 나는 몸으로 아직 마법에 대한 믿음을 버리지 못하고 있는 베니를 보면 마음이 짠했다. 그리고 젊은 작가 노아의 꿈이 특히 흥미롭더구나. 등장인물들 중에 특히 그 친구가 너를 떠올리게 했지. 심지어, 어찌된 영문인지는 모르겠지만, 그 덩치 큰, 고통받는 상어에게도 이상한 동정심이 느껴졌고 말이다. 한 뭉치의 글을 다 읽고 나면 항상 조금 슬픈 기분이 들었다. 다음엔 어떻게 될까? 베린저가 무력하게 그저 지켜볼 수밖에 없었던 그 균열은 어떻게 될까? 그리고 물 떨어지는 소리, 똑, 똑, 똑, 밤이면 모든 이의 꿈속으로 스며들어가, 그들을 침략하고, 가장 슬픈 일들을 수백 개의 메아리로 울려퍼지게 하던 그 소리는? 네가 군대에서 바쁠 때면 몇 주, 아니 몇 달을 기다린 후에야 다음 편을 받아볼 때도 있었지. 나는 다음 일이 어떻게 될지 모른 채 어둠 속에 홀로 남아 있었던 거야. 상어의 몸이 점점 더 나빠지고 있다는 것만 알았다. 베린저가 창문 없는 방에서 자고 있는 사람들에게 숨기고 있는 사실, 즉 상어가 영원히 살 수는 없다는 것만 알고 있었지. 그다음엔 어떻게 되는 거냐, 도빅? 어디로 가는 거지, 그 사람들은? 그 사람들은 어떻게 사는 거니? 아님, 이미 죽은 사람들이냐?

나는 영원히 답을 알 수 없었다. 너는 시나이로 파병되기 삼 주 전에 마지막 글을 보냈고, 그다음엔 더이상 글을 쓰지 않았으니까.

10월의 어느 토요일, 네 엄마와 내가 집에 있을 때 공습경보가 울렸다. 라디오를 켰지만, 마침 대속죄일*이라서 아무 방송도 나오지 않았지. 방 한쪽 구석에서 지지직거리기만 하다가 삼십 분쯤 후에야 마침내 누가 나와서 공습경보는 잘못 발령된 게 아니라고, 경보가 다시 들리면 대피소로 피하라고 하더구나. 그다음엔 잠시 베토벤의 〈월광 소나타〉가 흐르다가—누구한테 들려준 걸까? 청취자들을 달래려고?—다시 아나운서가 나와서 우리가 공격을 받았다고 시인했지. 충격이 대단했다. 전쟁은 이제 끝난 거라고 확신하고 있었으니까. 그리고 다시 베토벤의 음악이 흐르며, 중간중간 암호로 된 예비군 동원령이 전달됐지. 텔아비브에서 네 형이 전화해서는, 귀먹은 사람에게 이야기하듯 큰 소리로 말했다. 네 엄마가 통화하는 동안 방 반대편에서도 수화기 밖으로 흘러나오는 그애의 목소리가 들릴 정도였지. 네 형은 농담을 하더라. 이집트인들에게 마술 쇼를 보여주러 갈 것 같다고 말이야. 그게 네 형이었다. 나중에 군대에서 전화를 해 너를 찾았지. 우리는 네가 헤르몬산에 있는 너희 부대에 있는 줄 알았는데, 주말 동안 휴가를 나갔다고 하더구나. 나는 네가 몇 시간 안에 가야 할 장소를 받아 적었다.

---

* 구약에 등장하는 성 축일로, '욤키푸르'라고도 한다. 이스라엘은 이날을 국가적인 기념일로 지키고 있다.

사방에 전화를 했지만 아무도, 심지어 대학교의 네 여자친구도 네가 어디 있는지 몰랐지. 네 엄마는 혼비백산했고. 나는 성급한 생각 말라고 다그쳤구나. 한밤에 산책을 나가는 네 습관을 몇 년째 알고 있던 나로서는, 그런 식으로 나머지 사람들에게서 벗어나려는 너의 모습에, 사람들에게 오염되지 않은 작은 세상에서 지내고 싶어하는 너의 모습에 어느 정도 익숙해져 있었으니까. 네 엄마가 모르는 너의 모습을 나만 알고 있다는 게 기분이 좋았다.

그때 현관문에 열쇠가 꽂히는 소리가 들리고 네가 들어왔지. 불안하고 흥분한 상태더구나. 우리는 그동안 어디 있었는지 묻지 않았고, 너 역시 아무 말도 하지 않았다. 꽤 오랜만에 보는 거였는데, 그사이 네 몸이 많이 불어 거의 위협적인 체구가 되어 있어서 놀랐구나. 햇볕에 그을린 피부와 다부져 보이는 몸, 어쩌면 다른 면모, 이를테면 이전의 너에게선 볼 수 없던 어떤 박력 때문이었겠지. 그런 너를 보고 있으니, 잃어버린 나의 젊음이 떠올라 조금 아프더라. 네 엄마는 생기를 되찾고, 서둘러 주방으로 가 음식을 준비하더구나. 어서 먹어, 네 엄마가 재촉했지, 언제 다음 끼니를 먹을 수 있을지 모르잖아. 하지만 너는 먹고 싶지 않다고 했다. 너는 창가로 가 하늘만 바라보며 전투기가 지나가지 않는지 살폈지.

내가 소집 장소까지 너를 태워주었다. 함께 차를 타고 갔던 것 기억나니, 도브? 나중에 네가 기억 못하는 일들이 생겼는데, 그 일은 어떤지 모르겠구나. 네 엄마는 함께 가지 않았다. 차마 너를 보내는 자리에 갈 수가 없다고 하면서. 아니면 불안해하는 자기 모습을 네게 보여주기 싫었던 건지도 모르지. 너는 무릎 사이에 총과 네 엄마가 싸준 음식 가방을 놓은 채 가만히 앉아 있었다. 우리 둘

다 네가 그 음식을 버리거나 누구에게 줘버릴 거란 걸 알고 있었지, 어쩌면 네 엄마도 알고 있었을 거야. 도로에 들어서자마자 너는 창밖만 쳐다보며, 대화할 기분이 아님을 그렇게 표시하더구나. 그래, 이야기 안 하면 되지 뭐, 나도 생각했다. 새삼스러울 것도 없었지만 나는 실망했단다. 어쨌든 상황이 말이다, 내가 너를 전쟁터에 데려다주는 비상 상황이었으니까, 그런 압박 때문에라도 너를 막고 있던 코르크 마개가 열리며 뭔가 흘러나올 거라고 생각했던 모양이다. 하지만 그런 일은 없었지. 너는 창밖의 먼 곳만 바라보며 너의 뜻을 분명히 전하더구나. 비록 실망하긴 했지만 조금은 안심이 됐다는 것도 인정해야겠다. 왜냐하면 나도, 항상 뭔가 할말이 있고 그래서 처음부터 끝까지 혼자서만 말을 했던 나도, 그때는 혼란스러워서 무슨 말을 해야 할지 몰랐으니까. 총과 함께 있는 네 몸이 많이 자랐더구나. 아무렇지도 않게 총을 쥐고 있던 그 모습, 손에 쥔 총이 너무나 자연스럽던 그 모습. 마치 네가 총의 작동 원리를—총을 쏘기 위해 요구되는 마음가짐, 그 힘과 모순을—살 속 깊이 받아들인 것만 같았지. 한때 자기 자신의 팔다리도 어색해하던 소년은 이제 사라지고 없었고, 그 자리에, 자동차의 내 옆자리에, 짙은 선글라스를 쓰고, 걷어올린 소매 아래로 그을린 팔뚝을 드러낸 남자가 앉아 있었다. 병사, 도발레. 내 자식이 자라서 병사가 되었고, 나는 그 병사를 전쟁터로 데려다주었구나.

그래, 나는 그때 하고 싶은 말이 있었지만 하지 못한 채 그렇게 말없이 운전만 했다. 커다란 수송용 트럭이 이미 와 있었고, 병사들은 열의에 불타면서도 한편으론 불안해 보였지. 작별인사를 하고—아주 간단했다. 서둘러 서로의 등을 툭툭 쳐준 게 전부였으니까—나는 네가 군복의 바다로 사라지는 걸 멍하니 쳐다봤구나. 그 순간만큼은 너는 더이상 내 아들이 아니었다. 내 아들은 어디 잠시 숨으러 가버린 거야. 어딘지 모르겠지만 집으로 오기 전에 들렀던 그곳—아마 언덕 어딘가에 난 샛길을 혼자 걸었겠지—으로 말이다. 마치 앞으로 닥칠 일을 미리 안 것처럼 토굴 속에 숨어버린 거지. 거기, 차가운 땅속에, 위험이 지나갈 때까지. 너 자신에서 일단 그렇게 숨은 부분을 빼고 남은 게 병사였다. 이스라엘에서 난 과일을 먹고, 조상들의 피와 뼈가 섞인 먼지를 손톱 밑에 묻힌 채, 이제 조국을 위해 싸우러 나가는 병사.

몇 주 동안 네 엄마는 거의 잠을 자지 못했다. 너한테서 전화가 올까봐 다른 전화는 받지도 않았지. 하지만 가장 무서운 건 초인종이었어. 길 건너 빌레츠키 씨 댁엔, 이미 군대에서 사람이 나와 이츠하크가, 어릴 때 네 형 유리와 너와 함께 놀던 그 꼬마 이치가 골란고원에서 전사했다는 소식을 전했지. 탱크 안에서 타 죽었다고. 그후 빌레츠키 씨 부부는 집밖으로 나오지 않더구나. 집 주위엔 잡초가 무성하게 자랐고, 창엔 늘 커튼이 드리워 있었는데, 가끔, 아주 늦은 밤에, 집안에 불이 켜지고 단 두 음만 반복해서 연주하는 피아노 소리가 울릴 때가 있었다. 띠링 또릉 띠링 또릉 띠링 또릉. 한번은 우리집으로 잘못 배달된 우편물을 갖다주러 간 적이 있는데, 메주자*가 걸려 있던 자리가 허전하게 비어 있더구나. 우리가 그렇게 될 수도 있었다. 우리 아들이 아니라 그 집 아들에게 그런 일이

---

* 신명기 구절을 기록한 양피지 조각을 작은 상자에 담은 것으로, 유대인 가정의 문 설주에 달아놓는다.

생겨야 할 이유, 내가 아니라 빌레츠키 씨가 피아노의 두 음만 연주해야 할 이유는 없었지. 매일 밤 아들들이 희생을 당하고 있었다. 이웃의 또다른 아들이 폭격을 받았지. 어느 밤엔가, 불을 끄고 잠자리에 들기 전에 네 엄마가 말하더구나. 우리 애들 중에 누군가를 잃게 되면, 낮고 떨리는 목소리였다, 나는 계속 살아갈 수 없을 것 같아. 나는, 살아갈 수 있을 거야, 혹은 아무도 잃지 않아, 라는 대답 중에 골라야 했지. 아무도 잃지 않아, 라고, 네 엄마의 가느다란 손목을 꼭 쥐며 대답했다. 네 엄마가 당신을 용서하지 않을 거야, 라고 말하진 않았지만, 굳이 말할 필요도 없었지. 네 형은 요르단 계곡이 내려다보이는 산 위에 배치를 받았다고 하더구나. 어찌어찌해서 딱 한 번 전화를 할 수 있었던 모양인데, 덕분에 그 소식을 들었다. 나중에, 그러니까 몇 년 후에, 네 형은 그때 골란고원에서 치열하게 전투중인 탱크 부대의 소리를 단파수신기로 들었다고 했지. 병사들이 가지고 있던 송신기가 하나씩 하나씩 꺼졌고, 네 형은, 그 소리가 병사들의 마지막 목소리라는 것을 알고는 거기서 귀를 뗄 수가 없었다고 했다. 네 형을 통해, 네가 속한 여단이 시나이에 배치됐다는 걸 알았지. 매일 우리는 초인종이 울릴까 두려웠지만, 초인종은 울리지 않았고, 아침에 초인종이 울리지 않으면 네가또 하룻밤을 무사히 넘겼구나 하고 생각했다. 그 시간 동안 네 엄마와 나는 서로에게 말하지 않은 것들이 많았지. 두려움 때문에 서로 자신만의 침묵 속으로 숨어들었던 거야. 너나 네 형에게 무슨일이 생기면, 네 엄마는 내게 아파할 권리도 허락하지 않을 테고, 나는 그런 마음이 원망스러웠다.

　그날 밤, 전쟁이 발발하고 이 주가 지났을 때, 열한시쯤 전화벨이 울렸다. 올 것이 왔구나, 라고 생각했지. 내 속의 어떤 바닥이 열려버리는 것 같더구나. 다른 방의 소파에서 자고 있던 네 엄마도 잔뜩 눌린 머리에 시뻘건 눈을 하고는 어느새 문 앞에 나와 있었지. 굳지 않은 시멘트 위를 걷는 것처럼 휘청거리며, 자리에서 일어나 전화를 받았다. 눈과 가슴이 불타는 것만 같았지. 전화기 저쪽에선 잠시 아무 말이 없었고, 그건 내가 최악의 상황을 상상하기에 충분히 긴 침묵이었다. 마침내 네 목소리가 들렸다. 저예요, 네가 말했지. 그게 전부였다. 저예요. 하지만 그 한 단어만으로도, 네 목소리에서 뭔가 달라졌음을 알 수 있었다. 전구의 필라멘트처럼 아주 작지만 없어서는 안 되는 무언가가 부서져버린 것 같은 목소리. 하지만 그 순간엔 그것도 중요하지 않았지. 저 괜찮아요, 네가 말했다. 나는 아무 말도 할 수 없었다. 너도 내가 우는 소리는 못 들었겠지. 네 엄마가 소리를 질렀다. 애야, 내가 말했지, 도브라고, 컥컥대며 말했다. 네 엄마가 나를 향해 달려들었고, 우리는 함께 수화기에 귀를 갖다댔지. 머리를 한데 모으고 네 목소리에 귀를 기울였어. 네 목소리를 영원히 듣고 싶었단다. 무슨 이야기든, 그건 중요하지 않았어. 마치 네가 말을 배우기 전에 요람에서 하는 옹알이를 들었을 때처럼 계속 듣고만 싶었다. 하지만 너는 말을 많이 하고 싶어하지 않았지. 너는 레호보트 근처의 병원에 있다고 했다. 네가 탄 탱크가 공격을 받았다고, 가슴에 유산탄을 맞고 부상을 당했지만 심각한 건 아니라고 덧붙였지. 그리고 형은 어떤지 물었다. 지금은 길게 이야기할 수 없어요, 네가 말했지. 우리가 갈게, 네 엄마가 말했다. 안 돼요, 네가 말했다. 아니야, 우리가 갈게, 네 엄마가 다시 말했지. 안 된다니까요, 네가 거의 화난 목소리로 말했다.

그리고 잠시 후, 조금 부드러운 목소리로 덧붙이더구나. 내일이나 모레쯤 집으로 갈 거예요.

그날 밤 네 엄마와 나는 침대에서 서로를 꼭 껴안았구나. 구원 속에서, 서로를 껴안고 모든 것에 대해 서로를 용서했단다.

마침내 집으로 돌아온 너는 사람들 무리 속으로 사라졌던 병사도 아니고, 내가 알던 소년도 아니었지. 너는 그 두 사람이 빠져나가버린 껍데기에 불과했다. 거실 구석에 있는 의자에 말없이 앉아, 차에는 손도 대지 않은 채, 내가 손이라도 대려고 하면 움찔거리며 몸을 피했지. 상처 때문이었겠지만, 한편으로는 그런 접촉을 견딜 수가 없기 때문이라는 것도 알겠더구나. 시간을 좀 주자고, 네 엄마가 주방에서 약과 차, 면봉을 준비하며 조용히 속삭였지. 나는 너와 함께 거실에 앉았다. 함께 뉴스를 보면서도 말은 거의 하지 않았지. 뉴스가 나오지 않을 때는 만화를, 고양이와 쥐가 서로 쫓고 쫓기는 만화를 보았구나. 몇 대나 맞을래? 하고 망치를 든 채 물어보는 그런 만화. 나중에야 너와 같은 탱크에 타고 있던 동료 중 두 명이 전사했다는 걸 알았지—물론 너는 내가 아니라 네 엄마에게만 말했지. 스무 살밖에 되지 않았던 포수砲手와 그보다 겨우 몇 살밖에 많지 않았던 지휘관. 포수는 즉사했지만 지휘관은 다리가 절단된 채 탱크 밖으로 몸을 던졌다고 했지. 너는 그를 따라 밖으로 기어나왔고. 통신은 두절되고, 연기가 자욱한 혼란 속에, 조종사는 다른 동료들이 모두 탱크 밖으로 빠져나간 것도 모르고 모래 위를 달려 정반대 방향으로 가기 시작했다. 아마 제정신이 아니었겠지, 누가 알겠니? 다시는 그를 볼 수 없었으니.

너와 부상당한 지휘관만 사막에 남았다. 내가 그런 상황에 처했으면 어땠을지 수도 없이 생각해보았구나. 끝없이 이어진 모래언덕과 이집트군이 쏜 미사일 잔해만 있는 곳. 폭탄 터지는 소리. 부상당한 동료를 들쳐업고 가보려 애쓰지만, 사막에선 방향을 잡을 수가 없었겠지. 충격을 받은 지휘관은 자기를 버리고 가지 말라고 사정하지만, 거기 그대로 있으면 둘 다 죽을 수밖에 없는 상황. 네가 도움을 청하러 가버리면 그가 죽을 테고. 부상당한 동료 병사를 두고 떠나서는 절대 안 된다고 배웠겠지. 군대에서 주입시킨 제일 원칙이었을 테니까. 속으로 얼마나 자신과 싸워야만 했을까? 다만 그땐 싸울 자신이라는 것도 없었겠지. 네가 떠날 수밖에 없다는 것을 이해했을 때 지휘관의 얼굴에 떠올랐을 명한 표정, 손목에 찬 시계를 풀어서 네게 건넬 때 그는 얼마나 힘들었을까? 우리 아버지가 물려주신 시계야. 내가 그런 상상을 했다는 사실이, 상상을 해보려 애썼다는 사실이 놀랍니? 내가 정말로, 네 입장이 되어보려고 했다는 게? 네 안엔 그 누구도 남아 있지 않았고, 그렇게 걸어다니는 시체처럼 지휘관 곁을 떠났겠지. 그를 부드럽게 안아 모래 위에 누이고, 끝없이 이어지는 모래와 함께 그가 마지막으로 보게 될 영상이 되어 발걸음을 옮겼을 테지. 너는 걷고 또 걸었다. 사막에서, 뜨거운 햇빛 아래, 멀리서 울리는 포탄소리를 듣고, 머리 위로 미사일이 날아다니는 것을 보면서. 점점 더 어지럽고, 감각을 잃고, 그저 제대로 된 방향으로 가고 있기를 희망하며 걸었겠지. 그리고 마침내, 신기루처럼, 구조팀이 나타나 시체와 죽어가는 병사들 틈에서 너를 찾아냈다. 트럭엔 죽어가는 부상병들이 가득했기 때문에, 당장 지휘관을 데리러 갈 수는 없다고 네게 말했겠지. 나중에 다시 가서 데려오겠다고. 다시 돌아갔지만 그를 못 찾았거나, 아니면 아예 가지 않았을지도 모르지. 그의 소식은 다시 들을 수 없었고, 그렇게 실종자가 되었다. 전쟁이 끝난 후에도 그의 시신을 찾을 순 없었고.

그 시계는 네 책상 위에 며칠이나 놓여 있었지. 마침내 하이파에 있는 그의 유족 주소를 받았을 때, 너는 빌린 차를 직접 운전해 그들을 찾아갔다. 거기서 무슨 일이 있었는지 나는 모르겠구나. 그날 밤 돌아온 너는 아무 말 없이 곧장 네 방으로 가 문을 닫았지. 네 엄마는 설거지를 하는 동안 입술을 깨물며 눈물을 참았다. 내가 아는 건, 그 지휘관이 외아들이었다는 것, 그리고 너는 그 부모님께 시계를 전해주었다는 것뿐이야. 네 엄마와 난 그걸로 끝이라고 생각했지. 그후 한두 주가 지나고, 네 상태도 조금 나아지는 것 같더구나. 네 형이 며칠에 한 번씩 집에 들르면, 너희 둘이서 산책을 나가곤 했다. 그러다 삼 주쯤 후에, 죽은 지휘관의 아버지가 보낸 편지가 도착했지. 다른 우편물 사이에 섞여 있는 걸 내가 발견해서 네게 주려고 따로 챙겨두었다. 주소는 신경써서 보지도 않았고, 당연히 안에 뭐가 들었는지도 전혀 몰랐지만, 어쨌든 그 편지를 전한 건 나였고, 결국엔 나 역시 그 편지에 담긴 비난을 피할 수 없었겠지. 아버지가 아들에게 쓴 편지, 그는 네 아버지가 아니었고, 너도 그 사람의 아들이 아니었지만, 그래도 마찬가지였구나. 그렇게 나로서는 저항할 수 없는 어떤 연관성 때문에, 나는 그 편지에 끌려들어갈 수밖에 없었다.

유창한 글이 아니었지만, 그런 세련되지 못함 때문에 더 나빴지. 그 아버지는 자기 아들이 죽은 게 네 책임이라고 했다. 자네는 우리 아들의 시계만 받고, 가는 글씨체로 그렇게 적었지, 그 아이를 죽게 내버려두었지. 앞으로 어떻게 살려고 그러나? 그는 비르케나우 수용소에서 살아남은 사람이었는데, 당시 독일군 특수부대의 손아귀 아래서 보여주었던 유대인 수용자들의 용기를 이야기하며, 너를 겁쟁이라고 몰아세웠더구나. 편지 맨 마지막에, 어찌나 흥분해서 썼던지 펜이 부러진 자국까지 보이는 글씨체로 그가 이렇게 덧붙였지. 자네가 죽었어야 했어.

그 편지가 너를 무너뜨렸다. 간신히 지키고 있던 연약한 틀이 그 편지를 읽고 나서는 산산조각나버렸지. 너는 침대에 누워 벽만 쳐다보며, 일어나지도 않고 먹지도 않았어. 아무도 만나려 하지 않고, 아편 같은 침묵에 넋을 잃고 빠져 있었다. 어쩌면 너는 그나마 조금 남아 있던 너 자신을 굶겨 죽이려고 했던 건지도 모르겠구나. 네 엄마는 이제 이전과는 다른 방식으로, 네가 죽을까봐 걱정을 하기 시작했지. (자식이 죽을지도 모른다는 두려움은 몇 종류나 있을까? 일단 넘어가자.) 처음엔 네 여자친구가 찾아왔지만 너는 그냥 돌려보냈고, 그 친구는 눈물을 흘리며 돌아갔다. 갈색 머리를 길게 기르고, 앞니가 조금 튀어나오고, 남성용 셔츠를 입고 다니던 그 여학생. 그런 면모들이 오히려 활력과 아름다움을 돋보이게 해주던 친구였지. 너의 젊은 시절 여자친구에 대해 너무 시시콜콜하게 다 이야기한다고 생각할지 모르지만, 하고 싶은 이야기가 있어서 그렇다. 뭐냐 하면, 그때까지는 아무리 고통스럽다고 해도 네가 아름다움까지 외면하지는 않았다는 사실, 어쩌면 거기서 위안을 얻었다는 사실 말이야. 하지만 더이상은 아니었어. 그때 너는 너를 걱정하는 그 아름다운 아가씨에게도 등을 돌리더구나. 심지어 네 엄마에게도 말을 하지 않았지. 솔직히 말해서, 네 엄마가 나와 똑같은 취급을 받는 것을 보고 조금은 반갑기도 했다고 인정하마. 내가 평생 동안 너에게 느낀 감정을 네 엄마가 알게 되었다는 사실, 네 엄마가 내가 있는 쪽으로 조금 건너와, 도저히 뚫을 수 없는 벽에 자신을 내던지는 기분이 어떤지 알게 되었다는 사실이 말이다. 네 엄마도 그런 내 기분을 눈치챘는지, 네가 살아 있다는 것을 확인한 후 보인 부드러운 태도나, 서로를 향한 의심을 말없이 접어두던 태도도 사라져버리더구나. 너에 대한 대화는―주로 주방이나 밤에 잠자리에서 낮은 목소리로 해야 했는데―다시 팽팽해졌다. 네 엄마는 하이파에 전화를 걸어 그 지휘관의 아버지에게 소리를 지르며 너를 변호하고 싶어했지. 하지만 내가 말렸다. 네 엄마의 손목을 쥐고 강제로 수화기를 뺏었지. 그만해, 여보, 내가 말했다. 아들을 잃은 사람이잖아. 수용소에서 부모를 잃은 사람인데, 이제 하나뿐인 아들까지 잃은 거잖아. 그런 상황에서 어떻게 공정할 수 있겠어? 어떻게 이성적으로 생각할 수 있겠느냐고? 네 엄마가 나를 노려보며 한마디하더구나. 당신은 자기 아들보다 그 사람을 더 동정하는구나. 그러고는 밖으로 나가버렸지.

그때 우리는 실패했다. 네 엄마와 나 말이야. 서로 의지가 되어줬어야 하는데 그러질 못했구나. 대신 각자의 불안 속으로, 자식이 고통스러워하는 걸 지켜보면서도 아무것도 해줄 수 없는 그 특별한 지옥으로 떨어졌지. 어쩌면 네 엄마가 옳았을지도 모른다. 내가 동정심이 없다는 부분이 아니라―너는 내 자식인데 어떻게 그럴 수가 있겠냐, 지금도 너는 나한테 그냥 애 같은데―네가 겪은 그 비극에 대처하는 너의 태도를 너그럽게 봐주지 못했다는 부분은, 어쩌면 네 엄마 말이 옳을 수도 있다는 이야기다. 너는 삶을 멈춰

버렸지. 네 엄마는 누군가가 네게서 뭔가를 빼앗아간 거라고 믿었지만, 내가 보기엔 네 쪽에서 그 뭔가에 대한 권리를 포기한 것처럼 보였다. 마치 일생 동안 네 삶이 너를 배신하기만, 너의 의심—삶이 네게 줄 수 있는 건 실망과 고통밖에 없을 거라는 의심—을 확인해주기만 기다리고 있었던 것처럼 말이야. 그리고 이제 삶을 외면할 수 있는, 마침내 그 연을 끊어버릴 수 있는 돌이킬 수 없는 이유가 생긴 거겠지. 슐로모와 절교했던 것처럼, 수많은 친구와 여자친구들과 절교했던 것처럼, 그리고 오래전에 나와 절교했던 것처럼.

끔찍한 일들이 사람들에게 생기지만, 그렇다고 모두가 무너지는 건 아니다. 왜 똑같은 일이 어떤 사람은 무너뜨리고 어떤 사람은 무너뜨리지 않는 걸까? 그게 바로 의지의 문제다—양도할 수 없는 권리, 해석의 권리가 있다는 거야. 다른 사람이었다면 이렇게 말했겠지. 저는 적이 아닙니다. 당신 아들을 죽인 건 적들이지 제가 아니에요. 저는 조국을 위해 싸운 병사일 뿐, 그 이상도 이하도 아닙니다. 또다른 어떤 이는 자기 의심이라는 고통의 문을 꼭 닫았겠지. 하지만 너는 활짝 열어두었다. 나는 그걸 이해할 수가 없었던 거야. 두세 달이 지나도 네 상태가 좋아지지 않자, 너를 지켜보는 고통이 짜증으로 바뀌더구나. 스스로 돕지 않는 사람을 어떻게 도울 수 있겠냐? 어떤 단계를 넘어서면, 그건 자기 연민으로밖에 보이지 않는 거다. 너는 아무런 야망도 없었지. 가끔 굳게 닫힌 너의 방문을 지나다가 잠시 멈출 때가 있었다. 상어는 어떻게 됐니, 아들? 베린저와 그의 자루걸레, 그리고 물탱크의 갈라진 틈 사이로 끊임없이 떨어지던 물방울은? 의사는 어떻게 됐니? 노아와 어린 베니는? 네가 없으면 그들은 어떻게 되는 거지? 하지만 손도 대지 않은 음식을 앞에 놓고 웅크린 너를 보면, 나는 그렇게 묻는 대신 따지듯이 말했구나. 도대체 누구를 벌주고 있는 거냐? 네가 거부한다고 삶이 상처라도 받을 거 같아?

　네가 어디를 가든 상처들이 네 안에서 소리를 냈다. 오래된 상처가 새로운 상처와 뒤섞였고, 그 모든 상처에 내가 깊숙이 연관돼 있었지. 어디에서든 내게 보이는 건 네 등뿐이더구나. 너와 네 엄마가 함께 나만, 야만적인 나만 빼놓고 둘만의 둥지를 마련하면서, 나의 불만도 커졌지─너와 네 엄마는 나의 몰이해와 그 밖에 내가 책임져야 할 다른 일들에 대해 나를 벌주려 했던 거야. 애가 당신 때문에 상처를 받았어, 필요도 없는 논쟁을 벌이던 중에, 내가 너의 침묵, 나에게만 보란듯이 아무 말이 없는 그 행동에 동조한다고 네 엄마에게 또 한바탕 퍼붓자 네 엄마가 말하더구나. 당신은 쟤가 저럴 만한 이유가 있다고 생각해? 내가 물었다. 저러고 있는 게 도대체…… 뭐? 내가 애를 공정하게 대해주지 않는다고? 제대로 사랑해주지 않는다고? 여보. 네 엄마가 분을 삭이며 차갑게 말했지. 내가 소리쳤다. 나도 내 방식대로 애를 사랑하고 있는 거야! 소리를 치면서도 그런 행동이 네 엄마의 돌더미 같은 확신, 네 엄마와 너의 확신에 증거를 하나 더해줄 뿐이라는 걸 알았지. 아마 내가 그릇도─딸기가 담긴 그릇이었는데─내던졌던 것 같구나. 유리 파편이 사방으로 튀었다. 그랬던 것 같구나, 기억이 맞는다면 말이야. 종종 내가 화를 참지 못할 때가 있었던 건 사실이다. 파편이 사방으로 튀었고, 그 광경을 본 네 엄마는 다시 침묵 속으로 들어가버렸지. 나는 손에 잡히는 게 있으면 다 던져버리고 싶었다.

내가 입만 열면 너는 더욱더 화를 내고 고통스러워했지. 지금은 자기가 모든 일의 희생자라고 생각하는 것 같아, 내가 네 엄마에게 말했다. 고통을 느낄 수 있는 권리를 어떻게든 찾아 먹으려는 사람 같잖아. 하지만 언제나처럼, 네 엄마는 네 편을 들더구나. 어느 날 밤엔 참다못한 내가 소리쳤다. 이제 그 지휘관이 죽은 게 나 때문이라는 거야? 그래, 공정하지 못한 말이었다는 거 안다. 나도 말을 내뱉자마자 후회했으니까. 잠시 후 현관문이 거칠게 닫히는 소리를 듣고서야 네가 우리 이야기를 들었다는 걸 알았구나. 따라 나가서 너를 붙잡아 데려오려고 했지. 길거리에서 너는 울면서 나를 떼어내려고 했다. 너를 꼭 부여잡고 네가 저항을 멈출 때까지 네 머리를 가슴에 대고 있었다. 그렇게 흐느끼는 너를 껴안았을 때, 말할 수 있다면 이렇게 말해주고 싶었다. 나는 적이 아니란다. 그 편지를 쓴 건 내가 아니야. 다른 사람 천 명보다 네 목숨이 더 중요하단 말이다.

몇 달이 지나도 달라지는 건 없었지. 그러던 어느 날, 네가 사무실로 나를 찾아왔다. 의뢰인을 만나고 돌아와보니 네가 내 책상에 앉아서 메모지에 낙서를 하며 우울한 표정으로 기다리고 있더구나. 나는 놀랐다. 그렇게 오랫동안 집밖에도 나오지 않던 네가 마치 살아 있는 시체처럼 내 앞에 떡하니 앉아 있었으니 말이다. 네가 마지막으로 내 사무실에 들른 게 언제였는지도 기억나지 않았지. 무슨 말을 해야 할지 몰라서 이렇게만 말했다. 와 있는 줄 몰랐구나. 결심을 말씀드리려고 왔어요, 네가 진지하게 말했지. 그래, 잘됐구나. 나는 무슨 결정인지도 모르면서 그 자리에 선 채로 말했다. 그저 네가 너의 미래에 대해 생각했다는 것만으로도 충분했으니까. 너는 아무 말 없이 앉아 있었지. 그래서? 내가 물었다. 이스라엘을 떠날 생각입니다, 네가 말했지. 어디로? 화가 치미는 걸 참으며 내가 물었다. 런던이요. 가서 뭘 하게? 그때까지 나와 눈을 마주치지 않던 네가, 고개를 들고 나를 똑바로 쳐다보며 말했지. 법 공부를 하겠습니다.

나는 아무 말도 할 수 없었다. 네가 이전에 법에 관심을 보인 적이 한 번도 없었기 때문만이 아니라, 어릴 때부터 절대로 나처럼 살지 않을 것임을, 그 정도가 아니라, 나와는 정반대의 길을 갈 것임을 분명히 했던 아이였기 때문이었지. 내가 큰 소리를 내면 너는 항상 조용조용 말했고, 내가 토마토를 좋아하면 너는 그걸 싫어했다. 그래서 그 갑작스러운 역전에 어안이 벙벙해졌고, 그게 어떤 의미인지 이해해보려고 애썼던 거야. 네가 평소에 그렇게 진지한 아이가 아니었다면, 아마 나를 놀리는 거라고 생각했을 거다. 솔직히 변호사가 된 너의 모습은 상상하기 어려웠다만, 그 시기엔 다른 어떤 직업을 가진 너의 모습도 상상하기가 쉽지 않았구나.

조금 더 이야기해주기를 기다렸지만, 너는 아무 말이 없었다. 갑자기 자리에서 일어나더니 친구를 만나러 간다고 했지. 몇 달 동안 누구도 만나지 않으려 했던 네가 말이다. 네가 나간 후에 네 엄마에게 전화를 했다. 이게 도대체 어떻게 된 걸까? 내가 물었지. 무슨 일? 네 엄마가 묻더구나. 혼미한 상태로 방에 틀어박혀 있던 애가 어느 날 갑자기 런던에 가서 법 공부를 하겠다잖아, 내가 말했다. 얼마 전부터 그렇게 이야기했어, 당신도 알고 있는 줄 알았는데? 알고 있다니? 알고 있다니? 내가 어떻게 알아, 우리집에선 아무도 나랑 이야기를 안 하는데? 그만, 여보, 네 엄마가 말했다. 바보같이 굴지 마. 이제 나는 야만적인데다 바보 같은 인간이 돼버렸더구나.

아무도 말을 걸 생각을 하지 않는 바보, 우울한데다 짐만 되는 고양이 같은 신세가 돼버린 거야. 그냥 그렇게 길을 헤매다 우연히라도 잘 먹여줄 새 주인을 만나기를 바라는 그런 고양이.

너는 떠났다. 너를 공항까지 태워다주는 일은 차마 못하겠더구나. 전쟁터에는 태워다줄 수 있었지만, 조국을 떠나는 비행장에는 데려다줄 수가 없었지. 재판이 하나 잡혀 있었다. 취소할 수도 있었지만, 그러지 않았다. 전날 밤, 네 엄마는 네게 줄 스웨터를 완성하느라 한잠도 못 잤는데, 그 스웨터 입기나 했냐? 내가 보기에도 하나도 안 예쁜, 네가 얼어죽을까봐 두껍게만 뜬 스웨터였지. 아침에 작별인사를 하기로 했는데, 내가 출근할 때까지 너는 일어나지도 않더구나.

처음부터 너의 학업 성적은 대단했고, 아주 쉽게 수석을 차지했다. 고통이 사라지진 않았지만, 적어도 좀 가라앉기는 했던 모양이지. 너는 쉴 틈 없이, 마치 강박증에 걸린 것처럼 공부하며 그 고통을 묻어두었던 거야. 졸업하면 집으로 돌아올 줄 알았는데, 너는 돌아오지 않았다. 영국에서 변호사가 되더니, 곧 일류 변호사 무리에 합류했지. 일을 믿을 수 없을 정도로 많이, 그것도 빈틈없이 해치우면서 형사재판 분야에서 이름을 날리더구나. 너는 기소하고, 변호하고, 형량을 조절하며 시간을 보냈고, 몇 년 후 결혼했다가, 이혼하고, 판사가 되었다. 나중에야, 나는 그날 내 사무실에 찾아왔을 때 네가 했던 말이 무슨 뜻인지 이해했다. 너는 우리에게 돌아오지 않을 작정이었던 거야.

그 모든 게 오래전 일이지. 그런데 내 뜻과는 달리 자꾸 그런 일들로 되돌아가게 되는구나. 마치 의식을 치르듯, 고통의 주머니를 마지막으로 한 번씩 뒤지듯 말이다. 아니, 젊은 날의 강렬한 감정은 시간이 지난다고 옅어지지 않는단다. 그 감정을 꼭 잡고, 채찍을 휘두르며, 억지로 눌러앉히는 거지. 자신만의 방어체계를 갖추고 질서를 찾겠지만, 감정의 강도는 줄어들지 않아, 갇힐 뿐이지. 그런데 이제 자물쇠가 슬슬 풀리기 시작하는구나. 네 할아버지와 할머니 생각이 나는구나, 도비. 어스름한 저녁 무렵 주방에 그림자처럼 서 있는 네 할머니의 모습. 그 표정의 의미가 어린 시절에 내가 이해한 것과는 좀 다르다는 게 이제 보이더구나. 네 할머니는 욕실에 들어가 문을 잠그고 소리만 내실 때가 있었단다. 귀를 대보아도 문 때문에 소리가 잘 들리지 않았지. 나에게 네 할머니는 다른 무엇보다 냄새였는데 말이다. 말로는 도저히 옮길 수 없는 냄새, 그 이야긴 넘어가자. 아무튼 냄새 다음으론 촉감이었다. 내 등을 쓰다듬으시던 손길, 볼에 와닿던 부드러운 코트의 촉감 같은 것들 말이다. 그다음이 소리였고, 맨 마지막에, 저멀리 네번째로 있는 게 이미지였지. 네 할머니의 모습은 늘 부분적이었고, 전체 모습으로 남은 건 거의 없구나. 어머니가 너무 크고 나는 너무 작았기 때문에, 한 번에 볼 수 있는 건 허리띠 위로 툭 나온 아랫배나, 목에서 가슴까지 이어지던 주근깨, 혹은 스타킹을 신은 다리뿐이었지. 더이상 보는 건 불가능했다. 너무 많았으니까. 네 할머니가 돌아가신 후, 네 할아버지는 거의 십 년이나 더 사셨지. 자꾸만 떨리는 한쪽 손을 다른 손으로 진정시키며 지내셨지. 네 할아버지가 창문의 블라인드를 내리고 속옷만 걸친 채 면도도 하지 않고 계신 걸 종종 본 적이 있다. 아주 예민하고, 자만심에 넘친다고 할 정도였던 분이, 지저분한 속옷 차림으로 그렇게 지내시더라. 일 년쯤 후에 옷은 다시 입으셨지만, 다른 일들은 절대로 바로잡히지도, 회복되지도 않았지. 네 할아버지 안에서 뭔가가 뒤집혀버린 거야. 대화도 툭툭 끊어지기 시작했지. 한번은 바닥에 엎드린 채 마룻바닥에 난 긁힌 자국을 살피고 계시더구나. 뭔가 중얼거리셨는데, 아마 어릴 때 배웠지만 나이가 들면서 필요 없다고 생각하고 잊어버린 탈무드의 어떤 내용인 것 같았다. 네 할아버지가 사후의 삶에 대해 어떤 생각을 갖고 계셨는지는 모르겠구나, 정말로 모르겠어. 서로 개인적인 일을 이야기하지는 않았으니까. 우리는 아주 멀리서 서로를 응원하는 정도의 사이였던 것 같다, 한 명은 이쪽 정상에서, 다른 한 명은 저쪽 정상에서 말이다. 같이 있으면 스푼으로 차나 젓고, 헛기침을 하는 그런 사이였지. 이야기를 할 일도 별로 없었지만, 한다고 해봐야 어떤 모직이 좋고, 어디서 나는지, 어떤 동물 털이고 어떻게 만들어지는지 그런 이야기만 했다. 네 할아버지는 주무시다가 아주 편안히 돌아가셨지. 싱크대에 설거지 안 한 접시 하나 남겨두지 않고 그렇게 가셨다. 드실 물 한 잔만 받은 후에 싱크대를 말끔하게 닦아서, 말 그대로 티끌 하나 없이 해두셨더라. 몇 년 동안 두 분을 위해 추모의 촛불을 켜두었는데, 그다음엔 까먹었구나. 두 분 무덤을 찾아간 것도 한 손으로 헤아릴 수 있을 정도지. 죽은 사람은 죽은 거라고, 찾아뵙고 싶을 때는 기억을 떠올리면 된다고 생각―생각이라는 걸 하기는 했다면―했던 거야. 하지만 나는 기억도 멀리 묶어두었단다. 가장 가까운 누군가의 죽음엔 늘 약간의, 하지만 피할 수 없는 어떤 비난이 뒤따르는 것 아닐까? 내가 죽으면 너도 그럴 생각이냐, 도브? 일생 동안 내게 쏟아부었던 비난의 마지막 몫을 내 죽음 앞에 던질 셈이냐?

내가 끝을 향해 다가갈 무렵 너는 집으로 돌아왔구나. 현관 앞에 여행가방을 들고 선 너를 보며 나는 어떤 시작을─그 장면은 그렇게 보였단다─생각했다. 내가 너무 늦은 거냐? 너는 어디 있니? 벌써 몇 시간 전에 집에 돌아왔어야 하는데. 무엇 때문에 늦는 거냐? 뭔가 잘못된 것 같은 느낌이 드는구나. 이제 걱정할 네 엄마도 없는데. 이제 그건 내 몫이 되었는데 말이다. 지난 열흘 동안 내가 아침에 눈을 뜨면 네가 늘 여기, 식탁에 앉아 있었지. 짧은 시간이었지만, 그새 나는 거기에 의지하게 됐는데, 오늘 아침, 오늘 아침에 그 침묵을 깨고 마침내 휴전을 제안하려고 했는데, 식탁이 비어 있구나.

묵직한 것이 계속 내 가슴을 누르고 있는데, 무시할 수가 없다. 열흘 동안 같은 지붕 아래 지내면서 너는 거의 말이 없었지, 도브. 우리는 마치 두 개의 시곗바늘처럼 하루를 보냈구나. 잠시 서로 겹치기도 하지만, 이내 떨어져서, 각자 자신에게 주어진 주기에 따라 지냈지. 매일 똑같았다. 차, 타버린 토스트, 부스러기, 그리고 침묵. 너는 네 의자에, 나는 내 의자에. 오늘만 예외구나. 내가 잠에서 깨서 처음으로 현관에서부터 기침을 하며 주방에 들어섰는데, 아무도 없었다. 네가 있어야 할 의자가 비어 있었지. 신문은 비닐에 싸인 채 현관문에 그대로 걸려 있고.

네가 준비가 될 때까지 기다리겠다고 마음을 먹었단다. 부담 주지 않겠다고 말이야. 어제 마당에서 마주쳤을 때, 너는 나무로 된 멍에를 어깨에 메고 있는 나이든 물장수처럼 뻣뻣해 보이더구나. 다만 쏟지 않으려고 애를 쓰는 게 물이 아니라 쌓여 있는 감정이라는 것만 달랐지. 너를 방해하지 않으려고 애썼다. 잘못된 말을 할까봐 두려워서, 아예 아무 말도 하지 않았지. 하지만 매일매일 나는 조금씩 줄어들고 있어. 아주 조금, 거의 측정할 수 없을 만큼 적은 양이지만, 삶이 빠져나가는 걸 느낄 수 있단다. 네 삶에서 이야기하고 싶지 않은 부분은 말해주지 않아도 좋다. 무슨 일이 있었는지 묻지 않으마. 왜 사직을 했는지, 왜 오랜 시간 동안 너를 삶에 잡아두었던 유일한 일을 갑자기 그만두었는지 묻지 않을게. 그런 건 몰라도 살 수 있다. 하지만 왜 내게로 돌아왔는지는 꼭 알아야겠구나. 이건 꼭 물어야겠다. 내가 죽고 나면 한 번이라도 찾아줄 테냐? 가끔씩 찾아와서 내 옆에 앉아줄 테냐? 바보 같은 말이지. 죽고 나면 나는 아무것도 아닐 테고, 그냥 한줌 생기 없는 먼지에 불과하겠지만, 그래도 네가 가끔씩 찾아와줄 거라고 생각하면 좀 쉽게 갈 수 있을 것 같구나. 묘석 주위를 쓸어주고, 다른 사람들과 함께—만약 다른 사람들이 있다면—묘석에 놓을 돌을 고르는 그런 일을, 네가, 일 년에 한 번씩만이라도 와서 그렇게 해줄 것을 안다면 말이다. 나를 기다리고 있는 게 망각이라는 걸 단 한 번도 의심해본 적이 없었기 때문에, 이런 말이 어떻게 들릴지도 안다. 죽음의 계곡을 헤매기 시작하면서 이런 나의 욕심을 발견했을 때는 나도 놀랐구나. 언제였는지 정확히 기억하고 있다. 네 형과 함께 안과에 갔을 때였지. 갑자기 오른쪽 눈에 까만 점이 계속 보였거든. 그냥 작은 티에 불과했지만, 그 작은 점 때문에 미치는 줄 알았다. 어디를 보든 그 점 때문에 시야가 방해를 받았고, 나는 공연히 두려워지더구나. 그런 점이 더 생기면 어떡하지? 계속 나타나면? 생매장을 당한 것처럼 한 번에 한 삽씩 흙이 덮이고, 그렇게 아주 작은 빛만 남다가, 결국 암흑 속으로 떨어지는 게 아닐까? 겨우 마음을 추스르고, 네 형에게 전화를 했다. 한 시간 후 네 형이 다시 전화를 해서는 병원에 예약을 해두었다고, 데리러 오겠다고 하더구나. 의사를 만나고, 결국 아무것도 아니라는 게 밝혀지고, 집으로 돌아가려 차에 탔지. 차를 몰고 가는데 어디선가 돌멩이 하나가 날아와 앞유리에 부딪힌 거야. 엄청나게 큰 소리가 났다. 우리 둘 다 간이 떨어지는 줄 알았고, 네 형은 급하게 브레이크를 밟았지. 우리는 숨도 쉬지 못하고 가만히 앉아 있었다. 길은 비어 있고, 주위엔 아무도 없더구나. 기적처럼, 우리는 상황을 한 번에 알아차렸는데, 앞유리가 깨지진 않았더라. 정확히 내 두 눈 앞에 지문만한 크기의 흠집이 난 게 전부였지. 얼마 후, 와이퍼 위에 놓인 돌멩이도 눈에 들어왔다. 그 돌멩이가 유리창을 뚫고 들어왔더라면 나는 그 자리에서 죽었겠지. 차에서 내린 다음 후들후들 떨리는 다리로 자동차 앞으로 가 그 돌멩이를 집어들었다. 돌멩이를 손 위에 올려놓고 주먹을 쥐니 손안에 꼭 맞게 들어오더구나. 이게 첫번째야, 나는 생각했다. 내 무덤에 놓일 첫번째 돌. 내 인생에 마침표처럼 찍힐 돌. 이제 곧 문상객들이 다가와 각자 가지고 온 돌을 차례대로 놓으면, 나의 삶이라는 길었던 문장도 그렇게 마지막, 차마 마무리하지 못한 말로 막을 내리겠지……

　그때, 아들, 네 생각을 했단다. 다른 사람들은 오건 말건 상관없다고, 내 무덤에 놓이기를 원하는 단 하나의 돌은 네가 놓은 돌이라고. 유대인에겐 그 돌이 많은 의미를 가지겠지만, 네가 쥔 그 돌은 단 하나의 의미밖에 없을 테니까.

아들, 나의 사랑이자 나의 후회. 맨 처음 너를 봤을 때, 아직 그 나이든 표정을 지우지 못한 노인 같은 아기가 발가벗은 채 안쓰러운 모습으로 간호사 품에 안겨 있더구나. 규칙을 깨고 내가 분만실에 들어갈 수 있게 해준 옛친구 바르토브 박사가 돌아보며 탯줄을 자르고 싶냐고 물었지. 푸른빛이 도는 흰색의 통통 부은 탯줄은 상상했던 것보다 훨씬 굵어서, 보트를 매어두는 밧줄이 떠오르더구나. 나는 얼떨결에 그러겠다고 했다. 이렇게 하면 돼, 바르토브 박사가 말했지. 그 친구는 수천 번도 더 해봤을 테니까. 시키는 대로 잘랐더니, 탯줄은 내 손에서 마치 뱀처럼 춤을 추었고, 피가 사방으로 튀었지. 참혹한 범죄 현장처럼 사방에 피가 튀었고, 네가 눈을 떴구나. 맹세컨대, 너는 그 작고 촉촉한 눈을 뜨고, 아들, 내 얼굴을 똑바로 쳐다봤다. 너를 네 엄마로부터 떼어놓은 사람의 얼굴을 머리에 꼭 담아두려는 것 같았지. 순간 무언가가 나를 가득 채웠다. 누군가 내게 바람을 불어넣어 모든 것이 부풀면서, 조금의 빈틈도 없이 안에서부터 채워지는 게, 마치 안에서부터 포위된 느낌이랄까, 그런 게 가능하다면 말이다. 그것 때문에 내가 터져버릴 것만 같았다, 사랑과 후회로, 도브, 전혀 불가능할 거라고 생각했던 사랑과 후회로. 그 순간 나는 놀라며 내가 너의 아버지가 되었음을 이해했단다. 네 엄마가 출혈을 하는 바람에 그 충격은 일 분도 지속되지 않았지. 간호사가 너를 안고 서둘러 나가고, 분만실에 있던 다른 사람들은 나를 대기실로 밀어냈다. 자기 아이가 나오기만 기다리고 있던 다른 아빠들이 피 묻은 나의 신발과 떨리는 입술을 보고는 헛기침을 하며 고개를 설레설레 흔들었지.

내가 잠시도 네 아버지이기를 포기한 적이 없었다는 걸 네가 알아줬으면 한다. 도빅. 가끔은 차를 타고 회사에 가다 혼자 너와 이야기를 하기도 했단다. 변론하고, 설득하고, 아주 어려운 사건에 대해 너와 상의를 할 때도 있었다. 아니면, 진디가 생긴 토마토나, 어느 날 아침 네 엄마가 깨기 전 간단히 만들어 먹은 오믈렛 이야기를 하기도 했지. 밝고 조용한 주방에서 혼자 아침을 먹은 이야기 말이다. 네 엄마가 아플 때, 병원의 딱딱한 플라스틱 의자에 앉아 네 엄마가 진료나 검사, 치료를 받고 나오기를 기다리는 동안에도 네게 말을 걸었다. 머릿속에 너의 허수아비를 만들어놓고 네가 정말로 내 말을 들을 수 있다는 듯이 말을 걸었지. 그들이 두번째로 18번 버스를 폭파했을 때, 나는 두 블록 떨어진 곳에 있었단다. 피, 피가 너무 많이 흐르더구나. 도브. 폭발의 잔해가 사방에 널려 있었지. 특별 처리반이 와서 흩어진 시신을 수습하는 걸 지켜봤다. 보도에 떨어진 사체 조각을 핀셋으로 줍고, 사다리를 타고 올라가 가로수에 걸린 귀와 발코니에 걸린 어린아이의 엄지손가락을 찾아내더구나. 그 이야기는 그 누구에게도, 심지어 네 엄마에게도 할 수 없었지만, 너에게는 할 수 있겠더라. 진정한 친절, 그 사람들은 스스로를 그렇게 부르더구나. 키파*를 쓰고 형광색 조끼를 입고 가장 먼저 도착해, 충격에 빠져 말을 잃은 죽어가는 이들을 보살피고, 팔다리가 날아가버린 아이들의 시신을 수습하는 그 사람들. 진정한 친절이라고 부르는 건, 죽은 사람들은 그 친절에 보답

---

* 유대인 남성이 쓰는 작고 챙 없는 모자.

할 수 없기 때문이지. 그래, 내가 악몽에서 깨어나 말을 건 것은 너였다. 거울을 보며 면도를 할 때 말을 건 것도 너였지. 어디를 보든 네가 있었단다. 너는 가장 어울리지 않을 것 같은 장소에 숨어 있었고, 처음엔 그 이유를 몰랐지만, 곧 깨달았다. 너에게서, 너의 사례에서 뭔가 배울 수 있을 거라고 나는 믿었던 거야. 버리는 것에, 무언가를 놓아버리고, 그렇게 너 자신을 조금씩 더 가볍게, 더 작게 만드는 것에 특출나던 너에게서 말이다. 친구들을 한 명씩 버리고, 아버지를 버리고, 아내를 버리고, 이제 판사 자리까지 버렸으니, 너를 세상에 붙잡아둘 만한 게 거의 남아 있지 않구나. 홀씨가 하나 혹은 둘밖에 남지 않은 민들레 같은 너, 이젠 작은 기침이나 한숨만으로도 마지막 남은 그 홀씨를 날려버릴 수 있는 너, 얼마나 쉽겠니……

갑자기 무섭구나, 도브. 몸이 떨리고, 차가운 기운이 몸안으로 스미는 것 같다. 순간 무언가를 이해한 것만 같구나. 뭘 이해한 걸까? 네가 돌아와 작별인사를 하는 일이 있을까? 이제 끝을 내기로 했다고…… 마침내?

잠깐만, 도빅. 가지 마라. 내가 밤에 너를 재워주던 때를 떠올려보렴. 너는 항상 하나만 더 물어볼 게 있다고 했지. 밤이 되면 해는 어디로 가는 거예요? 늑대들은 뭘 먹고 살아요? 왜 저는 한 명뿐이에요?

하나만 더 물어볼 게 있다, 도빅. 한 곡만 더. 딱 오 분만.

네 엄마라면 어떻게 했을까?

어디 있냐? 평생 동안 내가 네게 물어온 질문이구나.

신발을 신고, 무릎을 꿇고 부탁할게. 다시는 같은 이야기를 꺼내지 않으마.

　네 엄마가 있었더라면 했을 일, 그 일을 내가 하련다. 모든 병원에 전화부터 걸어봐야겠구나.

전원 기립

판사님, 어둡고 서늘한 방에서 저는 태풍에서 구조된 사람처럼 잠을 잤어요. 멈추지 않던 불안과 어떤 불행에 대한 인식이 꿈의 가장자리를 소란스럽게 맴돌았지만, 너무 지쳐서 그걸 제대로 생각할 여력이 없었죠. 잠을 자는 시간 동안 한데 모여서 점점 더 커진 그 불안이, 제가 눈을 뜬 바로 그 순간 의식으로 넘어와 미칠 듯이 두려웠네요. 제가 닿을 수 없는 곳에서 어떤 질문이 끈질기게 대답을 요구하고 있었는데, 그게 무슨 질문이었을까요? 몹시 목이 말랐던 저는 어둠 속에서 허둥거리며 찬물을 찾았어요. 시간 감각도 없었지만, 닫힌 덧창 틈으로 여전히 빛이 스며들고 있었죠, 어쩌면 어두워졌다 다시 밝아진 건지도 모르지만요. 질문이 계속 저를 압박했고, 잡으려 하면 달아났어요. 베란다로 나가는 문을 열려고 열쇠를 찾다가 물병을 쓰러뜨려서 병이 깨졌죠. 문을 여니 예루살렘의 사나운 빛이 들이쳤어요. 구시가지의 성벽을 바라보며 그 광경에 깊은 감명을 받았지만, 여전히 질문은 사라지지 않았고, 제 정신은 이가 빠진 자리를 더듬는 혀처럼 그 질문 언저리를 맴돌았죠. 아프지만, 알고 싶었어요. 해가 지자 어둠이 모자처럼 언덕들을 덮고, 머릿속의 모든 것이 완벽한 음향 시설을 갖춘 극장 안에서처럼 증폭되고, 차고 끈적끈적한 무언가가 다시 자리를 잡았어요. 그러면 그 급박한 질문이 또 나타나고, 그게 무엇인지, 대체 무엇인지 궁금해하던 끝에, 갑작스러운 메스꺼움과 함께 마침내 그 질문이 표면으로 떠올랐네요.

내가 잘못 생각한 거면 어떡하지?

판사님, 제가 기억하는 한 저는 늘 홀로 떨어져 지냈어요. 적어도, 다른 사람들과 떨어져, 선택받은 거라고 믿었죠. 제 어린 시절의 상처를 이야기하며 판사님 시간을 빼앗지는 않을게요. 제 외로움, 부모님의 쓸쓸한 결혼생활이라는 막 안에 갇혀, 아버지의 분노 아래서 지내던 시절의 두려움과 슬픔에 대해 이야기하지 않을게요. 어쨌든 어린 시절의 좌절쯤 극복해보지 않은 사람이 누가 있겠어요? 저의 좌절을 늘어놓고 싶은 욕심은 없어요. 다만 그 어둡고, 종종 두려웠던 삶의 시기를 헤치고 살아남기 위해 저 자신에 대해 어떤 것들을 믿어야만 했다는 이야기만 할게요. 저 자신을 지켜주는 선량한 힘이 있다고, 그런 대단한 마법이 있다고 믿은 건 아니었고—그처럼 손에 잡힐 듯한 게 아니었어요—제가 처한 상황이 바뀌지 않을 거라는 것도 알았어요. 제가 믿은 건 첫째, 제가 처한 현실의 상황은 우연의 결과일 뿐이며 내 머리에서 나온 것이 아니라는 점, 둘째, 저에겐 뭔가 독특한 것, 특별한 힘과 깊은 감정이 있어서 제가 받은 상처와 부당함에 부서지지 않고 버틸 수 있게 해줄 것이라는 점이었어요. 최악의 순간에도 저는 슬며시 전면에서 물러나, 제 안에 살아 있는 그 신비로운 재능이 있는 곳까지 내려갔어요. 그걸 찾을 수만 있다면 언젠가 그들의 세상을 벗어나 다른 곳에서 제 삶을 꾸릴 수 있다는 것을 알았으니까요. 제가 살던 아파트에 옥상으로 이어지는 비상구가 있었는데, 네 개 층을 달려올라가 사다리까지 오르면 희미하게 빛나는 고가철도를 볼 수 있었죠. 그곳에 있으면, 아무도 나를 찾을 수 없다는 사실 때문에, 은밀한 즐거움이 서늘하게 몸에 스미며 목덜미의 솜털까지 일어설 정도였어요. 왜냐하면, 그 순간의 생생한 적막 속에, 세상이 오직 나만을 위해 자신의 모습을 드러내고 있다는 것을 감지했으니까요. 옥상에 올라갈 수 없을 때는 부모님의 침대 밑으로 숨었죠. 거긴 볼 건 없었지만 똑같은 흥분을, 세상의 근간을 이루는 무언가에 다가간 것만 같은 특권을 느낄 수 있었어요. 모든 인간 존재가 조심스럽게 의지하고 있는 감정의 흐름 같은 것, 거의 견딜 수 없을 것 같은 삶의 아름다움, 저의 삶도 아니고 다른 누군가의 삶도 아닌, 그 자체의, 새로 태어나고 또 죽어가는 개개의 삶에는 관심도 없는 그 아름다움에 다가간 것 같은 기분이요. 동생들이 넘어지고 쓰러지는 모습을 지켜봤어요. 한 명은 거짓말과 도둑질, 속임수를 배웠고, 다른 한 명은 자기혐오에 무너져 자신을 조각조각 찢다가 결국은 다시 전체를 맞출 수 없게 되어버렸지만, 저는 제 길을 지켰어요. 판사님, 그래요, 저는 제가 어떤 식으로든 선택받았다고 믿었지만, 저만 예외적으로 보호를 받을 거라고 생각할 정도는 아니었어요. 분열되지 않고 자신을 유지할 정도의 재주는 있었지만 그것도 언젠가 제가 무언가가 되기 전까지는 잠재력일 뿐이었겠죠. 시간이 지날수록, 제 깊은 곳에서 그 믿음은 법칙처럼 굳어졌고, 그 법칙이 제 삶을 지배하게 되었어요. 말이 길어졌지만, 판사님, 그게 제가 작가가 된 사정이에요.

이해해주시면 좋겠네요, 그렇다고 스스로에 대한 의심을 떨쳐버릴 순 없었다는 것을요. 평생 따라다녔어요. 마음을 갉아먹은 의심과 거기에 따라오는 자기혐오, 저 자신만을 위해 남겨두었던 특별한 혐오였죠. 가끔, 그 혐오는 선택받았다는 저의 생각과 불편한 동거를 하기도 했어요. 그 둘이 서로 들쭉날쭉하며 괴롭히기도 했지만, 끝에 가선 스스로에 대한 믿음이 언제나 이겼죠. 오래전, 일꾼들이 다니엘 바르스키의 책상을 제 아파트로 가지고 온 날, 제가얼마나 좌절했는지 기억나네요. 책상은 생각했던 것보다 훨씬 컸어요. 마치 이 주 전 그의 아파트에서 본 후로 책상이 자란 것 같았죠(서랍이 저렇게 많았던가?). 제가 살던 아파트에 어울릴 것 같지도 않았고, 너무 무서워서 일꾼들이 떠나는 것도 싫었어요. 판사님, 그 책상의 그림자 아래 혼자 남는 게 무서웠어요. 마치 제 아파트가 갑자기 침묵에 빠진 것 같은, 혹은 침묵의 질이 바뀐 것 같은 느낌이었죠. 뭐랄까, 텅 빈 무대의 침묵과 누군가가 빛나는 악기를 단하나만 갖다놓은 무대의 침묵 사이의 차이라고 할까요. 책상의 무게에 압도당한 저는 울고 싶었어요. 그런 책상에서 어떻게 글을 쓸수 있을까 싶었죠. 몇 년 후 S를 처음 집으로 데리고 왔을 때 그는위대한 정신의 소유자만이 쓸 수 있을 것 같은 책상이라고 했어요. 정말 로르카가 썼던 걸까요? 혹시 책상이 넘어지기라도 하면 사람이 깔려 죽을 수도 있을 것 같았어요. 전에도 작아 보이던 아파트가 이제 더 자그마해 보였네요. 하지만 그 책상 아래서 움츠리고 있던 중에, 이유는 알 수 없지만, 이전에 본 전후 독일에 관한 영화가 한 편 떠올랐어요. 너무 가난했던 그들은 얼어죽지 않기 위해 산에 있는 나무들을 모두 베어서 땔감으로 썼고, 나무가 남지 않았을 때는 집안에 있던 가구를 도끼로 쪼개기 시작했죠―침대, 테이블, 옷장, 대대로 내려오던 가보까지, 아무것도 남아나지 않았어요―네, 지저분한 붕대 같은 두툼한 코트 차림으로 갑자기 제 앞에 나타난 그들이 테이블 다리와 의자 팔걸이를 마구 뜯어내는 모습, 그들의 발치에 이미 타닥타닥 소리를 내며 타오르기 시작한 작은 불, 그런 광경을 상상하며 혼자 웃었어요. 그 사람들이 다니엘의 책상을 보면 어떻게 했을까요? 사자의 시체라도 발견한 독수리처럼 달려들었겠죠―멋진 모닥불을, 그것도 며칠 동안 피울 수 있었을 테니까요. 저는 소리 내 웃기 시작했어요, 손톱을 깨물며 그 불쌍한, 너무 자라버린 책상을 향해 미소를 지어 보일 수 있었어요. 재로 변해버릴 위기를 간신히 넘기고 로르카만한 크기로, 적어도 다니엘 바르스키만한 크기로 자랐지만, 이제 나 같은 사람에게 버려진 그 책상을요. 움푹 팬 상판을 손가락으로 쓸어보고, 천장에 닿을 듯한 서랍의 손잡이도 쓰다듬었어요. 이젠 그 책상이 다르게 보이기 시작했거든요. 그 그림자도 마치 나를 부르는 것만 같았어요. 가까이 와, 라고 말하는 것 같았어요, 몸짓이 둔한 거인이 손을 내미는 것 같았죠. 그럼 작은 쥐 한 마리가 그 손바닥 위로 뛰어오르고, 그렇게 둘이 함께, 언덕과 평원을 지나고 숲과 골짜기를 지나는 거예요. 의자를 당겨(아직도 그 소리가 생생히 기억나요, 침묵을 긁는 것 같던 그 높은 소리가) 제자리에 놓았죠. 책상 앞에 놓고 보니 의자가 너무 작아 보여서 놀랐네요. 마치 아동용 의자나 『골디락스와 곰 세 마리』에 나오는 아기 곰의 의자 같았어요. 제가 앉으면 금방 부서져버릴 것 같았지만, 아니었어요. 딱 맞았죠. 손을 책상 위에 올려놓았어요. 한 손 먼저, 그리고 나머지 한 손까지 없는 사이, 침묵이 창과 문을 터질 듯 압박하는 것 같았어요. 저는 고개를 들고 그것을, 그 비밀스럽게 전율하는 즐거움을 느꼈어요, 판사님. 바로 그때, 혹은 잠시 후, 거부할 수 없는 사실을 느꼈어요. 그 책상이, 매일 아침 눈을 뜨면 제일 먼저 눈에 들어온 그 책상이, 제 안에 있던 잠재력이 인정받았다는 느낌을 새롭게 확인해주었다는 사실을요. 저를 다른 사람과 다르게 해주고, 스스로를 돌아볼 수 있게 해준 그 특별한 자질 말이에요.

의심은 몇 달 혹은 몇 년씩 잠잠하다가, 갑자기 다시 나타나 저를 거의 마비시킬 정도로 괴롭혔죠. 어느 날 밤, 책상을 받고 일 년 반쯤 지났을 때, 폴 앨퍼스가 전화를 했어요. 뭐하고 있어? 그가 물었죠. 페소아 읽고 있는데, 사실은 소파에 누워 졸고 있었지만 그렇게 대답했어요. 소파에 흐른 침을 바라보며 거짓말을 했네요. 지금 갈게, 그는 그렇게 말하더니 십오 분 만에 도착했어요. 창백한 얼굴에, 주름진 갈색 종이봉투를 들고 있었죠. 그의 머리가 많이 빠진 걸 보고 놀랐으니까, 마지막으로 본 지 꽤 됐던 것 같아요. 바르스키가 실종됐어, 그가 말했죠. 뭐라고? 분명 제대로 들었지만, 제가 다시 한번 물었어요. 순간 우리 둘은 동시에 탑처럼 우뚝 솟은 책상을 쳐다봤죠. 키가 크고 마른 몸에 코가 큰 우리의 친구가 서랍들 중 하나에서 웃으며 튀어나오기라도 할 것처럼요. 하지만 한 방울의 슬픔이 아파트 안에 스머든 것을 제외하면 아무 일도 없었네요. 새벽에 집으로 들이닥쳤대, 폴이 속삭이듯 말했어요. 들어가도 되지? 그는 그렇게 묻고는 내 대답을 듣지도 않고 안으로 들어와 찬장에서 컵 두 개를 꺼내고, 종이봉투에 넣어 온 위스키를 따랐죠. 우리는 다니엘 바르스키를 위해 건배했고, 폴이 다시 잔을 채우고 한번 더 건배했어요. 이번에는 납치를 당한 모든 칠레 시인들을 위해서였죠. 한 병을 다 비운 후 건너편 의자에 앉아 있던 폴은 코트 속에서 몸을 잔뜩 웅크렸어요. 눈에 힘을 줬지만, 공허한 눈빛이었죠. 두 가지 감정이 엄습했어요. 우선, 아무것도 그대로 머무르지 않는다는 안타까움, 그리고 제가 짊어진 부담이 이전과는 비교할 수 없을 정도로 무거워졌다는 느낌이었어요.

다니엘 바르스키 생각에 사로잡혀서 집중을 할 수가 없었죠. 그를 만났던 밤, 그가 살던 도시들이 표시된 지도를 바라보며, 한 번도 들어본 적 없는 장소들 이야기를 듣던 그 밤이 자꾸 떠올랐어요—바르셀로나 외곽에 가면 물살이 옥빛으로 빛나는 강이 있는데, 강바닥에 있는 구멍으로 들어가면 물이 반쯤만 찬 터널로 이어진다고 했죠. 그 터널에선 자기 목소리의 메아리만 들으며 몇 마일을 걸을 수 있다고 했어요. 또 유대 언덕에 있다는, 폭이 남자 허리둘레 정도밖에 되지 않는다는 터널들 이야기도 있었어요. 바르 코크바*의 추종자들이 로마군을 기다리다가 정신을 잃어버렸다는 그 터널에, 다니엘은 길을 밝혀줄 성냥 한 통만 들고 들어가봤다고 했죠—폐소공포증이 약간 있는 저는 그저 순한 학생처럼 고개만 끄

---

* 2세기경 로마군에 맞서 반란을 일으킨 유대인 지도자.

덕였고, 잠시 후 그는 눈을 깜빡이거나 시선을 돌리지도 않은 채 자신의 시를 암송했어요.「내가 한 말은 다 잊어버려요」. 정말 좋은 시였어요, 판사님, 사실, 놀랄 만큼 뛰어난 작품이었고, 저는 한시도 그 시를 잊어버린 적이 없었죠. 그 자연스러움은, 저는 절대 가질 수 없는 재능일 거예요. 인정하려니 아프기도 하지만, 그 점에 대해서 저는 항상 스스로를 의심했어요, 제가 쓴 문장들 바로 아래 숨어 있는 작은 거짓말들 말이에요. 제가 단어들을 장식처럼 쌓아갔다면, 그는 모든 것을 벗겨내는 식이었어요. 조금씩 벗겨내다 결국 완전히 자신을 드러내, 작고 하얀 애벌레처럼 꾸물거리는 스스로를 있는 그대로 보이는 그런 식이요(그의 시엔 점잖지 못한 어떤 느낌이 있었는데, 그게 오히려 더 시를 숨막히게 했죠). 술에 취해 졸기 시작한 폴을 앞에 두고 그의 시를 떠올리는데, 가슴 바로 아래가 아파오기 시작했어요. 아주 작은 주머니칼로 깊이 찔린 것 같은 통증 때문에, 그의 소파 위에서 몸을 웅크렸죠. 아무 생각 없이 누워 있다 잠이 들곤 하던 소파. 제가 그렇게 누워서 그해 내 생일은 무슨 요일일지, 비누가 떨어지지 않았는지 따위의 사소한 일들을 생각하는 동안, 칠레의 어느 사막이나 평원, 혹은 지하실에서 다니엘 바르스키는 고문을 받으며 죽어가고 있었던 거예요. 그다음부턴 매일 아침 책상을 볼 때마다 눈물이 나려 했어요. 단지 그 책상이 제 친구가 겪어야 했던 폭력적인 운명을 상징하기 때문만은 아니었죠. 이젠 그 책상을 볼 때마다, 그 물건이 제게 속한 적은 단 한 번도 없었고, 앞으로도 없을 거라는 사실을 확인했기 때문이었어요. 저는 그저 우연히 그 책상을 돌보게 된 사람에 불과하다는 것, 한심하게도 자신이 무언가를 지녔다고, 거의 마법에 가까운 어떤 자질을 지녔다고 믿지만 사실 그렇지 않고, 그 책상에 어울릴 만한 진짜 시인은, 모든 정황을 고려해볼 때, 죽어버렸다는 것 때문이었죠. 어느 날 밤 다니엘 바르스키와 제가 이스트강의 좁은 다리 위에 나란히 앉아 있는 꿈을 꿨어요. 어떤 이유에선지 그는 모셰 다얀*처럼 한쪽 눈에 안대를 하고 있었죠. 하지만 네 안 깊은 곳 어딘가에 뭔가 특별한 것이 있는 게 느껴지지 않아? 그가 편안하게 다리를 흔들며 물었어요. 우리 아래로 사람들이, 어쩌면 개였던 것 같기도 한데 아무튼, 물살을 가로지르며 헤엄을 치고 있었어요. 아니, 제가 눈물을 참으며 속삭이듯 대답했어요. 아니, 느껴지지 않아. 다니엘 바르스키는 놀라움과 동정이 뒤섞인 표정으로 저를 바라보았죠.

거의 한 달간 아무것도 쓰지 못했네요. 당시 제가 한 이상한 일들 중에, 친구 삼촌이 운영하던 중국식 연회장에 쓸 종이학을 접는 일도 있었어요. 저는 항상 제가 맡은 것보다 많이 접었죠. 형형색색의 종이학을 접고 나면 처음엔 손에 감각이 없어지고, 나중엔 컵도 쥘 수 없을 정도로 손이 굳어서 수도꼭지에 직접 입을 대고 물을 마셨어요. 하지만 신경쓰지 않았죠. 세상 모든 대상이 한 마리 학이 완성되기 위해 거쳐야 하는 열한 번의 접기가 변주된 것이라고 생각하면, 거의 위로라고 할 만한 느낌이 들었거든요. 다 접은 학은 천 마리씩 따로 세어서, 책상 때문에 그렇지 않아도 비좁은 방 한구석에 둔 상자에 담았어요. 잠을 자기 위해 매트리스로 가려면 그 상자들과 책상 사이를 비집고 지나가야 했죠. 책상에 몸

---

* 이스라엘의 군사 지도자.

이 밀착되면, 한편으로는 알 수 없으면서 다른 한편으로는 아플 만큼 친숙한 나무 냄새를 맡고 또 비참한 생각이 번개처럼 내리쳤어요. 그러면 저는 연회장 직원이 와서 종이학 상자를 가져가고(그는 제가 접은 학을 보고 깜짝 놀라며 돈을 건넸죠) 아파트가 다시 한번 텅 빌 때까지, 매트리스를 포기하고 소파에서 잠을 잤어요. 사실, 다니엘 바르스키의 책상과 소파, 옷장, 그리고 의자를 제외하고 텅 빈 거였지만요. 그다음엔 책상을 무시해보려고 무던히도 애썼지만, 제가 관심을 가지지 않으면 않을수록 책상은 더 자라는 것 같았고, 폐소공포증 비슷한 것을 느낀 저는 추위에도 불구하고 창문을 열어놓고 자기 시작했어요. 이유는 알 수 없지만 그렇게 하면 좀 마음을 잡을 수가 있었거든요. 그렇게 지내던 어느 날, 책상 앞을 지나치다 제가 몇 달 전에 쓴 문장을 본 거예요. 화장실에 들어갈 때까지 그 문장이 머릿속을 떠나지 않았죠. 무언가 빠진 듯한 문장이었는데, 변기에 앉아 있는 동안 정확한 단어의 배열이 갑자기 떠오르더라고요. 다시 책상에 가서 앉았죠. 이전에 쓴 것을 지우고, 새로운 문장을 적었어요. 그러고는 자리를 잡고 다음 문장을 쓰고, 그렇게 계속 써나갔네요. 머릿속에서 생각들이 꿈틀거리고, 단어들이 자석처럼 한데 붙어서 착착 흘러나왔죠. 그리고 이내, 특별한 의식儀式도 없이, 글쓰기에 몰입했어요. 저 자신을 다시 기억해낸 거죠.

그런 일이 반복되었어요. 소리 내 말한 적 없는 그 확신이 언제나 되살아나 불안한 불확실성을 견딜 수 있었네요. 시간이 지나면서 책이 한 권씩 한 권씩 나왔지만, 모두 새로운 형태의 실패일 뿐이었죠. 저는 언젠가는 마침내 제 잠재력을 실현할 날이 올 거라는 믿음과 함께, 그 생각과 마치 결혼한 것처럼 함께 지냈는데, 너무 간단하게, 그리고 너무 또렷하게, 머리를 한 대 맞고 눈앞의 광경이 달라져버린 것처럼 그 생각이 저를 사로잡은 거예요―내가 잘못 생각한 거면 어떡하지?라는 생각. 그것도 오랫동안 말이에요, 판사님. 처음부터요. 그랬다는 것이 갑자기 너무 분명하게 보이는 거예요. 견딜 수가 없었죠. 그 물음이 제 속을 갈기갈기 찢기 시작했어요. 매트리스가 뗏목이라도 된 것처럼 거기에 매달려 밤의 소용돌이 속으로 휘말려들어갔죠. 침대에서 뒹굴고, 열병에라도 걸린 것처럼 공황상태에 빠진 채, 예루살렘 하늘에 밝은 빛이 비치기를 절박한 심정으로 기다렸어요. 아침이 오고, 기진맥진한 상태에서, 반쯤은 꿈에서 나오지 못한 채 구시가지를 배회했죠. 어느 순간, 뭔가를 완벽하게 이해할 것만 같았어요. 모퉁이만 돌면 마침내 만물의 중심을, 제가 평생 동안 말하려 애쓴 무언가를 발견할 것만 같은 느낌이 든 거예요. 그다음부턴 글을 쓸 이유도 없고 말을 할 필요도 없이, 그때 제 앞에 걸어가던 수녀님, 신적인 신비에 감싸인 채 벽에 난 문으로 들어가던 그 수녀님처럼, 완전한 침묵 속에서 남은 나날을 살아갈 수 있을 것 같았죠. 하지만 잠시 후 환상은 산산이 깨어져 흩어졌고, 저는 그 어느 때보다 깊은, 숨이 찰 정도의 실패감을 맛봐야 했어요. 저는 스스로 제가 다른 사람과 다르다고, 가장 본질적인 것과 이어져 있다고 믿으며 지냈죠. 그게 신적인 신비는 아니었어요. 그렇게 이미 닫혀버린, 정해진 결론이 아니라, 그러니까―뭐라고 하면 좋을까요, 판사님?―존재의 신비라고 할까요. 그런데 그때, 쏟아지는 햇살 아래 또다른 골목으로 접어들던 저는 울퉁불퉁한 보도에서 중심을 잃고 비틀거리며 제가 잘못 생각해온 건지도 모른다는 두려움에 점점 더 휩싸여갔죠. 정말 그런 거라면 그 실수의 파장이 너무 커 모든 게 달라질 것만 같았어요. 기둥이 무너지고, 지붕이 내려앉고, 텅 빈 공간이 열려 모든 것을 삼켜버릴 것 같았어요. 아시겠어요? 저는 그 믿음에 일생을 바쳤어요, 판사님. 그것 때문에 모든 것을, 모든 사람을 포기했고, 이제 남은 건 그 믿음밖에 없었어요.

항상 이렇진 않았어요. 제 삶이 다른 식으로 펼쳐질 거라고 상상한 적도 있었죠. 어릴 때부터 오랫동안 혼자 시간을 보내는 것에 익숙했어요. 제가 다른 사람들처럼 타인을 필요로 하지 않는다는 걸 알았죠. 온종일 글을 쓰고 나면, 대화를 하는 것도 굳지 않은 시멘트 위를 걷는 것처럼 노력이 필요한 일이었어요. 그래서 가끔은 아예 시도조차 하지 않을 때도 있었죠. 식당에서 책을 보며 혼자 밥을 먹고, 오랫동안 산책을 하고, 그렇게 도시를 배회하며 하루 동안의 고독을 풀었어요. 그래도 외로움은, 진정한 외로움은 익숙해지기 불가능한 무엇이었지만, 젊은 시절엔 그런 상태도 언젠가 지나갈 거라고 생각했죠. 언젠가는 누군가를 만나 사랑에 빠질 거라는, 그와 제가 함께 삶을 나누고 각자 자유롭고 독립적이면서도 우리의 사랑에 의해 하나로 묶일 수 있을 거라는 희망과 상상을 멈추지 않았어요. 네, 제가 타인에게 아직 자신을 닫지 않았던 시절도 있었죠. 아주 오래전 R가 저를 떠났을 때, 저는 이해할 수 없었어요. 그때 제가 진정한 외로움에 대해 뭘 알았겠어요? 저는 젊고 충만했고, 감정으로 터질 것 같았고, 욕망이 넘쳐흘렀으니까요. 그땐 제 액면에 조금 더 가깝게 살았죠. 어느 날 밤, 집에 돌아와보니 R가 몸을 공처럼 동그랗게 만 채 매트리스에 누워 있었어요. 제가 손을 대자 그는 몸을 움찔하며 더 웅크리더라고요. 내버려둬, 그가 속삭였어요. 흐느끼는 것 같기도 했죠. 마치 우물 바닥에서 올라오는 목소리처럼 들렸어요. 사랑해, 라고 말하며 그의 머리를 쓰다듬었지만, 그는 겁에 질린 혹은 아픈 호저豪豬처럼 몸을 더 웅크릴 뿐이었어요. 그때 저는 얼마나 그를 이해하지 못했던 걸까요? 숨으면 숨을수록 물러서게 된다는 것을, 다른 사람들 틈에서 지내는 게 불가능하다는 것을 깨닫기까지 그리 오랜 시간이 걸리지 않는다는 것을, 얼마나 이해하지 못했던 걸까요? 그와 싸우려고 했어요. 오만하게도, 제 사랑으로 그를 구할 수 있다고, 그의 가치를, 그의 아름다움과 선함을 그 자신에게 증명해 보일 수 있다고 생각했어요. 나와, 네가 어디에 있든, 이리 나와, 라고 그의 귀에다 대고 노래를 불렀죠. 그러던 어느 날 그가 떠나버린 거예요. 자신의 가구들을 모두 가지고 말이에요. 그때 시작된 걸까요? 진정한 외로움이? 숨는 대신 물러나기 시작한 것도 그때부터일까요? 너무 천천히 찾아온 변화라서 처음엔 거의 알아차리지 못했죠. 비바람이 불던 밤들, 무시무시한 바람을 피하기 위해 작은 스패너를 쥔 채 이 방 저 방 돌아다니며 창문의 나사를 조이던 그때는 몰랐어요. 네, 꼭 그때는 아니더라도, 그 무렵이었을 가능성이 있네요. 정확히 말할 수는 없지만, 내면을 향한 여정이 마무리되고, 거기서 벗어날 길이 완전히 막히기까지는 몇 년이 걸렸죠. 처음엔 다른 연애와 이별들이 있었고, S와 함께한 십 년간의 결혼생활도 있었어요. 그를 만나기 전에 저는 이미 책을 두 권 냈고, 작가로서의 삶은 물론 글쓰기에 대한 저의 헌신도 자리를 잡은 후였죠. 처음으로 그를 집으로 데려온 날, 우리는 어둠 속에 버티고 선 책상에서 몇 피트 떨어진 거친 카펫 위에서 사랑을 나누었어요. 저건 질투심 많은 짐승이야, 내가 농담을 했죠. 책상이 그르렁거리는 소리를 들은 것 같았는데, 아뇨, 사실은 S가 낸 소리였어요. 그 순간 그도 어쩌면 무언가를 예감했거나, 제 농담에 담겨 있던 한줌 진실을 알아차린 건지도 모르죠. 제 일이 언제나 그보다 우선일 거라는 사실을 말이에요. 그것이 저를 유혹하고, 검은 입을 크게 벌린 채 저를 빨아들여, 아래로 아래로, 짐승의 뱃속에 저를 떨어뜨리겠죠. 거긴 얼마나 고요한지요, 얼마나 잠잠한지. 그런데도 저는 아주 오랫동안 제 일에 저를 바치며 동시에 누군가와 삶을 나누는 것이 가능하다고 믿었어요. 한쪽을 택한다고 다른 쪽을 지워버리는 게 아니라고 생각했죠. 어쩌면 이미 마음속으로는, 피할 수 없는 상황이 닥쳤을 때 글쓰기를 포기하는 것을 택하지는 않을 것임을, 그건 나 자신을 포기하는 것과 마찬가지라는 것을 알고 있었지만요. 아뇨, 누군가가 저를 밀어붙여 선택을 해야만 하는 상황이었다면, 저는 그를, 우리를 선택하지 않았을 거예요. 만약 S가 처음부터 그걸 감지했다면 이내 확실히 알게 되었을 테지만, 더 나빴던 건, 아무도 저를 밀어붙이지 않았다는 사실이었죠. 판사님, 그건 그렇게 극적이지 않았고 다만 더 잔인했어요. 아주 조금씩 저는 우리를 지키기 위해 필요한 노력을 게을리했거든요. 삶을 나누려는 노력을 말이에요. 그런 노력이 항상 사랑에 빠지는 걸로 끝나진 않더라고요. 오히려 반대였죠. 그건 새삼 말씀드릴 필요도 없겠네요, 판사님. 판사님도 진정한 외로움이 뭔지 이해하시는 분이라는 걸 알겠어요. 사랑에 빠지면 꼭 그때 일도 시작되더라고요. 하루 또 하루가 지나고, 한 해 두 해가 지나면서, 저 자신을 깊이 파내야만 하죠. 정신과 영혼의 내용물을 그렇게 꺼내놓으면 상대는 그걸 체로 거르듯 꼼꼼하게 살피고, 그렇게 제가 상대에게 알려지고, 저는 또 저대로, 그가 저만을 위해 꺼내놓은 것들, 케케묵은 그의 과거들 사이를 헤매며 몇 날 며칠을, 몇 년을 보내야만 했어요. 그 과정이 서서히 사람을 지치게 하더라고요. 저를 끄집어내고, 상대가 내놓은 것들 사이를 헤매는 동안에도 해야 할 일, 저의 진짜 일은 또 그것대로 기다리고 있으니까요. 네, 저는 항상 시간이 많이 남아 있다고 생각했어요. 우리를 위한 시간, 언젠가 우리가 가질 아이를 위한 시간 말이에요. 하지만 남편이나 아이를 가질 계획 같은 것을 제쳐놓듯이 일을 제쳐놓을 수는 없었죠. 아이는, 남자아이든 여자아이든, 가끔 상상해보려고 애도 써봤지만 항상 희미하게만 떠올라, 미래에서 온 유령처럼 느껴졌어요. 바닥에 앉아 장난감을 가지고 노는 뒷모습, 혹은 침대의 담요 밖으로 삐져나온 발, 아주 작은 그 발만 그려지는 식이었어요. 그게 어쨌다는 걸까요? 그 아이들을 위한 시간, 그 아이들로 대변되는 삶을 위한 시간이 있을 거라고 생각했어요. 하지만 그 삶을 살 준비는 하지 못하고 있었죠. 제가 이번 삶에서 꼭 해야만 하는 일을 아직 마치지 못하고 있었으니까요.

언젠가, S와 결혼하고 삼사 년쯤 지났을 땐데, 알고 지내던 부부의 집에서 열린 유월절* 기념 모임에 참석한 적이 있었어요. 그 부부 이름도 기억이 안 나네요. 아무렇지도 않게 누군가의 삶으로 들어왔다 또 아무렇지도 않게 떠나버리는 그런 사람들이었죠. 밤 행사는 젊은 부부가 두 아이를 재운 후에 시작할 예정이었고, 그때까

---

* 유대인들이 이집트에서 탈출한 것을 기념하는 날.

지 우리―초대된 손님들―는 농담을 섞어가며 이야기를 나눴어요. 아마 열다섯 명 정도가 긴 테이블 주위에 모여 앉았던 것 같은데, 서로 수줍어하면서 조금은 우스꽝스럽기도 한 모습, 민족의 전통을 재연하지만 그 기념일의 고통을 직접 느끼기에는 너무 멀어져버렸고, 그렇다고 아예 지키지 않을 정도로 멀어지지는 않은 유대인들의 모습이었어요. 갑자기, 어른들로 가득한 소란스러운 방에 그 아이가 들어왔어요. 처음엔 모두 각자의 이야기에 정신이 팔려서 그 여자아이를 알아보지 못했죠. 아직 세 살도 안 돼 보였어요. 잠옷 차림에 기저귀를 차고, 옷인지 그냥 천인지 아니면 이불 끄트머리인지를 볼에 댄 채 아이가 나와 있었어요. 우리가 아이를 깨운 거죠. 갑자기, 낯선 어른들의 모습과 소란한 목소리에 놀란 아이가 울음을 터뜨렸어요. 순수한 공포의 울부짖음이 실내를 가르고, 온 방이 침묵에 빠져들었네요. 모든 것이 얼어붙어버린 듯한 실내에, 그 비명만이 질문처럼 떠 있었어요. 그날 밤, 그 모든 밤들 중 꼭 그날 밤에 던지기로 되어 있던 다른 질문들은 그 앞에서 모두 잊혔죠. 말로 던진 질문이 아니었기에 대답도 할 수 없던 그 질문, 따라서 영원히 끝나지 않아야만 할 것 같은 질문. 어쩌면 일 초 정도밖에 되지 않았겠지만, 제 머릿속에서 그 비명은 끊이지 않았고, 지금도 어딘가에서 울리고 있어요. 하지만 그날 밤 그 집에선 아이의 엄마가 자리에서 일어나자마자 멈췄죠. 의자를 밀치고 일어난 아이 엄마가 한걸음에 잽싸게 달려가 안아서 번쩍 들어주자, 아이는 조용해졌어요. 잠시 고개를 젖히고 엄마의 얼굴을 들여다보더니, 이내 아이의 얼굴에 놀람과 안도감이 떠올랐죠. 그 아이에겐 세상에서 유일한 위안, 무한한 위안을 다시 찾은 안도감이었어요. 아이는 엄마의 목 근처, 긴 머리칼 냄새에 얼굴을 묻었고, 그렇게 아이의 울음이 서서히 잦아들자 테이블 주위의 대화도 다시 시작되었죠. 결국 아이는 완전히 잠잠해졌고, 엄마의 품에서 물음표처럼 웅크린 채―그 물음표가 이제 한동안은 물어볼 필요가 없어진 그 질문에서 유일하게 남은 것이었죠―다시 잠이 들었어요. 식사가 다시 시작되고, 어느 순간엔가 아이 엄마가 축 늘어져 잠든 아이를 안고 일어나 다시 방에 데려다 뉘었어요. 저는 주변의 대화에 집중할 수가 없었죠. 엄마의 머리칼에 얼굴을 묻기 직전에 아이의 얼굴에 떠오른 표정을 잊을 수가 없었어요. 놀라움과 슬픔이 동시에 밀려왔죠. 그리고 그때 알았어요, 판사님. 저는 절대로 그런 사람이, 동작 하나만으로 누군가를 구원하고 그에게 평화를 줄 수 있는 사람이 될 수 없다는 것을요.

S도 그 사건에 감명을 받은 것 같았어요. 그날 밤 집에 돌아온 후 아이를 가지는 게 어떻겠냐는 이야기를 다시 꺼내더라고요. 이야기를 하다보면 언제나 그랬듯이, 익숙한 장애물에 이르렀고, 정확하게 뭐가 어떻게 장애가 되었는지는 이제 기억나지 않지만, 우리 둘은 그 장애물을 알아보고, 우리의 아이, 우리가 각자, 또 함께 상상하던 그 아이를 낳기 전에 그것들부터 해결해야 한다는 걸 확인했죠. 하지만 저녁때 보았던 엄마와 아이 때문에, S는 그날따라 유난히 강하게 주장했어요. 적절한 때라는 건 절대 오지 않을 거야, 그가 말했어요. 물론 저도 아이의 표정에서 보았던 슬픔 때문에 가슴 한구석이 텅 비어버린 것 같았지만, 어쩌면 그랬기 때문에, 두려웠기 때문에, 또 저대로 강하게 맞섰어요. 한순간에 모든 게 엉망이 될 거야, 제가 말했죠. 우리 부모들이 우리를 짓눌렀

던 것처럼 우리가 그 아이를 짓누르게 될 거라고. 아이를 낳으려면 준비가 필요하다고, 그렇게 주장했어요. 하지만 우린 아직 준비가 안 됐잖아, 한참 멀었단 말이야. 그러고는 그 말을 증명이라도 하듯—이미 동이 트고 있었지만 잠이 문제가 아니었어요—침실을 나와 서재로 가서 문을 닫고 책상 앞에 앉았죠.

몇 년간, 수많은 말다툼이나 어려운 대화, 혹은 뜨거운 열정의 순간들마저 결국 끝은 다 똑같았어요. 일해야 돼, 저를 안은 그의 팔을 풀고 침대에서 나오며, 혹은 식탁에서 일어나며 그렇게 말했죠. 걸어나오는 동안 그의 슬픈 눈빛이 저를 좇고 있는 걸 느낄 수 있었어요. 서재 문을 닫고 책상 앞으로 돌아와, 무릎을 가슴 앞으로 끌어안은 채 쓰고 있던 작품을 들여다보며, 책상 서랍 속으로 저를 쏟아붓기 시작했죠. 열아홉 개의 서랍, 큰 것도 있고 작은 것도 있었어요. S에게는 할 수 없었던, 혹은 시도도 해보지 않은 일, 저를 쏟아붓는 일이 그 책상 앞에선 그렇게 쉬웠어요. 아주 간단하게 저를 차곡차곡 담아두는 느낌이랄까. 가끔은, 언젠가 쓰게 될 책, 모든 것이 다 들어 있을 그 책을 위해 잠시 물려두었던 저의 모습들까지 잊어버릴 때도 있었네요. 몇 시간이, 하루가 통째로 훌쩍 지나고 어느새 밖이 어둑해지면, S가 조심스럽게 서재 문을 두드리고, 슬리퍼가 끌리는 소리가 들리고, 그가 내 어깨를 짚었죠. 그의 손길이 닿을 때 제 몸이 경직되는 건 저도 어쩔 수 없었어요. 그는 제 귀에 볼을 갖다대며 속삭였죠, 네이다. 그는 저를 그렇게 불렀어요, 네이다. 나와, 당신이 어디에 있든, 이리 나와. 그렇게 속삭이던 그가 어느 날 마침내 자리를 박차고 떠나버렸죠. 그의 책과 슬픈 미소, 잠자리에서 풍기던 체취, 외국 동전들이 들어 있는 필름통은 물론 우리가 상상하던 아이도 그와 함께 가버렸어요. 저는 가게 내버려두었어요, 판사님. 몇 년 동안 그렇게 내버려두었듯이, 갈 때도 잡지 않았고, 저는 다른 무언가를 위해 선택된 거라고 생각하며, 앞으로 해야 할 일을 생각하며 스스로를 달랬어요. 그렇게 저의 작품이라는 미로에 빠져 헤매는 동안 벽이 막히고 있다는 것, 공기가 점점 더 희박해지고 있다는 것도 눈치채지 못했던 거예요.

낮에는 도심에서, 밤에는 바닷가에서 길을 잃은 채, 거의 일주일 동안 대답이 있을 수 없는 질문에 빠져 지냈어요. 두려움에 질린 아이의 비명에 담겨 있던 질문도 대답이 없기는 마찬가지였지만, 제겐 위안이 될 만한 것이 없었죠. 저를 아껴줄, 저를 안아주고 질문하고 싶은 마음 자체를 잠재워줄 사랑의 손길이 없었어요. 예루살렘에 온 후의 날들은 제 머릿속에선 아주 긴 하루 밤낮이었던 것만 같지만, 게스트하우스의 식당에서 보낸 어느 오후는 기억이 나네요. 미슈케놋샤아나님*이라는 이름의 그 식당의 전망은 제 방 베란다에서 보이는 것과 똑같았어요. 성벽, 시온산, 몰렉의 추종자들이 자식을 산 채로 불에 태워 제물로 바쳤다는 히놈 골짜기. 사실 저는 매일 그 식당에서 밥을 먹었고, 어느 날은 하루에 두 번씩 들르기도 했죠. 밖에 나가서 뭘 먹는 것보다 그편이 더 편했는데(배가 고프면 고플수록 식당에 들어가는 일이 그만큼 더 힘들었

---

* '고요한 집'이라는 뜻의 히브리어로, 시온산 맞은편 언덕에 위치한 동네 이름이기도 하다.

어요) 자주 가다보니 땅딸한 어떤 종업원이 저에게 관심을 보였어요. 처음엔 빈 테이블을 치우며 힐끔힐끔 돌아보더니, 언제부턴가는 바에 기댄 채 대놓고 저를 관찰하더군요. 제가 먹은 음식을 정리할 때는 아주 천천히 그릇들을 치우며 음식이 입에 맞았는지 물어보기도 했는데, 제가 듣기엔 음식과는 아무 상관이 없는 질문 같았어요. 저는 음식에 손도 대지 않을 때가 많았고, 종업원의 질문은 손에 잡히지 않는 무언가에 대한 것이었죠. 그날 오후, 손님이 모두 나가고 저만 남았을 때, 그는 여러 종류의 티백이 담긴 통을 들고 제게 다가왔어요. 고르세요, 그가 말했죠. 차를 주문한 적은 없었지만 피할 수 없다는 걸 직감했어요. 보지도 않고 아무거나 하나 잡았죠. 입맛이라는 게 거의 없었으니까, 얼른 고르고 그에게서 벗어나 혼자 있고 싶었어요. 하지만 그는 저를 혼자 있게 내버려두지 않았네요. 뜨거운 물이 담긴 찻주전자를 들고 오더니 티백을 뜯어 직접 거기에 담갔어요. 그러고는 제 앞에 있는 의자에 앉았죠. 미국인이신가요? 그가 물었죠. 저는 입술을 굳게 다문 채, 혼자 있고 싶은 제 마음을 그가 알아주기를 바라며 고개를 끄덕였어요. 사람들 말로는 작가 선생님이시라고 하던데, 맞나요? 다시 고개를 끄덕였죠. 이번엔 제 의지와 상관없이 잇새로 신음소리가 흘러나왔어요. 그가 제 앞에 놓인 잔에 차를 따라주며 다시 말했죠, 마셔보세요. 몸에 좋은 겁니다. 저는 뻣뻣한 미소를, 거의 쓴웃음에 가까운 미소를 지어 보였어요. 저쪽에 말입니다, 아까 보셨던 저쪽에요. 그가 구부러진 손가락으로 전경을 가리키며 말했죠, 저기 벽 아래 골짜기는 원래 임자 없는 땅이었습니다. 저도 알아요, 조바심에 냅킨을 움켜쥐며 제가 말했어요. 그는 눈을 깜빡이며 말을 이어갔어요. 1950년에 처음 이곳에 왔을 때 국경까지 가서 저쪽을 바라보곤 했죠. 반대편, 500미터 떨어진 곳에 말입니다. 버스와 자동차, 요르단 군인들이 보였어요. 도시 한가운데에서, 예루살렘의 중심가에서, 다른 도시를 바라본 거죠. 절대로 발을 디딜 수 없을 거라 생각한 그 예루살렘을 말입니다. 그러자 궁금해지더군요, 저 건너편에서 지내면 어떤 기분일지 알고 싶어졌어요. 하지만 건너편으로는 절대 넘어갈 수 없을 거라고 믿어버리는 것에도 나름대로 장점이 있었어요. 어쨌든 1967년에 그 전쟁이 일어나고, 모든 것이 바뀌었습니다. 처음엔 후회하지 않았어요. 마침내 건너편의 거리를 걸을 수 있게 되었다는 사실이 흥분되기까지 했죠. 나중에야, 다른 느낌이 들었습니다. 그저 바라보기만 하면서 모르고 지낼 때가 그리웠어요. 그가 잠시 말을 멈추고 손도 대지 않은 제 찻잔을 바라보더군요. 드세요. 그가 다시 한번 권했죠. 작가라고 하셨죠? 제 딸이 책 읽는 걸 좋아합니다. 그의 얇은 입술에 수줍은 미소가 살짝 번졌어요. 이제 열일곱 살인데, 전공이 영문학이에요. 제가 선생님 책을 하나 사서 가지고 오면 거기에 뭐라도 좀 적어주실 수 있을까요? 제 딸아이는 읽을 수 있을 거예요. 영리한 아이입니다. 저보다 더 영리하죠. 그가 이번엔 앞니와 잇몸이 다 드러나도록 활짝 웃으며 말했어요. 눈꺼풀이 개구리 눈꺼풀처럼 축 늘어진 남자였죠. 녀석이 어렸을 때 저는, 디나, 밖에 나가서 놀아라, 친구들이랑 함께 놀아, 책은 나중에 읽어도 되지만 친구들과 놀 수 있는 어린 시절은 한 번 가면 그만이야, 라고 말하곤 했습니다. 하지만 녀석은 제 말을 듣지 않았죠, 하루종일 책에 코를 박고 있었다니까요. 제 아내는 평범한 아이가 아니라고, 어떤 남자가 그런 아이와 결혼을 하겠느냐고 걱정했어요. 남자들은 그런 여자를 좋아하지 않는다고 말입니다. 아내는 딸아이의 머리를 때리며 계속 그렇게 책만 보면 나중에 안경을 써야 하는데, 그럼 정말 안 된다고 야단을 쳤습니다. 저는 제가 다시 젊어지면 그런 여자를 좋아할 것 같다고 말해주지 못했습니다. 저보다 똑똑한 여자, 세상에 대해 알고, 머릿속에 든 수많은 이야기들을 생각할 때마다 눈빛을 반짝이는 그런 여자 말입니다. 선생님이라면 제 딸아이에게 뭔가 써주실 말이 있지 않을까요? 디나에게, 네가 하는 모든 일에 행운이 깃들기를, 혹은, 계속 열심히 읽으렴, 네가 무얼 생각하든, 작가라면 제대로 된 단어를 찾을 수 있을 거야, 뭐 이런 말들 말입니다.

그는 속에 있던 말들을 다 풀어놓고 이제는 제 대답을 기다리고 있는 게 분명했어요. 하지만 저는 며칠 동안 그 누구와도 말을 하지 않았기 때문에 무거운 무언가가 제 혀를 누르고 있는 것만 같았죠. 저는 고개를 끄덕이며, 저 자신도 무슨 말인지 알아들을 수 없는 소리를 웅얼거렸어요. 남자는 테이블보를 내려다보며 털이 수북한 팔뚝으로 입술 위의 땀을 닦았죠. 남자를 무안하게 만든 것 같아 후회가 되었지만, 그 순간 우리를 시멘트처럼 굳게 만든 그 어색한 침묵을 깰 수 있는 힘이 제겐 없었어요. 차가 입에 안 맞으세요? 마침내 그가 물었죠. 아니, 좋아요, 제가 억지로 한 모금 더 마시며 대답했네요. 좋은 차는 아닙니다. 이걸 고르셨을 때 말씀드리려고 했어요. 이 차는 아무도 좋아하지 않는다고요. 하루 장사를 마치고 나면 다른 차는 한두 개만 남는데, 이 차는 늘 그대로 꽉 차 있거든요. 그런데도 왜 계속 내놓는지 모르겠어요. 다음엔 노란색으로 드세요, 그가 말했어요. 다들 노란색 차를 좋아합니다. 그렇게 말한 다음 그는 헛기침을 하며 일어나, 제 잔을 들고 주방으로 돌아갔죠.

거기서 이야기가 끝날 수도 있었어요, 판사님. 그랬다면 제가 이렇게 반쯤은 캄캄한 곳에서 이야기를 할 일도 없었을 테고, 판사님이 이렇게 병원 침대에 누워 있을 일도 없었겠죠. 그날 저녁, 종업원의 침울한 표정을 잊을 수 없었던 제가, 마치 그 모습이 일 외에는 아무것에도 관심을 두지 않았던 제 과거에 대한 증거라도 되는 것 같아, 한 시간 전쯤 서점에서 사서 미리 디나를 위해 사인해둔 제 책 한 권을 들고 다시 식당을 찾아가지 않았더라면요. 아마 일곱시 삼십분쯤 되었던 것 같아요. 늦은 시간이어서 해는 이미 졌지만, 도시는 여전히 붉은빛으로 은은하게 빛나고 있었죠. 식당에 들어갔을 때 그 종업원이 보이지 않아서 근무시간이 끝난 건 아닌지 불안했는데, 저를 본 다른 종업원이 테라스 쪽을 가리켰어요. 테라스에 놓인 테이블 아래는 바로 도로였죠. 보안검색대를 통과해야만 들어올 수 있는 게스트하우스 진입로였어요. 거기, 세워둔 오토바이 옆에서 땅딸한 그 종업원이 오토바이 주인과 열띤 논쟁을, 어쩌면 말싸움을 하고 있었죠.

종업원은 제 쪽으로 등을 돌리고 있었고, 오토바이 주인의 얼굴은 헬멧의 짙은 가리개 때문에 알아볼 수 없었어요. 가죽 재킷을 입은 몸매가 날씬하다는 것밖에 보이지 않았네요. 하지만 오토바이 주인은 저를 보았던 것 같아요. 큰 소리로 떠들던 그가 갑자기 말을 멈추고 능숙한 솜씨로 헬멧의 목 끈을 풀더니 헬멧을 벗고 검은 머리칼을 휘날리며 종업원에게 내 쪽을 보라고 턱짓을 했거든요. 그 젊은 얼굴, 커다란 코와 두툼한 입술, 더러운 강물 냄새가 날 것 같은 검고 긴 머리칼을 보는 순간, 온몸에 충격이 밀려왔네요. 아주 오래전 단 하룻밤 만났던 청년이, 그때의 모습을 고스란히 간직한 채, 바르 코크바의 터널에 이십오 년 정도 숨어 지내다 튀어나온 걸 본 것처럼 놀랐죠. 찌르는 듯한 통증이 느껴지고, 숨이 막혔어요. 종업원이 뒤돌아 저를 발견하고는, 청년에게 경고처럼 들리는 말을 몇 마디 한 후 제 쪽으로 다가왔어요. 안녕하세요, 선생님, 식사하시게요? 이쪽으로 앉으세요. 메뉴판 갖다드릴게요. 아니요, 그렇게 대답하면서도 저는 오토바이에 걸터앉은 청년에게서 눈을 뗄 수 없었죠. 청년은 이제 희미하게 장난기 많은 미소를 짓고 있었어요. 이거 전해드리려고 왔어요, 책을 건네며 제가 말했죠. 종업원은 놀랐는지 한 손으로 입을 가린 채 한 발 물러섰어요. 잠시 후 책을 받으려는 듯 앞으로 나왔다가, 다시 한 발 물러서서는 짧은 턱수염을 쓰다듬으며 말했죠. 놀리시는 거죠? 정말 갖고 오신 거예요? 믿을 수가 없네요. 자, 받으세요, 제가 책을 들이밀며 말했어요. 디나에게 주는 거예요. 그때 오토바이 청년의 콧구멍이, 마치 무슨 냄새를 맡은 것처럼 움찔했죠. 디나를 아세요? 종업원이 청년을 돌아보며 다시 몇 마디 쏘아붙였어요. 저 녀석은 무시하세요, 금방 갈 겁니다. 일단 앉으세요, 어떻게 보답을 해드리나, 차부터 좀 드세요. 하지만 청년은 움직일 기미가 보이지 않았죠. 그게 뭐예요? 그가 물었어요. 지금 저놈이 뭐라고 묻는지 좀 보십시오, 책이다, 이 무식한 놈아. 아마 저놈은 책이라곤 단 한 권도 안 읽었을 거예요. 종업원은 그렇게 말하고는, 한 발은 오토바이 페달에 다른 한 발은 땅에 내려놓고 서 있는 청년을 돌아보며 목소리를 바꿔 다시 뭐라고 소리쳤죠. 직접 쓰신 거예요? 청년은 조금도 당황한 기색 없이 물었어요. 저녁 공기에는, 어디선가 밤에 피는 꽃이 활짝 열린 것처럼, 짙은 냄새가 묻어 있었네요. 제가 썼어요. 제가 대답했죠. 마지막 순간에야 겨우 입이 열렸어요. 죄송합니다, 선생님, 종업원이 끼어들었어요. 저놈이 장난치는 거예요. 안으로 들어가시죠, 거기가 더 조용합니다. 하지만 청년은 뒷굽으로 오토바이 지지대를 내린 후 성큼성큼 세 걸음 만에 우리 쪽으로 다가왔어요. 가까이서 보니 다니엘 바르스키랑 더 닮아 보였죠. 어쩌나 닮았던지, 물론 시간이 많이 지나기는 했지만, 그가 저를 못 알아보는 게 놀라울 정도였어요. 어디 한번 봐요. 청년이 말했어요. 어서 꺼져, 종업원이 책을 물리며 소리쳤죠. 하지만 청년은 동작이 빨랐고, 작고 땅딸한 종업원의 위로 손을 몇 번 움직이더니 이내 책을 낚아챘어요. 조심스럽게 표지를 넘기던 그가 저와 종업원을 번갈아 보고는, 다시 책을 살폈죠. 디나에게, 그가 큰 소리로 읽었어요. 행운을 빌어요, 진심으로, 나디아. 멋지네요, 청년이 말했어요. 제가 전해줄게요.

종업원은 화가 나서 고래고래 소리를 질렀죠. 목의 핏줄이 터질 것처럼 불끈 솟아올랐고, 청년이 한 발짝 물러났어요. 청년의 얼굴에 잠깐 슬픈 표정이 스쳤죠. 아주 작은 떨림이었지만, 저는 보았어요. 그는 섬세한 손가락으로, 여유 있게 책장을 넘겼어요. 그리고 마침내, 내뻗은 종업원의 팔은 무시한 채 제게 책을 건넸죠. 제가 환영받을 만한 자리가 아닌 것 같네요, 청년이 말했어요. 나중에라도 무슨 내용인지 이야기해주세요—그가 미소를 지으며 덧붙였어요—나디아. 기꺼이, 제가 그렇게 속삭일 때, 제 삶이라는 방의 문이 열렸어요. 청년은 종업원 쪽은 쳐다보지도 않은 채 다시 머리 위로 헬멧을 쓰고 오토바이에 올랐고, 시동을 건 다음 어둠 속으로 사라졌죠.

잠시 후 저는 테이블에 앉았고, 종업원은 옆에 서서 서둘러 세팅을 했어요. 사과드리겠습니다, 그가 말했어요, 저놈은 쓰레기입니다. 아내의 친척인데, 문제만 일으키는 그런 놈이죠. 좋은 점이라곤 눈을 씻고 봐도 없어요. 부모님이 다 돌아가셔서 아무도 없기 때문에 가끔 우리를 찾아오는데, 그렇게 와서 얼쩡거리면 또 모른 척할 수는 없네요. 이름이 뭐죠? 제가 물었어요. 종업원은 제 잔을 들어 빛에 비춰 보더니, 작은 티를 발견하고는 다른 테이블에 있는 컵을 가져와 바꿔놓았죠. 정말 멋진 선물입니다, 그가 계속 말했어요. 제가 이 책을 딸에게 전해줄 때 그 아이의 얼굴을 직접 보실 수 있다면 얼마나 좋을까요. 그 청년 이름을 알고 싶어요, 제가 다시 말했죠. 그 녀석 이름이요? 아담입니다. 저는 그 이름 좀 안 듣고 살면 정말 좋겠네요. 오늘은 왜 온 거죠? 제가 물었어요. 저를 돌아버리게 하려고 왔겠죠, 그게 이유입니다. 그놈은 잊어버리시고, 오믈렛 어떠세요, 오믈렛 좋아하시죠? 아니면 프리마베라 파스타로 할까요? 메뉴 한번 보시고, 뭐든 말씀만 하세요, 제가 대접하는 겁니다. 제 이름은 라피이고요, 차 먼저 갖다드릴게요. 이번엔 노란 차로, 아시겠지만, 다들 노란 차를 좋아하거든요.

저는 그를 잊을 수가 없었어요, 판사님. 아담이라는 이름의 키가 크고 마르고 가죽 재킷을 입은 청년, 하지만 제게는 또한 친구이기도 했던, 사라져버린 시인 다니엘 바르스키를 잊을 수가 없었죠. 이십오 년 전 그는 폭풍이 휩쓸고 지나간 것 같은 뉴욕의 그 아파트에 있었어요. 시에 대해 토론하고, 마치 조종석에서 튀어오르는 파일럿처럼 뒤꿈치로 바닥을 톡톡 구르며 금방이라도 벌떡 일어설 것 같던 다니엘이었는데, 그런 그가 한순간에 사라져 토굴 속으로 들어갔다가, 깊이를 모를 심연까지 내려간 후에, 이곳 예루살렘에 다시 나타난 거예요. 왜일까요? 제가 보기엔 그 이유가 분명했어요. 책상을 되찾으려고 온 거죠. 담보처럼 남겨두고 떠났던 책상, 그 많은 사람들 중에 하필 나에게 맡아달라고 했던 그 책상 말이에요. 그 세월 동안 제 양심에 놓여 있던, 거기에 맞춰 제 양심이 반응했던 책상, 저는 그 책상에서 글을 쓰는 일을 그만하고 싶었지만, 그의 입장에선 그 책상이 다른 사람 손에 넘어가는 걸 원하지 않았을 거예요. 적어도, 혼란스러운 제 머리로, 그런 상상을 해봤네요. 그런 이야기는 환상에 불과하다는 것도 한편으론 알고 있었지만요.

그날 밤, 방에서 저는 아담을 다시 보려면 종업원 라피에게 어떤 이유를 대야 할지 생각했어요. 오토바이를 타고 사해 골짜기를 한번 둘러보고 싶다고, 오토바이를 운전해줄 사람과 가이드가 필요하다고 하면 될 것 같았죠, 반드시 오토바이여야 한다고, 사례는 충분히 하겠다고 말이에요. 아니면, 헤르즐리야에 사는 사촌에게 급히 물건을 전해줄 사람이 필요하다고 해볼까 싶기도 했어요. 십오 년 동안 만나지 못했고 좋아하지도 않는 친척이지만, 전해야 할 물건이 너무 중요한 것이라 아무에게나 부탁할 순 없고, 디나에게 책을 준 답례로 아담한테 이야기를 좀 해주면 좋겠다고, 물론 아담이 도와주면 넉넉하게 이것저것 챙겨주겠다고 하는 거예요. 심지어 집안의 골칫거리인 아내의 친척을 제가, 마음씨 좋은 미국인 작가가 데리고 다니며 이것저것 지도해주면 라피에게도 '도움'이 되지 않겠느냐고 얘기할 생각까지 했어요. 짧은 시간이지만 제가 그 청년을 옳은 길로 인도해줄 수 있지 않겠느냐고요. 밤을 꼬박 새우고 다음날까지, 저는 어떻게 하면 아담과 다시 마주칠 수 있을지 고민했는데, 결국엔 그럴 필요가 없었어요. 다음날 저녁, 생각에 빠진 채 케렌하예소드가街에서 횡단보도의 신호가 바뀌기를 기다리고 있는데 오토바이 한 대가 제 앞에 멈춰 섰죠. 엔진소리 때문에 백일몽에서 깬 후에도, 하루종일 제 머릿속을 드나들던 청년이 눈앞에 나타난 줄은 몰랐네요. 그가 짙은 가리개를 올리고 저를 한참 쳐다보고 있는 걸 느낀 후에야 알아봤죠. 청년은 혼자 재미있다는 건지, 아니면 저의 반응을 기다리는 건지 분간할 수 없는 장난기 가득한 눈빛을 하고 있었고, 자동차들이 경적을 울리며 오토바이를 지나쳐 갔어요. 그가 뭐라고 말을 했지만 엔진소리 때문에 알아들을 수가 없었죠. 호흡이 빨라지는 걸 느끼며 한 걸음 다가가 그의 입술을 읽었어요. 타실래요? 게스트하우스까지는 걸어서 십 분 거리였지만, 저는 망설이지 않았어요. 적어도 마음은 그랬지만, 막상 청년의 제안을 받아들이고 나서도 오토바이에 오를 방법이 얼른 떠오르지 않았네요. 저는 아무것도 못한 채 멍하니 서서, 아담의 뒤에 조금 남아 있는 안장만 쳐다보며, 어떻게 하면 그 위에 올라갈 수 있을지 몰라 우물쭈물했어요. 아담이 손을 내밀었죠. 저는 왼손을 뻗었지만, 그는 그냥 무시한 채 제 오른손목을 단단히 잡고는, 우아하면서도 솜씨 있는 동작으로 저를 들어서 힘들이지 않고 자기 뒤에 앉혔어요. 그런 다음 헬멧을 벗어서, 전날 저녁에 보여준 것과 똑같은 알 수 없는 미소를 지어 보인 다음, 조심스럽게 제 머리에 씌워주었고, 흘러내린 제 머리칼을 부드러운 손짓으로 쓸어넘기고 목 끈을 꼭 맞게 매어주었어요. 그가 제 손을 자신의 허리에 갖다댈 때는, 아랫배의 따끔따끔하던 통증이 위로 올라와 타오르며, 숨이 멎을 것만 같았어요. 그가 이를 환하게 드러내며 웃었어요. 그렇게 웃을 일이 아니었지만, 아무튼 오토바이가 다시 출발했죠. 게스트하우스 쪽으로 달리던 그가 분기점에 이르렀을 때 뒤를 돌아보며 뭐라고 소리쳤어요. 뭐라고요? 답답한 헬멧 안에서 제가 큰 소리로 물었고, 그가 뭔가 다른 말을 외쳤어요. 그가 저에게 뭘 물어보고 있다는 것만 간신히 알 수 있었죠. 저는 대답할 때를 놓쳤고, 그는 게스트하우스의 입구를 그냥 지나쳐 계속 달렸어요. 잠시, 라피의 가족 주위를 맴도는 이 사고뭉치의 손에 저를 맡긴 게 너무 순진한 행동이었나 하는 안 좋은 생각도 들었지만, 그때 그가 뒤를 돌아보며 미소를 지었어요. 다니엘 바르스키가 뒤를 돌아보았고, 저는 다시 스물네 살이 되었죠. 온 밤이 우리 앞에 놓여 있고, 달라진 건 도시뿐이었어요.

그의 허리를 꼭 잡았어요. 바람에 그의 머리칼이 휘날리고, 도시를 가로질러 달리는 동안, 이제 잘 알게 된 그 도시의 주민들이 다른 세상 사람들처럼 보였어요. 먼지가 묻은 검은색 코트와 모자 차림의 정통파 유대인 무리, 재잘거리는 아이들을 데리고 나온 엄마들. 아이들의 뜯어진 옷에는 느슨하게 풀린 실들이 치렁치렁 늘어져, 마치 아이들 자체가 미완성인 상태로 베틀에서 나온 것만 같았죠. 예시바*에 다니는 어린 학생들은 방금 동굴에서 나온 사람처럼 눈을 가늘게 뜨고 횡단보도를 건넜어요. 보행 보조기에 의지한

* 탈무드와 토라 등을 가르치는 유대교 전통 교육기관.

채 몸을 구부리고 있는 노인이 보였고, 그 옆엔 그의 축 늘어진 스웨터 팔꿈치 부분을 꼭 쥐고 있는 필리핀 출신의 젊은 여자도 있었죠. 여자는 스웨터에서 풀려나온 실을 손에 감고 있었는데, 매듭 같은 노인의 마지막 말이 나올 때까지 그러고 있을 것만 같았어요. 노인과 젊은 여자, 그리고 도로 옆의 수로를 치우는 아랍인 청소부까지 모두, 오토바이를 탄 채 자신들을 지나치는 우리가 환영에 불과하다는 것, 자신들과는 다른 시간에 살고 있는 유령이라는 것은 몰랐을 거예요. 저는 계속 그렇게, 사막의 황폐함 속으로 달려가고 싶었지만, 잠시 후 우리는 대로에서 벗어나 도시 북쪽이 내려다보이는 주차장에 오토바이를 세웠죠. 아담이 시동을 끄고, 저는 그의 허리에 가 있던 손을 마지못해 풀고는 어렵게 헬멧을 벗었어요. 엉망으로 구겨진 바지와 먼지가 잔뜩 묻은 샌들을 보고 저는 작은 몽상에서 깨어났고, 그제야 부끄러웠어요. 하지만 아담은 그런 저의 기분은 알아차리지 못한 채 자신을 따라오라고 손짓했죠. 산책로엔 한 무리의 관광객과 주민들이 모여 고대 유대 지역 위로 펼쳐지는 화려한 석양의 드라마를 지켜보고 있었어요.

우리도 난간에 붙어 섰어요. 구름이 구릿빛이 되었다가 보랏빛으로 변했어요. 멋지지 않아요? 그가 말했죠. 그날 저녁 제가 처음으로 제대로 알아들은 그의 말이었네요. 구시가지의 빽빽한 지붕들과 시온산, 북쪽에 있는 스포쿠스산과 서쪽의 '악한 음모의 언덕', 동쪽의 감람산까지 둘러보았죠. 멍든 것처럼 퍼런 하늘과, 머리를 맑게 해주는 바람과, 탁 트인 전망이 주는 안도감과, 소나무 향과, 밤으로 스며들기 전 마지막으로 열기를 내뿜는 바위들과, 다니엘 바르스키의 유령과 가까이 있다는 사실, 그런 것들에 저를 맡겼어요, 판사님. 그리고 바로 그 순간 저도 그들에게 합류했어요. 이미 합류해 있었던 건지도 모르지만 어쨌든, 삼천 년 동안 이 도시로 몰려온 그들, 도착하자마자 자신을 놓아버리고 그동안의 자신에게서 벗어나, 어둠 속에서 기어코 빛으로 끄집어내 그 빛으로 깨진 꽃병을 다시 붙여보려 애쓰는 몽상가들의 꿈이 된 사람들 말이에요. 저는 여기가 마음에 들어요, 아담이 말했죠. 가끔 친구들이랑 오기도 하고, 혼자 오기도 하죠. 우리는 말없이 전망을 바라봤어요. 그 책 직접 쓰신 거예요? 그가 물었어요. 디나한테 준 책 말인가요? 네, 그게 선생님 일인가요? 직업? 저는 고개를 끄덕였죠. 그는 잠시 생각하면서, 갈라진 손톱을 이로 뜯어서 뱉었어요. 저는 그들이 다니엘 바르스키의 긴 손가락에서 손톱을 뽑는 장면을 상상하며 인상을 찌푸렸죠. 어떻게 하면 그럴 수 있어요? 학교에서 배우셨어요? 아뇨, 제가 말했어요. 젊었을 때 시작했어요. 그건 왜 물어보시죠? 혹시 글쓰세요? 그는 양손을 주머니에 넣은 채 이를 꽉 물었어요. 그런 일에 대해서는 전혀 몰라요, 그가 말했죠. 어색한 침묵이 이어졌고, 저는 그가 쑥스러워하고 있다는 걸 알았어요. 어쩌면 나를 그곳으로 대담하게 불쑥 데려갔다는 사실이 부끄러웠을 수도 있겠죠. 여기 데려다줘서 고마워요, 제가 말했어요. 아름답네요. 그의 얼굴이 좀 풀어지며 미소가 번졌어요. 마음에 드시죠? 그럴 줄 알았어요. 다시 침묵이 흐르고, 대화를 이어보려는 마음에 제가 어리석게도 이렇게 말했죠. 당신 친척 라피도 경치 좋은 곳을 좋아하는 것 같던데요. 그의 얼굴이 어두워졌어요. 그 멍청이가요? 하지만 다른 말은 없었어요. 디나가 선생님 작품들을 좋아한대요? 그가 물었어요. 한 권이라도 읽어봤을까 싶네요, 제가 말했죠. 디나 아빠가 사인한 책 한 권만 달라고 부탁해서 준 거예요. 아, 그가 실망한 듯 낮게 탄식했어요. 그의 입술 위 작은 흉터가 눈에 띄었죠. 1인치 정도 되는 그 가는 흉터를 보니, 제 안에서 달콤쌉싸름한 감정이 격하게 일어났어요. 혹시 유명한 분이세요? 그가 미소를 지으며 물었어요. 라피 말로는 유명한 분이시라던데. 그 말에 조금 놀랐지만 굳이 아니라고 하지는 않았어요. 진짜 제 모습과는 다른 저의 모습을 계속 믿게 하는 게 저한테도 좋을 것 같았거든요. 어떤 글 쓰세요? 추리소설? 연애소설? 가끔 그런 것도 쓰지만 딱히 정해진 건 없어요. 주변 사람들 이야기도 쓰세요? 가끔요. 그가 잇몸까지 드러내며 장난스러운 웃음을 웃었죠. 어쩌면 제 이야기도 쓰시겠네요. 어쩌면요, 제가 대답했어요. 그가 재킷 주머니에서 구겨진 담뱃갑을 꺼내 한 대 물고는 손으로 바람을 막고 불을 붙였어요. 저도 하나 주세요. 담배 피우세요?

　뜨거운 담배 연기가 목과 가슴을 타고 내려가는 동안, 바람이 더 차가워졌어요. 몸을 떠는 저를 보고 아담이 재킷을 벗어주었죠. 옷에서 오래된 나무와 땀 냄새가 났어요. 그가 제 작품에 대해 몇 가지 더 물어보았어요. 다른 사람이 그런 질문을 했다면 속으로 화가 났겠지만(살인 미스터리는 한 번도 안 써보셨어요? 안 쓰셨다고요? 그럼 뭘 쓰셨어요? 선생님 개인적인 일을 쓰시나요? 선생님 인생을? 아니면 누가 쓸 거리를 말해주나요? 그들이, 뭐냐 그 출판업자들이 선생님을 고용한 거예요?) 내리는 어둠 속에 그가 던진 질문들은 괜찮았어요. 그도 몸을 떨기 시작했고, 우리 사이의 침묵이 다시 깊어졌을 때 돌아갈 시간이 되었고, 저는 그를 다시 만날 핑계를 생각하기 시작했죠. 그가 헬멧을 저에게 건넸지만 이번에는 씌워주지는 않았어요. 저기, 제가 가방을 뒤지며 말했어요, 제가 내일 가봐야 할 곳이 있는데요. 구겨진 쪽지를 꺼냈죠. 제 여행 가방에서 꺼내 침대 옆 테이블에 두었던 쪽지. 오랫동안 책 사이에 끼워두었다가 꺼내서 가방에 넣어둔, 그 시간 동안 잃어버리지 않은 그 쪽지를 꺼냈어요. 여기 주소가 있어요, 제가 말했죠. 내일 저 좀 데려다주실래요? 통역해줄 사람이 필요해서요, 그 사람들이 영어를 하는지 확실치 않아서. 아담은 조금 놀랐지만 기분이 나쁘지는 않은 것 같았죠. 그가 쪽지를 살펴보았어요. 하오렌가? 에인케렘? 저와 눈이 마주쳤어요. 제가 보고 싶은 책상이 거기에 있다고, 그에게 말했어요. 글쓰실 책상이 필요한 거예요? 그가 물었죠. 이제 단순한 관심을 넘어 재미있어하는 것 같았어요. 비슷해요, 제가 대답했네요. 필요하신 거예요, 아니에요? 그가 확실히 하고 싶다는 듯 물었죠. 네, 책상이 필요해요, 제가 말했어요. 이 집에 책상이 하나 있다는 거죠. 그가 손가락 사이에 쪽지를 끼워 흔들어 보이며 말했죠, 하오렌가에? 제가 고개를 끄덕였어요. 그는 잠시 생각을 하며, 손가락으로 머리를 쓸어넘겼고, 저는 기다렸어요. 잠시 후 그가 쪽지를 접어 바지 뒷주머니에 넣으며 말했죠. 내일 다섯시에 모시러 갈게요, 괜찮죠?

그날 밤, 그에 관한 꿈을 꿨어요. 그가 나왔다가, 다니엘 바르스키가 나왔다가, 가끔은 꿈속에서만 가능한 방식으로, 두 사람이 하나가 되어 등장하기도 했죠. 우리는 예루살렘을 함께 걸었어요. 저는 그곳이 예루살렘이 아니라는 걸 알았지만, 어찌된 이유인지 예루살렘이라고 믿었네요. 회색빛 연기가 자욱한 벌판 너머로 예루살렘이 자꾸만 솟아올랐고, 도시로 돌아가려면 그 벌판을 건너야만 했죠. 오래전에 들었던 어떤 곡조를 떠올리려 할 때의 기분이랑 비슷했어요. 이유는 모르겠지만 아담 혹은 다니엘은 작은 케이스를 들고 있었어요. 자신이 찾고 있는 그곳에 도착하면 저를 위해 연주할 작은 악기, 호른 같은 악기가 들어 있는 케이스. 아니면 무기가 들어 있었던 건지도 몰라요. 마침내 우리는 어떤 방에 도착했지만, 그때 이미 케이스는 보이지 않았어요. 제가 지켜보는 가운데, 아담 혹은 다니엘이 천천히 옷을 벗어서 침대 옆에 곱게 개어 놓았어요. 마치 오랫동안 엄격한 규율을 지키며 지낸 사람처럼 강박적으로 단정하게 접으려고 애쓰더군요. 감옥 혹은 옷을 개는 법을 가르쳐주는 어떤 곳에서 지낸 사람처럼 말이에요. 발가벗은 그의 몸을 보는 건 고통스럽고 슬프지만 달콤하기도 했죠. 부드러움과 갈망으로 가득차 저는 잠에서 깼어요.

다음날 오후 네시 사십오분에 로비로 내려와 아담을 기다렸어요. 거울을 수도 없이 보며 빨간색 구슬이 엮인 목걸이와 은색 귀걸이를 골랐죠. 그는 이십 분이나 늦었고, 저는 로비를 서성이며, 그가 생각을 바꿔 오지 않기로 마음먹은 거라면 어떻게 될지 두려웠어요. 한없이 밤이 이어지며 제가 조각조각 찢어졌겠죠. 하지만 마침내 멀리서 오토바이 소리가 들리고 이내 모퉁이를 돌아오는 그의 모습이 보였어요. 좋지 않던 기분도 호수처럼 빛나는 즐거움 아래로 가라앉았죠. 무엇으로도, 심지어 그가 따로 준비해온 여분의 헬멧으로도 그 즐거움을 가릴 순 없었어요. 누가 봐도 제게는 어울리지 않는 새빨간 헬멧이었죠. 그와 비슷한 나이의 젊은 여자, 같은 음악을 듣고, 같은 말을 쓰고, 대낮에도 옷을 벗을 수 있는, 아이처럼 매끈한 발을 지닌 그런 여자에게 어울릴 물건이었어요.

거리를 지나고 언덕을 내려가는 동안 저는 행복했어요, 판사님. 몇 달, 아니 몇 년 동안 느껴보지 못한 행복이었죠. 오토바이가 방향을 꺾을 때면 제 손 밑에서 그의 허리가 움직이는 게 느껴졌고, 그거면 충분했어요. 남은 것이 그리 많지 않은 누군가에겐 그거면 충분하고도 남았고, 레아 바이스, 오 주 전 저를 찾아와 책상을 가지고 간 그 아가씨의 집에 도착해서 무슨 말을 하면 좋을지는 별로 생각하지도 않았어요. 구역 전체가 잠이 든 것 같은 에인케렘에 도착하자, 아담은 오토바이를 잠시 세우고 길을 물어보자고 했어요. 우리는 카페에 들어갔고, 그는 빠르고 무뚝뚝한 히브리어로 주문을 하고, 젊은 여자 종업원과 농담을 하고, 손가락 마디를 꺾어 뚝뚝 소리를 내고, 휴대폰을 테이블에 던지듯 내려놓았어요. 옴이 오른 개 한 마리가 다리를 절며 지나갔지만, 그런 광경도 제 기분을 망치거나 그곳의 아름다움을 해치지 않았죠. 아담은 커피에 설탕을 넣어 저으며, 카페 스피커에서 흘러나오는 팝송을 따라 불렀어요. 햇빛을 받은 그의 얼굴을 보면서, 그가 얼마나 젊은지 새삼 확인했네요. 그는 거드름을 피우듯 소리 죽여 노래를 따라 부르고 있었지만, 저는 그 뒤에 숨은 불안의 그림자를 알아보았고, 그가 내게 무슨 말을 하면 좋을지 모른다는 걸 알았죠. 당신 이야기 좀 해봐요, 제가 말했어요. 그는 허리를 세우며 자세를 고쳐 앉고는, 담배에 불을 붙이고 장난스럽게 웃으며 입술에 침을 발랐어요. 진짜로 제 이야기를 쓰시려고요? 그건 두고 봐야죠, 제가 말했어요. 뭘두고 봐요? 당신에 대해 뭘 알게 될지 두고 봐야죠. 그가 고개를 뒤로 젖히고 연기를 뿜었어요. 그러세요, 그가 말했죠. 선생님 책에마음껏 쓰세요. 저는 공짭니다. 뭐가 알고 싶으세요?

저는 뭐가 알고 싶었던 걸까요? 밤이 되면 그가 돌아가는 집은 어떤 모습일지 궁금했을까요? 벽에는 뭐가 걸려 있는지, 성냥으로 불을 붙여야 하는 난로가 있는지, 바닥은 타일인지 리놀륨인지, 실내화를 신는지 안 신는지, 면도를 하기 위해 거울을 볼 땐 어떤 표정을 짓는지? 그의 방 창밖으론 뭐가 보이는지, 침대는 어떤 모양인지? 네, 판사님, 이미 저는 그의 침대까지 상상하고 있었어요. 구겨진 담요와 싸구려 베개가 있는, 혼자 자는 밤이면 가끔 가로로 걸쳐서 자기도 할 그 침대요. 하지만 그런 건 하나도 물어보지 않았어요. 저는 기다리며, 적절한 때를 노리고 있었죠. 왜냐하면 그가 노래를 부르고 있었고, 곧 저녁이 될 거였거든요. 그러고 보니 그는 뭔가 달라진 것 같았어요. 네, 머리를 감고 나왔더라고요.

이 년 전 군에서 제대했다고, 그가 말했어요. 처음엔 보안회사에 일자리를 구했는데, 무슨 일 때문에(정확히 무슨 일이었는지는 말하지 않았어요) 사장의 의심을 사면서 그만두었다고 했죠. 그다음엔 친구와 함께 주택에 페인트칠을 하는 도장공 일을 해보기도 했지만 독성물질 때문에 그만둘 수밖에 없었던 모양이에요. 당시는 매트리스 상점에서 일하고 있었는데, 정말 되고 싶은 건 목수라고 했어요. 손을 쓰는 일에 소질이 있고, 뭔가를 지어 올리는 것도 좋아한다고 했죠. 가족은요? 제가 물었죠. 그는 담배를 비벼 끄고, 화제를 돌리려는 듯 주변을 둘러보고, 휴대폰을 살폈어요. 가족은 없다고, 그가 말했어요. 부모님은 그가 열여섯 살 때 돌아가셨다는데, 어디서 어떻게 돌아가셨는지는 말하지 않았죠. 형이 한 명 있기는 하지만 몇 년째 서로 말도 하지 않고 지낸다고 하더군요, 가끔은 형을 존경해보려고 애써야겠다는 생각이 들 때도 있지만 행동으로 옮긴 적은 한 번도 없었다고. 라피는 어때요? 제가 물었죠. 말씀드렸잖아요, 그가 대답했어요. 멍청이라고. 디나만 없다면 만날 이유도 없어요. 디나를 직접 만나보시면 그렇게 아름다운 사람이 어떻게 그런 원숭이 같은 인간에게서 나왔는지 신기하게 느껴지실 거예요. 디나 이야기를 해주세요, 제가 말했지만, 그는 대답하는 대신 몸을 돌리며 자신의 일그러진 얼굴을 가렸죠. 일 초도 안 되는 순간이었지만, 그의 이목구비 전체가 무너지고 다른 얼굴이 나타났고, 그는 소매로 그 얼굴을 가렸어요. 그가 자리에서 일어나 테이블에 동전을 몇 개 던지고, 미소를 지어 보이는 종업원에게 작별인사를 했어요. 저기, 제가 지갑을 꺼내며 말했죠, 제가 계산할게요. 하지만 그는 혀를 한 번 차고는, 헬멧을 머리 위로 올려 그대로 썼고, 바로 그 순간, 어떤 이유에선지, 저는 죽었다는 그의 어머니를 떠올렸어요. 어린 그를 씻겨주고, 한밤중에 그를 안아올려 촉촉한 그의 입술을 볼에 대고, 엄마의 긴 머리칼을 만지는 그의 손을 떼어내고, 아들의 미래를 상상하며 노래를 불러주었을 어머니. 순간 마음속으로 바늘이 하나 지나가는 것 같은 기분이 들면서, 저는 어느새 다니엘 바르스키의 어머니를 상상하고 있었는데, 마치 거울에 비친 영상처럼, 이번엔 죽은 쪽이 아들이고 남아서 계속 살아가는 쪽이 어머니였죠. 이십칠 년 동안이나 그의 책상에 앉아 글을 썼는데, 처음으로 그 어머니의 상실감이 묵직하게 저를 눌렀어요. 열린 창문 너머로 차마 말로 옮길 수 없을 그 어머니의 악몽이 보이는 것 같았죠. 오토바이 옆에 가서 섰어요. 바람은 불지 않고, 재스민 향이 났어요. 자식이 죽은 후에도 계속 살아가는 건 어떤 기분일까, 하는 생각이 들었죠. 오토바이에 올라타 그의 허리를 부드럽게 잡았어요. 제 손이 마치 그 어머니들, 죽어버렸기 때문에 자식의 몸에 손댈 수 없는 어머니와, 계속 살아 있기 때문에 자식의 몸에 손댈 수 없는 어머니의 손이라도 되는 것처럼 말이에요. 잠시 후, 하오렌가에 도착했어요.

집을 둘러싼 담장에 아무렇게나 자란 덩굴이 번지수를 가리고 있어서 그 집을 금방 찾지는 못했어요. 철문에 사슬까지 채워져 있었지만, 그 너머로 반쯤 나무에 가린 커다란 석조 건물이 보였죠. 녹색 덧창은 거의 다 닫혀 있었고요. 그 아가씨, 레아가 그런 집에서 산다고 생각하니 사람이 완전히 달리 보였어요. 직접 만났을 때는 느끼지 못한 깊이가 생겼다고 할까요. 철문 사이로 지저분한 마당을 살피는데, 비록 간접적인 방식이긴 했겠지만, 한때 다니엘 바르스키가 거쳐간 공간에 있다는 묘한 기분 때문에 슬픔이 밀려왔어요. 덧창이 닫힌 그 집안에, 적어도 제가 믿기로는, 한때 그를 알았을, 아마 사랑했을 여성이 살고 있다니요. 레아의 어머니는 자신의 딸이 책상을 찾고 있다는 걸 알았을 때 어떤 생각을 했을까요? 그리고 마침내, 그의 책상이, 딸아이의 아버지이자 그렇게 야만적인 방식으로 세상에서 제거되어버린 한 남자의 책상이 거대한 목재 시체처럼 집안에 들어올 때 어떤 느낌이 들었을까요? 그것만으로 충분하지 않다는 듯 이제 저까지 찾아가 그의 유령을 떠올리게 한다면, 그 어머니는 어떻게 될까요? 적당한 평계를 생각해야 했어요. 아담에게 실수였다고, 그 집이 아닌 것 같다고 말하려는데, 그는 이미 덩굴에 가려 있던 초인종을 찾아 눌러버렸죠. 작은 전자음이 울리고, 어디선가 개가 짖었어요. 아무 대답이 없자 아담은 다시 한번 초인종을 눌렀죠. 전화번호도 가지고 계세요, 혹시? 그가 물었어요. 저는 전화번호를 가지고 있지 않았고, 아담이 세번째로 초인종을 눌렀지만, 집안을 둘러싼 기운에는 미동도 없었어요. 건물의 돌과 덧창은 마비라도 된 것처럼 꿈쩍도 하지 않았고, 마당에 있는 나무의 나뭇잎마저 어떤 완고함을 보여주는 것 같았죠. 사람들이 선생님이 올 거라는 걸 알고 있어요? 네, 저는 거짓말을 했어요. 아담은 대문을 흔들며 사슬을 풀어보려고 했죠. 나중에 다시 와야 할까봐요, 라고 말문을 열었는데, 그때 한 노인이, 우아한 모양의 지팡이를 짚은 노인이 서서히 길어지는 그림자처럼 담장 뒤에서 모습을 드러냈어요. 켄? 마 아템 로침?* 아담이 저를 가리키며 노인에게 뭐라고 말했어요. 저는 영어를 하시느냐고 물었죠. 네, 그가 지팡이의 은제 머리 부분을 움켜쥐며 대답했어요. 이제 보니 그건 양의 머리 모양이었죠. 레아 바이스 씨가 여기 사시나요? 바이스? 그가 물었죠. 네, 제가 말했어요. 레아 바이스요, 그 아가씨가 지난달에 뉴욕으로 저를 찾아와서 책상을 가지고 갔거든요. 책상이요? 노인은 제 말을 반복하며 무슨 소리인지 모르겠다는 표정을 지었고, 답답함을 견디지 못한 아담이 노인에게 히브리어로 몇 마디 덧붙였어요. 로, 노인이 고개를 가로저으며 말했죠, 로, 아니 로 요데아 클룸 알 슘 슐찬, 책상에 대해선 아무것도 모른다는데요, 아담이 통역을 해주었고, 지팡이를 짚고 선 노인은 문을 열어줄 태세가 아니었죠. 주소를 잘못 알려줬나보네요, 아담이 그렇게 말하며 청바지 주머니에서 구겨진 레아의 쪽지를 꺼내 철문 사이로 노인에게 건넸어요. 노인은 천천히 셔츠 주머니에서 안경

* '네, 무슨 일이십니까?'라는 뜻의 히브리어.

을 꺼낸 다음, 펼쳐서 얼굴에 썼어요. 쪽지에 쓰인 걸 제대로 이해하기까지 꽤 오래 걸리는 것 같았어요. 내용을 다 읽은 다음엔 뒤집어서 뒷면까지 살펴보더니, 아무것도 없다는 걸 확인하고는 다시 앞을 살폈죠. 제 제 오 로? 아담이 물었어요. 노인은 쪽지를 단정하게 접어서 다시 문밖으로 넘겨주며 말했죠. 여기가 하오렌가 19번지는 맞습니다. 하지만 이런 이름을 가진 사람은 없군요. 그의 억양이 너무 유창하고 세련돼서 저는 놀랐네요.

그러자 레아 바이스에게 속았다는 생각이 들기 시작했어요. 제가 생각을 바꿔 책상을 되찾으려고 할 때를 대비해 일부러 엉뚱한 주소를 준 거라고 말이에요. 그렇다면 애초에 왜 주소를 남긴 걸까요? 제가 달라고 하지도 않았고, 사실 그녀가 그렇게 주소를 알려줄 때는 놀랐지만, 그제야 그것이 초대였다는 것을 알았네요. 정성들여 다린 셔츠를 입은 노인은 그대로 서 있었고, 그 뒤로는 그의 집이 나뭇잎 아래 숨을 죽이고 있었어요. 그 안은 어떤 모습일까 궁금했죠. 주방의 주전자는 어떤 모양일까, 낡고 찌그러졌을까, 찻잔은, 책은 있을까, 어둑한 거실 벽엔 어떤 그림이 걸려 있을까, 성경에 나오는 장면, 이삭이 제단에 묶이는 장면을 묘사한 동판화라도 걸려 있을까? 노인은 날카로운 파란 눈으로 저를 살펴보았죠. 길들여진 독수리의 눈 같았지만, 한편으론 그 역시 저를 궁금해하고 있음을 직감했어요. 뭔가 물어볼 게 있는 것 같았죠. 심지어 아담도 그걸 눈치챘는지, 저와 노인을 번갈아 쳐다보았어요. 그렇게 셋이서 집 전체를 감싸고 있는 침묵의 균형 속에 잠시 매달려 있다가, 결국 아담이 어깨를 으쓱하더니, 또 한번 이로 손톱을 물어뜯어서 땅에 뱉고는, 오토바이를 향해 돌아섰어요. 행운을 빕니다,

노인이 지팡이의 은제 손잡이를 굳게 쥔 채 말했죠. 찾고 계신 걸 찾으셨으면 좋겠네요. 그때 제가 귀신에라도 씌었나봐요, 판사님. 이렇게 툭 내뱉었거든요. 책상을 돌려받으려는 건 아니에요, 그냥…… 하지만 거기서 멈췄죠, 제가 원하던 것을 말할 수가 없더라고요. 노인의 얼굴엔 고통스러운 표정이 스쳤죠. 뒤에서 아담이 오토바이에 시동을 걸었어요. 가시죠, 그가 말했어요. 저는 아직 떠나고 싶지 않았지만, 다른 선택이 없었어요. 오토바이에 올랐어요. 노인이 작별인사처럼 지팡이를 들어 보였고, 우리는 출발했죠.

아담은 배가 고프다고 했어요. 저는 게스트하우스로 바로 돌아가는 것만 아니라면 어디든 상관없었어요. 도대체 무슨 일이 벌어진 건지 이해해보려 했어요. 레아 바이스는 누구였을까, 아무런 증거도 없었는데 나는 왜 그녀의 말을 그렇게 쉽게 믿어버렸을까 생각했어요. 그 책상 주변에서 지내는 동안 뒤틀렸던 제 인생 때문에, 그 물건을 어떻게든 포기하고 싶었던 걸까요? 그래서 결국 그걸 치워버리고 싶었던 걸까요? 늘, 저는 단지 잠시 동안 그 책상을 맡아주고 있을 뿐이라고 믿었다는 말은 사실이에요. 저 자신에게 그렇게 말했죠, 머지않아 누군가 책상을 찾으러 올 거라고. 하지만 사실, 그런 말은 스스로에게 댄 편리한 핑계였을 뿐이었어요. 제 결정에 대한 책임을 피하게 해준 다른 많은 핑계들, 그래서 그런 결정들이 불가피했다고 생각할 수 있게 해준 핑계들과 다르지 않았죠. 핑계를 대면서도 속으로는 그 책상에 앉아 죽을 거라고 확신했어요. 그 책상이 제가 받은 유산이고, 남편과 함께 쓰는 침대와 다를 바 없다면, 거기서 죽지 못할 이유도 없었으니까요.

아담은 살로몬몰에 있는 어떤 식당으로 저를 데려갔어요. 그의 친구인 종업원들이 그의 등을 치며 평가라도 하는 듯한 눈으로 저를 쳐다봤죠. 그가 장난스럽게 웃으며 뭐라고 말하자 종업원들은 큰 소리로 웃었어요. 우리는 창가에 앉았어요. 건물 바깥으로 보이는, 좁은 골목 위에 걸쳐진 발코니에선 어떤 남자가 낡은 매트리스에 앉아 아들을 꼭 안은 채 뭐라고 말을 하고 있었고요. 친구들에게 뭐라고 했느냐고 아담에게 물었어요. 그는 입술을 반쯤 말아올린 채 웃으며, 마치 자신이 유명인과 함께 있는 것처럼 다른 손님들의 반응을 살폈는데, 당연히 우습게 보였죠. 순간, 제가 그를 속이고 있다는 사실이 고통스럽게 느껴졌지만, 이미 너무 늦은 상황이었어요. 무슨 말을 할 수 있었겠어요? 아무도 제 책을 읽지 않는다고? 머지않아 어디서도 제 책을 내주지 않을 거라고 말해야 했을까요? 선생님이 제 이야기를 책으로 쓰고 있다고 했어요. 아담은 다시 미소를 지으며 말했죠. 그가 손가락을 튕기자 종업원들이 웃으며 음식이 가득 담긴 접시를 내오고 또 내왔어요. 그들은 신기하다는 듯 제 쪽을 흘긋거렸죠. 마치 나의 절박함을 알아차린 것처럼, 자기들 친구에게 제가 모르는 비밀이라도 있다는 듯이 말이에요. 식당 구석에서 그들이 우리를 지켜봤어요. 이렇게 늙은 여자, 돈 많고 유명한, 혹은 그렇게 믿고 있는 미국 여자를 낚은 운좋은 친구를 재밌다는 듯이 쳐다봤죠. 아담이 다시 손가락을 튕기자 그들이 이번엔 와인을 들고 왔어요. 아담은 며칠을 굶은 사람처럼 게걸스럽게 음식을 먹어치웠는데, 보고 있으니 기분이 좋았어요, 판사님. 와인잔을 들고 편하게 앉아 그렇게 그의 아름다움과 허기를 지켜보는 것이 말이에요. 식사를 마치고(아담이 거의 다 먹어치웠죠) 종업원이 계산서를 제 앞에 놓았어요. 알고 보니 그 와인은 가게에서 제일 비싼 거였더라고요. 지갑을 열고 허둥대며 돈을 세는 사이, 아담은 자리에서 일어나 이쑤시개를 입에 문 채 친구들과 농담을 했어요. 자리에서 일어나는데 술기운이 좀 돌더라고요. 아담을 따라 식당을 나올 때, 그가 저의 시선을 의식하고 있음을, 그를 원하는 저의 마음을 그도 알고 있음을 느낄 수 있었어요. 제 입장을 말하자면요, 판사님, 제가 그에게서 느낀 건 욕망만은 아니었어요, 일종의 애정이기도 했던 거예요. 소매로 얼굴을 쓸어내릴 때 비치던 그의 고통을 제가 덜어줄 수 있을 것 같기도 했어요. 그는 윙크하며 가볍게 헬멧을 던졌지만, 제가 함께 집으로 가자고 말하고 싶었던 사람은 그런 허세 뒤에 숨은 어설프고 확신 없는 젊은이였어요. 게스트하우스 입구에 도착할 때쯤 어떻게 말하면 좋을지 생각하고 있는데, 제가 입을 열기 전에 그가 먼저, 종업원 친구 중에 한 명이 책상을 가지고 있는데, 원하면 다음날 같이 보러 가자고 했어요. 그리고 제 볼에 입을 맞추고는 몇시에 데리러 오겠다는 말도 없이 오토바이를 몰고 사라졌죠.

그날 밤 주소록에서 폴 앨퍼스의 전화번호를 찾았어요. 너무 오랫동안 연락하지 않고 지내서, 신호가 두 번 울린 후 그가 전화를 받았을 때 하마터면 제 쪽에서 끊어버릴 뻔했죠. 나디아야, 그렇게 말하고, 그것만으로는 부족할 것 같아서 덧붙였네요, 여기 예루살렘이야. 잠시 그는 말이 없었어요. 그 이름—제 이름 혹은 도시 이름—이 자신에게 어떤 의미인지 생각해내려고 애쓰는 것 같았죠. 그러다 갑자기, 그가 웃음을 터뜨렸어요. 저는 이혼했다는 이야기를 했죠. 그는 코펜하겐 출신의 어떤 여자와 몇 년간 동거했지만, 이젠 끝났다고 했어요. 장거리 국제전화였기 때문에 길게 이야기하지는 않았어요. 잠시 신변 이야기를 제쳐두고, 가끔 다니엘 바르스키 생각을 하느냐고 제가 물었어요. 그럼, 그가 대답했어요. 몇 년 전에 너한테 전화하려고 한 적도 있어. 다니엘이 배에서 지내는 걸 누가 봤다고 했거든. 배? 제가 되물었죠. 잡혀 있었던 거지, 폴이 말했어요. 다른 죄수들과 함께 말이야. 그들 중에 누군가가 살아남았는데, 몇 년 후 그 사람이 다니엘 부모님의 지인을 만난 거야. 그 사람 말이, 그들이 다니엘을 죽이지 않고 몇 달간 데리고 있었대. 뭐, 거의 죽은 거나 다름없는 상태였지만. 폴, 제가 마침내 입을 열었어요. 응, 폴이 대답했죠. 그가 라이터를 켜는 소리가 들리고 담배 연기를 내뿜는 소리가 이어졌어요. 다니엘한테 자식이 있었어? 자식? 폴이 대답했죠. 없을걸. 딸 없어? 제가 물었어요. 이스라엘 여성과의 사이에서 말이야. 그러니까 실종되기 얼마 전에. 딸 이야기는 들어본 적 없는데, 폴이 말했죠. 없었을 거야, 정말로. 여자친구가 산티아고에 있었거든. 그래서 칠레로 돌아가면 안 되는 상황인데도 돌아간 거 아냐. 이름이 이네스였다고 기억하는데, 칠레 여자야, 내가 아는 건 그 정돈데. 이상하네, 폴이 말했어요. 한 번도 만나본 적은 없지만, 이제 생각난 건데, 몇 년 전에 그 여자 꿈을 꾼 적이 있어.

폴이 이야기를 하는 동안 마치 놀라운 깨달음처럼, 그 옛날 그가 꾼 이상한 꿈이 아니었더라면 저는 절대 다니엘 바르스키를 만날 수 없었을 것이고, 그 오랜 시간 동안 누군가 다른 사람이 그 책상에 앉아 글을 썼겠구나 하는 생각이 퍼뜩 들었어요. 전화를 끊은 후 잠을 잘 수가 없었네요. 아니면, 잠들기 싫었던 건지도 몰라요. 불을 끈 다음, 어둠이 가지고 올 무언가를 마주하기 두려웠던 건지도 모르죠. 다니엘 바르스키 생각, 더 나쁘게는 제 인생에 대한 생각과, 그 생각이 제멋대로 흘러가게 내버려두면 이어질 질문들에서 벗어나려고 아담에게 집중했어요. 그의 몸을 구체적으로 상상하고, 제가 그 몸에 해줄 수 있는 것과 그가 제 몸에 해줄 수 있는 것을 상상했어요. 그런 환상 속에서 저는 항상 다른 몸을 지니고 있었죠. 제 몸의 경계가 흐릿해지고 모양을 잃기 전, 제 마음과는 다른 방향으로 변하기 전의 몸, 변해버린 몸속에 여전히 숨어 있던 그 몸이었어요. 새벽에 샤워를 하고, 일곱시 정각, 게스트하우스 식당이 문을 여는 시간에 맞춰 내려갔어요. 저를 본 라피는 어두운 얼굴을 하고 바 뒤로 들어가 잔만 닦으며 다른 종업원이 저를 시중들게 했죠. 커피를 앞에 놓고 가만히 앉아 있다가, 문득 식욕이 돌아왔다는 걸 깨닫고는, 뷔페 음식을 두 번이나 갖다 먹었어요. 그때까지도 라피는 제 시선을 피하다가, 제가 식사를 마치고 식당을 나온 후에야 로비로 따라나왔죠. 선생님! 그가 불렀어요. 저는 돌아섰죠. 그는 손바닥을 비비며 어깨 너머로 다른 사람이 없는지 확인했어요. 제발, 그가 간절한 목소리로 말했죠. 부탁드립니다. 그놈이랑 얽히지 마세요. 그놈이 선생님께 뭐라고 했는지 모르지만, 다 거짓말입니다. 거짓말쟁이에 도둑놈이에요. 저를 놀리려고 선생님을 이용하는 겁니다. 순간 저는 화가 났고, 그도 알아차렸는지 서둘러 해명하려 했죠. 제 딸과 저를 멀어지게 하려는 겁니다. 딸아이랑 만나지 못하게 했더니 이놈이…… 거기까지 말했을 때 게스트하우스의 지배인이 로비 건너편에 나타났고, 그는 고개 숙여 인사한 다음 서둘러 물러났어요.

그때부터 저는 아담을 유혹하려고 전력을 다했어요. 그의, 그러

니까 종업원 라피의 말은, 제가 더이상 통제할 수 없는 욕망의 주
변을 날아다니는 파리 소리에 불과했어요. 욕망을 통제하고 싶지
않았어요, 판사님, 제게 남은 것 중 살아 있는 건 그것뿐이었고, 그
욕망을 따라 저를 소진하는 동안은, 지긋지긋할 정도로 또렷하게
보이는 제 인생의 의미를 마주하지 않아도 되었으니까요. 제 나이
의 절반도 되지 않는 남자, 게다가 그런 열망을 불러일으킬 만한
공통점이 저와 하나도 없는 남자에게 욕망을 느낀다는 게 즐겁고
유쾌하기까지 했어요. 방으로 돌아와 기다렸죠. 하루종일, 밤새도
록이라도 기다릴 수 있었어요. 그런 건 중요하지 않았으니까. 어스
름 무렵에 전화벨이 울렸고, 저는 한 번 만에 수화기를 들었어요.
아담은 한 시간 후에 데리러 오겠다고 했죠. 어쩌면 제가 기다리고
있었다는 걸 그가 눈치챘을 수도 있지만, 저는 신경쓰지 않았어요.
저는 계속 기다렸고, 한 시간 반 후에, 그가 와서 베잘렐 구역의 어
느 골목에 있는 집으로 저를 데리고 갔어요. 무화과나무에 색색의
전구로 치장한 장식 줄이 매달려 있고 사람들은 그 아래 식탁에서
식사중이었죠. 사람들과 인사를 하고, 누가 접는 의자를 내오고,
이미 비좁아 보이던 식탁 주변에 자리가 마련됐어요. 얇은 붉은색
드레스에 긴 부츠 차림의 아가씨가 저를 돌아보며, 믿을 수 없다는
투로 물었어요. 아담에 관한 책을 쓰신다고요? 식탁 건너편에 앉
아 맥주를 마시고 있는 아담을 바라보며, 뜨거운 마음을 느끼면서,
동시에 그와 함께 온 건 나이고 함께 떠날 사람도 나라는 사실에서
따뜻함을 느꼈어요. 아가씨를 향해 미소를 지어 보이고 올리브와
짠 치즈를 먹었어요. 좋은 사람들 같았죠, 그 젊은 친구들 말이에
요. 거짓말이나 도둑질을 용납하지 않는 그런 사람들처럼 보였거

든요. 라피가 공정하지 못한 거였어요. 디저트를 먹고 차까지 마신 다음 아담이 이제 가봐야 할 것 같다고 신호를 보냈어요. 사람들에게 작별인사를 하고, 레게 파마를 한 기다란 금발에 요란한 안경을 쓴 청년과 함께 집을 나왔죠. 낡은 은색 마쓰다에 오른 청년이 운전석 창문을 내리고 따라오라고 했어요. 하지만 보여주겠다던 그 책상은 그의 아파트에도 없었고, 저는 아담과 레게 파마 청년이 주방에서 마리화나를 나눠 피우는 동안 기다리는 수밖에 없었어요. 작고 지저분한 주방에 걸린 지난해 달력엔 후지산의 풍경이 담겨 있었죠. 두 사람이 히브리어로 빠르게 무슨 말인가 주고받더니, 청년이 잠시 사라졌다가 다윗의 별 모양 열쇠고리를 가지고 와 아담에게 건넸어요. 그러고는 거실에 가득한 마리화나 연기를 손으로 저으며 우리를 배웅했죠. 그렇게 세번째 장소로 갔어요. 사커공원이 내려다보이는, 도시의 다른 건물들과 마찬가지로 누르스름한 석재로 마감한 고층아파트 단지였죠. 우리는 거울이 붙은 좁은 엘리베이터를 타고 15층으로 올라갔어요. 복도는 어두웠고 그가 벽을 더듬으며 스위치를 찾는 동안, 제 속에서 고동치던 욕망이 솟아올라 하마터면 팔을 뻗어 그를 잡아당길 뻔했네요. 하지만 형광등이 깜빡이며 불이 들어왔고, 아담은 다윗의 별 모양 열쇠고리를 꺼내 15B호의 문을 열었어요.

집안도 어둡기는 마찬가지였지만, 이미 용기를 잃어버린 저는 불이 들어올 때까지 팔을 허리춤에 댄 채 기다렸어요. 아파트엔 사막같이 쨍한 조명에 어울리지 않는 무겁고 칙칙한 가구들이 가득했어요. 문에 조각 유리 장식이 달린 마호가니 진열장에, 높은 등받이 꼭대기에 장식까지 한 고딕식 의자는 앉는 자리에 씌운 천까지 태피스트리로 되어 있었죠. 살던 사람이 기약도 없이 떠난 것처럼 창문에 금속제 블라인드가 내려져 있었고, 벽에는 빈틈을 찾아보기 어려울 만큼 작품들이 빼곡했어요. 물감을 두껍게 칠한 과일과 꽃의 정물화, 너무 어두워 화재 현장에서 꺼내온 것 같은 풍경화, 곱사등이 거지와 아이를 표현한 동판화. 그리고 그런 작품들 사이에 있을 법하지 않은, 싸구려 아크릴판을 씌운 예루살렘의 전경 사진도 있었죠. 파노라마사진을 확대한 거였는데, 마치 아파트 주인이 블라인드만 올리면 진짜 예루살렘이 있다는 것을 모르고 있었던 것 같았어요. 혹은 창밖의 현실을 거부하고, 이곳에 오기 전 시베리아의 유대인 정착촌에서 꿈꾸던 약속의 땅만 바라보며 살기로 작정한 것 같았어요. 너무 나이가 들어버린 후 이곳에 왔기 때문에 새로운 현실에 어떻게 적응해야 할지 몰랐을 수도 있겠죠. 찬장을 가득 채운 아이들 사진—발그레한 볼을 하고 웃고 있는, 아장아장 걷기 시작한 꼬마나, 바르미츠바*를 앞두고 수줍어하는 그 아이들도 그땐 이미 누군가의 부모가 되어 있었겠죠—을 살피는 동안 아담은 카펫이 깔린 거실로 사라졌어요. 잠시 후 그가 저를 불렀죠. 목소리를 따라 작은 방에 들어가니 그곳은 책들이 가지런히 놓인 선반이 있는 서재였어요. 책에 먼지가 어찌나 많이 쌓였는지, 희미한 등 아래에서도 보일 정도였죠.

이거예요, 아담이 팔을 뻗어 책상을 가리키며 말했어요. 황금빛 나무 책상이었는데, 접뚜껑이 열려 있었고, 그 안의 상감세공된 무늬가 내는 희미한 빛 때문에 어지러울 지경이었죠. 방금 전까지도

---

* 유대교 남자아이의 성인식으로, 열세 살 때 이루어진다.

사람이 앉아 있었던 것처럼, 그 방안의 모든 물건에 공평하게 내려 앉은 먼지가 책상 위에서만큼은 보이지 않았어요. 음, 아담이 말 했어요. 마음에 드세요? 손가락 끝으로 나무의 결을 더듬어보았어 요. 마치 한덩어리인 것처럼 매끈했죠. 알 수도 없을 만큼 다양한 나무에서 떼온 수백 개의 조각들을 붙여서 만든 물건이 아닌 것 같 았어요. 의미심장해 보이는 사각형과 원, 한곳으로 모이거나 퍼져 나가는 나선, 갑자기 작아졌다 마치 무한의 어떤 순간을 본 것처럼 확 펼쳐지는 공간, 그 책상을 만든 사람이 새와 사자, 뱀 같은 형상 아래 어떤 의미를 숨겨놓았을지도 모르는 일이었어요. 어서요, 아 담이 재촉했어요, 한번 앉아보세요. 저는 당황스러웠어요, 카프카 가 쓰던 펜으로 사야 할 식료품 목록을 적을 수는 없는 것처럼, 저 는 당황스러웠고 이제 그런 책상에서 글을 쓸 수 없다고 사양하고 싶었지만, 아담을 실망시키고 싶지는 않았기 때문에, 그가 살짝 빼 준 의자에 가라앉듯 앉았어요. 누구 거예요? 제가 물었어요. 누구 것도 아닙니다, 그가 말했죠. 그래도 이 집에 사는 사람들이 있을 텐데…… 이젠 살지 않아요. 어디로 갔는데요? 죽었어요. 그럼 이 물건들은 왜 아직 여기에 있어요? 여기는 예루살라임*이니까요, 아 담이 능글맞게 웃으며 말했죠, 어쩌면 그 사람들이 돌아올지도 몰 라요. 순간 폐소공포증을 느낀 저는 밖으로 나가고 싶었지만, 제가 일어나 책상에서 한 발 물러나자 아담의 표정이 어두워졌어요. 왜, 마음에 안 드세요? 아니, 제가 말했어요, 아주 마음에 들어요. 그 런데 왜 그러세요? 그가 물었어요. 너무 비쌀 것 같아요. 선생님이

---

* 구약에서 '예루살렘'을 일컫는 말로, '성지'의 의미가 강하다.

사신다면 가격을 잘 맞춰줄 거예요. 그는 미소를 지으며 말했지만, 그의 눈에선 낡았지만 날카로운 뭔가가 반짝였어요. 누가요? 개드요. 개드가 누구죠? 좀전에 만났던 그 친구요. 그 청년은 이 집 주인이랑 무슨 관계인데요? 손자예요. 그가 말했어요. 그럼 그 청년은 왜 책상만 따로 팔려는 거예요? 아담은 어깨를 으쓱해 보이며 재빨리 접뚜껑을 닫았어요. 저야 모르죠. 그가 어깨를 으쓱했어요. 시간이 없어서 다른 건 팔 생각을 못하는 건가?

아담이 아파트를 구경시켜주었어요. 찬장 서랍을 열어 보이고, 유리 장식장을 열어 유대교 문헌들도 보여주었죠. 그는 화장실에 들어가서 소변도 봤는데, 살짝 열린 문틈으로 오줌이 떨어지는 소리가 길게 들렸어요. 우리는 아파트를 나와 다시 어둠 속으로 들어갔어요. 하지만 내려오는 엘리베이터 안에서도 책상 이야기만 했고, 희미한 조명의 술집에서까지 대화는 이어졌어요. 다른 이야기를 하다가도, 어느 시점엔가 책상 이야기로 돌아왔죠. 저는 우리가 입 밖에 내지는 않았지만 실제로는 다른 거래를 이야기하고 있는 거라고 믿으며 흥분했어요. 책상은 숨은 의미를 지닌 대리품일 뿐이라고요.

이어진 며칠 낮과 밤에 대해선, 판사님께만 말씀드릴게요. 저는 다시 떠올리고 싶지 않네요.

고급 이탈리아 레스토랑에 아담과 함께 있어요. 아담은 나흘째 똑같은 셔츠와 청바지 차림이죠. 맥주잔을 제 와인잔에 부딪치고, 공모의 뜻이 담긴 미소까지 지어 보이면서, 자신이 주인공이 될 이야기를 아직 시작하지 않았느냐고 물어요. 우리는 스푼 두 개로 티라미수 케이크를 나눠 먹지만, 사실은 대부분 그가 다 먹죠. 그가 다시, 연주할 수 있는 곡이 몇 곡 안 되는 오르간 연주자처럼 책상에 관해 물어요. 상황을 파악한 아담은 개드에게 가격을 좀 깎아달라고 할 수 있을 것 같다고 생각하죠. 하지만 그게 일급 골동품이라는 사실, 시장에 나오면 서로 사려고 달려들 대가의 작품이라는 사실을 잊으면 안 된다고 해요. 저도 장단을 맞춰줘요. 아담의 세일즈맨 자질에 감탄하는 척하며 테이블 아래로 그의 발을 찾죠. 제 말을 제가 믿고 있는 동안은 아무 문제 없어요. 앞으로 글을 다시 쓸 수 있을지 확실치 않다는 사실이 현기증과 함께 갑자기 떠오르기 전까지는요.

티초하우스에 있는 카페에서 점심을 먹고 있어요. 작가들이 즐겨 찾는 곳이라는 이야기를 아담이 친구에게 들었다고 해요. 저는 펄럭이는 꽃무늬 드레스를 입고 끈이 짧은 보라색 스웨이드 핸드백까지 들고 있어요. 전날 부티크에 진열된 걸 보고 바로 사버렸죠. 정말 오랜만에 사보는 새 물건이었는데, 그렇게 차려입으니 삶을 바꾸는 것이 그토록 간단하게 시작할 수 있는 일이라도 된 것처럼 흥분되고 이상한 기분이 들어요. 어깨끈이 자꾸 흘러내리지만 저는 그대로 내버려둬요. 아담은 휴대폰을 만지작거리다가, 일어나서 통화를 하고, 돌아와서 제 잔에 물을 채워줘요. 누군가, 어디선가, 그에게 기사도 정신의 기본을 가르쳐줬고, 그는 그걸 익힌 다음 자신만의 독특한 방식으로 드러내죠. 걸을 때면 그는 서둘러 앞으로 나서요. 하지만 목적지에 도착하면 문을 열고, 얼마가 걸리든 제가 따라와 들어갈 때까지 그대로 서 있어요. 종종 우린 아무 말도 없지만, 제가 관심이 있는 건 말이 아니죠.

헬레니하말카에 있는 술집이에요. 아담의 친구 몇 명이 도착해요. 무화과나무 아래에서 봤던 친구들. 얇은 붉은색 드레스를 입었던 아가씨(이번에는 노란색이네요)와 짙은 색 앞머리를 가지런히 자른 그녀의 친구예요. 아담의 친구들이 제가 자기들 무리의 일원이라도 된 것처럼 볼에 입을 맞추며 반겨주죠. 무대 위의 밴드가 으스대며 연주를 해요. 드럼이 울리고, 기타가 몇 소절 이어지자 손님들이 환호를 하고, 바 뒤쪽의 누군가가 휘파람까지 불어요. 제가 그들 무리의 일원이 아니라는 사실, 어느 모로 보나 저는 그들 사이에 휩쓸린 이방인이라는 사실을 저도 알고 있지만, 그렇게 간단히 저를 받아들여준 그들에게 고마움을 느끼죠. 노란색 드레스를 입은 아가씨의 손을 잡고 그 마음을 속삭여주고 싶지만, 제대로 표현할 수가 없어요. 음악이 커지고 점점 더 엉망이 되고, 가수가 낮은 목소리로 비명을 질러요. 저만 튀고 싶진 않지만, 그 가수가 너무 나가고 있다는 생각, 오버를 하고 있다는 생각을 떨칠 수가 없어서, 잠깐 무대 앞에서 벗어나 바에서 음료를 마시죠. 몸을 돌리자, 짙은 색 앞머리의 아가씨가 제 옆에 와 있어요. 저에게 뭐라고 소리를 지르지만 음악이 그녀의 작은 목소리를 삼켜버리죠. 네? 제가 큰 소리로 물으며 그녀의 입술을 읽으려고 애써요. 그녀가 다시 한번 말을 해요. 키득키득 웃으며, 아담에 대해 말하지만, 여전히 알아들을 수가 없어요. 세번째엔 그녀가 몸을 기울여 제 귀에 대고 소리를 쳐요. 쟤는 자기 사촌이랑 사랑에 빠졌어요. 그렇게 말하고는 몸을 세우고 미소를 지으며 제가 제대로 들었는지 확인하죠. 저는 사람들 무리를 살피다, 낮은 소리로 노래하는 가수 앞에서 라이

터를 치켜들고 팔을 흔드는 아담을 발견하고는, 다시 미소 짓는 아
가씨를 향해 돌아서요. 그리고 표정으로 그녀에게 말하죠, 다 알고
있다고 생각한다면 잘못 생각한 거라고. 저는 그 자리에서 물러나
요. 음료를 마시고 한 잔 더 마시죠. 가수는 다시 찢어질 듯 비명을
지르지만, 음악은 부드러워지고 밝아져요. 갑자기 아담이 뒤에서
나타나 제 손을 잡고 밖으로 나오고, 저는 이제 더 기다릴 필요가
없다는 걸 알죠. 함께 그의 오토바이에 오르고―이젠 오토바이에
올라타 그의 몸에 내 몸을 맞추는 건 일도 아니에요―어디로 가는
건지 물을 필요도 없죠, 전 어디든 갈 수 있으니까.

　다시 어둑한 개드의 아파트, 콘크리트로 된 입구에 있어요. 아
담은 음이 맞지 않는 노래를 흥얼거리며 한 번에 두 계단씩 올라가
죠. 저는 숨이 차요. 아파트 안은 모든 것이 그대로이고, 이번엔 개
드가 없다는 것만 달라요. 아담이 서랍과 선반을 뒤지며 무언가를
찾는 동안 저는 오디오를 켜고 재생 버튼을 눌러요. 그가 뭘 찾고
있는지, 어떤 일이 일어날지 확신하고 있죠. CD가 돌아가고, 음악
이 스피커 밖으로 흘러나와요. 제가 몸을 흐느적거리며 춤을 췄을
수도 있어요. 끄세요. 그가 제 뒤로 다가와 말해요. 그를 느끼기 전
에, 짐승처럼 이미 냄새로 알아차리죠. 왜요? 제가 애교를 담은 미
소를 지으며 돌아서서 물어요. 왜냐하면, 그가 말해요. 아무 소리
도 없는 편이 더 좋으니까요. 제 생각도 그래요. 팔을 뻗어 손으로
그의 얼굴을 어루만져요. 신음소리를 내며 제 몸을 그에게 바짝 붙
이고, 아랫배로 뭔가 단단한 것을 더듬고, 입술을 벌려 그에게 다
가가 혀를 밀어넣으며 그의 입안에서 전해지는 온기를 느껴요. 저
는 굶주려 있었어요, 판사님, 모든 것을 한꺼번에 얻고 싶었어요.

순간뿐이에요. 그가 저를 밀어내요. 이거 놓으세요, 그가 투덜대죠. 이해를 못한 저는 다시 그에게 다가가요. 그는 손바닥으로 제 얼굴을 밀어내며 있는 힘을 다해 저를 팽개치고, 저는 그대로 소파에 쓰러져요. 그가 손등으로 입술을 닦는데, 그 손에는 죽은 사람들의 가구로 가득찬 아파트 열쇠가 들려 있어요. 아득한 곳에서부터, 그들이 사실은 죽지 않았다는 깨달음이 찾아와요. 미쳤어요? 그가 화난 목소리로 말해요. 눈에는 적의와 함께, 익숙하지만 금방은 알아보지 못한 무언가가 번뜩이죠. 우리 엄마뻘이잖아요, 그가 내뱉고, 그제야 저는 그것이 역겨움임을 깨닫네요.

저는 소파에 늘어져 있어요, 놀라움과 수치심에 싸여 있죠. 돌아서 떠나려던 그가 문 앞에서 멈춰요. 보라색 스웨이드 핸드백이, 들어올 때 놓아둔 현관에 그대로 있죠. 아담이 그 가방을 집어들어요. 그의 손에 들린 핸드백이, 그동안 그가 생각해온 저의 모습, 터무니없고 안쓰러운 모습을 그대로 보여주네요. 아담은 제게서 시선을 떼지 않은 채 손으로 핸드백을 뒤져요. 찾는 물건이 나오지 않자 그대로 뒤집어서 내용물을 바닥에 쏟아요. 아담은 재빨리 몸을 숙여 지갑을 주워들어요. 핸드백은 내던져 부츠를 신은 발로 멀리 차버리고, 마지막으로 혐오의 시선을 제 쪽으로 던진 다음, 문을 세게 닫고 나가죠. 제 립스틱이 바닥을 굴러가 벽에 부딪혀요.

그후의 이야기는 전혀 중요하지 않아요, 판사님. 황폐함이 저를 갈가리 찢어놓았다는 말만 드릴게요, 마침내 지붕이 내려앉은 거죠. 아담은 결국 뭐였을까요? 내내 알고 있었지만 스스로는 말할 수 없던 대답을 듣기 위해 제가 만들어낸 환상일 뿐이었어요. 마침내 소파에서 일어나 떨리는 손으로 주방의 수도꼭지에서 물을 한 잔 받아 마신 다음, 동전 몇 개와 개드의 자동차 열쇠가 담긴 작은 접시를 발견했어요. 망설이지 않았죠. 열쇠를 집어들고, 여기저기 흩어진 핸드백의 내용물을 지나 아파트를 나왔어요. 차는 길 건너에 세워져 있었죠. 문을 열고 운전석에 앉았어요. 백미러에 얼굴을 비춰 보니 어쩌나 울었는지 퉁퉁 부었고, 엉킨 머리칼 사이엔 흰머리가 여기저기 비쳤어요. 나는 이제 늙은 여자야, 하고 속으로 생각했네요. 오늘부터 늙은 여자가 된 거야, 이렇게 생각하니 웃음이 나오려고 했어요. 제 안의 서늘함에 어울릴 만한 서늘한 웃음이요.

차를 몰고 도로로 나왔어요. 연석에 부딪혔죠. 여기저기 아무 길이나 달렸어요. 눈에 익은 교차로에 이르렀을 때 에인케렘 쪽으로 차를 돌렸어요. 하오렌가에 살고 있는 노인이 떠올랐거든요. 그를 만날 생각은 아니었지만, 어쨌든 그가 있는 곳으로 차를 몰았어요. 금세 길을 잃었죠. 전조등에 나무들이 비치는가 싶더니 어느새 예루살렘 숲으로 이어지는 길이 나왔고, 이내 협곡이었어요. 운전대를 힘껏 한 번 꺾기만 하면 그 아래 어둠 속으로 떨어질 수 있었어요. 운전대를 쥔 손에 힘을 주며, 계곡에 떨어지며 흔들리는 전조등과 뒤집힌 채 침묵 속에서 계속 돌고 있는 타이어를 상상해봤어요. 하지만 스스로를 끝장낼 수 있게 하는 힘이 뭐든, 저한테는 그 힘이 없었죠. 계속 차를 몰았어요. 이유는 알 수 없지만, 돌아가시기 전에 웨스트엔드 애비뉴로 찾아뵙곤 하던 할머니가 생각났어요. 제 어린 시절을 생각했고, 어머니와 아버지도 생각했어요. 두 분 모두 지금은 돌아가셨지만, 현기증이 날 만큼 역겨운 제 정신의 어떤 영역을 벗어날 수 없는 것처럼, 제가 두 분의 자식이 아닐 수도 없겠죠. 이제 저도 쉰이에요, 판사님. 앞으로 제겐 아무 변화가 없을 거라는 것도 알아요. 곧, 당장 내일이나 다음주는 아니겠지만, 오래지 않아 제 주변에 다시 담이 세워지고 지붕도 얹히겠죠. 전과 똑같을 테고. 이전의 담과 지붕을 허물어버린 질문에 대한 대답은 서랍 속에 넣어서 잠가버리겠죠. 지금까지 해온 것처럼 앞으로도 해나가겠죠. 책상이 있든 없든 말이에요. 이해하시겠어요, 판사님? 제가 너무 늦어버렸다는 걸 판사님도 아시겠죠? 그런 모습이 아니면 어떤 다른 모습이 가능할까요? 제가 어떤 사람이 될 수 있을까요?

조금 전에 눈을 뜨셨어요. 짙은 회색 눈, 완전히 깨어난 그 눈으로 저를 잠시 쳐다보셨죠. 그런 다음 눈을 감고 그대로 물러나셨어요. 어쩌면 제 이야기가 거의 끝나간다는 걸 알아차리신 건지도 모르겠네요. 처음부터 당신을 향해 돌진하던 이야기가 마침내 모퉁이를 돌아 당신과 충돌할 거라고, 미리 감지하신 건지도 모르겠어요. 네, 저는 이를 갈며 펑펑 울고 싶었어요, 판사님. 당신께 용서를 빌고 싶었지만, 대신 나온 건 이야기였네요. 제가 살아오며 한 일에 대해 판결을 받고 싶었던 건데, 이젠 제 이야기로 판결을 받겠죠. 하지만 어쩌면, 그게 맞는 것일 수도 있어요, 결국에는요. 당신이 말씀을 하실 수 있다면, 원래 그런 거라고 말씀하실지 모르죠. 오직 하느님 앞에 섰을 때만 우리는 이야기 없이 판결을 받는 거라고요. 하지만 저는 신자가 아닌걸요, 판사님.

곧 간호사가 와서 모르핀을 한번 더 주사하고, 다른 사람의 생명을 돌보는 일을 해온 사람답게 부드러운 손길로 당신의 뺨을 만져주겠죠. 내일 판사님이 깨어날 거라고 했는데, 이제 거의 내일이 다 됐네요. 간호사는 제 손에 묻은 피도 닦아주었어요. 가방에서 빗을 꺼내, 제 어머니가 해주던 것처럼 머리도 빗어주었죠. 손을 뻗어 그녀의 빗질을 멈췄어요. 저기요, 제가…… 말을 하려 했지만 더이상 나오지 않았네요.

당신은 전조등 불빛을 받고도 조금도 움직이지 않았어요. 어찌나 꼿꼿하게 서 있는지, 그 짧은 순간 동안 저는, 당신이 저를 기다리고 있는 줄 알았어요. 잠시 후 브레이크가 미끄러지는 소리가 들리고 당신의 몸이 공중으로 떠올랐죠. 차는 옆으로 미끄러지다 멈췄어요. 저는 운전대에 머리를 찧었네요. 제가 무슨 짓을 한 걸까요? 도로는 텅 비어 있었어요. 고통으로 힘들어하는 신음소리를 듣고 당신이 살아 있다는 걸 알기까지 얼마나 걸렸을까요? 풀밭에 쓰러진 당신을 발견하고 제 손으로 당신의 머리를 감싸안을 때까진 또 얼마나 걸렸을까요? 사이렌소리가 들리고, 사방에 붉은색 조명이 비치고, 차창 밖으로 희미하게 밝아오는 새벽빛에 처음으로, 당신의 얼굴을 살폈네요. 제가 무슨 짓을 한 걸까요? 무슨 짓을?

당신 주위로 사람들이 모여들었어요. 떨어진 코트를 다시 옷걸이에 걸듯이 그들이 당신의 생명을 다시 돌려놓았죠.

이야기를 해주세요, 간호사가 당신 가슴에 붙은 전극 패치를 바로잡으며 말했어요. 이야기를 듣는 게 환자분한테 좋아요. 좋다고요? 이야기를 하는 게 보호자분한테도 좋아요, 그녀가 말했죠. 무슨 이야기를? 아무 이야기나 하세요. 얼마나 오래 해야 돼요? 당신 옆에 오래 있을 것 같진 않았지만 그렇게 물었어요. 진짜 부인이나 애인이 도착하면 저는 물러나야겠죠. 환자분 아버님이 지금 오시는 중이에요, 간호사는 그렇게 말하고는 병상 주변에 커튼을 쳤어요. 천 일 하고도 하루 더, 저는 생각했어요. 그리고 더.

수영 구멍

아내는 마지막 순간까지 나를 기억했다. 가끔씩 그녀의 이전 모습이 어땠는지 잊어버리는 건 오히려 내 쪽이었다. 아내는 말도 곧잘 꺼냈지만 금세 맥을 놓쳐버렸고, 이내 무슨 말인지 알 수 없는 소리를 늘어놓았다. 물론 아내는 내 말도 이해하지 못했다. 가끔 이해하는 것처럼 보일 때도 있었지만, 그렇게 나의 말이 깨워놓은 그녀 머릿속의 희미한 의식은 잠시 후면 사라져버리곤 했다. 아내는 고통 없이 빨리 숨을 거두었다. 11월 25일엔 아내의 생일파티도 했다. 아내가 좋아하던 골더스그린의 빵집에서 케이크를 사와서 둘이 함께 촛불을 껐다. 몇 주 만에 처음으로 그녀의 볼이 행복으로 발갛게 상기되는 걸 보았다. 다음날 열이 많이 나면서 자리에 누운 아내는 숨을 잘 쉬지 못했다. 건강이 좋지 않았고, 그 무렵엔 이미 많이 쇠약해진 상태였다. 생의 마지막 몇 해 동안 아내는 너무 많이 늙어버렸다. 내가 병원에 전화를 했고, 의사가 직접 집으로 찾아왔다. 아내의 상태는 더 악화되었고, 몇 시간 후 의사와 함께 병원으로 옮겼다. 폐렴에 걸려 몸이 급속히 나빠지고 있었다. 마지막 몇 시간 동안 아내는 제발 죽게 내버려두라고 간청했다. 의사들은 아내를 살리기 위해 최선을 다했지만, 더이상 아무 조치도 취할 수 없게 되자 우리 둘만 있게 해주었다. 좁은 병상에 올라가 아내의 머리를 쓰다듬어주었다. 나와 함께 살아준 삶에 대해 고마움을 전하고, 우리보다 더 행복했던 부부는 없을 거라고 이야기했다. 맨 처음 그녀를 봤을 때 이야기를 한번 더 해주었다. 잠시 후 아내는 의식을 잃고, 그렇게 떠나갔다.

아내를 묻어주던 날 오후 하이게이트 묘지에 마흔 명 정도의 지인들이 찾아왔다. 오래전 아내와 나는 그곳에 함께 묻히기로 약속했다. 풀이 무성하게 자란 무덤과 무덤 사이의 길을 우리는, 쓰러진 묘비에 적힌 이름을 살피며 많이도 걸어다녔다. 그날 아침엔 몸이 경직되고 불안했다. 랍비가 마지막 기도를 드릴 때 비로소, 나의 일부는 그녀의 아들이 와 있을 거라고 믿고 있다는 걸 깨달았다. 그렇지 않았다면 신문에 작은 부고 기사를 실을 이유도 없었다. 아내는 틀림없이 반대했을 것이다. 아내에게 사생활이란 그런 것이었다. 눈물로 충혈된 눈으로 나무 사이 풍경 속에 있을지도 모르는 그 아들을 찾아보았다. 모자도 쓰지 않고, 코트도 입지 않았을 것이다. 캔버스의 어두운 구석이나 군중 사이에 대가들이 슬쩍 끼워넣은 본인의 모습처럼, 거기에 있었을지도 모른다.

아내가 죽고 서너 달이 지난 후 나는 아내의 몸이 좋지 않았던 동안 포기했던 여행을 다시 시작했다. 대부분은 잉글랜드와 웨일스였고, 항상 기차를 이용했다. 마을과 마을 사이를 걸어다니며, 매일 밤 다른 곳에서 잠을 잘 수 있는 그런 곳이 좋았다. 작은 배낭 하나만 메고 그렇게 발길 닿는 대로 다니면, 오랫동안 잊고 있던 자유를 느낄 수 있었다. 자유와 평화를. 첫 여행지는 레이크디스트릭트였고, 한 달 후엔 데번으로 갔다. 타비스톡이란 마을에서 출발해 다트무어를 지나다가 길을 잃었는데, 한참을 헤매다가 멀리서 감옥의 굴뚝을 보고 다시 길을 찾은 적도 있었다. 그로부터 두 달 후엔 스톤헨지를 보기 위해 솔즈베리로 가는 기차에 올랐다. 다른 관광객들과 함께 괴물 같은 회색 하늘 아래 서서, 둔기에 머리를 맞고 죽은 신석기시대의 사람들을 상상했다. 반짝이는 은박 포장지 따위가 널브러져 있었다. 한 바퀴 돌며 쓰레기를 줍고 나서 허리를 펴니 돌로 된 기념물들은 더욱 크고 무시무시해 보였다. 그림도 다시 그리기 시작했다. 젊을 때 취미로 그림을 그렸지만, 재능이 부족하다는 걸 깨닫고는 그만두었다. 하지만 재능은, 어린 시절엔 그 가능성만으로도 대단한 것으로 인정받지만, 이제는 전혀 상관이 없어 보였다. 이제 내게 가능성 따위는 없었고, 바라지도 않았다. 작은 접이식 이젤을 사서 가지고 다니다가, 눈에 띄는 풍경을 마주칠 때마다 펼쳤다. 종종 지나가던 사람이 그림을 구경하고, 그렇게 대화에 빠져들기도 했다. 그런 대화에서는 나에 대해 사실대로 말할 필요도 없었다. 헐 부근에서 온 시골 의사라고 한 적도 있고, 브리튼 전투에서 전투기를 몰던 전직 파일럿이라고 한 적도 있다. 그렇게 말할 때면 정말로 하늘에서 평원이 암호처럼 사방으로 펼쳐지는 광경이 보이는 것 같았다. 나쁜 뜻은 없었고 숨길 것도 없었지만, 짧은 시간이나마 나를 물려두고 다른 누군가가 되어보는 게 즐거웠고, 그렇게 꾸며낸 낯선 사람이 희미하게 사라지거

나 나와 비슷해지는 과정을 지켜보는 또다른 재미도 있었다. 밤에
여관에서 잠을 자다 깨서는 내가 어디 있는지 얼른 알아차리지 못
할 때도 비슷한 기분이 들었다. 어둠 속에서 희미하게 보이는 가구
들을 알아보고, 낮에 있었던 일들이 떠오를 때까지, 그렇게 미지의
세상에 매달려 있었고, 때론 희미하게 의식 주변을 맴돌던 그 미지
의 세상이 이내 도무지 알 수 없는 세상으로 바뀌기도 했다. 모든
지표에서 벗어난 순수하고 기괴한 찰나. 그런 순간엔 두려움에 휩
싸이기도 했지만, 그 두려움은 거의 동시에 되살아나는 현실감 덕
분에 이내 밀려났다. 눈앞을 가로막는, 눈을 가려버리는 모자 같은
현실, 그것이 없었다면 삶이 거의 불가능했겠지만, 한편으로 그 현
실 속에서 겪어야 했던 일들 때문에 원망스럽기도 한 그런 현실.

그러던 어느 날 밤이었다. 잠에서 깨서 어디인지 아직 파악도 못
하고 있는데 경보가 울렸다. 어쩌면 경보 소리에 잠이 깬 건지도
모르지만, 내가 기억하기론 잠이 깬 것과 귀를 찢을 듯한 경보 소
리 사이에 약간의 시간이 있었다. 침대에서 뛰쳐나오다 침대 옆 테
이블에 놓인 등을 넘어뜨렸다. 전구가 깨지는 소리를 듣고서야, 웨
일스의 브레컨비컨스국립공원에 와 있다는 사실을 떠올렸다. 스위
치를 찾아 더듬거리며 옷을 챙겨 입는데 매캐한 연기 냄새가 났다.
복도에 타는 냄새가 가득했고, 아래쪽에서는 사람들의 고함소리가
들렸다. 계단을 어떻게 찾았는지도 모르겠는데, 내려오는 길에 아
무렇게나 옷을 챙긴 사람들과 마주쳤다. 맨발의 아이를 안고 있는
여자도 있었는데, 아이는 마치 태풍의 눈처럼 미동도 없이 조용했
다. 건물 밖으로 나오니 이미 사람들이 잔디밭에 모여 있었다. 넋
이 나간 표정으로 불타는 건물을 올려다보는 이들도 있었고, 몸을

웅크린 채 기침을 해대는 이들도 있었다. 사람들 무리에 가서 얼굴을 비친 후 돌아서서 건물을 쳐다봤다. 이미 지붕을 다 태워버린 불길이 꼭대기 층 창문으로 활활 타올랐다. 호텔 안내책자에 따르면 건물은 백 년도 더 된, 오래된 상선의 돛대를 천장 보로 써서 튜더왕조의 건물을 흉내내 지은 것이었다. 건물은 마른 장작처럼 빠르게 타올랐다. 무표정한 아이가 엄마의 어깨에 얼굴을 기댄 채 말없이 불길을 쳐다보고 있었다. 야간 담당 직원이 숙박부를 들고 와 한 명씩 이름을 부르며 확인했다. 아이를 안은 엄마의 이름은 아우어바흐였다. 독일인, 어쩌면 유대인일지도 모른다는 생각을 했다. 혼자였고, 남편 혹은 아버지는 없는 것 같았다. 그때 불길이 더욱 맹렬해지고, 소방차가 도착하고, 내 물건들, 이젤과 그림, 가지고 온 옷가지들이 연기 속에 사라지는 광경을 바라보면서, 그 여인의 어깨를 감싸주고, 아이와 함께 그 여인을 불타는 건물에서 멀찌감치 떼어놓는 나의 모습을 상상했다. 나를 향해 돌아서는 그녀의 얼굴에 떠오를 감사의 표정을 상상하고, 평온하게 상황을 받아들이는 아이의 표정을 상상했다. 두 사람 모두 내 주머니에 빵 부스러기가 가득하다는 것을 알고 있고, 숲을 지나고 또 지나는 동안 나는 그들을 안내하고, 지켜주고, 나 자신처럼 아껴줄 것이었다. 하지만 그런 영웅적인 환상은 무리에서 속삭이듯 터져나온 탄식에 깨지고 말았다. 투숙객 한 명이 보이지 않았다. 직원이 다시 명단을 확인하며 한 명 한 명 큰 소리로 불렀고, 이번엔 사람들이, 눈앞에 벌어진 사태의 심각성과 자신은 운좋게 살아남았다는 안도감 때문인지, 모두 숨을 죽이고 집중했다. 직원이 러시라는 이름을 부를 때 아무 대답이 없었다. 에마 러시 씨? 직원이 다시 소리쳤지만,

이어진 건 침묵뿐이었다.

한 시간 후 불길이 완전히 잡혔고, 진입로엔 검은색 방수포에 덮인 에마 러시의 시신이 놓여 있었다. 꼭대기 층에서 뛰어내리다 목이 부러졌다. 투숙객 중에 그녀를 기억하는 사람은 한 명뿐이었는데, 그의 설명에 따르면 에마는 중년이었고, 항상 쌍안경을 들고 다니며 계곡이나 협곡, 브레컨비컨스 숲속의 새를 구경하는 걸 즐기는 것 같았다고 했다. 구급차 한 대가 시체 보관소를 향해 출발하고, 다른 한 대는 유독가스를 마신 사람들을 싣고 병원으로 향했다. 남은 사람들은 국립공원 주변 마을에 있는 다른 여관으로 흩어졌다. 아우어바흐라는 여자와 그녀의 아이는 브레컨에, 나는 반대 방향에 있는 애버게이브니에 배정받았다. 부인이 승합차에 오를 때 본 아이의 엉킨 머리가 마지막 모습이었다. 다음날 지역 신문에 화재 소식이 실렸는데, 기사에 따르면 화재는 전기 합선 때문에 일어났고, 사망한 러시 씨는 슬라우에서 온 초등학교 교사라고 했다.

아내가 죽고 몇 주 후, 오랜 친구 리처드 고틀리브가 내가 어떻게 지내는지 살펴보려고 들렀었다. 변호사였던 그는 몇 해 전 아내와 나를 설득해 유언을 미리 써두게 했다—그런 면에서 아내와 나는 둘 다 아무 생각이 없었다. 고틀리브도 몇 해 전에 아내를 잃었지만, 이후에 여덟 살 어린 미망인을 만나고 있었는데, 외모에 신경을 쓰고, 아무렇게나 하고 다니지 않는 사람이었다. 삶의 활력이라고 할 수 있지, 고틀리브가 차에 우유를 넣어 저으며 말했다. 그건, 혼자 죽음을 맞이하는 게 얼마나 끔찍한 일인지, 나이가 들고, 늘 약에 의존해 살고, 화장실에서 미끄러져 머리가 깨지는 일 같은 것들이 얼마나 끔찍한 일인지 아느냐는 뜻이었다. 나의 앞날에 대해 생각해야 한다는 친구의 말에, 나는 날씨가 따뜻해지면 여행을 좀더 다닐 계획이라고 대답했다. 알아서 해, 리처드는 이야기를 꺼낼 때처럼 쉽게, 더이상 말을 하지 않았다. 그가 돌아가기 전에 내 어깨에 손을 얹으며 말했다. 유언장 내용 고칠 생각 없나, 아서? 그럼, 당연히 있지, 라고 대답했지만, 그때 당장 뭘 하고 싶지는 않았다. 이십 년 전 유언장을 작성할 때, 아내와 나는 서로에게 모든 것을 남겨주기로 하고, 사고를 당해 둘이 한꺼번에 사망할 경우에는 자선단체나 조카들(물론 내 조카들이었다. 아내에겐 가족이 없었으니까)에게 고르게 나누어주기로 했다. 아내의 책에 대한 권리는, 거기서 생기는 수입은 미미했지만 어쨌든, 소중한 친구 조지프 컨에게 넘기기로 했는데, 나의 옛 제자이기도 한 조지프는 권리 집행인으로 최선을 다할 것을 약속했다.

하지만 웨일스에서 돌아오는 기차 안에서, 옷에서는 아직 연기와 재 냄새가 나고, 무릎에 놓인 신문에 실린, 사망한 슬라우 출신 초등학교 교사의 사진이 나를 빤히 쳐다보고 있던 그때, 죽음의 철문이 열리고 그 사이로, 순간, 아내의 모습을 본 것 같았다. 그녀의 깊은 곳에, 거대한 죽음이 가득차 있어, 너무나 새롭지만, / 그녀는 무슨 일이 있었는지도 모르고,* 라는 구절이 떠올랐다. 그런 아내의 모습을 본 순간, 내 안에 무언가가 더는 압력을 견디지 못한 밸브처럼 터지며, 나는 흐느꼈다. 고틀리브의 말이 떠올랐고, 이제 유언장을 다시 쓸 때가 된 모양이라고 생각했다.

그날 밤, 집에 돌아와 달걀프라이를 만들어 먹으며 뉴스를 들었

---

* 릴케의 시 「오르페우스, 에우리디케, 헤르메스」의 일부.

다. 오전에 피노체트 장군이 등수술 후 회복중이던 런던브리지병원에서 체포되었다고 했다. 칠레 출신의 망명자들, 피노체트 장군이 지휘한 고문의 희생자들 몇몇이 인터뷰를 했고, 그들 뒤로 환호가 들렸다. 그 청년, 다니엘 바르스키가 잠깐 떠올랐다. 오래전 그날 밤 우리집 앞에 서 있던 모습이 생생하게 생각났다. 이야기가 궁금해서 텔레비전을 켰다. 마음 한편엔 아마도 화재 소식, 슬라우에서 온 그 초등 교사 소식이 나올까 하는 기대도 있었지만, 물론 그 이야기는 없었다. 군복 차림의 피노체트 사진, 군대의 경례를 받는 모습, 모네다궁전의 발코니에서 손을 흔드는 모습이 경찰차 뒷자리에 반쯤 웅크린 채 앉아 있는 노란색 셔츠 차림의 노인과 교차되어 나왔다.

가끔 우리집 마당에 들어와 내가 주는 음식을 받아먹는 늙은 길고양이 한 마리가 있었다. 밤이면 녀석이 갓난아기처럼 울어댔다. 내가 돌아왔다는 신호로 우유 한 접시를 내놓았지만, 그날 밤에는 고양이가 오지 않았고, 아침에 보니 접시엔 죽은 파리만 배를 위로 한 채 떠 있었다. 아홉시가 되자마자 아내의 손글씨가 빽빽한 옛날 주소록을 뒤져 고틀리브의 번호를 찾았다. 그는 씩씩한 목소리로 전화를 받았다. 브레컨비컨스에 여행을 다녀왔다고 했지만, 화재 이야기는 하지 않았다. 그 사건을 둘러싼 세상의 침묵을 깨고 싶지 않았고, 혹은 그걸 이야기로 바꿔서 왜곡하고 싶지 않았다. 직접 만나서 이야기해도 되겠느냐고 물었더니 고틀리브는 당연히 좋다고 했다. 그가 아내를 부르는 소리가 들리고, 잠시 침묵이 흐른 후 고틀리브는 오후에 와서 차나 한잔하자고 했다.

오전은 오비디우스를 읽으며 보냈다. 이제 다르게 읽혔고, 좀더 힘들었다. 내가 아끼는 책들을 다시 읽는 것도 그것이 마지막이라는 것을 알고 있었기 때문이다. 세시가 조금 지났을 때, 히스를 가로질러 고틀리브가 사는 웰 워크까지 걸어갔다. 창문에 그의 손자들이 만든 종이 장식이 걸려 있었다. 현관문을 열어주는 그의 볼이 발갛게 상기돼 있었고 실내에선 여자들이 속옷을 보관하는 서랍에 든 향주머니 같은 올스파이스 향이 났다. 이렇게 직접 오니 좋네, 아서, 고틀리브가 내 등을 두드리며 말하고는, 이미 차가 준비돼 있는 주방 옆의 볕이 잘 드는 방으로 안내했다. 루시가 들어와 인사를 했고, 우리는 그녀가 전날 바비칸에서 봤다는 연극 이야기를 했다. 잠시 후 그녀는 친구와 약속이 있다며 우리 둘만 남겨놓고 나갔다. 문이 닫히고, 고틀리브는 작은 가죽 케이스에서 안경을 꺼내 썼다. 안경 때문에 그의 눈이 안경원숭이 눈처럼, 실제보다 훨씬 커 보였다. 나를 더 잘 보려고 그러는 모양이라고 생각할 수밖에 없었다. 어쩌면 내 속마음을 꿰뚫어보려는 건지도 몰랐지만.

내 말을 들으면 아마 놀랄 거야, 그렇게 이야기를 시작했다. 아내가 죽기 몇 달 전에 이 사실을 알게 됐을 때 나 자신도 놀랐으니까. 거의 오십 년을 나와 함께 산 여자가 그렇게 중요한 일을, 그 오랜 시간 동안 자신의 마음속에 생생하게 남아 있었을 그 일을 나에게 비밀로 해왔다는 게 도저히 믿어지지가 않더란 말이지. 드물기는 했지만, 나는 고틀리브에게 말했다, 수용소에서 돌아가신 부모님 이야기나 뉘른베르크에서 보낸 비참한 어린 시절 이야기는 했거든. 물론 아내는 나에게 보여주지 않기로 한 자신의 과거, 난파선처럼 자기 안의 어떤 바닥에 처박아두고 싶었던 과거에 대해선 철저하게 침묵을 지켰고, 그래서 오히려 내 쪽에선 더 궁금하기도 했지. 하지만 한번 봐, 부모님의 비참한 운명이나 잃어버린 유년 시절에 대해서는 이야기를 했잖아. 그런 악몽 같은 과거에 대해서는 결혼 초기에 마치 그림자극을 하듯이 넌지시 암시를 했어, 깊이 빠져들지도 않고 그렇다고 완전히 무심하지도 않게 이야기했지만, 어쨌든 그런 이야기를 다시 꺼내고 싶지 않다는 점, 그리고 내 쪽에서 그에 대해 물어서도 안 된다는 점 정도는 분명하게 전달을 했던 것 같단 말이야. 아내는 자신이 멀쩡하려면, 삶을, 그러니까 자신의 삶뿐만 아니라 우리가 함께하기로 한 삶을 유지하려면, 그런 악몽 같은 기억들이 경계선 너머로 넘어올 수 없게 해야 한다는 걸, 자신들의 굴속에서 자고 있는 늑대처럼 잠잠하게 지내도록 해야 하고, 그것들을 깨울 수도 있는 일은 아무것도 하면 안 되고, 나도 진지하게 그걸 도와야 한다는 걸 분명히 했단 말이지. 물론 아내가 꿈속에서 그 늑대들을 찾아가고, 나란히 눕고, 다른 형태로 변형하긴 했지만. 심지어 그에 대해 몇 차례 글을 썼다는 것도 나는 알아. 아내만큼은 아니지만, 나도 그 침묵에 동조했으니까. 그랬다면 그런 일은 비밀이라고 할 수 없겠지. 비록 내가 그런 조건을 받아들였고, 아내를 보호해주고 싶었고, 또한 아내에 대한 이해와 동정심을 기꺼이 보이고 싶었고, 아내가 겪어야 했던 고통과 괴로움이 나 자신의 삶과는 먼 이야기라는 데서 오는 죄책감도 있었지만, 그럼에도 불구하고 의심이 아주 안 들었던 건 아니었어. 아내가 나를 배신하려고 일부러 무언가를 숨기고 있다는 상상을 하며, 그런 나 자신의 모습이 부끄러웠던 적도 종종 있었지. 하지만 내 의심은 작고 보잘것없는 거였어. 그건 자신의 기력(자네한테라면 이런 이야기도 솔직하게 할 수 있을 것 같네, 자네도 그런 기분이 낯설지 않을 테니까, 라고 나는 고틀리브에게 말했다), 십 년이 지나고 또 십 년이 지나도 계속될 것 같았던 정력이, 아내의 호의에도 불구하고 점점 감소하고 있음을 알게 된 남자의 의심이었던 거야. 그의 눈에는 여전히 아내가 아름답고, 여전히 그의 안에 있는 욕망을 불러일으키지만, 정작 그 아내는 축 늘어지고 풀려버린, 껍데기만 남은 그의 몸에서 아무런 자극을 받지 못할까봐 두려워하는 상태였다고나 할까. 더 나쁜 건, 그 남편은 낯선 여자들에게, 이를테면 제자나 친구의 아내들에게 욕망을 느꼈단 말이지. 그건 아내 쪽에서도 남편이 아닌 다른 남자에게 그런 욕망을 느꼈을 거란 사실의 반증이겠지. 알겠지만, 내가 의심한 건 아내의 헌신이었어. 핑계를 대자면, 그런 의심을 자주 한 것은 아니었고, 게다가 침묵할 수 있는 아내의 권리를 지켜주는 일 말이야, 내가 노력했던 바로 그 일, 확신을 받고 싶은 마음을 억누르고, 입 밖으로 튀어나오려 하는 질문들을 참는 그 일이 항상 쉬웠던 건 아니거든. 남자라면, 아내가 그 커다란 침묵, 오래전에 서로 지켜주기로 한 그 침묵 안에 다른 값싼 침묵을—그게 일부러 빠트린 이야기든, 거짓말이든 상관없이 말이야—자신의 배신을 감추기 위해 슬쩍 끼워넣은 게 아닌가 하는 의심은 하지 말았어야 했는데, 그게 쉽지는 않았단 말이지.

고틀리브가 눈을 껌뻑였고, 햇빛 가득한 날의 평화로운 오후에, 친구의 속눈썹이 움직이는 소리까지 들리는 듯했다. 몇 배나 커 보이는 속눈썹이 돋보기 밑에서 움직였다. 그런 소리마저 없었다면 방, 집 전체, 아니 온 하루가 내 목소리만 빼곤 텅 비어버린 것 같았을 것이다.

그것 말고도, 내 불편함의 바닥에는 다른 뭔가가 있는 것 같았어, 나는 계속 말했다. 내가 아내를 알기 전에 있었던 어떤 일 말이야. 아내의 과거에 대해서는 꼬치꼬치 물어볼 권리가 없다는 걸 알고 있었어. 물론 그녀의 침묵 앞에서 좌절하기도 했고, 과거 이야기라면 말도 꺼내기 싫어하는 태도가 원망스럽기도 했지만, 적어도 내가 생각하기에, 그 일은 아내가 겪었던 상실과는 아무 관계가 없었으니까. 물론 나를 만나기 전에 다른 애인이 있었다는 것은 알고 있었지. 어쨌든 나랑 처음 만났을 때 이미 아내는 스물여덟이었고, 아주 어릴 때부터 가족 없이 홀로 지내온 사람이니까. 여러 가지 면에서 독특한 여자였지, 또래 남자들이 쉽게 만날 수 있는 그런 여자는 아니었을 테고, 따지고 보면 나도 그랬겠지만, 아마 그런 독특함 때문에 남자들이 더 관심을 가지지 않았을까 싶기도 해. 몇 명이나 있었는지는 알 수 없지만, 적지는 않았을 거야. 아내가 옛날 남자 이야기를 하지 않은 건, 과거를 그대로 접어두고 싶은 마음 때문이기도 했겠지만, 한편으론 내 질투심을 건드리고 싶지 않아서이기도 했을 거야.

하지만 나는 늘 질투심을 느꼈던 것 같아. 희미하게나마 아내의 이전 남자들 모두를 질투했지. 아내를 만졌을 그 남자들의 손길, 아내가 그들에게 해주었을 자기 이야기, 그들의 말에 터뜨렸을 아내의 웃음에 대해 모두 질투가 났지만, 특히 그중에 유난히 질투가 나는 남자가 있었어. 그 남자가 아마 가장 진지한 관계였을 거라는 점만 빼고는 아무것도 몰라. 적어도 아내에겐 가장 진지한 관계였던 것 같아, 그러니까 헤어진 후에도 유일하게 흔적을 남겼겠지. 아내의 삶에서, 최소한의 자리만 유지하며 살려고 애쓴 아내의 삶에서, 과거의 흔적은 거의 없었다는 걸 먼저 알아줬으면 해. 사진도 없고, 기념품이나 유품 같은 것도 전혀 없었지. 심지어 편지도, 적어도 내가 본 편지는 없었으니까. 아내는 없으면 생활이 불편해지는 물건들만 지니고 살았고, 그런 것들에 감정 따윈 두지 않았지. 그 점에서는 분명했고, 그때는 거의 규칙처럼 지키며 살았단 말이야. 유일하게 예외가 있었는데, 그게 바로 책상이었어.

그냥 책상이라고 말해버리고 말 물건이 아니었어. 책상이란 뭔가 가정적이고 차분한 물건을 말하는 거잖아, 감정 따위는 없고 실용적인, 필요할 때면 자신의 등을 주인에게 내주고, 쓰이지 않을 때는 자기 자리에 얌전히 있는 그런 물건 말이야. 그런데, 나는 고틀리브에게 말했다. 그런 이미지는 잠시 잊어버리게. 내가 말하는 이 책상은 완전히 다른 놈이니까. 거대하고, 위협적이고, 자기가 놓인 방의 주인을 내려다보는 것 같은 물건이었지. 움직이지 않는 척하지만, 파리지옥처럼 주인을 끌어들여 그 끔찍하게 많은 서랍들에 가둔 다음 잡아먹을 때만 기다리는 것 같았어. 자네는 내가 과장을 하고 있다고 생각하겠지, 그런 마음도 이해하지만, 자네도 직접 그 물건을 봤다면 내가 말하는 게 정확하다는 걸 알 거야. 결혼하기 전 아내 방의 거의 절반을 그 책상이 차지하고 있었는데, 처음으로 그 방에서 잘 때 나는 책상 그림자에 가린 안쓰러울 정도로 작은 침대에서 식은땀을 흘리며 깼지. 우리 위에 그놈이 있었어, 어둡고 형체를 알 수 없는 그놈이. 한번은 서랍을 열어보니 거기 썩어 문드러진 미라가 들어 있는 꿈을 꾼 적도 있었어.

아내는 선물로 받은 거라는 말만 했지. 누구한테 받은 선물인지는 말할 필요도 없었어, 아니, 아내가 그럴 필요를 못 느꼈거나, 말하기 싫었던 거라고 하는 편이 더 정확하겠군. 책상을 준 사람이 어떻게 되었는지 나는 전혀 몰라. 그가 아내의 가슴을 찢어놓았는 지, 아니면 아내가 그의 가슴을 찢어놓았는지, 완전히 과거의 사람 이 되었는지, 아니면 가끔씩 연락을 주고받았는지, 심지어 살았는 지 죽었는지도 몰랐던 거야. 적어도 아내가 나를 사랑한 것보다 그 를 더 사랑했고, 둘 사이에 어쩔 수 없는 장애물이 있었을 거라는 확신은 들었지. 그런 생각 때문에 아팠고 말이야. 거리에서 그와 마주치는 장면을 상상해보기도 했어. 다리를 절거나 초라한 모습 의 그를 상상해보곤 했지, 내 마음이 편해지고 잠을 잘 잘 수 있도 록 말이야. 그런 책상을 선물로 준 건, 정말 잔인할 정도로 천재적 인 아이디어였다는 생각도 들었어―자신의 말뚝을 확실히 박고, 아내의 상상 속 내가 닿을 수 없는 곳에 자신만의 자리를 마련하는 일이었으니까. 아내가 글을 쓰기 위해 거기에 앉을 때마다 그를 떠 올릴 테니, 그렇게 아내를 소유할 수 있었던 거지. 가끔은 잠이 오 지 않아 뒤척이다가 아내의 얼굴을 똑바로 쳐다보며, 그를 버리지 않으면 내가 떠날 거야, 라고 말하는 상상을 했어. 그렇게 길고 춥 던 겨울밤엔, 아내의 방에 있는 책상과 그가 하나로 보였지. 하지 만 직접 말할 용기는 없었고, 대신 아내의 잠옷 속으로 손을 집어 넣어 따뜻한 허벅지를 쓰다듬을 뿐이었어.

결국엔 아무것도 아니었어, 나는 고틀리브에게 말했다, 거의 아 무것도 아니었지. 한 달 한 달이 지날 때마다 나를 생각하는 아내 의 마음에 대한 확신이 커져갔어. 내가 청혼을 했고, 아내도 받아 주었지. 그 남자는, 그게 누구였든, 아내 과거의 일부였고, 다른 과 거와 함께 어둠 속에, 되돌릴 수 없는 그녀 안의 깊은 곳에 묻혀버린 거야. 우리는 서로를 믿게 되었지. 오십 년을 함께 살면서 가끔은 의심이 들기도 했지만, 아내가 나를 배신하고 다른 남자를 만날지도 모른다는 어리석은 생각은 언제나 오해로 밝혀졌어. 우리가 그렇게 조심하며 함께 만들어간 가정에 조금이라도 위협이 될 만한 짓을 아내가 할 수 있었을 거라고는 생각하지 않아. 다른 식으로는 자신이 살아갈 수 없다는 것, 짐작도 할 수 없는 그런 삶을 살 수 없다는 것은 아내도 알았을 테고, 뿐만 아니라 내게 상처를 줄 만큼 모진 사람도 아니었지. 결국 내 의심은 아내에게 따질 필요도 없이 항상 저절로 잦아들었고, 시간이 지나면 내 안에서 저절로 정리가 되곤 했어.

아내가 죽기 얼마 전에야, 나는 계속 이야기했다. 결혼생활 내내 뭔가 엄청난 일을 내게 숨기고 있었다는 걸 알게 되었지. 그것도 우연한 사고 때문에 알게 됐어. 그 일만 아니었다면 아내는 죽을 때까지 비밀을 들키지 않았겠구나, 하는 생각을 자주 했다네. 하지만 아내는 그렇게 하지 않았지. 물론 정신이 온전하지 않기도 했지만, 그래도 나는 아내가 내게 이야기를 하기로 마음을 먹은 거라고 믿고 싶어. 자신에게 어울리는 고백의 방식을 택했고, 그건 흐릿한 정신 상태에서는 앞뒤가 맞는 이야기지. 그 일을 생각하면 생각할수록, 그건 어떤 절박함에서 나온 행동이었다기보다는, 아내만의 복잡한 이유가 절정에 달한 게 아니었을까 하는 생각이 들어. 혼자서 판사를 찾아가다니 말이야. 어떻게 그럴 수 있었는지 모르겠는 게, 혼자 힘으로는 화장실 가는 것도 힘든 상태였거든. 가끔 아내가 갑자기 제정신을 되찾을 때도 있기는 했어. 그럴 때면 나는 수평선 멀리 고향 마을의 불빛을 본 선원이 된 기분이었지만, 해변을 향해 미친듯이 노를 젓다보면, 어느새 불빛은 모두 꺼져버리고 나는 다시 한없는 어둠 속에 홀로 떠 있곤 했지. 아마 그런 순간이었을 거야, 고틀리브는 의자에 앉아 미동도 없이 내 이야기를 들었다. 아내는 소파에 앉아 텔레비전을 보다 갑자기 자리에서 일어났겠지, 간호사가 다른 방에서 전화통만 붙잡고 있다는 걸 알고는, 얼른 집밖으로 나간 거야. 오래된 기억이 살아나며 현관 옆에 걸려 있던 핸드백까지 챙겨들고 말이야. 아마 버스를 탔겠지. 중간에 한 번 갈아타야 했을 텐데, 혼자 힘으로 그것까지 해내기는 힘들었을 테니까, 운전사 뒤에 꼭 붙어 앉아서 내려야 할 곳을 알려달라고 하지 않았을까 싶어. 왜 어린아이들이 버스를 타면 그러잖아. 내가 어렸을 때, 우리 어머니가 핀츨리에서 네 살 된 나를 버스에 태우며 기사에게 토튼햄코트 로드에서 내려달라고 부탁하셨던 일이 기억나, 그 정류장에 이모가 기다리고 있을 거라고 하면서 말이야. 버스에서, 비에 젖은 거리 풍경을 바라보며 참 많이도 놀랐지. 기사 아저씨의 두꺼운 목 너머로 보이는 풍경들, 혼자서 버스를 탔다는 사실 때문에 몸이 떨릴 정도로 기뻤지만, 한편으로는, 내 눈에는 아저씨가 아무렇게나 마구 돌리는 것처럼 보이는 검은색 운전대가 몇 번 더 돌고 나서도 이모를, 볼이 빨갛게 상기되고 우스꽝스러운 빨간색 모자를 쓴 이모를 만날 수 없을지 모른다는 두려운 생각이 들기도 했지. 아마 아내도 같은 느낌이었을 거야. 아니면, 이미 결심을 굳힌 게 분명했을 테니까 전혀 두렵지 않았을 수도 있지. 그래서인지 아내는 기사가 정류장을 가리키며 어느 버스로 갈아타야 할지 알려줄 때는 낯선 사람들에게만 보여주는 환한 미소를 지어 보였을 거야. 마치 그 사람들에게 평범한 여성으로 보이는 방법을 잘 알고 있다는 듯이 말이야.

아내와 판사 사이에 있었던 일을 고틀리브에게 이야기하고, 병원의 확인서와 종이 사이에 있던 머리칼 한 다발에 대해서까지 이야기하는 동안, 나는 안도감이 들었다. 이젠 아내의 비밀을 알고 있는 사람이 나 혼자가 아니라는 사실 덕분에, 아주 무거운 짐을 내려놓는 기분이었다. 고틀리브에게 아내의 아들을 찾고 싶다고 했다. 그는 의자에 앉은 채 등을 곧게 펴며 긴 한숨을 내쉬었다. 이젠 내가 그의 말을 기다릴 차례였다. 친구에게 공을 넘기고 그의 결정에 따라야 한다는 것을 알고 있었다. 안경을 벗자 고틀리브의 눈이 작아지며 변호사의 예리한 눈으로 돌아왔다. 그는 테이블에서 일어나 잠시 방을 나갔다가, 잠시 후 노트를 한 권 들고 돌아와 늘 갖고 다니는 만년필을 주머니에서 꺼냈다. 직접 봤다는 병원 확인서 이야기를 한번 더 해달라고 했다. 아내가 아이들을 데리고 런던으로 온 게 정확히 언제였는지 묻고, 나를 만나기 전에 살던 곳의 주소와 정확한 위치도 물었다. 나는 아는 대로 이야기했고, 그는 모두 받아 적었다.

메모를 마친 고틀리브가 노트를 내려놓았다. 그런데 책상은? 그가 물었다. 책상은 어떻게 됐나? 1970년 겨울이었지, 내가 말했다. 어느 날 밤에 한 젊은이가, 칠레에서 온 시인이라고 했는데, 우리집을 찾아왔어. 아내가 쓴 책을 좋아한다며 아내를 만나고 싶다고 했지. 그렇게 그 청년은 몇 주 동안 아내 삶의 일부가 됐는데, 처음엔 그 친구의 어떤 점 때문에 아내가—평소에는 그렇게 사람을 멀리하고 내성적이던 사람이—그렇게까지 자기 시간을 내줬는지 이해할 수 없었거든. 나는 질투가 났지. 그러던 어느 날 출장에서 돌아와보니 아내가 그 책상을 그 청년에게 줘버렸다지 뭔가. 당시에는 혼란스러웠어. 그렇게 집착하고, 절대 포기하지 않던 책상이었는데, 나를 만난 후로 어디를 가든 끌고 다니던 책상이었는데 말이야. 한참 후에야 그 청년, 다니엘 바르스키라는 그 청년이 아내가 포기했던 아들과 또래라는 걸 알았지. 그 친구를 볼 때마다 얼마나 자기 자식이 떠올랐을까. 그 친구와 함께 있을 때 아내의 기분이 어땠을까. 다니엘과 함께 보낸 그 시간들이 아내에겐 너무나 감격스러웠을 거야. 그 친구는 그런 사정까지는 절대 짐작 못했겠지. 아마 본인도 자신의 어떤 면 때문에 아내가 자신에게 그렇게 잘해주는지 몰랐을 거야. 그렇게 오랫동안 옛 연인이 남긴 그 괴물 같은 물건에 굴복하며 지낸 아내였어. 볼 때마다 그가 생각나고, 나중엔 자신이 포기해야만 했던 아이가 생각났을 테지. 그렇게 오랫동안 죄의식처럼 그런 생각을 품고 지내던 아내였으니, 그 물건을 친자식 같은 그 청년에게 줘버리는 게 옳겠다고 생각할 수도 있었으리라 짐작해. 좀 이상하지만 시적이기도 하잖아.

고개를 돌려 창밖을 내다봤다. 말을 너무 많이 해서 피곤하기도 했다. 고틀리브도 자세를 고쳐 앉았다. 우리랑은 다르게 생겨먹은 사람들이야, 그가 나지막이 말했다. 나는 여자들 혹은 그와 나의 아내에 대한 말일 거라 생각하며 고개를 끄덕였다. 아내는 전혀 다른 존재였다고 말하고 싶은 마음도 있었지만 참았다. 몇 주만 기다려봐, 그가 말했다. 한번 알아보자고.

그해 가을엔 서리가 늦게 내렸다. 알뿌리를 심고 일주일이 지났을 때, 나는 짐을 싸고 현관문을 잠근 후 리버풀행 기차에 올랐다. 고틀리브가 아내의 아들을 입양한 부부의 이름과 주소를 알아내는 데는 한 달이 채 걸리지 않았다. 어느 날 저녁, 그가 집에 들러 정보가 적힌 종이를 건넸다. 어떻게 알아냈느냐고 물어보지는 않았다. 고틀리브에게는 자신만의 일하는 방식이 있었고, 일의 성격이 성격인지라 온갖 종류의 사람들을 알고 지냈다. 다른 사람들을 위해 자기 일을 제쳐두는 경우가 많았기 때문에, 아마 그의 은혜를 입은 사람들에게서 보답만 받으며 지내도 남은 생이 부족할 것이다. 어쩌면 나 역시 그런 사람들 중 하나겠지만. 정말 만나러 갈 거야, 아서? 이마에 흘러내린 흰 머리칼을 쓸어넘기며 그가 물었다. 우리가 서 있던 현관 옆 벽에 걸어둔, 한 번도 써보지 않은 밀짚모자들이 마치 다른 삶, 좀더 극적인 삶을 위한 무대의상처럼 보였다. 고틀리브의 차는 시동이 걸린 채 집 앞에 서 있었다. 응, 내가 말했다.

하지만 나는 몇 주 동안 아무것도 하지 않았다. 나의 일부는 여전히 그 아이의 흔적이 완전히 사라졌다고 믿었고, 그런 이유로, 그 아이가 함께 살던 부모의 이름을 받아들일 준비가 되어 있지 않았다. 엘시 피스크와 존 피스크. 존은 아마 잭이라는 애칭으로 불렸겠지. 며칠 후 마당에서 무릎을 꿇은 채 옥잠화를 손질하며 그런 생각을 했다. 술집 카운터에 기대앉은 덩치 큰 남자를 떠올렸다. 기침을 하며 담배를 비벼 끄는 모습. 한데 뒤엉킨 뿌리를 갈라놓으며 엘시의 모습도 상상했다. 접시에 남은 음식 찌꺼기를 비우는 모습, 잠옷 차림에 머리엔 컬 클립을 끼운 모습이 리버풀의 희미한 새벽녘을 배경으로 그려졌다. 하지만 아이의 모습만은 도무지 상상이 되지 않았다. 아내의 눈과 표정을 닮은, 그녀의 아이라니! 가방을 선반 위에 올리며 생각했다. 하지만 기차가 유스턴역을 출발할 때는, 창밖으로 스치는 다른 열차를 바라보면서, 아내가 살아가며 이별해야 했던 사람들의 얼굴을 상상해보았다―어머니 아버지, 언니 오빠, 학교 친구들, 어디로 갔는지 알 수도 없는 여든여섯 명의 고아. 그런 아내가 자신의 깊은 곳에서 아이를 거부하는 마음을 발견했다고 해서 아내를 비난할 수 있을까? 그 아이마저 자신에게서 떠나갈 것이 두려워, 차마 직접 걷는 법을 가르쳐줄 수는 없었던 그녀를? 이전에는 이해할 수 없었지만, 이제 아내의 기억상실이, 마지막 순간에는 정신마저 놓아버린 것이 모두 나름의 이유가 있는 것 같았다. 아내로서는 그것이 나를 힘들지 않게 떠나는 방법이었다. 매일, 매시간 아주 조금씩 빠져나간 것은, 결국엔 치명적인 마지막 이별을 피하기 위해서였던 것이다.

그렇게 시작되었다. 정작 출발한 후에도 실감은 하지 못한 길고 복잡한 여정의 시작. 어쩌면 나의 일부는 벌써부터 감지하고 있었을지도 모른다. 현관문을 잠그는데, 긴 여행을 떠날 때만 느끼는 어떤 감상적인 기분, 불확실함과 후회가 뒤섞인 허전한 느낌이 들었다. 어깨 너머로 불이 꺼진 어두운 집의 창문을 뒤돌아볼 때는, 내 나이와 사람에게 생길 수 있는 이런저런 일들을 고려할 때, 그 집을 다시 볼 수 없을지도 모른다는 생각까지 들었다. 풀이 아무렇게나 자란, 아내와 내가 처음 봤을 때처럼 엉망이 되어버린 마당을 상상했다. 우울한 감상에 불과하다고 생각했지만, 기차를 타고 가는 동안 그런 기분에 자주 빠져들었다. 여행가방엔 평소에 넣고 다니던 옷가지와 책 이외에, 아내가 보관하고 있던 머리카락 한 다발과 병원 확인서, 그리고 아내의 아들에게 줄 『깨진 창』한 권을 챙겼다. 책 뒷면에 아내의 사진이 실려 있었는데, 아내의 책들 중 그 책을 고른 것도 바로 그 사진 때문이었다. 가장 엄마처럼 보이는 사진이었다. 젊은 얼굴, 부드럽게 살이 오르고, 아직 마흔이 되지 않아 얼굴 여기저기가 튀어나오지 않은 그 얼굴이, 아마 아내의 아들이 보고 싶어하는, 그 친구도 아내를 보고 싶어했는지는 알 수 없지만 어쨌든, 아내의 얼굴일 거라는 생각이 들었다. 하지만 가방을 꺼내 뒤질 때마다 상처받은 아내의 눈이 나를 노려보는 것만 같았다. 가끔은 나를 야단치는 것처럼 보였고, 가끔은 질문을 하는 것처럼 보이는가 하면, 또 가끔은 누가 죽었다는 소식을 전해주려는 것처럼 보였다. 견디다못한 나는 책을 가방 밑으로 밀어넣어보려 했지만, 그것마저 쉽지 않았고(아내의 얼굴은 자꾸만 다시 위로 올라왔다), 결국 책을 맨 아래에 놓은 다음 다른 물건으로 덮어버렸다.

기차는 오후 세시쯤 리버풀에 도착했다. 차가운 회색 하늘 위로 날아가는 오리떼를 구경하다보니 어느새 기차는 터널을 지나고 있었고, 잠시 후 유리 지붕이 화려한 라임 스트리트 역에 도착했다. 고틀리브가 알려준 피스크 부부의 집 주소는 앤필드 근처였다. 먼저 집의 위치를 확인한 다음, 근처에 하룻밤 묵을 숙소를 알아보고 다음날 아침 정식으로 찾아갈 계획이었다. 그런데 플랫폼에 발을 딛는 순간, 마치 런던에서 그곳까지 두 시간 반 동안 기차를 타고 편안하게 온 것이 아니라 직접 걸어서 온 것처럼 다리가 아팠다. 걸음을 멈추고 가방을 다른 쪽 어깨에 바꿔 메는 동안, 고개를 들어 위를 쳐다본 것도 아닌데 회색빛 하늘이 역사의 유리 지붕을 짓누르고 있음을 느낄 수 있었다. 플랫폼 위쪽에 달린 안내판의 글자들이 돌아가고, 기차의 출발 시간과 행선지가 바뀌었지만, 나처럼 금방 도착한 승객들은 어리둥절할 수밖에 없었다. 폐소공포증이 파도처럼 나를 덮쳤고, 표를 끊어서 당장 런던으로 돌아가버리고 싶은 마음을 애써 억눌러야 했다. 안내판의 글자들이 다시 한번 바뀌었고, 순간 나는 그 글자들이 사람 이름을, 그게 누구인지는 알 수 없지만 어쨌든, 나타내는 건 아닐까 하는 생각에 사로잡혔다. 아마 그렇게 한참을 멍하니 서 있었던 모양이다. 금빛 단추가 달린 제복을 입은 역무원이 다가와 괜찮은지 물었다. 낯선 이의 친절이 오히려 상황을 더 악화시킬 때가 있다. 누군가의 도움이 절박하게 필요한 상황인데, 도와줄 사람이라고는 낯선 이밖에 없음을 깨닫게 되는 그런 때. 하지만 나는 그런 자기 연민을 떨치고, 그에게 괜찮다고 대답한 다음 걸음을 옮겼다. 역무원이 쓰고 있던 모자를 쓰지 않아도 되는 나는 운이 좋은 사람이라는 생각도 들었다. 반짝이는 창이 달린 상자 같은 그런 모자를 매일 아침 쓰면서, 거울 앞에서 자부심을 지키는 건 쉽지 않은 일일 것이다. 하지만 여행 안내소에 도착하자 그런 뿌듯함도 온데간데없이 사라져버렸다. 길게 늘어선 관광객들은 모두 여직원의 인내심을 시험하는 것 같았고, 정작 그 여직원은 눈을 감았다 떠보니 자신도 모르는 새 그곳에 앉아 있게 된 사람처럼 넋이 나간 표정으로, 원형 부스에서 자신도 뭔지 모르는 것 같은 리버풀 안내책자를 나눠주고 있었다.

호텔에 도착했을 때는 거의 어둑했다. 난방이 좀 과하다 싶은 좁은 로비의 꽃무늬 벽지와, 구석에 놓인 작은 테이블 위의 조화, 아직 크리스마스까지는 몇 주 남았는데도 벽에 걸려 있는 플라스틱

화환 덕분에, 오래전에 유행이 지난 꽃 장식을 기념하는 박물관에 들어온 기분이었다. 역에서 느낀 폐소공포증이 다시 찾아왔고, 프런트 직원이 숙박부를 내밀었을 때는 가짜로 적고 싶은 마음이 들었다. 엉뚱한 이름과 직업을 적고 나면, 아직 아무도 손대지 않은 차원이 열리며 조금 안도감이 들 것도 같았다. 내가 묵을 방은 벽돌담 쪽으로 창이 나 있었고, 방안까지 꽃과 관련된 인테리어가 이어지고 있어서, 처음 문을 열었을 때는 도저히 그 방에서 묵을 수 없을 것 같았다. 다리의 통증과 모루처럼 무거워진 발이 아니었다면 분명 그 자리에서 돌아서서 나왔을 것이다. 우선은 너무 지쳐 있었기 때문에, 그냥 들어가서 화려한 장미 무늬 천을 씌운 의자에 몸을 던졌지만, 온통 조화로 꾸며놓은 질식할 것만 같은 방에 혼자 갇히는 게 싫어서 한 시간 넘게 방문을 그대로 열어두었다. 벽이 밀려오는 것 같은 기분을 느끼며 나 자신에게 묻지 않을 수 없었다. 많은 말이 떠오르진 않았지만, 속기로 날려 쓴 것처럼 툭툭 끊어지는 생각들이 이어졌다. 아내가 들춰보지 않기로 마음먹은 돌을 들춰볼 권리가 내게 있는 걸까? 그러자 어떤 느낌이 담즙처럼 올라왔다. 애써봐도 도무지 잠재울 수 없던 감정, 그건 내가 지금 아내의 숨은 죄를 드러내려 하고 있다는 느낌이었다. 아내의 바람과 달리 그걸 들춰내려는 건, 아내를 벌주려는 마음일까? 왜? 누군가 묻겠지, 그렇게 불쌍한 여인을 왜 벌주려는 거냐고. 그 질문에 대한 대답은, 사실 부분적인 대답에 불과하겠지만, 아내의 극단적인 금욕주의 때문이었다. 그 금욕주의 때문에, 나는 누군가에게 진정으로 필요한 사람이 되어보는 경험을, 한 개인이 다른 누군가와의 관계에서 겪어볼 수 있는 가장 깊은 경험, 종종 사랑이라는 이름으로 통하기도 하는 그 경험을 할 수 없었다. 물론 아내는 나를 필요로 했다─질서를 유지하고, 쇼핑할 물품의 목록을 정리하고, 세금을 내고, 친구가 되어주고, 기쁘게 해주고, 그리고 말년에는 몸을 씻어주고, 닦아주고, 옷을 입혀주고, 병원에 데려다주고, 마지막으로 묻어줄 때 내가 필요했다. 하지만 그런 일을 해줄 사람이 꼭 나여야 했는지, 아내를 똑같이 사랑했던, 똑같이 준비가 되어 있던 다른 남자들이 아니라 나여야 했던 이유가 있었는지에 대해서는 확신할 수 없었다. 단 한 번도 아내에게 사랑을 보여달라고 요구한 적은 없었던 것 같지만, 생각해보면 내게 그럴 권리가 있다고 느낀 적도 없었다. 어쩌면 두려웠을 수도 있다. 너무 솔직했던 아내는 진지하지 않은 것은 견디지 못했을 테고, 결국 자신의 사랑을 제대로 보여줄 수 없었을 것이다. 아내가 적당한 말을 찾지 못하고 더듬거리다 결국 입을 닫아버리면, 내가 할 수 있었던 선택은, 그 자리에서 일어나 영영 떠나거나, 지내온 대로 계속, 내가 여러 선택지 중 하나에 불과했음을 받아들이고 지내는 방법밖에 없었다. 아내가 다른 남자들보다 나를 덜 사랑했다고 생각한 것은 아니다(물론 그런 생각으로 두려웠던 적은 있었다). 아니, 내 말은, 내가 하고 싶은 말은, 다른 이야기다. 뭐냐 하면, 아내는 혼자서 아쉬울 것이 없는 사람이었기 때문에, 내가 아내를 필요로 했던 것만큼 아내는 나를 필요로 하지 않았다는 것이다. 그런 독립성이 바로 생각만 해도 끔찍한 비극을 자신 안에 담고도 견딜 수 있었던 힘이었고, 주변에 쌓아올린 고독이, 자신을 줄이고 종이처럼 접어 더욱 더 작게 만들고 안에서 울리는 소리 없는 외침을 혼자만의 작업으로 바꾸며 지냈던 고독한 생활이 그런 견딤을 가능하게 했을 것이다. 아내가 쓴 이야기들이 아무리 황량하고 비극적이었다 하더라도, 그것들을 쓰기 위한 노력, 그것들을 써냈다는 사실 자체는 하나의 희망이었고, 죽음의 거부 혹은 죽음에 맞서 내지르는 삶의 외침이었다. 하지만 그 이야기들 안에 나의 자리는 없었다. 내가 아래층에 있든 없든, 아내는 책상 앞에 앉아 늘 해온 자신만의 작업에 몰두했고, 그녀를 살아남게 해준 것은 나의 돌봄이나 내가 함께한다는 사실이 아니라 바로 그 작업이었다. 함께 사는 내내 나는 아내가 내게 의존하는 거라고 생각했다. 보호를 필요로 하고, 너무 예민해서 계속 지켜봐줘야 할 필요가 있는 사람은 아내라고 생각했는데, 사실은 내가, 누군가가 나를 필요로 하고 있다는 느낌을 필요로 했던 것이었다.

겨우 기운을 차리고 호텔 바로 내려가 진토닉을 마시며 마음을 진정시켰다. 나를 제외하면 술을 마시는 손님은 나이든 여인 둘뿐이었다. 자매, 어쩌면 쌍둥이인 것 같기도 한 두 여인은 곧 쓰러질 것처럼 약해 보였고, 잔 주변에 놓인 손은 형체도 알아볼 수 없었다. 내가 도착하고 십 분쯤 지났을 때, 두 여인 중 한 명이 자리에서 일어나 천천히, 연기중인 마임 배우처럼 나갔고, 혼자 남은 다른 여인도 잠시 후, 마찬가지로 아주 천천히 몸을 일으켰다. 그 모습이 마치 〈So Long, Farewell〉 곡조에 맞춰 퇴장하는 나이든 폰 트라프 가족* 같았다. 두번째 여인은 나를 지나칠 때 고개를 돌리고 끔찍한 미소를 지어 보였고, 나도 웃어주었다. 예의라는 건, 우리 어머니가 늘 말씀하신 바에 따르면, 그것을 지키려고 하는 마음

---

* 오스트리아의 유명한 가족 합창단으로, 영화 〈사운드 오브 뮤직〉의 모델이 되었다.

과 반비례한다. 다른 말로 하면, 한 개인이 미치지 않게 해주는 것은 정중함뿐이라고도 할 수 있을 것 같다.

한 시간 후 29호 내 방으로 돌아와보니, 공기에도 메스꺼운 꽃향기가 잔뜩 스며 있는 것 같았다. 고틀리브가 알려준 전화번호를 가방에서 꺼냈다. 전화를 걸었더니 한 여자가 받았다. 엘시 피스크 부인 계십니까? 전데요. 정말입니까? 하마터면 그렇게 말할 뻔했는데, 그건 고틀리브의 조사가 실패했기를 기대하는 마음이 적지 않았기 때문이었다. 그랬다면 나는 런던에 있는 집으로, 마당과 책과 가끔씩 찾아오는 길고양이가 있는 집으로 돌아가, 아내의 자식을 찾아보려 애썼지만 실패했다는 생각만 지닌 채 살아갈 수 있었을 것이다. 여보세요? 피스크 부인이 말했다. 죄송합니다만, 내가 입을 열었다. 이상하게 들리시겠지만, 부인께 해를 끼칠 뜻은 아니고요, 어쨌든 괜찮으시다면 개인적인 이야기를 좀 드리고 싶은데요. 누구시죠? 아서 벤더라고 합니다. 제 아내가…… 정말 이상하게 들리시겠네요, 용서해주십시오. 정말로 어떤 식으로든 불편하게 해드릴 생각은 없습니다만, 얼마 전에 제 아내가 세상을 떠났는데, 그후에 아내에게 제가 모르는 아이가 있었다는 걸 알게 되었습니다. 1948년 7월에 입양을 보낸 남자아이입니다. 전화선 건너편에 무거운 침묵이 흘렀다. 나는 헛기침을 했다. 아내 이름은 로테 버그였습니다…… 다시 입을 열었지만 곧 피스크 부인이 말을 끊었다. 정확히, 뭘 원하시는 거죠, 벤더 씨? 무슨 귀신에 씌어서 그렇게 솔직하게 대답했는지는 나도 모르겠다. 피스크 부인의 목소리에 담겨 있던 무엇, 그 목소리에서 들은 것만 같은 또렷함과 지성 때문이었을 것이다. 내가 말했다. 부인의 질문에 솔직하게 대답하려면, 아마 밤새도록 통화를 해야 할 것 같습니다. 최대한 간단하게 말씀드리면, 제가 리버풀에 온 건, 지나치게 무례한 일이 아니라면, 부인을 한 번 뵙고 싶어서입니다. 그리고 어쩌면, 만약 그래도 괜찮다고 생각하신다면, 아드님도 한 번 만나보고 싶습니다. 다시 침묵이 흘렀다. 담장을 타고 오르는 덩굴처럼 천천히 퍼지는 침묵이었다. 죽었어요, 피스크 부인이 짧게 대답했다. 이십칠 년 전에 죽었습니다.

그날 밤은 길었다. 방안의 열기를 견딜 수가 없었다. 몇 번이나 침대에서 일어나 창문을 열어보려 했지만, 그때마다 열 수 없는 창문이라는 걸 새삼 확인할 뿐이었다. 이불을 모두 바닥에 내리고 매트리스 위에 대자로 누워 라디에이터에서 뿜어져나오는 열기를 들이켰다. 열기가 마치 열대병처럼 꿈에 스며드는 것 같았다. 말로 표현할 수 없는 꿈, 검은색 그물에 걸린 퉁퉁 붓고 젖은 생살과, 바닥에 무색의 액체를 뚝뚝 떨어뜨리는 하얀 주머니들이 보이는, 어린 시절에 꾸었던 악몽 속 이미지들이 다시 찾아왔고, 그것들이 더욱 끔찍하게 느껴진 건, 비록 반쯤만 깬 상태였지만, 그것이 나의 죽음과 관련된 것임을 알고 있었기 때문이다. 매듭을 지어야 해, 나는 머릿속으로 말하고 또 말했다. 어쩌면 나의 목소리라고 믿는, 형체 없는 어떤 목소리였는지도 모른다. 끊임없이 이어지던 그 악몽들 틈에서 한 가지 꿈만 도드라졌다. 아내가 해변에 있는 평범한 꿈, 아내는 깡마른 발가락으로 모래사장에 긴 줄을 긋고 있었고, 나는 팔꿈치를 대고 누워 그 광경을 지켜봤다. 지금보다 훨씬 젊은 나의 몸이, 마치 밝은 날의 후광처럼, 나의 것이 아닌 것만 같았다. 잠에서 깼을 때, 아내가 없다는 생각이 갑자기 사무쳐 목이 메었다. 나는 일어나 화장실에서 수돗물을 벌컥벌컥 들이켜고, 소변을 보려 했지만, 몇 방울만 툭툭 떨어지며 타는 듯한 느낌이 들었다. 사막을 건너는 것 같은 기분이었고, 갑자기, 종종 스스로에 대한 자각이 찾아올 때 그렇듯, 낭만주의 시인에 대해 연구하는 학자가 되기 위해 평생을 바친 것이 얼마나 부질없는 일이었던가 하는 생각이 들었다. 변기의 물을 내렸다. 샤워를 하고, 옷을 챙겨 입고, 체크아웃을 했다. 호텔 직원이 불편한 점은 없었느냐고 물었고, 나는 미소를 지으며 없었다고 대답했다.

동이 트고, 오래 걸었지만 기억은 거의 없다. 피스크 부인은 열시에 오라고 했지만, 나는 아홉시도 되지 않아 그 집 앞에 도착했다. 평생 동안 약속 시간보다 일찍 도착한 나는, 길모퉁이나 문 앞에서 혹은 텅 빈 방에서 자의식에 빠진 채 기다리는 일이 많았다. 그런데도 죽을 때가 가까워지면서 약속 시간에 더 빨리 나가고, 아무렇지도 않게 오랫동안 기다리는 건, 내게 남은 시간이 아직 많다는, 부족하지 않다는 잘못된 환상을 지키고 싶어서인지도 모른다. 테라스가 달린 2층 건물은, 현관문 옆에 붙은 번지수만 빼면 거리의 다른 집들과 구분이 되지 않았다―레이스가 달린 평범한 커튼과 쇠로 된 울타리가 모두 똑같았다. 이슬비가 내렸고, 나는 건너편 거리를 계속 오가며 몸을 덥혔다. 레이스가 달린 커튼을 보니왠지 죄의식이 밀려들었다. 그 아이는 죽었다고 했다. 피스크 부인이 해줄 이야기는 아마 비극일 것이다. 그 오랜 시간 동안 아내는 자기 자식 이야기를 숨겨왔다. 그 아들이 아내를 얼마나 괴롭혔는지는 알 수 없지만, 아내의 침묵 덕분에 적어도 우리의 삶은, 우리의 행복은 방해받지 않았다. 그래, 우리는 늘 행복했다. 어마어마한 무게를 버티고 선 힘센 사람처럼, 아내는 침묵 속에서 그 짐을 혼자 지고 살았다. 그건, 아내의 침묵은 예술이었다. 그런데 이제 나는 그걸 깨뜨리려 하는 것이다.

열시 정각에 초인종을 눌렀다. 죽은 자와 함께 비밀도 묻히는 거라고, 사람들은 말하곤 한다. 하지만 정말 그럴까? 정말? 죽은 자의 비밀은 바이러스처럼 어떻게든 다른 숙주를 찾아내 다시 생명을 얻는다. 아니, 내게 죄가 있다면, 피할 수 없는 길을 간 죄밖에 없다.

커튼이 들춰지는 게 보였지만 사람은 금방 나오지 않았다. 마침내 발소리가 들리고 문이 열렸다. 현관문을 열어준 여인은 회색 머리를 길게 기른 노부인이었다. 풀어서 내리면 등을 타고 허리까지 내려올 것 같았지만, 피스크 부인은 방금 체호프의 연극 공연을 마치고 무대에서 내려온 배우처럼 그 머리를 곱게 땋아올리고 있었다. 자세가 곧고, 눈은 회색이었다.

부인이 나를 거실로 안내했다. 남편이 죽고 혼자 그 집에서 지내고 있다는 것을 금방 알 수 있었다. 혼자 지내는 사람은, 혼자 사는 집에서만 느껴지는 어떤 그림자와 분위기, 독특한 울림을 감지할 수 있는 모양이다. 부인이 손으로 뜬 쿠션이 여러 개 놓인 술 달린 소파를 가리키며 앉으라는 시늉을 했다. 쿠션에는, 적어도 내가 보기에는, 모두 고양이나 강아지 무늬가 들어가 있었다. 나는 쿠션들 사이에 자리를 잡고 앉았다. 미끄러진 쿠션 한두 개가 내 무릎 위에 떨어졌고, 나는 검은색 강아지 모양 쿠션의 머리 부분을 만지작거렸다. 테이블에는 피스크 부인이 미리 갖다놓은 찻주전자와 비스킷이 놓여 있었지만, 부인은 한참 후에야 차를 따라주었고, 그래서 맛이 너무 진했다. 어떻게 이야기를 시작했는지는 기억나지 않는다. 무릎에 놓인 쿠션에 그려진 복슬복슬한 강아지가 스패니얼 종인 것 같다고 내가 말을 꺼냈고, 잠시 후 피스크 부인과 나는 깊은 대화를 나누고 있었다. 둘 다 모르고 있었지만, 그럼에도 오랫동안 기다려온 대화였다. 정말 그렇게 할 순 없었지만, 서로에게 못할 말이 없었다(쿠션뿐 아니라 선반 위에 늘어선 작은 인형과 벽에 걸린 그림들까지 온통 강아지와 고양이 관련 장식투성이인 그 거실에서, 적어도 나는 그렇게 느꼈다). 부인과 나 사이를 이어준 건 친밀감이나 따뜻함이 아니라, 그보다 절박한 무엇이었다. 벤더 씨, 피스크 부인이라고 서로를 부를 뿐, 달리 적당한 인사말도 할 수 없었다.

　부인과 나는 서로의 남편과 아내에 대해 이야기했다. 피스크 씨는 십일 년 전, 축구장에서 리버풀 팀의 응원가를 부르다 심장마비로 죽었다고 했다. 우리는 어딘가에 숨어 있다가 하나씩 툭툭 튀어나오는 죽은 배우자의 모자나 스카프, 신발에 대해 이야기했고, 점점 더 약해지는 집중력과 반송된 편지와 기차 여행, 멍하니 무덤 앞에 서 있던 일, 인간의 몸에서 생명이 빠져나가는 이런저런 방식에 대해 이야기했다. 적어도 나는, 부인과 내가 습한 날씨에 라벤더를 제대로 키우기가 얼마나 어려운지를 이야기하는 동안에도 위의 이야기들이 넌지시 전해지고 있다는 인상을 받았고, 피스크 부인도 분명히 이해하고 있다는 인상을 받았다. 잘못된 인상이었을 것이다. 라벤더나 마당에 대한 이야기는 전혀 없었는지도 모른다. 찻주전자에 보온용 천을 씌워놓았지만, 쓴맛의 차는 어느새 식어 있었다. 아침에 단정하게 정리했을 피스크 부인의 머리도 몇 가닥이 흘러내려 있었다.

아셔야 할 게 있어요, 마침내 그녀가 말했다. 남편을 만났을 때 제 나이가 벌써 서른이었어요. 남편을 만나기 몇 주 전에, 넋을 놓고 있다가 상점 진열창에 비친 제 얼굴을 본 적이 있었죠. 그날 집으로 돌아오는 버스 안에서, 뭔가를 인정할 수밖에 없었네요. 그건 계시였다기보다는, 그녀가 계속 말했다. 이제 어떤 단계에 이른 것 아닐까, 상점 진열창에 비친 내 모습은 마지막 지푸라기 같은 것 아닐까 하는 질문에 가까웠어요. 얼마 후, 언니 집에 놀러갔을 때 형부가 사무실에서 같이 일하는 친구를 데리고 왔죠. 주방으로 이어지는 좁은 복도에서 서로 몸을 스치지 않고 지나가려고 애쓰던 중에, 남편이 다시 만날 수 있느냐고 조금 어색하게 물었어요. 처음 데이트를 하던 날, 남편이 큰 소리로 웃을 때 이의 때운 자리와 목안의 깊은 곳까지 너무 잘 보여서 놀랐던 기억이 나네요. 고개를 뒤로 젖히고 입을 한껏 벌린 채 웃는 그 모습에 익숙해지기까지 시간이 좀 걸렸죠. 저는 뭐랄까, 사람들이 말하는 조신한 타입이었거든요. 피스크 부인은 내 뒤쪽의 창밖을 내다보며 말했다. 조신하고 수줍음이 많았죠. 그 사람은 웃는 거였지만, 목 깊은 곳의 그 어둠을 보면 저는 무섭기도 했어요. 하지만 우리는 서로에게 익숙해지는 방법을 찾았고, 다섯 달 후 가족과 친구들 몇 명만 모아놓고 결혼식을 올렸어요. 하객들은 제가 결혼한다는 소식에 놀랐고, 정말로 제가 아줌마가 된다는 걸 확인하기 위해 그 자리에 온 것 같았어요, 벌써 아줌마처럼 보고 있었을지도 모르지만 어쨌든요. 저는 남편에게 시간 끌 것 없이 곧장 아이를 가지고 싶다는 점을 분명히 했죠. 노력했지만, 쉽지 않았어요. 마침내 임신을 했을 때는—

이상하게 들리시겠지만―파도가 제 안으로 밀려왔다 밀려가는 기분이었어요. 파도가 들이닥칠 땐 아이도 안전하게 제 안에 있지만, 밀려나갈 땐 아이도 함께 나가버렸죠. 마치 그 아이가 어디 다른 곳에서 밝고 빛나는 걸 본 것처럼 말이에요. 저는 아이를 잡아보려고 애썼지만, 잡지 못했네요. 그 다른 곳, 빛나는 어딘가에서 당기는 힘이 너무 세서 당해낼 수가 없었어요. 그러던 어느 날 밤, 잠을 자던 중에 그 파도가 완전히 제게서 빠져나갔다는 걸 알았고, 저는 피를 흘리며 잠이 깼죠. 그 일이 있고 나서도 남편과 저는 노력했지만, 제 안 깊은 곳에선 다시는 아기를 가질 수 없을 거라는 생각이 들었어요. 제게는 힘든 시간이었고, 그전에도 자주 웃는 성격은 아니었지만 그때는 거의 웃지 않았죠. 하지만 남편의 웃음은 그대로였던 게 기억나요. 남편도 슬프지 않은 건 아니었지만, 원래 밝은 성격이라 한 고비를 지나면 같은 일도 다르게 볼 수 있는 사람이었거든요. 라디오에서 나오는 농담 하나면 충분한 사람이었으니까. 남편이 고개를 뒤로 젖히고 웃을 때면, 목안의 그 어둠이 이전보다 더 무섭게 느껴져 온몸에 소름이 돋을 정도였죠. 엉뚱한 인상을 받으실까봐 하는 이야긴데, 남편은 저를 참 잘 도와줬고 제 기분을 북돋워주려고 최선을 다했어요. 잘 설명할 순 없지만, 피스크 부인이 계속 말했다, 남편의 목안에서 본 그 어둠은 남편과는 아무런 상관이 없는, 온통 저하고만 관련된 어둠이었을 거예요. 어쩌다가 남편의 목안에 자리를 잡은 것뿐이겠죠. 아무튼 남편이 웃을 때면 저는 그 어둠을 보지 않으려고 고개를 돌리기 시작했는데, 그러던 어느 날, 남편의 웃음이 불이 꺼질 때처럼 갑자기 툭 끊어졌고, 고개를 다시 돌려보니 남편이 입을 굳게 다문 채 부끄러워하는 표정을 짓고 있는 거예요. 정말 끔찍한 기분이었죠. 잔인하고, 정말요. 어리석고 자기밖에 모르는 사람이 된 것 같았고. 그 일이 있은 후론 남편과 저 사이에 뭔가가 달라져버렸네요. 전에는 없던 어떤 부드러움이 조금씩 자리를 잡았어요. 저도 제 감정들 중 어떤 것들을 조절하는 방법을, 감정을 금방 드러내지 않는 방법을 익혔고, 지금 다시 생각해보면 그런 훈련 덕분에 미쳐버리지 않을 수 있었던 것 같아요. 여섯 달 후에, 남편과 저는 아이를 입양하기로 결정했죠.

부인은 몸을 앞으로 숙이며 남은 차를 마시려는 듯, 혹은 남은 이야기가 잔 바닥에 깔린 찻잎 사이에 숨어 있기라도 한 것처럼 차를 저었다. 그러나 이내 생각을 바꾸었는지 찻잔을 다시 받침에 내려놓고 의자에 등을 기댔다.

그것도 금방 되지는 않았어요. 부인이 말했다. 끊임없이 무슨 서류들만 써서 냈죠. 절차가 그렇다고 해서요. 어느 날 노란 정장을 입은 부인 한 명이 집으로 왔어요. 그 여자의 옷을 보며 한줌 햇빛 같다고 생각했던 게 기억나네요. 마치 아이들이 넘쳐나고 행복한, 어디 다른 기후에서 대표로 온 사람 같았죠. 자신의 빛을 과시하기 위해, 아무 색깔도 없는 우리집을 배경에 두면 자신이 지닌 빛과 행복이 얼마나 돋보일지 확인하기 위해 온 것 같았어요. 그 여자가 오기 며칠 전부터 저는 무릎을 꿇고 거실 바닥을 닦고 또 닦았어요. 집안에 달콤한 냄새가 나도록 그날 아침엔 케이크까지 구웠네요. 저는 파란색 드레스를 입고 남편에겐 하운드투스 체크무늬 재킷을 입혔죠. 남편이 좋아하지 않는 옷이었지만, 그걸 입어야 긍정적인 느낌을 줄 것 같았거든요. 그런데 막상 주방에서 초조하게 기다리며 보니, 재킷 소매가 너무 짧은데다, 그걸 입은 채 웅크리고 앉은 남편은 오히려 더 절박하게 보이지 뭐예요. 바꿔 입기엔 너무 늦었죠, 그때 초인종이 울렸으니까. 문을 열어보니 에나멜가죽 핸드백을 든 그 여자가 겨드랑이에 우리가 써서 낸 서류 뭉치를 끼운 채 서 있었어요. 작은 손가락과 젖니가 있는 땅에서 온 샛노란 수호천사가요. 그녀가 식탁에 앉았어요. 제가 케이크를 잘라서 내놓았지만, 손도 대지 않더라고요. 그녀는 우리더러 무슨 서류에 서명을 하라고 한 다음 계속 질문을 했어요. 권위를 가진 사람 앞에선 금방 주눅이 들곤 하던 남편이 말을 더듬기 시작했죠. 부끄럽고, 불안하고. 그녀가 가진 권위적인 분위기에 압도된 저 역시, 준비한 대답을 하지 못하고, 목소리가 떨리고, 결국 바보 같은 짓만 했네요. 그녀가 입가에 예의상 지어 보이는 작은 미소를 띤 채 주변을 살필 때, 그녀의 몸이 떨리는 게 보였어요. 집안이 너무 춥다는 걸 그제야 알았네요. 그리고 우리가 아기를 받을 수 없을 거라는 것도 알았죠.

그 일이 있고 나서는, 사람들이 우울증이라고 하는 상태에 빠졌어요, 당시엔 그런 말을 몰랐지만요. 몇 달 후 거기서 벗어났을 땐, 아이 없이 살아야 한다는 생각에 익숙해져 있었죠. 그러던 어느 날, 런던으로 이사한 언니네 집에 갔다가, 신문 맨 아래에 실린 작은 광고 하나를 본 거예요. 그냥 스칠 수도 있는, 작은 글씨로 두어 줄밖에 되지 않는 광고였는데, 그게 눈에 띈 거죠. 생후 삼 주 된 남자 아기, 즉시 입양 가능. 그 아래 주소가 적혀 있었어요. 저는 조금도 주저하지 않고 종이를 꺼내 편지를 썼네요. 뭔가에 홀린 것만 같았어요. 제 안에서 쏟아져나오는 말들을 놓치지 않으려고 정신없이 펜을 움직였죠. 입양 대행사에서 나왔던 노란색 옷을 입은 여자에게 하지 못했던 말들을 모두 적었고, 편지를 마칠 무렵엔 그 광고가 꼭 저만을 위한 광고인 것 같은 기분까지 들었어요. 저를 위한 남자아이. 편지를 부친 후에도 남편에겐 아무 말도 하지 않았어요. 이미 충분히 시달린 남편을 또 괴롭힐 순 없었거든요. 심각한 우울증에 빠진 제 모습을 지켜봐야 했던 그이였는데, 부질없는 희망에 매달리는 제 모습을 보면 견디지 못했을 거예요. 하지만 저는 그게 부질없는 희망이 아니라는 걸 알고 있었고, 아니나 다를까, 며칠 후 리버풀에 돌아오니 답장이 와 있었어요. 편지엔 L. B.라는 이니셜만 적혀 있었고, 어젯밤에 선생님이 전화를 하시기 전까지는 그분 이름도 몰랐어요. 닷새 후, 7월 18일 오후 네시에 웨스트핀츨리역 대합실 매표소 앞에서 만나자고 쓰여 있었죠. 그날, 여덟시에 남편이 출근할 때까지 기다렸다가 서둘러 길을 나섰어요. 제 아이를 만나러 가는 길이었던 거예요, 벤더 씨. 그렇게 오랫동안 기다렸던 그 아이를요. 제 기분이 어땠을지 상상이 되세요? 기차에 오를 때의 그 기분이요? 가만히 앉아 있기도 힘들었네요. 제가 좋아한 할아버지 이름을 따서 에드워드라고 부를 생각이었어요. 물론 이미 이름이 있겠지만, 물어보지도 않을 생각이었고, 그분도 이야기하지 않았죠. 우린 거의 대화를 나누지 않았어요. 저도 말을 하기 힘든 상태였고, 그분도 마찬가지였죠. 어쩌면 그분은 할말이 있었지만 하지 않기로 했던 건지도 모르겠네요. 네, 아마 그랬던 것 같아요. 그분은 어울리지 않을 정도로 차분했고, 오히려 제가 손을 덜덜 떨었죠. 나중에야, 집안에 갓난아기 냄새가 가득찬 후에야, 우리가 지어준 이름 뒤에 그림자처럼 숨어 있을 그 이름이 다시 궁금해졌어요. 하지만 머지않아 잊어버렸고, 아주 가끔씩 다시 떠오르긴 했지만 자주 생각하지는 않았죠. 거리나 상점, 혹은 버스 안에서 누군가가 남자아이의 이름을 부를 때, 혹시 우리 애의 옛날 이름이 저게 아닐까 하는 생각이 든 적은 몇 번 있었네요.

런던에 도착한 저는 지하철로 갈아타고 웨스트핀츨리역으로 갔어요. 따뜻하고 햇살이 좋은 날이었고, 대합실엔 그분밖에 없었어요. 그분은 저를 똑바로 쳐다봤지만 제 쪽으로 다가오진 않았어요. 그분이 제 안을, 몸을 꿰뚫어보는 것만 같은 느낌이 들었어요. 어울리지 않을 정도의 차분함, 그게 저를 놀라게 했어요. 잠시, 친엄마가 아니라 힘든 일을 대신해주러 나온 사람이 아닐까 하는 생각까지 들었죠. 하지만 그분이 모포를 들추고, 제가 다가가 아이의 얼굴을 들여다보았을 때, 그분의 아이가 분명하다는 걸 알았어요. 마침내 그분이 입을 열었을 땐 외국인 억양이 강하게 느껴졌어요. 정확히 어디 출신인지는 알 수 없었고, 아마 독일이나 오스트리아 쪽 같기는 했는데, 아무튼 망명을 온 사람이라는 건 알 수 있었죠. 아기는 꼭 쥔 작은 주먹을 얼굴에 갖다댄 채 잠들어 있었어요. 그렇게 우리는 텅 빈 대합실에 함께 서 있었네요. 모자를 이마까지 내려서 씌우면 싫어해요, 그분이 말했어요. 그게 첫마디였죠. 잠시 후, 아니 한참 후에 그분이 덧붙였죠, 젖을 먹인 다음 어깨에 대고 안아주면 울음을 그칠 거예요. 손이 금방 차가워져요, 라고도 했어요. 마치 자기 자식이 아니라 무슨 다루기 힘든 자동차 사용법을 알려주는 사람 같았죠. 그런데 나중에, 아이와 함께 몇 주를 지내고 보니까 그 말들이 다르게 다가오기 시작하더라고요. 그건 자기 자식을 유심히 지켜보며 그 아이를 이해해보려고 애쓴 사람만이 발견할 수 있는 특징들이었거든요.

딱딱한 벤치에 그분과 나란히 앉았어요. 피스크 부인이 계속 말했다. 그분이 마지막으로 아기를 싼 포대기를 톡톡 두드려준 다음 제게 넘겼어요. 모포에서도 아기의 온기가 전해졌죠. 아기는 잠깐 몸을 뒤척였지만 잠이 깨지는 않았어요. 그분이 뭔가 다른 말을 할 줄 알았는데, 아무 말도 없었죠. 대신 바닥에 놓여 있던 가방을 제 쪽으로 밀었어요. 그러고는 창밖을 내다봤는데, 플랫폼에 있던 무언가를 보고 놀랐는지 갑자기 자리에서 일어서시더라고요. 저는 다리에 힘도 없고, 또 아기를 떨어뜨릴까 무서워서 계속 앉아 있었죠. 그렇게, 그분은 그대로 걸어서 대합실을 나갔어요. 문 앞에서 딱 한 번 걸음을 멈추고 돌아보았죠. 저는 아기를 가슴에 대고 꼭 안았어요. 아기가 킁킁거리는 것 같아서 가볍게 흔들어주었더니 이내 잠잠해졌고, 잠시 후엔 옹알이까지 하더라고요. 보셨어요? 하고 그분에게 소리치고 싶었지만, 고개를 들어보니 이미 그분은 사라지고 없었네요.

저는 꼼짝 않고 그 자리에 앉아 있었어요. 아기를 흔들며 나지막이 노래를 불러주었죠. 아기의 눈이 부시지 않게 제 고개로 햇빛을 가려주고 이마에 입을 맞출 때, 아기에게서 따뜻한 온기가 구름처럼 피어나는 것 같았어요. 몸에서 달콤한 냄새가 났는데 귀 뒤쪽에선 살짝 구린내가 나는 것 같기도 했고요. 그때 아기가 제 쪽으로 고개를 홱 돌리며 입을 벌렸죠. 놀랐는지 눈을 휘둥그레 뜨고는 떨어지지 않으려고 애쓰는 것처럼 양팔을 허우적거렸어요. 그러곤 울음을 터뜨리더군요. 갑자기 제 얼굴에서 열기가 뿜어져나오고 식은땀이 났어요. 달래보려고 애썼지만, 아기는 더 크게 울었

376

죠. 고개를 들어보니, 거기, 창 너머에서 젊은 남자 한 명이 우리를 보고 있었어요. 이상한 모양의, 옷깃의 털이 모두 뭉쳐버린 초라한 코트를 입은 청년이었는데, 아주 검고 빛나는 눈동자를 가지고 있었어요. 그 청년이 우리를, 저와 아기를 바라보는데, 등줄기가 서늘해졌어요. 마치 굶주린 늑대처럼 우리를 바라보는 그 청년이 아기 아빠라는 걸 알 수 있었죠. 그 순간이 한없이 늘어지고, 그의 내부에서 그동안 굶주렸던 갈망과 끔찍한 후회가 들끓는 것 같았어요. 잠시 후 기차가 들어오자 청년은 혼자 기차에 올랐고, 그게 제가 마지막으로 본 그의 모습이었죠. 어젯밤에 전화를 하셨을 때 저는 벤더 씨가 그 사람일 거라고 확신했어요. 아침에 초인종을 누르실 때에야 아니라는 걸 알았네요.

거기까지 이야기를 듣고 나는 자리에서 일어나 잠시 화장실에 다녀와도 되겠느냐고 피스크 부인에게 말했다. 검은색 스패니얼 모양의 쿠션이 바닥에 떨어졌다 힘없이 튀어올랐다. 나는 갑자기 어지러움을 느끼며 쓰러질 것 같았다. 화장실 문을 닫고 변기에 털썩 주저앉았다. 화장실 벽에는 나무로 된 선반이 있고, 거기에 타이츠가 두세 벌 널려 있었다. 주름진 발가락 부분이 축 늘어져 있고, 욕조 위에 난 창문에는 희뿌옇게 습기가 끼어 있었다. 그 창으로 뛰쳐나가 거리를 달리는 내 모습을 그려보다가, 어지러움을 멈춰보려고 머리를 무릎 사이에 묻었다. 자기 자식을 낯선 사람에게 아무렇지도 않게 내줄 수 있었던 여자와 사십팔 년을 함께 살았던 것이다. 자식—자기가 낳은 자식—을 무슨 가구처럼, 가지고 가라고 신문에 광고를 냈던 여자. 새롭게 알게 된 그 사실이 황량한 빛을 비춰주기를, 그 사실을 이해하고 문이 활짝 열리기를, 평생 동안 쌓아온 진실들과 뒤섞이기를 기다렸지만, 계시 같은 건 없었다.

　괜찮으세요? 피스크 부인이 물었다. 부인의 목소리가 멀리서 들려오는 것 같았다. 내가 뭐라고 대답했는지는 모르겠지만 몇 분 후에 부인은 나를 트윈 침대가 놓인 2층의 침실로 안내했고, 나는 거절하지 않고 누웠다. 부인이 물을 한 잔 갖다주었고, 침대 옆 테이블에 물을 내려놓는 부인의 목을 보니 우리 어머니가 생각났다. 뭐 하나 여쭤봐도 될까요? 내가 물었다. 부인은 아무 말이 없었다. 아드님은 어쩌다가 그렇게 됐습니까? 피스크 부인은 손바닥을 비비며 한숨을 쉬었다. 끔찍한 사고였어요, 그녀는 그렇게 말하고는 나를 혼자 남겨둔 채 조심스럽게 문을 닫고 나갔다. 계단을 내려가는 부인의 발소리가 점점 멀어지면서, 방안이 천천히, 거의 즐기듯이 빙빙 도는 것 같았고, 그제야 내가 누워 있는 그 방이 바로 그 아들, 아내가 낳은 아들의 방이었겠구나, 하는 생각이 들었다.

　눈을 감았다. 어지러움만 가시면 피스크 부인에게 고맙다는 인사와 작별인사를 한 다음, 곧장 기차를 타고 런던으로 돌아갈 생각이었지만, 그런 생각을 하면서도 정말 그럴 수 있을 거라는 확신은 없었다. 하이게이트에 있는 그 집은 한참 후에야 다시 볼 수 있을 것 같다는, 어쩌면 다시 못 볼지도 모른다는 느낌이 또 찾아왔다. 방은 차갑게 식을 테고, 길고양이는 어디 다른 곳에서 먹이를 찾아야 하고, 아내가 수영을 했던 연못의 수영 구멍도 얼음으로 덮여버릴 것이다. 하루도 빠짐없이 아내를 불러들이던 그 연못의 진흙 바닥엔 뭐가 있었을까? 매일 아침 아내는, 깊은 어둠 속으로 내려가는 페르세포네처럼, 무언가를 확인하러 물속으로 들어갔다. 내 눈 앞에서 벌어지는 일이었지만, 나는 따라갈 수 없었다. 그게 어떤 기분인지는 아무도 이해하지 못할 것이다. 하루 일과 중 어느 시간에 틈이 벌어지고, 아내 혼자 그 사이로 사라지곤 했다. 아내가 물에 들어가는 소리가 들리고, 영원할 것만 같은 정적 속에 나는 미치는 줄만 알았다. 아내가 바위에 머리를 부딪혔거나 목이 부러진 게 분명하다는 확신이 들 때쯤이면, 그제야 아내는 새파란 입술을 하고 다시 물위로 나와 젖은 눈을 깜빡였다. 뭔가가 다시 시작된 것이다. 돌아오는 길에 우리는 거의 말이 없었고, 깨진 유릿조각처럼, 발에 밟히는 나뭇잎이나 나뭇가지 소리밖에 없었다. 아내가 죽은 후론 한 번도 그 연못에 가지 않았다.

잠에서 깼을 땐 몇 시간이 지나 있었다. 바깥이 어둑어둑했다. 창밖으로 보이는 사각형의 하늘만 쳐다보며 가만히 누워 있다가, 벽 쪽으로 고개를 돌렸다. 마당에 있는 아내의 모습이 떠올랐다. 이제 기억에 대해 자신이 없어진 나는, 실제로 그런 일이 있었는지 확신할 수는 없었지만, 어쨌든 그 광경 속의 아내는 내가 2층 창문으로 지켜보고 있다는 것도 모른 채 마당 끝의 담장 근처에 서 있었다. 발 앞에 피워놓은 작은 모닥불을 나뭇가지인지 부지깽이인지로 살피며, 아내는 자신의 책을 태웠다. 노란색 숄을 어깨에 두른 채 그 일에 너무나 집중하고 있던 아내의 모습. 시간을 두고 종이 뭉치를 불 위로 던지기도 하고, 책 한 권을 통째로 던져넣기도 했다. 보라색 연기가 피어올랐다. 아내가 정확히 뭘 태웠던 건지, 나는 또 왜 아무 말 없이 그 광경을 지켜보고만 있었는지, 알 수가 없었다. 기억을 떠올려보려고 애를 쓰면 쓸수록, 아내의 모습은 희미해지기만 했고, 나는 그만큼 더 초조해졌다.

내 신발이 의자 밑에 가지런히 놓여 있었는데, 나는 신발을 벗은 기억이 없었다. 신발을 신고, 레이스 달린 침대보를 가지런히 정리한 다음 계단을 내려왔다. 주방에 가보니 피스크 부인이 등을 내쪽으로 한 채 스토브 앞에 서 있었다. 아직 등을 켜기에는 조금 이른, 그런 어스름 무렵이었다. 부인이 젓고 있는 냄비에서 김이 올라왔다. 내가 식탁 의자를 당기는 소리를 듣고서야 부인은 뒤를 돌아봤다. 열기 때문에 얼굴이 벌겋게 달아 있었다. 깨셨군요, 벤더씨. 부인이 말했다. 그냥 아서라고 부르세요, 라고 말했지만 금방 후회했다. 피스크 부인이 나에게 그렇게 솔직하게 이야기할 수 있었던 건, 내가 낯선 사람이기 때문이었다. 부인은 아무 말 없이 선반에서 그릇을 내려 수프를 조금 담은 다음 앞치마에 손을 닦았다. 그녀는 내 앞에 수프 그릇을 놓아주고 자신은 반대편에 앉았다, 그런 모습도 우리 어머니와 똑같았다. 배가 고프지는 않았지만, 먹을 수밖에 없었다.

긴 침묵 후에, 피스크 부인이 다시 입을 열었다. 언젠가는 그분이 저희에게 연락을 할 거라고 생각했어요. 물론 저희 집이 어딘지도 알려줬으니까요. 처음 얼마간은 전화나 편지가 올까봐, 아니면 어느 날 갑자기 그분이 현관 앞에 나타나 실수가 있었다고, 테디를 돌려달라고 할까봐 두려웠어요. 밤에 아이를 재우면서, 바닥이 삐걱거리는 소리가 나지 않게 가만히 서서 아이를 흔들어주면서, 저는 끊임없이 저를 변호했네요. 그 여자가 버린 거야! 그리고 내가 받아준 거라고. 나는 친자식처럼 아이를 사랑하고 있어! 하고 말이에요. 그래도 죄를 지은 것 같은 기분이 저를 무겁게 짓눌렀죠. 가끔 아이가 너무 울어댈 때가 있었어요. 얼굴을 잔뜩 찌푸린 채 입을 한껏 벌리고 고래고래 울었죠. 그럴 땐 어떻게 해도 달랠 수가 없더라고요. 의사 선생님은 그냥 배앓이일 뿐이라고 했지만, 저는 믿지 않았어요. 친엄마를 찾는 거라고 생각했죠. 가끔은, 지친 제가 아이의 몸을 흔들며 멈추라고 소리를 지를 때도 있었어요. 그러면 아이는 제 얼굴을 쳐다보며, 놀라서였는지 겁을 먹어서였는지 잠시 울음을 그치기도 했죠. 그때 아이의 짙은 눈동자를 바라보면 단단한 고집이 보였어요. 그리고 잠시 후엔 더 큰 소리로 울었죠. 어떤 때는 문을 닫아버리고 혼자 울게 내버려두기도 했어요. 저는 여기, 바로 이 자리에 앉아서 두 손으로 귀를 막고 있다가, 울음소리를 들은 이웃이 제가 아이를 학대한다고 생각하지는 않을까 하는 걱정이 들면 다시 방으로 들어가곤 했죠.

하지만 전화나 편지는 없었어요. 피스크 부인이 말했다. 서너 달이 지나자 테디가 우는 일도 점점 줄어들더라고요. 저와 아이는 함께, 울음을 달랠 수 있는 작은 의식이나 노래를 찾아냈죠. 임시방편일지도 모르지만, 둘 사이에 어떤 이해도 생기기 시작했고요. 아이는 저를 보며 웃는 법을 익혔어요. 얼굴을 찌푸리고 숨을 헐떡이며 웃는 웃음이지만 그것만으로도 저는 기쁨으로 가득차는 것 같았어요. 이젠 저도 확신을 가지기 시작했죠. 애를 집에 데려오고 나서 처음으로, 유아차에 태워 밖으로 나갔어요. 함께 공원에 산책을 나가고, 아이가 그늘에서 자는 동안 저는 벤치에 앉아서 지켜봤어요, 다른 엄마들과 거의 똑같이 말이에요. 완전히, 가 아니라 거의, 라고밖에 말을 못하는 건 그런 날이면 언제나─어스름 무렵 집으로 돌아올 때, 혹은 아이를 재우고 나서 목욕을 할 때 주로 그랬고, 가끔은 아이의 볼에 입을 맞추다 갑자기 그런 생각이 들 때도 있었는데—제가 어떤 사기극을 벌이고 있다는 느낌이 엄습하곤 했으니까요. 차갑고 가는 손이 목을 조르는 것 같은 그런 기분이 들면, 그 순간만큼은 다른 건 하나도 보이지 않았어요. 처음엔 절망감에 빠져들었죠, 피스크 부인이 말했다. 정말 친엄마인 것처럼 행동하는 제가 미웠어요. 그런 몸서리치게 또렷한 순간엔, 절대로 친엄마가 될 수 없다는 걸 인정할 수밖에 없었으니까요. 분유를 먹이거나, 몸을 씻겨주거나, 책을 읽어주는 동안에도 저의 일부는 다른 곳에 가 있었어요. 비가 오는 낯선 도시에서 전차를 타고 있거나, 알프스산맥에 있는 어느 호숫가의 안개 낀 산책로를 걷고 있었죠, 아주 넓어서 비명을 질러도 그 소리가 호수 건너편에 닿기 전에 잦아들어버릴 그런 호수 말이에요. 언니도 애가 없었고, 또래의 다른 엄마들을 많이 알고 지낸 것도 아니었어요. 그나마 알고 지내던 다른 엄마들에게, 똑같은 기분이 든 적이 있느냐고 물어볼 용기도 없었죠. 저는 그냥 제가 실패한 거라고만 생각했어요. 제몸으로 직접 테디를 낳은 게 아니기 때문에 실패한 거라고 생각했고, 그건 결국 제게 어떤 근본적인 문제가 있다는 생각으로 이어졌죠. 그렇다 하더라도, 최선을 다해보는 수밖에 없었어요. 누가 대신해줄 수 있는 것도 아니고, 테디에겐 저밖에 없었으니까요. 저는 엄청나게 노력했어요. 부족한 것을 메우기 위해 끊임없이 아이에게 관심을 기울였죠. 테디는 남부럽지 않은 아이로 자랐어요. 종종 아이의 눈에서 오랫동안 풀리지 않은 어떤 절망의 빛이 스치는 것을 본 적이, 혹은 보았다고 저 혼자 생각한 적이 있었지만, 나중에는 그건 그냥 사려 깊음이었을지도 모른다는 생각이 들었죠. 어린 아이의 얼굴에 그런 사려 깊음이 스칠 때면 희미하게 어떤 슬픔이 섞이기도 하니까요.

그때쯤엔 친엄마가 찾아와 아이를 돌려달라고 할지 모른다는 걱정은 사라지고 없었어요, 피스크 부인이 말했다. 저의 부족함에도 불구하고 테디는 제 아이라고 생각했죠. 아이 역시 확신에 찬 목소리로 저를 엄마라고 부를 수 있게 만들지는 못했지만, 아이가 자꾸만 반복하는 작은 장난에 짜증이 날 때도 있었지만, 아침에 아이에게 옷을 입히고 나면 그날 해야 할 일들이 주차장에 늘어선 자동차들처럼 아득해서 그 지겨움에 온몸이 마비되는 것 같은 기분이 들때도 있었지만, 그럼에도요. 그 모든 것에도 불구하고 아이 역시 저를 사랑하고 있음을 알 수 있었고, 아이가 제 무릎 위로 올라와 자신에게 딱 맞는 자리를 찾아 앉을 때면, 우리 둘보다 서로를 더 잘 이해하는 사람들은 없을 것 같다는 느낌이 들었어요. 그런 게 바로, 결국엔, 엄마와 자식이라는 말이 뜻하는 거라고 확신했죠. 피스크 부인은 자리에서 일어나 내가 먹은 수프 그릇을 집어들어 싱크대에 놓은 다음, 집 뒤에 있는 마당으로 난 작은 창을 내다봤다. 그녀가 어떤 무아지경에 빠져 있는 것 같아, 나는 아무 말도 하지 않았다. 그녀는 주전자에 물을 받아 스토브 위에 올린 다음 다시 자리에 앉았다. 그제야 피스크 부인이 꽤 지쳐 보인다는 걸 알았다. 부인이 내 눈을 똑바로 바라보았다. 뭘 알아보려고 여기 오신 거죠, 벤더 씨?

갑작스러운 질문에 놀란 나는 금방 대답할 수 없었다.

선생님 부인에 대해 뭔가 이해해보려고 오신 거라면, 도움을 드릴 수가 없을 것 같아서요, 피스크 부인이 말했다.

긴 침묵이 흐르고, 마침내 피스크 부인이 다시 입을 열었다. 그분에게선 한 번도 연락이 없었어요. 편지도 없었고요. 가끔 그분 생각을 할 때가 있었죠. 자고 있는 아이를 바라보며 그분은 어떻게 그런 일을 할 수 있었을까 궁금했던 적이 있었어요. 나중에야 저는, 엄마가 된다는 건 하나의 환상일 뿐이라는 것도 알게 되었죠. 아무리 정신을 바짝 차린다고 해도, 결국 엄마가 지켜줄 수 없는 것들이 있더라고요―고통이나 두려움 혹은 무서운 악몽으로부터 지켜줄 수도 없고, 엉뚱한 방향으로 돌진하는 기차로부터 지켜줄 수도 없죠. 낯선 사람의 폭력이나, 뚜껑 문, 끝 모를 나락, 화재, 빗길의 자동차로부터 지켜줄 수가 없었어요. 우연으로부터 지켜줄 수가 없더라고요.

시간이 지나면서 그분에 대해 생각하는 일이 점점 줄어들었어요. 그러다 테디가 죽고 나서야 다시 떠올랐죠. 그 일이 일어났을 때 테디가 스물셋이었는데, 온 세상에서 그분만이 제가 느낀 슬픔의 깊이를 가늠할 수 있을 것 같더라고요. 하지만 다시 생각해보고서야 제가 틀렸다는 걸 깨달았네요. 피스크 부인이 말했다. 그분도 절대 모를 거라고. 제 아들에 대해선 아무것도 모르는 사람이라고 말이에요.

어떻게 역으로 돌아왔는지 모르겠다. 생각을 집중하기가 어려웠다. 런던으로 돌아오는 기차를 탔고, 지나치는 역마다 플랫폼에 서 있는 아내의 모습을 보았다. 아내가 한 일, 그 냉정함을 생각하며 두려움에 몸서리를 쳤다. 그녀가 어떤 사람인지 까맣게 모른 채 그렇게 오랫동안 함께 살았다는 걸 생각하니 두려움은 더욱 커졌다. 아내가 했던 말들을 모두 다시 생각해봐야 할 것 같았다.

　그날 저녁 하이게이트의 집에 돌아와보니 현관 쪽 창문이 깨져 있었다. 커다란 구멍 앞에 작은 유릿조각들이 빛을 내며 흩어져 있는 그 모습은 나름대로 볼만했고, 순간 무서운 생각이 엄습했다. 마룻바닥엔 깨진 유릿조각 사이로 주먹만한 돌멩이가 하나 있고, 거실엔 냉기가 가득했다. 나를 놀라게 한 건 평소와 다른 거실 안의 정적, 오로지 폭력이 지나간 뒤에만 느낄 수 있는 정적이었다. 벽을 타고 천천히 기어가는 거미 한 마리를 발견한 후에야 그런 이상한 기분은 풀렸고, 나는 빗자루를 들고 청소를 마친 다음, 깨진 창문을 테이프로 막았다. 돌멩이는 버리지 않고 거실 테이블 위에 두었다. 다음날, 창문을 고치러 온 수리공은 고개를 설레설레 저으며 버릇없는 아이들과 부랑자들에 대해 투덜댔다. 그 주에 깨진 창문만 세 개째라는 말에 나는 갑자기 격통을 느끼며, 그 돌이 나에게 던져진 것이기를 바라고 있었음을 깨달았다. 누군가 나의 집 창문에, 다른 아무 창문이 아니라 오직 나의 집 창문에 던지려 했던 것이기를 말이다. 일단 고통스러운 그 감정이 지나고 나니 수리공의 시끄럽고 명랑한 목소리가 불편했다. 그가 돌아가고 나서야 내가 얼마나 외로운지 알 수 있었다. 집안의 방들마저 자신들을 그렇게 내팽개쳐놓은 것에 대해 나를 야단치는 것 같았다. 봤어? 방들이 그렇게 말하는 듯했다. 무슨 일이 생겼는지 봤어? 하지만 아무것도 보이지 않았다. 점점 더 이해력이 떨어지고 있었다. 아내와 내가 그 방들에서 어떤 일을 했는지, 우리가 어떻게 시간을 보냈고, 어디에 어떤 자세로 앉았었는지를 기억하기가 어려웠다. 아니, 기억하기 어려운 게 아니라 믿기 어려웠다고 해야 할지도 모르겠다. 낡은 의자에 앉아, 반대편 의자에 앉아 있던 아내의 모습을 떠올려보려 했다. 하지만 그 모든 것이 무의미하게 느껴졌다. 창문에 붙여놓은 비닐이 펄럭였고, 보기 좋게 깨진 유리창의 파편들도 그대로 붙어 있었다. 크게 발을 구르거나 바람이라도 불면, 그 파편들이 수천 개의 조각으로 다시 쪼개질 것만 같았다. 다음날 수리공이 다시 왔을 때 나는 양해를 구한 다음 마당으로 나와버렸다. 다시 들어갔을 때는 창문이 완전히 수리되어 있었고, 수리공은 자신의 작업 결과가 뿌듯한지 환하게 미소를 지었다.

그 순간, 마음 깊은 곳에서는 항상 이해하고 있던 무언가를 드디어 깨달았다. 나는 아내가 스스로를 벌준 것 이상으로 그녀를 벌줄 수 없다는 사실이었다. 나는 결국, 이미 알고 있던 것을 인정하지 않고 있었던 것이다. 사랑의 행위는 언제나 고백이다, 라고 카뮈는 썼다. 조용히 문을 닫는 것도 고백이었다. 한밤중에 터뜨리는 울음과, 계단에서 넘어지는 것, 거실에서의 기침도 마찬가지였다. 평생 동안 나는 아내의 껍질 안으로, 그녀의 상실 속으로 들어가는 나의 모습을 상상했다. 노력했지만 실패했다. 어쩌면—차마 내 입으로 말하기 어렵지만—나는 실패를 원했던 건지도 모른다, 그래야 계속할 수 있었을 테니까. 그 상상의 실패가 아내에 대한 나의 사랑이었다.

어느 날 저녁 초인종이 울렸다. 찾아올 사람은 없었다. 이젠 사람이든 뭐든 기대되는 게 더이상 없었다. 책을 내려놓고 읽던 곳에 조심스럽게 표시를 해두었다. 아내는 항상 읽던 부분을 펼쳐서 엎어두었는데, 처음 만났을 무렵 나는 책등이 갈라진 책들이 내는 비명소리가 들릴 때가 있다고 말하곤 했다. 물론 농담이었지만, 함께 지내면서 아내가 잠시 방을 비우거나 잠이 들면 내가 대신 책갈피를 끼워주었다. 그러다 한번은 그걸 발견한 아내가 책갈피를 빼서 바닥에 던지며 다시는 하지 말라고 했고, 그제야 나는 오직 아내에게만 속한, 나는 영원히 들어가볼 수 없는 공간이 하나 더 있음을 알게 되었다. 그 일이 있고 나서는 아내에게 무슨 책을 읽고 있는지 묻지 않고, 아내가 먼저 말해줄 때까지 기다렸다—아내는 감동받은 문장이나 멋진 구절, 생생하게 묘사된 캐릭터 등을 그때그때 이야기해주었다. 이야기를 해줄 때도 있고 해주지 않을 때도 있었지만, 어쨌든 내가 먼저 물어볼 수는 없었다.

천천히 현관으로 걸음을 옮겼다. 부랑자일 거라고 생각했고, 창문 수리공의 말이 떠올랐다. 하지만 문을 열어주기 전에 살펴보니 내 또래의 남자가 정장을 입고 서 있었다. 누구시냐고 물었다. 문 건너편에서 그 신사는 목을 한 번 가다듬은 다음 되물었다. 벤더씨 되십니까?

덩치가 작고, 간소하지만 우아해 보이는 옷차림의 남자였다. 반짝이는 거라곤 들고 있는 지팡이의 은제 손잡이뿐이었다. 그가 나를 지팡이로 때리거나 강도짓을 할 것처럼 보이지는 않았다. 그렇습니다만? 내가 문을 열어주며 대답했다. 저는 바이스라고 합니다, 그가 말했다. 미리 연락드리지 못하고 불쑥 찾아와서 죄송합니다. 그는 다른 핑계는 대지 않았다. 상의드릴 게 있어서 이렇게 왔습니다, 벤더 씨. 큰 실례가 안 된다면—그가 내 어깨 너머로 집안을 살폈다―잠깐 들어가도 되겠습니까? 나는 상의할 게 뭐냐고 물었다. 책상입니다. 그가 말했다.

무릎에 힘이 빠졌다. 이 남자였구나, 라는 생각에 온몸이 마비되는 것 같았다. 아내가 사랑했던 남자, 아내와 내가 간신히 삶을 이어가는 내내 그림자를 드리웠던 남자.

마치 꿈속에 있는 것 같은 기분으로 남자를 안으로 들였다. 그는 집안의 구조를 알고 있는 사람처럼 조금도 주저하지 않고 움직였고, 나를 지나칠 때 냉기가 전해졌다. 그 순간엔, 남자가 전에도 이 집에 와본 적이 있을 거라는 생각이 왜 안 들었는지 모르겠다. 그는 곧장 거실의 아내 의자 앞에 가서 기다렸다. 남자에게 앉으라고 한 다음 나도 쓰러지듯 앉았다. 우리는 얼굴을 마주하고 앉아 있었다. 나는 내 의자에, 그는 아내의 의자에. 늘 그런 식이었을 거라는 생각이 그제야 들었다.

방해를 해서 죄송합니다. 그가 말했다. 하지만 그의 태도는 말과 달랐고, 거의 상대를 짓누르는 듯한 자신감이 느껴졌다. 이스라엘 억양이었는데, 다른 지역의 모음이나 억양이 섞여서 조금 다르게 들렸다. 육십대 후반, 거의 일흔에 가까운 나이로 보였는데, 그렇다면 아내보다 몇 살 어린 셈이었다. 그러고 보니 또다른 생각이 들었다. 왜 전에는 그런 생각을 못했을까? 아내가 데리고 왔던 아이들! 열넷 혹은 열다섯, 많아야 열여섯이었을 남자아이. 처음엔 그런 나이 차이가 크게 느껴졌을 테지만, 시간이 지나면서 점점 문제가 되지 않았겠지. 남자가 열여덟일 때 아내는 스물하나 혹은 스물둘이었을 것이다. 두 사람 사이엔 끊고 싶어도 끊을 수 없는 유대감이 있었을 테고, 둘 만의 언어, 두 사람만이 말하고 이해할 수 있는, 잃어버린 세상이 스민 단어들도 있었을 것이다. 아니면 말이 필요 없는 사이였는지도 모른다―차마 소리 내 말할 수 없는 모든 것을 담고 있는 그 침묵.

흠잡을 데 없는 차림새였다. 삐져나온 머리칼도 없고 짙은 색 정장엔 티끌 한 점 없었다. 심지어 신발 밑창도, 마치 땅에 닿은 적이 거의 없었던 것처럼 조금도 닳지 않은 상태였다. 잠깐만 시간을 내주세요, 그가 말했다. 편안하게 계실 수 있도록 곧 떠나겠습니다.

편안하게라니! 하마터면 소리를 지를 뻔했다. 그렇게 오랫동안 나를 힘들게 했던 당신이? 나의 적, 내가 사랑한 여인의 마음 한구석을, 블랙홀 같던, 어떤 주문으로도 풀 수 없던 그녀의 가장 깊은 구석을 차지하고 있던 당신이?

제가 하는 일이 참 설명하기 쉽지 않은 일인데 말입니다, 그가 이야기를 시작했다. 저 자신에 대해 말하는 것이 익숙하지도 않은 것이, 제 일은 주로 이야기를 들어주는 것이라서요. 사람들이 저를 찾아옵니다. 처음엔 말을 많이 하지 않지만, 서서히 이야기가 나오죠. 사람들은 창밖을 바라보거나, 발끝을 쳐다보고, 제 뒤의 벽을 쳐다보기도 하지만, 절대 저와 눈을 마주치지는 않습니다. 제가 그 자리에 있다는 걸 알면 말을 제대로 할 수가 없으니까요. 그들이 이야기를 시작하면, 저도 함께 그들의 어린 시절로 돌아가죠, 전쟁 전으로 말입니다. 말이 끊어질 때면 저는 그냥 마루 위로 쏟아지는 햇빛만 쳐다봅니다. 어린 시절 창가의 커튼 아래 장난감 병정을 죽 늘어세운 이야기, 소꿉놀이를 한 이야기 같은 걸 들으며, 저도 그들과 함께 어린 시절의 식탁 밑으로 들어가는 거죠. 바이스 씨는 계속 이야기했다. 주방에서 바삐 움직이는 어머니의 발이 보이고, 가정부의 빗자루에 걸리지 않은 음식 부스러기도 보입니다. 그들의 어린 시절이요, 벤더 씨, 이제 저를 찾아오는 손님들은 모두 그때 어린아이였던 사람들뿐입니다. 다른 사람들은 모두 세상을 떠났죠. 처음 이 일을 시작했을 때, 그가 말했다. 손님은 대부분 연인들이었습니다. 아니면 아내를 잃은 남편이나 남편을 잃은 아내들이었죠. 그중엔, 많지는 않았지만, 자식을 잃은 부모들도 있었습니다―대부분 제가 하는 일을 견디지 못했으니까요. 찾아온 사람들도 처음엔 제대로 말을 못했죠, 어린이용 침대나 장난감을 넣어두던 서랍장에 대해 아주 힘들게 설명했어요. 저는 의사처럼, 아무 말 없이 그 이야기를 들었습니다. 의사와 다른 점이 있다면, 저는 이야기를 다 들은 후에 해결책을 마련해줬다는 거죠. 사실입니다. 죽은 이를 살려낼 수는 없었지만, 그들이 한때 앉았던 의자나 잠을 잤던 침대는 다시 찾아줄 수 있었으니까요.

그의 면모를 유심히 살폈다. 아니, 생각이 바뀌었다. 나의 실수였다. 바이스 씨는 그 남자가 아니었다. 어떻게 알 수 있었는지 설명할 순 없지만, 그의 얼굴을 보면 알 수 있었다. 그러자 놀랍게도 실망감이 들었다. 서로에게 해줄 말이 아주 많았을 텐데.

마침내 제가 그들이 반평생 동안 원하던 물건을 다시 찾아주면 다들 놀랐습니다, 바이스 씨가 말을 이었다. 그동안 쏟아부은 열망의 무게를 고스란히 지고 있는 물건이니까요. 세상이 흔들리는 충격을 받는 거죠. 빈자리 주변을 맴도는 기억만 키워왔는데, 이제 그 사라졌던 물건이 다시 나타난 겁니다. 믿을 수가 없겠죠, 마치 제가 로마인들이 이천 년 전에 허물어뜨린 사원에서 금은보화가 가득한 주머니를 발견해온 것 같은 기분이었을 겁니다. 티투스*가

약탈해간 성스러운 물건이 이후에 사라져버려 이젠 그 상실을 돌이킬 수 없게 되어버렸다고, 유대인들이 어디를 가든 몸에 지니고 다니며 잃어버린 땅을 떠올릴 과거의 증거가 사라져버렸다고 여기며 지내왔으니까요.

우리는 아무 말 없이 앉아 있었다. 저 창문은, 마침내 그가 내 뒤의 창을 바라보며 입을 열었다. 어쩌다 깨진 겁니까? 어떻게 아셨죠? 놀란 내가 물었다. 잠시, 내가 그의 사악한 면모를 못 본 게 아닌가 하는 의심까지 들었다. 유리가 새거네요, 그가 대답했다. 틈새를 메운 코킹도 금방 붙인 것 같고요. 누가 돌을 던졌습니다, 내가 말했다. 날카롭던 그의 인상이, 마치 내 대답이 어떤 기억을 불러일으킨 것처럼, 사려 깊고 부드러운 표정으로 바뀌었다. 잠시후, 그가 다시 이야기를 시작했다.

하지만 그 책상은, 아시겠지만, 다른 가구와 달랐습니다. 손님들이 찾는 테이블이나 옷장, 혹은 의자를 찾아내는 게 불가능할 때도 물론 있었죠. 추적을 하다 막다른 곳에 이를 때도 있었고, 아예 시작조차 못한 경우도 있었어요. 물건들이 영원히 유지되지는 않으니까요. 누군가의 영혼을 사로잡고 있는 침대가 또다른 누군가에겐 그저 침대에 불과할 수도 있죠. 침대가 망가지거나 유행이 지나면 그 사람에겐 쓸모없는 물건이 되고, 그렇게 버려지는 거죠. 하지만 그 침대에 영혼이 사로잡힌 사람은 죽기 전에 꼭 다시 한번 그 위에 누워봐야만 할 것 같은 거예요. 그래서 저를 찾아오죠. 그의 눈빛을 보고, 저는 이해합니다. 그래서 더이상 이 세상에 존재

---

* 고대로마의 황제. 유대 반란을 진압하고 예루살렘을 점령했다.

하지 않는 물건이라고 해도, 그걸 찾아내는 겁니다. 제 말이 무슨 뜻인지 이해하시겠어요? 그걸 만든단 말입니다. 아무 근거도 없지만, 필요한 경우에는요. 나뭇결이 기억하던 것과 좀 다르고, 다리가 좀더 굵거나 가늘다고 해도, 고객은 처음에만, 충격 속에서 반신반의하는 순간에만 신경을 쓸 뿐, 잠시 후면 눈앞에 현실로 있는 바로 그 침대가 기억을 잠식하죠. 진실을 알고 싶은 마음보다는 한때 그녀와 함께 누웠던 침대가 바로 그 침대였으면 하는 마음이 더 큰 겁니다. 이해하시겠어요? 제가 죄의식을 느끼지는 않느냐고 물어보신다면, 벤더 씨, 고객을 속이는 게 아니냐고 물어보신다면, 제 대답은 아니요, 입니다. 고객이 손을 뻗어 침대를 쓰다듬는 순간, 그에겐 세상에 다른 침대는 없으니까요.

바이스 씨는 팔을 들어 손으로 이마를 문지르고는 관자놀이 부근을 눌렀다. 눈은 여전히 매서웠지만 그때쯤엔 많이 지쳐 보였다.

하지만 그 책상을 찾는 사람은 다른 고객들과 달랐습니다. 그가 말했다. 아주 작은 부분까지 잊을 수가 없는 사람이었죠. 그의 기억은 그 무엇도 침범할 수 없었고, 오히려 시간이 지날수록 더욱더 선명해진 겁니다. 어린 시절 앉았던 의자의 덮개 무늬까지 기억하고, 1944년 이후로 본 적이 없는 책상의 서랍에 뭐가 들어 있는지까지 속속들이 꿰고 있었어요. 그 사람에겐 기억이 현실보다 더 현실적이고, 더 정확했습니다. 현실의 삶은 점점 더 흐릿해져갈 뿐이었죠.

그 사람이 저를 얼마나 닦달했는지 상상도 못하실 겁니다. 수도 없이 전화를 해대며 저를 괴롭혔죠. 저는 그 사람을 위해 이 도시 저 도시를 돌아다녔습니다. 조사를 하고, 사람들에게 전화를 걸고, 집으로 찾아가고, 생각해볼 수 있는 곳은 모두 뒤졌어요. 하지만 아무것도 나오지 않았죠. 그 책상은—아주 크고, 다른 어떤 책상과도 달랐는데요—다른 많은 것과 마찬가지로 그냥 사라져버린 겁니다. 하지만 그는 인정하지 않았어요. 몇 달에 한 번씩 저한테 전화를 하다가, 그다음엔 일 년에 한 번씩, 항상 같은 날 전화를 했죠. 없어요? 알아낸 거 없습니까? 저는 항상 같은 대답을 했습니다. 없습니다. 그런데 어느 해엔가 그 사람이 전화를 안 한 거예요. 아마도 죽은 모양이라고, 조금은 안도감도 느끼며 생각했죠. 그런데 이번엔 대신 편지가 오더군요. 해마다 전화를 하던 그날 쓴 편지였습니다. 일종의 기념일이었겠죠. 그제야, 제가 책상을 찾지 못하면 그 사람은 죽지도 못하겠구나 하는 생각이 들었습니다. 그도 죽고 싶지만 죽지 못하고 있는 거라고 말입니다. 무서워지더군요. 그 사람 일은 털어버리고 싶었습니다. 도대체 그 사람이 무슨 권리로 저한테 그런 짐을 지운단 말입니까? 책상을 못 찾으면 그 사람의 삶을 책임져야 하고, 찾으면 죽음을 책임져야 하는 거였죠.

하지만 그 사람을 잊을 수가 없었습니다. 바이스 씨가 목소리를 낮추며 말했다. 그래서 다시 찾아 나섰죠. 그러던 어느 날, 얼마 전에요, 단서를 하나 찾았어요. 깊은 바다의 바닥 아래에서 어느 생명체가 숨을 쉴 때 올라오는 작은 공기방울 같은 단서 말입니다. 그 단서를 쫓으니 다른 단서들도 하나씩 나타났죠. 갑자기 그 책상의 흔적이 나타났고, 저는 몇 달간 그걸 쫓았습니다. 그리고 마침내 여기까지 오게 된 겁니다.

바이스 씨는 나를 쳐다보며 대답을 기다렸다. 그에게 실망스러운 대답을, 그렇게 오랫동안 아내와 나를 짓눌렀던 그 책상이 이젠 없다는 말을 해야 한다는 부담감에 나는 잠시 머뭇거렸다. 벤더 씨…… 그가 다시 말을 하려 했다. 제 아내가 쓰던 책상이었습니다. 내가 거의 속삭임에 가까운 작은 목소리로 말했다. 지금은 없어요. 이십팔 년 전에 다른 사람에게 갔습니다.

그의 입 주위가 움찔하며 순간 얼굴 전체에 긴장이 스쳤고, 다시 돌아온 무표정엔 고통이 스며 있었다. 우리는 아무 말이 없었고, 멀리서 교회 종소리가 울렸다.

처음 만났을 때 아내는 그 책상과 살고 있었습니다. 내가 조용히 말했다. 아내 위에 버티고 선 그 책상이 방의 절반을 차지하고 있었죠. 그는 고개를 끄덕였다. 마치 자기 눈앞에 버티고 선 책상을 보고 있는 것처럼 그의 검은 눈이 밝게 빛났다. 나는 천천히, 검은색 펜으로 그림을 그리듯, 그 방을 압도하고 있던 책상의 모습을 묘사했다. 그리고 이야기를 하는 동안, 무슨 일이 벌어졌다. 내 머릿속 가장 깊은 곳에, 바이스 씨 덕분에 다시 찾아온 무언가가 웅크리고 있는 것 같은 느낌이 들었다. 느낄 수 있지만 잡을 수는 없는 어떤 것. 그 물건이 방안의 모든 기운을 빨아들이는 것 같았습니다. 닿을 수 없는 그 무언가를 잡아보려 애쓰며 내가 속삭였다. 아내와 저는 그 그늘 밑에서 살았죠. 아내는 그 물건이 지닌 어둠에서 밖으로 나와 잠시 동안만 내게 주어진 존재 같았습니다. 아내는 그 어둠에 속한 사람이었습니다. 마치―그 순간 머릿속이 밝고 뜨겁게 반짝이다 다시 어둠으로 돌아가기 전에 분명한 뭔가를 느낄 수 있었다―마치 죽음 자체가 그 방에서 우리와 함께 지내며 우리를 잡아먹으려 위협하는 것 같았습니다. 내가 속삭였다. 죽음이 방안 구석구석을 차지하고 있어 빈자리가 거의 없었죠.

이야기를 하는 데 오래 걸렸다. 생생하고 고통스러운 그의 눈빛과 나의 이야기를 듣는 그의 태도, 모든 단어를 외워버릴 듯한 그 태도 때문에 계속하지 않을 수 없었다. 마침내 다니엘 바르스키 이야기에 이르렀다. 어느 날 저녁 그가 우리집 초인종을 누른 이야기, 나의 상상을 괴롭히고, 찾아올 때처럼 갑자기 사라지며 그 끔찍하고 부담스럽던 책상을 가지고 간 이야기까지 마쳤다. 바이스 씨와 나는 다시 아무 말이 없었다. 뭔가 기억나는 게 있어, 잠깐만 기다리세요, 라고 말하고는 자리에서 일어났다. 다른 방으로 가 내 책상 서랍을 열고 작은 검은색 노트를 꺼냈다. 거의 삼십 년 동안 지니고 있던, 칠레 출신 시인의 작은 글씨가 빽빽하게 적힌 노트를 들고 다시 거실로 돌아왔을 때, 바이스 씨는 수리공이 새로 끼워넣은 유리창 앞에 서서 멍하니 바깥을 바라보고 있었다. 나를 본 바이스 씨가 다시 의자에 와서 앉았다. 벤더 씨, 혹시 1세기경의 랍비 요하난 벤 자카이에 대해 아십니까? 들어본 적은 있습니다만, 왜 그러시죠? 내가 물었다. 제 아버님이 유대인 역사를 연구하는 학자셨습니다, 바이스 씨가 말했다. 책도 많이 쓰셨는데, 저는 나중에야, 아버님이 돌아가신 후에야 다 읽어봤죠. 책 안에 아버님이 제게 해주신 이야기들도 많이 있더군요. 아버님은 벤 자카이 이야기를 즐겨 하셨어요. 로마군이 예루살렘을 공격했을 때 그는 이미 노인이었죠. 내부 당파 싸움에 염증을 느낀 그는 자신이 죽은 것처럼 일을 꾸밉니다, 바이스 씨가 말했다. 장의사가 그를 성밖으로 데리고 나와 로마군의 막사에 데려다주었고, 거기서 로마군의 승리를 예언해준 덕분에 그는 야브네로 가서 자신의 학파를 꾸릴 수 있었습니다. 훗날, 그 작은 마을에서 벤 자카이는 예루살렘이 불탔다는 소식을 전해듣죠. 사원이 파괴되고, 살아남은 자들은 추방되어 세상을 떠돌게 되었다는 소식을요. 고뇌에 빠진 그는 생각했습니다. 예루살렘을 잃어버린 유대인은 뭐란 말인가? 나라가 없는데 어떻게 계속 유대인일 수 있는가? 신의 집이 사라져버렸는데 어떻게 희생제의를 올릴 수 있단 말인가? 해진 옷으로 애도의 마음을 드러내며 돌아온 벤 자카이는 불타버린 법원을 그곳, 고요한 야브네에 다시 세울 것을 선언합니다. 그리고 이젠 신에게 제물을 바치는 대신 기도를 드리기로 하고, 제자들에겐 천 년 동안 구전되던 율법을 문서로 정리하게 했습니다.

밤과 낮을 가리지 않고 학자들은 율법에 대해 논쟁을 벌였고, 그 논쟁들이 탈무드가 되었습니다. 바이스 씨가 계속 말했다. 글쓰기 자체에 너무 빠져들어서 맨 처음 스승이 했던 질문을 종종 잊어버릴 때도 있었죠. 예루살렘을 잃어버린 유대인은 뭐란 말인가? 나중에야, 자카이가 죽은 후에야, 그 질문에 대한 대답이, 마치 뒷걸음치며 물러나야 보이기 시작하는 거대한 벽화처럼, 서서히 윤곽을 드러내기 시작했죠. 그 대답은 예루살렘을 하나의 개념으로 전환하는 것이었습니다. 사원을 책으로, 도시 자체만큼 광대하고 성스럽고 섬세한 책으로 바꾸는 거죠. 잃어버린 것 주변으로 사람들을 모아, 그 텅 빈 자리에 모든 것이 비치게 만드는 겁니다. 자카이의 학파는 위대한 집 학파로 불렸습니다. 열왕기에 나오는 말이죠. 느부사라단이 예루살렘에 이르러 여호와의 성전과 왕궁을 불사르고 예루살렘의 모든 집을, 위대한 집까지 불살랐다.

이천 년이 지난 후, 제 아버님은 종종 말씀하셨습니다. 이제 모든 유대인의 영혼은 불에 타버린 그 집 위에 서 있는 거라고요. 너무나 큰 집이어서 우리 각각은 아주 작은 부분밖에 떠올릴 수가 없죠. 벽지의 무늬나 나무문의 손잡이, 거실을 가로지르는 빛 같은 것 말입니다. 하지만 모든 유대인의 기억이 하나로 모이면, 성스러운 파편들이 마지막 한 조각까지 모두 모여 다시 하나가 되면 그 집은 다시 세워지는 겁니다. 바이스 씨가 말했다. 어쩌면 완성되는 건 그 집에 대한 기억일 뿐이겠지만, 그 기억은 너무나 완벽해서, 본질적으로는, 원래의 집 자체와 마찬가지겠죠. 메시아라는 단어가 뜻하는 것도 그런 게 아닐까요? 유대인들의 무한한 기억을 완벽하게 하나로 모은 그런 거 말입니다. 다음 세상에서는, 기억에 대한 기억 속에 우리 모두 함께 지낼 수 있겠지, 하지만 그건 우리에게 준비된 세상은 아니야, 라고 아버지는 말씀하셨습니다. 너나 나를 위한 세상은 아니겠지. 우리는, 우리 각자는, 그저 기억의 조각을 지키기 위해 사는 거야. 영원한 후회와 한때 존재했음을 아는 어떤 곳에 대한 갈망에 빠진 채, 그곳의 열쇠 구멍에 대한 기억, 바닥의 타일과, 열린 문 아래 닳아버린 문지방에 대한 기억을 지키기 위해.

바이스 씨에게 노트를 건네며 말했다. 이게 도움이 될지 모르겠습니다. 바이스 씨는 마치 무게를 가늠해보려는 듯 노트를 잠시 손에 들고 있다가, 그대로 자신의 코트 주머니에 넣었다. 현관 앞까지 그를 배웅했다. 답례로 제가 해드릴 수 있는 게 있으면 좋겠습니다, 그는 그렇게 말하면서도 명함을 주거나 연락처를 알려주지는 않았다. 악수를 나누고, 그는 돌아서서 걸음을 옮겼다. 하지만 그때 무언가가 나를 휘어잡았고 나는 소리쳐 묻지 않을 수 없었다. 그 사람이 보낸 겁니까? 누구 말입니까? 그가 물었다. 제 아내에게 책상을 준 사람 말입니다. 그 사람 덕분에 저희 집을 찾으신 겁니까? 네, 그가 대답했다. 기침이 나왔다. 목소리가 갈라졌다. 그 사람이 아직······? 마지막 말은 차마 입 밖으로 나오지 않았다.

바이스 씨는 내 얼굴을 잠시 들여다보았다. 잠시 후 그는 지팡이를 겨드랑이에 끼우고, 주머니에서 펜과 메모지가 든 작은 가죽 케이스를 꺼내 뭔가 적은 다음, 종이를 반으로 접어서 건넸다. 다시 거리를 향해 돌아선 그는 잠시 걸어가다 멈추고는 고개를 들어 아내가 쓰던 다락방의 창문을 올려다보았다. 찾기는 어렵지 않았습니다. 그가 나지막이 말했다. 일단 어디를 봐야 할지 알고 나면요.

이웃집 앞에 서 있던 자동차의 전조등이 켜지며 안개 사이를 비췄다. 안녕히 계십시오, 벤더 씨. 바이스 씨가 말했다. 그가 보도를 따라 내려가 자동차 뒷좌석에 오르는 모습을 지켜봤다. 내 손가락 사이에는 아내가 한때 사랑했던 남자의 이름과 주소가 적힌 쪽지가 있었다. 축축하고 어두운 나무를 올려다보았다. 아내의 다락방 책상에 앉으면 그 나무의 꼭대기가 보였을 것이다. 아내는 그 나무에서 뭘 읽은 걸까? 하늘을 배경으로 교차하는 짙은 나뭇잎들에서 뭘 봤을까? 나는 절대로 볼 수 없었던 울림과 기억, 그리고 빛깔들? 아니, 나는 보지 않으려 했던 것은 아닐까?

쪽지를 주머니에 넣고 집안으로 들어와 조용히 문을 닫았다. 좀 추운 것 같아서 스웨터를 꺼내 입었다. 벽난로에 땔감을 넣고, 뭉친 신문지에 불을 붙여 불길이 살아날 때까지 웅크리고 앉아 입으로 불었다. 주전자에 물을 담아 끓이고, 고양이 접시에 우유를 좀 따라서 주방의 불빛이 비치는 마당에 내다놓았다. 그리고 조심스럽게, 바이스 씨가 건넨 쪽지를 거실 테이블 위에 올려놓았다.

어디선가 역시 등을 켜고, 주전자를 불 위에 올려놓고, 책을 펼쳐 드는 소리가 들렸다. 어쩌면 라디오의 주파수를 맞추는 것인지도 몰랐다.

참 할말이 많았을 것이다. 그 남자와 나. 아내의 침묵에 동조했던 두 남자. 그걸 깰 엄두를 내지 못했던 그와, 경계를 넘지 않기로 약속한 나. 나는 담 안쪽, 들어가지 말아야 할 영역 앞에서 그대로 돌아서 물러나기로 약속했다. 매일 아침, 수영을 할 줄 모른다는 핑계를 대며, 차갑고 어두운 물속으로 사라지는 아내를 지켜보기만 했다. 모르는 척하기로 하고, 일들이 언제나처럼 계속될 수 있게 속에서 끓어오르던 무언가를 삭여야 했다. 집이 떠내려가지 않게 하기 위해, 벽들이 무너져내리지 않게 하기 위해. 조심조심 꾸려온 삶의 한가운데에 있던 침묵, 그 침묵 안에 도사리고 있던 무언가가 우리를 침범하고 무너뜨리고 압도해버리지 않게 하기 위해서였다.

밤이 깊을 때까지 오랫동안 그렇게 앉아 있었다. 벽난로의 불길이 잦아들었다. 우리의 삶을 채우기 위해 치러야 했던 대가, 어둠 속에서 짓눌러야 했던 것들. 마침내, 자정이 다 되었을 무렵 테이블 위의 쪽지를 집어들고는 망설이지 않고 벽난로 속에 던졌다. 쪽지는 소리를 내며 연기가 되어 사라졌다. 순간 불길이 새 삶을 얻은 것처럼 환하게 타올랐다가, 금세 사그라졌다.

바이스 씨

수수께끼 하나: 1944년 겨울밤 부다페스트에서 누군가가 돌멩이 하나를 던졌다. 공기를 가르고 날아간 돌멩이는 불 밝힌 어느 집 창문으로 향했다. 아버지는 책상에 앉아 편지를 쓰고 있었고, 어머니는 책을 읽고 있었으며, 어린 아들은 얼어붙은 다뉴브강에서 스케이트를 타는 상상을 하고 있었다. 유리창이 깨지고, 아이는 머리를 감싸고, 어머니는 비명을 질렀다. 그 순간 그들이 알고 있던 세상은 더이상 존재하지 않았다. 그 돌멩이는 어디에 떨어진 걸까?

1949년 헝가리를 떠날 때 나는 스물한 살이었다. 마르고, 어느 부분이 지워져버린 듯한, 가만히 서 있기도 힘들어 보이는 청년이었다. 죽은 병사의 손가락에서 빼낸 금반지를 암시장에서 소시지 두 상자와 바꾼 다음, 소시지를 다시 약 스무 병으로, 약은 스타킹

백오십 개로 바꾸었다. 스타킹은 하이파에서 기다리고 있는 두번째 인생의 살림이 될 귀중품과 함께 컨테이너에 담아 보냈다. 제2의 인생은 정오의 바위 아래 숨은 그림자처럼 나를 기다리고 있었다. 컨테이너에 실은 물건 중에는 제2의 피부처럼 내 몸에 꼭 맞춘, 가슴주머니에 내 이름의 이니셜까지 수놓은 실크 셔츠 다섯 벌도 들어 있었다. 하지만 내가 도착한 후에도 컨테이너는 오지 않았다. 카르멜산 아래에 서 있던 터키인 세관원은 아무 기록이 없다고 했고, 내 뒤론 파도에 출렁이는 작은 배들만 늘어서 있었다. 세관원의 커다란 오른발 옆에 있는 바위에서 은빛 그림자가 비쳤다. 얇은 드레스 차림의 한 여인이 엎드려서 눈물을 흘리며 햇빛에 반짝이는 땅에 입을 맞췄다. 어쩌면 그 여인도 다른 바위 아래서 자신의 그림자를 보았을지 모른다. 모래사장에서 반짝이는 반 리라짜리 동전을 발견했다. 반 리라가 일 리라가 되고, 이 리라가 되었다가 사 리라가 되었다. 여섯 달 후, 어떤 남자의 집 초인종을 눌렀다. 남자가 자신의 사촌을 집으로 초대했고, 나의 친구인 그 사촌이 나를 초대했다. 문을 열어준 남자는 가슴주머니에 내 이니셜이 수놓인 실크 셔츠를 입고 있었다. 그의 젊은 아내가 커피와 단 과자가 담긴 쟁반을 내왔다. 내 담배에 불을 붙여주기 위해 남자가 라이터를 내밀 때, 그의 셔츠 소매가 내 팔에 스쳤고, 우리는 창문의 반대편에서 서로를 밀고 있는 두 사람 같았다.

　아버지는 역사학자셨다. 서랍이 엄청나게 많은 커다란 책상에서 글을 쓰셨는데, 어린 나는 가정부 마그다가 식료품 저장실에 밀가

루나 설탕을 넣어두듯이 그 서랍들 안에 이천 년의 역사가 고스란히 담겨 있는 줄만 알았다. 자물쇠가 달린 서랍은 하나뿐이었는데, 내가 네 살 되던 해 생일날 아버지가 놋쇠 열쇠를 주셨다. 그 서랍에 무얼 넣어둘까 생각하느라 잠을 잘 수가 없었다. 부담감이 엄청났다. 내게 가장 소중한 물건이 뭔지 생각하고 또 생각했지만, 막상 떠오른 물건들은 모두 보잘것없고 하찮게 느껴졌다. 결국 빈 서랍에 자물쇠만 채우고 아버지에겐 절대 이야기하지 않았다.

아내는 나와 사랑에 빠지기 전에 이 집과 먼저 사랑에 빠졌다. 어느 날 아내는 '시온의 자매 수녀원'의 정원으로 나를 데리고 갔다. 우리는 주랑 아래서 차를 마셨다. 빨간 스카프를 두른 아내의 모습, 고대부터 그 자리를 지키고 있던 사이프러스나무를 배경으로 한 옆얼굴이 기억난다. 아내는 내가 만난 여인들 중 유일하게 죽은 이들 이야기를 하지 않는 사람이었다. 나는 주머니에서 하얀 손수건을 꺼내 테이블에 내려놓으며 아내에게 속삭였다. 내가 졌습니다. 아직 이스라엘 억양을 고치지 못하고 있을 때였다. 뭘 잊어요? 아내가 물었다. 나중에 마을로 돌아오는 길에 아내는 녹색 덧창이 있는 돌로 지은 집 앞에서 걸음을 멈췄다. 저기요, 아내가 그 집을 가리키며 말했다. 언젠가 저 오디나무 아래에서 우리 아이들이 뛰어놀 거예요. 아내는 장난처럼 한 말이었지만, 아내가 가리키는 곳을 돌아본 나는 오래된 나무 사이로 비치는 불빛을 보았고, 그 빛을 바라보며 고통스러웠다.

사업은 점점 커졌다. 터키인 세관원이 빼돌려 내게 싼값에 넘긴

호두나무 옷장을 내다판 게 시작이었다. 시간이 지나면서 그는 경첩이 달린 테이블과 자기로 된 탁상시계, 플랑드르산 태피스트리 같은 것도 내게 넘겼다. 나도 모르고 있던 재능을 발견하고, 전문가가 되었다. 역사의 폐허 속에서 나는 의자와 테이블, 서랍장 같은 것들을 만들어냈다. 유명해진 다음에도, 오디나무 사이로 비치던 그 빛을 잊지 않았다. 어느 날 그 집을 다시 찾아가 노크를 하고, 집주인에게 거절할 수 없는 가격을 제시했다. 그가 안으로 들어오라고 했고, 우리는 주방에서 악수를 했다. 제가 이 집에 처음 왔을 때는, 그가 말했다. 아랍인이 아내와 아이들을 데리고 급히 떠나기 전에 먹은 피스타치오 껍데기가 그대로 바닥에 널려 있었죠. 2층 방에서는 여자아이의 인형도 찾았습니다. 진짜 사람 머리칼을 붙인 인형이었는데, 아이가 그 머리를 정성껏 땋아놓았더군요. 얼마간 그 인형을 버리지 않고 있었는데, 어느 날인가 유리로 된 그 인형의 눈이 저를 이상하게 쳐다보지 뭡니까.

이야기를 마친 집주인은 집안을 둘러보게 했다. 우리의 집, 아내와 나의 집이 될 집이었다. 나는 방을 하나씩 살피며 그 빛이 새어나오던 방을 찾아보려 했다. 모두 아니라고 생각하던 중에, 마침내, 어느 방의 문을 열었다. 그 방이었다.

내가 자란 부다페스트의 집을 다시 찾았을 때, 전쟁은 끝난 상태였다. 집안은 지저분했다. 거울은 깨지고, 카펫엔 와인을 흘린 자국이 보이고, 벽에는 당나귀를 거세하는 남자의 모습을 표현한 낙서가 숯으로 그려져 있었다. 하지만 그렇게 환상이 벗겨진 모습이

었음에도, 그 어느 때보다 나의 집처럼 느껴졌다. 완전히 거덜이
난 옷장 바닥에서 어머니의 머리칼 세 가닥을 찾았다.

　나는 아내가 나보다 먼저 사랑한 집으로 아내를 데리고 갔다. 우
리집이야, 내가 말했다. 거실을 함께 둘러보았다. 일단 들어서면
정신을 잃어버리기 쉬운 그런 집이었다. 집안의 냉기에 대해서는
둘 다 아무 말이 없었다. 부탁이 하나 있어, 내가 말했다. 뭐? 넋을
잃은 것 같은 아내가 숨을 고르며 말했다. 내 방으로 하나만 줘, 내
가 말했다. 뭐? 아내가 더 가쁜 숨을 내쉬며 다시 물었다. 나 혼자
만 쓸 방, 당신은 절대 들어오지 않는. 아내는 창밖을 내다봤다. 우
리 둘 사이에 침묵이 실타래 풀리듯 이어졌다.

　어릴 때, 동시에 두 장소에 함께 있을 수 있다면 좋겠다고 생각
했다. 점점 그 생각에 사로잡혔고, 늘 그 말을 입에 달고 다녔다.
어머니는 웃으셨지만 아버지는, 어디를 가든 회중시계처럼 이천
년의 역사를 지니고 다니던 아버지는 조금 다르게 받아들이셨다.
어린 아들의 유치한 소원에서 집안 대대로 전해진 질병의 징후를
보신 것이다. 내 침대맡에 앉아 아버지는, 결코 떨어지지 않던 기
침을 섞어가며, 유다 할레비의 시를 읽어주셨다. 시간이 흐르고,
환상이었던 것이 서서히 깊은 믿음으로 바뀌어갔다. 침대에 누워
있는 동안에도 또다른 나는 외국의 거리를 거닐고, 새벽녘에 배를
타고, 검은색 자동차의 뒷좌석에 앉아 어디론가 가고 있었다.

아내가 죽고 나는 이스라엘을 떠났다. 한 사람이 둘 이상의 장소에도 있을 수 있는 것이었다. 아이들을 데리고 이 도시 저 도시 돌아다녔다. 아이들은 자동차나 기차 안에서 잠을 자는 법을 익혔고, 한 곳에서 잠들었다가 다른 곳에서 깨어나는 일에 익숙해졌다. 나는 창밖의 풍경이 어떻든 상관없이, 건물의 양식이나 해질녘 하늘의 색깔에 상관없이 그 두 아이 사이의 거리는 변하지 않음을 가르쳤다. 늘 둘을 같은 방에서 재우고, 한밤중에 어디인지 모르는 곳에서 잠이 깨도 무서워하지 않는 법을 가르쳤다. 요아브가 부르면 레아가 대답하고, 레아가 부르면 요아브가 대답하도록, 그렇게 따로 물어볼 것도 없이 다시 잠들 수 있도록. 두 아이 사이에, 나의 아들과 딸 사이에 특별한 유대감이 생겼다. 아이들이 잠들면 나는 가구들을 다시 배치했다. 그들 자신을 제외하고는 누구도 믿지 말라고 가르쳤다. 자기 전에 여기에 있던 의자가 일어났을 때 저기에 있어도 두려워하지 말라고, 테이블이 어디에 있든, 침대 머리가 어느 벽을 향하든 상관없이 여행가방을 옷장 맨 위에 두기만 하면 두려워할 것은 없다고 가르쳤다. 역사학자였던 나의 아버지가 어떤 것은 있는 것보다 없는 게 더 유용하다고 내게 가르친 것처럼, 나는 아이들에게, 내일 떠날 거예요, 라는 말을 가르쳤다. 오랜 후에야, 아버지가 돌아가시고 반세기가 지난 후에야, 나는 방파제에 서서 일렁이는 물결을 바라보며 물었다, 어디에 유용하다는 겁니까?

오래전 이 일을 처음 시작할 무렵, 한 노인의 전화를 받았다. 나를 추천해준 지인의 이름을 대며 도움이 필요하다고 했다. 자신은 이제 돌아다닐 수가 없다고 했다. 사실이었다. 그는 사막 가장자리에 있는 자신의 집에서 거의 나오지도 않고 지냈다. 마침 그가 사는 곳 근처의 도시에 들를 일이 있던 나는 직접 찾아뵙겠다고 했다. 우리는 함께 커피를 마셨다. 그의 방에는 창문이 하나 있었고, 언젠가 비 오는 날 문 닫는 걸 깜빡했는지 카펫엔 반달 모양의 짙은 얼룩이 남아 있었다. 남자는 그 얼룩을 바라보는 나를 지켜봤다. 항상 이렇게 살지는 않았습니다. 그가 말했다. 다른 나라에서 다른 삶을 살았어요. 많은 사람들을 만나고, 그들 각각이 모두 현실에 대처하는 자신만의 방식을 가지고 있음을 알게 되었죠. 사막의 가장자리에 지은 집에서 카펫에 생긴 빗물 얼룩을 안고 살아야 하는 사람이 있는가 하면, 어떤 사람에겐 그러한 모순 자체가 화해의 한 형식이 될 수도 있는 겁니다. 나는 고개를 끄덕이며 커피를 마셨지만, 내가 이해한 건, 그가 오랫동안 찾지 않은 어떤 도시에 있는, 빗물이 남긴 얼룩에 대해 후회하고 있다는 것뿐이었다.

아버지는 오십 년 전, 라이히로 향한 죽음의 행진* 도중에 돌아가셨다. 지금 나는 예루살렘, 아버지는 상상만 해볼 수 있었던 그 도시에 있는 아버지의 방에 앉아 있다. 아버지의 책상은 뉴욕에 있

---

* 2차대전 말 독일군이 전선 부근의 수용소에 있던 유대인들을 독일 내로 강제로 이동시킨 사건.

는 창고에 있고, 창고 열쇠는 딸이 가지고 있다. 이런 상황은 예상하지 못했음을 인정할 수밖에 없다. 딸아이의 용기와 의지를 과소평가했던 것이다. 딸아이의 교활함을 과소평가했다. 그 아이는 그 행동이 나를 거부하는 것이라고 생각했다. 그 눈에서 한 번도 본 적 없던 확고함을 보았다. 딸아이는 두려워했지만, 이미 결심을 굳힌 상태였다. 시간이 좀 걸렸지만, 나도 곧 그 행동에 담긴 의미를 알아차렸다. 이보다 더 나에게 적절한 끝은 나도 만들어내지 못했을 것이다. 딸아이가 나를 위한 해결책을, 비록 우리 둘 다 의도했던 바는 아니지만, 찾아주었다.

남은 일은 간단했다. 나는 뉴욕으로 날아갔다. 공항에서 택시를 타고 딸아이에게 책상을 찾아오라고 알려준 주소로 갔다. 아파트 경비원과 이야기했다. 루마니아 사람이었는데, 나는 그를 어떻게 다루면 될지 알고 있었다. 오십 달러를 주며 책상을 싣고 간 운송회사의 이름을 기억해보라고 했다. 그는 아무것도 생각나지 않는다고 했다. 백 달러를 줬지만, 그래도 모르겠다고 했다. 이백 달러 앞에서 그의 기억은 생생하게 되살아났다. 심지어 전화번호까지 찾아서 알려주었다. 벽에 그의 평상복이 걸려 있는 지하의 그 작고 지저분한 사무실에서, 나는 전화를 했다. 운송회사의 관리인이 전화를 받았다. 네, 기억납니다, 그가 말했다. 아가씨가 책상을 하나 옮기고 싶다고 해서 두 명을 보냈죠, 직원들 허리가 나갈 뻔했습니다. 나는 그 직원들에게 수고비를 좀더 주고 싶은데 어디로 보내면 좋을지 물었다. 관리인은 자신의 이름과 주소를 말하고, 책상을 배달한 창고 주소까지 알려주었다. 루마니아인 경비원이 택시를 잡아줬다. 그 책상을 쓰던 분은, 그가 말했다, 지금 여행중이십니다.

알고 있습니다, 내가 말했다. 어떻게 아시죠? 그분이 저를 찾아왔습니다, 내가 말했다. 어리둥절한 표정의 경비원을 거리에 남겨둔 채 택시는 출발했다.

창고는 강가에 있었다. 진흙냄새가 났고 지저분한 회색 하늘엔 갈매기들이 바람을 타고 높이 날고 있는 것이 보였다. 창고 뒤쪽의 사무실에서 젊은 여직원이 손톱에 매니큐어를 바르고 있었다. 나를 본 그녀가 매니큐어 통의 뚜껑을 닫았다. 나는 그녀의 책상 앞에 놓인 의자에 앉았다. 그녀는 자세를 고쳐 앉으며 라디오 소리를 줄였다. 여기 창고 중에 레아 바이스란 이름으로 등록된 곳이 있을 겁니다, 내가 말했다. 아마 책상 하나만 있을 텐데, 그 책상에 한 시간만 앉아볼 수 있게 해주면 천 달러를 드리겠습니다.

그 아이는 절대 자식을 낳지 않을 것이다, 나의 딸아이. 오래전부터 알고 있었다. 그 아이가 내놓는 건 피아노 음뿐이다. 어릴 때부터 그랬다. 띠링 또릉 띠링 또릉. 그 아이에게선 그 소리 말곤 무엇도 나올 수 없다. 하지만 요아브—나의 아들은 답을 얻지 못한 어떤 질문을 자기 안에 품고 있다. 자신에게 맞는 어떤 여자, 어쩌면 여러 명의 여자들을 만나면 그 대답을 찾기 위해 그 아이가 자신을 쏟아부으리라는 것을 나는 알고 있다. 언젠가 아이가 태어날 것이다. 한 여자와 수수께끼가 만나 만들어낸 아이. 어느 날 밤 갓난아기가 잠든 사이, 아이의 엄마는 창밖에 있는 누군가의 존재를 느낄 것이다. 처음엔 그냥 창에 비친 자신의 모습이라고, 젖으로 얼룩진 가운을 입은 지친 자신의 모습이라고 생각할 것이다. 하지만 잠시 후 똑같은 느낌이 들고, 갑자기 두려움을 느낀 아기 엄마는 불을 끄고 얼른 아기가 있는 방으로 가볼 것이다. 아기방의 유리문을 열면, 차곡차곡 개어놓은 작고 하얀 아기옷 더미 위에, 작은 손글씨로 아이의 이름을 적은 봉투가 놓여 있고, 그 안에 열쇠 하나와 뉴욕에 있는 창고의 주소가 있을 것이다. 그리고 바깥, 어두운 마당에선 젖은 잔디가 천천히 다시 일어나며 딸아이의 발자국을 지울 것이다.

창고의 문을 열었다. 안은 추웠고 창문도 없었다. 순간 책상에 웅크리고 앉아 무언가를 적고 계신 아버지의 모습을 보았다고 믿을 뻔했다. 하지만 어마어마한 크기의 책상은 홀로, 아무 말 없이 무심하게 놓여 있었다. 서랍이 서너 개 열려 있었지만, 내용물은 아무것도 없었다. 어린 시절 내가 잠가둔 서랍은, 육십육 년이 지난 그때까지도 여전히 잠겨 있었다. 손을 뻗어 손가락으로 책상의 상판을 문질렀다. 흠집이 몇 개 생기긴 했지만, 그것만 제외하면 그동안 그 책상 앞에 앉았던 사람들의 흔적은 보이지 않았다. 잘 알고 있는 순간이었다. 그런 마주침을 경험하는 다른 사람들을 수도 없이 봤지만, 그 순간은 여전히 놀라웠다. 실망감이, 그리고 잠시 후, 마침내 무언가가 서서히 가라앉는 듯한 안도감이 찾아왔다.

　무슨 이야기를 쓸 건데? 내가 물었지. 너는, 넷, 여섯, 혹은 여덟 명의 인물이 뒤얽힌 이야기라고 했다. 인물들이 있는 방은 모두 전극과 전선을 통해 커다란 백상어 한 마리와 연결되어 있다고. 매일 밤 조명이 환한 물탱크에 갇힌 상어가 그 사람들의 꿈을 대신 꾼다는 이야기. 아니, 그냥 꿈이 아니라 악몽이었지, 견디기가 너무 어려운 일들. 그래서 인물들이 잠이 들면 그 끔찍한 일들은 전선을 타고 빠져나와 무시무시한 물고기에게 흘러들어가는 거라고, 흉터투성이 상어는 그 비극들을 모두 견딜 수 있을 테니까. (71쪽)

니콜 크라우스의 전작 『사랑의 역사』를 읽은 독자라면, 하나의 대상에 얽혀 있는 여러 인물들의 사정을 엮어내는 그녀의 솜씨를 익히 알고 있을 것이다. 이번 소설 『위대한 집』도 그 점에서는 다르지 않다. 다만 이번에는 인물들을 엮어주는 대상이 책이 아니라 책상이라는 점, 그리고 더 중요하게는 그 책상이 한 인물에서 다른 인물로 전해진다는 점이 다르다. '전해지다'라는 것이 바로 이 소설의 핵심인데, 작가 본인은 실제 삶에서 아들을 낳은 후 "'부모에게서 아이에게로 전해지는 것, 단순히 유전자 이외에 성격이나 두려움 같은 것'이 무엇인지 궁금했다"고 하면서, "이 책은 '유산이라는 짐'에 대한 것"이라고 밝힌 바 있다.*

　소설은 네 가지 이야기가 각각 두 번씩 진행되는 식으로 구성된다. 먼저 중년의 소설가. 그녀는 젊은 시절 칠레 출신의 시인이던 친구에게 책상을 물려받은 후 이십 년 넘게 그 책상에 앉아 소설을 썼는데, 그 시인의 딸이라고 주장하는 젊은 여인에게 책상을 돌려준 후 지나온 삶에 대해 회의를 느낀다. 두번째 이야기의 화자는 첫번째 이야기의 화자와 어떤 '사고'로 얽히게 된 남자의 아버지다. 세번째 이야기의 화자는, 영국에 살고 있는 유대인 소설가의 남편으로, 그의 아내는 첫번째 이야기 화자에게 책상을 물려준 칠레 시인보다 앞서 그 책상을 썼다. 그리고 네번째 이야기는 첫번째 화자에게서 책상을 '되찾아온' 젊은 여성의 가족과 주변 인물들의 이야기다. 각각 떼어놓고 보면 아무런 상관도 없을 것 같은 화자들이 책상을 물려주고 물려받는 관계 속에 하나로 묶이는 이런 구성. 대단히 복잡한 것 같지만, 생각해보면 '비현실적'이지는 않다. 우리 모두는 누군가에게 무언가를 물려받고, 또 누군가에게 무언가

---

* 작가의 공식 홈페이지에 실린 에세이 '『위대한 집』을 쓰며(On Writing *Great House*)'에서 인용.

를 물려준다. 때론 누군가에게 물려받은 어떤 물건을 얼마간 사용하다 다른 누군가에게 물려주기도 한다. 그런 물려줌/받음에 담긴 의미, 그때 물건과 함께 전해지는 것, 혹은 물려주는 쪽과 받는 쪽에서 각각 기대하는 것은 무엇일까?

'물려받은' 것은 자신의 의지로 선택하지 않았지만 자신의 것이 되어버린 어떤 것이라고 정의할 수 있을 것이다. 자신이 선택하지 않았지만 어쨌든 자신의 것이 되었기 때문에, 그로 인해 다른 누군가가 상처를 입는다면, 그 비난 역시 고스란히 자기 몫이 된다. 그리고 소설 속 인물들은 그러한 어긋남에 아파한다. 황폐했던 어린 시절에서 심리적으로 벗어나기 위해 소설에 빠져들었지만 오히려 그 때문에 다른 사람과의 관계, 심지어 남편과의 관계마저 틀어져버린 소설가가 있고, 20세기 초반을 유대인으로 살아오며 짊어져야 했던 무거운 역사의 짐 때문에 자식과 소통할 수 없게 된 아버지도 있으며, 자신의 상처에서 헤어나오지 못한 채 문을 닫아버린 아내를 사랑하며 평생 그녀의 참모습을 보지 못하는 남편이 있는가 하면, 자신뿐 아니라 타인에게도 엄격하게 대하는 것으로 자신의 상처를 가리려는 아버지 밑에서 정상적인 인간관계를 유지하는 방법을 배우지 못한 자식들이 있다. 이들이 서로 마주치며 만들어내는 어긋남들, 그 안타까움이 소설 전체에 촘촘히 배열되어 있다. 모든 인물들이 각자 물려받은 상처에서 벗어나려 안간힘을 쓰지만, 그 안간힘이 또다른 누군가에게 상처로 전해지는 암담한 상황.

하지만 옮긴이를 비롯해 많은 사람들이 니콜 크라우스의 소설에 '중독'되는 것은 비단 이런 '암담함' 때문은 아닐 것이다. 그녀의 소설이 그토록 많은 골수팬을 확보한 것은, 이러한 어긋남이야말로 부인할 수 없는 현실이기 때문일 것이다.

　매일 아침, 수영을 할 줄 모른다는 핑계를 대며, 차갑고 어두운 물속으로 사라지는 아내를 지켜보기만 했다. 모르는 척하기로 하고, 일들이 언제나처럼 계속될 수 있게 속에서 끓어오르던 무언가를 삭여야 했다. 집이 떠내려가지 않게 하기 위해, 벽들이 무너져내리지 않게 하기 위해. 조심조심 꾸려온 삶의 한가운데에 있던 침묵, 그 침묵 안에 도사리고 있던 무언가가 우리를 침범하고 무너뜨리고 압도해버리지 않게 하기 위해서였다. (399쪽)

부모와 자식의 관계가 그러하고 연인들의 관계가 그러하듯이, 아무리 친밀한 사이라고 해도 결코 나눌 수 없는 상처들이 있기 마련이다. 자신의 책임이 아닌 어떤 것에서 받은 상처는, 그 상처를 가진 이를 사랑하는 누군가에겐 또다른 '짐'이 될 것이다. 어쩌면 그 짐을 기꺼이 지기로 하는 마음이 사랑일지도 모른다. 니콜 크라우스가 인물들 사이의 어긋남을 그렇게 '사랑하는 이'의 시선에서 바라보고 있다는 점이 바로 이 소설의 힘이다. 소설가인 첫번째 화자를 제외한 나머지 화자들을 모두 문제의 책상과 관련된 인물들 옆에서 그들을 안타깝게 바라보는 인물들로 설정한 이유도 그렇게 설명된다. 자신은 알 수 없는 어떤 일 때문에 상처를 받은 이를 있는 그대로, '다 알 수는 없지만, 모르는 상태에서도 여전히 사랑하기로 결심하는 그 마음'이 바로 사랑이고, 이 소설의 힘은 그 '안타깝게 바라보는 사랑'의 울림에 다름 아니다. 자주 어긋나지만, 다 하지 못한 말들을 그대로 담아둔 채, 가끔씩 머뭇거리기는 하지만 물러서거나 도망가지 않고 계속 지켜봐주고 아껴주는 마음이 주는 감동. 그런 마음을 가장 잘 보여주는 인물인 두번째 화자는 아들을 기다리다 이렇게 말한다.

상어는 어떻게 됐니, 아들? 베린저와 그의 자루걸레, 그리고 물탱크의 갈라진 틈 사이로 끊임없이 떨어지던 물방울은? 의사는 어떻게 됐니? 노아와 어린 베니는? 네가 없으면 그들은 어떻게 되는 거지? (269~270쪽)

마지막으로 화해를 하고 싶었던 아들이 크게 다쳤다는 것을 알게 된 아버지는 어떻게 되는 걸까? 자신의 삶이, 만족스럽지 않았던 지금까지와 크게 다르지 않게 반복될 것임을 깨달은 중년의 작가, 평생 사랑했던 여인이 자신이 알고 있던 여자가 아니었음을 깨닫게 된 노인, 그리고 모든 것을 버리고 결국은 자신을 가득 채워주었던 과거의 연인에게로 돌아가기로 마음먹은 여인은 어떻게 되는 걸까? 그들의 삶은 또 어떤 슬픈 유산을 다른 이들에게 짐으로 넘겨주게 될까? 그들 모두를 하나로 엮어주었던 책상은 아무 대답 없이, 그저 뉴욕의 어느 창고 안에 머물러 있다. 그 책상을 마음속으로 물려받고, 그 앞에 앉았던, 혹은 두려운 시선으로 그 물건을 바라보았던 사람들, 그들이 '물려받은' 짐들을 안타까운 마음으로 바라보고, 이어서 내가 누군가에게 물려받은 짐과 물려주었던 혹은 물려주게 될 짐을 생각해보는 것은 독자의 몫일 것이다.

*

　구 년 만에 새로운 편집의 책을 내며 그사이 발견한 오역이나 어색한 부분들을 수정했다. 문학동네 편집부의 도움을 많이 받았다. 원서와 기존 원고를 꼼꼼하게 검토하고 제안을 해주신 편집부에 감사의 말을 전한다.

김현우

옮긴이 **김현우**

연세대학교 영어영문학과를 졸업하고 동대학원 비교문학과 석사과정을 수료했다. 현재 EBS PD로 일하며 전문 번역가로도 활동하고 있다. 지은 책으로 『건너오다』가 있고, 옮긴 책으로 『끈질긴 땅』 『한때 유로파에서』 『라일락과 깃발』 『초상들』 『우리가 아는 모든 언어』 『멀고도 가까운』 『스티븐 킹 단편집』 『행운아』 『브래드쇼 가족 변주곡』 등이 있다.

문학동네 세계문학

위대한 집

1판 1쇄 2020년 6월 3일 | 1판 2쇄 2021년 10월 12일

지은이 니콜 크라우스 | 옮긴이 김현우
기획 이현자 | 책임편집 윤정민 | 편집 이봄이랑 이희연 오동규
디자인 엄자영 이원경 | 저작권 김지영 이영은 김하림
마케팅 정민호 정진아 김혜연 정유선
홍보 김희숙 함유지 김현지 이소정 이미희 박지원
제작 강신은 김동욱 임현식 | 제작처 더블비(인쇄) 중앙제책(제본)

펴낸곳 (주)문학동네 | 펴낸이 염현숙
출판등록 1993년 10월 22일 제406-2003-000045호
주소 10881 경기도 파주시 회동길 210
전자우편 editor@munhak.com | 대표전화 031) 955-8888 | 팩스 031) 955-8855
문의전화 031) 955-3579(마케팅) 031) 955-2634(편집)
문학동네카페 http://cafe.naver.com/mhdn | 트위터 @munhakdongne
북클럽문학동네 http://bookclubmunhak.com

ISBN 978-89-546-7199-6 03840

잘못된 책은 구입하신 서점에서 교환해드립니다.
기타 교환 문의 031) 955-2661, 3580

www.munhak.com

이 책에 쏟아진 찬사

강렬한 감정의 파문을 일으키는 감각 하나하나를 아주 절묘하게 선택해 커다란 성취를 이뤄냈다. 크라우스는 위태로운 불안감을 이용해 줄타기를 하듯 대담하게 글을 써 독자를 숨죽이게 한다. 그리고 절대 그 줄에서 떨어지지 않는다. **뉴욕 타임스 북 리뷰**

『위대한 집』의 가장 가슴 아픈 부분은 이 소설이 결국 끝난다는 것이다. 이 아름다운 소설의 미스터리가 점차 밝혀지면서, 공들여 세심하게 만든 하나의 메타포—말없는 나무 책상—가 살아 있다는 것의 의미를 떠올리게 한다는 사실에 경탄하게 된다. **엘르**

『위대한 집』은 유대인의 일상적인 생존을 고찰하고 가족 내에 존재하는 비밀과 거짓말의 파괴성을 드러낸다. 이 역작은 작가의 전작을 사랑했던 팬들을 깊이 만족시키고 더욱더 많은 팬을 만들어낼 것이다. **북리스트**

짧은 리뷰로 이 작품을 제대로 이야기하지 못할까봐 걱정될 만큼 대담하고 도발적이며 충격적이고 야심만만한 작품이다. 작가가 오랫동안 고민해온 주제와 이미지가 더욱 풍부하고 노련하게 쓰였다. 절대 풀리지 않을 문제를 풀고자 하는 마음이 조성하는 긴장감으로 모든 페이지가 동요한다. 단순하고 명료한 언어로 표현된 크라우스의 문장들이 너무나 아름다워서 여러 번 멈추고 다시 읽어야 했다. **샌프란시스코 크로니클**

예리하고 선명하게 그려진 등장인물들은 처음에는 시공간을 가로지르며 제멋대로 연결되어 있는 것처럼 보인다. 하지만 크라우스는 서로 관계가 없어 보이는 요소들과 배경, 등장인물, 깨지기 쉬운 연결 고리를 한데 모아 상실과 깊은 슬픔에 대한 잊을 수 없는 모자이크를 만들어낸다. **퍼블리셔스 위클리**

등장인물들의 절망을 놀라운 명료함으로 그려낸다. 삶에 의미를 부여하는, 퍼즐의 빠진 조각을 찾고자 하는 욕구를 감동적으로 표현한 소설. **월 스트리트 저널**

크라우스는 인간이 겪는 고통에 대한 이해의 폭이 놀랄 만큼 넓은 작가이고, 그가 만들어낸 등장인물들의 경험은 독자의 마음에 커다란 울림을 만들어낸다. 뚜렷한 개성을 지닌 인물들이 생생한 목소리로 이야기하는 그들 각자의 삶에 독자는 완전히 마음을 빼앗기게 된다. 니콜 크라우스는 쓰고자 하는 어떤 것이든 써낼 수 있는 작가다. **보스턴 글로브**

훌륭하게 구성된 소설 전체가 마음을 사로잡는다. 기억, 고독 그리고 상실과 갈망이라는 가슴 아픈 감정을 탐구하는 소설. **NPR**

너무도 아름답다. 시적인 스타일리스트인 작가의 문장 덕에 등장인물의 고통과 고뇌가 커다란 무게로 독자에게 다가온다. **필라델피아 인콰이어러**

『위대한 집』은 상상할 수 없고 말로 다 할 수 없는 상실과 고투하며, 그냥 놓아둔다는 것과 잊는다는 것의 차이를 알려준다. 그리고 앞으로 나아가야 할 곳에 대한 시야를 잃지 않으면서 우리가 어디에서 왔는지를 기억하는 방법을 이야기한다. **저널 센티널**